KB242104

작가론의 **새** 영역

金允植

작가론의 새 영역

金允植

김윤식 평론집

경

존재의 차원과 의미의 차원
─자유와 규제의 끝없는 순환

작품론과 문학사 사이에 작가론이 놓여 있소. 최종 목표가 문학사라면 그 출발점이 작품론이겠소. 작품이라 했을 땐, 맨 먼저 떠오르는 것이 저작권법에서 규정한 대로 작가의 소유물이라는 사실이오. 작가의 의도를 정확히 알아내는 일이 작가론의 제일 중요한 점인 것은 이 때문이오. 그 속에 들어 있는 것이 이른바 '생산적 정조(Productive Stimmung)'입니다. 어떻게 하면 이 정조를 알아내어 그것이 유기적인 구성을 이루어 미학적 과제로 처리될 수 있을까. 이렇게 사유할 때 직접적으로 봉착되는 것이 작가이오. 작가란 무엇인가. 아주 정확히는 그가 '인간'이라는 사실이오. 그는 뉘 집 자식이며 어디서 나고 배웠고, 또 어떤 골짜기의 물을 마셨고 어떻게 살았으며 또 죽었는가. 이 물음 앞에 서면 너무 아득해지기 마련이오. 그렇지만 동시에 그럴 수 없이 친근함에 빠지지 않을 수 없소. 여벌이 있을 수 없는, 단 일회성의 삶을 가진 '나'와 꼭 같은 인간이기에 그러하오. 부조리와 흡사한 이 아득함과 친근함이 작가론을 형성하는 원동력이오. 작가론이 빠지기 쉬운 함정이란 이에서 말미암소. 작가도 비평가도 인간이기에 인간적으로 대면하기만 하면 된다는 신앙이 그중의 하나이오. 이 함정에 빠지지 않기 위해 상정된 것이 이른바 문학사론이오. 작가론도 작품론도 이 문학사론과의 거리 재기에서 비로소 주어진 함정을 어느 수준에서 극복할 수 있을 터이오. 조금 전문적으로 말해 비평가의 주어진 몫은 다음 세 가지. (1) 사실의 확립이 그것. 물적 소재 수집 및 역사적 문맥의 재구성이 이에 해당됩니다. (2) 법칙성에 의한 설명이 그것. 곧 사회학적 심리적 생물학적 설명이 놓입니다. (1)과 (2) 사이에 놓이는 것이 (3) 해석(대화)입니다. 비평가와 인문과학자의 몫인 해석이란 새삼 무엇인가. 그것은 곧 인간 자유의 재발견에 해당됩니다. 존재의 차원에서 보면 인간은 자유와는 무관한 객체(물체)입니다. 인문과학이나 비평이 이에 기대는 한 자연과학에 전락될 터입니다. 그러나 인간을 의미의 차원에서 보면 인간적 자유가 절대적입니다. 사실의 확립과 과학적 설명 사이에 놓이는 것이 해석인 만큼 이는 두 주체 사이의 대화를 전제로 합니다. 해석이란 그러니까 자유의 행사인 셈입니다. 작가론이 지닌 유혹만큼 매력적인 것이 따로 없지만 동시에 이것만큼 까다로운 것도 없지요. 그것이 얼마나 어려운지 '공포와 전율'(키에르케고르)이라 할 수도 있을 터이오.

이를 어느 수준에서 규제하는 거시적 장치에 문학사론이 있고 미시적 장치에 작품론이 있습니다. 이 셋이 순환운동을 함으로써 서로 정밀해집니다. 작품론→작가론→문학사론에서 다시 작품론→작가론→문학사론으로 순환됩니다. 이 순환은 절대성으로 향하지 않습니다. 순환이란 자유 그것이 그러하듯 무한성인 까닭입니다(졸저, 『한국근대문학연구방법입문』, 서울대출판부, 1999). 작가론이란 그러기에 늘 미래를 향해 열려 있습니다.

　여기 수록된 작가론들은 2004년에서 2005년 사이에 씌어진 것들입니다. 일찍이 필자에 의해 한두 번 논의된 것들이기도 합니다. '작가론의 새 영역'이라 한 것은 이 때문이지요. 시시각각으로 변하는 문학사와의 거리 재기이기에 어찌 늘 새로 쓰지 않을 수 있으랴. 말을 바꾸면 이 작가론들은 제 자신의 실존적 내면풍경과 결코 무관하지 않습니다. 그 때문에 다시 부정될 운명에 놓여 있는 것입니다.

2006년 3월

김윤식

차례

권환론

·

춘원론

·

이태준론

이념에서 서정으로
—카프 시인 권환과 교토제대

1. 권환 연구 자료의 특이성

매우 경솔하게도 제1회 권환 문학제 기념특집호(『시와 비평』 제8호, 2004년 상반기)에 나는 「무작법의 시학」이란 제목의 권환론을, 잇달아 「제1회 권환문학제에 부쳐」(『한겨레』, 2004년 5월 15일)를 썼소. 매우 경솔했음이란 제국대학과 고독을 연결시켰음을 가리킴이오. 이러한 연결이 논리를 뛰어넘은 시적 직관에서 말미암았음을 깨닫기까지 내겐 제법 긴 시간이 걸렸소. 주변에서도 좀더 확실한 근거와 논리를 요망해왔소. 시적 직관을 이렇게 하든 뒷받침해야 할 처지에 빠졌소. 시적 직관을 극복하는 지름길은 없는 법. 언제나 단 하나의 길, 정면돌파뿐이지요. 권환 문학의 자료 검토가 그것이오.

권환 자료의 검토에서 내가 느낀 것은 다음 두 가지. 첫째, 연구사의 일천함에 비해 의외로 상당한 자료가 수집되었으나 정작 결정적인 대목에 가서는 뜻하지 않은 함정이 가로놓여 있다는 것. 둘째, 자료와 행적을 잇는 틈새가 벌어져 있는 경우가 자주 눈에 띈다는 것. 이 두 가지 사실이 권환 문학의 특이성에서 온 불가피한 현상인지를 검토하는 것이 이 글이 겨냥한 곳입니다.

2. 전위 문학운동으로서의 「앓고 있는 영」

권환 연구는 카프 문인 연구 중 비교적 늦게 시작된 것이며, 또 그 비중도 미미했던 것으로 보였소. 그 이유는 여러 가지일 것으로 추측되오. 월북작가 논의가 해금이란 이름으로 가능해진 것은 1987년이나, 권환은 카프 문인이지만 월북하지 않았다는 점도 그 이유의 하나에 들지 모르오. 그러나 이보다 더 중요한 이유는 따로 있었을 터. 규정하기 어려운 그의 문학 활동의 성격이 그것이오. 이를 일관성의 모자람이라 불러도 될까요. 그를 시인으로 규정하기에도 난점이 있었소. 희곡작가 또는 소설가로 보기에도 빈약했으며, 평론가로서도 민첩하지 못한 것으로 보였음에서 온 현상이 아닌가 추측되오.

그중에서도 접근하기 쉬운 쪽이 시인 권환으로 보였소. 세 권의 시집 『자화상』(1943), 『윤리』(1944), 『동결』(1946)이 연구자의 일관성을 자극한 것으로 보였소. 석사논문 다섯 편(권은경 : 1990, 김호정 : 1993, 목진숙 : 1993, 곽은희 : 1998, 이창훈 : 1999) 가운데 네 편이 시 연구로 되어 있습니다. 종합적 연구가 먼저 있고 그 다음 장르별 연구로 진행됨이 통상적인 연구 관습이고 보면 이는 조금 기이하다고 볼 것이오. 종합적 연구인 「권환 문학 연구」(경남대 박사학위논문, 2004)가 근자에야 나왔습니다. 1903년 경남 창원군 진전면 오서리에서 태어났으며 본명은 권경완(權景完)이라는, 권환의 족보까지 상세히 밝혀졌소. 한편 5백 쪽이 넘는 공들인 『권환 전집』(황선열 편, 전망, 2002)도 정리되어 있소. 그러고 보니, 최초로 쓴 소설 「앓고 있는 영」(『학조』, 1927년 2월)만을 빼면 권환 작품 중 빠진 것이 거의 없을 정도라

고 해도 지나치지
않을 만큼 완벽하
다고 할 만하오.
　「앓고 있는 영」
이 알려진 경위는
김근수 편『한국잡
지개관 및 호별 목
차집』(영신아카데

경성제대 독문과 재학 시절 (앞줄 가운데)

미 한국학연구소, 1975)에서가 아닌가 싶소. 국판 150면의『학조』2
호는 교토 유학생 잡지로 김우진의 희곡, 정지용의 시 등이 실린 창간
호(1926년 6월)와 더불어 서울대 도서관에 보관되어 있다고 되어 있
소. 서울대 도서관에는 구 경성제대 도서관이 모은 언문잡지 창간호
코너가 따로 마련되어 있었는바,『학조』창간호도 여기 들어 있어 누
구나 확인할 수 있었소. 그러나 어쩐 연유인지 김근수 씨의 목록에도
불구하고 그 2호는 현재로서는 발견되지 않습니다. 목차까지 있는 것
으로 보아 2호를 김근수 씨가 보았음에 의심의 여지가 없지만, 현재로
서는 미확인 상태이오.『학조』창간호의 발행 주체가 교토학우회(교토
시 교토대 기숙사 송을수의 방)이며 인쇄소가 동성사(同聲社, 東京府 下
戶塚 297)로 되어 있음에 비추어 아마도 그 2호 역시 일본에서 간행된
것으로 추측되오.
　그러나「앓고 있는 영」한 편이 빠졌다고 해서 권환 연구에 미칠 영
향은 그리 크다고 보기 어렵지요. 상기 석사논문 중 한 편을 빼면 모두
권환의 시에 대한 연구로 되어 있습니다. 이른바 암흑기에 시집『자화
상』,『윤리』를 냈고, 해방공간에『동결』을 낸 권환이고 보면『카프시
집』(1931)으로 이름난 권환의 시적 변모가 아마도 연구자들의 학구열
을 자극했을 터이오.「앓고 있는 영」의 위치가 가볍다고 할 수도 없는

부인 조성남 여사와 함께

영역이 따로 있습니다. 권환의 처녀작이 희곡 「광」(1926)이었다는 것, 소설도 「썩은 안해—감방 내의 환몽」(1927), 「자선당의 불」(1927) 등, 필명 권원소로 씌어진 것을 권환의 것으로 추정한다면(권씨라는 것, 교토에서 썼다는 두 가지 점. 이장렬 논문 참조) 널리 알려진 「목화와 콩」(1931)과 더불어 세 편밖에 안 되기 때문이지요. 초기 카프계의 창작이란 점에서 단연 연구의 중심에 놓일 수도 있겠지요.

「앓고 있는 영」의 실물 미확인이 가져오는 엉뚱한 상상력 또한 간단히 물리치기 어렵습니다. 미확인 상태인데 「앓고 있는 영」을 소설이라 단정해도 되는 것인가 하는 의문이 그것입니다(이장렬, 「권환 문학 연구」, 경남대 박사학위논문, 2004, 134쪽). 이처럼 자료 면에서는 거의 완벽하다 할지라도 「앓고 있는 영」 한 편의 미확인이 가져오는 파장은 만만치 않습니다. 이러한 현상은 다른 작가 연구에서는 별로 없지요. 가령 임화의 습작기 소설 「최후의 면회」(『매일신보』, 1927년 1월)의 경우는 임화 연구에서 보면 별 의미가 없지요. 이는 초기 카프 문학 연구 비중이 그만큼 무겁고, 또 그 앞자리에 권환이 놓였음을 가리키는 것입니다.

형상화급에 이르렀다는 「목화와 콩」도 그렇지만 권환의 희곡이나 새로 발굴되었다는 「썩은 안해—감방 내의 환몽」, 「자선당의 불」 등은 희곡 「광」, 「인쇄한 러브레터」와 성격상 유사한 점이 많아 보입니다.

그만큼 현실과 무관합니다. 가령 주인공이 김남작이라든가 감방의 주인공의 몽환 따위가 일종의 독서 체험에서 오는 관념의 산물로 보이기 때문입니다. 「앓고 있는 영」이 필화 사건을 일으켰던 것도 그 내용이 "다분히 이념적"이었기 때문이라 볼 수도 있겠지요(황선열, 「권환 전집」, 476쪽). 관념적인 내용이 바로 이념적이라고 할 수는 없다 해도 그것이 가져오는 과격성에서 평가될 성질이라 본다면 그 유사성이 어느 수준에서 인정될 터입니다. 설명을 조금 보태어볼까요.

(A) 무겁고 검은 쇠문이 슬그머니 열렸다. B는 문밖에 기다리고 있던 두서넛 동지의 마중을 받아 ××감옥을 나왔다.

2년 5개월이란 세월이 그다지 긴 동안도 아니었지만 B에게는 몇 세기나 지내온 듯이 주위의 모든 것이 다 눈에 싫었다. 길이니 산이니 거리에 다니는 사람이니 모든 것이 다.

B는 이런 이야기를 생각해보았다―어떤 사람이 압박, 투쟁, 살육으로 찼던 세상에 살다가 마취제를 먹고 지하실에 갔더니 그 뒤 몇백년 뒤에 깨어보니 세상은 모두 투쟁, 살육이란 말조차 없는 유토피아가 되었더란 이야기를 (「썩은 안해」, 자료 이장렬, 현대 표기―필자)

(B) 심이 있는 사람이니까 무엇보다도 사람으로 취급해달란 말이오. 우리는 불구와 궁핍 두 가지의 불행자다! 그러니 이 두 가지 불행이 모두 ×××××받은 운명 아닌 운명이다. 저주할 ×××× 우리들 불구자 가난뱅이로 〔완전 삭제〕 아니하지 않나! 그래서 자기들의 명예욕, 자존심만 채우지 않나! 그런 자선, 그런 동정은 우리는 감사하기는커녕……(「자선당의 불」, 자료 상동, 현대 표기―필자)

「목화와 콩」과는 현격한 차이를 보이는 이러한 소설들은 관념성의 직접적 노출이거니와 이 관념성의 의의랄까 중요성은 그것이 알몸으로 부딪치는 데가 오직 지식인의 머릿속에서라는 사실에서 옵니다. 관념성이란 과격성의 다른 이름이며 그 과격성의 강도가 높으면 높을수록 그 효과, 곧 지식인의 머릿속에 와 닿는 충격은 커지는 것입니다. 카프 문학운동이 예술상에서는 이른바 한 가지 전위운동(아방가르드 운동)이었음을 새삼 드러낸 것입니다. 성아(星兒)란 필명으로 다다이즘 시 쓰기를 일삼던 초기의 임화가 카프 시인으로 둔갑해간 사정도 이와 같은 문맥에서 설명될 터입니다. 주인공이 B라든가 김남작이라든가 하는 데서 보듯 관념성의 노출은 그 전위적 실험성의 산물이겠지요. 「표본실의 청개구리」(염상섭, 1921)의 주인공 X도, 「약한 자의 슬픔」(김동인, 1919)의 K남작, 강엘리자베트도 이러한 범주에서 설명될 수 있습니다. 「약한 자의 슬픔」이 지닌 이러한 전위적 성격은 「표본실의 청개구리」에 오면 한층 높은 단계에 오르게 됩니다(졸고, 「소설사적 과제로서의 관념성과 동시」, 『한국현대문학 비평사론』, 서울대출판부, 2000). 「약한 자의 슬픔」과 「표본실의 청개구리」가 지닌 소설적 실험성의 다음 자리에 카프 문학이 놓인다고 보는 것은 이를 가리킴입니다. 현실성과 전혀 무관한 관념성일수록 그 전위성이 돋보이는 것이라면, 초기 카프 문학은 그 어느 시기의 실험성보다 강렬했던 것입니다. 이 관념성이 현실에 서서히 침투되어 마침내 「고향」(이기영, 1933)이나 「황혼」(한설야, 1936), 또 『현해탄』(임화, 1938)을 낳기까지는 상당한 시간이 흘러야 했지요. 그것은 「표본실의 청개구리」가 「만세전」(1923)을 거쳐 「삼대」(1931)에 이른 궤도와 나란히 가는 예술 고유의 길이 아닐 수 없지요.

　지금까지 말해온 것은 권환 자료의 완벽성 앞에 함정처럼 놓인 작품 「앓고 있는 영」에 대한 연구사적 위치 측정을 위해서입니다. 어떤 유파의 문학도 당초엔 전위운동의 하나로 등장한다는 것, 그것은 현실과 무관한 관념성을 동반한다는 것, 그러기에 지식인 전용이라는 것 등을 문제 삼는다면 카프 문인 중 권환이 놓인 위치의 어떠함이 뚜렷해집니다. 전위문학으로서의 카프의 초기 모습을 전형적으로 보여줌에 권환이 제일 확실했기 때문입니다. 그의 초기 평론은 물론, 희곡과 소설들이 이를 강렬히 증거해놓고 있기에 그러합니다. 희곡, 소설 등의 산문이 장르상의 특성을 뛰어넘어 평론의 성격에 접근한 점에서 이런 점이 잘 설명될 수 있습니다. 전주사건(1935. 12) 이후의 권환의 활동, 다시 말해 사상보호관찰법 아래 놓인 권환의 문학적 전개로서의 시집 『자화상』, 『윤리』 등이란 『현해탄』 등이 이미 나와 있는 문학판에서는, 그 의의가 별도로 있긴 하겠으나, 카프운동사의 시선에서 보면 문제적이라 할 수 없지요. 권환의 존재가 눈부신 것은 어디까지나 카프 문학 초기 단계의 전형성이란 곳에 놓여 있기 때문입니다. 현실과 무관한 관념성, 현실적 민중이나 노동자와는 전혀 무관한 지식인 특유의 관념성(이른바 무작법의 시학)이 카프 문학의 초기 모습이자 동시에 문학예술운동의 본성이기도 하다는 사실은 자주 강조될 필요가 있습니다. 「앓고 있는 영」의 부재가 '함정처럼 놓여 있다'고 보는 것은 이런 문맥에서입니다. 언젠가 「앓고 있는 영」이 연구자들 앞에 나타나겠지만, 그로 말미암아 얻어지는 활력이란 새삼 무엇일까요. 초기 카프 문학의 전위적 성격 확인과 그 강화에 있지 않다면 어디서 그 의의를 또 찾을 수 있겠소.

3. 풍문으로 가득한 '남한 잔존'의 처리 문제

권환 문학 연구에서 두번째 문제점은 과연 무엇인가. 앞에서 나는 자료와 인간 권환의 행적 사이에 틈새가 너무 벌어져 있음을 들었소. 여기에는 응당 작가론 일반이 안고 있는 난점도 개입되어 있을 터이오. 작가의 자전적 기록이 1차자료급에 들 수 없는 경우가 허다하듯 그 작가에 대한 전기 역시 그 한계점이 지적될 수 있습니다. 이러한 난점을 판별할 줄 아는 민첩함이 연구자의 몫이지요. 연구자가 할 수 있는 영역은 다음 두 가지로 대별되오. 증거물 확보와 그를 바탕으로 한 추리가 그것. 이 가운데 증거 확보(자료 수집)는 또 둘로 갈라볼 수 있소. 기록물이 그 하나라면 증언 수집이 그 다른 하나이오. 내 경우로 말하면 증언에 앞서는 것이 기록물 쪽입니다. 기록물이 전무할 경우나 불확실할 경우 차선책으로 향하는 것이 증언 쪽이었소. 증언이란 목소리로 하는 것. 문제는 이 목소리의 물질성에서 옵니다. 그때그때의 정황에 따라 목소리의 강약이 있다는 것. 이를 어조라 부르거니와 여기에는 생리적 조건이 불가피하게 개입되어 있습니다. 기록 역시 그 물질성의 영향 아래 있지만, 저 플라톤의 지적대로 일단 기록된 다음에는 표정을 바꾸지 않음이 일반적이지요. 두 가지 물질성 중 기록 쪽이 좀더 안정되었음에 주목한다면 이 사정이 짐작되리라 믿습니다. 이 기록성을 내가 기리는 까닭은 그것이 이른바 인문학적 상상력의 첫번째 순위에 온다고 믿기 때문이오. 권환 연구에서 이 점이 첨예하게 드러나는 한 장면을 잠시 엿보기로 합시다.

권환 연구에서 설명되기 어려운 장면이란 한두 군데가 아니지만 그중에서도 제일 난감한 대목 중의 하나는 1948년에서 1954년 작고할 때까지 그가 향리 근처인 마산에 머물렀다는 점이 아닐까 합니다. 조선문학가동맹의 서기장(제1차 : 이원조, 제2차 : 김남천)이 아니고 한갓 차기 전국대회용 서기장으로 뽑히기도 한(제1회 조선문학자대회, 1946년 2월 8∼9일) 권환이 대한민국 정식정부가 수립되기(1948년 8월 15일) 전에 고향으로 내려갔다는 사실은, 1947년 가을을 고비로 남로당 대부분이 월북한 점에 비추어 볼 때, 설명되기 어렵지요. 그렇다면 응당 그는 국민보도연맹에 등재되었을 터라 전향자의 범주에 들

지 않으면 안 되었다고 보입니다. 이 장면을 한 연구자는 다음과 같이
처리했습니다.

> 권환은 서울에서 1948년 5월 1일 현재까지 머물고 있었다. 그는 1948
> 년 8월 15일 남한의 단독정부가 수립되는 과정에서 일어난, 남조선노동
> 당에 대한 이승만 정부의 대대적인 탄압에 의한 계급주의 문인들의 이
> 어진 제2차 월북 가운데서도 북으로 가지 않고 마산으로 몸을 숨긴다.
> (……) 1948년 8월 이후 마산으로 내려온 권환은 폐결핵을 심할 정도로
> 앓았다. 그래서 월영동에 위치하고 있던 마산 교동 요양원을 드나들며
> 치료를 해왔던 것으로 짐작된다. 그런 속에서 1952년 무렵에는 권환의
> 적빈한 생활 처지를 생각하여 권영운이 그를 마산중학교에 독어 임시강
> 사로 일하도록 주선하였다. 권영운은 그 무렵 마산여자중학교 교장으로
> 일하고 있었던 집안의 형제뻘 되는 이였다.(이장렬, 위 논문, 23쪽)

이 기록 중 주목되는 것은 '마산중학교 독어 임시강사'라는 대목.
6·25 전쟁 한가운데인데도 공적인 정부기관(공립)에 권환이 임시강
사로 설 수 있었을까. 결핵이라든가 부친상 등 이런저런 사정도 고려
될 수 있으나 추측의 영역을 벗어나지 못합니다. "어쨌든 권환의 남한
잔류는 여러 가지 측면에서 의문이 제기되는 부분"(이동순·황선열
편, 『권환 시전집』, 솔, 1998, 243쪽)이라 말해지는 것은 이를 가리킴
인 것. 권환의 '남한 잔류'에 대한 이러한 의혹은 어디에서 말미암은
것일까요. 여기에는 문학사적 해석이 개입됩니다. 카프 문학과 그 연
장선상에 남로당 문학이 놓인다는 일반론이 그것. 그러나 따져보면 카
프와 남로당(임화, 이원조 중심의 문학가동맹 계파)과는 엄연한 차이
가 있지요. 카프계로 말하면 남로당계보다는 북로당계에 가깝지요. 한
설야 중심의 북로당계 조선문학예술총동맹이 적어도 한동안은 카프의

정통을 이은 형국이지요. 한효, 이기영, 안막 등이 한설야를 중심으로 굳게 뭉쳐 임화, 이원조, 이태준 중심의 남로당계와 알게 모르게 대립되었고, 마침내 남로당계 숙청(1953)에 이르게 됩니다. 아직 남로당계가 월북하기 이전, 조선문학예술총동맹의 조직을 주도하는 자리에서 한설야는 '평양 중심주의'를 표나게 내세웠지요(졸저, 『해방공간의 문학사론』, 서울대출판부, 1989). 이는 '서울 중심주의'에 대한 생리적 대립 의식이자 동시에 지역주의를 가리킴이기도 합니다. 이는 서울 중심주의 범주에 드는 남로당계와 일정한 선을 그었음을 의미하지 않을 수 없지요. 동시에 그것은 당연하게도 카프계와는 일정한 거리를 둔 것이라 하겠습니다. 권환의 '남한 잔류'란 북로당과 카프의 차이 때문이자 동시에 카프와 남로당의 차이 때문이기도 합니다. 북로당에도 남로당에도 낄 수 없는 권환이란 존재는 새삼 무엇인가. 이는 문학사적 개입이 요망되는 질문이 아닐 수 없소. 곧 초기 순수형 카프계란 권환으로 대표됨과 동시에 권환으로 종결되었다는 것. 또 카프란 근본적으로는 '남한 잔존'이라는 것이 아닐 수 없지요.

카프 문학이 최종적으로는 '남한 잔존'으로 되었다는 것은 무엇을 가리킴일까요. 이에 대한 주도적인 해답을 찾는다면 그것은 카프 문학의 본질에 육박하는 것일 터입니다. 카프 문학이란 계급사상에 기초한 문학이며 마르크스주의라는 과학으로 무장한 것임에 틀림없지만 그것은 어디까지나 지식인 속의 문학이지요. 현실이라든가 민중이나 노동자와는 무관한 문학운동이었고, 바로 이 점에서 그것은 전위예술에 속했던 것이지요. 권환의 '남한 잔존'이란 카프 문학의 '남한 잔존'을 가리킴이며 또 그것이 북로당이나 남로당과 일정한 선을 긋는 지표와도 같다고 했을 때 제기되는 제일 날카로운 문제의식이 있다면 그것은 과연 무엇일까. 권환이 카프의 정통성을 대표했음이 그 정답이라고 나는 생각합니다. 카프계 중 오직 권환만이 제국대학 출신이란 사실이 이를 제일 잘 설명해줍니다.

카프란 새삼 무엇인가. 일본의 나프(NAPF)의 지부와도 같은 조직체가 아니었던가. 나프란 일본 제국의 사생아에 해당되는 것이라 말해질 것입니다. 그들 대부분이 제국대학 출신이었음을 염두에 둔다면, 카프가 얼마나 대단한 제국대학 지향성을 무의식 속에 품고 있었는가를 짐작할 수 있습니다(미첼, 『일제하의 사상통제』, 졸역, 일지사). 권환만이 이에 응답할 수 있었던 것. 권환의 '남한 잔존'이 가리키는 것은 적어도 이러한 카프의 무의식에 깔린 의미층이 권환으로 끝났음을 가리키는 것이라 할 것입니다.

권환의 '남한 잔존'과 마산중학 '독어 임시강사'란 그 자체가 상징적이라 할 것입니다. 카프 문학이 적어도 그 본질에서는 지식인 문학이라는 것, 또 그러기에 전위운동의 일종이라는 것, 그 대표적 존재가 권환이라는 것, 이러한 특징이 '남한 잔존'과 '독어 강사'로 낙착되었다고 할 것입니다. 카프 문학의 특질 중의 하나가 '남한 잔존'이라는 것이라면 '독어 강사'의 자리만큼 중요한 사건은 따로 없지 않겠소. 그렇다면 '독어 강사'라는 공적 자격이란, 사실로 확인될 수 있는가. 문제의 핵심사항의 하나가 이 물음에 걸려 있습니다.

앞에서 보았듯 권환이 독어 강사를 했다는 사실은 일종의 증언에 의한 것입니다. 권영운의 발설이라고는 하나, 이 역시 그의 아들 권오신의 승언에 근서한 것일 뿐입니다. 증언이긴 해도 일종의 풍문이라 할 것입니다. 물론 기록에 속하는 증거도 있긴 합니다.

1948년 봄 마산고교 교사로 부임한 수개월 뒤 충무에서 전근해 온 김춘수 씨와 마산대학까지 10년을 함께 근무한 것이 나의 인생에 많은 영향을 미쳤으며 (……) 이 무렵 고통을 무릅쓰고 호구를 위해 출강하던 시인 권환 씨가 적빈에 자녀도 없는 임종을 보고 인간적으로 문학하는

선배로서 슬픔을 느꼈다.(이석, 『향관의 달』, 현대문학사, 1973, 8쪽, 이
장렬에서 재인용)

이러한 기록성 증언이 구술 면담성 증언에 비해 확실성이 높습니다.
그렇기는 하나 '남한 잔존'의 의의에 비추어 본다면 좀더 분명한 기록
이 따로 요망된다고 할 수 없을까요. 이를 의심한 연구자가 있을 수 있
음에도 시선을 줄 필요가 생깁니다.

권환이 공립 마산중학교에서 독일어 강사로 근무한 것은 1952년이라
는 연구도 있지만 현재 마산고등학교 사령집에 기록이 남아 있지 않아
정확하게 확인하기는 어렵다.(서경석, 「카프 문학운동의 주역들」, 생애
연보 전승주 작성, 『탄생 100주년 문학인 기념문학제 논문집』, 민음사,
2004, 43쪽)

증언도 기록도 다시 '사실' 앞에 자칫하면 무력해질 수도 있음을 암
시한다고나 할까요. 이렇게까지 기록성의 확인에 강박관념마저 일으
키는 이유는 권환의 '남한 잔존'의 의의에서 말미암습니다.

4. 기록성 자료와 인문학적 상상력

『권환 전집』의 편자가 이렇게 말한 바 있습니다. "1949~50년
(47~48세) : 권환의 생애를 밝히는 데 있어서 가장 많이 가려진 부분
이다. 실제 가장 가까운 시기에 있으면서도 남겨진 자료가 거의 없다.
이 시기는 현재 생존해 있는 친척들의 구술에 의존하여 재구성할 수밖
에 없다"(『권환 전집』, 469쪽)라고. 이 지적은 시사하는 바가 적지 않
습니다. 증언이냐 기록이냐의 문제에서 기록성 자료에 인문학적 상상

력의 비중이 좀더 기울어진다는 전제를 두고 볼 때 권환 연구는 많은 시사점을 던지고 있습니다. 기록성 자료 판독도 그러하지만 기록성의 해석 영역 또한 만만치 않기 때문이지요. 그러한 사례를 들어볼까요.

(A) 휘문중학 학적부에서 다음 사항들을 주목하고자 합니다. (1) 사족(士族)이라는 것, (2) 자산 상황에서 추수 오백 석이라는 것, (3) 신장 4척 8촌이라는 것, (4) 두 해 동안 성적 순위가 42명 중 12위, 56명 중 25위라는 것, (5) 가정 및 본인 신앙이 대종교라는 것. 이 가운데 (2)와 (5)는 이미 지적되어 있고, 또 (5)에 대해서는 썩 민첩하게 풀이되어 있지만, (2)는 풍문의 영역에서 크게 벗어나 있지 않습니다. 다음의 자료 1로 인해 이제는 그것이 기록성의 범주에 들 것입니다.

(B) 권환이 다닌 야마가타(山形) 고등학교의 자료. 어째서 권환은 하필 야마가타 고등학교에 갔던 것일까. 이 물음에는 상당한 설명이 요망됩니다. 야마가타 고등학교에 어째서 조선인 유학생이 그렇게 많이

자료 1-1   자료 1-2

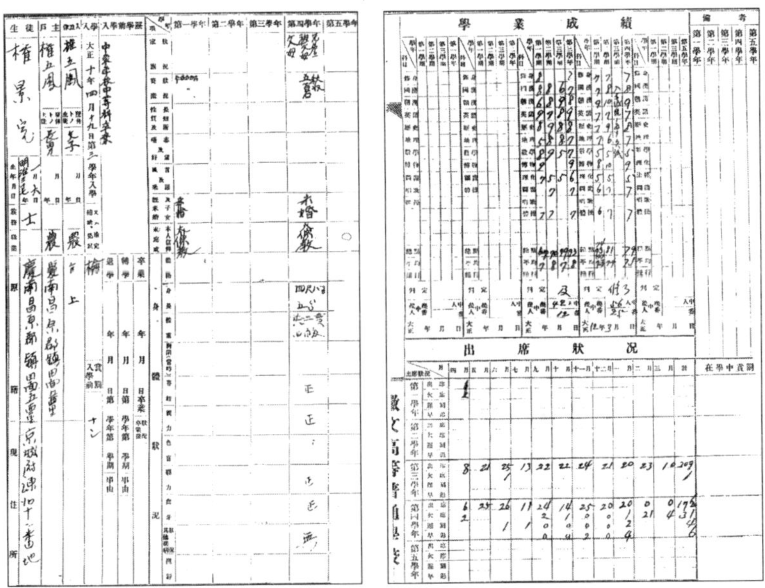

몰려갔을까. 1936년도까지 교토제국대학 조선인 유학생 중 이곳 출신이 무려 25명이나 있었다는 점(이장렬, 12쪽)을 염두에 둔다면(『교토제국대학 조선 유학생 동창회보』 근거) 이 문제가 제국대학과 분리될 수 없음을 알 수 있습니다. 제국대학에 입학하기 위해서는 일본에만 있는 10개의 고등학교에 들어가지 않으면 안 되게 되어 있었다는 것, 그중에서도 변두리 지방고교 쪽이 입학하기에 비교적 용이했다는 것 등등의 사정을 밝혀야 하겠지요. 야마가타 고등학교 1926년도 문과 을류(갑류는 정치경제계, 을류는 문과계) 34명 중 조선인 졸업자는 권환과 백익우 둘로 되어 있고, 함께 교토제국대학 문과에 입학한 것으로 되어 있소(자료 2). 이에 대한 적절한 해석은 당시의 일본 대학 제도 연구로 향하지 않을 수 없지요. 어째서 권중휘, 이양하, 김두용, 송몽규 등이 교토 3고(교토 소재)에 들고, 막바로 도쿄제국대학에 갈 수 있었는가를 검토하는 일은, 문학의 경우 어째서 주요한을 빼면 제1고등학교(도쿄 소재) 출신의 조선인 유학생이 없었는가를 인문학적으로

자료 2

文科乙類 (三十四人)

學部	氏名	出身
東法	古屋偉彦	山梨
東經	石塚勝雄	埼玉
法九州	神尾孝平	福島
東經	木村盛平	東京
東經	三浦喜代一	北海道
東法	及川四郎	宮城
京經	齋藤勝	山形
東法	坂倉延雄	山梨
京法	朱祥植	朝鮮
東經	田澤古游	神奈川
京文	戸倉廣	千葉
法東北	山縣桂一	秋田
法九州	金巘成	朝鮮
東法	後藤隆吉	秋田
東經	伊藤寬夫	山形
京法	吉元凱	朝鮮
京文	小泉源三郎	千葉
東經	新納太郎	德島
東經	相良勇雄	宮崎
京法	齋藤釜藏	千葉
東經	佐々木保郎	山形
東經	鈴木留主一	山形
東法	戸川明	東京
京法	牛田三郎	京都
東經	安田錄郎	岐阜
東文	[illegible]弱	神奈川
東經	十文字信雄	宮城
東經	菊地郁男	愛知
法東北	小原良岩	東京
東經	熊野可成	東京
東經	鷺萬	福島
東文	齋藤辰男	福島
京文	愼職範	朝鮮
京法	高島清吾	山形
東經	東鄕城一	東京
東文	渡邊功	山形
東文	安田裕	東京

理科甲類 (六十六人)

學部	氏名	出身
	安藤農夫男	岐阜
京經	堀田成二	東京
東文	勝又懸次郎	宮城
東文	小關守之助	山形
東文	森下彬	群馬
東文	中島源七	宮城
京文	大内宏	茨城
京法	阪本越郎	東京
東文	開義一	山形
京法	田中喜一郎	山形
東法	渡邊隆	山形
京文	權景完	朝鮮
京文	白翊禹	朝鮮
東文	諫山正男	大分
京文	駒井金夫	山梨
京法	熊田信男	福島
東女	村山義平	山形
京經	中村源三郎	山形
東經	齋藤清	山形
東文	崎山龍之助	靜岡
東經	白旗信	山形
京法	渡邊吉彌	山形
東文	山口功	愛媛
東北醫	青野勝夫	宮城
東醫	荒川正次	栃木
東北工	淺黄靖行	山形
法東	本間昭	山形
東女	龜井勝一郎	北海道
東女	小宮彌七	神奈川
京經	滿田盛三	福島
法九州	永山義孝	北海道
東文	西山久二	愛媛
京經	寶藤清次郎	山形
東經	櫻井孝	山形
京法	介川武夫	秋田
東經	渡邊正夫	岡山
京經	山中吉之助	茨城

설명해야 합니다.

　(C) 교토제대 문과의 경우. 연구자들이 직접 간접으로 권환의 교토제대 관련 자료에 진작부터 관심을 기울여왔음이 판명됩니다(목진숙, 1991년 직접 학적부 열람. 입학년도 1926년 3월, 졸업년도 1929년 3월, 문학부 독문학 전공이라는 것, 학부가 3년제라는 것 등이 확인됨). 그렇다면 교토제국대학은 어떤 위치에 있으며 그 학제와 운영 방식은 어떠했을까. 그 속에서 조선인 유학생 권환은 무엇을, 어떻게 전공했을까. 다음 몇 가지 자료를 살펴보기로 합니다. 교토제대에 앞서, 먼저 제국대학 특유의 학제를 알 필요가 있겠지요.

　제국대학의 학제는 도쿄제대와 교토제대에만 문학부가 있고 다른 제국대학은 법문학부를 한 단위로 구성되어 있습니다. 고등학교에서 이미 그 편제가 확정되는바, 문과 '갑' 류와 '을' 류가 그것이지요. 정치, 경제, 법률이 전자에 해당되며 후자엔 문과계가 해당됩니다. 학부제인 까닭에 법학부와 문학부(과)로 편제되며, 따라서 영문학과라든가 독문학과란 사실상 없지요. 문학부 ○○학 전공으로 되어 있기 때문입니다. 가령 김기림이나 최재서가 각각 동북제대 영문학과와 경성제대 영문학과를 졸업했다는 것은 잘못이며 각각 '문학부(과) 영문학 전공'으로 기록해야 맞는 셈이지요. 제국대학과 고등학교는 따라서 연속되어 있으며 학교 편람도 정비되어 있어 도서관마다 비치되어 있습니다. 교토제대의 경우도 야마가타 고교의 경우도 사정은 마찬가지입니다(서울대 도서관 속의 구 경성제대 도서관에도 이런 편람들이 모두 정비되어 있음). 그런데 권환이 다닌 교토제대의 경우 이 대학 편람 인쇄 이전에 작성된 인적 사항에서 드러나는 것에 주목하는바, 편람 쪽엔 없는 다음 두 가지가 있기 때문입니다. 주소 다음엔 사족(士族)인가 평민(平民)인가를 반드시 적었음이 그 하나. 다른 하나는 이름마다 그 발음을 일본어로 병기했다는 점. 권환의 경우엔 사족으로 되어 있고 본명 권경완(權景完)의 일본식 발음이 '겐 게이 구완'으로 되어 있습니다(자료 3). 제국대학의 수업 연한은 3년인바, 고등학교(오늘날의 4년제 대학에 해당) 3년을 합치면 6년이 되는 셈이지요(염상섭의 「삼대」의 주인공 조덕기가 교토 3고 졸업반이었으니까 오늘의 제도로 보면 조덕기는 대학 졸업반에 해당됨). 독문학 전공의 권환은 1926년 3월 31일에 입학하여 1929년 3월 30일에 졸업했고 재적 73명(문학부) 중 석차는 12등, 상위권에 해당됩니다. 전공 분야의 경우 '보통', '특수', '연습'의 세 분야 학점을 이수해야 했고, 이러한 학점 이수와 별개로 졸업논문이 주어집니다. 졸업논문에 제일 큰 비중이 걸려 있었기에 이는 다른 학점 이수 전체와 맞먹

자료 4

| 學級
科目 | 66
獨文學 | 權 景 完 | 入學
年月 | 15. 3. 31 | 在學
原番 | 73 |
| | | | 卒業
年月 | 4. 3. 30 | 卒業
席次 | 12 |

科　目	科目試問 普通	特殊	演習	論文 試問	科　目	科目試問 普通	特殊	演習	論文 試問
文　學　槪　論	85				羅　甸　語	75			
國　語　學	72				英（獨）（佛）語	64			
國　文　學	60				國文 國語 二 講	( )			
支那語學支那文學	78				國文 國語 二 講	( )			
英　文　學	一				支 文 一 講	( )			
獨　文　學	68.8	70.6	62	70	支 文 二 講	( )			
佛　文　學	70				敎育學敎授法	(一)			
梵語學梵文學	一								
言　語　學	81				平　　均	086.4	71.4		70.9

| 生　年　月　日 | 39. 1. 6. |
| 族　籍 | 朝鮮慶尚南道昌原郡鎭田面
五四里 |

年	月	日	摘　要
山形			高等學校文科入學
山形			高等學校文科卒業

는 것입니다(자료 4).

그렇다면 과연 권환의 졸업논문은 무엇이었던가. 이런 물음의 중요성은 이양하의 졸업논문이 W. 페이터 연구("The Inner Life of Marius the Epicurean with Reference to Walter Pater", 1930)이며 최재서가 셸리의 상상력("The Development of Shelly's Poetic Mind", 1931), 정지용이 W. 블레이크론("Imagination in the Poetry of W. Blake", 1929), 김환태가 페이터와 M. 아놀드론("Mathew Arnold and Walter Pater as Literary Critics", 1934)이었음과 견주어짐에서 옵니다(졸고,「제국대학 영문학의 시적 감수성 비판—김환태와 정지용 주변」,『문학사상』, 2004년 10월). 졸업논문이 갖는 의의란 한 문학도의 앞날을 결정한다는 점에서 오는 것이며 또 그것은 그가 속한 당대의 지적 흐름에 직결됨에서도 오는 것입니다. 권환의 졸업논문은 어떠했을까. 매우 불행하게도 아직 그 원본을 찾아내지 못하고 있으나, 또 다행히도 그 제목만은 알아볼 수 있습니다.「혁명시인 Ernst Toller의 작품에 나타난 그의 사상」이 그 것입니다(자료 5)[1].

자료 5

專 攻 科 目	氏	名	返 却 月 日
獨文學	權景完		

論文題目　革命詩人 Ernst Toller ト作品ニ現ハレタ彼ノ思想

送付月日	審 査 教 官	受領印	送付月日	審 査 教 官	受領印
1 22	成瀬　助教授	(印)	2 26	和辻　助教授	(印)
2 13	雪山　講師	(印)			

---

1) 자료 3에서 5까지는 필자의 의뢰로 미즈노 나오키(水野直樹, 교토대학 인문과학연구소) 교수가 보내온 것. 이 자리를 빌려 고마움을 표함.

당시 독문학 전공 분야엔 조교수 나루세 기요시(成瀬淸, 문학사 · 문학 담당), 조교수 와쓰지 데쓰로(和辻哲郎, 윤리학 담당), 강사 유키야마 도시오(雪山俊夫, 문학사 · 어학 담당) 외에 오토, 게오르게 등 몇 명의 강사로 구성되어 있습니다(교토제대 일람, 1925~1927).

권환이 택한 혁명시인 에른스트 톨러(1893~1939)란 과연 어떤 시인일까. '혁명시인'이란 표찰을 깃대처럼 내세운 톨러는 제1차 세계대전 때 부상병으로 귀환한 뒤, 반전주의자로서 동맹파업에 가담해 형무소에 들어갔고, 거기서 쓴 것이 처녀작인 표현주의적 희곡 「변신(Die Wandlung)」(1919)으로 되어 있습니다. 그후 공산당에 관련했고, 5년 동안 복역했고, 복역 중 「군중인간」, 「기계 파괴자」, 「독일인 힝케만」 등을 썼고, 시집 『제비의 글』도 역시 옥중작으로 되어 있습니다. 제1차 세계대전 이후의 독일 문학계를 주도한 것은 이른바 표현주의 운동입니다. 자연주의에 대한 반발이며 또한 인간성 해방의 몸부림이고 자본주의와 기계문명에 대한 도전이기도 한 표현주의 운동의 특징은 사회의 모순, 불안, 초조 등을 통한 인간해방의 외침으로 정리됩니다. 과격성의 표출 방식이 어떠한지는 희곡에서 잘 드러납니다. 정상적 대화나 형식보다는 각자의 내면 고백, 단편적 어귀의 나열, 비문법적 무작위적 용어 사용 등이 특징을 이룹니다. 요컨대 부르짖음이며 노호이며 신음이고, 비명이자 고함소리였던 것이죠(박찬기 편, 『표현주의 문학론』, 민음사, 1990, 32~33쪽). 권환의 처녀작 「광」이 바로 이를 잘 보여주는 전형적 사례입니다. 『카프시인집』에 실린 권환의 시들도 뿌리를 캔다면 이 범주에 드는 것이라 하겠지요.

「군중인간」(1921)의 줄거리를 잠시 엿볼까요. 주제는 사회혁명. 인간의 이념과 군중에 의한 행동의 관련을 분석한 희곡작품. 진실한 인간의 이념을 공산주의에서 찾는 어느 부인이 공장 폭파를 계획하는 당의 방침과 대립합니다. 여기에서 드러나는 것은 이성과 현실, 군중과 그들 행동의 상반됨이지요. 「기계 파괴자」(1922)는 표현주의적 흥분이 조금 가신 뒤의 작품으로 19세기 초 영국에서 수공업자들이 기계의 위협에서 벗어나기 위해 방직기계를 파괴한 사건을 다룬 5막극. 「독일인 힝케만」(1923)은 전쟁에서 성적 기능을 잃은 힝케만과 그로 인해 아내의 부정 사건이라는 곡절을 거친 끝에 결국 두 사람의 동반 자살로 끝나는, 암울하고도 극단적인 내용으로 된 작품(박찬기, 『독일문학사』, 일지사, 1976, 423~424쪽).

이상의 간략한 소개를 통해 보면 극작가 톨러가 제1차 세계대전의 체험에 의거해 새로운 세계를 공산주의에서 찾고 그것을 위해 열정적으로 투쟁한 표현주의 흐름에 온몸을 던진 혁명시인임을 짐작할 수 있습니다. 좀더 자세히 볼까요. 유태계 극작가이자 시인인 톨러가 제1차 세계대전에 지원병으로 참가, 부상 후 제대하고 뮌헨에서 사회주의 운동에 투신, 11월 혁명의 좌익 혁명파의 간부로 활약, 1919년 혁명군의 패배로 내란죄에 걸려 5년간 복역. 옥중에서 「변신」을 비롯, 「군중인간」, 「기계 파괴자」, 「해방된 보탄」(1923) 등 희곡 발표. 시집 『제비의 글』, 『프롤레타리아의 사람』을 비롯, 자전적 기록 「독일의 청춘」(1933) 등이 있으며 나치 집권 뒤엔 미국으로 망명했고(1933), 망명지 뉴욕에서 1939년에 자살한 것으로 되어 있습니다(『신조세계문학사전(新潮世界文學辭典)』, 1990, 727쪽).

톨러의 지리한 문학적 활동이 혁명가의 그것임을 한눈에 알 수 있습니다. 근대 일본의 사상계가 후진국 독일을 정신적 지주로 삼았음은 그들 역시 후진국이었음에서 온 자연스런 현상이지요. 20년대 일본 철학계가 신칸트학파를 선호한 것이 이를 증거합니다(미야카와 도루(宮川透), 『일본정신사에의 서론』, 紀伊國屋新書, 1966, 63~65쪽). 제국대학생이자 식민지 출신 권환이 독일문학의 혁명문사 톨러에게 관심을 가진 것은 어쩌면 자연스런 마음의 흐름인지 모릅니다. 더구나 교토제대란 개방적 학풍으로 알려진 곳임을 염두에 둘 것입니다. 이를 직접적으로 말해주는 것이 『학조』(창간호, 1926년 6월)입니다. 앞에서 잠시 말했지만 『학조』는 교토학우회(재교토 조선유학생 학우회 중심 집단)의 기관지입니다. 그들의 지적 관심사가 어디로 향하고 있었는가는 다음 기사들에서 능히 엿볼 수 있습니다.

학우회 정기총회의 결의사항 첫번째가 교토대 유학 조선인 노동총동맹회에서 노동야학을 개설하는바, 본회에서 강사를 파견하기. 둘째가 동아일보 해외동포 위문금 처분에 관하여는 무조건으로 재일본 조선인 노동총동맹에 양여할 것을 긍정함으로 되어 있지요. 또 오타루(小樽) 고상(북해도 소재) 조선교관 사건에 대한 공동 대처, 개천절 기념일, 망년회, 조선인 살해에 관계된 모 사건에 대한 대책, 망년회에서의 고시조 읊기 및 연극 등등이 관심사로 되어 있지요. 주목되는 것은 이런 관심사의 중심부에 교토제대 기숙사가 놓여 있다는 점이지요.

권환이 입학하기 직전의 교토제대의 지적 분위기란 어떠했을까: 이를 밝히기 위해서 알아둘 필요가 있는 것은, 큰 틀에서는 세계사적 동향, 그 다음엔 일본의 사상사적 동향이 문제이겠고, 세번째이자 가장 직접적인 것이 바로 『학조』의 분위기입니다. 고도(古都)이자 모더니티를 동시에 갖춘 자유로운 학풍의 교육도시 교토의 제국대학 조선학우회의 정신적 지향성이 『학조』에도 어느 수준에서 반영되었을 터입니다. 권환이 그 제2호에 소설 「앓고 있는 영(靈)」을 썼고, 그것이 필화사건을 일으켰다는 풍문(미확인)도 상당한 근거와 확실성을 갖는지도 모릅니다. 또한 교토와 조선인 유학생의 관계도 탐구될 영역이겠습니다. 어째서 오상순, 정지용, 윤동주, 염상섭, 김팔봉, 이양하, 권중휘 등이 교토에서 공부했고, 그것이 그들 문학 수업에 또 그후에 어떤 몫을 했는가도 우리의 탐구 영역일 터입니다(졸고, 「헤겔의 시선에서 본 교토문학파」, 『청춘의 감각, 조국의 사상』, 솔, 1999).

在京都朝鮮學生
二十餘名卒業
녀자도세사람이졸업해
◇京都帝大出身이最多

자료 6

　권환이 졸업하던 그해 재교토 조선인 졸업생은 20여 명으로 되어 있습니다. 재교토 조선인 유학생 학우회가 개최한 송별회의 사진과 명단이 발표되어 있습니다(『동아일보』, 1929년 3월 3일). 이중 도시샤 (同志社)대학은 정지용, 박제찬 등 세 명이지만 교토대학 쪽은 권환을 비롯, 신기범(영문학), 박병곤 등 모두 12명으로 최대수를 차지하고 있습니다(자료 6).

　「아버지」(1925)를 비롯한 습작기의 아동문학계 작품을 제하면, 권환의 처녀작은 「광(狂)」(『신민』, 1926년 12월)이라 하겠지요. 말미에 1926년 교토에서 썼다고 적혀 있습니다. 다음 두 가지 점이 지적될 수 있겠소. 첫째, 이것이 희곡이라는 점. 2막으로 된 「광」은 그야말로 표현주의의 특징을 막바로 드러낸 점에서 주목됩니다. 이 무작법한 어법과 외침이란 그야말로 파괴 그 자체라고나 할까요. 이는 분명 혁명시인이자 희곡작가인 톨러와 무관하지 않을 것입니다. 다른 하나는, 내용 쪽입니다. 아내의 허영심을 채워주기 위해 가난한 회사원 박덕세가 강도짓을 했다가 3년간 옥살이를 하고 나와보니 그 아내는 아기도 버리고, 어떤 사내와 러시아로 도망쳤던 것. 이에 격분한 박덕세가 "소금 같은 눈뭉텅이가 자꾸 내리"는 바깥으로 뛰쳐나가는 장면에서 연상되는 것은 표현주의적 과격성과 함께 톨러의 「독일인 힝케만」입니다. 또한 초기의 소설 「썩은 안해—감옥 내의 환몽」은 톨러의 「군중인간」에, 「자선당의 불」은 톨러의 「기계 파괴자」에 어느 정도 대응됩니다. 그렇다면 『카프시인집』(1931)에 수록된 「정지한 기계」도 이와 관련지어봄 직합니다. 서정시집 『제비의 글』의 내용을 알기 어려우나, 시인으로서의 권환을 문제 삼을 경우라면 응당 이 시집도 논의의 대상으로 삼아야 하겠지요. 이처럼 교토제국대학과 혁명시인 톨러 속에 조선 유학생 권환이 서 있었지요.

5. 혁명시인 톨러 앞에 선 제국대학생

교토제국대학과 혁명시인 톨러 앞에 알몸으로 노출된 식민지 출신이자 대종교 오백 석 가문의 장남 권환의 교토 체류는 만 3년. 이 미정형의 인격체가 어떤 자기 방향성을 확립해나갔을까. 우리가 탐구해야 할 참주제가 놓인 곳입니다. 혁명, 그것은 실천이자 행동인 만큼 그 실천의 장소 찾기야말로 미정형 인격체의 운명을 결정지었을 것입니다. 권환의 교토 체류는 학업을 위한 만 3년입니다. 설사 이 기간에 그가 나름대로 대외적 활동(소설 쓰기나 기타)을 했다고 하나, 어디까지나 학업의 일종이며 졸업논문 연습의 한 가지 형태라 할 것입니다. 일본 제국의 최고 교육기관이 이 조선 청년을 알게 모르게 돌보고 있는 형국이기에 그의 어떤 행동도 일종의 실험실 속의 폭풍에 다름 아니었던 것입니다. 에른스트 톨러가 혁명시인인 것은 오직 독문학 속의 인식이며, 교토 조선인 학우회 기관지 『학조』 역시 일종의 실험실이라 할 것이오. 역사의 도시 교토 역시 따지고 보면 한갓 제국의 온실 몫을 하는 시골도시에 지나지 않는 것이지요. "나의 청춘은 나의 조국"(정지용)이라는 차원이면 몰라도 혁명시인 톨러의 부름에 응답한 권환이고 보면 졸업과 더불어 교토 탈출은 예비된 수순이라 할 것이오. 그가 빨려 들어간 곳은 물론 제국의 수도 도쿄였소. 그를 부르는 목소리가 거기서 제일 세게 들려왔던 까닭이오.

제국의 수도 도쿄에서 권환을 부르는 소리는 여러 갈래로 추정되오. 제국과 맞선 인류의 이념을 내세운 일본 공산당의 목소리가 그 하나. 그 속에 포함되면서도 더욱 구체적인 목소리가 또 다른 하나. 카프 도쿄지부의 목소리가 그것이오. 카프 도쿄지부라고 하나, 실상 이 조직은 『무산자』의 별칭이기도 하여 단순한 문학운동과는 크게 구별되오. 이 조직의 중심인물에 주목할 것입니다. 이북만(李北滿)이 바로 그요. 아내와 누이 이귀례(훗날 임화의 첫번째 부인)를 동반, 도쿄의 셋집에 카프 도쿄지부(1928년 10월~1929년 5월)의 간판을 걸고 임화를 비롯 제3전선(1927) 및 『무산자』 운동을 이끈 이 강인한 조직인은 문학운동을 훨씬 넘은 자리에서 활동했던 것입니다(졸저, 『임화 연구』, 문학사상사, 1989). 요컨대 이북만의 조직 훈련 밑에서 카프 도쿄지부, 그 발전직 형태인 『무산자』가 있었고, 또 그 연장선상에 최종 목표인 재건공산당 사건이 놓이지요. 코민테른 8월 테제(1928)에 의거, 일국 일당주의 원칙에 따라 조선공산당도 해체(1925)되기에 이르렀으나, 이를 독자적으로 극복하려는 재건 조선공산당 운동의 중심부에도 김두용, 김삼규, 고경흠과 더불어 이북만이 있었지요. 이북만은 소위 일본의 나프(NAPF) 멤버이기도 했으며 이복만(李福萬) 코드까지 갖고 있던 인물이지요. 김천에서 낳고 상업학교를 나온 이북만의 존재를 떠나서는 이 무렵 재도쿄 조선인 사상 동향을 정확히 파악하기 어렵지만, 아직도 그에 대한 연구가 미비한 형편입니다(김인덕, 『식민지 시대 재일조선인 운동』, 국학자료원, 1996).

권환이 동향인 이상조(임화의 두번째 부인인 소설가 지하련의 오빠)와 카프 도쿄지부에 가입한 것은 1929년 5월로 되어 있습니다(전주 사건 재판 기록). 권환의 시「이 꼴이 되다니」를 『무산자』(1929년 6월)에 발표한 것도 이와 무관하지 않지요. 이러한 중심인물 이북만은 과연 일본 공산당원이었을까. 그의 일본에서의 활동 중, 나프와의 관련 부분을 잠시 엿볼 것입니다. 이북만은 「조선노동위원회의 기록」(『프롤레타리아예술』, 1927년 12월)을 비롯, 「조선에 있어서의 무산계급운동의 과거와 현재」(동, 1928년 4월), 이어서 이 글의 후반부를 명칭이 바뀐 기관지 『전기(戰旗)』(창간호, 1928년 3월)에 싣고 있습니다. 그가 얼마나 주도면밀한 조직인이자 운동가인가는 도쿄에서의 카프운동의 오류 및 한계를 지적한 점에서도 능히 엿볼 수 있습니다.

그 한계는 다음 세 가지. 첫째, 예술운동의 특수한 형태를 규정하지 못했다는 것. 둘째, 예술적 활동과는 전혀 유리된 형태로 투쟁한 점. 셋째, 실천과 관계없이 이론 투쟁만 일삼았다는 것(위의 책, 22쪽). 이러한 자기 비판은 카프 도쿄지부가 얼마나 일본의 나프에 예속당했는가를 새삼 말해주는 것이기도 합니다. 카프 도쿄지부를 해체하고 나프 속에 동지사(同志社)를 설치하는 과정(1929)에서도 이 점이 크게 노출됩니다(『프롤레타리아문화』, 1932년 3월). 이북만이 예술운동의 특수한 형태, 곧 예술운동의 특수성을 내세웠지만, 결국 이를 포기하고 재건 조선공산당 운동으로 치닫는 것은 이 운동의 궁극적 지향성을 말해주는 대목입니다. 예술운동이란 일종의 보호막에 지나지 않음을 그가 투철히 알아차린 한 가지 증거인지 모릅니다.

권환이 임화와 더불어 이북만 계열에 속하며 그의 훈련 과정을 겪었다는 사실은 강조될 만합니다. 1929년에 귀국한 권환이 곧 결혼했고 이듬해 카프 중앙집행위원으로 뽑혔으며, 재건공산당 사건(1931)에 임화와 더불어 검거되어 불기소 처분되었음은 잘 알려진 바입니다. 그로부터 수년 뒤인 이른바 전주 사건(신건설사 사건, 1934~35)에서 권환은 23명에 포함되어 기소되었고, 송영, 한설야, 백철과 더불어 치안유지법 제1조 후단에 해당되어 집행유예 3년의 판결을 받습니다. 물론 재판 기록대로 "모두 전향을 서약하였으므로" 그렇게 된 것입니다. '모두가 전향을 서약했음'이란 새삼 무엇일까. 23명 중 단 한 사람도 '비전향자'가 없었다는 것은 저 일본 나프 쪽과는 다른 점이기도 합니다.

도쿄제대 출신으로 나프의 중심인물인 하야시 후사오(林房雄)가, 전향하는 마당에 조선인 공산주의자들의 딱한 사정을 지적한 바 있습니다. 일본인 공산주의자는 전향하면 돌아갈 조국 일본이 있지만, 조선인에겐 그 조국이 없다고 했지요(하야시 후사오, 「전향에 대하여」, 『문학계』, 1941년 3월). "무릎은 굽히지만 머리는 숙이지 않는다"(하이네)라고, 또 다른 도쿄제대(독문학) 출신 나프 간부 나카노 시게하루(中野重治)는 법정에서 자신이 행한 태도를 변명했지요. 마르크스주의를 대의(大義)라 믿었기에 그런 태도가 빚어졌을 터입니다. 만일 그것이 대의가 아니라 일종의 '이론'이라면 어떻게 될까. 여기에 전향자의 심리적 근거가 있다고 단언한 것은 위의 하야시 후사오입니다(「전향에 관하여」, 湘風會, 1941, 21쪽).

그렇다면 카프 문사들의 저러한 '모조리 전향'이란 새삼 무엇인가. 대의로서의 돌아갈 조국이 일본의 전향자처럼 따로 있다는 것, 그 대의를 위한 방편이 마르크스주의였다는 것, 바로 여기에 카프 문인의 '모조리 전향'의 의의가 있을지 모릅니다. 민족주의와 마르크스주의의 갈림길도 어쩌면 이 전향 심리 속에 은밀히 깃들어 있었는지도 모

릅니다. 그렇지만 전향을 선언하고 집행유예 3년을 언도받은 권환의
내면풍경은 어떠했을까. 혁명시인 톨러의 가르침을 따라 제국의 수도
도쿄로 갔고, 이북만 조직 밑에서 실천운동에 몸바친 권환의 두 번에
걸친 옥살이의 결과는 무엇이었을까. 한 가지 분명한 것이 있다면 그
것은 그가 신봉한 혁명시인 톨러나 혁명시인 하이네를 향한 그리움의
지속이었다는 사실입니다. 인류사의 나아갈 '대의'에 대한 그리움입
니다. 이북만도 이 점을 짐작하고 있었기에 그를 조직 속으로 이끌어
들였을 터입니다. 제한적이나마 인류사의 대의를 가르치는 곳의 하나
가 바로 제국대학이라는 사실이 그것입니다. 근대, 그것의 구조와 이
념 그리고 모순과 한계를 가장 높은 수준에서 구현해 보인 장치의 하
나가 제국대학이었던 것입니다.

6. 교토제국대학이 놓인 자리

서양 제국주의의 대포 아래 국가적 위기를 실감한 일본이 봉건제를
혁파하고 메이지 유신(1868)을 감행한 역사적 사실은 서양 제국주의
의 위력을 그대로 학습함을 가리킴이 아닐 수 없습니다. 대포와 군함
의 힘의 근거를 학습함으로써 비로소 국가적 위기를 극복할 수 있다고
믿었던 까닭이지요. 그렇다면 그 대포와 군함의 힘의 근거는 어디에서
오는가. 이 물음에 막바로 부딪치는 것이 '코기토 에르고 줌'(데카르
트)입니다. 모든 사고의 중심에 합리주의를 놓는 것, 이를 또 다르게는
수학적 사고라고도 부릅니다. 이른바 합리성과 수학적 사고란 기능주
의를 지향하게 마련입니다. 이 합리적 기능주의가 제도로 확립된 상태
로 작동하는 현상을 일러 근대라 부릅니다.

이 근대를 지상목표로 내세우고 이를 수행함에 있어 일본 국가는 과
연 어떤 방도를 취했던가. 이 물음은 근대란, 제도로서 작동된다는 사

실에서 옵니다. 개인의 신념이나 의지의 작동에 앞서 제도가 개인의 의식조차 만들어낸다는 원칙을 떠나면 근대를 올바로 설명할 수 없습니다. 구체적으로는 제도로서의 학교와 공장이 그것입니다. 제도로서의 학교가 지향하는 최고의 형태가 제국대학이란 사실은 아무리 강조되어도 지나침이 없습니다. 제도로서의 공장이 지향하는 최고의 형태가 자본제 생산양식임은 아무리 강조되어도 지나치지 않습니다.

후설에 따르면 근대의 합리적 세계관은 갈릴레이의 측정술에서 발단된다고 합니다. 근대적 합리주의는 세 가지 특질을 갖는바, (1) 시간, 공간의 균질화 (2) 세계의 총체를 객관적 인과 관련의 계열로 파악하고, 또 그것을 계량화(수학화)할 수 있다는 이념 (3) 심·신 이원론. 이상의 세 가지가 갈릴레이의 측정술로 대표된다고 함은 웬 까닭일까요. 잠시 볼까요. 인간의 경험적이며 실천적인 인식을 수학에 결부시켜 이를 순수 기하학적 사고라는 형태로 이념화한 것이 갈릴레이의 측량술이기에 그러하다는 것입니다. 측정술이란 당초엔 어떤 지점에서 목적지까지 어떻게 가면 제일 가까운지 알아보는 경험적 실천에서 나온 것이지요. 그 결과 될 수 있는 한 직선으로 이동해야 제일 효과적임을 알게 됩니다. '자연의 수학화'의 시작이지요. 될 수 있는 한 정확한 척도를 만들어 적용하는 기술의 진보가 완전에 가깝게 이념화하기에서 이른바 순수 기하학, 곧 자연의 수학화가 등장하게 되었지요. 그 결과는 시간·공간의 균질화, 세계를 총체적 인과관계로 설명하기, 심신 이원론의 확립으로 나타납니다. 이 자연의 수학화의 확장이 감성적인 생활 영역에까지 철저히 적용되어 세계를 일원화하기에 이른 세계, 이를 두고 근대라 부릅니다. 대포, 군함, 비행기를 만든 것이 바로 이것이지요. 이성 중심주의의 이러한 철저화가 소위 생활세계를 철저히 무시한 것이라 하여 니체를 필두로 많은 사상가들이 일제히 비난하기 시작하고, 마침내 후설에 이르러 서양 학문의 위기를 외치기에 이르렀고, 20세기 후반기에 오면 반합리주의 철학, 몸의 철학, 해체주의 등이 우후죽순처럼 돋아나 잃어버린 생활세계 찾기에 정신을 쏟게 됩니다. "물리학 또는 물리학적 자연을 완성한 발견자인 갈릴레이, 혹은 그의 선구자들에게 정당성을 부여하기 위한 갈릴레이는 발견의 천재인 동시에 은폐의 천재"(후설, 『유럽 학문의 위기와 선험적 현상학』, 이종훈 역, 이론과실천사, 82쪽)라는 데까지 이릅니다. 그러나 근대야말로 모든 위기 조성의 주범이고 제국주의와 더불어 천하 악종으로 치부되는 오늘의 처지에서 보면 잃어버린 생활세계 찾기란 갈릴레이가 은폐한 부분의 복원에 지나지 않겠지요. 그렇다고 갈릴레이가 발견한 것이 쇠퇴했거나 물러난 것은 아닙니다. 이른바 수렴론이 그 증거 아닙니까.

근대라 함은, 그러니까 주로 18세기에 생긴 사상을 매개로 하여 19세기에 실현된 사회를 지칭합니다. 병원, 학교, 공장 등의 제도 확립으로 해서 비로소 자연의 수학화가 가능해졌습니다. 그것은 마법에서의 해방(M. 베버)으로 표상되거니와, 이러한 논리와 제도를 메이지 유신 이후의 일본만큼 민첩하게 받아들인 나라는 없습니다. 일본의 국민성이나 그들이 서양의 대포 앞에서 느낀 위기감도 작용했을 터이나 요컨대 메이지 유신을 일으킨 중심 세력은 철저히 서양 모방에 힘을 쏟습니다. 헌법과 육군 제도는 독일, 우편, 공장 및 해군 제도는 영국, 경찰 및 교육 제도는 프랑스에서 각각 도입했지요. 프랑스식 교육 제도를 도입했음에 일단 주목할 필요가 있습니다. 프랑스에서는 본래 교육을 담당한 기관이 교회였습니다. 근대 국민국가를 만들어가는 과정에서 제일 큰 걸림돌이 교회였음을 염두에 둔다면, 국가와 교회의 싸움에서 쟁점으로 놓인 것이 학교였음이 쉽사리 이해됩니다. 결국 교육의 과제를 교회로부터 쟁탈하여 제도화한 것이 국가에 의한, 이른바 학교의 탄생이지요. 근대적 학교 제도야말로 국가의 존립 문제와 관련되었다

함은 이 때문입니다. 그동안 사람들의 정신을 지배해오던 교회와의 사활을 건 투쟁의 산물인 까닭에 학교란 곧 국가 자체와 동일체라 할 것입니다. 잔 다르크를 국민적 영웅으로 일찌감치 교과서 속에서 가르쳐야 했음도 이를 증거합니다. 학교야말로 입신출세주의의 지름길이었던 것입니다. 이는 권력의 메커니즘으로 설명될 수 있습니다(푸코, 『감시와 처벌』, 1975). 학교를 통해 획득된 지식이 그대로 근대적 권력의 원천을 이루게 됩니다.

일본의 근대국가는 과연 교육 제도를 어떻게 확립해나갔던가. 1872년(메이지 5년) 일본 국가는 프랑스 교육 제도를 바탕으로 한 학제를 공포했습니다. "반드시 읍에는 배우지 않은 가문이 없고 배우지 않은 집이 없을 것을 기하기" 위한 이 학제의 목표는 이렇게 되어 있습니다. "사람은 능히 그 재능 있는 바에 따라 노력해서 이에 종사한 연후 비로소 삶을 다스리고 재산과 산업을 일으킬 수 있다. 그러므로 학문은 입신의 근본으로서 사람은 누구나 배워야 한다."

주목되는 것은 학문이 막바로 '입신출세'에 통한다는 점입니다. 이후 일본 사회의 기본적 신념이 된 이 목표가 제국대학령, 사범학교령, 중학교령, 소학교령 등으로 제도화된 것은 1886년입니다. 서양의 경우와 달리, 교회의 완강한 저항이 없는 일본이었기에 국가의 강요에 의한 이 교육 제도는 유례없는 빠른 성과를 보인 것으로 되어 있습니다. 소학교의 경우 1900년도엔 취학율이 81퍼센트까지 이르렀고, 1910년에 98퍼센트, 1910년엔 99퍼센트에 육박했습니다. 입신출세주의가 신분 상승을 가리킴이며 이는 근대국가가 보장하는 취직에 직결됨으로써 교육 자체가 일종의 신성한 종교의 수준으로까지 수용된 것입니다. '학교라는 이름의 종교'는 가히 위로부터의 정신혁명이자 사회혁명이라 할 만합니다(櫻井哲夫, 『'근대'의 의미』, 일본방송출판협회, 1990, 178~179쪽, 子安宣邦, 『일본근대사상비판』, 岩波書店,

2003, 305쪽). ‘학교라는 이름의 종교’ 의 최고 지위에 놓인 것이 제국대학이며 도쿄제국대학(1897)이 유일한 것이었지요. 잇달아 교토제대가 제2호로 설치되고, 또 도호쿠(東北)제대, 규슈(九州)제대로 불어납니다. 최종적으로는 9개의 제국대학이 탄생했으며 1918년의 대학령에 따라 1920년대에는 사립대학이 탄생했고, 1929년에는 무려 46개의 대학이 생겨납니다(이광수 등이 다닌 와세다대학도 1918년 이후에야 정식 대학으로 인정된 것. 그전까지는 와세다대학 등 사립대학은 정식 대학이 아니었음). 독일의 대학 제도를 바탕으로 하여 성립된 제국대학은 일본 제국 그것을 막바로 상징하는 지적 장치임을 보여주는 대목이 바로 제국대학령 제1조(1886)입니다.

“제국대학은 국가가 반드시 필요로 하는 학술과 기예(技藝)를 교수하며 또 그 깊은 이치를 밝힘으로써 목적을 삼는다.” 이것이 이른바 제국대학의 헌법인 셈이지요. 제국대학의 최대 강점이 권력과 체제 쪽이 시험에 의해 선발된 인재를 흡수하고 독점함에 있었다고 볼 것입니다(中山茂, 『제국대학의 탄생』, 中央公論社, 1978, 179쪽). 제2호인 교토제대 및 신설 제국대학이 이러한 경향에 대해 나름대로 새로운 학풍을 도입하긴 했으나 사립대학까지 포함해서 큰 테두리에서는 입신출세주의의 교육신앙에서 크게 벗어나지 않았던 것입니다. 그렇기는 하나 제2호로 만들어진 교토제국대학(1897)은 그 나름의 독자성을 상당히 가졌던 것으로 알려져 있습니다. 도쿄제대의 3분의 1 규모에 지나지 않는 교토제대가 품고 있는 ‘내적 사명’ 은 무엇이었던가.

“본 대학은 도쿄제국대학의 지교(支校)가 아니며 또 소규모도 아니며 전혀 독립된 대학이다. 이미 한 대학이고자 하면 고유의 생존을 가져야 한다. 고유의 생존을 위해서는 독자의 자성(資性)을 갖추어야 한다.”(초대 총장의 선언) 도쿄제대와의 변별성을 확보하는 일이야말로 ‘내적 사명’ 이었다면 그 구체적 모습은 어떻게 전개되었던가. 교토제

대의 신진 교수들이 도쿄제대의 전능한 법대에 도전한 바 있지만 여지
없이 실패합니다. 교토제대가 찾아낸 '내적 사명'은 문학부 쪽이었던
것으로 알려져 있습니다.

시대의 요청에 응하기보다 도쿄제대의 독점 체제 타파라는 '사명'의
실현에 관해서라면 문과대학(문학부)이야말로 그 가장 깊은 의미에서
그 담당 부서였다. 구속되지 않은 자유 활달한 사고와 방법이야말로 필
수인 철학·사학·문학의 연구에서 권위와 한쪽으로 집중된 사태는 최
대의 장애이며, 사학의 발전이 아직 싹의 상태에 지나지 않는 현황에서
는 그 역할은 당연히 이 새로운 문과대학의 두 어깨에 걸렸던 것이
다.(竹田篤司, 『이야기 교토학파』, 中央公論社, 2001, 14쪽)

니시다(西田) 철학으로 말해지는 '교토학파'의 형성이 얼마나 일본
사상계에 혁신을 일으켰는가는 니시다의 저서 『선의 연구』(1911)가
당대 지식인의 필독서였음에서도 엿볼 수 있으며, 동시에 이 학파가
가져온 악명 높은 근대의 초극론(일제 옹호론)도 교토제대의 체질과
결코 무관하지 않을 터입니다(廣松涉, 『'근대의 초극'론』, 講談社,
1989). 식민지 사족 출신의 청년 권환이 서 있는 위치는 과연 어디쯤
일까. 이런 물음 앞에 '교육이란 이름의 종교'의 정상에 놓인 제국대
학생 권환이 서 있습니다. 동시에 그는 교토제대라는 특수성 앞에 문
학부 학생 신분으로 서 있습니다. 무엇이 권환으로 하여금 혁명시인
톨러를 전공케 했을까. 이 물음은 이젠 피해갈 수 없는 마당에 이른 셈
이지요.

7. 성(聖)과 속(俗)의 변증법

　일본의 근대국가 형성 과정에서 두 가지 주춧돌은 교육 제도와 공장 제도의 확립에서 찾아집니다. 근대화 자체가 이 둘에 기초된 것인 만큼 당연한 행보라 할 것입니다. 그들은 선진국 서양의 그것을 민첩하게 받아들임으로써 불평등 조약이라는 서양 제국주의의 위협에서 벗어날 수 있었다고 볼 것입니다. 교육 제도의 경우는 앞에서 살폈듯 종교를 방불케 하는 입신출세주의였고, 그 정점에 제국대학을 놓았지요. 그렇다면 다른 한 가지 주춧돌인 공장 제도의 확립 과정은 어떠했던가. 이 물음은 일본의 자본주의 발달사에 해당되는 것이라 간단히 설명될 수 없고, 또 논의할 적절한 장소도 아니기에 따로 미루거니와 단지 다음 한 가지만 지적하기로 합니다. 교육 제도와 공장 제도의 연결점이 그것입니다.

　근면과 절약으로 요약되는 이른바 근면 철학을 국가가 관장하는 교육이 담당함으로써 공장 노동자의 의식 훈련이 시작됩니다. 근대 자본주의가 인간 노동의 집약도를 높임으로써 생산성을 끌어올리게 되자, 베버의 지적대로, 그 최대의 저항 세력으로 떠오른 것이 이른바 전통주의인 것입니다. 윤리라는 의상을 걸치고 규범의 약속에 복무하는 특정의 생활양식을 자본주의 정신이라 한다면 이에 대한 최대의 적은 생산성 향상에 무관심한 전통적인 인간의 생각이지요. 자본주의의 정신 쪽에서 보면 영락없는 게으름이 아닐 수 없겠지요. 인간 노동력을 가운데 놓고, 그 집약도를 문제 삼고 생산성을 끌어올리는 데 모든 초점을 놓는 쪽이 자본가라면 그것은 노동자 쪽의 인간적 성분과는 크게 맞서는 것이 아닐 수 없습니다. 노동자 쪽에서 보면 노동생산 조직의 집약도야말로 노예의 길을 가리킴이었던 것입니다. 이 사정을 정밀히 추구하여 체계화한 것이 저 유명한 마르크스의 노동상품성 이론이지요. 인간 소외의 근거로 제시된 노동상품성이란 따지고 보면, 노동자 쪽에 시선을 둔 논리이지요. 이 경우 중요한 것은 과연 무엇일까요. 한 마디로 국가의 개입입니다. 국가가 어느 쪽 편을 드는가에 해당되지요. 자본주의가 발달되면 그에 비례하여 자본가와 노동자의 갈등이 심화되는바, 이 두 계급의 갈등에서 국가는 단지 중재 역할을 할 것으로 낙관한 데에 헤겔의 오산이 있었습니다. 국가가 중재 역할을 하기는커녕 자본가 쪽에 서서 노동자 탄압에 앞장서지 않았던가. 그것도 지난 한 세기 동안 예외 없이 그러했던 것입니다. 근대 국민국가가 부르주아의 단독 독재국가 모델이었기에 당연한 현상이 아닐 수 없지요. 『열린 사회와 그 적들』(1945)의 저자 칼 포퍼는, 마르크스주의란 그것이 프로이트의 무의식론과 더불어 경험적으로 검증되지 않는다는 이유 하나로 일종의 신화이지 과학일 수 없노라고 단언했지만, 지난 백년 동안의 인류사에서 보듯 국가가 자본가 편에 서서 노동자를 조직적으로 탄압하는 상황 속에서 보면 그것은 설득력을 갖기 어렵지요. 어째서 20세기 전체에 걸쳐 과학 축에도 못 드는, 역사주의의 일종인 마르크스주의가 그토록 큰 힘을 떨쳤는가를 포퍼의 이론으로는 설명할 수 없지요.

그러나 제일 결정적인 것은 20세기 최대의 인류사적 변혁인 러시아 혁명(1917)이 아닐 수 없습니다. 근대가 국민국가를 가리킴이고 또 그것이 부르주아 권력 독점의 국가 형태라면, 노동자 권력 독점의 국가 형태(국가사회주의)가 러시아 혁명이며 이른바 소련 국가의 탄생입니다. 이 국가 형태는 국가사회주의의 제1단계에 지나지 않으며, 따라서 이른바 공산주의와는 현격한 차이가 있습니다. 이로 보면 인류는 아직 한번도 공산주의를 시도해본 바 없습니다(『철학대사전』, 한국철학사상연구회 편, 동녘, 1989, '사회주의와 공산주의' 항목). 그렇기는 하나 노동자 계급의 권력 독점 국가의 탄생이야말로, 근대국가가 직면한 교육과 공장 제도에 대한 재조정을 불가피하게 만들었습니다.

그러한 재조정의 불가피성이 수습하기 어려울 만큼 첨예하게 감지되는 첫번째 시기는 언제쯤이었을까. 식민지 청년이자 제국대학생 권환이 놓인 시기가 그 무렵이라 할 것입니다. 1920년대의 세계사적 사상 동향이 이러하다면, 군사적으로 세계 4대 강국으로 부상한 일본인 만큼 사상 면에서도 이에 상응하는 민감성을 확보했을 터입니다. 그러한 사상의 동향을 원리적인 면에서 학습하는 도장으로는 제국대학이 우뚝했을 터입니다. 식민지 청년 권환을 향해 제국대학이 이렇게 속삭이지 않았을까요. "아가야, 저기 혁명시인 톨러가 보이지 않느냐. 일본 근대 철학계가 신칸트학파 쪽으로 기운 것에서도 알 수 있듯, 일본이 정신적 종주국으로 삼고 있는 독일 문학계의 신진 작가 톨러를 보아라"라고. 또 이렇게도 속삭였을 터이지요. "아가야, 너는 현해탄을 건너온 식민지 청년이 아니겠는가"라고. 이런 조언을 할 만한 권능이 제국대학의 속성임을 염두에 둔다면 거기서 배운 식민지 청년도 응당 그 목소리에 부응할 수 있었을 터입니다. 여기에는 두 쌍의 모순성 가설이 전제되어 있지요.

(A) 세속적인 출세주의냐, 성스러운 이념 지향성이냐의 상호 모순성

이 상호 모순성은 제국대학 자체의 속성에서 연유하는 것이기에 조선인에게만 유독 적용되는 사안은 아닙니다. 마르크스 사상 연구 및 그 이념의 지향성이 인류사적 과제임을 염두에 둔다면 이것만큼 성스러운 것이 따로 있을까. 그러기에 많은 명민한 제국대학생들이 이쪽으로 달려갔지요. 일본 공산주의를 제국 일본이 낳은 사생아라 보는 것도 이런 문맥에서입니다. 입신출세주의와 이념 지향성 앞에 자연적으로 노출된 제국대학생이라면 어느 한쪽의 선택 문제란 과연 어떻게 되는 것일까요. 이 물음엔 식민지 청년 권환의 순수성이 작동되어 있습니다.

(B) 교육 제도와 공장 제도가 가져온 상호 모순성

입신출세주의라는 세속적 이념이 교육 제도의 핵심 사상이었다면, 공장 제도가 가져온 노동자의 이념성과는 어떤 관계에 놓일 것인가. 입신출세주의에다 학교라는 이름의 종교를 올려놓은 근대 일본국가는 '자연의 수학화'에 기초를 둔 공장 제도와 교육 제도를 어떻게 관련시켰을까. '자연의 수학화'의 끝에 놓인 것이 노동의 상품화이고 인간 소외이고 노예화의 길이라면 입신출세주의의 한계도 뚜렷하여 어쩌면 그것을 두고 한갓 환각이라 할 수는 없겠는가. 여기까지 생각이 미치면 교육의 이념과 공장 제도 이념의 상호 모순성이 뚜렷해집니다. 이 사실을 인류사적 시선에서 흔들어 가리켜 보인 것이 러시아의 붉은 혁명(1917)이 아니었던가.

이와 같은 두 가지 모순성 앞에 식민지 청년 권환이 놓여 있었다고 보는 것이 1920년대 중반의 지적 분위기, 그 실제에 가까울 터입니다. '혁명시인 톨러'를 향해 그를 내몰았던 것만큼 자연스러운 것은 많지 않다고 보는 것은 이 때문이지요.

이 상호 모순성을 다시 정리해 보인다면 이러합니다. 입신출세주의가 세속적인 측면이라면 그것의 역기능으로 등장한 이념 지향성은 성스러운 측면이라는 사실이 그것. '혁명시인 톨러' 쪽에 권환이 기울어졌다는 것은 그가 '성스러운 측면'으로 나아갔음을 가리킴이 아닐 수 없지요. 그리고 이 성스러운 측면에 대한 지향성이 관념적일수록 그 과격성이 증대됩니다. '혁명적 시인'이란 그러니까 현실성이 빈약할수록 그에 반비례하여 가파르게 치닫게 마련이지요. '혁명적 시인'을 '관념적 시인'과 등가라 보는 것은 이 때문입니다. 교토제국대학이 식민지 청년 권환에게 '혁명시인 톨러'를 가르쳤다 함도 이런 문맥에서입니다. 그렇다면 그 제국대학이 권환에게 '성스러운 것' 쪽의 선택이 짊어져야 할 십자가의 무게까지 가르쳤던 것일까요. 이 물음에 대한

해답은 권환을 낳고 키운 한국의 근대성에서 찾아질 것입니다. 곧 조
국 조선이 청년 권환에게 가르친 것은 따로 있었지요. 조국보다 큰 인
류의 이념에 따르라는 것이 그것. '세속적인 것'을 떠나 저 '성스러운
것'으로 향하라는 것이란 새삼 무엇인가. 민족사보다 큰 단위인 인류
사, 종교가 이에 제일 가까울 터입니다.

　출세주의로 말해지는 세속적인 것이란, 또한 식민지로부터 조국의
해방을 도모하기란, 일종의 '세속적인 것'에 지나지 않는 것. 종교적
처지에서 보면 일종의 현상에 속하는 것이지요. 색즉시공(色卽是空)이
이를 표현하고 있습니다. 이에 비해 '성스러운 것'이란 새삼 무엇인
가. 본질적인 것, 이념적인 것, 진리 자체[自性]가 아닐 수 없지요. 이
'성스러운 것'으로 나아가기 위해서는 뼈를 깎는 자기 희생의 고행이
따르게 마련이지요. 순교자적 자세 없이는 결코 이를 수 없는 곳입니
다. '성스러운 것' 편에 서버린 혁명시인 권환의 고행이랄까, 자기 희
생의 과정은 재건공산당 사건(1931)의 유치장 경험과 신건설사 사건
(1934~35)의 감옥 생활로 표상되고 있습니다. '모조리 전향'으로 말
해지는 전향 이후의 고행도 물론 이 자기 희생의 범주에 들 것입니다.
권환에게 카프 문학이란 서정적 혁명에 해당되며 따라서 종교적 고행
의 일환이었던 것입니다. 그것은 또 지독한 문학적 현상이기도 했는
바, 그를 죽음으로 몰고간 폐결핵이 그 증거의 하나일 수 있습니다. 결
핵은 빈곤과 몰락, 영양 부족과 위생시설 미비 등에 관련되며, 또 정열
과잉에서 오는 것이라 보는 것이 일반적입니다(수잔 손탁, 『은유로서
의 병』, 미스즈 서방, 1977, 30쪽). 이러한 속성을 지닌 결핵이 권환의
순교자적 열정과 나란히 진행되지 않았을까. 그 고행의 장면을 잠시
볼까요.

　동사(銅絲)처럼 굳은 혈관

달빛같이 식은 정열

빙주(氷柱)처럼 얼어붙은 심장

오 아름다운

황랍(黃蠟) 같은 미라여

(시집『자화상』중「목내이(木乃伊)」전문)

혁명적 시인의 단계에서 종교적 고행을 거쳐 서정적 시인의 단계로 내면화되는 곳에 권환이 지향한 '성스러운 것'의 들판이 있습니다. 시집 『자화상』과 『윤리』가 이에 대응되고 있습니다. 요약컨대 '혁명적 시인'의 내면화라 하면 어떠할까요. 왜냐면 이를 '종교화'의 일종이라 부르기엔 서정시인 권환의 고행이 너무 서정적으로 보이기 때문입니다. 시적 장치인 결핵까지 가담한 형국이었으니까요. 매우 다행스럽게도 그는 종교화에까지 나아가지 못했는바, 이는 서정적 혁명이 가져온 한계인지 모릅니다. 해방공간이 한밤의 신부처럼 닥쳐왔을 때 비로소 그 다행스러움이 새삼 드러나게 됩니다.

해방공간이란 새삼 무엇인가. 서정적 고행을 겪은 시선에서 보면 세속적인 것의 전면적 다가옴이겠지요. 입신출세주의가 그것 아닙니까. 만일 그가 정말 '성스러운 것'에 몸을 맡겨 종교적 경지에까지 나아갔더라면 세속적인 것의 도래에도 유연할 수 있었을 터입니다. 진짜 세상의 본질을 파악한 경우라면 쉽사리 저 깨달은 자의 경지인 공즉시색(空卽是色)으로 의연히 대처할 수도 있었겠지요. 깨달은 자리(空)에서 보면 세속적인 것(色)도 능히 수용할 수 있을 터이지요. 깨달은 자의 시선에서 보면 세속적인 것이 그대로 '성스러운 것'이기도 할 터입니다(中村元,『용수(龍樹)』, 講談社學術文庫, 2002; 立川武藏,『공의 사상사』, 講談社學術文庫, 2003). 과연 해방공간에서 권환은 어떤 상태에 있었을까. 그가 문학가동맹 서기장까지 나아간 것이 '성스러운 것'의 시선에 선 행위였을까. '세속적인 것'의 시선에 선 것이었을까. 지금껏 억지스럽게도 나는 이 물음 하나를 위해 논의해왔습니다. 만일 그가 '성스러운 것'의 시선에 닿고 있었다면 문학가동맹 서기장에 나아가든 아니든 거침이 없는 자리에 섰을 것입니다. 만일 그가 '성스러운 것'의 시선에 닿지 못하고 한갓 혁명적 시인의 내면화(고행)의 상태(서정시인)에 머물렀다면 문학가동맹 서기장에 나아감이란 '세속적인 것'에 지나지 않을 것입니다. 또 하나의 가능성도 배제할 수 없지요. '성스러운 것'과 '세속적인 것'과는 무관한 어떤 시선이 그것입니다. 그러나 이 마지막 가정은 아무래도 설득력을 갖기 어렵습니다. 해방공간에서 쓴 그의 작품들이 그 증거일 수 있습니다. 깨달은 자의 작품이라 보기엔 너무나 정치적으로 보이기 때문이지요. 그럼에도 해방공간에서의 권환이 '성스러운 것' 편에 여전히 기울어져 있었던 것처럼 연구자들 마음의 한 가닥을 건드리고 있음은 웬 까닭일까.

8. 혁명시인 톨러와 혁명시인 권환이 다시 마주친 곳

카프 문학과 제국대학의 관계에 초점을 놓고 지금껏 이런저런 점을 나름대로 살펴보았소. 제국 일본이 그 국가적 이념으로 내세운 입신출세주의의 최고 양성기관으로 제국대학이 있었다는 사실을 강조함으로써 밝혀지는 바는 무엇일까요. 매우 당연하게도 그것은 근대 학문의 속성인 진리 탐구의 양상이 아닐 수 없습니다. 다르게 말해 제국대학으로 표상되는 근대 학문이란 이성적 판단(과학) 위에 성립된 것인 만큼 그 속성상 누구에게나 동등하게 적용되는 원리가 아닐 수 없지요. 본국 학생이라든가 식민지 학생의 구별이 있을 수 없습니다. 제국대학이 가르친 것은 그러니까 "아가야 근대의 두 가지 모순성 앞에 모두가 노출되어 있단다. 잘 보아라"라는 속삭임이지요. 이에 각각 어떻게 반응하는가. 두 가지 유형이 드러납니다. '세속적인 것' 편에 설 것인가, '성스러운 것' 편에 설 것인가가 그것. 후자란 종교적 체험을 요구하는 것입니다. 식민지 청년의 경우에도 사정은 마찬가지입니다. 제국대학은 식민지 청년 권환에게 속삭였습니다. "아가야, 혁명시인이 되어보아라"라고. "독일 시인 톨러를 가르쳐주마"라고.

이러한 제국대학의 생리와 위치를 측정할 줄 아는 장치에 이북만 코드가 있었습니다. 나프 맹원인 이북만이 알아차린 것은 나프란 제국 일본이 낳은 사생아라는 사실이었습니다. 카프 도쿄지부에서 제일 결여된 것이 이 부분이었을 터입니다. 김두용(경도3고, 동경제대 문과, 졸업 불확실)에 비해 권환이 이른바 순수성을 갖춘 혁명시인이었음을 확인할 수 있었던 이북만은 과연 문제적 인물이라 하겠지요.

혁명적 시인 권환의 귀국 후의 활동이란 종교적 고행을 방불케 하는 자기 희생으로 정리될 수 있습니다. '혁명적 시인'에서 '서정적 시인'으로의 내면화 과정이 『자화상』과 『윤리』로 나타났습니다. 이 내면화 과정이 '성스러운 것'의 원광을 획득한 것처럼 보이는 것은 '숨은 신'으로 놓인 조국의 힘에서였습니다. 그 '숨은 신'이 해방공간이라 부르는 세속적인 공간에 나타나는 순간 그 모습은 어떠했을까. '성스러운 것' 편에 서서 고행을 쌓은 수도자의 시선에서 보면 그 역시 불법으로 가득 찬 화엄경의 세계일 터입니다. '성스러운 것'에 이른 연후에 다시 '세속적인 것'으로 되돌아올 때 비로소 중관(中觀)의 세계가 이루어지는 것이겠지요. 이 경우 '세속적인 것'(色)이란 이미 성화된 색(空)이겠지요. 해방공간의 저 소란스런 세속성도 수련자의 시선에서 보면 그 자체가 성스러운 것이 아닐 수 없지요.

그렇다면 해방공간을 맞은 권환은 어떠했을까. 고행자 권환은 어느새 혁명시인으로 환원되고 말지 않았던가. 그는 저 종교적인 것으로까

지 나아가지 않았고 나아갈 수도 없었던 것입니다. 어디까지나 시인이
자 문인이었던 것. 한동안 그를 수행가로 만든 것은 제국대학을 낳은
제국 일본의 폭압이었던 것. 그 폭압이 사라진 세계에서 고행자 권환
의 내면풍경은 어떠했을까요. '혁명시인으로 환원되기'의 길이 저만
치 보이지 않았을까. 이것만큼 자연스런 마음의 흐름이 따로 있을까.
말을 바꾸면 8·15에 그가 본 환각은 제국대학생 권환이 본 혁명시인
틀러가 아니었을까. 바야흐로 그는 시발점인 청춘의 글쓰기의 세계를
꿈인 듯 보고 있지 않았을까. 출발점, 그것이 도달점임을, 모든 업적이
처녀작으로 환원됨으로써 완결된다는 사실 앞에 그는 망설임 없이 설
수 있지 않았을까. 혁명시인 권환의 비극적 황홀경의 환각은 이에서
말미암지 않았을까.

혁명시인 에른스트 톨러와 카프 시인 권환
—두 개의 자료를 중심으로

1. 기록성 자료와 풍문성 자료

2004년 5월, 3·15(4·19) 혁명의 도시 마산에서 제1회 권환 문학제가 열린 바 있소. 그 기조논문을 제가 썼소. 「무작법의 시학」(『시와 비평』 제8호)이 그것. 깊이 연구한 바 없었기에 주로 권환 시를 중심으로 나름대로 해석을 했소. 이 기조논문을 쓰면서 그의 생애 및 전반적인 업적에 대한 이해의 대부분은 이장렬 씨의 학위논문 「권환 문학 연구」(2003년 12월)에 의거했고, 제가 갖고 있던 시집 세 권과 또 『권환 시전집』(솔, 1998)을 참고했을 따름이었소. 그때의 느낌은 조금 기묘했소. 카프 시인 권환의 생애가 거의 풍문에 속한다는 사실이 그것. 월북도 하지 않고 고향에서 죽은 권환의 생애가 어째서 한갓 풍문 속에 쌓여 있단 말인가. 그의 가문, 학교 관계, 해방공간의 활동, 귀향, 1954년의 죽음 등에 관해 연구자들은 거의 풍문(살아 있는 자들의 증언)에 의거하고 말았을까. 요컨대, 연구에서 제1차적으로 요구되는 '기록성'이 상실되어 있을까. 이 물음은 그 글을 쓰고 나서도 제 머리를 여전히 떠나지 않았소. 세 권이나 간행된 시집이 지닌 저 기록성의 대단함(카프 시인 중 누가 감히 일제 말기에 시집을 두 권씩이나 내었던가)과 비교할 때, 이 풍문은 연구자를 힘들게 함이 아닐 수 없소. 그나마 다행히도 한 골똘한 연구자에 의해 권환 전집 『아름다운 평등』(황선열 편, 전망, 2002년 7월)이 나오긴 했지만, 이 역시 풍문을 일소시키기엔 모자람이 있지 않겠는가. 풍문과 기록성이라 했거니와 제가 제일 알고 싶었던 것을 들라면 다음 두 가지.

하나는 해방공간에서 문학가동맹 초대 서기장으로 추대된 권환이 어떻게 월북하지도 않고 고향 마산에 정착했는가에 대한 것. 그것도 마산중학 독일어 강사에까지 나아갈 수 있었을까. 이 의문은 (1) 특별한 비호 세력이 있었거나 (2) 문학가동맹으로부터 완전히 따돌림 당해 고립무원 속에 있었거나 (3) 권환 특유의 처세술이 작동했거나 등등의 추측 영역에서 벗어나기 어렵습니다. 이 의문의 한가운데 놓인 과제란 카프 문학사에서 아주 중요합니다. 소위 문학가동맹과 카프 문학의 단절성의 근거를 여기에서 짚어낼 수 있을지도 모르기 때문이지요.

여기서 잠시 카프 문학사의 연속성과 단절성을 해방공간과 그 이후에서 문제 삼는다면, 다음 세 가지가 고려됩니다. (A) 임화, 김남천계 (B) 한설야, 이기영계 (C) 이북만, 권환계가 그것. 해방공간에서 (A) 쪽도 (B) 쪽도 스스로를 카프 직계로 인식하지 않았지요. 새로운 나라 만들기에 몰두해 있었기에 카프 직계 의식이란 버려야 할 유산이었던 까닭입니다(졸저, 『해방공간의 문학사론』, 서울대출판부, 1989). 결과적으로 (C) 쪽이 남게 되었고 따라서 이것이 카프 문학의 직계, 적자였던 것도 그 때문입니다. 남로당계도 북로당계도 카프에서 단절되기 위해 온힘을 기울였다고 볼 수 있습니다. 권환의 남한 잔존(귀향)이란 어쩌면 해방공간에서 카프가 지닌 존재 의의가 깡그리 무시된 것과 무관하지 않을 터입니다. 카프 직계인 권환이란, 해방공간에서는 '있지도 않은 허상'에 불과했기에 어떤 정치 세력으로부터도 피할 수 있지 않았을까. 이러한 추측은 어디까지나 추측일 뿐입니다. 이를 확증시킬 수 있는 기록성 자료가 요망됩니다.

둘째, 권환의 초기 소설(처녀작일지도 모름)인 「앓고 있는 영」(『학조』, 1927년 2월)의 행방에 관한 것. 김근수 씨에 의해 밝혀진 이 작품은 불행히도 확인 불능 상태에 빠져 있습니다. 연구자들이 유독 이 작품의 실물 부재 현상 앞에 주눅들어버리는 이유는 무엇인가. 제 경우로 말해보면 이러합니다. 습작기의 것이겠지만 이 소설이 적어도 교토 조선 유학생 기관지에 발표되었다는 점. 여기에는 상당한 설명이 없을 수 없지요. (1) 당시의 일본 유학생이란 무엇인가. (2) 그중에서도 교토에서 공부한 유학생이란 무엇인가. (3) 그중에서도 문과, 특히 독문학 전공이란 무엇인가. 최소한 이 세 가지 과제가 「앓고 있는 영」에 걸려 있다는 것. (1)(2)(3)이란 전체로도 그러하지만 각각으로도 대논문의 과제가 되고도 남는 것입니다. 카프 시인 권환이란 존재는 이 세 가지 과제의 다음 차례에 오는 또 다른 과제가 아닐 수 없지요.

2. 졸업논문 에른스트 톨러를 둘러싸고

지난 한 해 동안 제 머릿속에서는 위의 두 가지 문제점이 떠나지 않았습니다. 그중에서도 「앓고 있는 영」 쪽이 더욱 압박해 왔습니다. 속수무책이었지요. 도움을 청할 수밖에요. 이름만 알고 만난 바 없는 학자 미즈노 나오키(水野直樹) 씨에게 편지를 내었습니다. 근대 한국사 전공의 논문들을 써온 미즈노 교수(교토대학 인문과학연구소)인지라 잘만하면 모종의 자료랄까 무슨 실마리라도 얻어낼 수 있을지 모르기 때문(미즈노 씨와 필자는 「비 내리는 品川驛」의 조선어 번역을 둘러싸고 서로 이름을 알게 되었음). 『학조』(2호)도 의외로 교토대학 도서관이나 무슨 문서보관소쯤에 있을지 모르지 않겠는가.

몇 달 만에 회신이 왔소. 실망이었소. 『학조』(2호)가 서울대도서관 소장인데 어찌 묻는가 하고 반문하더군요. 그러면서 자료 한 편을 보내 왔소. 교토대학에서 작성한 「大正十五年入學文學科學生生徒一覽」이 그것. 인쇄된 도서관용의 책자와는 달리 실무직원이 육필로 쓴 이 문건에는 조금 특이한 점이 있었소. '士族'이라 밝힌 점. 야마카타(山形) 고교 출신이라는 것. 원적: 조선 경남 창원군 진전면 오서리. 여기에 '사족'이라 적혀 있소. 평민과 구별해놓은 것이지요. 일본인도 조선인도 모두 평민/사족으로 구분되어 있지 않겠소. 전공은 독일문학. 생년월일은 明治 39년 1월 6일, 입학년월일은 大正 15년 3월 31일. 비고란에 졸업 예정일은 昭和 4년 3월 30일(당시 일본 학제로는 국립고교가 8개, 기타 몇 개의 고교가 있었는바, 야마카타 고교도 그중 하나. 조선에는 고교가 없었음. 적어도 제국대학에 가려면 이들 3년제 고교에 진학해야 했으며, 여기에 대학 3년까지, 그러니까 6년간 일본에서 공부할 수밖에 없었던 셈. 제국대학은 예과가 없고 모두 7개교. 경성제대만이 예과를 설치하여 고교에 준하게 했음. 일본의 사립대학엔 예과를 따로 두었음). 이 학적표가 시사하는 것은 입신출세주의에 교육 목표가 놓여 있었고, 국가가 이를 보증한 곳이 제국대학이라는 것. 거기에 조선인 권환도 끼어들어 있었다는 것. 그리고 그는 '사족'이었다는 것.

두번째 회신은 그로부터 두 달 뒤. 다음 두 가지 자료였소. 과연 새로운 자료.

(A) 권환의 대학 성적표

문학개론(85), 국어학(72), 국문학(60), 중문학(78), 독문학 전공(68.8, 70.6, 63), 불문학(70), 언어학(81), 라틴어(75), 불어(64), 졸업논문(70), 평균(78.64, 전공 71.4), 논문(70.9 평균). 석차는 전체 문과 73명 중 12번째(제국대학엔 과가 없고 법과, 문과로 분류된 까닭). 교토대학 편람을 펼치면 지도교수, 기타가 한눈에 들어오긴 해도, 그 구체적 실상은 알아내기 어렵습니다. 이 난점이 어느 정도 해결되어 이번 자료로 식민지 청년 권환이 꽤 상위권 성적에 속한다는 사실이 드러났습니다.

(B) 졸업논문 제목 「革命詩人 Ernst Toller의 作品에 나타난 그의 사상」

이 (B) 자료는 연구자를 흥분시키기에 모자람이 없습니다. (A) 자료 역시 국내에서 처음 밝혀지는 것이지만 (B) 자료가 지닌 중요성은 아직 그 논문 자체를 입수하지 못한 상태임에도 불구하고, 그 기록성으로 말미암아 환기되는 영역은 단연 생산적인 것이 아닐 수 없습니다.

당시 세계 4대 군사강국 일본의 최고학부인 교토제대 학생 앞에 독일 시인 톨러가 있습니다. 그는 '혁명시인' 으로 규정되어 있지 않겠는가. 당시로서는 영어 상용권과 맞먹는 독일어 상용권의 정신적 흐름을 대표하는 폭풍노도(Sturm und Drang)가 에른스트 톨러였다는 것은 적어도 다음 사실들과 관련성을 맺고 있다고 범박하게 말해질 수 있지요.

(가) 제1차 세계대전 이후 유럽 정신계를 대표하는 사상적 흐름이 혁명론에 있었다는 사실. 특히 패전 독일의 경우, 이른바 표현주의 사상 동향으로 치닫지요. 기성 윤리 및 가치관을 파괴하고 새로운 질서를 건설하려는 전위적 운동인 표현주의란 저 유토피아의 사상 계보에 닿아 있었던 만큼, 그 주관적 과격성을 특징으로 했던 것입니다.

(나) 새로운 세계 건설이란 그 기반에 놓인 것이 인간 해방이라는 사실. 인간 해방의 최대의 적은 무엇인가. 실로 명백한 해답이 나옵니다. 자본주의와 제국주의가 그것.

(다) 제1차 세계대전의 참전국으로 불로소득의 이익을 거두어 바야흐로 제국주의 노선으로 크게 치닫는 일본의 지식층에서는 유럽의 저러한 사상적 폭풍이 어떻게 비쳤을까. 이 물음에 응해오는 것이 표현주의라는 운동입니다. 후진국 일본의 처지에서 보면 독일의 사상계는

단연 그들의 모델이 될 사상적 선진국이지요. 요컨대 세계사의 첨단적 흐름이 아닐 수 없었겠지요. "아, 선진국 독일 사상계의 흐름이 저러하구나"라는 지향성이 근대 일본의 많은 정신적 영역을 규정했던 만큼, 제국대학의 엘리트도 이에 민감히 반응했을 터입니다.

(라) 식민지 청년 권환에게 위의 사실들은 유독 절박하게 감지되었다는 점. 그가 졸업논문으로 '혁명시인'을 선택했음이란, 세계사적 흐름이자 동시에 세계에 민감했던 서양 지향성을 지닌 일본 사상계의 흐름이었던 것입니다. 식민지 청년 권환이 여기에다 그의 청춘과 생애를 걸었던 것. 이는 지적으로 최고가 아니면 할 수 없는 제국대학의 가르침이었다고 할 것입니다.

3. '행동 촉구'로서의 혁명시인

혁명시인 톨러(1893~1939)는 어떤 인물일까. 이런 물음 방식은 혁명시인 하이네는 누구인가 하는 것보다 훨씬 직접적입니다. 무엇에 대한 직접성인가. 물론 카프 및 나프 문학에 대한 직접성이지요. 무엇보다 교토제대 학생인 식민지 청년 권환에게 톨러가 '혁명시인'으로 규정되었다는 사실만큼 직접적인 것이 따로 없습니다. 실상 톨러는 희곡 작가이지요. 본령이 희곡 작가인 톨러를 '혁명시인'으로 규정한 곡절을 분석하는 일은 카프 시인 권환의 글쓰기의 문제 해명에 멈추지 않습니다. 1930년 이후 소위 카프의 볼세비키화 단계의 글쓰기 해명의 열쇠가 들어 있습니다. '혁명시인'과 '카프 시인'이 등가 개념이며, 따라서 '혁명시인'이란 일종의 열쇠 개념이 아닐 수 없지요.

유태계 극작가이자 시인인 톨러는 제1차 세계대전에 참가하여 부상을 당했고, 뮌헨에서 사회주의 운동에 투신, 11월 혁명(좌익 혁명)파 간부로 활약했고, 1919년 내란죄로 5년간 복역했지요. 옥중에서 대표작인 희곡 「변화(Die Wandlung)」(1919)를 씁니다. 이어서 「군중인간」 「기계 파괴자」 등을 썼고, 1933년 미국으로 망명, 뉴욕에서 1939년 자살한 것으로 되어 있소. 옥살이 5년, 좌익단체의 간부, 망명, 자살 등에서 그의 생애가 극단적이었음이 금방 느껴지지 않습니까. 경위를 살피면 그 시대의 독일 사상계 자체에 그 원인의 태반이 놓여 있지요.

제1차 세계대전의 패전국 독일 사상계를 풍미한 것이 이른바 표현주의 운동입니다. 자연주의에 반발하고, 인간성 해방의 몸부림을 기본으로 한 이 운동의 특징은 자본주의와 기계문명에 대한 도전에 있습니다. 사회의 모순, 불안, 초조 등을 기조로 한 이 운동은 과격성, 파괴성을 방법론으로 내세웠지요. 곧 정상적 대화나 형식보다 내면 고백, 단편적 어구의 나열, 비문법적이고 무작위적인 용어 사용 등이 그것. 요컨대 부르짖음, 신음, 비명, 고함소리를 방법론으로 했던 것. '무작법의 방법론'이라 규정됩니다(박찬기 편, 『표현주의 문학론』, 민음사, 1990).

톨러의 대표작으로는 희곡 「변화」, 「기계 파괴자」(1922), 「독일인 힝케만」(1923)이 꼽히고 있습니다. 전쟁 지원자인 주인공이 평화적 혁명가로 변하는 「변화」, 기계의 위협에서 벗어나고자 싸우는 「기계 파괴자」, 전선에서 성 불구가 된 사내의 자살을 다룬 「독일인 힝케만」 등에서 보듯, 개인의 변화에서 대중으로 향하고, 인간 혁명의 방법론으로 계급투쟁이 불가피해짐을 드러내고 있소(박찬기, 『독일문학사』, 일지사, 1976; 『신조세계문학사전』, 1990; 정동란, 「에른스트 톨러의 드라마에 나타난 문학적 정치적 담론의 변천」, 『독일언어문학』 제9집 참조). 톨러의 첫번째 희곡 「변화」가 표현주의를 잘 규정하고 있음은 이 작품이 시작되기 전에 제시되는 시 「행동 촉구」에서 확연히 드러납니다. 이 시는 희곡과 분리시켜 논의될 수 있을 만큼 중요한 것으로 되어 있거니와, 권환이 톨러를 '혁명시인'으로 규정한 근거도 이와 무관하지 않을 터입니다.

　행동 촉구

부수어버려라 반짝이는 수정의 잔,
진주 이슬인 양 기적들을 떨구는,
자줏빛 튤립들이 꽃가루 떨구듯.

기적이 충만한 아련한 세상을 우리는 걸었네,
부드러운 손길로 꿈꾸듯 동화를 땄었어.
뻗어나는 햇살들로 믿음은 성당들의 형상을 만들고,
아치형 드높은 문들에선 장미가 뿌려져 내렸네.

저기! 기어가며 살해하고 있었어 역겨운 짐승들이
치솟는 불길을 내뿜으며 저 땅 위에서

우린 눈살을 찌푸리며 꿈에 취한 눈길을 들어보았지
그리고 우리 곁 그 인간의 외침을 우린 들었어!

야비함이 벌이는 광란의 축제를 우린 보았다,
유럽이 치부를 드러낸 채 오물을 떨구고,
구덩이마다 거짓이 들끓어오르고,
불태우는 연기는 우리들 머리 위를 감돌고,
우리들 발치에선 절망이 그르렁거렸다.
한 인간이 소리쳤다.
한 형제가 있어, 마음으로 껴안았네,

모든 괴로움과 즐거움,

위선과 경멸받는 고통을

한 형제가 있어, 큰 뜻을 품었네,

환희의 사원을 지어

온갖 괴로움에 그 문을 활짝 열어줄,

행동할 태세를 갖춘 그.

그가 사자후를 토해냈다.

이 길을!

이 길을!

그대 시인이여 길을 알리라.

(김혜숙, 「톨러의 시 '행동 촉구'의 논증구조」, 『독일언어문학』 제17
집, 224~225쪽에서 따옴)

부숴라, 짐승들, 치솟는 불길, 사자후 등과 느낌표가 열거되어 등장
하는 것, 명령법과 직설법이 사용되었다는 것, '나'가 아닌 '우리'라는
복수형 주어의 등장, '기적이 충만한 아련한 세상'으로 '우리'가 가야
한다는 것 등에서 보듯, 톨러의 시는 당대의 표현주의적 특징으로 충
만해 있습니다. 비명이자 신음이며 무작법의 용어 사용을 특징으로 하
는 표현주의 운동이 일단 전위 운동이며 과격성, 파괴성을 동반한 것
이라면 이것이 혁명으로 변화되기란 시간 문제였을 터입니다.

4. 희곡 「광!」과 소설 「썩은 안해」「자선당의 불」

제1차 세계대전 후의 유럽 사상계에 민감했던 일본의 지적 풍토가
이 표현주의에 어떤 반응을 보였는가는 능히 짐작할 수 있는 일이겠

고, 그렇다면 그 중심점에는 응당 톨러가 버티고 있었을 터입니다. 말을 고치면, 제국대학생이 되기 전에도 권환은 이런 분위기 속에서 야마카타 고교에서 독문학의 영향 아래 놓였을 터입니다. 그의 처녀작으로 보이는 희곡 「광(狂)!」(1926), 희곡 「인쇄한 러브레터」(1927)도 그러한 표현주의 운동과 연결되었다고 볼 수 있습니다.

전자에는 제목에 느낌표가 들어갔지요. 가난한 직장인의 아내를 위해, 가난을 벗기 위해 남편이 도적질을 했다가 경관에게 잡혀가는 「광!」에서 그 과격성이 노출되어 있지만, 후자는 사랑에 대한 일종의 풍자로 되어 있지요. 중요한 것은 희곡 형식이란 점에 있습니다. 권환의 초기작에서 드러나는 이 희곡 형식의 채용이란, 실상 권환 개인의 차원에 멈추지 않습니다. 이량의 「또 어데로 가오」, 유진오의 「피로연」, 김두용의 「걸인의 꿈」, 김태수의 「노동자」 등의 희곡이 『조선지광』(1927)에 발표되었지요. 이러한 희곡 형식이란 따지고 보면 묘사력이나 구성력이 전혀 도외시된 주장이나 외침, 개혁 등의 노출 방식이어서 진정한 희곡 문학에 이르지 못한 것이죠. 말을 바꾸면, 소설 형식으로 나아갈 준비도 능력도 없는 단계의 외침에 지나지 않는 형식이지요.

권환의 「광!」이 놓인 자리가 이러할진댄 첫번째 소설 「앓고 있는 영」은 어떠할까요. 원문을 볼 수 없는 마당이지만, 그 형식적 특징만은 능히 짐작할 수 있습니다. 참으로 다행스럽게도 우리 앞에는 같은 무렵에 쓴 권환의 소설 「썩은 안해」(『조선지광』, 1927년 7월)와 「자선당의 불」(『조선지광』, 1927년 12월)이 놓여 있지요(이 두 작품을 권환의 작으로 추정, 확인한 것은 이장렬의 「권환 문학연구」에서임).

"무겁고 검은 쇠문이 실거머니 열렸다. B는 문밖에 기다리고 있던 두서넛 同志의 맞음을 받아 ××감옥문을 나왔다"(표기는 현대식으로 고침)라고 시작되는 「썩은 안해」의 주인공 B는 석탄공장 노동자입니다. 2년 반의 옥살이를 하고 나와 보니, 아내는 행방불명입니다. 찾아 헤매다 창녀촌에서 육체가 썩어가는 아내를 발견하고 통곡하다가 꿈을 깹니다. 옥중에서 꾼 꿈 장면이었지요. 실상 B는 시방 징역 1년쯤 지난 시점입니다. 노동운동 주모자로 옥살이를 하는 B의 걱정은 오직 혼자 남겨둔 아내에 집중되어 있습니다. 면회 온 동지들을 통해 아무리 수소문해도 모두 아내의 행방을 모른다는 것.

감옥에 들기 전부터 앓던 肺病은 더욱 심해졌다. 낯빛은 石灰빛같이 蒼白해지고 咯血은 때를 따라 잦았다. 며칠 뒤에는 病監으로 안 가면 안 되게 되었다. 그러나 그것은 監獄生活에 日光 不足과 營養 不足으로 그리 된 것보다 마음을 너무 괴롭게 하고 神經이 늘 過度로 興奮된 까닭이었다.(『조선지광』, 1927년 7월, 63쪽)

두 가지 점이 지적됩니다. 국한문혼용체의 사용이 그 하나. 이는 「무정」(1917) 이래의 소설 규칙에 대한 저항으로서 김동인의 「약한 자의 슬픔」(1919), 염상섭의 「표본실의 청개구리」(1922)가 제2의 저항이라면, 이에 버금가는 제3의 저항에 해당되는 사건입니다. 말을 바꾸면, 당대의 이기영, 한설야, 조명희 등의 소설과도 별종의 소설 형식인 것이죠. 「자선당의 불」에서도 사정은 꼭 같습니다. 김남작이 경영하는 빈민구호시설인 '자선당(慈善堂)'이 실상은 악질 자본가의 소굴이었다는 것. 이를 고발하기 위해 종업원 손두렬이 방화했다는 것이 그 줄거리입니다. 보다시피 고발형 소설입니다.

金男爵은 孫斗烈 앞으로 와락 뛰여내려오며
— 애, 孫斗烈, 네가 불을 질렀어. 응, 정말 네가 질렀어?
— 우린 ××××!! 거짓말할 줄은 몰라요.

— 이 애가 이게 무슨 소리니. 이 애가 換腸 아니냐. 그래 지르기는 왜 질렀담. 응, 왜 질렀어. 너도 恩澤을 받고 있던 이 집을. 응 왜 질렀담? 이유를 좀 말해다오.(『조선지광』, 1927년 12월, 114쪽)

여기에도 문체는 국한문혼용체. 김동인의 초기작과 염상섭의 초기작의 혁명적 성격, 이른바 소설사적 혁명이 여기에도 깃들고 있습니다. 같은 해, 같은 잡지인 『조선지광』에 발표된 조명희의 「낙동강」(1927), 한설야의 「뒷걸음질」(1927), 이기영의 「해후」(1927) 등과 비교해보면, 권환의 저러한 소설은 단연 소설이긴 하되 '별종' 소설이 아닐 수 없지요. 이것이 이른바 진짜 순종 카프 소설인 셈이지요.

문제는 권환이 이런 소설 형식을 김동인이나 염상섭처럼 현실적 소재에 접목시키지 못했다는 점에서 옵니다. 김동인, 염상섭이 초기엔 일본식 국한문혼용체를 사용했다는 것은 그들이 소설 방식을 일본적인 것(서구적인 것)의 방식, 곧 추상적인 것의 도입으로 인식했음을 의미합니다. 그러나 그들은 재빨리 조선적 현실에 그 방법을 적용했습니다. 「배따라기」(1921), 「만세전」(1923) 등이 그 성과물이지요. 이로써 국한문혼용체에서 벗어날 수 있었지요(졸저, 『한일 근대문학의 관련양상 신론』, 서울대출판부, 2001, 제1장 참조). 권환은 이 점에서 실패한 것입니다. 실험 이후의 다음 단계가 없기 때문이죠. 그렇다면 우리가 찾고자 하는 처녀작 「앓고 있는 영」은 어떠할까. 물론 찾아내야 할 것이지만, 특별히 목말라 찾아야 할 이유란 없지요. 국한문혼용체일 테고 내용 역시 「광!」이나 「썩은 안해」나 「자선당의 불」의 사정거리 속에 놓여 있을 테니까요.

5. 볼셰비키화 단계의 카프 문학과 「정지한 기계」

권환의 저러한 국한문혼용체의 도입이 현실과는 무관한 관념적 형식에 의해 씌어졌다는 사실은 김동인, 염상섭 등과 비교해볼 때 그 위상이 잘 드러납니다. 만일 권환이 당대 조선의 현실에 주목하고 여기에다 소설 기반을 두고자 했다면 응당 조명희, 한설야, 이기영 등 당대의 카프 작가의 문체에 접근해 갔을 터입니다. 희곡의 경우도 사정은 마찬가지였을 터입니다.

권환이 의지한 저러한 과도한 관념성은 어디서 왔는가. 혁명시인 톨러에서 온 것이지요. 거의 전적으로 그러하다고 볼 것입니다. 그만이 제국대학 독문학의 적자였던 까닭이지요. 당사자인 권환은 물론 주변에서 그렇게 인정했을 테니까요. 나프(NAPF)가 일본 제국이 낳은 '사생아'임을 염두에 둘 때, 그 아류격인 카프 역시 제국대학의 사생아를 암묵 속에서 요망했을 터입니다. 문제의 중요성은 권환 자신이 얼마나 이 사실을 자각했는가에 달려 있습니다.

이 자각 현상은 평론과 시 쪽에서 발견됩니다. 1930년 4월 26일 경성부 재동 100번지 카프중앙집행위원회는 볼셰비키화로 방향 전환을 시도하는바, 그 조직의 기술부 책임자로 권환이 뽑혔지요. 이 무렵 권환이 쓴 여러 평론 중에서 제일 주목되는 것에 「조선예술운동의 당면한 구체적 과정」(『중외일보』, 1930년 9월 2일~16일)이 있습니다. 볼셰비키화(과격화, 지하투쟁화)에 대한 구체안을 시도한 것입니다.

볼셰비키화란 전위의 눈으로 세상을 보는 방식을 가리킴입니다. "내용은 프롤레타리아트의 ××〔해방〕을 목표로 하여 나아가는 조선의 ××〔혁명〕적 프롤레타리아트의 이데올로기를, 형식은 그 내용을 조선의 노동자 농민이 잘 이해하고 감흥할 수 있도록 하는 창작방법"이 그것. 그러니까 일종의 새로운 대중화 문제인 셈. 루나찰스키의 말대로 대중화란 '형식'에 국한된 것이지요. 내용이란 무산계급해방으로 고정되어 있으니까. 카프 내의 대중화론은 일찍이 팔봉의 「변증적 사실주의」(1929), 「대중소설론」(1929) 등이 있었지만, 권환이 주장하는 볼셰비키화론은 이와 연결되면서도 한 단계 비약한 것입니다. 이른바 지입(持入) 개념 도입에서 그 차이점이 뚜렷해집니다. 작가가 창작한 예술을 무지한 노동자 속으로 어떻게 해야 갖고 들어갈 수 있을까. 그 방법들은 이러합니다.

첫째, 형상화된 작품을 통하는 길. 이는 너무나 당연한 일. 둘째, 이 점이 중요한데, 예술적으로 형상화되지 않은 소재 그대로의 사회적 재료(예를 들면 투쟁 리포트, 세계 정세 등)를 모집 또는 설명하여 대중에 대한 아지프로의 재료로 삼아야 한다는 것. 요컨대 병용론인 것. 그런데 볼셰비키화 단계에서는 둘째 쪽에 강조점이 놓인다는 것.

> 뿐만 아니라 그 형상화하지 않은 실재적 형상-실재적 재료가 창작적 재료보다 대중에게 더 많은 교훈과 아지프로적 효과를 주는 것이 많으며 또 그 창작적 재료도 실화적 재료와 같이 지입함으로 인하여 그들에게 역시 아지프로 효과를 줄 수 있는 것이다.(황선열 편, 『권환 전집』, 299쪽)

'실재적 재료'와 '창작적 재료'를 구분해놓았지요. 이 가운데 전자에 무게중심을 두고 새삼스럽게 강조해놓았음에서 비로소 볼셰비키화의 진의가 드러납니다. 이로써 우리는 카프 문학운동이 볼셰비키화 단계 이전과 이후로 크게 양분됨을 알아낼 수 있습니다. '실재적 재료'에 대한 강조는 '창작적 재료'의 한계를 직시함에서 온 것이어서 당시로서는 가장 현실적이라 하겠지요. 왜냐면 '창작적 재료'란, 그러나 작가들이 예술적으로 창작하면 할수록 그것은 투쟁정신이 약화되어 어느새 부르주아적인 것으로 변질될 운명에 놓이기 때문입니다. 창작이란 그러니까 합법적인 부르주아 출판물에 의해 보장되는 것. 거기에 매달리면 매달릴수록 시간이 가면 갈수록 부르주아적 분위기로 기울어지게 마련입니다. 헤겔 식으로 말해 예술이란 그 자체가 왕자적(王者的)인 것으로 존재하기 때문입니다(『미학강의』, 레크람판, 1971, 279~780쪽).

말을 바꾸면, 카프 문학이란 예술이 되어서는 안 된다는 것이지요. 예술 아닌 별개의 '무슨무슨 운동', 또 종래의 예술이란 이름의 관념으로는 설명이나 해명이 되지 않고 쓸 수도 없는 '별개의 예술', 좌우간 '새로운 글쓰기의 일종'이라는 것. 따라서 카프 문학을 젤 수 있는 척도 역시 아직 만들어지지 않았다는 것. 어째서? 시방 만들어내고 있는 중이니까. 이렇게 권환이 주장하고 있다고 볼 것입니다. 그렇다면 정작 카프 시인 권환의 시 작품은 어떠할까. 곧 권환의 '창작적 재료'란 얼마나 제한적이었을까. 다시 말해, 그 속엔 얼마나 많은 분량의 '실재적 재료'가 섞여 있을까.

과거의 우리의 시를 보면 초기에는 박팔양을 대표로 하여 많이 도시의 풍경, 환상적 광명, 반항 없는 노동자의 감정을 극히 개념적으로 노래하였고, 그 다음부터 작년(1929년—인용자)까지 임화를 대표로 하여 동지의 연애와 희생당한 동지에 대한 센티멘탈한 사모를 많이 노래하였다. 그러다가 금년에 들어서는 노동자 농민의 타오르는 반항을 노래하는 시가 많이 나오게 되었다. 즉 임화의 「양말 속의 편지」, 권환의 「정지한 기계」, 「우리들을 여자라고(우리를 가난한 집 여자라고)」, 「패전 후에」, 김창술의 「안을 대로 안아라」 등이었다.(『권환 전집』, 291쪽)

정작 이렇게 말하는 권환 자신의 시는 어떠할까. '어느 공장 ×××

〔노동자〕형제들의 부르는 노래' 라는 부제가 달린, 간판 격인 작품 「정
지한 기계」 전문을 볼까요.

기계가 쉰다
괴물 같은 기계가 숨죽은 것같이 쉰다
우리 손이 팔짱을 끼니
돌아가던 수천 기계도 명령대로 일제히 쉰다
위대도 하다 우리의 ××〔노동〕력

왜 너희들은 못 돌리나?
낡은 명주같이 풀죽은
백랍(白蠟)같이 하얀
고기 기름이 떨어지는 그 손으로는
돌리지 못하겠니?

너들께는 여송연(呂宋煙) 한 개 값도
우리한테는 하루 먹을 쌀값도 안 되는 그 돈 때문에
동녘 하늘이 아직 어두운 찬 새벽부터
언 저녁별이 반짝일 때까지 돌리는 기계

빈 배를 안고 부르짖는 어린 아들 딸을
떨쳐놓고 와서 돌리는 기계
기만척(幾萬尺) 비단이 바닷물같이 여기서 나오지만
추운 겨울 병든 아내 울울 떨게 하는 기계
가죽 조대(調帶)에 감겨 뼈까지 가루된 형제를 보고도
아무 말 없이 눈물 찬 눈물만 서로 깜빡이며 그냥 돌리는 기계

왜 너희들은 못 돌리나?
낡은 명주같이 풀죽은
백랍같이 하얀
고기 기름이 떨어지는 그 손으로는
돌리지 못하겠니?

너들의 호위 ××이 긴 ×〔총〕을 머리 위에 휘두른다고
겁내서 그만 둘진대야
너들의 사랑 첩(妾) 개량주의가 타협의 단 사탕을 입에 넣어준다고
꼬여서 그만 말진대야
우리는 애초에 ××××〔노동운동〕 시작 안했을 게다

못난 스카프가 쥐새끼처럼 빠져나간다고
방해되서 못할진대야
너들이 가진 ××〔총칼〕에 떨려서
중도에 ××〔포기〕할진대야
우리는 애초에 ××××〔노동운동〕 시작 안했을 게다
나폴레옹의 ×××도 무서울 ××〔혁명〕의 ××〔의지〕가 우리에게
없었더라면
우리는 애초에 금번 ×〔일〕을 시작도 안했을 게다

기계가 쉰다
우리 손에 팔짱을 끼니
돌아가던 수천 기계도 명령대로 일제히 쉰다
위대도 하다 우리의 ××〔노동〕력!
왜 너들은 못 돌리나?

낡은 명주같이 풀죽은
백랍같이 하―얀
고기 기름이 떨어지는 그 손으로는
돌리지 못하겠니?
(『카프시인집』, 집단사, 1931, 19~24쪽. 복자 복원은 황선열에 따름)

권환 자신의 말로 한다면, 「정지한 기계」 부근에서부터 카프 시는 전기와 후기로 구분된다고 하겠지요. '센티멘탈한 사모'에서 벗어난 '타오르는 반항'의 단계가 후기에 해당된다는 것. 그것은 권환 자신이 김창술과 함께 설 수 있음을 가리킴이기도 합니다. 적어도 임화의 「네거리의 순이」 계열과는 구별되는 것입니다. 권환이 굳이 다음과 같이 말해놓았음에 주목할 터입니다.

그런데 끝으로 일본 동지들도 말하였지만 창작이나 시에 일부러 연애 요소를 넣는 것은 벌써 그 작자의 진검(眞劍)하지 못한 것을 말하는 것이다. 왜 그러냐 하면 그러한 요소를 일부러 넣는 동기는 노동자 농민의 아지프로보다 다른 불순한 의도를 가진 까닭이다.(『권환 전집』, 291쪽)

이 지적의 의의는 실로 큽니다. 볼세비키화 단계까지가 진짜 카프 문학임을 암시하고 있다고 판단되기 까닭입니다. 카프 문학 중에서 연애를 취급해야 한다고 주장한 한설야는 「청춘기」(1937)를 썼지요. 그것은 물론 카프 해체(1935) 이후의 일이라 같이 논의될 성질의 것은 아니지요. 권환이 위에서 강조한 것은 직접적으로는 「네 거리의 순이」 계 임화를 가리킴이었을 터입니다. 이 항목에서 주목되는 것은 무엇인가. 다음처럼 선명한 해답이 나올 수 있지요. 곧, 카프 볼세비키화의 한가운데에 권환이 놓여 있었음이 그것. 이론가로서도 그러했지만, 실천가로서도 그러했다는 것. 만일 카프 문학운동의 정통성을 볼세비키화에 놓는다면 권환이야말로 그 중심인물로 되는 셈이죠. 카프 내에서는 유일한 제국대학 졸업자였으며(김두용 역시 도쿄제대생이었으나 졸업 여부는 미확인, 「교토삼고졸업생편람」 참조), 바로 저 선진국 독문학의 혁명시인 에른스트 톨러를 학문적으로 전공한 카프 시인이었기에 권환은 그만의 고유한 몫을 수행할 수 있었다고 볼 것입니다.

6. 유성(遊星)이 원일점(遠日點)에서 빛나는 까닭

카프 문학운동사를 어떻게 문학사적으로 규정할 것인가. 이런 물음은 논자에 따라, 또 각 세대에 따라 다양하게 규정되고 전개될 것입니다. 만약 문학사적인 처지 곧 한국 근대문학사(주류)의 시선에서 보면, 카프 문학이란 한 시기의 특수 문학으로 분류될 수 있겠지요. 이 특수성은 마침내 서서히 주류 쪽으로 편입되어 혈육화 단계로 침투될 터입니다. 주류 속에 서서히 침투되어 주류를 살찌우는 한 요소일 터이지요. 그때 그 의의를 잴 수 있는 척도란 무엇일까요.

이 척도를 문제 삼을진댄, 김동인의 소설 실험, 염상섭의 소설 실험 등이 그 시금석에 해당하는 척도라 할 것입니다. 전위운동으로서의 아주 낯선 글쓰기 방식을 들고 와서 이를 토착화시키는 데 그들은 성공했기 때문입니다. 추상적 글쓰기에서 현실적 글쓰기로(「표본실의 청개구리」에서 「만세전」, 「삼대」로) 나아갔음이 그것. 이런 성과로 말미암아 초기의 그들의 추상적 글쓰기의 의의가 평가되는 것입니다. 카프 문학의 경우도 사정은 같습니다. 문학사적 시선에서 카프를 평가할 때 문제되는 것은 현실과 무관한 카프 문학의 저러한 충격(추상성, 전위적 성격)이 얼마나 강했고 그것이 어떻게 주류 속으로 스며들어 주류를 풍요롭게 했는가에 달려 있습니다. 약한 충격이었다면 그만큼 주류에 보탬이 못되는 것이며, 큰 충격이었다면 그만큼 큰 의의를 갖겠지요.

주류에 스며든다, 편입된다 함에는 설명이 없을 수 없지요. 정작 거기에 참여한 당사자들의 노력이 요망된다는 사실이 그것. 임화, 김남천, 이기영, 한설야 등은 서서히 문학사의 주류 속으로 편입되어갔지요. 그들은 타협할 줄 알았던 까닭에 어떤 상황에서도 '글쓰기'를 멈추지 않았지요. 막판에 가면 일어로 한설야는 「대륙(1939)」, 「影」(1942)도 썼고, 이기영은 「처녀지」(1944)도 썼던 것입니다. 그만큼 그들은 유능했던 것. 이 유능함이 곧 카프 문학의 문학사적 평가 기준의 하나로 볼 것입니다. 일본말인 '彼/彼女'를 어쩔 수 없이 썼던 「표본실의 청개구리」(1921)의 작가가 「삼대」(1931)로 나아간 사정도 이와 같은 문맥이지요. 참으로 딱하게도 이 물음 한 가지 때문에 제가 지금껏 논의하고 있는 형국입니다.

무엇이 어째서 딱했던가. 이 물음에 대한 대답을 서툴게나마 함으로써 이 어수선한 글을 마치기로 합니다. 딱한 것, 그것은 '혁명시인 권환'이라는 사실. 그는 선진국 독일의 신진 문인이자 영웅인 에른스트 톨러를 '혁명시인'으로 단정했지요. 책상 앞에서 읽은 것에 지나지 않는 것. 여지없이, 그리고 별수없는 관념성이지요. 지식인 특유의 추상적인 것이어서 그만큼 충격적이고 강력했지요. 이 관념성, 추상성이 카프 조직운동을 볼셰비키화로 이끌어갔던 것이죠. 그러기에 그의 글쓰기란 「정지한 기계」에서 보듯, 또 희곡 「광!」이나 소설 「썩은 안해」, 「자선당의 불」처럼 관념성으로 치달았지요. 조선적 현실과 무관한 글쓰기라 할 것입니다. 「낙동강」이나 「네 거리의 순이」와 비교해보면 금방 그 차이가 드러납니다. 참으로 딱하게도 그는 이런 과격성, 추상성, 관념성에서 벗어나고자 하지 않았습니다. 볼셰비키화가 진짜 카프 문학이라 믿었던 까닭입니다.

이 점에서 그는 카프 정통파의 제1인자이자 유일한 인물입니다. 전주 사건(1934~35) 이후 그는 다른 카프 작가들과 함께 전향했고, 또 시집 『자화상』(1943), 『윤리』(1944)를 간행했지만, 이런 것들은 한갓 몸부림이지 진짜 글쓰기라 할 수 없습니다. '창작적 재료' 쪽이 아니라 '실재적 재료'를 진짜라 우기고 싶었던 볼셰비키 운동의 기수인 그의 처지에서 보면 저 『자화상』이나 『윤리』는 한갓 탄식 어린 독백에 지나지 않는 것. 시집 두 권을 낼 만큼 그는 현실에 여전히 적응 못하고 내면 속으로 파고들 수밖에 없었지요. 『자화상』이 그것. 임화, 한설야, 김남천처럼 현실에 적응하지 못한 증거이지요.

해방공간에서도 사정은 마찬가지. 몸 빠른 한설야나 임화와는 달리 그는 여전히 적응하지 못했던 것. 외톨이였던 것. 이런 그를 굳이 현실 적응 제1의 단체인 문학가동맹 초대 서기장으로 뽑은 것은 실상은 일종의 아이러니라 하기 전에, 하나의 희극이 아닐 수 없지요. 서기장이었던 구카프파의 한효가 '일신상 이유'로 사임했고 그 후임에 권환이 올려졌던 것(『건설기의 조선문학』, 백양사, 1946, 131쪽). 이 순간, 권환은 문학가동맹계와도 결별했고 구카프계와도 결별한 것입니다. 해방공간이란 그에게 고립무원의 상태를 가져왔던 것입니다. 끝내 그는 문학사적 주류에 동화되지 못하고 떨어졌던 것. 태양계 저쪽 한갓 유성(遊星)의 신세가 되고 말았던 것. 혁명시인의 저 고정관념의 포로가 된 채 외톨이별로 남게 되고 말았던 것. 여기에 권환 문학의 비극성이 있습니다. 그러나 만일 카프 문학의 정통성을 문제 삼을진댄, 그리고 그것이 1930년을 전후한 볼셰비키화를 가리킴일진댄, 유성이 원일점(遠日點)에서 가장 빛나듯 그가 적자(嫡子)로 빛나고 있습니다.

어떤 법화경 행자의 맨얼굴 글쓰기론
—李光洙의 「三京印象記」와 春園의 「원효대사」

1. 창씨개명 좁山光郎

　일제 총독부가 조선인에게 창씨개명을 강요한 것은 그들의 역사적 경축일인 일본 기원 2600년(1940년) 2월 11일이었습니다. 그 법적 규정은 씨 설정에 관한 제령, 계출 및 씨명 변경에 관한 총독부령 제령 제19호에 규정되어 있고 그 시행 세칙은 제20호에 이어져 있습니다. 이것이 조선인에게 얼마나 충격적이었는가는 새삼 말할 것도 없습니다. 당시 조선인 성씨는 총 326성이며 이 가운데 김씨(85만 8239세대), 이씨(57만 7271세대), 박씨(30만 4248세대), 최씨(19만 237세대), 정씨(14만 7457세대)로 되어 있습니다(조선총독부 발행 『조선의 성』, 1930년 조사). 그러나 이런 창씨개명은 물론 강요 사항이지만 어떤 시선에서 보면 '절대적 강요 사항'이 아니었음에 주목할 필요가 있습니다.

　실제로, 창씨개명을 하지 않은 채 상당수의 지식인들이 활동한 사례에서 이 점이 새삼 엿보입니다. 당대의 조선 지식인 중 최고급에 속하는 작가이자 보성전문 교수 유진오는 이런 증언을 해놓은 바 있습니다.

창씨개명 문제도 결국 힘의 문제였다. 대세가 돌기 시작하니 저항은
싱겁게 무너져서 국민의 대부분은 총독부의 정책을 따르게 되고 보전
학생의 출석부도 거의 일본식 이름이 되었다. 그러는 가운데 보전에서
는 김성수 교장을 비롯하여 장덕수, 안효상, 손진태, 기타 창씨하지 않
은 사람이 꽤 있었으나 총독부는 더 이상 문제 삼지 않았다.(「편편야
화」, 『동아일보』, 1974년 4월 19일)

강요 사항이긴 해도 절대적 강요 사항이 아니었음을 말해놓고 있습
니다. 일본 각의(閣議)에서 결정된 조선인 징집(1942년 5월 9일 결의,
실시는 1943년 8월 1일)과 창씨개명 사이에도 큰 차이가 드러납니다.
조선인 징집건은 남부군 부사령관을 지낸 하준수처럼 지리산으로 도
피하지 않는 한 그 누구도 합법적으로는 피해갈 수 없었던 것입니다.
이 창씨개명 정책에 가장 적극적으로 가담하여 활동한 지식인 문인
의 한 사람이 「무정」(1917)의 작자이자, 「이순신」(1932)을 쓴 춘원
이광수였음은 모두가 이미 아는 사실입니다. 초대 일본 천황이 즉위한
곳의 산 이름 香久山에서 香山을 따고, 光洙의 光은 그대로 두고 洙자를
일본식으로 郎으로 하였다는 것, 또 그 동기를 이렇게 적었습니다.

내가 가야마라고 씨를 창설하고 미쓰오라고 일본식 명으로 개한 동기
는 황송한 말씀이나 천황어명(天皇御名)과 독법을 같이하는 씨명을 가지
자는 것이다. 나는 깊이깊이 내 자손과 조선 민족의 장래를 고려한 끝에
이리 하는 것이 당연하다는 굳은 신념에 도달한 까닭이다. 나는 천황의
신민이다. 내 자손도 천황의 신민으로 살 것이다. 이광수라는 씨명으로
도 천황의 신민이 못 될 것이 아니다. 그러나 가야마 미쓰오가 좀더 천

황의 신민다웁다고 나는 믿기 때문이다.(「창씨와 나」, 『매일신보』, 1940
년 2월 20일)

이광수라는 이름으로도 천황의 신민이 될 수 있지만 창씨개명을 해
야 '좀더' 천황의 신민답다는 것, 이것이 자기의 신념이라 했고, 그는
이 신념에 따라 맹렬히도 신민으로 되기 위한 신앙 고백을 펼쳐놓은
바 있습니다. 그 기세가 하도 대단하고 철저해서 무슨 희극배우의 몸
짓을 연상시키기에 모자람이 없습니다. 삼척동자라도 코웃음을 칠 이
런 희극을 「흙」(1932)의 작가가 연출했다는 사실 앞에 내외 연구자들
이 함께 무방비로 노출되어 있습니다. 문학이란 것이 원래 그럴 수도
저럴 수도 있는 편리한 물건이기 때문일까. 이광수의 경우는 단지 예
외적인 현상에 지나지 않는 것일까. 이 두 가지 물음 중 앞의 것에 대
해서라면 저도 저 나름대로나마 해답을 갖고 있습니다. 곧 이럴 수도
저럴 수도 없는 물건이라는 해답이 그것입니다. 뒤의 것에 대해서라면
'이광수적 현상'이라 하여 괄호 속에 넣어둘 만한 것이 아닐까 하고
혼자 생각해오고 있습니다.

'이광수적 현상'이라고 제가 표나게 내세워보는 것은 그의 글쓰기
의 총체적 검토에서 드러난 현상 하나에 관련됩니다. '창씨개명 글쓰
기'와 '이광수 글쓰기'가 어느 수준에서 구별되고 있음의 발견이 그것
입니다. 어째서 그는 그렇게 대단한 신념으로 창씨개명을 했음에도 불
구하고 때로는 본명으로 당당히 글을 썼을까. 어째서 그는 일본어로도
조선어로도 글을 쓰되 창씨개명으로도 본명으로도 거침없이 글을 썼
을까. 혹은 이런 현상은 '가면 글쓰기'와 '맨얼굴 글쓰기'라 할 수 없
을까. 만일 이런 가설이 성립될 수 있다면 그 곡절은 어떠했을까. 이러
한 이중어 글쓰기(bilingual writing)란 그러니까 일어/조선어의 범주와
가면/맨얼굴 범주의 뒤섞임으로 인한 4중어 글쓰기 현상이라 할 수 없

을까. 대충 이런 문제 주변을 조금 살펴보기 위해 이 글이 씌어집니다.

2. 고바야시 히데오를 향한 심정고백

창씨개명을 하지 않아도 천황의 신민이 될 수 있지만 창씨개명을 함
으로써 '좀더' 신민이 될 수 있다고 주장한 이광수가 일본 문단의 주
류에 속하며 순문예 월간지 『문학계(文學界)』의 실세 주간인 평론가
고바야시 히데오(小林秀雄)에게 원고를 보낸 것은 창씨개명을 한 지
꼭 일 년 뒤의 일입니다. 그 자신의 설명에 따르면 고바야시로부터 "그
대의 자서전을 써보라"라는 권고를 두 번씩이나 받았다는 것, "그러
마"고 했으나 감히 자서전을 쓸 처지는 못된다는 것, 그렇다고 신의를
존중하는 일본인 앞에 약속만은 지켜야 했기에 이런 글을 보낸다고 했
습니다. "小林 선생, 미안합니다⋯⋯"라고 시작되는 편지체의 이 글
제목은 '행자(行者)'로 되어 있습니다. 어째서 '행자'라는 제목을 달았
는가는 다음 대목에서 선명합니다.

저는 시방 경성(京城)의 대화숙(大和塾)의 밀실에서 이 글을 쓰고 있
습니다. 대화숙이란 것은 조선인에게 일본 정신의 훈련을 받게 하기 위
해 만들어진 것으로 법무국 관계의 기관이요, 사상보국연맹을 개칭한
것입니다.
사상보국연맹이란 잘 아시리라 믿습니다만 민족주의자, 공산주의자
들로서 아직 형기(刑期)가 남아 있는 자들이나 기소유예 상태에 있는 자
들에게도 일본 정신을 주입하는 기관입니다. 이들은 대략 3, 4천 명쯤
됩니다.
저는 아직 이 회원이 된 것은 아닙니다. 현재 상고 중이어서 아직 운
명이 결정되지 않았으니까요. 다행히 무죄로 된다면 대화숙에 들어갈

수 있겠고 불행히 유죄로 되는 날에는, 벼르고 벼른 일은커녕 대화숙의 골칫거리가 되겠지요.

그렇다면 어째서 저는 지금 대화숙의 한 방에 와 있는가 하면, 이는 당국의 단순한 호의에서입니다.

(「행자」, 졸역, 『문학계』, 1941년 3월, 80~81쪽)

일본 정신을 일종의 종교로 보고 학습하고 있음을 제목에서부터 드러냈습니다. 행자란 수행자의 준말이지요. 세속과의 인연을 송두리째 끊고 법계(法界)에 나아가 수행하는 자를 두고 행자라 함은 종교를 전제로 한 몸짓이 아닐 수 없습니다. '일본 정신'이란 그러니까 저 불교나 기타 종교의 일종으로 인식되었던 것입니다. 종교란 새삼 무엇이뇨. 지식이나 논리의 세계와는 별도로 성립되는 이른바 신앙의 세계를 가리킴이라면, 이광수에게 일본 정신이란 이 지상적인 것이 아니라 정신적인 것, 천상적인 것이 아닐 수 없지요. 신앙이란 새삼 무엇이뇨. '믿음'이되 무조건 믿는 것이 아닐 수 없지요. 이 믿음의 획득이란 수행함으로써만 가능한 것입니다. 이광수로 하여금 대화숙이라는 일본 정신 훈련소로 나아가게 한 동기랄까 원인은 어디서 말미암았을까. 위의 대목에 이 점이 비석처럼 드러나 있습니다. 현재 상고 중에 있다는 것, 무죄/유죄의 갈림길에 서 있다는 것. 운명을 기다리고 있다는 것.

이광수가 동우회 사건(수인번호 675호) 제2심에서 오 년 징역을 받은 것은 1940년 8월 21일로 되어 있습니다. 즉각 상고했고, 최종판결이 무죄로 된 것은 1941년 11월 17일이었지요. 동우회 사건(1937년 6월 6일~1938년 8월 15일 예심 종결, 1939년 12월 8일 경성지법에서 전원 무죄 판결, 1940년 8월 21일 경성 복심원에서 전원 유죄 판결, 1941년 11월 17일 경성고법에서 전원 무죄 판결)이 무려 4년에 걸쳐 진행되었음이 판명됩니다. 독일 형법 초안 제1조를 참고하여 "먼 장래에 있어서 조선의 문화 향상에 광범한 자치가 허용될 소지를 만들기 위한 문화 향상 운동을 한 자가 있다면 이는 법치국가에 있어 허용됨과 함께 조금도 위법시할 수 없다"(졸저, 『이광수와 그의 시대(2)』, 솔, 316~317쪽)라는 최종판결문이 나기 직전에「행자」를 썼음이 판명됩니다. 유죄냐 무죄냐의 갈림길에 놓인 식민지 문사 이광수가 스스로 행자라 했을 때 그가 수행해야 할 목표는 분명합니다. 유죄/무죄 갈림길에서 벗어나기 위함이 그것. 그 방법 또한 명백합니다. 구체적으로 그것은 『일본서기(日本書記)』와 『만엽집(萬葉集)』 속에 들어 있습니다. 수행자 이광수의 필기장에 적힌 것은 이렇게 되어 있습니다. "일본서기와 만엽집만 있으면 일본 정신이 풀린다"(87쪽)라고.『일본서기』란 일본의 역사책이며『만엽집』은 일본 고대 시가집이지요. 역사와 문학(시가)으로 요약될 성질의 것이지요. 이광수의 신앙의 근거란 그러니까 구체적으로는 '고대의 일본 역사와 문학'입니다. 요약컨대 이러한 구체성은 일종의 신화급 범주라 할 수 있습니다. '행자'라 자처한 상고 중인 조선인 이광수의 수행 목표가 일본 정신이라는 것, 그것은 당연히도 논리 쪽이 아닌 신앙 쪽이라는 것, 그것은 또 구체적으로는 『일본서기』와『만엽집』이라는 것을 만천하에 드러낸 것이「행자」라는 글입니다. 만천하에 드러내는 방식으로 그가 선택한 조건은 무엇이었던가. 다음 두 가지를 들 수 있겠지요.

첫째, 일본 문단 최고 권위지의 하나인『문학계』의 주간이자 문단 실세이며 대비평가 고바야시 히데오 앞으로 보내는 편지 형식을 택했다는 것.

이 방식을 뒤집어보면 문학적인 대응이었다는 것이 드러나지요.

둘째, 창씨개명한 香山光郎을 필명으로 사용했다는 것. 정확히는 香山光郎(李光洙)으로 표기했다는 사실입니다. 香山光郎이라면 독자들이 모를까봐 고바야시 쪽에서 친절히 괄호 속에 본명을 집어넣었는지 필자 자신이 그랬는지 좌우간 창씨개명의 당당함을 과시하고 있습니다. 어째서 고바야시는 두 번씩이나 이광수에게 자서전을 써보라고 권유했을까. 어째서 고바야시는 자서전도 아닌 한갓 심정 고백서인「행자」를『문학계』에 실었을까. 이런 물음도 뒤집어보면 문학적 대응이었음이 드러납니다. "사변적(事變的)인 글을 써서는 안 된다"라고, 식민지 서울에 와서 신체제 앞에 방황하고 있는 조선 문인들을 상대로 강연했던 고바야시인 만큼 그가 말하는 문학을 재음미하기 위해서도 이광수의「행자」가 의미 있어 보였던 것이 아니었을까(小林秀雄,「사변의 새로움」,『문장』(한글), 1940년 9월, 99쪽).

고바야시가 식민지 문인들을 향해 당당히도, 또 간곡히도 사변이나 신체제 등 시국적인 것 또는 시국적인 것에 영합하는 글을 써서는 안 된다고 한 이유는 일목요연합니다. 그런 것은 문학이 아닌 까닭입니다.「행자」를 쓰는 마당에서 이광수는 머리에다 이 글을 쓰는 이유를 밝혔습니다. 두 번이나 글 독촉을 고바야시로부터 받았다는 것이 그것. 이광수는 이에 급히 덧붙여놓았지요. "일본인은 거짓말을 하지 않는다. 설사 주석에서의 농담이라도 반드시 책임을 진다, 라는 점에 생각이 미쳤기 때문입니다"(80쪽)라고. '사변적인 것'을 써서는 안 된다는 것, 그것은 문학이라 할 수 없다는 주장을 한 고바야시이며, 또 주석에서의 농담이라 할지라도 거짓말을 하지 않는 일본인 고바야시이고 보면「행자」라는 글을 평가함에서도 정직했을 터이지요. 만일 그렇지 않다면 일본인일 수 없을 터입니다.

이렇게 보아올 때 분명해지거니와, 고바야시는「행자」를 문학으로 보았다고 하지 않을 수 없지요. 香山光郎이 썼든 李光洙가 썼든「행자」를 문학적인 글로 보지 않았다면 순문예지『문학계』에 실었을 이치가 없습니다. 발언은 발언이고 잡지 경영은 또 별개라고 했다면 대비평가 고바야시 히데오는 한갓 소인배에 멈출 뿐만 아니라 '일본인' 전체를 모독하는 것이 아닐 수 없습니다.

이런 현상은 분명 이광수에게도 고바야시에게도 하나의 시련으로 던져진 과제였을 터입니다. 이 과제의 중심에 놓인 것이 고대적 사유 곧 『일본서기』와 『만엽집』이라 하겠지요. 도스토예프스키 연구에서 고바야시가 일본 고전으로 방향을 바꾼 사정을 잠시 엿볼 필요가 있습니다.

「무상이란 일」「徒然草」에서 「西行」, 「實朝」에 이르는 한 묶음 일본 고전에 대한 수상이 '가면'에 잠겨 있는 이상한 힘의 체험을 말한 「當麻」에서 비롯하고 있음은 결코 우연이 아니다. 이러한 고전은 단적으로 말해 고바야시 스스로의 얼굴 위에 씌워진 '가면'이다. 「무상이란 일」 연작 전체는 근대비평이란 장르 속에서 시도된 일종의 能(가면극—인용자)와 같은 것이다. 이것은 그의 독창이다. 이 독창은 매우 난해하다. 사람들은 고바야시의 문장에서 저항하기 어려운 미를 발견했지만 그 미가 어디서 연유했는가를 알지 못했기 때문에.(江藤淳, 「小林秀雄」, 請談社, 1965, 248쪽)

고바야시가 평론 「역사와 문학」(1941년 9월) 이후 「전쟁과 평화」(1942년 3월)에 잇대어 「當麻」를 발표한 것은 1942년 4월이었고, 「무상이란 일」은 같은 해 6월이었지요. 식민지 서울에서 강연 여행을 한 1941년 10월, 11월 두 달이 그 사이에 있음을 염두에 둘 것입니다. 일본 고전 쪽으로 향한 고바야시의 탐구가 일본적 미의 발견이자 동시에 보편적 미의 발견에 이르는 길이었음은 그가 석굴암 앞에서 느낀 피로감에서도 엿볼 수 있습니다(졸저, 『비도 눈도 내리지 않는 시나가와 역』, 솔, 2005, 181~189쪽). 이광수의 경우도 이와 비슷한 사정이 고려될 수 있을지 모릅니다. 비록 유죄/무죄의 운명이 걸린 사안이긴 해도 이광수 역시 『만엽집』과 『일본서기』 언저리로 올라가 있습니다. 물론 이런 것들은 일본 민족의 역사이자 시이지만 동시에 그것은 보편적인 고대적 사유 또 다르게 말해 고대적 시적 현상에 통하는 것일 수도 있습니다.「행자」그것은 덫에 걸려 발버둥치는 조선인의 신앙 고백이지만 이를 미의 과제 곧 "시적 현상"으로 수용한 것이 고바야시 히데오였던 것입니다. 이 두 사람의 또 한번의 만남이 이루어진 것은 대동아문학자대회(1942년 11월 3일~6일)에서였습니다. 이 대회는 이광수에게는 절체절명의 순간이자 동시에 위기 돌파의 절호의 기회이기도 했습니다.

3. 덫에 걸린 축생도(畜生道)와 3세 인연설

태평양전쟁 수행 일 년이 지난 시점에서 일본의 사상계 및 문학계에 주도적 움직임이 표나게 행위적 수준에서 드러난 것은 이른바「근대의 초극론」(1942년 11월)과 '대동아작가대회'라 할 것입니다. 이 가운데 후자는 제1회 대회(1942년 11월 3일)가 동경에서 열렸고, 제2회(1943년 8월 25일 동경), 제3회(1944년 11월 12일 중국 남경)로 이어졌는데 제1회 대회의 조선측 대표는 이광수, 박영희, 유진오, 테라다 에이(寺田瑛)(경성일보 학예부장) 등이었거니와, 제1회 대회의 의장이 작가 기쿠치 칸(菊池寬)이었지만 대회 조직 및 운영 실무 책임자는『문학계』의 편집동인인 가와카미 데쓰타로(河上徹太郎)였습니다. 3일간에 걸친 공식 대회 후, 일정에 따라 메이지 신궁(明治神宮)을 참배한 뒤 소년 항공대 견학, 이어서 이광수가 찾아간 곳은 고바야시 히데오가 있는 골동품 애호가 모씨의 집이었지요. "좀 취해주게나. 취한 이광수를 보여주게"라는 주변의 권유에 따라 그 밤 대취했고, 새벽 목욕탕에 잠겨 있자 고바야시도 아오야마 지로(靑山二郎)와 함께 붉은 눈으로 들어왔다는 것입니다. 이것이 동경에서의 이광수의 크게 취함이라 하겠습니다. 이광수가 두번째로 크게 취한 곳은 대체 어디였을까. 이 물음이야말로 이광수와 불교의 관계에 깊이 닿아 있으며, 그곳은 이광수의 위기 극복의 장소이자 동시에 시간이기도 합니다. 그 장소란, 바로 일본 고대의 수도 나라(奈良)이지요.

어째서 이광수가 나라에서 두번째로 대취하지 않으면 안 되었을까. 그 대취가 어째서 이광수의 절체절명의 순간이었을까. 어째서 그것이 그의 구원으로 전화될 수 있었을까. 어째서 그것이 「행자」의 단계를 극복할 수 있었을까. 이런 한 묶음의 물음 앞에 놓여 있는 것이 이광수의 위기의식입니다.

여기는 일본 상대(上代)의 수도 나라. 함정에 빠져 허우적거리는 조선 작가 이광수가 있소. 사냥꾼 승냥이들이 어른거리며 절망적인 짐승 한 마리를 노려보고 날카로운 이빨을 허옇게 드러내고 있소. 그 장면을 목격한 제3자의 기록이 여기 있소. 이 대회에 참석한 대만 작가 하마다 하야오(浜田隼雄)의 증언이 그것.

나라(奈良)호텔의 두번째 밤이었다. 춥기에 바에 가니까 지난밤에 왔던 가와카미 데쓰타로 씨가 있었다. 옆에는 이광수 씨와 구사노 신페이(草野心平) 씨가 앉아 있었다.

무심코 들어갔는데, 어젯밤과는 공기가 다른 것 같았다. 그 순간 구사노 씨가 이광수 씨에 대하여 하는, 뱃속 깊은 곳에서 나오는 소리가 들렸다. 그것은 이광수 씨에 대한 격한 비난이며 그것도 눈물을 흘리는 그런 것이었다.

나는 서먹하여 떠나려 했지만 가와카미 씨의 권유로 의자에 앉아 잠자코 듣고 있었다. 이씨에 대해 구사노 씨와 가와카미 씨가 비판을 가하고 있었다. 이전의 사정은 알지 못하나 반도 작가로서의 괴로움을 우연히 누설한 것을 두고 그러한 괴로움을 내세워 어쩌겠다는 것인가, 문학의 괴로움이란 이런 것이 아니다, 라고 야단치고 있는 것처럼 보였다.

나는 여기서 그 논의를 적고자 하지 않는다. 단지 조선 문학의 창시자인 이광수 씨와 평론가 가와카미 씨, 시인이자 난징 정부의 문화공작에 임한 구사노 씨가 정색을 하고 자기를 모조리 털어내고 있는 그 진지함에 감동되었음을 고백하고 싶은 것이다.(「대회의 인상」, 일문, 졸역, 『文藝臺灣』, 1942년 12월, 21쪽)

이어서 하마다는 이렇게 끝맺고 있습니다. "나는 촌놈이라고 생각했다. 그리하여 구사노 씨와 가와카미 씨에게 양손을 잡힌 채 고개를 끄덕이고 있는 육십에 가까운 이광수 씨가 부러워 마지않았다"라고. 이 대목은 가와무라 미나토(川村湊) 씨의 저서 『만주붕괴』(文藝春秋社, 1997)에서도 끝대목만 빼고는 그대로 인용되어 있습니다. 이 『만주붕괴』의 저자는 또 이 장면을 두고 이렇게 해석해놓고 있습니다.

이름을 바꾸고, 말을 바꾸고, 이민족의 낯선 고장의 신을 섬기는 신전에 머리를 조아리고, 침략하여 식민지 지배를 하고 있는 나라의 왕의 궁성을 요배하며, 그리하여 그 왕의 인자함을 말로써 할 수 있는 데까지 칭송하고 있다. 그러한 스케줄을 거쳐온 이민족의 문학자가 술좌석에서 '반도 작가로서의 괴로움'을 입 밖으로 내었음이란 오히려 당연하지 않았을까. 거기에다 대고 그 따위 괴로움을 토로해서 어쩌겠다는 것인가, 라고 공격하는 일본 문학자야말로 문학자의 이름에 값하지 않는, 델리커시(신중함)가 없음이다. 아니 신중함의 없음이라는 온건한 표현이 아니라 차라리 범죄적인지도 모른다. 그들은 이민족의 문학자들의 그 '내면'을 검열하고 감시하는 검열관, 스파이 몫을 했던 것이다. 적어도 일본인을 제외한 중국, 만주, 몽골, 조선, 대만의 대표자들은 일본어만을 사용 언어로 한, 일본어로의 통역은 있어도 그 거꾸로는 없었던, 이들이향의 세리머니에 내심으로는 진절머리가 났으리라. 동상이몽의 여행이 도쿄, 이세, 교토, 나라로 이어져 있었다.(『만주붕괴』, 졸역, 13쪽)

이런 함정에 빠진 짐승 이광수는 어떻게 거기서 탈출할 수 있었을까. 방도는 딱 하나. 불교, 좀더 자세히는 법화경(法華經)에 매달리기가 그것. 그렇다면 법화경이란 새삼 무엇이뇨.

이 물음에 앞서, 정작 이광수를 함정에 빠뜨려놓고 으르렁거린 대회 조직자인 고명한 평론가 가와카미 데쓰타로의 기록을 보아둘 필요가 있습니다. 제3자의 기록과 대조하기 위해서입니다. "이 대회의 발언의 총목차가 본회의 당일, 내 책상 위에 그때그때 왔다"는 실권자 가와카미는 이렇게 적어놓고 있습니다.

나라에 돌아와 오찬을 마치자 또 나는 오후 일정의 지루한 시내 관광이 개운치 않았다. 그렇다고 무례하게 거스른다면 나쁠 것 같아 시내를 알고 있으나 서쪽의 서울을 모르는 사람들에게 그것을 안내하겠다고 말했다. 결국 따라온 사람은 香山光郎(구 李光洙) 이하 조선의 3인(유진오, 박영희, 테라다 에이, 가라시마 다케시 가운데 누구였을 것이다―인용자)과 구사노 군이었다. 그런데 일행은 좋았다. 도쇼다이지(唐招提寺) 정문을 빠져나갈 때부터 일종의 감탄의 소리가 이어져 오전의 내 실망을 보상해주었다. 그 천수관음상 앞에 서는 것이 일생의 기쁨이라 하여 합장하는 가야마(香山) 씨의 커다란 손을 나는 아직 잊지 못한다. 야쿠시지의 당내(堂內)가 어두워짐을 겁내며 서 있는, 그럼에도 걸어 들어가는 일동의 뒷모습에 나는 내 쪽에서 감사하고 싶은 기분이었다. 이로써 일부러 나라까지 온 보람이 있다고 생각했다.(「대동아 문학자회의 전후」, 『文學界』, 졸역, 1943년 1월, 60쪽)

여기서도 보듯 조선인 3인 중 가와카미의 안중에 있는 것은 香山光郎임이 잘 드러나 있거니와, 그렇지만 구사노 신페이도 함께였음에 대해서는 단지 우연인지, 의도적인지 불투명하게 되어 있습니다. 앞에서 보았듯이 그는 난징(南京) 정부의 문화공작원으로서 중국 대표들을 이끌고 온 공로자로 되어 있습니다. 실력자인 가와카미의 곁에 서서 그의 환심을 사고자 했는지도 모르는데, 이는 밤 두세시까지 가와카미의 호텔방에서 술을 마신 점에서도 유추됩니다.

서쪽의 서울을 안내한 가와카미의 보람이 香山光郎에 있었다는 것 역시 같은 문맥이었을 터입니다. 덫에 치인 짐승인 香山光郎인지라 실력자 가와카미와의 동행이 그의 무의식에 자리하고 있었을 터입니다.

가와카미의 이광수 관찰법이 생생합니다. 문인 가와카미인지라 그역시 문학적 증언을 해놓았음에 틀림없지요. 문학적 증언 속에 승냥이의 이빨 감추기가 그것.

함정에 빠진 짐승 이광수의 이에 대한 증언은 어떠했을까. 그것이 문학적 증언이자 동시에 조선인의 혼의 증언급에 속한다는 사실이야말로 우리가 쉽사리 놓쳐서는 안 될 대목입니다. 다음 증언이 그것이며 이것이 조선인 이광수의 혼의 증명임을 새삼 '증명하는 것'이 창씨개명 아닌 李光洙의 이름입니다. 그는 香山光郎 아닌 李光洙의 이름으로 증언해놓고 있었던 것입니다.

나는 가와카미 씨에게 이끌려 호텔의 술집으로 갔다. 구메 마사오 씨가 도쿄에서 가져온 산토리가 한 병 남아 있는 모양이어서 위스키 소다로 하여 마셨다. 썩 맛있었다.

"마셔, 마셔"라는 가와카미 씨의 권유대로 대여섯 잔을 연거푸 마셨다. 가와카미 씨도 나를 취하게 만들 참으로 보였다. 하야시 후사오 씨의 수법이다. 가야마(香山)라는 녀석, 속마음 한 조각을 토해내라, 라는

투였으리라. 혹은 가와카미 씨도 나도 나라 시대(7~10세기―인용자)
엔 거친 연못 기슭에서 취해 쓰러진 묵은 인연이 있는지도 모를 일이다.
내가 혜자라든가 담징의 공양을 올리기 위해 여기 와 있는지도 모른다.
행기(行基, A.D. 668~749, 백제계 승려, 왕인 박사의 후손, 도다이지
대불 조성의 기술 책임자―인용자)의 일행이었는지도 모른다. 호로, 호
로 하고 우는 산새 소리를 미카사야마(三笠山, 나라시 동쪽에 있는 산,
가스가(春日) 신사가 있는 산―인용자)에서 들었는지도 모른다. 그런
인연으로 말미암아 나는 나라가 감정을 누를 수 없을 만큼 맹렬하게 그
리우며 가와키미 씨도 도쿄에서 일부러 와서 나와 더불어 나라의 초승
달에 가슴을 없은 것이리라.

좋다. 마시자. 속마음이랄까, 흙탕물을 토해도 좋다. 나에겐 중생에
대해 감출 만한 그 어떤 것도 갖고 있지 않다. 취해서 내보일 추함이 있
다면 그것이 나의 참모습이리라. 내게 진심을 구하는 벗에게 내 있음 그
대로를 보이지 않고 어쩔 것인가.

11시까지 마시고 또 떠들었다. 세 시간이나 지났다. 구사노 신페이
씨도 도중에 끼어들었다. 무거운 상판이나 뜻밖에도 부드러운 인물이
다. 시인인 것이다.

구메 씨가 왔을 땐 산토리 병은 비어버려서 구메 씨는 마시고 싶은 표
정을 짓고 있었다.(「삼경인상기」, 『문학계』, 졸역, 1943년 1월, 76쪽)
(이 글 전문은 졸저, 『일제 말기 한국 작가의 일본어 글쓰기론』, 서울대
출판부, 2003에 실려 있음)

위의 인용이 이 글의 압도적 부분이자 조선인 李光洙의 인격과 글재
주가 집약적으로 또 유감없이 드러난 대목이 아닐 수 없지요. 두 가지
이유에서 그러한데, 첫째 그가 고대인(古代人) 李光洙로 환원될 수 있
었음을 들 수 있습니다. 나라 시대의 일본인에게 조선인이란 무엇인

가. 고구려, 신라, 백제 삼국의 분국이 일본 열도에 그대로 전래되고 있었다는 유명한 학설(김석형, 『고대 조일 관계사』)이 있거니와, 한반도가 단연 문화·기술적 우위에 있었다는 데는 반론의 여지가 거의 없지요. 일본에 글자를 가르친 것도 반도인이었고, 의상을 비롯하여 불교 화엄사상·법화사상을 전한 것도, 또한 저 유명한 도다이지(東大寺) 대불을 조성한 기술자들도 반도인이 아니었던가. 조선인 李光洙가 고구려 승려 담징, 혜자, 혜총 등과 함께 일찍이 나라에 갔던 것이 아닐까. 행기와 더불어 도다이지의 비로자나불 조성의 기술자로 참가하여 대들보를 깔고 있는 李光洙의 모습이 거기 있지 않았던가. 일본인 기쿠치 칸, 가와카미 데쓰타로, 구메 마사오 등이 스승격인 조선인 李光洙 앞에 허리를 굽혀 한 수 배우고자 기다리고 있는 형국이 아니었겠는가. 요컨대 조선인 李光洙는 일본 국왕의 초빙으로 온 귀객이 아니었겠는가.

둘째, 이 점이 더욱 원론적이거니와 불교의 개입이 그것. 나라란 무엇이뇨. 호류지(法隆寺)가 있는 곳이다. 그렇다면 호류지란 무엇인가. '백제관음'이 있고 담징의 벽화가 있는 곳이다. 쇼토쿠(聖德) 태자(A.D. 574~622, 야마토 정부의 실권자)에게 법화경을 진상한 고구려 승려 혜자와 같이 붉은 장삼을 걸친 李光洙가 나라에 나타난 형국이 아니었겠는가. 이런 상상력을 가능케 하고, 또 현실적으로 보장케 한 압도적 장치가 바로 불교였습니다. '信佛法 尊神道'가 호류지의 이념이라면, 이는 고대에서 오늘날까지 불변입니다. 이 사실을 李光洙는 망설임도 없이 외쳤습니다.

오늘날 호류지를 많은 사람들은 예술적으로 존중하고 있는 모양이나 내가 여기서 느끼는 것은 그 이상이 있다고 믿는다. 그것은 쇼토쿠 태자의 정신에서 출발함이다. 태자는 진리와 자비의 정신의 권화(權化)였다.

법화경에 나타나는 불법의 정신을 태자는 그대로 일본국에 실현하고자 했다. 일본이야말로 대승의 땅이 되리라 믿었다. 이로써 일본을 진리의 나라로서 자비의 나라로서 그리하여 이런 이상을 실현키 위해서는 일본인 각각이 신명 버리기를 애석하게 여기지 않는, 대아대용(大我大勇)에 죽고 사는 나라로 만들고자 애쓴 것이다. (「삼경인상기」, 78쪽)

연기설을 바탕으로 하는 불교에 따른다면 나라 시대의 반도에서 온 李光洙가 일본인 토목 기술자 고바야시 히데오나 가와카미 데쓰타로를 호류지 앞에서 만났는지도 모를 일입니다. 혹은 李光洙가 쇼토쿠 태자에게 법화경을 진상했는지도 모를 일입니다. 오늘의 일본국가가 비록 서구 제국주의 반열에 들어 그 위력으로 무장해 있지만, 국민 대다수가 불교도이며 또 국가 신도(神道) 역시 불교와의 습합(習合)이고 보면, 李光洙의 저러한 주장에 논리적으로나 심정적으로 대들 만한 장사는 있기 어렵습니다. 비록 그 일본국이 도모한 대동아 공영권의 문학적 방도인 대동아 문학자대회의 볼모 신세로 나라에 와 있지만, 불교의 윤회사상에 또 연기설에 따른다면 서로의 처지가 '잠정적'으로 바뀌었을 따름이 아닐 수 없습니다. 李光洙가 참으로 말하고자 한 것은 이러한 것이었습니다.

보살행이란 자기를 버리고 중생을 구함이다. 소위 불국토를 정화하고 중생을 성취시킴이다. 이것은 10년이나 20년의 사업이 아니고 일생이나 이생(二生)의 사업도 아니다. 삼계(三界)의 중생을 모두 구해낼 때까지의 사업이다. 구원의 사업이다. 이것이야말로 삶이 갖는 유일한 목적이라 함이 법화(法華)의 사상이다. (「삼경인상기」, 79쪽)

근대란 무엇인가. 한갓 제국주의 시대이리라. 구원(久遠)한 사람의 처지에서 보면 실로 한 찰나에 지나지 않는 것. 볼모 신세인 *李光洙*가 주인으로 군림할 수 있는 것은 이런 연고에서입니다. 설사 쇼토쿠 태자를 법화경의 실천자로 보고, 그러니까 법(法)의 수행자로 인정하고, 그 연장선상에서 10억 아시아인을 전쟁으로 몰아가고 있다 해도, 그리고 일본 군인이 이 목적을 수행하기 위해 목숨을 버리며, 문필가 역시 이 사업에 나아가야 한다고 주장되더라도 이런 주장은 볼모로 잡혀온 조선 문학자 *李光洙*의 겉모습을 나타낸 목소리일 터입니다. 그의 속마음은 어디까지나 나라 시대 고대인의 상상력에 있었을 터입니다. 그의 자유가 그 고대 속에 있었기에 어디까지나 상상 속의 일이었습니다. 술의 힘을 빌려 그는 이 상상력 속으로 일시 거닐었는데, 이를 방조하고 도운 것이 호류지였을 터입니다. 조선인 *李光洙*, 그는 이로써 그의 상상력상의 신분의 우위를 계속 유지했어야 했을 터입니다. 술과 불교와 고대가 함께하고 있었기에 그로써 족한 것이었을 터입니다. 본명 *李光洙*를 당당히 사용한 까닭이 여기에 있을 것입니다.

그러나 동시에 그는 볼모였습니다. 이 볼모라는 사실이 그의 저러한 상상력의 틈으로 스며 나왔다는 사실은 어떻게 설명해야 적절할까. 나라호텔 술집에서 두 일본인 문학자들에게 주변 사람이 차마 지켜보기에 민망한 공박을 당할 만큼 *李光洙*는 어쩌자고 자기의 볼모 의식을 누설해버렸을까요. 자기의 상상적 우월감과 현실적 초라함이 동시에 '속마음'으로 공존해 있었기에 벌어진 현상이 아니었겠는가.

4. 맨얼굴 글쓰기와 가면 글쓰기

이광수와 종교의 관계는 당초 동학에서 비롯됩니다. 포덕천하(布德天下) 광제창생(廣濟蒼生) 보국안민지대도대덕(輔國安民之大道大德)을 내세운 동학이 11세 소년에게 가르쳐준 것은 사람에겐 개인보다 큰

'그 무엇'이 있다는 사상이었지요. 민족, 국가, 사회, 동포 등이 개인의 생각보다 우선한다는 이런 사상이 전 생애를 통해 그의 글쓰기의 바탕을 이루었다고 볼 것입니다. 그렇지만 기독교에 대해서는 소년기에서부터 상당한 거부감을 가졌는바, 일본의 미션스쿨인 명치학원에서의 체험에서 말미암았지요. 아침 조회 때마다 일본인 목사가 하느님의 이름으로 대일본제국의 흥융을 빌고 있음에 접한 소년은 이 사태를 수용할 만한 힘이 모자랐지요. 그가 톨스토이주의로 치달은 것은 이 때문입니다. 불교에 직면하여 모종의 충격을 받은 첫번째 사건은 1923년이었지요. 금강산 유람에서 그가 마주친 것은 독립운동을 하느라 쫓기고 있던 삼종제 이학수(훗날 운허 스님)의 치의(緇衣) 입은 모습이었습니다.

> 이 사람 여기서 볼 줄 누가 알았으되
> 회천웅도(恢天雄圖)가 일한납(一寒衲)되단말가
> 도중생(度衆生) 삼천대원(三千大願)을 이뤄볼까 하노라
> (『이광수 전집(9)』, 77쪽)

이광수가 어째서 유독 불교 중에서도 법화경(法華經)에 경도되었는가를 묻는 일은 중요합니다. 그가 법화경을 처음 접한 것은 1923년 7월 금강산 보광암에서입니다. 이때 그는 마하연에서 피로 쓴 법화경 6책을 보았지요. 손끝의 피를 뽑아 6년 동안 쓴 만허비구의 법화경을 보았을 때 '모골이 송연하다'고 했지요. 현세 부모친척을 위해 쓴 이 혈서가 왜 유독 그를 법화경으로 몰아간 것일까. 모두가 아는 바, 대승불교에는 뚜렷하게 큰 것으로 반야경, 법화경, 화엄경 등이 있거니와 어째서 그는 유독 법화경에 경도된 것이었을까. 불교의 근본 사상인 연기 사상을 공(空)으로 표현한 것은 반야경이지요. 모든 인연에 의한

현재의 어떤 존재물이 있기에, 그 본체 또는 실체란 없다는 공 사상의 순수성은 법화경에선 모호합니다. 또 법화경은 화엄경에 비해 순수성이 떨어집니다. 법화경을 혹평하는 쪽에서는 어리석은 사람들에게 권유하는 것이어서 사상적으로 저급하다고 보기도 합니다(岩本裕, 『불교입문』, 中公新書, 1964; 田村芳郎, 『법화경』, 中公新書, 1969; 서경수, 『법화경』, 중앙신서, 1978; 조명기, 『법화경신초』, 삼성문고, 1976). 이러한 법화경에 어째서 이광수는 매료되었을까. 검증되기 어렵기는 하나, 법화경이 앞에서 든 혈서 이야기와 관련되며 또 소승과 대승의 융합이라는 점(법화경의 방편품은 법화경의 28품 가운데 제일 큰 비중의 가르침으로 소승불교에 대한 것임. 춘원의 「원효대사」 속에도 소개되어 있음), 시적 비유로 충만되어 있다는 점, 소신공양 등 과격성을 안고 있다는 점 등등의 특징이 춘원의 성격과 통했는지도 모릅니다. 또한 법화경과 일본 불교의 관련성도 고려의 대상이 될 수 있을 것입니다. 모두가 아는 바, 법화경은 일본에서 가장 많이 숭앙되는 불교 경전입니다. 호류지(法隆寺)를 세운 쇼토쿠 태자가 『법화경의소(法華經義疏)』를 지은 이래 이 경전은 일본에 정착되었고, 헤이안(平安) 시대의 사이쵸(最燈)가 법화경을 근본 경전으로 한 천태종(天台宗)을 전한 이래 그 영향력은 결정적이었고, 니치렌(日連)에 이르면 가히 종교적인 모습을 띠었지요(中村元, 『불교경전산책』, 東京書籍, 1998). 이러한 법화경 한 질을 몸소 짊어지고 그를 찾아온 사람이 삼종제 이학수였지요(「산사 사람들」, 『京城日報』, 일문, 1940년 5월). 춘원이 절망에 놓일 적마다 봉선사의 주지 이학수의 배려가 작동되어 있었습니다. 그야말로 3세 인연의 한 장면이었는지 모릅니다.

이 법화경의 행자로 일본에 군림한 것이 본명 李光洙의 이름으로 쓴 「삼경인상기」입니다. 그는 맨얼굴을 드러내 이렇게 호령하고 있지 않았던가. 너희가 소토쿠 태자의 정신을 아시는가. 그는 법화경에 나타나는 불법의 정신을 그대로 일본국에 실현코자 한 위인이다. 법화경을 통해 그는 일본을 진리의 나라로, 자비의 나라로, 대아대용(大我大勇)에 죽고 사는 나라로 만들고자 했다. 이것이야말로 법화의 사상이다, 라고. 너희들이 총칼로 나를 볼모로 잡아와 협박을 하는 모양이나 어림없는 노릇이다. 여기는 선방 법륭사가 있는 너희들 국가의 신성한 장소가 아닌가. 여기는 역사가 숨쉬는 곳. 3세 인연의 법칙에 따른다면 내가 옛 고구려의 담징, 백제의 혜자 대사일 수도 있다. 너희 나라 국민 李光洙인지도 모르지 않겠는가. 만일 이런 생각을 한갓 망상이라 한다면 너희는 진짜 일본인이 못되고 한갓 불쌍한 축생일 뿐이다. 법화경의 사상을 모르기에 그러하다, 라고.

이러한 호통은 다음 전제 위에서만 그 효용도가 인정될 터입니다. 반도 작가가 아니라 법화경 행자 李光洙라는 점이 그것. 그렇다면 작가로서 그는 일본인을 향해 어떤 호통을 쳤던가. 작가 이광수를 논의하는 마당이라면 이 물음을 피해갈 수 없습니다.

매우 딱하게도 작가 이광수의 일본인을 향한 목소리는 찾아지지 않습니다. 물론 이광수는 「가납교장」(1943), 「원술의 출정」(1944), 「그들의 사랑」(1941), 「봄의 노래」(1941) 등 일어로 소설도 썼지만 어디까지나 반도(국내)용에 지나지 않습니다. 그렇다면 이광수는 작가로서의 면모를 한국인 앞에서는 어떻게 보였던가. 이 결정적 물음에 응해보는 것이 장편 「원효대사」(『매일신보』, 1942. 3~10)입니다. 말을 바꾸면 법화경 행자로서 일본인을 향한 글쓰기가 「삼경인상기」였다면 그것을 한국인을 대상으로 '작품'으로 쓴 것이 「원효대사」라 하겠지요. 「원효대사」가 단순한 소설이 아니라 법화경이자 동시에 작가 이광수의 마지막 목소리에 해당되는 작품이라 규정됨은 이 때문입니다.

제일 먼저 지적될 사항은 「삼경인상기」와 꼭 같이 '맨얼굴'로 썼다는 점입니다. 창씨개명을 한 지 무려 두 해나 지났고, 창씨개명한 이름으로 온갖 해괴망측하고 추한 글쓰기를 일삼던 그가 「원효대사」를 쓰는 마당에서는 春園이란 이름을 사용하고 있습니다. 대체 이 사실은 무엇을 가리킴일까. 이 물음에 대번에 응해오는 것이 「무정」(1917)입니다. 이 나라 근대소설의 기점인 「무정」이 '春園'이란 이름으로 발표되었음에 견주어볼 때, 그리고 「무정」이 진짜 문학이며 또 글쓰기의 본도임을 스스로가 알고 있었음을 염두에 둘 때, 「원효대사」가 적어도 「무정」을 전제하고 씌어졌음을 이로써 알 수 있습니다.

둘째는 「원효대사」가 이광수의 불교 이해의 수준이랄까 한계를 보여주는 기념비적 작품이라는 점입니다.

5. 원효의 가면을 쓴 이광수의 표정

이광수의 불교 이해의 수준은 어떠할까. 이 물음은 이광수가 쓴 「세조대왕」, 「단종애사」, 「이차돈의 사」 등에서 무수히 등장하는 불경의 인용에서 비롯하여 「원효대사」에서 총 마무리된다고 볼 수 있습니다. 『대승기신론소』, 『금강삼매경론』 등을 저술한 원효를 주인공으로 내세운 소설인 만큼, 「원효대사」에는 원효대사가 알고 있던 것만큼의 불교 지식이 동원되어 있다고 일단 볼 수 있습니다. 그렇지 않고는 올바른 원효상이 창조되지 못할 터이기 때문입니다.

그러나 이런 가정은 실상 불가능한데, 왜냐면 소설에서의 인물 창조란, 실명으로 된 경우에는 특징적인 요소를 부각시킴으로써 달성된다고 보기 때문입니다.

모두가 아는 바 원효(617~686)는 『십문화정론(十門和諍論)』의 저자이기도 합니다. 당시 유행하던 온갖 불교 종파를 아우르는 대화합의 기틀을 목표로 했다고는 하나 역시 신라 불교의 중심부는 화엄경으로 되어 있습니다. 중국 불교가 원각경 중심이라면 신라 불교는 화엄경 중심이고, 일본 불교는 법화경이 그 중심부를 이루었다고 범박하게 말해질 수 있습니다. 앞에서 살폈듯 원효의 불교 이해는 법화경과 화엄경에 중점이 놓여 있었을 터입니다. 불국사의 가람 배치가 법화경에 의존했고, 그 다음 마마타경, 화엄경 등이 고려되어 있습니다. 처음부터 그러한 화엄적인 입장에서 가람의 배치나 구성이 이루어진 것 같지는 않고 나중에 화엄 사상이 가미, 접목되었다고 보는 것이 학계의 정설임(한국불교연구원, 『불국사』, 일지사, 1974)을 감안한다면, 김대성 당시의 신라 불교의 위상이 어느 수준에서 감지됩니다. 뿐만 아니라 대안대사(大安大師)의 입을 빌려 '화엄종주원효'라 불러 화엄종주가 될 것을 예언(『전집(5)』, 365쪽)한 점에서 법화경에서 화엄경으로의 기울어짐이 후기의 일임을 짐작케 합니다.

요컨대 「원효대사」를 쓰는 마당에서 작가 이광수는 소설적 문법이 아니라 일종의 로만스의 문법에 의해 썼던 것입니다. 그러기에 원효가 알고 있던 불교에는 비교도 안 될 정도의 많은 불경과 불교 지식을 펼쳐보이고 있습니다. 심지어는 원효 당대엔 아직 세상에 나오지도 않은 원각경(695)이라든가 화엄경 80권(8세기 초)도 등장하고 있습니다(사에쿠사 도시카쓰, 『한국문학연구』, 베틀북, 2000, 217쪽). 뿐만 아니라 밀교 경전인 대일경(大日經)이 작품의 중심부를 이루고 있습니다. 원효는 결정적인 도술을 부리는 장면을 두 가지로 보였는바, 그 첫 번째가 청정한 처녀 아사가의 행방 찾기에서입니다. 지(地), 수(水), 화(火), 풍(風)의 주문 외기가 그것이지요. 두번째는, 작품의 클라이맥스에 해당되는 대목에서입니다. 도적떼에 잡혀 기름가마솥에 던져지기 직전 원효대사는 도술을 행하지요.

　　원효는 입을 크게 벌려
　　'아—'

하고 소리를 내었다. 諸法本不生의 地자 진언이다. 마음에 있는 모든 번뇌를 뱉아버리는 진언이다. 나고 살고 죽는 것이 모두 허깨비요 본래 있는 것이 아니라는 법문에 들어가는 진언이다.

다음에 원효는,

'비—'

하고 불렀다. 길게 불렀다. 水자 진언이다. 本性離言說이다.(「원효대사」, 540쪽)

이처럼 대일경의 밀교 부분에 의거해놓고 있지요. 요컨대, 원효와는 관련 없이 이광수 자신을 내세웠던 것입니다. 소설가 이광수, 창씨개명한 이광수, 민족을 배반한 파계승 이광수 자신의 불교관을 투영한 것입니다[이러한 대일경의 진언의 도입을 두고 또 소설에 등장하는 고식(古式)의 의식이라든가 이상한 언어를 두고 집필에 임해 당국의 모종의 요구에 응한 것이 아닌가 추측할 수도 있지만(사에쿠사, 위의 책) 이는 과잉반응이리라. 「삼경인상기」에도 기묘한 언어가 등장하나 이 역시 당국의 요구와 무관한 것으로 보는 것이 타당하겠지요]. 이광수의 「원효대사」가 소설 문법 아닌 로만스 문법에 속한다는 것을 작가 스스로 말해놓았기에 시비가 있을 수 없습니다.

내가 원효대사를 내 소설의 주인공으로 택한 까닭은 그가 내 마음을 끄는 사람이기 때문이다. 그의 장처 속에서 나를 발견하고 그의 단처 속에서도 나를 발견했다. 이것으로 보아 그는 가장 우리 민족적 특성을 구비한 것 같다.(『이광수 전집(5)』, 530쪽)

만일 그가 소설 문법에 의해 「원효대사」를 쓰고자 했다면 엄밀한 역사적 고증을 피해갈 수 없을 터입니다. 원효가 알고 있는 불교에 국한

해야 하며 적어도 신라사회 속의 인간 원효를 그려야만 했을 터입니다. 만일 고대 신라의 역사 · 사회적 복원이 학문적 수준에서 이루어져 있지 않았다면 소설 「원효대사」는 씌어질 수 없겠지요. 로만스 「원효대사」만이 씌어질 수밖에 없습니다. 춘원이란 이름으로 「무정」을 썼을 때 그것이 소설인 것은 소설 문법에 의거했기 때문이며, 같은 춘원의 이름으로 쓴 「원효대사」는 한갓 로만스 문법에 의거한 일종의 로만스라 할 것입니다.

6. 무연(無緣)의 그리움의 있고 없음

「삼경인상기」와 「원효대사」의 이동점이 마지막 관심으로 남게 되었습니다. 전자가 일어로 썼고 또 일본인을 향한 글쓰기이며 후자는 조선어로 썼고 조선인 상대의 글쓰기이며 함께 李光洙, 春園의 이름으로 된 글쓰기입니다. 어느 것이나 맨얼굴 글쓰기여서 가면 글쓰기와 구별됩니다. 이러한 맨얼굴 글쓰기를 가능케 한 원동력을 찾는다면 단연 불교라 할 것입니다. 불교이되 삼국 시대의 불교이지요. 상대 삼국 시대의 불교이되 일본인을 향해서라면 나라의 법륭사와 직결된 법화경이어야 했고, 조선인을 향해서라면 단연 화엄경이어야 했습니다. 두 경의 차이란 물론 있겠지만, 근본 사상은 꼭 같을 터입니다. 삼세제불, 연기설이 그것이지요. 삼세 인연설에 따른다면, 고구려의 담징, 백제의 혜자, 행기 등이란, 오늘의 이광수, 유진오, 박영희 등일 수도 있는 법. 제국주의를 머리에 인 기쿠지 히로시, 고바야시 히데오, 가와카미 테츠타로 등이란 실상은 저 법륭사를 지은 쇼토쿠 태자일 수도 있는 법. 볼모로 잡혀와 헛소리를 하고 있는('석양에 지저귀는 까마귀', 「난제오」, 1940) 식민지 작가 이광수란 실상은 쇼토쿠 태자가 초빙한 국빈일 수도 있는 법. 이런 모든 일을 가능케 한 것은 불교뿐이지요. 불교에서라면 너무도 당연한 인식 방법이 아닐 수 없지요. 만일 그렇지 않다면 불교를 부정하는 길이 되지 않을 수 없지요. 이렇게 막바로 말하는 맨얼굴 글쓰기가 수필식 「삼경인상기」입니다. 그렇다면 로만스 「원효대사」란 무엇인가. 그것은 조선인을 향한 맨얼굴 글쓰기라 할 수 있습니다. 무애춤을 추며 방랑하는 파계승 원효란 실상 이광수 자신이라고 우기고 있습니다. 이 역시 만일 부정한다면 저 불교의 부정으로 향할 터입니다. 삼세제불, 인연설에 따른다면 신라적 원효가 시방 식민지 조선의 작가 이광수라 할 수도 있기 때문입니다.

그렇다면 모든 것이 전생의 인연이라 하여 자기 합리화로 치달아도 되는 것일까. 이 허무주의를 극복하기 위해 불교는 큰 그리움 곧 대비(大悲)를 내세우고 있습니다. 망념의 극복(부정)만으로, 또는 공(空)만으로는 허무에 빠질 염려가 있을 터입니다. 너구리 새끼에게 법화경을 설하며 원효를 비웃는, 원광의 제자이자 거렁뱅이 중이며 밀교까지 수행한 대안(大安)대사의 입을 빌려 대비란 ‘무연(無緣)의 눈물’ (「원효대사」, 387쪽)이라고 이광수가 말하고 있긴 하지만, 실상 그가 지은 「원효대사」란 ‘무연의 눈물’이 아니라 자기 개인을 모델로 한 한갓 ‘인연의 눈물’에 지나지 않지요. 진짜 불교가 아니라 자기 본위의 불교랄까 불교를 이용한 형국이지요. 한갓 로만스에 지나지 않는다고 평가하는 것은 이런 연유에서 옵니다.

만일 「원효대사」를 소설로 본다면 어떻게 될까. 덫에 걸린 조선인 작가 이광수가 종로 바닥을 헤매며 무애춤을 추어야 했을 터입니다. 일장기를 서재에 걸어놓고 사이렌이 불면 길을 가다가도 묵념하며 법화경 보문품(普門品)을 외는 행자여야 했을 터입니다. 요컨대 소설이 되지 못했을 터입니다. 이 점에서 볼 때 「무녀도」(1936)의 작가 김동리와 크게 대조적입니다. 반야경의 공 사상 단 한 가지에 삶 전체를 걸었던 김동리는 이로써 근대(성) 전부와 맞설 수 있었지요. 국민국가와

자본제 생산양식으로 표상되는 근대를 송두리째 부정함으로써 김동리는 근대의 산물인 소설조차 초월할 수 있었지요. 그렇지만 김동리는 근대의 산물인 소설을 역이용함으로써 로만스에 떨어지지 않았습니다. 근대가 침투하기 이전의 조선적 고층(古層)에다 초점을 놓음으로써 '무연의 인연설' 곧 근대와의 비교를 가능케 했기 때문입니다. 그 선미한 형식이 '구경적 생의 형식' 입니다(졸저, 『김동리와 그의 시대』, 3부작, 1995~1997, 민음사). 그러나 딱하게도 김동리의 이러한 형식의 유효성은 극히 제한적입니다. 해방공간(1945~1948)을 지나면 그것이 스스로를 구속하기에 이릅니다. '자기를 위한 인연설' 곧 일시적 방편으로 전화된 까닭입니다. 문학과 종교를 혼동한 결과라 할 것입니다. 비정상적인 시대에만 종교가 문학을 대행할 수 있었음을 그가 몰랐거나 적어도 잘못 인식했음에서 온 결과였지 않았을까. '무연의 눈물' 이냐 '인연의 눈물' 이냐의 변수 속에 문학과 종교의 갈림길이 있었던 것입니다.

인공적 글쓰기와 현실적 글쓰기
—이태준의 경우

1. 성좌(星座)로서의 이태준 문학

우리 근대문학의 애호가라면 상허 이태준(1904~1960년)의 단편 「복덕방」(1937)이나 「달밤」(1933)쯤은 기억하고 있을 것이며 좀더 적극적인 독자라면 「불우선생」(1932), 「패강랭」(1938), 「농군」(1939)을 떠올릴 법하며, 문학사적 안목을 갖추고자 애쓴 사람이라면, 「까마귀」(발표 당시 「가마귀」)(1936)와 더불어 글쓰기의 전범을 보이고자 한 『문장강화』(1940)에 매료되었을지도 모른다. 그러나 만일 근대문학의 성립이, 국민국가를 전제로 한 언어 곧 국어(국가어)에서 출발된다는 점을 알아차리고, 근대문학이 그러기에 근대국가와 분리 불가능함을 공부해본 사람이라면, 조선문학가동맹 제정 1946년도 제1회 해방기념조선문학상 수상작인 「해방전후」(1946)나 「첫전투」(1948)에 주목했을 터이다. 이런 네 가지 층위가 유기적으로 얽혀 있겠지만 그렇다고 해서 분리시켜 음미할 수 없다고는 할 수 없다. 분리시켜 음미함에서 얻어지는 이점이 있다면 아마도 제시된 논점의 부각이 용이하다는 데 있지 않을까 싶다. 이 방법은, 이효석과 더불어 이 나라 단편의 전범을 보인 작가로 평가되는 이태준이 일찍이 사용했던 것이기도 하다.

단편이란 소설 형태 중에서 인물 표현을 가장 경제적이게, 단편적(斷片的)이게 하는 자라 생각하면 고만이다. 인물, 행동, 배경을 전체적으로 균등하게 취급하는 것이 아니라 인물이면 인물에만 치중하고, 행동이면 행동, 배경이면 배경에 강조해서 단일적인 효과를 거두는 것이 단편의 약속이다.

단일적이게 어느 한 가지가 강조되도록만 구상을 한쪽으로 치우치게 해가지고 시간과 공간을 되도록 절약하는 것이다.(『무서록』, 박문서관, 1941, 92∼93쪽)

인물 표현이 소설 문학이 겨냥하는 목표라면 그것의 세부 항목엔 인물·행동·배경이 들 것이며, 이들을 균등하게 취급하는 것이 아니라 어느 한쪽을 강조함에서 마침내 단일 효과가 획득된다는 것. 이태준 문학은 이 기틀 위에서 이루어졌다고 범박하게 말해질 수 있다. 이러한 규정은 물을 것도 없이 이태준 문학 이해의 실천적 장(場)이겠거니와, 이 실천적 장을 다루기 위해서는, 그것에 앞서는 위치 확정이랄까 서 있는 자리랄까, 좌우간 선험적이라 말해도 좋을 대전제의 확인이 요망되게 마련이다. 한마디로 요약될 수 있을 만큼 그 대전제는 뚜렷한바, 일제 식민지 통치 밑에서의 조선 문학이라는 인식이 그것이다.

일제의 통치 아래 전개된 조선 문학이란 과연 어떻게 규정될 수 있는지를 이 대전제가 새삼 묻고 있다고 한다면 그것은 과연 어떤 형편일까. 조선어로 하는 문학인 만큼 당연히도 그것은 식민지 문학이 아니라 조선의 국민국가를 전제로 한 조선 문학이 아닐 수 없다. 말을 바꾸면 조선의 근대문학은 조선어학회 사건(1942년 10월) 이전까지는, 엄연히 독립국(국민국가)의 문학이었다. 일제 통치부는, 당초부터 조선 문학을 식민지 체제에서 제외시켰기 때문에, 이때까지 조선 문학은 식민지화된 바 없었다. 일제가 조선 문학까지 식민지 체제 밑에 편입시키고자 한 것은 조선어학회 사건에서 8·15까지 약 세 해에 지나지 않는다는 사실이야말로 이 시대의 우리 문학 이해의 대전제가 아닐 수 없다(졸저 『일제 말기 한국작가의 일본어 글쓰기론』, 서울대출판부, 2003).

「무정」(1917)의 필자도 「삼대」(1931)의 작가도 카프 작가들도 그러했고, 이태준으로 대표되는 소위 구인회(1933∼1936) 문학도 그러했다. 행정·금융·토지·교육 등등의 각종 제도들이 식민지 밑에 편입된 조선이지만 그중 문학만은 독립성을 갖고 있었던 시대에서 작가 이태준은 다음 두 가지 점에 유의하고 있었음이 잘 드러나 있다.

(1) 민족과 운명을 같이하는 우리 민족의 최초요 최후의 문화인 조선어의 명맥을 끝까지 사수하기에 적당한 사람은 적든 많든 민중을 가졌고 기록을 남기는 우리 문학가들이었던 것이다.(『상허문학독본』, 백양당, 1946, 75∼76쪽)

(2) 현재 조선에서도 단편은 모든 작가들의 예술을 대표하고 따라서 조선 문학을 대표하는 자라 하여도 과언이 아닐 정도다.(『무서록』, 94쪽)

문학가야말로, 민족(국민국가)의 운명을 같이하는, 따라서 국민국가의 대변자라는 자의식에서 출발한다는 것의 인식이 (1)이라면 (2)는 그 중심에 단편이 놓인다는 것. 시라든가 희곡, 장편, 수필 등등도 그런 범주에 응당 들 수 있겠지만, 그 '예술성'의 밀도랄까, 성취도랄까 전개 과정의 실상에 있어서라면, 단연 단편 형식이어야 한다는 것이 작가 이태준의 생각이었던 것이다. 이러한 이태준식 인식이 과연 타당하냐의 여부는 별개의 논의를 가능케 하는 것이겠지만, 이것이 이태준 문학의 이해에 대한 한 가지 지표임엔 틀림없다고 할 것이다.

한국 근대문학사를 문제 삼을진댄 이태준 외에도 많은 성좌들이 있다. 그중 이태준 문학도 하나의 성좌임엔 틀림없고, 더구나 대형 종합문예지『문장』(1939~1941)의 주재자, 또 구인회의 좌장격, 또 조선문학가동맹(집행부)의 부위원장의 위치에 놓인 이태준임을 염두에 둘 뿐만 아니라, 글쓰기의 당대적 전범을 보인『문장강화』의 저자임을 고려에 넣는다면, 위에서 보인 (1)과 (2)는 가장 문제적인 항목이 아닐 수 없게 된다. 소설이어야 하며, 그 예술성의 깃든 곳이 단편이라는 사실이 그것. 따라서 이태준의 단편이 어쩌면 한국 소설이 도달한 예술성의 최초 경지의 하나라는 것, 그러기에 이태준 단편집 모음이란, 다른 어느 성좌와도 변별되는 그 특유의 빛을 뿜어내고 있다는 것, 적어도 이러한 인식을 물리치기 어렵게 되어 있다. 이 글이 겨냥한 데는 이태준의 단편의 특질과 그것이 어째서 국민국가의 언어로 씌어진 한국 근대문학의 형성 과정에 관여되었는가를 거칠게나마 밝혀보고자 함에 놓여 있다.

2. 예술성 · 인공성 · 세련성의 근거

연보에 따르면, 개화파를 아버지로 한 이태준은 1904년 강원도 철원에서 태어나 일찍 고아로 자랐고 가람 이병기가 스승으로 있고 정지용 · 박종화 등이 상급생으로 있는 휘문고보에 들고, 학예부장으로 활동했고, 동맹 휴학에 관련, 4학년 때 퇴학당했고(1924) 도일하여 가톨릭계 조치대학(上智大學) 예과에 들었으나 중퇴했고, 귀국한 것은 1927년으로 되어 있다(민충환 씨의 고증에 따름. 기타 고증도 민씨의 선구적 업적에 따름). 일본에 있을 때 단편 「오몽녀」(1925)로 문단에 이름을 올렸으며 개벽사, 『중외일보』, 『조선중앙일보』 학예부 기자로 활동하면서 창작에 몰두했다. 이 기간을 이태준의 문학적 활동의 제1기라 할 수 있다면 그 특징적인 것은 어디에 놓여 있을까. 이 물음에서 맨 먼저 연상되는 것은 일본 유학 체험(1924~1927)일 것이다. 감수성 민감한 20대 초반의 조선 청년이 종주국의 수도 도쿄에서 공부한 것이 다름 아닌 근대문학이고 보면 또 그것은 일본의 근대문학이 아니면 안 되었을 터이다. 그가 일본의 근대문학을 어떻게 수용했고 또 이로써 어떻게 자기 창작의 자양분으로 삼았는가를 알아볼 수 있는 제일등 자료는, 언제나 그가 쓴 글(작품)일 수밖에 없다.

그의 글 중, 도쿄 시절의 생활 단면을 보여준 것을 먼저 검토해보기로 한다.

작년. 때는 어느 이른 봄날이었다. 일모리역(日暮里驛) 건너편 동산에는 이우러지는 춘(椿)나무꽃이 바람에 휘날리어 길을 붉게 덮었다. 도향은 걸음을 멈추고 앞서 가던 나를 불렀다. 그 하얗게 질린 얼굴은 지금도 기억한다. 그는 자기 앞에 떨어진 꽃잎보다도 더 붉은 핏덩어리 하나를 굽어보고 섰던 것이다. 기침 한번을 다시 지어 하더니 또 하나를 배앗터놓았다.

"언제부터?"

"이게 첨이야."

우리는 말없이 다시 걸었다.

그로부터 전차를 탔을 때나 박의 집까지 가는 동안 나는 의식적으로 그와 간격을 지은 것이 지금 생각하면 미안하고 후회나는 일이다.(이태준, 「도향 생각 몇 가지」, 「현대평론」, 1927년 8월, 24쪽)

나도향, 김지원과 더불어 한 방에 머물며 적빈 속에서 문학을 공부하던 이태준의 내면풍경을 위 기록에서 조금은 읽어낼 수 있다. 폐결핵의 도향과 문학이란 무엇일까. 또 그 폐결핵을 피하고자 한 이태준의 '미안하고 후회되는 마음'은 무엇일까. 이 두 가지 물음은 만일 단편「까마귀」를 그의 중요 작품으로 본다면 그것의 해명에 한 가지 지표라 할 수 있다. 단편집 『까마귀』의 머리말에서 작가는 이렇게 적었음에 먼저 주목하기로 한다.

그간 장편도 몇 쓴 것이 있다. 그러나 나는 이 적은 작품들에게 더 애정을 느낀다. 저널리즘과의 타협이 없이, 비교적 순수한 나대로 쓴 것이 이 단편들이기 때문이다. 내가 쓰고 싶은 것을 내가 쓰고 싶은 때에, 내가 쓰고 싶은 투로 쓰는 것은 나의 생활에서 가장 즐겁고, 가장 안전하고 가장 신성한 일이기도 하다.

가장 즐겁고 안전하고, 또 가장 신성한 일이 단편 쓰기라는 것, 이 고백만큼 결정적인 것은 적어도 이 무렵까지의 이태준에게는 거의 없다 해도 결코 지나친 지적일 수 없다. 단편이란, 가장 즐겁고도 안전할 뿐 아니라 '신성한 일'이라 함은 따져보면 문학을 하나의 예술로 보는 것이며 그중에서도 단편을 거의 종교의 범주에까지 올려놓은 것이다. 이러한 현상은 단지 이태준 개인의 취향이었을까, 아니면 당대의 어떤 정신적 분위기의 일종이었을까. 만일 전자라면 이태준론의 한 부분에 멈출 성질의 것이겠으나 만일 그것이 후자에 관련된 사항이라면 이태준론은 이 시대를 재는 한 가지 문학사적 사건성에 속하게 될 터이다. 이 점을 알아보기 위해서는 일본이 감행한 근대화의 지향성에 눈을 던져볼 필요가 있다.

후진국 일본이 근대화의 이념을 서양 중에서는 후진국에 속하는 독일(신칸트 철학)의 정신계에 두었다는 것, 또 교육의 목표를 입신출세주의에 놓았다는 점이 먼저 음미될 수 있다[사쿠라이 테츠오(櫻井哲夫), 『근대의 의미』, NHK BOOK, 1984, 178~179쪽]. 신칸트 철학에서 고려된 사항은, 정신적·문화적·예술적 가치 지향성이었으며, 따라서 문학이나 예술의 중요성이 크게 강조된 것이었다. 교육의 경우에도 서양의 예술이 다른 어느 영역 못지않게 작용되었다. 이른바 『시라카바(白樺)』지의 군림이 이를 잘 말해준다. 근대국가 형성에 참여한 지식인들이 관료로 되었고, 따라서 정치적 실세였다면, 이에 참여하지 못한 또 다른 지식인 부류들이 나아갈 길은 어떠했던가. 그들은 대부분 비판적 세력인 저널리즘 주변에 둥지를 틀고 자기 세계를 모색함으로써 (……) 정치적 세력과 맞서고자 했다(이토 히토시(伊藤整), 『소설의 인식』, 新潮文庫, 1958, 180~181쪽). 식민지 청년들에게 이러한 일본 근대의 정신적 분위기만큼 매력적인 것은 많지 않았다. 더욱이 고아나 다름없는 이광수나 이태준의 경우, 매달릴 곳이 가장 손쉬운 붓 한 자루로 가능한 문학 쪽이었고, 따라서 문학이란 입신출세주의의 목표가 아니면 안 되었다. '신성함'의 근거가 여기에서 온다.

이러한 '신성함'은 이 지상적인 것이 아님에 주목할 것이다. 그것이 죽음과 맞물려 있기에 지상적일 수 없으며, 동시에 에로스와 맞물려 있기에 또한 지상적일 수밖에 없는 것이기도 하다. 에로스(eros)와 타나토스(tanatos)의 양가성에 신성함의 근거가 가로놓여 있었다. 이를 당대적으로 대표하는 표상이 이른바 폐병(TB)이다.

폐병! 그는 온전한 남의 일 같지 않게 마음이 씌었다. 그렇게 예모 있고 상냥스러운 대화를 지껄일 수 있는 아름다운 입술이 악마 같은 병균을 발산하리라는 사실을 상상만 하기에도 우울하였다.(「까마귀」)

늘 괴벽한 문체를 고집하는 독신의 청년 작가의 시골 집필실에 모던한 미녀가 나타났고, 두 사람의 만남과 대화를 통해 죽음과 미의 존재 방식의 어떠함을 그린 작품 「까마귀」가 보여주는 것은 다음 세 가지로 분석된다.

첫째, 결핵이란 이 지상적인 것이 아니라는 것. "머리를 틀어올리었고 저고리는 노르스름한 명주빛인데 고동색 스웨터를 아이 업듯 두 소매는 앞으로 늘어뜨리고 등에만 걸치었을 뿐, 꽤 날씬한 허리 아래엔 녹색 치맛자락이 부드러운 물결처럼 주름살을 일으키는" 그런 여인과 폐결핵은 등가인 것이다.

둘째, 그것이 지상적일 수 없는 것은 죽음에 직결된다는 것. 여인의 각혈을 반 컵이나 들이켠 애인을 가졌지만 죽음 앞에서는 속수무책이었다. 신성함의 근거가 여기에서 온다.

셋째, 이 점이 중요한데, 글쓰기의 기원이 현실에 있지 않고 '책' 속에 있다는 것. 「까마귀」의 기원은 에드가 알란 포의 걸작 「까마귀」에서 왔다. 지라르의 논법을 빌리면, 먼저 포의 책(작품)이 있고 그것이 이태준으로 하여금 한 가지 공상을 만들어 전화시킨 것이다(R. 지라르, 「낭만적 허위와 소설적 진실」, 졸역 『소설의 이론』, 삼영사). 『돈키호테』의 진짜 저자는 세르반테스가 아니고 중세 기사 아미다스라 함과 같은 이치이다.

작품 「까마귀」로 이태준 문학을 대표시킬 때 표상되는 것은 '문학＝단편＝신상한 것'으로 정리될 수 있다. 이 도식의 또 다른 표현이 '폐병'이다. 이 경우 폐병이란 육체의 병이라든가 실제의 현상이 아니라 일종의 은유에 지나지 않는다. 결핵이 거의 어쩔 수 없는 죽음의 원인으로 인식된 시대를 18, 19세기로 본다면 이는 대략 낭만주의적 문인들의 융성기에 겹쳐진다. 그들은 새로운 각도에서 죽음의 품성을 높이는 데 결핵을 사용했다. 곧 저급한 육체를 해체하여 인격을 정신화시키기 위해 결핵을 이용했다. 결핵을 둘러싼 공상을 통해 죽음을 미화한 것이다(수잔 손탁, 『은유로서의 병』, 미스즈 서방, 28쪽). 「까마귀」가 지닌 이러한 성격들이 이른바 이태준 문학의 인공적 측면이다. 그것이 문체의 세련성을 동반했기에 마침내 세련성을 얻어낼 수 있었다. 이러한 문체상의 세련성을 주변에서는 '미의식'으로 파악했다면 작가 자신은 망설임도 없이 '신성한 일'로 인식했다. 미의식=세련성=단편예술성의 도식이 성좌처럼 식민지 창공을 빛내고 있었다.

3. '생활'에서 한없이 벗어나기

단편 「장마」(1936)를 문인단체 구인회와 분리시켜 논의한다면 그 작품성에서 다소 멀어지기 쉽다. 일본식 사소설의 글쓰기 방식과 여러 모로 닮아 있기에 특히 그러하다. 일본 근대소설의 수준을 염두에 둔다면 이태준의 이러한 사소설적 글쓰기의 방식은 아직도 거칠고 직설적인 쪽으로 기울어진 당대 조선적 글쓰기와 비교할 때 그 의의가 한층 뚜렷해질 수 있다.

구인회란, 문학사적으로는 정지용·김기림·이태준·이효석·박태원·이상·박팔양·김유정·김환태 등 9인의 모임으로 친목 단체라 불리기도 했으며 겉으로 내건 명분은 계급주의의 공리주의적 문학관에 반대하여 순수 문학관을 표명하는 것으로 되어 있다.

동인지 『시와 소설』(1936) 한 권이 있을 뿐이지만 이들이 당대 저널리즘의 대부분을 쥐고 있었던 만큼 문단의 제일 중심적 세력권을 형성했던 것이어서, 이 무렵의 문학 논의란 이들을 떠나서는 공허해지기 쉽다. 카프 문학이 물러난 마당이기에 이른바 문단 실세인 까닭이다. 그렇다면 구인회의 어떤 성격이 이 시대의 문학적 흐름을 가늠케 했을까. 이 물음이야말로 결정적인바, 그 해답은 「소설가 구보씨의 일일」

(1934)의 구보 박태원, 「날개」(1936)의 이상, 그리고 「장마」(1936)의 이태준 속에 고스란히 들어 있다. 특히 구인회의 좌장격인 이태준인지라 구인회의 성격 규명은 문학사적 과제라 할 것이다(조용만, 『구인회 만들 무렵』, 정음사, 1984).

(A) 오래간만에 넥타이를 매느라고 거울을 들여다보았더니 수염이 마당에 잡초와 같이 무성하다. (……) 링컨과 같은 구레나룻을 가진 이상(李箱)의 생각이 난다. 사내 얼굴에는 수염이 좀 거칠어서 야성미를 띠어보는 것도 좋은 화장일지 모른다. 그러나 내 수염은 좀 빈약하다. 사진을 보면 우리 아버지는 꽤 긴 구레나룻이셨는데 아버지는 나에게 그것을 물리지 않으셨다. 아침 열한 점, 그러나 낙랑(樂浪)이나 명치제과(明治製菓)쯤 가면 사무적 소속을 갖지 않는 이상이나 구보(仇甫) 같은 이는 혹 나보다 더 무성한 수염으로 커피잔을 앞에 놓고 무료히 앉았을는지도 모른다. 그러다 내가 들어서면 마치 나를 기다리기나 하고 있었던 것처럼 반가이 맞아줄는지도 모른다. 그리고 요즘 자기들이 읽은 작품 중에서 어느 하나를 나에게 읽기를 권하는 것을 비롯하여 나의 곰팡이 슨 창작욕을 자극해주는 이야기까지 해줄는지도 모른다.(「장마」)

(B) 오늘은 그러나 구보는 그의 귀를 기울이지 않으면 안 된다. 벗은, 요사이 구보가 발표하고 있는 작품을 가리켜 작자가 그의 나이 분수보다 엄청나게 늙었음을 말했다. 그러나 그뿐이면 좋았다. 벗은 또 작자가 정말 늙지는 않았고 오직 늙음을 가장하였을 따름이라고 단정하였다. 혹은 그럴지도 모른다. 구보에게는 그러한 경향이 있었을지도 모른다. 그리고 다시 돌이켜 생각하면, 그것이 오직 가장에 그치고 작자가 정말 늙지 않았음은 오히려 구보가 기대하여 마땅할 일일께다.(박태원, 「소설가 구보씨의 일일」)

(C) 커피. 좋다. 그러나 경성역 홀에 한 걸음을 들여놓았을 때 나는

내 주머니에는 돈이 한푼도 없는 것을 그것을 깜빡 잊었던 것을 깨달았다. 나는 어디선가 그저 맥없이 머뭇머뭇하면서 어쩔 줄을 모를 뿐이었다. 얼빠진 사람처럼 이리 갔다 저리 갔다 하면서…… 나는 어디로 어디로 디립다 쏘다녔는지 하나도 모른다. 다만 몇 시간 후에 내가 미쓰꼬시 옥상에 있는 것을 깨달았을 때는 거의 대낮이었다.(이상,「날개」)

구인회로 표상되는, 이른바 예술파의 문학적 행위가 어떤 성격을 갖는가를 (A)(B)(C)에서 확연히 엿볼 수 있다. 이태준도 박태원도 이상도 무엇보다 '생활'을 갖고 있지 않다. '생활'을 갖고 있지 않음이란 일상적 삶과 무관하거나 분리되었음을 가리킴이다. 작품이란, 그러니까 예술이란 '생활'에서 유리되었을 때 비로소 탄생한다는 사실을 아주 노골적으로 보여준 것이「소설가 구보씨의 일일」이라면 이를 극단적인 형식으로 보여준 것이「날개」이며 그 중간 형태에 속한 것이「장마」라 할 것이다. 당대의 비평가 최재서가 리얼리즘(글쓰기)의 확대에「소설가 구보씨의 일일」을, 그 심화에「날개」를 놓고 논했음은 이 점을 가리킴이라 할 것이다(「리얼리즘의 확대와 심화」, 1936). '생활'이 없다 함은 새삼 무엇인가. 직장이나 가정이 없을 뿐만 아니라 있더라도 오직 글쓰기를 위해서만 있어야 하는 상황에 자기를 놓지 않으면 글쓰기란 당초 불가능하다는 생각에서 나온 글쓰기를 일러 '사소설'이라 한다. 심경 소설이라든가 자기를 소재로 한 글쓰기와 사소설은 이 점에서 크게 구분된다. '사소설'이란, 인공적인 글쓰기라는 것, 그러니까 '놀이'의 일종이라는 것, 생활=현실과 무관하면 할수록 투명·순수해진다는 것, 적어도 이런 원칙 위에서 씌어지는 것이기에 거기에는 당연히도 독자적인 법칙이 있게 마련이다. '생활'이 지닌 가치관과는 별개의 가치관을 가져야 함이 그것이다. 이를 일러 구도 정신으로서의 예술성이라 할 것이다(『현대일본문학사전』, 明治書院, 1968, 1297쪽).

　이 예(藝)의 정신을 문제 삼음에서 주목되는 구인회적 성격이 모더니즘적 감각이다. 도시 중심의 자본주의적 온갖 현상들이 식민지 수도인 서울(경성)에도 어김없이 들이닥쳤다. 카페, 다방, 극장, 화신백화점, 미쓰꼬시 백화점 등과 전차, 버스가 등장했고, 30년대 초의 경제공황과 더불어 실직자의 사태를 가져온 현실에서 '생활'을 갖지 못한 한 묶음의 지식층이 있었다. 이들이 글쓰기에 나아감이란 거리의 '산책자'(보들레르, 벤야민의 용어) 묘사이거나, 백화점 옥상에서 내려다보며 일으키는 현기 증세의 보여줌에 있었다. 이러한 새로운 글쓰기란, 종래의 현실(생활)에 바탕을 둔 이념적 리얼리즘적 글쓰기와 견줄 때, 백화점 진열장만큼 난해하지 않을 수 없었다. 이 난해성의 근거는 당연히도 인공적 글쓰기의 고도한 기교에서 왔다. 원래 모더니즘 예술이란, 선진국에서는 그들 사회의 현실적 반영이었을 터이다. 일본에서 공부한 식민지 작가 이태준·박태원 등이 일본을 통해 획득한 기교 및 문체란 현란한 고도의 것이지만, 식민지 서울이 지닌 현실의 빈곤성(촌스러움)에 절망하지 않으면 안 되었을 터이다. 이 난관을 돌파하는 유일한 방도란 무엇이었을까. 현실(생활)과 동떨어진 문체의 독자적 현란함의 창출이었다. 인공적 문체의 밀도로써 식민지 현실의 초라함과 균형을 맞출 수가 있었다. 식민지 더블린의 빈궁상을 고도의 문체로 그린 조이스의 『율리시스』(1923)도 이글턴의 지적대로 이런 범주에 들 것이다(졸고 「날개의 생성과정론」, 『한국현대문학비평사론』, 서울대출판부, 2000). 이러한 글쓰기의 한중간에 작가 이태준의 위치가 놓여 있었다. 말을 바꾸면 이태준은 「날개」 쪽으로도, 「소설가 구보씨의 일일」 쪽으로도 마음만 먹으면 이동해갈 수 있음을 가리킨다.

4. 인물 내려다보기, 나란히 보기, 함께 되기

구인회가 인공적 문체로써 현실에 대응되는 미학을 이룩하고자 했다면, 이 방법론의 양극단을 보여준 것이 「소설가 구보씨의 일일」「천변풍경(1936)」과 「날개」이다. 이 점을 지적하고 그 이유를 논의한 것이 최재서의 고명한 평론 「리얼리즘의 확대와 심화」임을 앞에서도 잠시 보였거니와, 이 평론 속에서는 「장마」가 놓일 자리는 비어 있을 수밖에 없다. 양극단이 아니라 그 한중간에 「장마」가 놓여 있다는 사실은, 다르게 말해, 작가 이태준의 또 다른 가능성을 지시함이라 할 것이다. 구인회의 좌장격이었고, 그 명칭 발안자이기도 한 이태준은 구인회를 떠나서도 따로 자기 자리가 마련되어 있을 만큼 민첩하고도 강력한 작가였다. 그 민첩성은 "冊만은 '책' 보다 冊으로 쓰고 싶다"에서 제일 잘 드러났으며 그 강력성은 단편 「복덕방」(1937)에서 뚜렷이 드러났다. 이 민첩성과 강력성의 당대적 현실 속에서 작동된 최고의 형식이 이른바 이태준식 세련성이라 할 것이다.

먼저 강력성부터 보기로 한다. 「복덕방」에는 세 인물이 등장한다. 구한국 군인 참위 벼슬까지 한 서참위가 복덕방을 경영하고 있고, 여기에 모여드는 두 인물이 있는바, 신식 댄서인 딸을 가진 안초시, 대서업을 하기 위해 일본어를 독습하는 박씨가 그들. 우선 이 작품의 등장인물이 몰락한 노인들임에 주목할 것이다. 급변하는 시대에 대응하지 못한 이들 인물에게도, 세속적 원칙은 있는 법이다. 곧 '세상은 먹고살기 마련'이라는 것. 이 3인행 중 '세상은 먹고살기 마련'의 법칙에서 벗어난 인물이 안초시이다.

안초시의 죽음을 통해 이 법칙이 틀림없이 지켜질 수 있다는 데 「복덕방」의 강력성이 있다. 이 법칙의 이태준식 드러냄의 방식에서 그 강력성은 온다. 곧, '죽음'을 통해서야 비로소 '세상은 먹고살기 마련'의

법칙에 가닿는 사람이 안초시라면, 서참위와 '개가죽을 쓰고' 고물상
으로 탈바꿈한 김참위나 또 박영감들은 '죽음'에까지 이르지 않은 채
그 법칙을 살아가고 있을 따름이다. 어째서 안초시는 '죽음'을 담보로
해서야 비로소 세상의 먹고살기 법칙에 나아갈 수 있었던가.

서참위·박참위·박희완 등은 죽음을 담보로 하지 않고도 그 법칙
에 따를 수 있었는데, 어째서 안초시는 그렇지 못했던가. 여기에 안초
시의 비극성이 있으며 또 「복덕방」을 통해 보여주는 작가의 유다른 강
력성이 자리하고 있다.

그렇다면 민첩성의 방식은 어떠했던가. 두 가지 부류로 갈라볼 수
있겠는데, 작가가 우위에 서서 인물들을 내려다보는 경우가 그 하나.
이 범주에 드는 작품으로는 「달밤」(1933), 「손거부」(1935) 등을 들
것이다.

신문배달 보조인 조금 모자라는 사내를 관찰함으로써 인물의 성격
을 그려내고자 한 「달밤」에서 중요한 소설적 방식은 작중 화자인 '나'
의 높고 고상한 스승적 위치에서 찾아진다. 곧 '생활'을 확고히 갖고
있는 '나'의 처지에서 볼 때, '생활'이 없거나 거의 빈약한 인물의 어
떠함을 드러낸 것이다.

그는 아무것도 아닌 것을 가지고 열심스럽게 이야기하는 것이 좋았
고, 그와는 아무리 오래 지껄이어도 힘이 들지 않고, 또 아무리 오래 지
껄이고 나도 웃음밖에는 남는 것이 없어 기분이 거뜬해지는 것도 좋았
다. 그래서 나는 무슨 일을 하는 중만 아니면 한참씩 그의 말을 받아주
었다.

어떤 날은 서로 말이 막히기도 했다. 대답이 막히는 것이 아니라 무슨
말을 해야 할까 막히었다. 그러나 그는 늘 나보다 빠르게 이야깃거리를
잘 찾아냈다. 오뉴월인데도 "꿩고기를 잘 먹느냐?"고도 묻고, "양복은

저고리를 먼저 입느냐, 바지를 먼저 입느냐?"고도 묻고 "소와 말과 싸움을 붙이면 어느 것이 이기겠느냐?"는 등, 아무튼 그가 얘깃거리를 취재하는 방면은 기상천외로 여간 범위가 넓지 않은 데는 도저히 당할 수가 없었다. 하루는 나는 "평생 소원이 무엇이냐?"고 그에게 물어보았다. 그는 "그까짓 것쯤 얼른 대답하기는 누워서 떡먹기"라고 하면서 평생 소원은 자기도 원배달이 한번 되었으면 좋겠다는 것이었다. (「달밤」)

신문배달 보조인 이 반편이란, 실상 '생활'을 갖지 못한 「날개」의 작가 이상이고, 박태원 바로 그이기도 하다. '생활'의 진부함(낯익음)을 생활 아닌 '놀이'를 통해 새롭게 함이야말로 저 러시아 형식주의자 슈클로프스키의 고명한 모더니즘계 예술론이 아니었던가. 「손거부」도 이와 꼭 같은 방법론에 의해 씌어진 작품이어서 거듭 말할 이유란 없다.

작가가 인물들을 내려다보기보다는, 나란히 서서 바라보는 경우로 「불우선생」(1932)이나 「패강랭」(1938)을 들 것이다. 구한말의 지사였던 불우노인이 파락호로 전락, 걸식하는 모습을 옆에서 지켜보는 '나'는 무직자이다. '생활'을 갖지 못한 처지에서 불우선생을 옆에서 보면 딱하게 느껴지긴 해도 뭔가 기품이랄까 범하기 어려운 그 무엇이 감지되는 것은 웬 까닭일까.

이 물음은 중요한데, '나'에게 결여된 그 무엇을 그쪽이 갖고 있어 보이기 때문이다. '그 무엇'이란 그가 '글'을 아는 사람이라는 것. 굴원의 「어부사」를 읊조릴 수 있는 인물이란 또 무엇인가. 괴테나 체호프, 톨스토이를 꿈꾸는 '나'의 처지에서 보면 그는 구시대의 '나'에 다름 아닌 것. 이 점에서 그는 '나'와 동격이 아닐 수 없다. 「패강랭」에서도 이 작가의 시선 위치는 그대로이나 모종의 조급성이랄까 강렬성의 꿈틀거림을 볼 수 있다. 그것은 작가 특유의 직접성에서 온 것이어서 일종의 사소설적 성격이라 할 것이다.

114

이 사소설적 성격 또는 조급성으로서의 직접성을 드러내는 방식의 하나로 작가는 주인공 인물을 제한해놓았음에 주목할 것이다. '현'이 그것이다. 현을 주인공으로 삼은 것으로는 이 「패강랭」을 필두로, 「토끼 이야기」(1941)가 다음에 오며, 마침내 「해방전후」(1946)에서 대폭발을 일으키기에 이른다. 이러한 주인공의 제한은, '매헌'이란 이름으로 등장하는 「석양」(1942)과도 일정한 거리를 갖는다. 현이 주인공일 때, 그 작품은 이른바 시대정신을 반영하는 기호의 몫을 하고 있기 때문이다. 이 점에서 「패강랭」은 하나의 전형이라 할 것이다. 무엇보다 주인공 현은 소설가이다. 10여 년 만에 평양을 방문하는바, 그 동기는 다음처럼 시국적임에 주목할 것이다.

정거장에 나온 박은 수염도 깎은 지 오래여 터부룩한데다 버릇처럼 자주 찡그려지는 비웃는 웃음은 전에 못 보던 표정이었다. 그 다니는 학교에서만 찌싯찌싯 붙어 있는 것이 아니라 이 시대 전체에서 긴치 않게 여기는 찌싯찌싯 붙어 있는 존재 같았다. 현은 박의 그런 찌싯찌싯함에서 선뜻 자기를 느끼고 또 자기의 작품을 느끼고 그만 더 울고 싶게 괴로워졌다.(「패강랭」)

친구 박은 조선어 선생인바, 시간이 반으로 줄었다는 것. 조만간 전임을 그만두고 시간강사로 될 신세이며, 어쩌면 밥줄이 아주 떨어질 판이었다. 아직은 그래도 '찌싯찌싯' 붙어 있는 박의 신세란, 따지고 보면 작가 현의 처지와 진배없다.

조선교육령이 개정되어 조선어 과목이 정과(正科)에서 수의과(隨意科)로 바뀐 것이 1938년 3월 3일이고, 잇달아 조선어 과목을 수학·실업으로 대체시킨 것은 같은 해 4월 19일이었다. 『동아』·『조선』 등 민간 신문의 폐간(1940년 8월 10일)에 이어, 마침내 저 3·1운동에 준하는 조선어학회 사건(1942년 10월 1일)에 이르게 된다. 이러한 진행 과정은 이 작품의 참주제인 주역 곤괘(坤卦)에 나오는 이상견빙지(履霜堅氷至)에 다름 아니다. 서리를 밟게 되면 머지않아 겨울이 닥친다는 것. 조선어의 운명이 이렇게 예견된다는 것은, 그 조선어에 기반을 둔 조선 문학의 운명을 예견한 것에 다름 아닌 것. 조선어, 조선 문학이란 한갓 골동품이자 분묘와 같으며 기껏해야 구식 기생의 잔존 현상에 지나지 않는다는 것. 그것은 시대의 흐름에 '찌싯찌싯' 붙어 있는 것에 지나지 않는다는 것. 그렇다면, 그래서 어쩌겠다는 것인가, 하는 물음이 나오지 않을 수 없다. 대동강의 옛 이름 '패강'의 의미가 '시체와 같이 차고 고요하다'인 것처럼 원죄적으로는 속수무책일 뿐이다. 그렇다고 해서 붓을 꺾을 수도 죽어버릴 수도 없다. 어떤 경우에도 사람은 살아가야 하듯 작가라면 글쓰기에 나아가야 한다. 먹고살기 위해서도 글을 써야 하지만, 작가이기 위해서는 글쓰기란 필연적일 수밖에 없다. 그렇다면 죽지도 않고, 붓을 꺾지도 않는 방도를 모색함이 최선의 길이라 하지 않을 수 없다. 적어도 근대적 글쓰기를 전업으로 삼은 현의 처지에서 보면 글쓰기란 '생활'이 아닐 수 없다. '생활'을 경멸하고, 그 '생활'이 없는 자리에 놓인 인간상을 표나게 그려냄으로써 그것이 독특한 예술이라 생각하여 창작해온 이태준이지만, 이제부터는 그 '생활'과 '비생활'을 동시에 수용하지 않으면 안 될 국면에 닿은 것이다. 요컨대 타협이 불가피해진 것이다. 한갓 지나간 것에 대한 영탄에 지나지 않는 「석양」이나, 무모하게도 금광에 매달려 죽는 「영월영감」(1939)이나 궁지에 몰린 황서방이 엉뚱한 데를 향해 헛되이 분노하다 저절로 길 가운데 주저앉아버리고 마는 「달밤」(1940)도 아무런 타개책이 될 수 없다. 일종의 몸부림에 지나지 않는다. 이런 점을 숙고케 함에 「패강랭」이 지닌 중요성이 있다. 곧 「패강랭」은 작가 이태준에게도 하나의 원점이지만 한국문학사에서도 역시 그러하다.

116

'서리를 밟거든 그 뒤에 얼음이 올 것을 각오하기'란, 말을 바꾸면 '생활'과 예술(비생활)을 동시에 수용하기에 다름 아니다. 「달밤」의 사내나 「손거부」의 생활 없는 인간 군상을 한편으로는 여전히 고처에 서서 조종하며 내려다보고 즐기면서도 다른 한편에서는 그들과 나란히 한자리에서 생활을 강인하게 모색함이 그것이다.

5. 「농군」에서 『문장강화』에 이른 거리

'생활'을 모색하기, 그것도 강인하게 모색하기란 무엇인가. 이 물음 맨 머리에 오는 작품이 「농군」(1939)이다. 보다 나은 삶을 위해 만주국 장자워푸로 간 윤창권 일가와 그들이 논농사를 일구어내는 고난 과정을 그린 「농군」은 만보산 사건(1931년 7월)을 소재로 한 것이지만, 범주상으로 보면 만주 개척 소재의 소설이다. 개척 조선인과 '토민' 사이의 갈등이 아무리 문제적이더라도 큰 범주상으로 보면 일제의 만주국 정책의 사정권 내의 일이 아닐 수 없다. 왕도낙토(王道樂土) 사상의 물결을 타고 많은 조선 작가들과 마찬가지로 이태준 역시 만주 시찰을 했고, 「이민부락견문기」(『조선일보』, 1938년 4월 8~21일)를 썼다. 「농군」을 국책 문학(일제의 정책)의 일환으로 평가하는 것은 이런 곡절에서이다. 그러나 설사 소재상은 그러하더라도 그것을 새로운 모색으로 보는 견해도 있을 수 있다. 뿐만 아니라 제3의 해석도 가능하다(김철, 「몰락하는 신생」, 「상허학보」, 2002 ; 손정수, 「이태준 '농군'의 텍스트 해석 문제」, 2004년 7월 16~17일, 연변대 주최 국제학술대회)

어느 쪽의 해석을 택하든, 이태준에겐 '생활'을 도입하는 일환이 아닐 수 없다. 이러한 적극성은 일종의 시간 속의 과제인 만큼 점점 그 강도가 식민지 경사의 가파름에 비례할 것이다. 그러한 사례로 「第一號

船の挿話」(『국민총력』, 1944년 9월 1일)를 들 수 있다. 목포 앞 K섬에
세워진 조선소에서 시국에 부응하기 위해 제1호 선박 제조의 기술적
책임자인 구니모토(國本) 청년(부하들에게 그가 조선어로 설명한다는
점으로 보아 일본인인지 창씨한 조선인인지 불명)이 자만심으로 잠시
실패하지만 노련한 감독의 조언을 받아들여 마침내 국책 사업을 성공
시킨다는 내용으로 된 이 작품은 일본어로 쓴 소설이라는 점에서 또
국책에 순응하는 내용이란 점에서 매우 적극적인 '생활'의 도입이라
할 것이다. 만일 그 다음 단계를 또 생각한다면 더욱 철저한 시국적인
'생활' 도입이 불가피했을 것이다. 「토끼 이야기」에서도 이러한 '생
활' 수용의 곤란함과 그 불가피성이 잘 드러난다.

그렇다면 '비생활'의 측면은 어떠했을까. '예술=비생활'의 도식에
서 볼 때 그것은 일종의 폐허이고 골동품에 다름 아니다. 이러한 '비
생활'을 확보, 보존함에 있어 이태준이 취한 방식은 창작 쪽이 아니라
수필 쪽이었다. 수필이라 했거니와 또 이를 좁혀 말해 골동품적 미의
식이었다.

비인 접시요, 비인 瓶이다. 담긴 것은 떡이나 물이 아니라 靜寂과 虛無
다. 그것은 이미 그릇이라기보다 한 天地요 宇宙다. 남 보기에는 한낱 破
器片皿에 不過하나 그 (主)人에게 있어서는 無窮한 山河요 莊嚴한 伽藍일
수 있다. 古翫의 究極境地로 여기겠지만, (主)人 그 自身을 非實用的 人間
으로 捕虜하는 것도 이 境地인 줄 알지 않으면 안된다.(「古翫品과 生活」,
『무서록』, 박문서관, 1941, 246쪽)

「날개」(1936)의 작가 이상이 "이조 항아리 나부랭이를 가지고 어쩌
니 저쩌니 하는 것들을 보면 알 수 없는 심사"('골동벽', 「조춘점묘」
중에서)라 한 것과 비교해보면 이태준의 수필적 지향성이 새삼 뚜렷

해진다. 수필적 글쓰기의 영역이 바로 '비생활＝예술'의 도식을 가능케 했던 것이다. 또 그것들, 지나간 것, 역사적인 것, 골동품적인 것이란, 물을 것도 없이 사라져간 '조선적인 것'에 대한 애착이자 허무에 대한 그리움이다. 골동품 그것은 빈 접시나 병이 아니라 정적과 허무, 하나의 천지와 우주인 까닭에 현실과는 무관하다. 소설로는 이미 수습될 수 없는 영역이기에 수필로 튕겨져 나온 것이었다.

이태준의 이러한 양면 작전이 지닌 의의는 그것이 자각적이었음에서 온다. '생활'과 '비생활'의 균형을 잡고자 했음이 그 증거이다. 그 방법론의 드러냄이 "冊만은 '책'보다 冊으로 쓰고 싶다. '책'보다 '冊'이 더 아름답고 더 冊답다"(「冊」, 『무서록』, 149쪽)에서 선연하다. 이러한 자각성이 체계적으로 드러난 것이 고명한 저서인 『문장강화』(1940)이며, 종합 문예 월간지 『문장』(1939~1941)이 그 실천의 장소였다. 그가 '생활'과 '비생활' 사이에 절묘한 균형감각을 올려놓고 이를 저울질한 방법론적 저울 눈금이란 새삼 무엇인가.

말을 그대로 적은 것, 말하듯 쓴 것, 그것은 언어의 錄音이다. 文章은 文章이기 때문에 따로 필요한 것이다. 言語形態가 아니라 文章自體의 形態가 文章自體로 必要한 것이다. 言語美는 사람의 입에서요, 글에서는 文章美가 要求될 것은 自然이다. 말을 뽑으면 아무것도 남는 것이 없다면 그것은 文章의 虛無다. 말을 뽑아내어도 文章이기 때문에 맛있는, 아름다운, 魅力이 있는 무슨 요소가 남아야 文章으로서의 본질, 문장으로서의 생명, 문장으로서의 발달이 아닐까?(……)

言文一致는 實用精神이다. 일상의 생활이다. (……) 예술가의 문장은 일상의 생활기구는 아니다. 창조하는 도구다. 언어가 미치지 못하는 대상의 핵심을 찍어내고야 말려는 항시 矯矯不群하는 야심자다. 어찌 언어의 附屬物로 生活의 器具로 自安할 것인가!

　　　　　　　　(『문장강화』, 박문서관, 1949년판, 336쪽)

　도도한 귀족 취향, 반민중적이라 할 수도 있는 철저한 일상어 배격이 그의 방법론임을 한눈에 볼 수 있는 대목이거니와, 「무정」(1917) 이래 언문일치를 목표해온 근대문학이 이 장면에 와서 그 명맥이 끊긴 셈이다. 일상어에서 벗어나 '인공어'라야 한다는 것이라면 모더니스트 이상과 구별될 수 없지만, 이상의 경우 그 인공어가 근대적인 삶에 기초가 되는 기능어(機能語)였음에 대해 이태준식 인공어는 미학이었음에서 결정적으로 구분된다.

　이태준이 과연 일본의 사소설에 얼마나 깊은 영향을 받았는가를 간단히 살피기는 어렵다 해도, 알게 모르게 다음과 같은 문맥에 이어져 있다고 말해질 수 있을 터이다.

　　근대의 산문은 아마도 '말하듯이'의 길을 밟아왔으리라. (……) 물론 나는 '말하듯이 쓰고 싶은' 소망도 가지고 있지 않은 것은 아니다. 하지만 그와 동시에 다른 한 면으로는 '보는 듯이 말하고 싶다'고도 생각하는 것이다. 그러나 내가 말하고 싶은 것은 '말하는' 일보다도 '쓰는' 일이다.(아쿠타가와 류노스케(芥川龍之介), 「문예적인 너무나 문예적인」, 1927, 스즈키 토미, 『이야기된 자기』, 한일문학연구회 역, 생각의나무, 287쪽에서 따옴)

　'생활'을 위한 글쓰기라면 일상어여야 할 것이며 '비생활'을 위한 글쓰기라면 인공적인 글쓰기일 것이다. 1920년 무렵 일본 문단에서의 글쓰기란, 이미 이 둘의 균형감각이 모색되었던 것이다. 이로부터 10년쯤 뒤의 조선문학에서 이 둘의 균형감각 모색이 『문장』지를 중심으로 전면에 부상한 것은 문학사적 사건성이 아닐 수 없다. '생활'로 향

120

하는 글쓰기, 곧 일상어로서의 글쓰기란, 국책에 순응하는 글쓰기이며 그것 속에는 일본어(일상어)도 응당 포함되기에 이를 수밖에 없다. 이 함정에 빠지지 않기 위한 가능한 최대한의 방법론이 '비생활'의 글쓰기, 곧 일상어와 무관한 인공어의 글쓰기인 것이다. 『문장강화』가 지닌 문학사적 의의가 여기에서 나온다. 인공어 강조란 이처럼 시대적 억압에서 온 산물이었다.

이 이중성의 균형이 해방공간에서 여지없이 깨져 '생활'의 전면적 전개로 치닫는 것은 너무도 당연한 일이다.

6. 「해방전후」가 기념비적인 까닭

'한 작가의 수기'라는 부제를 단 「해방전후」(1946)는 기념비적인 작품이다. 이태준론에서도 피해갈 수 없는 병목 현상의 대목이지만 해방공간 문학사에서 특히 그러하다. 사상가도 주의자도 전과자도 아닌 작가 현(玄)이 주인공으로 등장하는 이 작품에서 제일 먼저 주목되는 것은 '현＝이태준'의 도식이다. 일제 말기 고등계 형사 앞에 출두한 요시찰 인물인 현이 그 길로 어느 출판사를 찾아간 장면을 보이면 이러하다.

그 출판사의 주문이기보다 그곳 주간을 통해 경무국(警務局)의 지시라는, 그뿐만 아니라 문인시국강연회 때 혼자 조선말로 했고 그나마 마지못해 춘향전 한 구절만 읽은 것이 군(軍)에서 말썽이 되니 이것으로라도 얼른 한 가지 성의를 보여야 좋으리라는 대동아전기(大東亞戰記)의 번역을 현은 더 망설이지 못하고 맡은 것이다.

심란한 남편의 심정을 동정해 아내는 어느 날보다 정성들여 깨끗이 치운 서재에 일본신문의 기리누끼(신문 스크랩)를 한 뭉텅이 쏟아놓을 때 현은 일찍 자기 서재에서 이처럼 지저분함을 느껴본 적이 없었다.

'철 알기 시작하면서부터 굴욕만으로 살아온 인생 사십. 사랑의 열락도 청춘의 영광도 예술의 명예도 우리에겐 없었다. 일본의 패전기라면 몰라 일본에 유리한 전기(戰記)를 내 손으로 주무르는 건 무엇 때문인가.'

현은 정말 살고 싶었다. 살고 싶다기보다 살아 견디어내고 싶었다.

(「해방전후」)

'현＝이태준'의 도식에 수천 볼트의 고압 전류가 관통하고 있기에 이 작품은 작품이자 단연 작품 이상의 것이다. 『문장』지의 주재자요, 『문장강화』의 저자이기에 그는 당대의 평론가 유진오나 최재서와 맞설 수 있었고, 최고의 산문 작가이기에 최고의 시인 정지용과 맞설 수 있었다. 그의 행보 하나하나가 출구 막힌 당대의 문학 지망생의 표적이었다. 그러기에 그는 조선문인협회 주최 시국강연에서 「소설과 시국」을 강연해야 했고, 임화·최재서와 더불어 황군위문작가단 결성에 협력해야 했고, 『대동아전기』의 번역에까지 나아갔다(『대동아전기』는 전쟁 보도기관에서 만든 기사를 중심으로 한 것으로 1943년 인문사에서 나왔고 이태준·이무영 공저로 되어 있음). 이 작품에는 언급되어 있지 않지만, 앞에서 지적한 일어 창작 「제일호선의 삽화」에까지도 현은 나아갔다. 「패강랭」에서 예견된 이상견빙지(履霜堅氷至)에 이른 상황. '정말 살고 싶었다'로 이 상황이 요약된다. 살아감이란, 타협과 저항의 관계항에 다름 아님을 명민한 중견 작가 이태준이 몰랐을 이치가 없다. 도시에서 소개(疏開)하라는 시국의 종용에 따라 고향인 철원으로 간 것을 작품에서는 현이 일본 패망을 예견하여 강원도 어느 산읍으로 갔다고 썼다. 해방을 맞을 때까지 현은 낚시질로 소일하며 옛 전통에 사로잡혀 있는 향교 직원인 김노인과 교유한다. 이 기품 있는 옛 선비와 현의 교유란 현에겐 유일한 즐거움이라 마음의 평화를 가져다

주었다. 그 즐거움이나 평화란, 시국의 강압이 심해질수록 증대되어 마지않는다. 김직원이란 존재는 살아 있는 조선적 골동품인 까닭이다. '비생활'이기에 현실인 '생활'과 멀어질수록 빛나는 법이다. 이것은 이태준의 균형감각에 다름 아니었다. 조선적인 것, 골동품적인 것을 기림으로써 그는 '생활'이 지닌 현실과 균형감각을 얻고자 했던 것이다. 인공적인 글쓰기의 근거란 여기에서 왔다. 이러한 균형감각이 송두리째 붕괴된 것이 8·15해방이었다.

현이 해방을 안 것은 8월 16일이었다. 그것도 급히 상경하라는 친구의 전보를 통해서였다. 그가 청량리역에 내린 것은 8월 17일 새벽. 찾아간 곳은 '조선문화건설중앙협회'였다. 조선공산당 간부 최용달의 조직 아래 있던 임화가 중심이 되어 만든 단체였다. 이 단체가 어떤 곡절을 겪어 구카프 정통파인 한효 중심의 예맹파와 싸워 마침내 문학가동맹의 단일 노선(남로당)으로 결집되었는가는 이미 학문적 수준에서 밝혀져 있다(졸저, 『해방공간의 문학사론』, 서울대출판부, 1989). 「해방전후」는 이 점에서 볼 때, 작품이자 동시에 하나의 문건적(文件的) 성격을 갖는다. 문단 단체의 추이와 그 곡절이 체험적 수준에서 포착되어 있음은 이 작품이 거의 유일한 것인 까닭이다. 바로 여기에 이 작품의 문학사적 의미의 기념비적인 성격이 있다.

그렇다면 「해방전후」가 작가 이태준 개인에게도 기념비적인 까닭은 무엇인가. 다음 대목에서 그 점이 제일 잘 드러난다.

지금 이 시대에선 이하(李下)에서라고 비뚤어진 갓을 바로잡지 못하는 것은 현명하기보단 어리석음입니다. 처세주의는 저 하나만 생각하는 태돕니다. 혐의는커녕 위험이라도 무릅쓰고 일해야 될 민족의 가장 긴박한 시기라고 생각합니다.(「해방전후」)

공산당으로 갔다고 현을 비난하는 상경한 김직원의 비판에 대해 현의 이러한 답변이 의미하는 것은 너무도 자명하다. 적극적으로 '생활'에 뛰어들어야 한다는 것. 말을 바꾸면 지금까지 견지해온 균형감각을 여지없이 깨뜨리겠다는 선언이다. '비생활'인 조선적인 것, 골동품적인 것으로써 '생활'과 균형감각을 취할 수 있었고, 그렇게 함으로써 저『문장강화』의 세계, 곧 이태준적 글쓰기의 세련성이 가능했지만, 그리고 그 방법론이 인공적 글쓰기였지만 이제부터는 그 따위 위장된 인공적 균형감각을 여지없이 버리겠다는 것. 바로 이 순간, 조선문학가동맹 중앙집행위원회 부위원장, 민권 문화부장, 그리고 북조선문학예술총동맹 부위원장이자『소련기행』(1947)의 저자이고, 「첫전투」(1948), 「농토」(1947)의 작가 이태준의 제2기 문학이 전개되기에 이른다. 해방공간 전편을 통해 인공적 글쓰기의 형식(묘사체)이 깡그리 제거된 것도 이와 무관하지 않다.

7. 『문장강화』와 「농토」 틈에 낀 작가

이태준 문학을 총체적으로 바라볼 때 기념비적인 현상 두 가지가 쉽사리 지적될 수 있다. 앞에서 살핀 「해방전후」가 그 하나라면『문장강화』가 그 다른 하나이다. "冊만은 '책'보다 '冊'으로 쓰고 싶다"로 정리되는 인공적 글쓰기가『문장강화』라 할 때 이는 시대적 산물이라는 일정한 한계 속에 속한다고 할 것이다. "만약 상허에게 고완이나 낚시질도 없었던들 그는 원고지 우에 각혈을 했을는지도 모를 것"(이원조, 『상허문학독본』, 1946, 발문)이라 지적되기도 함은 이를 가리킴인 것. 이러한 인공적 글쓰기의 미학이 지닌 의의는 어디까지나 자각적임에서 찾아진다. 원고지에 각혈을 하지 않고 글을 쓸 수 있기 위한 자각적 방편이었지만, 또 이러한 인공적인 글쓰기가 예술이란 범주에 닿게 했다는 점도 승인될 수 있을 터이다. 오늘날에 저『문장강화』의 숨결이 우리 곁에 살아 있는 곡절도 이에서 말미암는다.

이에 비해 전면적인 현실(생활)의 글쓰기인「해방전후」와 그 이후는 어떠할까. 빨치산 소설의 계보를 이루는「첫전투」와 토지개혁을 다룬「농토」속에 그 해답이 들어 있다. 특히「농토」에 관한 여러 논의들에서 부각되는 문제점은 과연 이 작품의 밀도가 예술적 수준에 이르렀는가에 놓여 있었다. 이기영의「땅」(1949)과 비교할 때「농토」는 그 질적 수준이 현저히 떨어짐도 쉽사리 발견된다(신형기,『해방기 소설 연구』, 태학사, 1992, 103쪽). 그렇다면 '현실' 한가운데서의 글쓰기에 전면적으로 나아가는 일은 이처럼 예술적 밀도의 저하를 가져오고 마는 것일까. 이 물음 속에 이태준 문학의 개별성과 그 비극성이 잠복해 있다고 할 것이다. 인공적 글쓰기의 균형감각을 여지없이 깨뜨리고 '생활' 속으로 뛰어든 글쓰기 방식이 어쩌면 글쓰기의 원론적 자리인지 모를 일이다. 이 점에서「해방전후」는 기념비적이었다. 그렇지만 이 원론적 글쓰기의 자리에 나아갔으면서도「농토」의 밀도는 어째서 그렇게 떨어지는 것일까. 이 물음은 결정적이다. 그에겐 당연히도 인공적 글쓰기와 생활적 글쓰기의 또 다른 균형감각 모색이 요망되었을 터이다. 토지개혁이란, 평생 그것에 익숙한「땅」의 작가라야 제일 확실한 '생활'이며, 골동품에나 익숙해온 이태준에겐 아무리 굉장한 토지개혁의 생활(현실)도 창작으로는 육화될 수 없는 노릇.「농토」란 그러므로 이태준의 조급성의 소산에 지나지 못한다. 해방공간의 생활들 중에서 그가 제일 잘 알고 또 익숙한 것에서 출발하여 서서히 그 생활의 중심무대로 나아가야 했을 터이다. 그 생활의 중심부에 나아갔을 때 비로소 그는 그 생활로써 창작에 임할 수 있을 것이다. 그러한 생활의 중심무대로 나아가는 길 한복판에 놓인 것이「소련기행」(1946년 8월~11월)이었다. 그가 4개월간 체험한 소련 생활과 그가 택한 북한의 생활의 비교에서 그는 생활적인 자신의 좌표를 설정해야 했을 터이다. 만일 그가 두 생활(현실)을 비교할 힘이 모자랐다면 그의 창작의 밀도는 밑돌 것이며 그 비교할 힘이 출중했다면 그의 창작도 밀도를 더해갔을 터이다. 매우 불행하게도 그가 택한 북한 체제는 이러한 비교를 당초부터 봉쇄해놓고 있었다. 체제(제도)의 우월성에 대한 종교적 신념이 그것이다. 『문장강화』가 새삼 빛나는 것은 이 신학적(神學的) 신념관에 비추어볼 때이다.

만해론

·

윤동주론

·

김현승론

·

신석정론

·

김춘수론

소설 「죽음」과 『님의 침묵』 간의 거리 재기

1. 만해 · 단재와 육당 · 춘원의 관계항

　겨레와 민족이 함께 어려웠던 시대를 맞아 스스로 등대이거나, 지도의 몫을 하고자 애쓴 인물로 만해 · 단재 · 육당 · 춘원 등을 들 때 그 기준으로 놓인 곳은 글쓰기다. 정확히는, 글쓰기이되 일제강점기 이전에 철이 든 세대의 글쓰기라는 점이다. 이 가운데 만해(1879)가 제일 연장자이며 그 다음이 단재(1880)이며 육당(1890), 춘원(1892)의 순으로 되는 만큼 만해와 춘원 사이의 거리는 무려 13년이나 된다. 그럼에도 막내격인 춘원이 한일늑약을 맞은 것은 오산학교 교사 신분으로 있을 때였다. 여기서 철났다 함에는 먼저 설명이 없을 수 없다. 육당 · 춘원이 일본 유학의 경력을 가졌음에 대해 만해 · 단재 쪽이 이른바 근대 이전의 조선적 사상 맥락에서 자기를 형성했다는 사실은 그들의 철남에 대한 성격의 어떠함을 규정해놓고 있다. 이 어떠함에는 또 다른 설명이 급히 주어져야 하는바, 그 점은 육당 · 춘원으로 말해지는 유학 세대의 성격이 김동인 · 염상섭 등의 유학 세대와는 여러 면에서 구별됨을 가리킨다. 초창기 유학 세대라 할 육당·춘원 세대와 그 이후의 유학 세대의 성격을 규정하는 지표의 하나로 들 수 있는 점은 소년적 성격의 유무이다.

"저 세상 저 사람 모두 미우나/ 그중에서 똑 하나 사랑하는 일이 있으니/ 담 크고 순정한 소년배들이/ 재롱처럼 귀엽게 나의 품에 안김이로다/ 오너라 소년배 입 맞춰주마"(「해에게서 소년에게」, 1908)라고 육당이 망설임도 없이 읊고 있음은 세상이 아는 일이다. 이때 육당의 처지는 어떠했을까. 조선적 교양을 갖춘 선배가 일본 유학을 하고 돌아와 후배들에게 권유한 형태를 갖추고 있다고 범박하게 말할 수 있다. 소년을 상대로 한다고 했을 때 소년이란 새삼 무엇인가. 속에 든 것이 아무것도 없는 백치 상태의 인간이 아닐 수 없다. 그러므로 백치 상태의 소년들의 유학이란 외래 사조에 무방비로 노출되었음을 뜻하는 것이 아닐 수 없다. 「약한 자의 슬픔」(1919)으로 단군 이래 예술의 혁명을 이 땅에 가져오겠다고 자부한 김동인, 일본어인 '彼/彼女'와 또 국한문혼용체로써 망설임도 없이 「표본실의 청개구리」(1921)를 쓴 염상섭 등이 이른바 그 소년배들이다. 육당·춘원의 존재가 이들 소년에게 부정당하게 되는 것은 실로 시간 문제였다. 이들 소년에게 부정당한 육당·춘원은 어떠했던가. 설 수도 앉을 수도 없는 엉거주춤한 세대로서의 자기 인식이 앞을 가로막았음에 틀림없다. 육당이 『태백산 시집』(1911)을, 춘원이 「무정」(1917)을 쓰지 않으면 안 되었던 이유가 바로 여기에서 왔다. 순수 계몽지 『소년』을 청년학우회 준기관지로 만들지 않으면 안 되었음을 확인했을 때 육당은 『태백산 시집』을 썼고 또 이것은 훗날의 「기미독립선언」(1919)과 시조집 『백팔번뇌』(1926)를 예비한 것이었다. 그리고 춘원의 「무정」은 등장인물인 구세대와 신세대의 갈등을 통해 이 두 세대의 발전적 지양에 그 최종목표를 두고 있었다. 「무정」에서 구식 소설 및 신소설의 문체가 깡그리 제거되지 못한 것도 이를 증거함이다(졸저, 『이광수와 그의 시대』, 솔, 1999).

육당 춘원과 그들 소년(김동인·염상섭)의 관계항에서 어떤 논리적 정합성을 얻어낼 수 있을까. 마찬가지로 만해·단재와 일본 유학파인 육당·춘원의 관계항에서 어떤 논리적 정합성을 얻어낼 수 있을까. 있다면 어떤 방법론이 좀더 보탬이 될 수 있을까. 이 글은 일본 유학을 강력한 '문화자본'의 일종으로 볼 수 있다는 P. 부르디외의 방법론에 의거함으로써 단순한 세대 논의에 그치기 쉬운 이런 논의에 조금의 보탬이 되고자 함에 그 목적을 둔다. 이 글이 한편으로는 만해·단재론이지만 또 다른 한편으로는 만해·육당/만해·춘원론일 수도 있음은 이런 방법론에서 말미암는다.

2. 춘원의 아비투스와 만해의 아비투스

부르디외의 계층 분석 방법론이 상당한 학문적 성과를 이룰 수 있었던 점은 물론 프랑스처럼 문화적 계층화가 이미 확립된 사회를 전제로 했음에서 가능했을 터이지만 그럼에도 불구하고 그가 제시한 다음 두 가지 방법과 그 열쇠개념이 지닌 도구적 측면은 하나의 보편적 의미를 갖는 것으로 볼 수 있다. 그가 제시해놓은 첫번째 열쇠개념은 이른바 문화자본이다. 사회과학자답게 그는 문화자본 개념을 '자본'의 일종으로 보아 경제적 용어 범주인 자본 개념을 문화의 제 영역으로 확대해놓고 있다. 먼저 그는 개인이 갖고 있는 갖가지 종류의 특성을 '자본'으로 포착하고 이를 정량화(定量化)하는 수단을 개발했다. 가령, 지식이라든가 교양의 총량으로서의 '문화자본', 사회적 지위라든가 위신으로서의 '사회자본', 출신 학교라든가 획득한 학위 등으로 말해지는 '학교자본' 등이 그것이다. 이들 특성이란 종래의 관점에서 보면 개인에 첨부된 한갓 부수적으로 취급된 요소들인데, 이로써 이를 계층 분석 속에 과학적으로 조직해낼 수 있는 가능성의 길이 열린 것이다.

여기에서 나아가 그는 다른 자본 사이의 '변환'의 메커니즘을 해명해놓았다. 가령, 경제자본과 문화자본의 혜택을 입은 가정 출신자는 학교라는 기구 속에서 유리하게 학업에 나아가 많은 양의 학교자본과 지적 우수성의 인증을 얻을 수 있다. 출신 가정의 자본이 새로운 자본(문화자본, 사회자본)으로 변환되는 것은, 그러니까 사회적 재생산의 진행 과정인 것이다. 프랑스의 최고 인문학부인 고등사범학교의 경우 도시의 문화적 수준으로부터 혜택을 입은 학생이 그렇지 않은 시골 출신의 학생에 비해 월등히 문화적 창작력이 앞서는 이유도 이로써 어느 수준에서 설명된다. 이러한 사태는 무엇을 설명해주는 것일까. 지성, 모양, 재능 등 개인적 능력도 따지고 보면 결코 날 때부터의 자질이 아니라 갖가지 자본의 직접 간접의 과실로 파악될 수 있음을 가리킴이 아닐 수 없다. 이러한 사실은 미학적 문제 영역에도 어느 수준에서 적용될 수 있다. 곧 문학적(예술적) 재능이란 무엇인가, 그러한 문학작품의 우열성의 판단 기준은 어떻게 형성되는가, 등등. 요컨대 미란 어떻게 성립되는 것인가라는 문제군의 해명이 그것이다.

이를 위해 부르디외는 두번째 열쇠개념인 장(場, Champ), 이론을 제시했다. 일정한 자율성을 갖추고 운행하는 소집단사회를 '장'이라 규정하거니와 이 '장'의 내부적 규칙이야말로 작품의 가치를 결정한다는 이 가설은 개화기 육당 중심의 소집단인 조선광문회(1910)를 연상시키며 또한 카프 문학이 퇴조된 1937년대 말기 『문장』과 『인문평론』 또 『단층』파 문예지의 내부적 구조를 연상시키기에 모자람이 없다. 가령 육당, 춘원이나 이태준, 최재서 등으로 말해지는 '장'이 거기 엄존했고, 이 '장' 속에서 생산된 문학적 저작은 그것이 당대 정치나 경제에 의존하지 않는, 일종의 자율적 시스템의 형성으로 그 측면을 기술할 수 있다. 또 한편, 작가들의 정치적 선택도 이 '장'의 내적 논리, '장' 속에서의 각자가 점하는 위치에 의해 결정되는 것이다(『예술의 규칙』, 하태환 역, 동문선, 1999 ; 『상징폭력과 문화재생산』, 정일준 역, 새물결, 1995 ; 『과학의 사회적 사용』, 조흥식 역, 창작과비평사, 2002). 부르디외의 이러한 방법론을 큰 범주에서 보면 주관주의(주체의 철학)와 객관주의(구조주의)를 통합한 사회 분석(후기 구조주의)을 위한 방법 개념이라 할 수 있다.

태도나 자세를 의미하는 아리스토텔레스의 개념인 아비투스(habitus)를 사회학자 모스나 뒤르켐 등이 사용한 바 있는데, 부르디외는 이 개념을 세련시켜 다음과 같이 정의해놓았다.

> 생존을 위한 조건들 속에 어떤 특수한 집단에 연결된 갖가지 조건이 아비투스를 생산한다. 아비투스란 지속성을 가지며 변전이 가능한 마음의 흐름의 체계이며, 구조화된 구조로서, 다시 말해 실천과 표상의 산출 조직의 원리로서 기능하는 소성(素性)을 가진 구조화된 구조이다.(今村仁司 외 역, 『실천감각(Ⅰ)』, 미스즈 서방, 1988 ; 竹內洋, 『교양주의의 몰락』, 中公新書, 2003)

우리가 항용 어떤 사람이 양반 기질을 가졌다든가 시골 출신이라든가 할 경우, 따지고 보면 개개인의 행위의 이런저런 것을 지칭함이 아니라, 행위를 생성하고 조직하는 원칙(실천과 표상의 산출·조직의 원리)을 가리킴이다.

지속성을 가져 변전이 가능한 이러한 마음의 습성(흐름)의 체계가 곧 아비투스이다. 달리 또 말해 아비투스란 출신 계층이나 출신지 또는 학력 등 과거의 체험에 의해 '신체화된 생의 형식'이다. 김동리의 유명한 명제인 '구경적 생의 형식'과 견주어보면 부르디외와 김동리의 차이, 곧 아비투스의 차이를 뚜렷이 느끼게 된다. '구경적 생'이 절대성을 띤 관념성이기에 어떤 경험적·역사적인 것에서도 벗어난 것이라면, '신체화된 생'이란 어디까지나 경험적 역사적인 것이어서 생성 과정의 산출이자 표상이 아닐 수 없다.

　부르디외의 이러한 방법론이 '문화자본'과 '장'의 두 열쇠개념으로 정리된다고 하겠거니와, 이를 적용할 때 우리측에서 난점으로 느껴지는 것은 전자가 아니라 후자 쪽이다. 일정한 자율성을 가지고 운행되는 '작은 사회'를 '장'이라 한다면 이를 어떻게 우리 식으로 규정하고 또 적용할 것인가가 문제계를 이루기 때문이다. 만해의 장편소설 「죽음」(1924)과 시집 『님의 침묵』(1926)의 위치 확정을 위해서는 이 점이 언젠가 점검되어야 할 사항 중의 하나이다. 이 물음은 중요한데, 「죽음」이 춘원의 「무정」에, 또 『님의 침묵』이 육당의 『태백산 시집』 및 김소월의 『진달래꽃』(1925)에 각각 대응된다는 전제를 승인한다면 「무정」·『태백산 시집』(『진달래꽃』)의 산실로서의 '장'을 문제 삼지 않을 수 없게 된다. 『인문평론』이나 『문장』 또는 『단층』 등이 이루고 있는 '장'에 준하는 것이 육당 춘원에게도 있었다고 할 때 그것은 과연 무엇일까. 만해, 단재가 몸담았던 '장'은 어디였던가의 물음은 그 다음에 온다.

3. '장'의 이론에 비추어본 「무정」

　만해의 첫 장편 「죽음」을 문제 삼기 위한 명분은 그것이 많건 적건 또 알게 모르게 춘원의 「무정」에 대응되었음에서 온다. 「무정」을 '장'의 이론으로 일단 설명할 근거 또한 여기에서 온다.

　이 나라 최초의 장편소설이자 근대문학의 서사적 기점으로도 평가되는 「무정」의 산실은 어디였을까. 이 물음은 전적이라 할 수는 없다

해도 '장'의 문제를 묻는 것으로 될 터이다.

「무정」의 산실이 작가의 유학지 도쿄의 하숙방이 아니라 육당의 신문관에 설치된 조선광문회였다고 할 때 그것은 「무정」을 낳은 '장'을 묻는 것이다. 『소년』지를 비롯한 잡지 중심의 계몽주의가 육당의 제1단계였고, 조선청년학우회운동이 그 제2단계라면, 조선광문회는 그 제3단계 계몽사업이라 규정될 수 있다.

조선광문회의 취지, 규정, 사업규모 등을 간략히 보이면 이러하다. 날로 우리 고문(古文)이 흩어져 없어지고 민족정서가 쇠퇴하여 5천년 선인들의 빛이 꺼져가는 위기를 맞았다는 것, 이를 극복하기 위해 그 방법과 서목을 제시하는바, 이는 조선 고문명과 세계 학계를 위하는 일이라 이에 응하는 지사, 인인(仁人)들은 참여하시라는 것. 그 방법과 서목으로 제시된 것은 『동국통감』을 비롯한 역사류, 『택리지』를 비롯한 지리류, 풍토류인 『동국세시기』, 운류인 『훈몽자회』, 가사류인 『용비어천가』, 문학류인 『사가시집』 등이 제일차 간행목록으로 되어 있다. 이러한 어머어마한 취지와 목표가 당시로서는 실행하기 어려운 측면이 많지만 이는 종래의 막연한 백치급 소년을 내세운 경박한 계몽주의적 성격에서 벗어났음을 가리킴이 아닐 수 없다. 신학문, 신지식도 중요하다. 우리 고전도 그에 못지않게 중요하다는 이 취지문의 핵심에 놓인 것은 '국권 회복의 학문적 사업'이었다. 일본의 신문·잡지를 가위로 오려 신사상이라 하여 잡지를 만들던 『소년』의 단계와는 비교도 안 될 만큼 어려운 이 사업의 주요 간부는 장지연, 유근, 이인승, 김교헌 등이었고, 첫 사업으로 간행된 것이 『동국통감』과 『열하일기』였고, 두번째가 『신자전』, 세번째가 주시경의 말모이 편찬 사업이었다. 1910년대 한국의 양산박(梁山泊), 아카데미아의 존재였기에 천하지사들이 이곳에 모여들어 시국을 논의하는 토론과 연락처로 삼았다(진학문, 「육당의 업적」, 『현대문학』, 1960년 10월, 171~179쪽). 이곳의 중심인물이 육당이었고 중요인물은 김성수, 송진우, 양기택, 유근, 이승훈, 주시경, 김두봉 등이었다. 그중에서도 육당이 인정하고 아낀 문필가는 단연 춘원이었다. 『소년』, 『청춘』지에 직접 간여한 일본 유학 출신의 문사 춘원과 육당의 관계는 각별했다. 오산학교 교사인 춘원이 상경하면 이 조선광문회에 머물었고, 특히 시베리아 방랑 이후 갈피를 못 잡던 춘원의 제2차 유학을 가능케 한 것도 조선광문회에서였다. 김성수의 장학금으로 춘원은 다시 도일했고 드디어 「무정」을 쓸 수 있었다.

대체 조선광문회란 어떤 창조적인 공간, 이른바 '장'의 몫을 할 수 있었을까. 중심인물인 육당은 개화기에 거대한 부를 축적한 서울의 중인계층 출신이자 일본 유학생이다. 전통적 교양과 서양 근대사상을 동시에 수용한 이 탐욕적인 계몽주의자에게 지향성으로서의 계몽적 성격은 매우 중층적인 것으로 규정된다. 시인으로서의 육당이지만 학자이자 사상가로서의 육당이며 또 경영인으로서의 육당이기도 했는데, 이 모두를 아우르는 것의 핵심에 놓인 것이 중인계급으로 말해지는 경제적 자립성이었다. 이러한 자립성이 지닌 박물학적 성격이 그 지속성을 유지하기 위해서는 모종의 응집력이 요망되었는바, 조선광문회의 취지에서 드러난 문화적인 독립성이 그것이다.

'장'의 내부 규칙이 작품의 가치를 결정한다고 할 때, 이를 가장 잘 말해주는 인물이 '춘원'이며 작품 「무정」이다. 문학계의 독자적 규칙을 확립, 정치나 경제에 의존하지 않는 자율적 시스템으로 형성되는 모양을 「무정」이 잘 보여주고 있기 때문이다.

말을 바꾸면 「무정」이 씌어졌을 때 춘원은 조선광문회에서 이탈하여 한 단계 다른 장으로 비상했던 것이다. 이탈했다고는 하나 조선광문회의 장의 논리에서 완전한 이탈이란 불가능하다. 그 내적 논리인 조선독립의 이념을 공유하면서도 다른 한편 춘원이 근대 그것으로 비상할 수 있었던 것은 그가 한갓 고아였음에서 가능했다. 육당의 조선

주의가 확고한 중인적 경제기반 위에 묶여 있었던 것이며 따라서 그가
읊은 『태백산 시집』도 박물학적 지식 속에 해소될 수밖에 없었다면,
한갓 고아이며 가진 것이라곤 붓 한 자루뿐이었던 춘원이기에 광문회
의 이념인 조선주의의 규칙(내적 규칙)을 공유하면서도 동시에 쉽사
리 이를 초월할 수가 있었다. 이 초월성이 「무정」의 미학적 근거이다.
이토록 몸이 가벼웠던 「무정」의 초월성은 결말 부분에서 잘 볼 수 있다.

주인공 이형식과 그 약혼자 김선형이 미국 유학차 경부선을 타고 가
는 도중 수해로 말미암아 삼랑진에서 발이 묶인다. 우연히도 같은 기
차에 이형식으로부터 버림받은 박영채와 그를 도운 김병욱도 타고 있
었는데, 이들은 일본 유학행 중이었다. 이들의 감정을 통합하는 것으
로 제시된 것이 민족주의(조선주의) 이념이었다.

"과학! 과학!" 하고 형식은 여관에 돌아서 앉아서 혼자 부르짖었다.
세 처녀는 형식을 본다.
"조선 사람에게 무엇보다 먼저 광복을 주어야 하겠어요. 지식을 주어
야 하겠어요" 하고 주먹을 불끈 쥐며 자리에서 일어나 방안으로 거닌
다.(우신사판, 205쪽)

지식 곧 문명을 주는 방식은 무엇인가. "가르쳐야지요! 인도해야지
요!"라고 외쳤고, 그 방법론은 "교육으로, 실행으로"였다. 이러한 무한
적이고 관념적인 초월성을 가능케 한 것은, 저 신소설 시대와는 달리
육당의 조선광문회가 지닌 힘에서 왔다. 그 힘으로 이들은 일본으로
미국으로 유학길에 오르지 않으면 안 되었다. 서적을 통해서가 아니고
이번엔 몸으로 체득하는 사상이어야 했다. 부르디외 식으로 하면 또
다른 그곳의 교육적인 아비투스 곧 '신체화된 생의 형식'에 접근해가
야 했다. 두번째 일본 유학에서 춘원은 어느 수준에서 '신체화된 생의

형식'의 하나로서 일본의 사상적 지적 '장'에 한 발을 들여놓고 있었다.「무정」이 그 증거이다. 요컨대「무정」은 광문회의 장과 일본 근대의 장이라는 두 장에 양다리가 걸쳐진 형국이었다. 그는 고아인지라, 광문회의 장에서도 쉽사리 초월될 수 있었고 또 급하면 광문회의 장 속으로 스며들 수도 있었다. 그는 경계인(이중성)이며 그 경계인(境界人)의 산물이「무정」이다. 그러기에「무정」은 적어도 3·1운동을 고비로 하기까지 일제강점기 조선인의 나아갈 지표일 수조차 있었다. 3·1운동 이후에 오면 이러한「무정」의 지향성은 어떻게 되었을까. 이 물음에 응해 오는 두 가지 문학적 해답이 있었다는 사실은 문학사적 의미와 동시에 정신사적 의의를 갖는 것이어서 주목할 만하다. 그 첫째가 만해의 장편「죽음」이며 춘원 자신의 장편「재생」(1924~1925)이다.

4. 「무정」의 진취성과 「죽음」의 엽기성

불교계를 대표하는 인물이며 3·1운동의 주역 33인의 한 사람인 만해의 첫 소설이「죽음」이라는 사실은 매우 중요한 문학사적 사건성이 아닐 수 없다. 그것은 정신사적으로는 성균관 박사 출신의 아나키스트 단재의 소설「꿈하늘」(1916)이나「용과 용의 대격전」(1928)과「조선혁명선언」(1923)의 관계항과 맞서는 것이라 할 만하다.「죽음」이 우리 시문학사의 이채로운 성좌급 작품인「님의 침묵」과 관계항을 이루고 있기에 특히 그러하다.

3·1운동 이후 수년간의 조선의 사상적·정신적 환경은 어떠했을까를 그려내려고 한 것이「죽음」이라 함에는 무엇보다 대전제가 가로놓여 있음에 주목할 것이다. 곧 3·1운동 이전과의 비교가 그것이며 그 비교의 근거는 3·1운동 이전의 지적 분위기를 반영한「무정」에서 찾아야 했다.「무정」에서 찾아야 함이란 새삼 무엇인가. 만해가「죽음」을

소설 형식으로 하지 않으면 안 되었음도 이로써 설명된다. 「죽음」은 「무정」을 의식했을 뿐만 아니라 모방하기에 다름 아니었다. 이는 글쓰기의 형식으로 소설을 택한 이상 불가피한 현상이라 할 것이다. 모방의 글쓰기란, 새삼 무엇인가. 소설적 장르의 연계성이야말로 글쓰기의 본질적 측면이기에 원전인 「무정」을 조목조목 비판하든 긍정하든 그 원전의 사정거리에 있다고 할 것이다. 「죽음」이 「무정」의 한계 돌파에 이르지 못한 이유의 일단도 여기에서 말미암는다.

「무정」의 틀 속에 「죽음」이 놓여 있음을 알아보기 위한 시도는 다각적으로 이루어질 수 있겠으나, 여기에서는 다음 세 가지 측면 안에 국한시켜보기로 했다.

첫째, 등장인물의 정삼각형 구조. 「무정」의 등장인물 중 주연급에 속하는 것은 이형식, 김선형, 박영채, 신우선, 김병욱 등 5인이며, 이들이 한자리에 모인 장면으로 소설은 끝난다. 고아로 자라서 서울의 경성학교 영어교사가 된 이형식과 김장로의 딸이며 신식여성인 김선형이 약혼함으로써 구식 정혼자 박영채 사이에는 선명한 삼각구도가 이루어졌다. 재색 겸비한 여인 쪽이냐 구식 신의를 지켜야 하는 여인 쪽이냐의 갈등이 소설적 흥미의 중심인 것은 그 결과에서 온다. 곧 전자 쪽으로 기울어짐으로써 대단원으로 향함이 이른바 흥미의 원천을 이루기 때문이다. 적어도 이러한 기울어짐이 대중성의 근거였음은 그것이 시대적 반영으로서 마음의 자연스런 흐름이었음을 가리킴이기도 하다. 삼각형의 꼭지점에 있는 이형식이 고아였다는 사실이 시대성의 척도인바, 그것은 그 개인의 사정이자 동시에 아비 또는 하늘을 상실한 식민지 현실 속의 조선인 자체에 대응된 것이기도 했다. 이 심리적 메커니즘은 출구 막힌 이 시대 청년 지식인의 입신출세의 한 가지 전형성을 이룰 수 있었다. 「무정」을 비롯한 춘원의 소설이 당대의 독서계를 지배할 수 있었던 근거도 이에서 왔다. 이 삼각형의 구조가 「흙」

(1932), 「사랑」(1938) 등 그의 대표작에 한결같이 작동되었음도 이로써 설명된다. 11살에 고아로 자란 춘원 자신의 절실함이 그 누구보다도 깊었기에 가능한 일이기도 했다. 「무정」에는 이형식의 삼각형 외에도 신문기자 신우선을 정점으로 한 박영채, 김병욱의 삼각관계 구도도 감추어져 있음으로 보아 이 틀의 견고함이 새삼 확인된다.

「죽음」에도 바로 이 「무정」의 삼각구도의 틀이 그대로 적용된다. 강원도 출신이며 보성전문 법과 중퇴생인 김종철, 서울 태생인 여학생 최영옥, 그리고 신문사 국장이자 부잣집 아들이며 일본 유학 출신의 정성열의 관계가 그것이다. 「죽음」과 「무정」의 삼각형 구도의 비교에서 드러나는 차이점은 무엇인가. 이 물음은 그대로 두 작품의 문학적 성패를 묻는 것이기도 하다. 「무정」의 그것이 참신했음에 비해 「죽음」의 그것에는 그러한 참신성이 없다. 전자가 참신했던 것은 그것이 독창적이었음에서 왔다. 작가 자신의 어쩔 수 없는 절실한 개성적 발로였기에 또 그것이 요행히도 시대성의 반영이기도 했기에 이러한 성과를 얻어낼 수 있었다. 이에 비해 「죽음」은 어떠한가. 꼭지점에 최영옥이 놓이고 양쪽 밑면에 청년 김종철과 정성열이 놓임으로써 「무정」의 그것을 거꾸로 세워놓은 형식이다. 이 점에서만 보아도 만해가 「무정」을 전제하고 「죽음」을 구상했음이 드러나거니와 그렇지만 만해가 미처 고려하지 못한 것은 절실함과 민첩성이다. 초점인물로 내세운 최영옥에게 진취성이랄까 미래적 지향성이 결여되어 있음이 그것이다. 최영옥의 진취성이란 기껏해야 첩이 되어서는 안 된다는 것에 집중되어 있다. 그녀가 관여하고 있는 불교조선여자청년회의 특징적인 활동지표도 인과응보를 설하는 범주에서 크게 벗어나 있지 않다.

여학생이면 다 여학생인가요. 요새 여학생은 성한 사람이 별로 없답니다. 남의 첩이 되려고 눈이 벌게서 돌아다니는 여학생이 수두룩하지만 (……) 양첩은 보통 장가처보다 낫답니다. 양첩이 좀 좋아요?(『한용운 전집(6)』, 신구문화사, 325~326쪽)

이러한 풍조가 비록 3·1운동 이후의 한 가지 풍속도라 할지라도 이러한 현상은 진취적 시대성의 범주에 들 수 없다. 3·1운동에 참여했던 청년들이 그 실패로 말미암아 얼마나 타락했는가를 임시정부에서 귀국한 「무정」의 작가는 「재생」(1925)에서 자세히 그린 바 있다. 장안의 여학생들이 이를 읽기 위해 『동아일보』가 배달되기를 정인(情人)을 기다리듯 했다고 했지만, 이러한 인기에도 불구하고 발표가 끝난 뒤에 이 「재생」보다 빨리 잊혀진 작품은 없다고 김동인이 지적했거니와(『김동인 전집(6)』, 삼중당, 102쪽) 그 이유는 실로 자명한 데서 왔다. 진취성 곧 시대를 이끌어갈 미래적 지향성의 결여가 그 참된 이유이다. 「죽음」이 「무정」의 인물구도를 거꾸로 세웠기는 하나, 그 구도를 지배함에 필수조건인 진취성의 결여로 말미암아 한갓 통속소설에 멈추고 만 점을 좀더 검토한다면 그 뿌리는 의외에도 구소설(고전소설)의 틀에서 찾을 수 있다. 구소설의 중심부에 놓인 사상이 인과응보로 요약되는 권선징악이거니와, 「무정」에는 없고 「죽음」의 경우에는 작품을 전면적으로 지배하고 있는 이 원칙이 빚어내는 비시대적인 요소는 인물의 고정성이다. 등장인물의 성격이 당초부터 고정되어 있음이 그것이다. 색마이자 악당인 정성열, 열혈청년 김종철, 효녀 최영옥 등의 성격은 당초에 결정되어 있어 한갓 허깨비로 전락되어 있다. 살인을 저지른 악당은 지옥으로 가게 마련, 애인 김종철을 죽게 만든 정성열을 독살하고 스스로 한강에 투신자살하는 최영옥의 모습은 누가 보아도 통속적이자 엽기적이라 하지 않을 수 없다.

둘째, 「무정」의 중심적 배경에 「죽음」의 그것이 대응되어 있다는 점.

(A) "허허. 그가 유명한 미인이라네. 자네 힘에 웬걸 되겠나마는 잘 얼려보게. 그러면 또 보세" 하고 대패밥 벙거지를 벗어 활활 부채질을 하며 교동 골목으로 내려간다.(「무정」, 우신사판, 16쪽)

(B) 형식은 김장로 집에서 나와서 바로 교동 자기 객주로 돌아왔다.(20쪽)

(C) 그리고 사오 년 동안 날마다 다니던 교동으로 내려올 때에 형식은 놀랐다.(57쪽)

경성학교 영어교사 이형식이 오가는 동네 이름이 교동이며, 가정교사로 나가는 김장로 집이 있는 곳은 안동이다. 「무정」의 첫 장면이 이 점을 결정해놓았음에 주목할 것이다.

"경성학교 영어교사 이형식은 오후 두시 사년급 영어시간을 마치고 내려쬐는 유월 볕에 땀을 흘리면서 안동 김장로의 집으로 간다"(서두)에서 지정된 안동(오늘의 안국동)과 형식이 오르내리고 있는 교동(오늘의 경운동)이란 새삼 무엇인가. 서울의 뿌리에 해당되는 구식 양반촌의 현주소라 함이 그 해답의 하나로 될 수 있다. 요컨대 이 서울 중심부에 작품무대를 설정했음에 「죽음」도 예외는 아니다. 주인공 최영옥의 집은 계동이었고 김종철이 폭탄을 던진 1924년 8월 29일(한일합방기념일)의 경성신문사의 소재지는 인사동이었다. 김상옥 열사가 종로서에 폭탄을 던진 것이 1923년 1월 17일이었다. 두 폭탄 사건은 겉으로는 비슷하지만 그 죽음의 성격은 판이하다. 전자는 한갓 치정 사건에 의한 죽음에 지나지 않았다. 「죽음」을 통속 문제로 이끌어간 이유이기도 하다. 경철서가 있는 종로와 거리를 둔 교동, 인사동, 계동, 안동 등, 요컨대 「무정」과 「죽음」 모두 당시 서울의 조선적 중심부를 무대로 한 점에서 일치하고 있다.

셋째, 미국 유학의 문제. 우리 근대문학에서 미국 유학은 일본 유학과는 또 다른 가치관으로 군림한 바 있다. 신소설 「혈의 누」(1906)를 비롯하여, 자주 등장하는 유학처 미국은 서양 문명지의 대명사로 굳어져 있었다. 이러한 인식은 영향 범위를 가리키는 지표의 하나이기도 하다.

여기까지의 논의는 「무정」을 전제로 하고 썩어진 것이 「죽음」이라는 점과 두 작품의 차이를 보임에 있었다. 어째서 「죽음」이 「무정」에 비할 때 통속적인 것에 멈추고 말았는가는, 그것이 시대적 진취성 대신 인과응보(권선징악)에 그 참주제를 놓았음에서 왔다. 뿐만 아니라 그 인과응보 사상이 매우 서툴고도 거친 엽기적 살인과 자살로 처리되었음에서 왔다.

이 사실의 만해다운 자각에서 저 불후의 걸작 『님의 침묵』이 탄생될 수 있었다. 그것은 만해 스스로 글쓰기에 있어서의 아비투스의 자각에서 왔기에 그만큼 확실한 것이었다. 말을 바꾸면 『님의 침묵』의 평가 근거는 이 만해적인 아비투스에 놓여 있을 터이다. 문화자본에 대한 종교자본에의 자각이 그것이다.

5. 문화자본의 막힘과 종교자본의 열림

소설이 시민적 서사시이며 근대 부르주아 계급의 산물임은 새삼 말할 것도 없다. 그것은 물질적 욕망을 제일 조건으로 좇는 근대인의 성격과 분리시켜 논의할 수 없다. 이 물질적 욕망이 「무정」에서 발휘될 때의 모습이 이른바 시대적 진취성의 형태였다. 근대소설의 범주에 「무정」이 접근되었다고 보는 평가 근거가 여기에서 왔다. 「죽음」의 작가가 이 점에서 민첩하지 못했음은 위에서 자세히 살핀 바와 같다. 「무정」의 작가가 저러한 작품을 쓸 수 있었던 것은 그가 저 조선의 당대적 아카데미아인 육당의 조선광문회 한복판에 몸을 두고 있었음에서 저절로 온 것이다. 춘원의 문화자본이란 막강한 조선광문회의 진취성의 산물이었던 만큼 그 힘이나 세력은 어떤 경제자본, 신분자본 또 학교자본보다 강력한 것이었다. 말을 바꾸면 조선광문회라는 소집단의 내부 규칙인 이념이 소설 장르에 적합한 것이었다. 「무정」의 저러한 대중성의 근거인 소설성 달성은 이 장르상의 적합성에서 비로소 가능한 것이었다. 이 결정적 사실을 「죽음」의 작가가 늦게나마 알아차림으로써 『님의 침묵』이 탄생했음을 증명하기 위해서는 따라서 만해의 '종교자본'을 제일 먼저 문제 삼지 않으면 안 되게 되어 있다.

백담사(1905)에서 득도한 이래 만해의 종교계에서의 활약은 불교 진흥방책을 비롯 『유심』(1918) 발간, 3·1운동의 민족대표, 옥살이 등등으로 실로 장엄한 바 있다. 이 활약에서 주목되는 것은 불교를 바탕으로 한 글쓰기 행위와 민족주의운동의 복합성이다. 종교자본·문화자본·사상자본으로 말해질 수 있는 세 가지 자본의 동시적 수용과 그 전개의 산물이 만해를 만해스럽게 한 장이요, 그 아비투스였다. 「죽음」은 위의 세 가지 중 문화자본이 튕겨져 나온 것이라 할 것이다. 「죽음」은 미분화 상태의 세 가지 아비투스에서 문화자본 쪽의 분리 현상으로 설명될 수 있다. 그러나 3·1운동 이후의 글쓰기에서 그 중심부에 놓인 소설 장르의 처지에서 보면 소설 「죽음」이란 시대착오적인 것에 지나지 않았다. 만해가 이 사실을 알게 모르게 알아차리기 시작한 것은 김소월의 시집 『진달래꽃』(1925)의 간행을 전후해서이다. 그 과정을 살펴보면 아래와 같다.

첫째, 「죽음」이란 소설 장르로서는 그 참주제를 살려낼 수 없다는 점의 자각. 「죽음」의 참주제란 앞에서 살펴본 바와 같이 '인과응보'이다. 그것은 악당 정성열이 최영옥에 의해 독살당함으로써 이루어짐과 동시에 그 살인의 장본인 최영옥의 자살이라는 두 가지 '죽음'의 형태로 정리되었다. 이러한 죽음의 형태는, 세속적으로 말해 한갓 복수극에 지나지 않는다. 남편의 원수를 갚기 위한 방법이었던 것이다. 적어도 세속적인 소설 장르에서 보면 특히 그러하다. 그러나 만약 이 '죽음'을 초월적인 것으로 본다면, 사정은 크게 달라질 수 있다. 사랑이란 초월적인 것일 수 있는가, 만일 있다면 그것은 죽음 그것만큼 초월적일 수 있을 터이다. 이때 사랑은 이 '지상적인 것'이 아니라 정신적인 것으로 승화된다. 이러한 '지상적인 것'이 아닌 것에 사랑을 둔다면 어떠할까. 이 물음 앞에 설 때 만해가 제시한 인과응보 사상은 새로운 차원으로 변용된다.

둘째, 문화자본가인 만해의 종교자본가로의 변신.

소설「죽음」이 문화자본의 소산이며, 그것의 한계를 알게 모르게 깨친 만해의 다음 행보는 소설 장르에서 이탈하여 그의 본령인 종교자본에 적합한 장르의 모색으로 나아가지 않으면 안 되었을 터이다. 정확히는 종교자본가 만해의 본령을 발휘하는 데 적합한 문화적 글쓰기의 탐색이 그것이다.

셋째, 개인적 사랑을 초월적인 사랑으로 이끌어 올리기. 소설「죽음」의 주인공 최영옥의 정성열 독살이란, 사랑을 위해서는 불가피한 일이지만 세속적인 범위에서는 살인 행위에 불과하다. 그것도 치졸한 복수극에 지나지 않는데, 왜냐면 최영옥의 사랑이란 아무리 굉장해도 한 여인 최영옥의 세속적 사랑에 속하기 때문이다.

이 세속성을 초월하여 사랑을 '이 세상의 것'이 아닌 '저 세상의 것', 정신적인 것으로 이끌어 올린다면 최영옥의 투신자살도 구원될 명분이 주어질 수 있을 터이다. 시집『님의 침묵』의 모색은 바로 이 다음 단계에 이어져 있다.

세속적 사랑이 초월적인 사랑으로, 지상적인 사랑이 정신적인 사랑으로 상승하기 위해서는 제3의 요소인 '이념'이라 불리는 '개념'의 개입이 불가피해진다. 만해의 경우, 그 '이념'은 '자유' 바로 그것이었다. 그 맹아는 소설 「죽음」에 이미 싹터 있었다. 정성열의 하수인 이상훈에 의해 미국에서 살해당하기 직전, 순사만 보아도 기를 못 펴는 조선청년 김종철이 가장 통렬하게 느낀 것은 저 자유의 나라 미국의 ‘자유’ 바로 그것이었다. 그가 미국에서 지어 부른 노래를 그대로 옮겨보면 다음과 같다.

자유가 사람에게 가는 것입니까.
사람이 자유를 얻는 것입니까.
자유가 사람에게 간다면 어떠한 사람에게 갑니까.
사람이 자유를 얻는다면 어떻게 얻습니까.
자유가 사람에게 가는 것도 아니요, 사람이 자유를 얻는 것도
아닙 니까.
그러면 자유가 곧 사람이요, 사람이 곧 자유입니까.
“님이여, 나를 사랑하시거든 나의 자유를 사랑하여주십시오.”
하였습니다. 그 때문에 나에게 자유가 없습니까.
“님이여, 나에게 자유를 주지 않으려거든 나를 사랑하지 말아주세요.”
하였습니다. 그 때문에 나에게 자유가 없습니까.
“님이여, 나를 사랑하여주세요. 나는 나의 자유를 사랑하겠습니다.”
이렇게 말하면 나에게 자유가 있겠습니까.
“잠잠하여라, 자유는 말로 얻는 것이 아니다. 자유는 생명의 꽃수레를 타고 다닌다.”
하십니까. 감사합니다. (「죽음」, 『한용운 전집(6)』, 346~347쪽)

자유란 무엇인가. 첫번째 물음은 저쪽에서 자유가 오는 것인가 사람 쪽에서 획득하는 것인가, 혹은 오는 것도 얻는 것도 아닌가, 혹은 자유가 곧 사람인가로 던져졌다. 이는 물을 것도 없이 한국 선불교에서 말

하는 화두 이른바 공안(公案)의 일종이 아닐 수 없다. 조사선(祖師禪)에 바탕을 둔 장(場)에서만 통용되는 것. 이 소집단의 내부적 규칙이 가치를 결정하는 것이기에 이런 화두를 던지는 행위란 진여(眞如)를 찾기 위한 몸부림의 일종이 아닐 수 없다. 그러기에 거기에 대해 세속적 논리로는 해답에 이를 수 없다. 언어 저 너머에 그것이 있기에 언어적 표현으로는 불가능하다. "님이여, 나에게 자유를 주지 않으려거든 나를 사랑하지 말아주세요"는 따라서 위의 물음에 대한 아무런 해답도 될 수 없다. 문화자본의 한계 곧 종교자본의 새파란 인식의 확인이 아닐 수 없다.

두번째 화두 역시 마찬가지다. 나를 사랑한다면 내 자유를 사랑하라, 나에게 자유를 주지 않으려면 나를 사랑하지 말라, 나를 사랑하면 나도 내 자유를 사랑하겠다 등의 물음에 대한 답변 역시 아무런 해답일 수 없다. '자유', '사랑'이란 언어로 표현될 수 있는 그런 물건이 아닌 까닭이다. "잠잠하여라, 자유는 말로 얻는 것이 아니다"는 이를 새삼 일깨우고 있다. 자유란 무엇이뇨. 이 화두는 "생명의 꽃수레를 타고 다닌다"로 된다. 곧 진리란 무엇인가라는 화두에 대해 "뜰 안의 잣나무!(庭中栢樹)"라고 내다던지는 옛 선사의 방식이 아닐 수 없다. 종교자본의 본령이 그것이다.

소설 「죽음」에서 만해는 왜 소설 주제와는 전혀 무관한 이 자유에 대한 화두를 던졌을까. 이렇게 물을 때 마침내 우리는 저 우람한 시집 『님의 침묵』으로 첫발을 딛게 된다. 만해 자신도 모르는 사이에, 무의식 속에서 자신의 선 자리, 이른바 선불교로 말해지는 장(소집단)의 내부 규칙이 분출해 올라왔던 결과이다. 이 내부 규칙이 전면적으로 그러니까 아주 자각적으로 드러난 것이 시집 『님의 침묵』인 까닭이다. 여기에는 아주 특별한 지적이 요망되는바, 시집 『님의 침묵』이 두 가지로 되어 있다는 사실이 그것이다.

6. 『님의 침묵』의 원본 『십현담주해』

소설 「죽음」을 쓴 지 두 해 뒤에 만해는 두 권의 시집을 간행했는바 한문으로 된 『십현담주해(十玄談註解)』와 한글로 된 『님의 침묵』이 그것이다. 후자보다 두 달 스무이틀 먼저 간행된 『십현담주해』는 중국의 선종 법사로 고명한 동안상찰(東安常察)의 선화집(禪話集) 『십현담』에 대한 주석인데 이런 주석은 이미 있어왔고 김시습 또한 주석을 붙인 바 있다. 만해가 『십현담』에다 자기식으로 또 다른 주석을 붙인 것이 『십현담주해』이다. 이는 원효가 『대승기신론』에 주석을 붙여 『대승기신론소』라 한 것과 유사한 방식이다. 만해는 자기식의 방식을 비주(批註)라고 했거니와, 그 방식을 보이면 이러하다.

(原文) 問君心印作何顔

〔批〕 脂粉滿地 世無傾城

〔註〕 三人二相 八十種好 在心印 盡屬空華 果何

　　　顔之有 五彩不足以染 規矩不足以形 且道 果作何顔

　　　花月已謝 美人全如玉

그에게 묻노니 마음은 어떤 모습인가?

〔비〕 분 냄새는 가득한데 경국지색(傾國之色)은 간데없다.

〔주〕 (부처님의) 32상(相) 80종호(種好)가 다 마음〔心印〕에 있고 허공 꽃(空華)에 속한다. 그러니 어떤 얼굴이 있겠는가. 다섯 가지 물감으로도 물들이기에 부족하고 갖가지 자(規矩)로도 그 모습을 재기에 부족하다. 또한 도(道)는 과연 어떤 모습을 짓고 있는가?

　　(잠시 후에 읊는다) 꽃과 달 이미 시들었는데 미인은 옥처럼 온전하네.(서준섭 편역, 『한용운작품선집』, 강원대출판부, 2001, 163쪽. 이해

의 편의를 위해 인용자가 원문을 먼저 앞으로 내놓고 비/주를 따로 뒤로
했음.)

『십현담주해』란 새삼 무엇인가. 첫째 한문으로 씌어졌다는 것은 크
게 강조될 필요가 있는바, 그것이 이른바 만해가 속한 종교자본의 핵
심을 가리킴인 까닭이다. 만해가 속한 장의 가치관이랄까 그 내적 규
칙이란 화두라든가 선화의 본거지인 중국의 조사선에 이어진 것이며
따라서 그 규칙이 빚어내는 경지란, 문화자본을 훨씬 능가하는 소위
종교자본에 다름 아니었다.
　둘째 『십현담주해』란 한문으로 씌어졌고 동시에 일종의 '시'라는
사실이다. 선화 자체가 고도의 시적 비유와 표현으로 이뤄진 만큼 이
는 시이자 동시에 종교라 할 것이다. 가령 다음 장면을 예로 들 수 있다.

(原文) 超超空劫勿能收

〔批〕春風桃李 秋水芙蓉

〔註〕十世古今 不離於當念 一念不生 萬劫自逍

　　白髮青春 妄想故有 劫外更有何世

　　新絃未上 古桐有聲

　공겁(空劫)은 뛰어나서 거둘 수가 없으니,

　〔비〕봄 바람에 도리(桃李)요, 가을 물에 부용(芙蓉)이다.

　〔주〕아득한 세월도 지금의 한 생각을 떠나 있는 것이 아니고, 한 생
각이 일어나지 않으면 만겁(萬劫)도 저절로 사라진다. 백발과 청춘도 망
상 때문에 있는 것이니 공겁(空劫) 밖에 무슨 세계가 따로 있겠는가?

　(잠시 후에 읊는다) 초승달 뜨기 전 늙은 오동나무에 가을바람 소리
로다.(서준섭, 위의 책, 177~178쪽)

시와 종교가 미분화 상태로 엉겨붙어 있는 것이 『십현담주해』인 만큼 이는 저 헤겔 미학의 본새로 하면, 절대정신으로서의 예술과 종교의 혼합 형태라 할 만하다. 헤겔에 따르면, 인간 의식의 도달점인 절대정신은 종교·예술·철학인데 이 가운데 제일 저질에 속하는 것이 예술이다. 왜냐면 주관적 감각에 의존하기 때문이며 표상(기도)으로 하는 종교가 그보다는 고급이며 순수 개념으로 하는 철학이 최고 경지라고 규정된다. "예술의 왕국 위에 서는 영역이 종교"(『미학』 1·2 합권, 레크람판, 170쪽)라는 헤겔적 논리에 따른다면 『십현담주해』는 예술과 종교의 융합이거나 미분화 상태로 규정되는 아주 유별난 양식이라 하지 않을 수 없다.

이 고압적이자 유별난 양식의 한글판이 『님의 침묵』이기에 이는 홀로도 설 수 있긴 해도 엄밀히 말해, 『십현담주해』의 한갓된 그림자에 지나지 않는다. 그럼에도 사람들이 『님의 침묵』에 많이 주목하는 것은 웬 까닭일까. 이 물음에는 또한 저절로 해답이 주어진다. 한글로 씌어졌음이 그것이다. 말을 바꾸면 한글로 씌어짐으로 말미암아 『님의 침묵』이 종교 영역에서 벗어나 문학 영역으로 옮겨올 수 있었음을 가리킴이다.

종교 영역에서 벗어나 문학 영역으로 옮겨왔다고 했거니와, 여기에는 상당한 설명이 요망되지 않으면 안 된다. 『님의 침묵』의 의의가 여기에 달려 있다고 생각되기 때문이다. '자유'와 '죽음'에 대한 초월적 접근 방식이 그것이다.

7. 님을 만나는 초월적 방식

『님의 침묵』은 총 88편의 낱개의 시들로 이루어졌고, 끝에 「독자에게」가 붙어 있다. 「독자에게」에서 만해는 스스로 시인이라 자부하고 있음에 주목할 것이다. "독자여 나는 시인으로 여러분의 앞에 보이는 것을 부끄러워함이다"라고 만해가 말했을 때, 이 태도는 그가 소설 「흑풍」(1935)을 쓸 때의 경우와 비교하면 크게 다름이 드러난다. "나는 소설 쓸 소질이 있는 사람도 아니요 또 나는 소설가가 되고 싶어 애쓰는 사람도 아니올시다"(『조선일보』, 1935년 4월 8일)라는 자각 위에서 「흑풍」을 썼지만 『님의 침묵』을 쓰는 마당에서는 아주 '시인'임을 자처했던 것이다. 그렇다면 이 점이 막바로 「죽음」이나 「흑풍」은 근대소설 속에 못 들지만 『님의 침묵』은 당당하게 근대시 반열에 두각을 드러낼 수 있음을 가리킴일까. 이 물음이야말로 문학사 속에 제일 큰 문제점으로 던져졌다고 할 것이다.

이 시집이 총 88편의 시들로 이루어졌다고 하나, 개개의 작품의 독립성보다는 전체성 속에 그 시적 참주제가 잠겨 있다.

이 시집의 열쇠개념은 「군말」에서 말한 대로 '자유'이다. 소설 「죽음」에서 읊은 바로 그 '자유'이거니와, 그러기에 그것은 '생명의 꽃수레'를 타고 다니는 존재가 아닐 수 없다. 그 '자유'가 만일 없다면 '생명의 꽃수레'가 있을 수 없게 된다. 만일 내가 생명처럼 사랑하는 '님'이 자유를 잃어 죽음의 골짜기에 유폐되어 있다면 어째야 할까. 이는 단순한 물음이 아니라 벌써 일종의 화두이다.

어떤 이유에서인지는 모르나, 사랑하는 님과 나는 현재 헤어진 상태에 놓여 있다. 님이 내 생명인 만큼 그 님 없이 나는 살 수 없다 그렇다면 그 헤어진 님은 대체 어디 있는가를 탐색하지 않으면 안 된다. 시집 88편은 삼분되어 있다. 그중 삼분의 일에 해당되는 분량이 님의 행방 탐색으로 읊어졌다. 대체 님은 지금 어디 있는가. 그 행방을 모를수록 그에 대한 그리움이 증대된다. 마침내 님의 행방이 밝혀지게 된다. 님에게서 편지가 왔던 것이다. 대체 님의 현주소는 어디인가.

당신의 편지가 왔다기에 꽃밭 매든 호미를 놓고 떼어보았읍니다.
그 편지는 글씨는 가늘고 글줄은 많으나 사연은 간단합니다.
만일 님이 쓰신 편지이면 글은 짜를지라도 사연은 길 터인데.

당신의 편지가 왔다기에 바느질 그릇을 치어놓고 떼어보았읍니다.
그 편지는 나에게 잘 있너냐고만 묻고 언제 오신다는 말은 조금도
없읍니다.
만일 님이 쓰신 편지이면 나의 일은 묻지 않더래도 언제 오신다는
말을 먼저 썼을 터인데.

당신의 편지가 왔다기에 약을 다리다 말고 떼어보았읍니다.
그 편지는 당신의 住所는 다른 나라의 軍艦입니다.
만일 님이 쓰신 편지이면 남의 軍艦에 있는 것이 事實이라 할지라도
편지에는 軍艦에서 떠났다고 하였을 터인데.
(「당신의 편지」 전문, 회동도서판, 101~102쪽)

　보다시피 '다른 나라의 군함'이 아니겠는가. 남의 나라 군함에 유폐
되어 있는 님인지라 어떻게 하면 구할 수 있을까. 시집의 또 다른 삼분
의 일 분량은 님의 구출 방법 모색으로 되어 있다. 마침내 그 방법이
발견된다.

　오서요 당신은 오실 때가 되었어요 어서 오서요.
당신은 당신이 오실 때가 언제인지 아십니까. 당신의 오실 때는 나의
기다리는 때입니다.

　당신은 나의 꽃밭으로 오서요 나의 꽃밭에는 꽃들이 피어 있읍니다.

만일 당신을 쫓아오는 사람이 있으면 당신은 꽃 속으로 들어가서
숨으십시오.
나는 나비가 되어서 당신 숨은 꽃 위에 가서 앉겠읍니다.
그러면 쫓아오는 사람이 당신을 찾일 수는 없읍니다.
오서요 당신은 오실 때가 되었읍니다 어서 오서요.

당신은 나의 품으로 오서요 나의 품에는 부드러운 가슴이 있읍니다.
만일 당신을 쫓아오는 사람이 있으면 당신은 머리를 숙여서 나의
가슴에 대십시오.
나의 가슴은 당신이 만질 때에는 물같이 보드러웁지마는 당신의 危險
을 위하여는 黃金의 칼도 되고 鋼鐵의 방패도 됩니다.
나의 가슴은 말굽에 밟힌 落花가 될지언정 당신의 머리가 나의 가슴
에서 떨어질 수는 없읍니다.
그러면 쫓아오는 사람이 당신에게 손을 대일 수는 없읍니다.
오서요 당신은 오실 때가 되었읍니다 어서 오서요

당신은 나의 주검 속으로 오서요 주검은 당신을 위하여의 準備가
언제든지 되어 있읍니다.
만일 당신을 쫓아오는 사람이 있으면 당신은 나의 주검의 뒤에
서십시오.
주검은 虛無와 萬能이 하나입니다.
주검의 사랑은 無限인 동시에 無窮입니다.
주검의 앞에는 軍艦과 捕虜가 티끌이 됩니다.
주검의 앞에는 强者와 弱者가 벗이 됩니다.
그러면 쫓아오는 사람이 당신을 잡을 수는 없읍니다.
오서요 당신은 오실 때가 되었읍니다 어서 오서요.

(「오서요」 전문, 158~160쪽)

놀랍게도 그 방법은 선험적이다. 죽음이 그것. 님이 죽지 않고는 또는 내가 죽지 않고는 결코 '남의 나라 군함'에서 벗어날 수 없다는 것. 바로 이 순간 시집 『님의 침묵』은 문학의 범주에서 종교의 범주로 전이되었다. 제행무상이며 색즉시공이며 공즉시색, 생사일여의 자리에 서기야말로 참된 깨침의 경지인 까닭이다. 이 절대적 공(空)의 사상은 단연 종교자본의 빛나는 재보이다.

「오서요」 다음의 십분의 일에 해당되는 시편 「쾌락」 「사랑의 꽃판」은 자유의 완결을 읊은 것이다. 요컨대 지상적인 것이 아닌 범주에 시집 『님의 침묵』이 놓여 있다. 그것은 이 지상적인 것에 속하는 이 나라 근대문학의 범주에서 크게 벗어남이 아닐 수 없다. 그렇다고 아주 벗어났다고 할 수 있을까. 이 물음 앞에 문화자본도 종교자본도 함께 응답할 자격과 의무가 주어져 있다.

8. 『진달래꽃』과의 거리 재기, 『십현담주해』와의 거리 재기

이 글은 부르디외의 자본 개념에 의거, 시집 『님의 침묵』의 위치를 재고자 하여 씌어졌다. 문화자본, 사회자본, 학교자본 등과 마찬가지로 종교자본도 고려될 수 있다는 전제에서 『님의 침묵』을 바라본다면 어떠할까.

소설 「죽음」을 먼저 검토함으로써 그것이 춘원의 「무정」과 어떤 점에서 차이가 나며 그 근거가 어디 있는가를 좇아가서 춘원이 놓였던 조선광문회의 장과 그 내적 규칙이 지닌 시대적 진취성에 마주칠 수 있었다. 『님의 침묵』은 이러한 사실을 만해 자신이 알게 모르게 알아차린 결과물의 더도 덜도 아니다. 그것은 그가 소속된 광대하고도 확실한 장(소집단)의 아비투스에 비로소 눈을 떴음을 새삼 말해주는 사건성이다. 종교자본이라 불릴 수 있는 만해 최대의 자본은 육당·춘원의 그것과는 별개의 세계관이었다. 그 발현 방식이 화두였다.

이 화두는 두 가지 텍스트로 나타났다. 한문으로 씌어진 『십현담주해』가 그 하나. 이 텍스트의 특징은 한문이라는 점과 동시에 공(空) 사상에 닿아 있음에서 찾아진다. 그 때문에 절대성의 위치이지만 또 그 때문에 문학을 초월했을 뿐만 아니라 한문임으로 해서 근대문학조차 초월해버린 형국을 빚었다.

『님의 침묵』은 종교자본의 시선에서 보면 『십현담주해』의 한갓 그림자라 볼 수도 있다. 그림자라 함은 『님의 침묵』의 핵심에 놓인 것이 색즉시공/공즉시색, 곧 생사일여인 까닭이다. 그렇지만 『님의 침묵』은 또한 문학적 범주에도 발을 걸칠 수조차 있었다. 한글로 썼다는 것이 그 첫번째 조건이며 노래체로 읊었다는 것이 그 두번째 조건이다. 주목되는 것은 이런 현상들에 만해가 자각적이었다는 사실이다. 스스로 시인이라 자처했음이 그 증거이다.

그렇다면 대체 『님의 침묵』은 무엇인가. 근대문학인가 한갓 종교문답인가. 이 물음은 그것이 문화자본인가 종교자본인가로 바꾸어볼 수도 있으리라. 만일 이 시집을 근대문학으로 읽는다면 김소월의 『진달래꽃』과의 거리를 재지 않으면 안 될 터이다. 만일 이 시집이 종교문답으로 읽힌다면 『십현담주해』와의 거리를 재지 않으면 안 될 터이리라.

제3의 자리는 어떠할까. 문학이기도 하고 종교이기도 한 모종의 접점지대의 설정이 불가피해질 터이리라. 이런 물음을 두고 간단히 이렇다 저렇다 하기는 실로 어려운 노릇이리라. 혹시 헤겔에게 물어보면 어떠할까. 소설 「용과 용의 대격전」(1924)을 쓴 아나키스트 단재에게 물어보면 어떠할까. 만해는 어째서 1930년대 중반에 가서 아나키스트의 깃발인 흑기를 든 소설 「흑풍」을 쓰지 않으면 안 되었을까.

　이러한 물음들이 조만간 그 응분의 해답을 요구하면서 저만치 손짓
하고 있다.

윤동주와 딩스쉔(丁士選)
―「참회록」이 놓인 자리

1. 2004년도 여름의 우물 모습

국내 성금 50만 불로 지은 '연변민족문학원' 낙성식(1993)에 참석해본 이래 몇 번 연길시에 가본 바 있소. 그럴 때마다 급격한 변화와 활기에 놀라곤 했소. 지난 여름에도 연변대학 주최 '조선·한국 언어문학 국제학술대회'(2004년 7월 16~17일)에 참석했소. 그런데 이번의 경우엔 묘한 느낌을 물리치기 어려웠소. 차분함이랄까 가라앉은 분위기가 감돌았소. 길거리를 누비는 택시기사를 포함해서 한국말 사용자가 전무했소. 상당수가 한국어를 알고 있었던 수년 전이 경우와 크게 달랐소. 이러한 변화가 형언하기 어려운 모종의 정서적 흔들림으로 내게 다가오는 곳이 또 두 군데가 있었소.

하나는 일송정이 있는 비암산(飛岩山). 한국 관광객이 한번쯤 으레 들르는 곳. 그런데 거기에 이르는 버스길부터 문제가 잠복해 있었소. 그라운드를 짓는 공사가 진행 중이었는데, 그 때문인가 했더니, 나중에 깨달은 것이지만 버스길을 일부러 파괴해놓았음이었소. 가까스로 헤쳐 비암산에 닿자 이번엔 또 놀랄 수밖에. 비암산의 이름을 고쳐놓았지 않겠는가. 물론 일송정 노래(용정의 노래)도 바뀌었던 것.

다른 하나는, 윤동주에 관련된 것이었소. 용정 시내 택시기사는 길을 알지 못했소. 손짓발짓 다 동원하여 가까스로 먼저 용정중학을 찾아갔소. 전시실은 그대로이나 방문객은 없었소. 송몽규와 저만치 누워 있는 윤동주의 무덤을 또 가보았소. 쓸쓸했소. 그 길로 윤동주의 생가가 있는 명동촌으로 갔소. 생가가 복원된 것은 1994년 8월 29일. 한국 해외한민족연구소, 한국문학비건립동호회, 중국작가협회 연변분회, 용정시 문학예술계 연합회 등의 모금으로 이루어진 것. 내가 이곳에 처음 들른 것은 1999년 여름이었소. 그땐 한두 그루 포플러의 무성한 잎과 더불어 생기에 넘쳤소. 특히 뜰 뒤의 집 우물이 인상적이었소. 하늘이 내려앉은 물이 청청했으니까. 그런데 지금은 어떠한가. 폐가를 방불케 한다고나 할까. 우물은 파괴되어 흙이 가득 차 있었소. 파괴된 우물을 카메라에 담으려다 그만두고 말았소. 그래서 어쩌겠다는 것인가, 라는 소리가 어디선가 환청으로 내 귀에 울렸던 것이오.

집안(集安) 고구려 유적 세계문화유산 등재를 계기로 벌어진 이른바 '동북공정'의 거대한 물결이 여기까지 미쳤던 것일까. 어째서 한국 관광객들의 백두산행 열정이 급냉한 것일까. 그동안 모두가 다녀갔기 때문일까. 금강산행의 열림 때문이었을까. 어째서 한국 관광객이 저 장가계(張家界)로 문쥐떼처럼 몰려가는 것일까.

이러한 물음 자체가 어리석은지 모릅니다. 모든 것은 변하는 것이니까. 제행무상이 만고의 법칙이니까. 삼척동자라도 알고 있는 법칙이기에 이에 거역하고 싶은 안타까움이 용솟음치기도 하는 것. 변하지 않는 것에 대한 어리석은 중생의 열망이 그것. 윤동주 현상도 그러한 어리석은 인간들의 안타까움일까요.

금년은 윤동주 서거 60돌입니다. 윤동주라고 해서 세속의 변화를 초월할 수 없겠지만, 그 변화 중에서도 비교적 천천히 변했으면 하는 바람이 어떤 사람이나 어떤 분야에서도 없을 수 없습니다. 그중 이 바람을 다음 세 가지 측면에서 말해보고자 함이 이 글의 취지입니다. 연희전문 분위기가 그 하나. 둘째는 교토의 정신적 분위기이고, 구리거울(古鏡)이 그 셋째입니다.

2. 이 세상의 것이 아닌 것

윤동주는 연희전문 문과(1938~1941)를 4년간 다녔습니다. 1학년 때 그가 이수한 과목을 잠시 볼까요(괄호 안은 성적). 수신(80), 성서(89), 국어(81), 조선어(100), 한문학(85), 문학개론(70), 영문법(80), 영독(81), 영작(74), 영회(79), 성음학(78), 동양사(85), 자연과학(75), 음악(95), 체조(79), 국사(74).

2학년 때는 조선어 과목이 사라지고 경제원론, 사회학, 논리학이 들어갔지만, 3학년 때는 일본학이 성서에 앞서고 국문학, 교련, 법학이 주어졌소. 4학년 때는 여전히 일본학이 성서에 앞서고, 국문학사, 무도 등이 들어 있습니다(송우혜,『윤동주 평전』, 푸른역사, 2004, 7장).

4년간 윤동주가 이수한 과목을 일별해보면 다음의 두 가지 사실이 선명해집니다. 변하지 않는 부분과 시대 속에서 변해간 부분들이 그것. 1학년 때 있었던 조선어는 2학년부터 사라졌고, 3학년부터는 국어(일본어) 대신 일본학이 큰 얼굴을 드러내고 있을 뿐 아니라 교련이 등장해 있습니다. 이러한 변화란 시국의 수압에 따른 것이어서 어쩌면 시국적, 세속적 측면의 반영이라 하겠지요. 식민지 치하에서 합법적 교육기관의 규칙을 준수함이 불가피한 조처였을 터입니다. 시국적, 세속적이란 어디까지나 현실적이어서 피해갈 수 없는, 가변적 세계에 속하는 것이지요. 그렇지만 미션스쿨 연전은 그 특유의 지향성을 갖추고 있었지요. 수신과 성서로 표상되는 교과 과정이 그것입니다. 이른바 정신의 왕국이라고나 할까요. 정신의 왕국이란 새삼 무엇이뇨. 그것은, 성서의 말로 하면 '이 세상의 것이 아닌 것' 이지요. 정신의 왕국이란, 개인적인 것으로도 이념적으로도 또한 예술적인 것에서도 '이 세상의 것인 것' 과 영원히 대립되는 것.

육체와 별개로 분리된 정신의 왕국이란 세상의 것과 별개의 영역이기에 그것을 따른 기준은 어디까지나 성서 속에 있을 터입니다. 정신적인 것이란 '이 세상의 것이 아닌 것' 이라 규정될 때, 간도(당시의 명칭) 명동촌 출신 청년 윤동주에게 그것은 어떻게 받아들여졌을까. 이런 문제 제기가 윤동주 개인에게만 국한되지 않음에 주목할 터입니다. 단지 윤동주 개인에 적용될 수 있는 부분이 있다면 그가 문과에 속했다는 점이라 하겠지요. 연전 문과라 했거니와 여기엔 영문학자 이양하, 국어학자 최현배 등의 교수진을 피해갈 수 없겠지요. 이들 교수의 성향이나 정신적 지도력을 문제 삼을 만한 힘이 제겐 없기에 더 이상 살필 수 없음이 유감입니다. 그렇지만 매우 다행스럽게도 연전 문과의 정신적 소묘가 한 명민한 후배에 의해 전해져 있습니다.

그 무렵의 우리의 일과는 대충 다음과 같았다. 아침식사 전에는 누상동 뒷산인 인왕산 중턱까지 산책을 할 수 있었다. 세수는 산골짜기 아무 데서나 할 수 있었다. 방으로 돌아와 청소를 끝내고 조반을 마친 다음 학교로 나갔다 하학 후에는 기차편을 이용했었고, 한국은행 앞까지 전차로 들어와 충무로 책방들을 순방하였다. 지성당(至誠堂), 일한서방(日韓書房), 마루젠(丸善), 군서당(群書堂) 등, 신간 서점과 고서점을 돌고 나면 '후유노야도' (冬の宿)나 '남풍장' (南風莊)이란 음악다방에 들러 음악을 즐기면서 우선 새로 산 책을 들춰보기도 했다. 오는 길에 '명치좌' (明治座; 지금의 명동 예술극장)에 재미있는 프로가 있으면 영화를 보기도 했었다.

극장에 들르지 않으면 명동에서 도보로 을지로를 거쳐 청계천을 건너서 관훈동 헌책방을 다시 순례한다. 거기서 또 걸어서 적선동 유길서점(有吉書店)에 들러 서가를 훑고 나면 거리에는 전기불이 켜져 있을 때가 된다. 이리하여 누상동 9번지로 돌아가면 조여사가 손수 마련한 저녁 밥상이 기다리고 있었고, 저녁식사가 끝나면 김선생의 청으로 대청마루에 올라가 한 시간 남짓한 환담 시간을 갖고 방으로 돌아와 자정 가까이까지 책을 보다가 자리에 드는 것이었다.(정병욱, 「잊지 못할 윤동주의 일들」, 『나라사랑』23집, 1976, 136~137쪽)

윤동주와 하숙을 같이 했던 2년 후배인 정병욱의 회고록의 한 대목입니다. 세 가지 점이 지적됩니다. 첫째, 책방 순례. 아마도 이 속에는, 책이란 '책보다 冊으로 쓰고 싶다'(상허)로 말해지는 모종의 물신성(物神性)이 잠복해 있어 보입니다. 책이란, 신간이든 잡지든 그 자체가 '성스런 것'이라는 인식이 이들 문과생을 자력처럼 끌고 있지 않았을까. 필시 그들은, 키에르케고르와 릴케, 프란시스 잠, 또 정지용 시집과 백석 시집에 마주쳤을 터입니다. 사상 잡지『중앙공론』, 『개조』도, 문예지『문장』과 『인문평론』도 들추어보았을 터입니다. 『인문평론』에 실린 권두언을 읽고 토론도 하며 밤잠을 설치기도 했을 터입니다. 요컨대 정신적인 것, 곧 '이 지상의 것이 아닌 것'이 책 속에 있었지요. 책방이란 그러니까 성스러운 것, 정결한 곳, 일종의 성소공간(聖所空間)이었을 터입니다.

둘째, 음악 감상하기. 음악이란 새삼 무엇이뇨. 규정하기 어렵다 해도 그것이 지상적인 것과는 인연이 멀다는 것, 따라서 정신적인 영역에 속한다는 것만은 분명하지요. 정신의 왕국에 속하는 것이기에 성스러운 울림으로 인식될 터입니다. 아마도 그들은 모차르트나, 「날개」의 작가 이상이 그토록 매료되었던 천재적 바이올리니스트 후베르만과 엘만을 들었을 것입니다. 그렇기는 해도 음악이란 책만큼의 매력을 주지 못했을 터입니다. 음악을 들으며 새로 산 책을 들추어볼 정도였다고 했으니까.

셋째, 영화 감상하기. 하이힐을 버리고 뜨거운 사막 속으로 걸어가는 세기적 미녀 마를린 디트리히 또는 그레타 가르보의 요염한 표정에 넋을 잃었을 터입니다. 그렇지만 그러한 환각은 기껏해야 '재미있는 프로'에 국한되었을 터입니다.

이쯤 되면 연전 문과생의 정신적 지향을 책으로 요약할 만도 하겠지요. 그들에게 책이란, 감히 말하건대 일종의 종교가 아니었을까. 그들이 대하던 책의 중심이 릴케, 잠, 키에르케고르, 정지용, 백석 등이었다면 이들 책이 곧 종교급으로 인식되었다고 볼 수 없을까요. 말을 바꾸면, 이들 문과생에게 서정적 분위기란 일종의 종교급에 이른 것이 아닐까요. 종교라 했거니와, 이를 좀더 세속화하면, 생에 대한 정결성이랄까 순수성이라 하면 어떠할까요. 요컨대, 종교적 경건성이라 해도 되겠지요. 이를 뒷받침하는 것의 하나로 다음 대목을 인용하고자 합니다. 그것은 저 민족문학의 으뜸가는 재산 중의 하나인 시집 『하늘과 바람과 별과 시』가 지상에 존재할 수 있었던 사실에 관련됩니다.

내가 공부하는 분야가 고전문학이고 앞으로 고전 관계 문학사를 써볼 욕심을 버리지 않고 있다. 그리고 계속해서 현대의 문학사도 공부가 진행되는 데까지 정리해보고 싶은 욕심도 버리지 않고 있다. 비록 이러한 나의 지나친 욕심들이 설령 이루어진다손 치더라도 내가 평생 해낸 일 가운데 가장 보람 있고 자랑스런 일이 무엇이냐고 묻는 이가 있다면, 나는 서슴지 않고 동주의 시를 간직했다가 세상에 알려줄 수 있게 한 일이라고 대답할 것이다. 동주가 졸업 기념으로 자선 시집 『하늘과 바람과 별과 시』를 엮은 자필 시고(詩稿)는 세 부였다. 그 하나는 자신이 가졌고, 한 부는 이양하(李敭河) 선생께, 그리고 나머지 한 부는 내게 주었던 것이다. (……) 동주가 검거된 반년 후, 나는 소위 학병으로 끌려가게 되었다. 피차에 생사를 알 수 없게 된 마당에 이르러 나는 동주의 시고를 나의 어머님께 맡기며, 나나 동주가 살아서 돌아올 때까지 소중히 잘 간수하여 주십사고 부탁하였다. 그리고 동주나 내가 다 죽고 돌아오지 않더라도 조국이 독립되거든 이것을 연희전문학교로 보내어 세상에 알리도록 해달라고 유언처럼 남겨놓고 떠났었다. 다행히 목숨을 보존하여 무사히 집으로 돌아가자 어머님은 명주 보자기로 겹겹이 싸서 간직해두었던 동주의 시고를 자랑스레 내주시면서 기뻐하셨다.(정병욱, 위의 글, 140~141쪽)

3. 교토(京都)의 지적 풍토

이러한 문과의 지향성이 변하되, 천천히 변했으면 하는 항목의 하나라면 윤동주가 공부한 교토의 도시샤(同志社) 대학의 분위기도 그러하다고 보면 어떠할까요. 오상순, 정지용, 윤동주 등을 길러낸 도시샤 대학의 지적 분위기의 어떠함은 일본 근대 정신사 속에 한 좌표를 형성하고 있습니다. 도시샤 대학이 일제의 군부와 맞선 채플사건(1937)을 비롯, 교토제국대학의 지적 분위기 역시『미·비평(1930)』및『세계문화』(1935~1937)를 중심으로 진행된 바 있습니다(도시샤 대학 인문과학연구소 편,『전시하 저항의 연구』, 이쯔스 서방, 1968). 이러한 지적 분위기 속에서 윤동주와 송몽규(교토제대)가 공부했던 것입니다. 어찌 이들뿐이었으랴. 중국인 학생들도 상당수 유학하고 있었을 터입니다.

송몽규와 윤동주가 치안유지법에 의거, 교토지방재판소에 기소된 것은 1934년 7월이었고, 징역 2년으로 판결된 것은 1944년 4월로 되어 있소. 그 경위에 대해서는 판결문과 더불어 널리 알려져 있습니다. 송몽규, 윤동주의 저러한 죽음이란, 그 자체로 순교자적이며 따라서 형언할 수 없는 경건성으로 인식됩니다. 그것은 지상에서 일어난 사건 성이기는 해도 벌써 '이 지상의 것이 아닌 것'의 반열로 향하고 있기에 특히 그러합니다. 이러한 종교적 경건성은 그 자체로 완결성으로 인식되지만 다음과 같은 사실과 견주어볼 때 한층 선연해질 수도 있을 터입니다. 곧, 중국 유학생 딩스쉔(丁士選)과 윤동주, 송몽규를 비교해 보면 어떠할까. 어떤 교토제대생이 1937년 가을 치안유지법에 의거, 기소되어 유치장에서 체험한 기록입니다.

이 무렵 중국에서 온 유학생이 교토대학에도 몇 명 있었다. 문학부에서 고고학을 공부한 딩스쉔은 당시 항일학생의 소굴로 알려진 북경대학 출신이었다. 특고(特高)의 눈이 날카롭게 그에게 쏠렸다. 연말의 어느 날 돌연 내가 있는 감방에 잡혀왔다. 일본어가 서툴러 우리는 영어를 섞어가며 대화했다. 유학생을 위장한 항일 중국 스파이 용의자로 그는 매일 끌려가 저녁 무렵까지 취조를 받았다. 감방으로 돌아올 때 걷기조차 힘들 때도 있었다. 덩치가 큰 그가 얼굴에 흥분을 감추지 못하여 눈을 붉히고 있을 때 내 가슴은 아팠다. 감방에 돌아와 벽을 등지고 무릎에다 깊게 얼굴을 대고 오열을 참는 경우도 종종 있었다. 그 다음해 일찍 중국인 유학생 송환이 설성돼, 닝군도 조국에 기게 되었디. 그의 고향은 하남성 정주(鄭州) 근방이었다. 그곳은 일본군 점령지로 편입되기 직전이었다. 그가 내게 말한 바에 따르면 송환될 중국인 유학생들은 일본군 점령 지역 내에 돌아간다면 막바로 갈 수 있으나 비점령 지역에 돌아가려면 홍콩으로 보내진다는 것. 그가 택한 것은 홍콩행이었다! 송환될 날이 왔다. 나이 든, 눈치깨나 있는 유치장 담당 순사가 중국인은 글쓰기에 능하다 해서 일필휘지를 부탁하기 위해 필묵을 가져왔다. 무엇을 쓰는가 주시하던 내 앞에 드러난 것은 묵흔도 선명한 '四海同胞' 넉 자였다!(마시다 신이치(直下信一), 『사상의 현대적 조건』, 이와나미신서, 1972, 11~12쪽)

딩스쉔이 석방된 것은 1938년. 다시 정리해볼까요. 중국 유학생 일괄 소환 방침에 따른 것이지요. 두 가지 귀국길이 열려 있었다 하오. 일본군 지배 지역으로 가기와 비지배 지역으로 가기가 그것. 딩스쉔이 택한 쪽은 홍콩이었던 것. 고향이 일본군 지배 아래 있었기 때문. 귀국하기 위해 유치장을 나서는 그에게 글씨를 청하자 '四海同胞' 넉 자였다는 것. 이 얼마나 여유롭고도 당당한가. 조선인 송몽규, 윤동주와는 달리 중국 유학생 딩스쉔은 귀국할 수조차 있었지요. '사해동포'라는 휘호를 남길 만큼 그는 여유로웠지요. 요컨대, 윤동주가 공부한 교토에는 중국인 유학생 딩스쉔도 있었다는 것. 또 조국인 일본 군부에 저항한 일본인 교토대 대학생 마시다 신이치도 있었다는 것.

말을 바꿔볼까요. 조선인 청년 윤동주만 억울하고 원통하지 않다는 사실을 직시할 것입니다. 대중국의 학생 딩스쉔도 있었다는 것. 대일본제국의 청년 마시다 신이치들도 있었다는 것. 이들도 억울하고 원통하기는 마찬가지라는 것. 조국의 있고 없음만이 억울함의 정도를 재는 유일한 척도일 수 없다는 것. 제국주의적 폭력에 대한 이러한 자세는, 변하거나 변하되 천천히 변했으면 하는 사항 중의 하나라 할 수 없을까요(졸고, 「헤겔의 시선에서 본 교토문학파」, 『청춘의 감각, 조국의 사상』, 솔, 1999 수록).

4. 고경(古鏡)과 도항증명(渡航證明)

종교의 경건성에 준하는 문과의 정결성이 변하긴 해도 아주 천천히 변했으면 하는 것의 하나에 작품「참회록」을 올려놓으면 안 될까요. 부끄러움 말입니다. 부끄러움에 대해 참회하기도 하지만 참회하기 자체가 그것. 정결성, 경건성을 유지하기 위한 최선의 길이 그것인 까닭.

파란 녹이 낀 구리 거울 속에
내 얼굴이 남아 있는 것은
어느 왕조의 유물이기에
이다지도 욕될까

나는 나의 참회의 글을 한 줄에 줄이자
— 만 이십사 년 일 개월을
무슨 기쁨을 바라 살아왔던가

내일이나 모레 그 어느 즐거운 날에
나는 또 한 줄의 참회록을 써야 한다.
— 그때 그 젊은 나이에
왜 그런 부끄런 고백을 했던가

밤이면 밤마다 나의 거울을
손바닥으로 발바닥으로 닦아보자.

그러면 어느 운석 밑으로 홀로 걸어가는
슬픈 사람의 뒷모양이

거울 속에 나타나 온다.(「참회록」, 1942년 1월 24일)

'참회록'이란 무엇이겠는가. 사전부터 찾아봅니다. '잘못에 대하여 뉘우쳐 마음으로 고침'과 '부끄러워서 뉘우침', 두 가지가 있습니다. 전자엔 한자 '懺悔錄'이 대응되고, 후자는 '慙悔錄'으로 되겠지요. 과연 윤동주가 선 곳은 어디였을까요. 시집에서는, 전자를 가리키고 있긴 합니다. 양자 사이엔 미묘한 차이가 있습니다. 전자가 '고침'에 무게중심이 놓였다면 후자는, 그러니까 '뉘우침'에 무게가 놓여 있어 보입니다.

윤동주 시학의 거멀못에 해당하는 곳, 「서시」를 기본항으로 본다면 분명한 해답이 주어집니다. '부끄러움'에 대한 제일의적 민감성이 그것. '뉘우침'이라는 한 가지 범주가 있습니다. 그중에서도 '부끄러움'으로서의 '뉘우침'이야말로 가장 순진하고, 무구함을 동반한 범주가 아닐 것인가. 이 범주를 한 가지 어법으로 제시해 보인 곳에 윤동주 시학의 의의가 있다고 저는 생각해오고 있습니다. 「참회록」을 두고 이 나라 시문학의 한 가지 범주 설정을 가능케 했다고 말하고, 이를 문학사적 사건성으로 지적해도 된다고 믿는 것도 이런 문맥에서입니다. 이 모두는 그러니까 '시대적 요구'에 대한 뚜렷한 한 가지 대응 방식의 해명으로 향하는 것입니다. 그것은, 그러니까 예언적 지성의 발현 형식의 하나이겠는데, M. 베버의 인문·사회학적 정신과 궁극적으로는 통하는 장면이 아닐 것인가.

여기까지 오면 「참회록」의 분석이 불가피해집니다. '부끄러워 뉘우침'에 그 본령이 있고, 그러기에 '뉘우쳐 마음으로 고침'과 변별되는 것이라면, 또 다르게 말해, '뉘우침'이 앞서고 '고침' 따위란 이차적이거나 차후의 문제라면 사정은 어떠할까.

이 물음에 일차적으로 대면되는 것이 자기 반성이겠지요. 「자화상」

(1939년 9월)이 씌어진 것은 이를 새삼 말해주는 것. 한 소년이 우물 속을 들여다보고 있습니다. 샘과 달리 인공적으로 축성된 것이 우물이기에 순수 자연 상태는 아니지만, 그것이 '물'이라는 물질성으로 말미암아「오감도」(1934)의 시인의 수은 칠한 '거울'과는 구별되는 것.

이상의「거울」은 어떠했는가. 좌우가 바뀐 엄밀한 대칭점의 구도 속에서 스스로를 잃지 않았던가. 설사 정신이 은화(銀貨)처럼 맑다 해도 정체성 상실일 뿐 아니라 분열증(스키조 상태)에 빠져 마지않았지요. 이런 유형의 거울에 비해 거울화된 툇마루(서정주,「외할머니의 뒤안 툇마루」)라든가, 해와 달도 다 비치는 거울화된 소망(똥오줌 항아리)에 비친 상가수(上歌手)의 모습(서정주,「상가수의 소리」)의 거울화 유형은 어떠했는가. 정신이 은화처럼 투명하지 못하더라도 자기를 잃지 않습니다. 오히려 그 속에 비친 자기야말로 진짜 자기로 나아가는 길목이었으니까요. 그것이 이른바 '물질적 상상력'(바슐라르의 용어)의 존재 방식입니다(졸고,「거울화의 두 양상—서정주론」,『한국현대문학사』, 일지사, 1976 참조).

윤동주의 거울은 두 단계로 되어 있습니다. 우물이 그 하나. 다른 하나는 '구리로 된 거울.' 물로 구성된 거울부터 볼까요. 이 물질적 상상력은 자기 응시에 그쳐 있습니다. 우물에 비친 자기란 어떠했던가. 무엇보다 낯설었다는 것입니다. 우물 속에 비친 자기가 미워진다는 것, 그것은 자기이긴 한데 모종의 자기 혐오로 느껴졌습니다. 그러나 곰곰이 따져보니, 그 자기 혐오증이 그리움의 일종이었다는 것. 이 그리움의 근거란 자기의 모습이 '하늘과 바람과 구름과 계절과 달' 한가운데 놓여 있기에 비로소 가능했던 것입니다. '샘'과 구별되는 우물의 존재 방식은, 인간이 만들었다는 점과 함께 그것이 깊이에 연관되었음을 완강히 지시하고 있습니다. 우물의 깊이, 그것은 동굴로 비유될 만큼 깊을수록 좁고 아득한 존재 방식으로 있습니다. 이 동굴같이 깊은 폐쇄

168

적 공간이란, 청년 윤동주의 내면에 해당될 터입니다. 이 공간에서 세계와 연결되는 통로란, 다름 아닌 하늘(달), 바람, 계절, 구름 등이지요. 이들 연결통로란, '파아란 바람'이 암시하듯 동화스런 세계이지요. 자기의 정체성을 확립하지 못한 한 청소년이 자기 내면세계에 빠져 허우적거리며 노력하고 있으나, 구원의 길이란 실로 동화스런 자연질서뿐입니다.

여기서 주목할 것은 이 우물 단계가 윤동주 시학의 원점으로 보인다는 점입니다. 내면으로서의 우물이란, 달리 말해 릴케, 잠, 키에르케고르, 발레리 등을 막바로 가리킴이지요. 그 연장선상에 『사슴』(백석)과 『정지용 시집』 등이 놓여 있는 형국. 이 모두는, 그러니까 서구적·근대적·기독교적 상상력의 지평 속에 놓인 것들이지요. 이른바 독서 체험으로서의 세계가 대학생 윤동주의 인문학적 상상력의 한계 인식을 이루고 있었다고 볼 것입니다. 서구적 사상이 윤동주의 내면세계를 이루고 있었다는 것, 그것이 '우물'의 세계에 해당된다는 것, 따라서 폐쇄공간에서 벗어날 수 없었다는 것이라면 여기서 부끄러움이 생겨날 이치가 없겠지요.

그렇다면 윤동주 시학의 핵으로 알려져 있는 「서시」의 그 '부끄러움'이란 어떤 것이며 어떤 유형의 거울이 어떻게 이루어졌고 또 작동되었던 것일까. 「참회록」 속에 그 해답의 실마리가 들어 있습니다. '구리로 된 거울'이 그것입니다. 만일 조금이라도 「참회록」의 원고를 검토해본 논자라면 그 원고 아래의 여백란에 '고경', '도항증명' 등의 낙서를 뚜렷이 찾을 수 있겠지요(『사진판 윤동주 자필시고전집』, 민음사, 1999, 176쪽). 윤동주는 1942년 1월 29일자로 히라누마 도오쥬(平沼東柱)로 창씨개명했습니다(조선에서의 창씨개명 시행은 1940년 2월부터). 현해탄 건너기란 새삼 무엇이뇨. 근대적 학문, 예술, 사상이란 새삼 무엇이뇨. 현해탄 건너기, 그것은 부끄러움의 근거였지 않았을까. '이 세상의 것이 아닌 것'이 거기 있었을까.

모든 것을 배워 모든 것을 익혀,
다시 이 바다 물결 위에 올랐을 때,
나는 슬픈 고향의 한밤,
해보다도 밝게 타는 별이 되리라.
청년의 가슴은 바다보다 더 설레였다.
(임화, 「해협의 로맨티시즘」 부분, 1938)

설사 그것이 한갓 로맨티시즘의 일종일지 모르지만 그것 없이도 사람은 제법 그럴법하게 살아갈 수 있을 것인가. 그것이야말로 천천히 변해갔으면 하는 그 무엇이 아닐까요.

인류적 보편성과 개인적 기질의 분리 문제
—김현승의 경우

1. 방법으로서의 고육책

객: 오래전 선생이 쓴 「신앙과 고독의 분리 문제—김현승론」(『시문학』, 1975년 7월)은 골드만의 역작 『숨은 신』의 방법론으로 결말을 삼았더군요. '데카르트는 신앙인이지만 그의 합리주의는 무신론인 것이다' 라는 명제가 그것이지요. 아마도 선생은 그 무렵 시인 김현승보다는 문학 연구의 방법론에 관심이 기울어졌던 모양이더군요.

주: 그 무렵만 그러했던 것이 아니라 지금도 그러합니다. 문학 연구도 과학(학문)의 일종일 수 있을까. 좀더 겸허히 말해 어느 수준의 개관성(설득력)을 획득할 수 있을까. 이런 강박관념에서 벗어나지 못하고 있지요.

모든 개인이 형성하고 있는 다양 복잡한 인간관계의 총체는 매우 자주, 한편에는 그의 일상생활과 다른 한편에는 그의 개념적 사고나 그의 생산적 상상력 사이에 '단절' 을 낳는다는 것입니다. 또 그러한 것 사이에는 매개된 관계 이외에는 없기 때문에 실제 문제로서 다소라도 적확한 아무런 분석도 손댈 수 없는 것으로 되어 있다는 것이지요. 다시 말해, 작품 이해를 가능케 하는 행동이 작가의 그것이 아니고 하나의 사회적 집단의 행동일 경우 만일 저자의 인격을 통해서만 혹은 주로 인격에만 의지하여 작품을 이해하려 한다면 작품이 갖고 있는 주관적인 의미 등은 반드시는, 무엇보다도 역사철학자에게 관심 있는 그것의 객관적인 의미에 일치하지 않는다는 것입니다.

객: 이 딜레마를 어떻게 극복할 것인가. 골드만이 내세운 것이 유명한 비유, 곧 '두 사람의 책상 들기' 아닙니까. 창작(사상)의 주체란 개인일 수 없고, 집단이어야 한다는 것이지요. 그레마스(Greimas)는 이 점을 이해하고는 싶지만 이해되지 않는다고 했더군요. 비유로 설명할 수밖에요.

여기 책상이 있다고 칩시다. 무겁기 때문에 이를 들기 위해서는 두 사람이 필요하다고 가정합니다. 따라서 이 책상을 드는 주체는 A라는 사람이나 B라는 사람이 아니라 A와 B인 것입니다. 책상이 들렸다는 사실은 오직 하나의 '집단주체' 와의 관계 속에서만 이해될 수 있다는 것입니다. 그 전체적 구조와 의미를 추출해야 되는 예술작품에 직면할 땐 유독 그러하다는 것이지요. 그러니까 시인 김현승의 경우에도 사정은 마찬가지라는 것입니다.

주: 만약 내가 김현승 개인과의 관계 속에서 김현승 작품의 기능성(의미)을 묻노라면, 이러한 연구를 수포화하는 두 가지 기본 난점에 마주치게 되지요. 첫째, 김현승의 개성은 너무나 복잡하여 나는 사실상 그것을 과학(객관)적으로 연구할 수 없으며, 따라서 그 작품의 기능성을 제시할 수 없습니다. 둘째, 이 점이 중요한데, 만약 내가 이러한 방법(개인 관계)으로 기능성에 대한 하나의 가설에 도달할 수 있다 해도, 그 가설은 작품의 문학적 혹은 문화적 특성과 아무런 관계도 없을 것입니다. 이때의 기능성이란 미치광이의 그림이 그 미치광이에 대

해 지니는 기능성, 혹은 보통사람의 작문이 그 보통사람의 심리에 대해 지니는 기능성에 지나지 않을 것입니다.

반면, 집단주체는 하나의 경험적 문제입니다. 곧, 전반적 행위가 나에게 이런 유형의 심적 구조화를 하나의 기능적 현실로서 부여하는, 그리고 그 연구가 작품의 내적 구조를 이해하는 데 필수불가결한 사회그룹은 무엇인가 하는 문제인 것이죠(골드만,『현대사회와 문화충격』, 천희성 역, 1982).

객: 요컨대, 두 사람 또는 그 이상의 사람들이 책상을 들어올릴 때라야 어느 수준의 객관성이 보증된다는 것 아닙니까. 중요한 것은 어째서 선생이 유독 김현승론에서 이런 난점에 봉착하여 안절부절 상태에 빠졌던가에 있지 않은가요. 요컨대 김현승 시에도 흥미가 있지만 그 논자에도 흥미가 있다는 것, 그래야 공평하지 않겠습니까.

주: 그쪽에서는 어째서 유독 골드만의 과제가 김현승 시 앞에 크게 노출되었는가를 묻고 있습니다그려. 작가론이 안고 있는 아포리아의 하나를 묻고 있습니다그려.

2. 워즈워스와 릴케 사이에서

객: 김현승 시의 유별남이란 과연 무엇일까. 선생이 착목한 지점은 신앙과 고독의 분리 문제였던 것. 그러니까 통념과 위배되거나 상용치 않는 대목이겠는데요. 목사의 아들이며, 형까지 목사였던 김현승에게 기독교 신앙이란, 통념상으로는 최고의 이념이자 지향성이었을 터입니다. 이러한 신앙인이 고독을 읊고 있다는 것입니다.

주: 그것도 '절대고독.'

객: 참 그렇군요. 그냥 '고독'이 아니라 '절대고독.'

주: 내가 김현승론을 쓰고자 한 것은 아주 세속적인 계기에서입니다.

텔레비전이 아직 흑백이던 1974년을 전후한 두 해 동안 ‘명작의 고향’(KBS 교양물)의 사회를 맡은 바 있었지요. 김현승 차례가 되어 시집을 검토하다가 ‘절대고독’ 앞에 부딪쳤지요. 묻지도 않았는데 시인 자신이 이렇게 말한 것으로 회고돼요. “기독교 신앙인이 고독하다니 하고, 주위에서 의아해하고 있다”라고. 여기서 말하는 ‘주위’란 아마도 교회 주변을 가리키기보다는, 문단인을 지칭한 것으로 이해됩니다. 신에 귀의하고, 신의 품에 안겼다면 고독할 수 없다는 것. 신과 더불어 한치 틈도 없이 살아간다면 어찌 고독할 수 있겠는가. 그런 시인이라면 응당 모든 시가 신에의 찬미에 바쳐져야 당연하다는 것. 그런데도 신앙인 김현승의 시에는 신에 대한 찬미가 없을 뿐 아니라 ‘절대고독’까지 내세우고 있다는 것.

객: 묻지도 않았는데, 그렇게 말할 때의 김현승 표정은 어떻던가요.

주: 낮은 목소리였고 조금은 씁쓸한 표정이었던 것으로 기억됩니다. 적극적으로 그 부당함을 밝히려고 하지 않았고, 그렇다고 주변의 몰이해를 탓하지 않는 목소리였다고나 할까요. 지금 생각해보니, 이 무렵 김현승의 가장 아픈 대목이었던 것으로 느껴집니다. 주위 사람들의 쑥덕거림이란 실상 시인 자신의 양심의 쑥덕거림이 아니었을까.

信仰을 가리켜 그러나 고독에 나리는 祝福이라면
깊은 信仰은 우리를 더욱 고독으로 이끌 뿐,
내 사랑의 뜨거운 피로도 너의 肉體를 속일 수는 없구나!

抽象으로도 肉體로도
溶解되지 않은,
오오, 너의 이름은 모든 愛情과 信仰을 떠나
내 마음의 王國에서 自由와 獨立을 열렬히

呼訴하는구나!(「인간은 고독하다」, 1957, 7~8연)

　모든 피조물과 마찬가지로 인간도 그러하다는 것. 그러기에 원죄를 피할 수 없다는 것. 고독과 신앙이 나란하다는 것이 아니라 신앙을 능가함이 고독이라는 것.

　신앙이 짙을수록 고독이 더욱 굳어진다는 것. 어떤 것으로도 이 고독을 해소시킬 수 없다는 것. 정신적으로도 육체적으로도 용해되지 않는 견고한 고독이라는 것. 이렇게 되면 신앙에서 촉발된 고독이 마침내 인간적인 모든 애정은 물론 출발점인 신앙조차 떠난다는 것. 마침내 그 결과 그 고독이 '나'를 능가하고 '나'를 떠난다는 것. 절망이 아닐 수 없지요. 내 속에서 키워진 고독이 '나'를 떠나 사물(자연)의 질서 속에 들어가 정작 그를 키워낸 '나'를 불쌍한 듯이 물끄러미 바라보고 있다는 것. 구원이 아닐 수 없지요. 드디어 절망과 구원 앞에 설 수 있는 존재가 '나'라는 것.

　주: 아마도 선생은 위의 시에서 다음 두 가지를 지적하고 있었겠지요.

　하나는 순수 서정시인 워즈워스(1757~1877)의 「수선화」 4연 끝부분의 멋진 대목. '고독 위에 내리는 정복(淨福)'(the bliss of solitude)이 그것(이재호 역, 『낭만주의 영시』, 탐구당). 수선화의 이미지가 '고독위에 내리는 정복'이라 워즈워스가 읊었다면 김현승은 수선화 자리에 '신앙'을 대치시킨 거죠. 수선화가 전원시인에겐 순수한 자연을 가리킴이고, 그러기에 수선화는 고독한 자의 축복이지만 목사의 아들로 자라 교회와의 관계가 일상이었던 김현승에겐 자연 대신 신앙이 그 자리를 차지함이란 무엇인가. 신앙이 깊어지면 고독도 짙어진다면 신앙과 고독은 비례하는 것으로 보이지만 실상은 그렇지 않지요. 그러기에 '내 사랑의 뜨거운 피'로도 고독을 견제할 수 없다 함은 결국 신앙에

서 벗어날 수 없다는 뜻일까. 그렇지 않음에 주목할 것입니다. 고독이
란 모든 애정과 신앙조차 넘어선다고 했으니까. 신앙도 애정도 넘어선
자리에 놓인 고독이란 그러니까 '절대성'이 아닐 수 없지요. 육체도
관념도 넘어선 자리에 올려진 고독이니까. 신앙이란 새삼 무엇이뇨.
기껏해야 '고독'을 위한 예비 단계, 고독을 기리기 위한 한갓 장식물
이거나 고독을 유도하고 그래서 축복해주는 격려자일 뿐.

주: 신앙으로 말미암아 신앙의 축복을 받아 비로소 고독에 이르렀
다는 것이라면 신앙이란 고독에 비해 한갓 '과정'에 지나지 않는 것.
신앙의 축복을 받았기에 고독은 신앙보다 더 절대적이라는 것. 육체나
관념(추상)보다 근원적이라는 것. 그렇다면 신앙보다 우위에 놓인 '고
독'이란 대체 무엇인가. 이 물음 속에 천금의 무게가 실려 있는 형국.
우리가 물을 수 있는 것은, 그러니까 김현승이 말하는 신앙의 성격이
아닐 수 없지요. 신이란 고독에 비해 절대일 수 없다는 것이니까. 만일
그렇지 않다면 그의 신앙이란 기독교적인 신이란, 절대이기는커녕 고
독에 비해 별것 아닌 것이지요. 기독교의 신을 능가하는 고독이라는
새로운 신을 모색했던 것이라 하지 않을 수 없지요. '절대고독'이라
한 것은 이를 가리킴이지요. 이를 상징화함에 있어 워즈워스의 힘을
빌렸다고 하겠지요. 다른 하나는?

객: 다른 하나는, 선생이 이미 언급했듯 인간이란 피조물이라는 것.

나로 하여금
세상의 모든 책을 덮게 한 고독이여!
비록 우리에게 가브리엘의 성좌와 사탄의 모든 저항을 준다 한들
만들어진 것들은 고독할 뿐이다!
인간은 만들어졌다!
무엇 하나 이 우리들의 의지 아닌

　피조물로서 인간의 운명이 뚜렷하지 않습니까. 피조물로서의 인간이 그 운명과 맞서는 장면이란 어떤 것인가. 일찍이 이 물음에 직면하고 이를 타개하고 수용하기 위해 골똘히 생각한 사람은 시인 릴케입니다. 김현승을 논하는 자리에서 자주 사람들은 릴케와 연관시키곤 합니다. 릴케의 사물시(事物詩)와 김현승의 관련성의 지적이 그것.

　견고하다든가, 가을이라든가, 열매 등에서 두 시인의 관련성은 쉽사리 찾아집니다(김종길, 「견고에의 집념」, 『창작과비평』, 1968, 여름). 그러나 김현승의 릴케 독법은 좀더 깊은 곳에 있지 않았을까. 피조물인 인간이 직면한 절망과 그것에서 구원 당할 수 있는 방도는 무엇인가. 이 물음에 릴케만큼 민첩한 정신은 드물지요.

　주: 사물(Dinge) 만들기가 그것.

　객: 바로 그것. 릴케 식으로 말하면 피조물인 인간이 마주친 고독 또는 절망에서 벗어나는 길은 단 하나. 사물 만들기인 것. 로댕이 그 대표적인 사례. 로댕이 만든 것은 단지 '사물'이지 예술품이거나 아름다운 조각 따위가 아니라는 것.

　어떤 사물이겠습니까? 아름다운 것이라고요. 그렇지 않습니다. 대관절 미(美)가 무엇인 줄 누가 알았겠습니까? 그와 비슷한 것을 만들려고 했던 것입니다. 하나의 사물입니다. 그 가운데서 자기가 사랑하고 있는 것, 또 두려워하고 있는 것, 그리고 그 모든 것 안에 있는 이해 불가능한 무엇이 다시 나타나고 있음을 보게 되는, 그런 물건을 바랐던 것입니다.(릴케, 『로댕』, 핏셔서점, 1955, 10쪽)

주: 피조물인 인간이란 실로 일찍부터 자연물을 원형삼아 힘들여가
며 사물의 형태를 만들었습니다. 필요에 의해서이기도 하지만 일상은
피조물의 조건(허무)에서 벗어나고자 하는 충동에서였던 것. 자기가
만든 물건이 이미 있었던 자연물과 나란히, 그처럼 인정을 받고 동등
한 권리를 가지고 자연물 곁에 놓여 있는 것을 보는 일만큼 진기한 경
험이 달리 있을까. 되는 대로 일하는 가운데 맹목적으로 무엇인가 생
겨났던 것입니다. 그리하여 그것은 위협받은 채 자연 그대로인 생명의
흔적을 제 몸에 지니고 있습니다. 아직도 그 생명은 온기가 있었지요.
그러나 그것이 완성되어 사람의 손을 떠나기가 바쁘게 벌써 사물 속으
로 들어가버려 사물이 가지는 침착성과 조용한 품위를 얻는 것이었지
요. 그리하여 이제는 마치 세상에서 멀어지기나 한 것처럼 서글프게
합의를 보고서 그 영속하는 저편으로부터 이쪽을 바라다볼 뿐. 이 굉
장한 체험은 너무나 이상야릇하고 강렬한 것이어서 오로지 이런 체험
을 해보려고 만들어진 물건이 별안간 나타났다손 치더라도 우리는 그
것을 이해할 수 있습니다. 최초로 신의 모습을 만든 것은 이런 체험에
서 가능했다는 것, 그것은 그러니까 우리 눈에 보이는 인간적인 것이
나 동물적인 것으로부터 함께 사멸하지 않는 것, 영속적인 것, 그보다
한층 더 고차적인 것, 곧 ‘사물’을 만들려는 시도였던 것.

객: 피조물인 인간이란 어차피 죽게 마련인 것, 운명이니까. 자기가
만든 사물이 완성되자마자 자기 손을 떠나 사물의 질서 속에 들어가
창조자인 인간을 연민의 시선으로 바라보고 있음이란 얼마나 충격적
인가. 어차피 죽을 운명의 ‘나’를 내가 만든 사물 쪽이 불쌍한 듯이
‘나’를 바라보고 있다니! 최초로 신의 모습을 만든 인간의 체험이란
바로 이것.

주: 요컨대 김현승 시인은 신앙상으로도 서구적이지만, 시의 운용
방식도 서구적이라 할 것입니다. 그러나 이 서구적인 방식은 모방도

거역도 아니지만 단순한 영향 관계와도 구별되는 특수한 관련 양상이
라 하겠지요.

　　그러면 우리를 고독케 하는 것들은 무엇인가?
　　잃어버린 지평선(地平線)―저 풍요(豊饒)하던 창고(倉庫)들인가,
　　헬렌의 슬픈 이야기를 우리에게 들려준 호우머의 시(詩)들인가,
　　아니면 사랑이 가고 지혜(智慧)가 오기 전 무성턴 저 무화과(無花果)
나무의 그늘들인가.

　　비록 그것들에 새로운 시간(時間)의 수액(樹液)을 흐르게 하여,
　　현재(現在)와 미래(未來)의 꿈 많은 여정(旅程)을 주어,
　　시(詩)를 산문(散文)으로 종합(綜合)을 분석(分析)으로, 결핍(缺乏)을
생산(生産)으로
　　성장케 한들 그것은 또한 무엇인가?(「인간은 고독하다」 9, 10연)

　　서구적인 논법이나 사상이 아무리 대단해도 별것 아니라는 것, 피조
물인 인간의 운명(고독) 앞에서는 실로 쓸모없다는 것. 그렇다면 대체
이 서구적인 시나 사상이나 관념(추상)이란 무엇인가. 피해갈 수 없는
물음이지요.

3. 죽음에 마주친 축복받은 고독

　　객: 신앙보다 윗자리에 놓인 것이 고독이며, 설사 그것이 신앙의 축
복을 받았다 할지라도 사정은 마찬가지. 그 신앙이 만일 기독교라면,
기독교인 김현승에게 고독이란 기독교를 넘어선 새 영토, 이른바 새로
운 신, 그러니까 '낯선 신 찾기'에 해당되는 것이겠습니다그려. 새로

운 교주 되기라고나 할까. 아니 스스로 신 되기이겠지요. 이런 현상은 스스로 신(교주) 되기를 모색했던 「황토기」(1939)의 작가 김동리에서도 볼 수 있습니다. 소설의 김동리와 시의 김현승이란 이 점에서 매우 닮았다고 할 것입니다. 김동리와 다른 점이 있다면 김현승의 목소리가 차디차다고나 할까요.

　주: 김현승이 이르고자 하는 곳은 교주의 자리가 아니지요. 유일 절대한 자리 곧 '혼자인 신' 입니다. 어떤 신도도 없는 그런 자리, 고독한 신이지요. 성내지도 않고 자비심 따위도 걷어치운 그런 신이지요.

　　나의 고독은 구원에 이르는 고독이 아니라 구원을 잃어버리는, 구원을 포기한 고독이다. 수단으로서의 고독이 아니라 나의 고독은 순수한 고독 자체일 뿐이다. 그러므로 나의 고독이야말로 이 세상에서 가장 진정한 고독이다.(김현승 산문집 『고독과 시』, 지식산업사, 1977(재판), 210쪽)

　보다시피 교주 되기와는 현저히 다릅니다. '절대고독' 이라 한 까닭이지요. 영혼까지 포기한 경지인 만큼 신을 문제 삼을 수 없는 경지인 것.

　　거기서
　　나는
　　옷을 벗는다.

　　모든 황혼이 다시는
　　나를 물들이지 않는
　　곳에서.

나는 끝나면서
나의 처음까지도 알게 된다.

신(神)은 무한히 넘치어
내 작은 눈에는 들일 수 없고,
나는 너무 잘아서
신(神)의 눈엔 끝내 보이지 않았다.

무덤에 잠깐 들렀다가,

내게 숨막혀
바람도 따르지 않는
곳으로 떠나면서 떠나면서,

내가 할 일은
거기서 영혼의 옷마저 벗어버린다.(「고독의 끝」, 1970, 전문)

　키에르케고르처럼 신에게 외면당할까봐 절망적인 단독자와는 별개의 경지이지요. 너무 신이 커서 ‘나’에게 수용될 수 없고, 신 또한 ‘나’에게 끝내 보이지 않음이란 새삼 무엇인가. 신 쪽의 거부도 아니며, 신을 거부한 경우도 아닙니다. 그렇다고 해서 청마(靑馬)의 신처럼 아예 인간과는 무관한 허무의 신도 아니지요. 김현승의 경우는 신과 ‘나’의 내기에서 공평합니다. 너무 큰 것은 보이지 않는 법이어서 수용할 수 없는 것은 내 쪽의 의지이자 상황이며, ‘나’의 존재의 미미함으로 말미암아 신 쪽에서 수용할 수 없는 형국이니까. 만일 신과 무관한 자리에까지 나아간다면 어떤 경지가 열릴까. 영혼이 없는 경지가 아닐 수 없지요. 이를 일러 '절대고독'이라 하여 '견고한 고독'에서 한 발 내딛고 있습니다. 일찍이 아무도 고려해보지 않은 경지임엔 틀림없습니다. '세상에서 가장 진정한 고독'일 법하지 않습니까.

신에 매달리고자 외치거나 발버둥질하지 않았고, 신 쪽에서도 '나'에게 관심을 주지 않았음이란 결국엔 어디에 닿는 것일까. 무신론의 경지일까요. 그렇지는 않아 보입니다. 어째서? 바로 이 물음 속에 '절대고독'의 참모습이 가로 놓여 있는 것으로 해석되기 때문입니다. 신의 무한성이나 절대성이 부정되었지만 허무에 빠지지 않는 것이 최후로 놓여 있었기 때문, 곧 '양심'이 그것.

먼저 지적되는 것은 김현승에게 신앙(신)이란 외부에서 주어진 것이라는 사실. 목사 가문의 둘째아들이며, 형 역시 목사였음을 염두에 둔다면 또 그가 신사 참배거부로 이름난 평양 숭실전문학교에서 공부했음을 고려할 것입니다. 자기 스스로 신을 적극적으로 구한 것이 아님에 주목할 것입니다. 태어나보니 그런 환경에 놓여 있었고, 또 자연스럽게 그 환경에 익숙해졌을 터입니다. 그의 처지에서 보면 이는 기독교 집안이라는, 또 신앙적 환경이라는 일종의 보편성(좋은 의미)이라 할 것입니다. 가문의 전통이었으니까. 이에 비해 개개인은 저마다의 '기질적 개성'이 따로 있기 마련이지요. 김현승에게 이 '기질적 개성'이 어느 순간 크게 고개를 들기 시작했을 터, 그것도 거의 중년에 가서입니다. 고독이 그것. '혼자 있음'을 기질적 개성으로 갖고 살아온 아이가 자라서 어른이 되고서도 신앙이라는 가문의 보편성의 원리에 짓눌려오다 만년에 가서야 마침내 그 보편성을 돌파하게 됐습니다. 기질적 개성이 보편성(기독교적 개성)을 뚫고 분출해 올라왔겠지요. 그 자신은 이렇게 고백하고 있습니다.

"나는 재작년(1972년) 2월 말경에 며칠째 머리가 흐리멍텅하더니 하루는 쓰러져버렸다"라고. 환갑을 며칠 앞둔 시점. 둘째아들 혼례식장이었지요. 이 충격의 원인을 시인은 이렇게 주장합니다.

나와 목사이었던 나의 형은 전문학교 다닐 때까지도 방학 때 집에 내려가면 목사님이시던 아버님이 사랑채에 우리를 불러 꿇어앉게 하시고 객지에서 공부할 때 십계명을 어긴 일이 있느냐고 조목조목이 물으셨다. 그러나 형과 나는 양심의 가책을 느끼지 않고 어기지 않았다고 떳떳이 대답하곤 하였었다. 그리고 저녁 예배에서는 가끔 성단에 올라서서 서투른 설교나마 때때로 하였었다. 그 순진하였던 청년 시절에 비하면 육십에 가까와진 근년의 나의 생활은 얼마나 신앙과 멀어지고 있었던가! 결국 나라는 인간은 세상의 문학으로는 썩어질 이름을 얻은 것 같았으나 그만큼 신앙을 잃고 천국을 향하는 길에서 까마득히 멀어져가고 있었던 것이다. 이 나의 신앙적 배반을 오래 참고 보시다 못하여 나를 주관하시는 하나님 아버지께서는 나를 치셨던 것이다.(『고독과 시』, 162쪽)

1974년에 씌어진 시인의 참회록이라 하겠지요. 신으로부터 멀어져 간 대가로 주어진 것이 바로 '쓰러졌던 사실'이라 말하고 있습니다. 신이 '썩어질 문학의 이름'의 대가로 시인을 쓰러뜨렸던 것, 그 '썩어질 이름'이 바로 '절대고독'을 가리킴입니다. 신의 압력, 신과의 긴장 관계에서 벗어나야 시가 만들어진다고 시인이 생각하지 않았다면, 말을 바꾸면, 신앙과 시의 분리 문제에 매달림으로써 시인은 약간의 문학적 성과를 얻었던 것입니다. 견고한 이미지에의 집착, 마침내 '절대고독'에까지 이르고 만 것이었지요. 이 나라 시문학사의 처지에서 보면 김현승의 저러한 견고성의 시적 달성이란 커다란 봉우리로서 큰 성과임엔 틀림없습니다. 감각적 민감성의 정지용, 문명의 모습을 원시적 이미지로 포착한 김기림, 「오감도」(1934)로 정리되는 이상의 슈르리얼리즘 등과도 선을 긋는 김현승 문학의 성과는 단연 문학사적인 사건성이겠지요. 견고성, 절대고독 등의 관념성을 시로 순화시킨 것은 오직 김현승 시에서 비로소 가능했던 것이죠. 견고함, 절대고독 등이란 실상 헤브라이즘에 대한 후천적 훈련의 결과이겠지요. 요컨대 이 나라 시사에서는 뚜렷한 하나의 봉우리에 틀림없습니다.

객: 그럼에도 불구하고 시인 김현승은 이런 성과를 싸잡아 '썩어질 이름'이라 했습니다. 그 시점이 1972년 전후입니다. 회갑을 맞이할 그 무렵 그는 쓰러져 혼수상태를 지속했던 것. 신이 이런 김현승을 후려쳤던 것.

주: 그러나 신은 시인을 버리지 않았다고, 시인 스스로 말합니다. 자, 보십시오.

이러던 중에 나는 지금으로부터 2년 전(1972년—인용자)의 어느 겨울에 갑자기 쓰러지고 말았다. 나의 느낌으로는 죽었던 것이다. 그러나 며칠 만인가, 얼마 만에 나는 다시 의식을 회복하고 살아나게 되었었다. 죽은 가운데서 누가 과연 나를 살렸을까? 나는 확신한다! 그분은 나의 하나님이시다. 나의 부모와 나의 형제들, 나의 온 집안이 모두 믿고 지금도 믿고 있는 우리의 신이, 하나님이 나에게 회개의 마지막 기회를 주시려고 이 어리석은 나를 살려놓으신 것이다. 개인적인 신념치고 나의 이 신념과 이 신앙처럼 더 확실하고 더 굳센 신념은 지금 이 지상에는 더는 없다고 나는 생각한다.(『고독과 시』, 167쪽)

1974년 시점에서 김현승의 도달점입니다.

객: 그렇다면 영혼까지 부정한 저 '절대고독'이란 무엇인가. 잠시 헛것에 들렸던 것일까. 시인 김현승에게 신앙이란 한갓 부차적인 영위에 지나지 않았고, 그 결과가 '죽음에 이르는 병'이었던 것일까. 이제

정신이 들고 보니 '시 짓기'란 한갓 부차적인 것. '생활의 전부'일 수 없다는 자각에 이르렀다는 것. '시 짓기란 내 생활의 전부가 아니다'라는 자각에 이르렀다면 이는 그동안 시 짓기를 일삼아온, 그래서 생활의 전부로 여겨온 행위의 결과인 시들은 과연 무엇일까. '절대고독'을 스스로 부정한 것일까. 부정하기까지는 아니더라도 한갓 부차적인 것이겠는데요.

주: 시인 김현승론과 인간 김현승론이 각각 분리되는 현장에까지 이른 셈이지요. 이 둘을 전체상으로 파악하는 방도는 없는 것일까. 이런 물음도 이젠 피해가기 어렵지요. 그렇지 않으면 어느 쪽의 논의도 부실해질 염려가 있겠지요.

4. 사실과 관습의 균형감각

객: 시인의 말대로 신이 '죽음'을 들고 나와 시인을 후려쳤을 때를 원점으로 하여 일단 그 이전과 이후를 따로 논의해야 될 처지에 우리가 놓였습니다그려.

주: 좋은 지적입니다. 김현승은 나이 47세에 숭실대학 교수가 되지 않았습니까. 바로 그 해에 「나의 고독과 나의 시」(1960)를 썼습니다. 그동안의 자기의 시적 생활을 개관한 이 글에는 신앙에 대한 회의가 표현되어 있습니다. "내가 거의 일생을 믿어온 기독교에 대하여 회의를 일으키게 된 이유를 여기 짧은 지면에 다 쓸 수는 없지만 몇 가지 중대한 논리적인 이유와 현실적인 이유로 나눌 수 있다"(『고독과 시』, 206쪽)라고.

객: 논리적 이유란 쉽사리 짐작됩니다. 첫째 하느님이 '유일신'이 아니라는 것. 어째서? 만일 기독교만이 유일신이라면 세계의 온갖 다른 종교란 없어야 하지 않겠는가. '나 이외에는 다른 신을 공경하지

말라'(십계명)를 보아도 이 점을 알 수 있다는 것. 또 일원론일 수 없는 것은 악마의 존재를 인정하고 있다는 것. 이원론이 아닐 수 없지요. 이 점에서 오직 알라신만을 내세운 코란의 종교와도 구별되는 것.

주: 그렇죠. 김현승도 꼭 같이 그렇게 말했으니까. 그러나 중요한 것은 그가 내세운 '현실적인 이유'입니다. "현실적인 이유로는 나는 거의 일생을 교회를 상대로 하여 살아왔다. 그러나 내가 얻은 결론은 교인들의 생활과 마음가짐이 일반 사회인의 그것과 다름이 없다는 사실이다."(『고독과 시』, 207쪽)

특유한 형식을 지키는 면에서만 다를 뿐 실생활면에서는 영혼 중심의 교인들이 육체 중심의 사회인과 다를 것이 '전혀' 없다는 것. 이것이 그의 오랜 체험으로 증명될 수 있다는 것.

객: 논리적 이유와 현실적 이유를 들어 회의론자가 되었을 때, 그의 시가 시사에서 갖는 뚜렷한 성좌로 빛났다는 논법이 성립됩니다그려. 대체 이를 어떻게 평가, 수용해야 적절할까요.

주: 1962년 무렵 김현승은 「인간다운 기본정신」(『현대문학』, 1964년 9월)을 발표했지요. 기본적인 정신이란 무엇인가 스스로 묻고 또 답해놓았지요. '인간의 본질을 이루는 기초적 가치'가 그것. 다르게 또 그는 이를 '순수가치'라 했지요. 무기의 가치와 꽃의 가치를 대등한 위치에서 평가할 줄 아는 정신, 인간의 가치란 한갓 상대적인 것이기에 '독선'이란 있을 수 없다는 마음가짐이 그것. 이것이 기본정신이며, 따라서 보편성이라면 특수성이란 한갓 부차적이 아닐 수 없지요. 개인의 기질과 특성이라든가 가문의 전통이라든가 특정 종교 신앙하기 따위란 제이차적인 가치에 지나지 않는다는 것. 그러기에 그가 이렇게 자기 규정함도 가능합니다. "나는 인간으로서는 결점도 많지만 시에서만은, 시를 쓸 때만은 참되고 정의롭고 양심적이려 한다. 이러한 수련으로써 나의 인간 가치도 점차로 순수로 연단(鍊鍛)될 수 있으

리라 기대를 스스로 가져보는 것이다"(『현대문학』, 1964년 9월,
42~43쪽)라고.

객: 거기까지는 알겠는데, 보편성이 우선하고 특수성이란 부차적이
겠지요. 이렇게 말하고 있으니까.

그러나 그렇다고 해서 나의 作品에 어떤 思想의 갈래 즉 具體的인 특수
한 精神이 作用하지 않는 것은 아니다. 더우기 앞으로의 나의 詩는 아무
래도 基督敎의 神을 相對로 形而上的인 世界로 나가기 쉬울 것같이 나 自身
이 느낀다. 그것은 基督敎의 바탕에서 낳고 자라난 나의 年齡과 詩의 年條
가 不惑을 넘어선 지금 必然的으로 그러한 段階로 나의 詩를 發展시키지
않을 수 없을 것이기 때문이다. 그러한 나는 또한 信仰에 순응하기만 하
는 詩人은 아니다. 人間의 內在的인 것과 神의 超越的인 것이, 나의 詩 안
에서 부딪쳐 衝突하고 소용돌이치는, 말하자면 懷疑와 反抗과 葛藤과 理
解와 攄得으로 몸부림치는, 정상적인 信仰과는 자못 容貌가 다른 追求의
世界를 나는 나대로 걸어가볼 것이다.(위의 글, 43쪽)

주: '시에서는 시를 쓸 때만은 참되고, 정의롭고 양심적이려 한다'
고 1964년도에 천명해놓았지요. 시에서만 적용되는 절대적 기준인 것
입니다. 그러기에 현실생활이란 한갓 부차적이지요.

객: 신의 처지에서 보면 영락없는 회의론자, 나아가 무신론자의 마
음자리이지요. 신과 시를 동등한 자리에, 또 나아가 신보다 윗자리에
시를 놓은 형국이니까. 이를 지켜보던 신이 1972년에 이 시인을 준엄
한 죽음의 채찍으로 내리쳐 쓰러뜨렸다!

주: "그러나 하나님 아버지께서는 나를 다시 깨어나게 하시어 나의
과거를 회개할 기회를 주시고, 그리하여 나는 고혈압 증세를 앓기 전
보다 신앙을 회복하고 자신의 죄과를 깨닫고 신앙에 정진하려고 지금

은 노력하고 있다."(『고독과 시』, 163쪽)

객: "내가 병후에 첫째로 해야 했고, 한 일은 나의 문학관의 개조와 혁신이었다."(『고독과 시』, 163쪽)

주: 시의 가장 가벼운 깃털도 스밀 수 없는 절대고독, 호랑이도 건드려볼 생각을 품지 않는 바윗덩이 같은 절대고독에서 벗어나는 길은 무엇인가. 형이상학으로 밑도 끝도 없이 치닫던 이 준마는 어떻게 자기 개혁을 시도했던가. 이 물음이야말로 결정적입니다.

다음 시가 이를 잘 말해주는 것.

나는 차를 앞에 놓고

고즈넉한 저녁에 호올로 마신다.

내가 좋아하는 차를 마신다.

그러나 이것은 다만 事實일 뿐,

차의 짙은 향기와는 관계없이

이것은 물과 같이 담담한 事實일 뿐이다.

누구의 시킴을 받아

참새 한 마리가 땅에 떨어지는 것도 아니고

누구의 손으로 들국화를 어여삐 가꾼 것도 아니다.

차를 마시는 것은

이와 같이 스스로 달갑고 가장 즐거울 뿐,

이것은 다만 事實이며 또 慣習이다.

나의 고즈넉한 慣習이다.

물에게 물은 물일 뿐

소금물일 뿐,

앞으로 남은 十年을 더 살든지 죽든지

나에게도 나는 나일 뿐,

이제는 차를 마시는 나일 뿐,

이 짙은 향기와는 관계도 없이

차를 마시는 事實과 慣習은

내가 아는 내게 대한 모든 것이다.

그리고 모든 것에 대한 모든 것도 된다.(「사실과 관습」, 1970, 가을)

'고독 이후'라는 부제가 붙은 이 작품만큼 '김현승스런 현상'이 따로 있으랴.

객: 선생이 감탄하고, 탄복하는 이유를 이제 알 만합니다. 인류적 보편성과 개인적 기질로서의 특수성을 아주 자연스럽게 극복하고 있습니다. '사실'이란 인류적 보편성(만물의 이치)이며, 관습이란 기독교로서의 특수성인 것. 인류사의 시선에서 보면 그렇지요(만일 기독교 가문을 보편성으로 상정한 장면이라면 앞에서 이미 지적했던 김현승 개인적 기질이란 한갓 특수성이지요).

주: 그가 아는 모든 것은 바로 융화랄까 종합에 있었던 것. 이때 비로소 '모든 것'에 대한 '모든 것'도 된다는 것이니까. 관념도 사라지고, 구체적 묘사도 꼬리를 감추었지요. 그저 담담한 서술체라고나 할까요. 한동안 종교를 비판하고 회의한 것도 결국은 종교에 귀의하고 싶은 심정의 '변태적인 발로'(『고독과 시』, 214쪽)였을 터입니다.

객: '절대고독'이란 일종의 '변태적인 발로'여서 목에 힘을 꽉 준 형국. 그 단계를 넘어서자 '사물'과 '관습'으로 정지된 형국. '변태적인 발로'의 극복이야말로 만년의 도달점이겠습니다그려.

'고독 이후'의 시가 아름다운 이유가 거기 있습니다. 그렇다면 이

나라 시사에서는 어떠할까요. 신앙을 되찾은 것은 좋지만, 그것이 이 나라 문학사에서 보면 어떠할까요. '변태적 발로'의 위치 말입니다.

주: 거기까지 논의할 자신이 없습니다. 서두에서 말한 것처럼 문제 제기에 지나지 않으니까요.

5. 고독과 미의 동시성

객: 선생의 능력이 모자란다는 것은 알지만 문제 제기만으로도 조금은 의의가 없지 않을 듯합니다. 이 글의 머리에서 선생이 논의한 것은 골드만의 '두 사람의 책상 들기'였습니다. 방법론이었던 셈이지요. 데카르트는 신앙인이지만, 그의 합리주의는 무신론이다!

신앙으로서의 기독교도 이해하기 어렵지만 목사의 가문에서 낳고 자라 시인이 된 사람에 관해서도 이해하기란 실로 어렵지요. 작가론의 난점이 여기에서 옵니다. 이 난점을 극복하기 위해 제시된 것이 창작 주체의 집단성론이지요. 골드만이 요컨대 복합성을 집단이라는 큰 단위로 환원시킴으로써 조금씩 단순화시킨 것이라고나 할까요.

주: 신앙으로서의 기독교 쪽을 단순화시킴이 그 첫번째 과제입니다. 비서구권의 한국적 기독교가 이에 관련될 터입니다. 여기서는 모더니스트이자 가톨리시즘으로 대표되는 정지용 시학과의 대비가 요망될 터입니다. 정지용과 김현승, 두 사람의 '책상 들어올리기'를 과제로 삼노라면 좀더 단순성(과학성, 객관성)이 얻어질지 모릅니다. 다른 하나는 김현승의 시적 업적을 이 나라 문학사와 견줌입니다. 이때 모더니즘으로서 서구적 시의 운용 방식의 과제로 단순화될 수 있겠지요.

이런 연구가 조만간 이루어져야 할 것으로 생각합니다.

객: 아까도 선생 머릿속엔 김현승이 자주 언급한 T. S. 엘리엇과의 비교검토도 들어 있지 않은가요.

주: 지금 단계로서는 다만 머릿속에 둘 수밖에 없네요. 비서구인의 기독교 신앙과 서구인의 그것과의 비교란 실로 대논문감이니까요.

객: 엘리엇의 특질은 그 지적인 풍모에 있다는 것. 그 정서를 노출시키지 않는 지성 속에 얼마나 깊숙한 멋이 스며 있는지 모른다는 것. "나는 그러한 멋을 잔뜩 간직한 엘리엇의 지성이 좋았다"(『고독과 시』, 198쪽)라고 공언한 김현승이고 보면 한 가지 의문을 떨치기 어렵네요. 시인의 개성(인격)이란 시와 무관하다는 것. 곧 매개물(백금선)에 지나지 않는다는 것(엘리엇, 「전통과 개인의 재능」).

주: 동감입니다. 문학이 문학인가 아닌가를 따지는 것은 '문학적 기준'에 의해 판가름나야 옳다는 것. 이는 물리칠 수 없는 점이지요. 그러나 가령 문학이 어떤 각도에서 읽히더라도 그 영향은 언제나 인간적 전체에 이르는 것이라는 것. "문예비평은 하나의 명확한 윤리적 신학적 견지에서 행하는 비평에 의해 보충되었을 때 비로소 완전을 기할 수 있다"(엘리엇, 「종교와 문학」, *Essays Ancient and Modern*, 93쪽)라고 엘리엇이 말했음을 상기해보기 바랍니다. 서구인이 아니고는 이런 대목을 이해하기에 심한 난처함을 느끼기 마련입니다. 요컨대 장차 씌어질 김현승론에서는 비서구인 그것도 한국인의 기독교와 시의 관계항이 전개될 수도 있겠지요.

객: 시사적으로도 시인론으로도 아무런 보탬이 되지 않은 상태에서 우리의 대화가 끝나고 있습니다그려. 뭔가 처음부터 잘못되었을까요. 지금 생각해보니 아마도 보편성과 기질적 개성에 대해 우리의 대화가 집중되었어야 했을 터입니다. 곧, 기질적 개성에 좀더 관심을 가져야 했을 터입니다. 실상 우리의 대화는 그 잘난 인류적 보편성에 너무 기울어졌지요.

주: 우리 잘못만은 아니겠지요. 시인 자신이 보편성에 기울어져 고투했으니까. 시를 잃어버릴 만큼.

객: 기질적 개성에 관심을 모은다면 그 중심은 어디일까요.

주: '까마귀'이지요. 잘 살펴보면 이 시인이 유년기에 까마귀에 홀려 있었음이 판명됩니다. 한겨울 하늘을 가득 채우는 검은 새. 그의 울음소리만큼 시인을 감동시킨 것은 많지 않습니다(『고독과 시』, 35~38쪽). 개인적 기질인 까닭에 아주 드러내기를 꺼렸다고나 할까. 까마귀의 부정적 이미지를 독창적으로 되살렸다고 해석한 김현승론도 있습니다(곽광수, 『가스통 바슐라르』, 민음사, 1995, 274쪽).

관념적 형이상학적 흔적이 군데군데 남아 있지만 그럼에도 시 「겨울까마귀」(1965)는 진짜 김현승스런 현상이 아닐 것인가. 유년기에서부터 친해진 검은 겨울새. 자기 영혼의 흙벽이라도 덤북 물고 있는 소리를 가진 새. 시인으로서나 인간으로서나 그것은 죽음을 걸고 보편성에 치달아가는 결과물이지요. 그러기에 부질없이 시인은 보편성에 온 힘을 쏟은 것은 아닐지요. 이 점이 곧 관념에 약한 이 나라 시단을 확장시킨 업적이지요. 잠시 음미함으로써 우리의 엉성한 대화를 마치면 어떠할까요. 고독(기질적 개성)과 미(보편성)의 동시적 인식이 비로소 이루어진 경지이니까.

영혼의 새.
매우 뛰어난 너와 깊이 겪어본 너는 또 다른,
참으로 아름다운 것과
호을로 남은 것은 가까와질 수도 있는,

언어(言語)는 본래
침묵으로부터 고귀(高貴)하게 탄생한,

열매는

꽃이었던,

너와 네 조상(祖上)들의 빛갈을 두르고.

내가 십이월의 빈 들에 가늘게 서면,
나의 마른 나뭇가지에 앉아
굳은 책임(責任)에 뿌리박힌
나의 나뭇가지에 호을로 앉아,

저무는 하늘이라도 하늘이라도
멀뚱거리다가,

벽에 부딪쳐
아, 네 영혼의 흙벽이라도 덥북 물고 있는 소리로,
까아욱 —
깍 — (「겨울까마귀」, 1965, 전문)

객: 이 경지에서 멈추어야 했을 터이지요. 시인은 부질없이 여기서
벗어나 갈 데까지 가보자였던 것. 「절대고독」(1968)까지 한 발 떼어놓
았던 것. 인간적 보편성과 기질적 개성의 분리까지 밀어붙였던 것. 그
결과는 죽음이었지요. 신의 경고가 그것.

　주: 그 어느 쪽에서도 미가 머물 수는 없었던 것.

촛불과 횃불의 단일적 동시성
— 신석정의 전체상을 위한 단상

1. 267번째 『산의 서곡』

내 서재의 책 대부분은 내 돈으로 산 것이지만 개중에는 저자의 서명이 들어 있는 기증본도 있소. 기증본이라 하나 저자 아닌 제3자에 의한 것도 몇 점 있소. 『산의 서곡』(1967, 7백부 한정판 중 267번째)도 그것이오. 46배판의 이 호화롭고 거대한 시집(가림출판사)은 1969년 11월 26일 최승범 씨의 서명이 들어 있소. 신석정론을 쓰기 위해 (그때 나는 KBS TV '명작의 고향'의 사회자였다) 시인에게 몇 가지 질의서를 올렸는바 그에 대한 답변 대신 『산의 서곡』이 배달되었던 것으로 회고되오. 그때의 느낌은 '아차 실수했구나'였소. 이 느낌이란 지금도 변함이 없소. 발바닥에 불이 나도록 뛰어다니며 자료를 모을 수밖에 없겠다는 생각이 굳어질 수밖에요. 무엇을 시인에게 묻는 것 자체가 별 쓸모없다는 사실이 그 뒤로 굳어졌소. 시인 자신도 잘 대답할 수 없을 뿐만 아니라 원래 심오한 마음의 자락이란, 석가세존의 말씀이 아니더라도 말의 세계로 표현하는 것은 불가능한 까닭이오. 시란

194

시인의 '분신'이라 주장하는 경우라면 더욱 그러할 수밖에요.

　　시를 쓴다는 것은 생에 대한 불타오르는 창조적 정신에서 결실되는 것이니, 대상하는 인생을 보다 아름답게 영위하려고 의욕하고 그것을 추구 갈망하는 데서 제작된다면 그 시인의 한 '분신'이 아닐 수 없다.
　　이 분신이야말로 그 시인이 탐구한 미와 진실에서 이루어진 인간 정서의 순수한 표현이 아니면 아닐 것이다.(신석정, 「나는 시를 이렇게 생각한다」, 『나의 시, 나의 시론』, 신흥출판사, 1965, 120쪽)

　　시와 시인이 분리 불가능하다는 주장이 하도 강렬하여 숨이 막힐 지경이라 하면 조금 과장일까요. 온몸으로 시를 써 온 대시인의 목소리이기에 그러합니다. 온몸으로 시를 영위했음이란 새삼 무엇인가. 그것은 '죽고 사는 문제'에 관련된 것이어서 미와 진실의 순수한 표현이라 할 것입니다. 이런 고압적 목소리를 듣고 있노라면 제일 궁금한 것이 그를 전원시인으로 규정한 『촛불』, 『슬픈 목가』의 세계입니다. 『산의 서곡』을 대하고 있노라면 저 『촛불』의 소년 취향이라든가 『슬픈 목가』에 드러나는 서글픔이 지닌 순수서정의 세계와 너무 판이하여 당황할 수밖에 없었습니다.

아무 말이 없걸랑
숨이 막힌 줄 알아라

그래도 아무 말이 없걸랑
숨이 끊어졌다고 생각하라

이리하여 내가 영영 떠난 뒤에는

아예 이 욕된 땅에 묻지 말라(「만가」 제1장)

내 떠난 뒤에도
바람이 가시지 않걸랑

그대로 황량한 벌판에
풍장을 하여라

그래도 피에 주린 짐승들이 있걸랑
관을 내맡기기에 인색하지 말라(「만가」 제2장)

이런 목소리로 가득 채워진 시집『산의 서곡』이란,「어머니 아직 촛
불을 켤 때가 아닙니다」의 세계와 얼마나 다른 목소리인가. 이 의문을
풀기 어려워 신석정론을 포기할 수밖에요. 포기했다고는 하나 그 의문
점이 사라지기는커녕 산그늘처럼 자라 의식 위로 출몰하지 않겠는가.
그 무렵 내가 몰두한 것이 해방공간 문학사 연구였지요. 그 자료를 검
토하던 중 마주친 것이 신석정의 시「봉화」(『문장』 속간호, 1948년 10
월)였습니다. 어째서 이 작품이 유독 내 뒤통수를 내리쳤던가. 그 곡절
을 알아보기 위해 씌어진 것이「신석정론」(『시문학』, 1979년 8월)이었
습니다.

2. 「봉화」와의 마주침

신석정의 해방공간에서의 활동에 대해 내가 제일 먼저 주목한 것은
「꽃덤풀」(『신문학』 2호, 1947년 6월)이었습니다.
「해방공간의 문학적 가능성과 그 선택조건」(『한국현대문학사』, 일

지사, 1976)을 쓰는 마당에서 「꽃덤풀」 전문을 머리에 내걸었던 것.
죄의식과 자기 비판을 동시에 수용한 이 시가 바로 놓이는 자리는 어
디였을까. 이 물음은 쉽사리 설명될 수 있었지요.

태양을 의논하는 거룩한 이야기는
항상 태양을 등진 곳에서만 비롯하였다

달빛이 흡사 비 오듯 쏟아지는 밤에도
우리는 헐어진 성터를 헤매이면서
언제 참으로 그 언제 우리는 하늘에
오롯한 태양을 모시겠느냐고
가슴을 쥐어뜯으며 이야기하며 이야기하며
가슴을 쥐어뜯지 않았느냐

그러는 동안에 영 잃어버린 벗도 있다
그러는 동안에 멀리 떠나버린 친구도 있다
그러는 동안에 몸을 팔아버린 벗도 있다
그러는 동안에 맘을 팔아버린 벗도 있다

그러는 동안에 드디어 서른여섯 해가 지나갔다

다시 우러르는 이 하늘에
겨울밤 달이 아직도 차거니
오는 봄엔 분수처럼 쏟아지는 태양을 안고
그 어느 언덕 꽃덤풀에 아늑히 안겨보리라.
(「꽃덤풀」, 『신문학』 2호, 1946년 6월)

『촛불』의 시인 신석정이 그 촛불을 꺼질세라 조심스레 손에 들고 상경했음과 연결시켜볼 수 있었던 것입니다. 촛불의 시인이자 전원의 시인인 시골 소년이 아비(이데올로기)를 찾아나선 형국이라고나 할까요. 적어도 그 연장선상에 놓인 시였기에 그 리듬이나 시어의 선택이 이전과 크게 달라진 것이 아니었던 것입니다. 실상 그가 읊고자 한 것은 「어머니 아직도 촛불을 켤 때가 아닙니다」에서 '어머니 이제 촛불을 켤 때입니다'로의 전환이긴 해도 원 바탕은 전원시인 시절의 소년의 목소리와 어법 그대로라 할 것입니다.

실상 그가 이 시를 들고 와 낭독하고 싶었던 곳은 당연히도 전조선작가대회 석상이었을 터입니다. 조선문학가동맹 주최 전조선문학가대회(1846년 2월 8～9일) 첫날의 입장자 총 85명 중 이태준, 김기림과 더불어 그가 제13번째였음을 보아도 이 사정이 엿보입니다.

시골 변산반도에서 단숨에 서울까지 올라온 36세의 소년이 대회가 진행되는 동안 막걸리집에서 벗들과 더불어 이 시를 읊었음에 틀림없었을 터입니다. 요컨대 시 「꽃덤풀」엔 시적 파탄이랄까 단절성이 발견되지 않습니다. 순수 서정성이 조금은 어조가 높았을 따름이지요. 그러나 「심판」(『문학』, 1947년 4월)에 오면 사정이 크게 달라집니다. 목소리는 결코 소년의 것이 아닙니다. 어른의 시선이고 목소리이지요. 그것도 아주 뚜렷한 산문적 목소리.

그것은 확실히 음산한 劇場이었습니다.
演劇이 始作하기 直前,
그대 여윈 팔에 쇠고랑을 채운 대로
傍聽席을 돌아보는 눈이 차게 타는 것은,
쉴새없이 끓른 그대 바른 意志의 表象이었습니다.

한때 地球를 둘러 맺던 쇠줄마저

썩어 물러앉인 오늘에

서투른 演技를 자랑하며 옛劇場을 지키는 俳優들의

잠꼬대 같은 審理와 서투른 論告와 어색한 求刑으로

그대가 어찌 詭辯에 쓸어지는

또 한 사람의 쏘크라테스가 되오리까?

기어고 演劇은 暗黑 속에서 끝이 났습니다.

달려가 그대 이마를 만지는 동무

쪼쳐가 그대 손목을 붙잡는 동무

억장이 막혀 그대로 바라보는 동무

우리 線線히 通하는 성한 피와 더부러

새로운 歷史의 審判을 약속하는

해볕이 단냥하게 窓을 넘어 흘러옵데다.

소년의 눈이 어느새 역사의 눈, 심판자의 눈으로 변질되어 서정적
요소가 전면적으로 압살된 형국이 아닐 수 없지요. 굳이 시인이 아니
어도 할 수 있는 목소리여서 이른바 미라든가 진실로서의 시인의 분신
은 한갓 돌덩이 모양의 관념성으로 화석화된 것입니다. 문학가동맹 기
관지의 선전시에서 크게 벗어날 수 없습니다. 그러나 「봉화」에 오면
사정이 조금 다릅니다. 「꽃덤풀」에 비해 서정적 목소리가 매우 굵어졌
긴 해도 「봉화」에는 분명 서정시인의 표정이 걸려 있습니다.

어슴발이 들 무렵에

젊은 놈이 찾아와서

'누굴 부뜰고 이 좁은 가슴을 터트려 보겠읍니까?'

막막한 이야길 듣는 나도
그 젊은 놈에겐 송두리채 붙잡혀줄 수도 없는
서러운 놈인가 보다

인젠 동무가 아니면 원수뿐입니다
원수와 동무가 뒤섞여 사는
적막한 정막한 세상이래서
나는 젊은 놈을 따라갈
힘도 여웠는가

어둔 하늘엔 별도 드믄데
부련듯 일어서며 젊은 놈은
가야겠다고 한다
젊은 놈을 따라나선 나는
'짐승들 요란히 우는 어둔 밤' 하며
내 귀에도 아스므라하니 불러본다

고개에 이르자 젊은 놈은 기어ㅎ고
짐승들이 요란히 우는
어두운 속으로 끝끝내 떠나고 말았다

나는 내 여윈 손아귀에
그 젊은 놈이 남기고 간 體溫과 더불어
얼어붙은 내 가슴 저 한구석에 뎅기고 간
빨가케 빨가케 타오르는 烽火를 본다
(「봉화」, 『문장』 속간호, 1948년 10월)

무엇보다 중요한 것은 '젊은 놈'의 등장입니다. 서정적 자아이자 시인 자신으로 되어 있는 이 시에 등장하는 '젊은 놈'은 다름 아닌 '나 신석정' 앞에 나타난 청년입니다. 대체 '나'의 앞에 나타난 '젊은 놈'은 과연 누구인가. 이 물음이 결정적인 것은 '젊은 놈'이 '나'의 분신이라는 점에서 옵니다.

여윈 손에 '젊은 놈'이 남기고 간 체온으로 말미암아 얼어붙은 내 가슴에 봉화가 피어올랐다 함에서 '나'와 '젊은 놈'의 관계가 드러납니다. 분신 관계가 그것. 여기에는 그럴 만한 깊은 곡절이 있습니다.

3. 소년 백(伯)이의 어른 되기의 과정

신석정 하면 전원시인이라 하고 교과서에도 실렸던 「슬픈 구도」의 시인으로 되어 있지요. 거기에서 생긴 시인의 이미지는 「촛불」이고 '어머니를 부르는 소년'의 더도 덜도 아닙니다. 반공을 국시로 하는 마당이었던 만큼 시인 주변의 논자들도 이런 고정관념에서 벗어나지 않으려고 했겠지요. 시인을 아끼고자 하는 마음의 흐름이 원광처럼 소년 이미지를 감쌌다고나 할까요. 그러나 이러한 주변의 조심스런 배려가 신석정의 서정시의 본질을 밝힘에 큰 방해가 되었음도 부정할 수 없지요. 그러한 구체적 사례의 하나가 위에 든 「봉화」입니다. 조선문학가동맹 주최 전조선문학자대회 첫날 13번째로 출석한 바 있는 신석정이고 보면 또 「심판」의 시인이고 보면 이 해방공간(나라 만들기의 세 가지 선택 가능성이 존재하는 시기)에서 활동한 신석정의 이런 시들을 가능한 묻어둠이 시인에 대한 논자들의 일종의 예의이기도 했을 터입니다. '전원시인 신석정'이란 이미지가 굳어진 것은 이런 지랄 같은 시대의 소산이었을 터입니다(허소라 씨의 「신석정 연구」(1988, 학위논문)에서 비로소 어느 정도 참여시인의 면모가 밝혀졌다). 이 선입

견에 서서 「봉화」를 대한 독자라면 또 「심판」을 읽은 사람이라면 일단 주춤할 수밖에 없었지요. 대체 이 '젊은 놈' 이 누구냐고 물을 수밖에요. 이 물음이 소중한 점은 단순한 젊은 놈이 아니라 시인 자신이 일찍부터 키워온 '소년' 이었음이 판명됩니다. 일찍부터 원했거니와 이 '소년' 은 「어머니 아직 촛불을……」 하던 바로 그 소년이었습니다. 그러니까 시인 자신이었고 따라서 시인의 분신이었음이 판명됩니다. 다음 시가 이를 증거하고 있습니다.

내가 떠나는 길에 눈이 나려
흰눈이 나려……
나려서 쌓여……

히고 찬 달이 숨고,
무수한 별마저 숨어,
눈만 나리는 밤.
눈만 쌓이는 밤.
少年 '伯' 이는
冬栢꽃 같이 타는 꿈을 지니고,
멀지 않어 화려한 明日이 온다고
쓸쓸한 이 고을을 떠나버렸다.

입술을 깨물면서 떠나는 '伯' 이는 少年이면서 벌서
少年은 아니었다.

'伯' 아
니를 보내고 도라서는 두 靑年 아버지와 나의 앞에는

한 사람의 단 한 사람의 '카츄샤' 도 없건만,

무晚間 끝없이 끝없이 걸어가야 할

'슬픈 西伯利亞' 만 하늘 밖에 아득하였다.

'伯' 이 떠나는길에 '伯' 이 꿈이 떠나는 길에

눈은 나려 나려서 쌓이는데……

눈만 나려 소리없이 쌓이는데……(『여성』, 1940년 4월)

'소년 伯에게 주는 시' 라 부제를 단「슬픈 서백리아(西伯利亞)」는 창씨개명이 실시된 지 두 달 뒤에 발표된 것. 이미 이때 시인은 소년을, 스스로를 변산반도와 청구원에서 떠나보낸 뒤의 노래였음이 판명됩니다. 촛불을 든 소년 신석정이 갈 곳 없이 고향에 주저앉아 어둠을 견디고 있지만 그의 분신인 '소년 백' 은 이미 저 시베리아로 떠나보냈던 것입니다. 고향 변산반도의 전원에 숨이 막힌 소년 백이가 눈 내리는 시베리아 벌판으로 달려갈 때 그는 이제 소년일 수 없지요. "입술을 깨물면서 떠나는 백이는 少年이면서 벌써 少年은 아니었다"라고 읊었던 것은 이 때문이지요. 「봉화」에 등장하는 '젊은 놈' 이란 1940년 시베리아로 떠나보낸 그 '소년 백이' 가 아닐 수 없지요.

이마가 몹시 희고 수려한 청년은 큰 뜻을 품고 조국을 떠나 아라사도 아니요 인도도 아니요 더구나 조국은 아닌 어느 모지락스럽게 고적한 좁은 방에서 '그 전날 밤' 을 새웠으리라.(「방」, 『학우구락부』, 1939년 9월, 부분)

실상 따지고 보면 소년 백이를 시베리아로 보냈다 하나 그를 시인 가슴속에 묻어두었던 것이기도 합니다. 조국도 시베리아도 아닌, 지도에도 없는 곳으로의 소년의 망명이란 이런 뜻이었을 터입니다. 소년 백이의 화려한 귀환까지 꿈꾸고 있었음은 소년을 위한 목가(牧歌)라는 다음 시에서도 확인됩니다.

少年아
인제 너는 白馬를 타도 좋다.
白馬를 타고 그 荒漠한 우리 牧場을 내달려도 좋다.

한때
우리 羊들을 노리든 승냥이떼도 가고,
시방 우리 牧場과 山과 하늘은
太古보다 곱고 조용하고나.

少年아
너는 白馬를 타고,
나는 구름같이 힌 羊떼를 데불고,
이 언덕길에 서서 우스며 이야기하며
이야기하며 우스며
荒漠한 그 우리 牧場을 찾어
다시 오는 봄을 기다리자.(『신세기』, 1946년 6월)

이마가 회고 수려한 소년 백이의 운명은 그후 어떻게 되었던가. 꽃덤풀 속에 함께 어우러져 함박 웃었던가. 하늘 같은 백마를 타고 구름 같은 양떼 노는 전원에 나타나야 했을 터이지요. 그러나 해방공간의 풍운은 그게 아니었지요. 밤중에야 찾아온 젊은 놈이었던 것. 그토록 아끼던 자기의 분신인 소년 백이의 귀환은 실로 참담한 것이었지요.

"짐승들 요란히 우는 어둔 밤"이었으니까. 전원의 유토피아는 한갓 허구였던 것. 소년 백이를 '나'는 이제 어쩔 수 없는 것. '나'의 분신인 소년이란 이젠 '나'로서도 어쩔 수 없는 존재로 되고 말았던 것. 시인의 절망이 여기 있음이다. 그러기에 시인의 앞길엔 거대한 『빙하』(1956)가 가로놓이고, 분노하는 『산의 서곡』(1967)만이 메아리 없는 형태로 우뚝 서 있을 따름. 더 이상 나갈 곳이 없었던 것입니다.

촛불 든 소년 백이의 손에 촛불 대신 들렸던 그 봉화의 행방은 어떻게 되었을까. 이런 물음을 새삼 떨쳐버리기 어렵습니다.

4. 농경사회 상상력의 깊은 뿌리

「신석정론」(1979)을 쓰면서 나는 신석정이 박한영 선사의 지도를 받았으나 종교에 빠져들지 않았음을 지적한 바 있고, 또 해인사(서정주)나 다솔사(김동리) 또는 월정사(조지훈)로 도피하지 않았음에 유의했지요. 도피나 유랑 대신 그는 고향 부안의 청구원, 변산반도 한구석에 뿌리내렸음도 지적했습니다. 무엇이 그로 하여금 고향 집착을 고집케 했을까.

학문에 신심을 갖는 것과 신심을 내는 것과는 확실히 거리가 있는 문제일 것이라고 생각했지만 불쑥 대답으로 스승(박한영—인용자)의 마음을 흐리게 한 것만은 오늘에 이르르도록 죄송스러웁기 짝이 없다. 금강산으로 입산수도의 길을 떠나자는 동료들의 간곡한 정을 물리치고 나는 귀향의 길을 서둘렀다. 몇 마지기 안 되는 전답이지만 그 악랄한 지주의 착취 대상으로 맡겨두기가 너무 가슴 아팠을 뿐 아니라 서울 생활을 더 지탱해낼 도리가 없었던 데도 그 원인이 컸다.(신석정, 『난초 잎에 어둠이 내리면』, 지식산업사, 1974, 276쪽)

이 대목을 인용하면서 나는 헉 하고 숨을 죽인 바 있었소. 농경사회의 상상력이 내성적이고 여린 소년의 가능성의 지평을 막았던 것으로 읽혔기 때문. 출발점인 "가을날 노랗게 물들인 은행잎이/바람에 흔들려 휘날리듯이/그렇게 가오리다/임께서 부르시면"(「임께서 부르시면」 첫 연, 『동광』, 1931년 8월)에 오면 한번 더 헉하고 숨이 막혔지요.

> 호수에 안개 끼어 자욱한 밤에
> 말없이 재넘는 초승달처럼
> 그렇게 가오리다
> 임께서 부르시면(2연)

촛불을 손에 든 소년의 목소리가 여기 있습니다. 대체 이 소년에게 '임'이란 무엇인가. 데뷔작 「선물」(『시문학』 3호, 1931)과 앞뒤로 한, 어쩌면 처녀작일 수도 있는 「임께서 부르시면」이고 보면 당초에 그에겐 '임'이 소년의 정신 위에 군림한 형국입니다. 타골에게 임이란 브라만이었을 테고 만해나 소월에게 그것은 부처님이거나 조국이거나 민족이었을 법합니다.

신석정에게 임이란 과연 무엇일까. 무엇인지 규정하기 어렵다 해도 그것은 소년이 우러러보는 '그 무엇'이었을 터입니다. 말을 바꾸면 소년으로 하여금 영영 소년으로 머물게 만드는 그 무엇이었을 터입니다. 소년을 더 이상 자라게 하지 못하는 임의 존재로 말미암아 소년은 '유아기적 상태'에서 결코 벗어나지 못합니다. 여기에서 전원으로 표상되는 그 '전원'이 실상은 농경사회 상상력의 소산임을 엿볼 수 있습니다. 그것은 '어머니' 쪽이 아니라 가부장제로 표상되는 아비상이 아닐 수 없지요. 8·15해방으로 말미암아 시인은 비로소 가부장제적 아비 의식에서 해방되고자 합니다.

「삼대」(1946년 3월, 『3·1 기념 시집』 수록)가 그것. 스스로 새로운 아비 되기의 결의가 그것.

벼슬을 잃으신 할아버지는
벼슬과 나라를 고스란히 斷念하면서
술과 친구와 글에 묻히어
말썽많은 세월을 잊은듯이 보내시더니

나라를 잃으신 아버지는
육친도 벗도 고향도 斷念하면서
어무찬 설음에 큰뜻을 세우시고
밤ㅅ길로 밤ㅅ길로 國境을 넘어가시더니……

에미도 애비도 잃어버린 자식은
한때 제몸까지도 斷念하면서
갈러진 하늘을 목메이게 呼吸하더니
모조리 斷念하기를 서로 盟誓도 하였더니라.

「삼대」에서 비로소 소년은 유아기 의식에서 벗어납니다. 삼대에 걸치는 이 가부장제적 질곡의 덫에 치어 어른으로 크지 못한 소년의 목소리가 해방공간에서 비로소 메아리칩니다. 낡은 철학을 버리고 새로운 철학을 갖자는 것. 지금까지 한번도 가져보지 못한 철학이란 새삼 무엇인가. '나라 만들기'가 아닐 수 없지요. '나라 만들기'란 또 무엇인가. 그게 무엇이든 그것은 소년이 할 수 있는 것이 아니지요. 청년, 어른이 아니면 생심도 할 수 없지요. 촛불이 아니라 횃불이어야 하는 것.
일찍이 헤겔은 『역사 속의 이성』에서 동양적 질서의 핵심에 놓인 것이 가부장제라 보고 '산문적 성격의 제국', '지속의 제국'(Ein Reich der Dauer) 개념으로 중국 역사를 설명했습니다.

> 중국 및 몽고제국은 신정적 전제주의의 나라로서, 여기에는 가부장제적 상태가 그 근저에 놓여 있다. 즉, 여기서는 첨단에 자리를 잡고 있는 아버지가 우리 모두의 양심에 귀착되는 문제에 대해서까지도 지배권을 행사하는바, (……) 중국에서는 하나의 전제군주가 최첨단에 자리잡고 있어서, 여러 가지로 분화된 세습적 계층에 따라서 조직적으로 구축된 하나의 정부를 영도함은 물론 종교 관계나 가사 문제까지도 동법(同法)에 의하여 규정되어 있는 고로 개인은 여기서 도덕적인 자기 상실을 강요당한 것이나 다름이 없다 하겠다.(헤겔, 『역사 속의 이성』, 임석진 역, 지학사, 310~311쪽)

이러한 헤겔의 논법에 따르면 중국 역사엔 단계적 발전(변증법)이 없으며 따라서 역사 자체가 성립되지 않지요. 지속으로서의 재생산만 있는 만큼 비역사성으로 규정될 수밖에요(졸저, 『한국근대문학사상비판』, 일지사, 1978, 27~29쪽). 하나의 국가가 내부적 자기 발전이 없으면서 다른 여러 국가 상호간엔 끊임없이 변화와 항쟁을 마지않는 상태, 이를 일러 '지속의 제국'이라 했던 것. 『논어』에서 보아도 이 점이 뚜렷합니다. 제나라 경공이 정치를 묻자, 공자의 대답(안연편)은 이러합니다. "군군, 신신, 부부, 자자(君君, 臣臣, 父父, 子子)"라고. 임금은 임금다워야 하고 신하도 그래야 하고, 아비도 자식도 그래야 하는 법. 한 나라나 한 집안을 문제 삼을 땐 아비는 언제나 아비이며 아들 또한 그럴 수밖에. 아들이 아무리 유능하고 잘났어도 집안에 돌아오면 색동옷 입은 아이일 뿐 아니라 어른이 될 기회란 아비가 있는 집안에서는 영영 없지요. 그러나 만일 이 아이가 집안을 벗어나 대외적 활동에 들어가면 그 순간부터 이른바 어른이 될 수 있었던 것. 이런 기회 이외에는 어른이 될 수 없는 법. 처녀작 격인 「임께서 부르시면」에서처럼 임의 가문에 들어서기만 하면 색동옷 입은 어린이가 될 수밖에. 영원한 소년일 뿐이지요.

유랑도 출가도 않고 변산반도 땅에 매였던 신석정이 알게 모르게 자기의 어른 됨을 막는 '지속의 제국'에서 벗어나고자 몸부림쳐온 것. 여기에 시인 신석정의 바른 좌표가 있습니다. 소년 백이를 은밀히 시베리아 벌판으로 내몰았던 것이 그것. 소년 백이가 늠름한 청년이 되어 백마 타고 나타나길 고대했음이 그것. 마침내 '삼대'에 걸친 '철학'이 극복되는 8·15를 맞았지요. '꽃덤풀'에 함께 뒹굴 수 있는 세계의 도래가 그것. 바야흐로 촛불의 소년이 횃불의 어른으로 변모하기가 그것. 어른만이 '나라 만들기'에 임할 수 있지 않겠는가.

5. 단일성과 전체상

일제 36년이 '나라 찾기'로 정리될 수 있다면 해방공간(1945~48)은 '나라 만들기'로 요약될 수 있습니다. 국가모델의 선택 가능 영역은 다음 세 가지. (A) 부르주아 단독 독재형 (B) 노동계급 단독 독재형 (C) 연합(인민연대) 독재형이 그것. 이 가운데 (C)가 당시의 한국적 현실에서는 비교적으로 합리적이었을 터. 이른바 남로당의 노선이 이에 해당됩니다. 만일 그렇다면 어째서 역사는 (A), (B)로 판가름나고 말았을까. 어째서 (C)는 (A)에서도 (B)에서도 여지없이 배척되어 숨도 제대로 쉴 수 없는 상태에 빠지지 않으면 안 되었을까. 누가 이 사태를 적절히 설명할 수 있을까. 헤겔투로 말해 '역사의 간지(奸智)'일까. 단순한 냉전 체제의 산물이었을까(대한민국이 수립된 뒤 (C)에 속했던 5만 2천 82명이 자수하여 보도연맹에 가입했고 이에는 정지용, 황순원, 강형구, 임서하 등도 포함되어 있다(『조선일보』, 1949년 12월 2일).

이 사태 앞에 선 어른 신석정은 어떠해야 했을까. 「심판」을 할 수밖에 없었던 것일까. 아이의 어른 됨이란 대외적 활동, 적과의 싸움터에서 비로소 가능한 법. 이미 어른이 되어버렸기에 귀거래사를 읊을 수도 없는 노릇. 외부와의 투쟁에서 비로소 어른이 될 수 있지만, 일단 싸움이 끝나고 귀가하는 마당이면 다시 유년기로 돌아와야 하는 법. 거기 가부장제로서의 질서. 농경사회 상상력이 엄존해 있으니까. 고향에 오면 언제나 아이이고 소년일 뿐. 당연히도 심리학적인 것입니다. '소년의 어른 되기'가 오직 정치적 이데올로기 단일성으로 치달았음인 까닭에 이 단일성이 문제적이지요. 그가 선택한 단일성이란 무엇이었던가. (C)가 아닐 수 없지요. 문제는 (C)가 단일성에 지나지 않음에서 옵니다. 아무리 (C)가 합리적이었어도 단일성임에 틀림없는 것이라면 그것에 대한 좌절 의식은 어른이 되어버린 마당에서는 어떠해야할까. 『빙하』, 『산의 서곡』의 세계로 향하기가 그 한 가지 방도였을 터. 산을 상대하고, 산과 대화하고, 산을 향해 외치고 또 가슴 치기가 그것. 그때 산은 묵묵했을 테고 그 침묵 속에서 그는 은밀한 속삭임을 알아차렸을 터입니다. 초승달도 그 속에 있었고, 시누대 숲이 치는 피아노 소리도 함께 들었을 터입니다. 그렇기는 해도 이 어른은 소년으로 퇴행하는 자기 모습에 자주 당황하곤 했을 터입니다. 김동리처럼 한국인의 생사관(샤머니즘)으로도 나아갈 수 없었고, 미당처럼 신라 천년이나 소월의 세계로 나아갈 수도 없었을 터. 상공업주의의 근대가 앗아가기 이전의 한국인의 어법(미당)이나 문법(동리)의 재건에 나아갈 수도 없었을 터(졸저, 『미당의 어법과 김동리의 문법』, 서울대출판부, 2002). 그렇다고 김현승처럼 신 앞의 '절대고독'으로 나아갈 수도 없었을 터. 그가 할 수 있는 일이란 고향에서 꼼짝하지 않으면서 또 다른 고향을 꿈꾸기입니다. 그것은 소년 백이의 촛불 든 모습이 아닐 수 없지요. 고향이란 그에게 새삼 무엇이뇨. 소년 백이의 고향이 아닐 수 없지요. 출발점인 「임께서 부르시면」 달려가야 될 곳이 아닐 수 없지요. 끝내 그는 이 단일성에 생을 걸었을 것. 고향이란 그러니까 그에겐 정치(이데올로기)로서의 단일성이 아닐 수 없지요. 다음 대목을 잠시 보십시오. 단일적 동시성이 아닐 수 없지요.

병상의 오늘도 어젯밤 비로 씻긴 시누대 잎이 바람에 나부낀다. 가지
가 휘어지도록 열매에 묻힌 호랑가시나무에도 자르르 윤이 돋아 흐른다.
이것들을 바라보면서 나는 조만간 돌아가야 할 내 고향을 생각한다.
그 언젠가는 돌아가야 할 고향을……
버리고 온 생활이여
나의 벅차던 청춘이
아직도 되살아 있는
고향인 성싶어 밤을 새운다.
병상이어도 나는 이러한 나의 고향과 또 나를 생각해준 나의 원근 교
우들을 생각하는 것으로 이 여름철도 괴롭거나 외롭지 않게 견디어낼
것 같다.(『난초잎에 어둠이 내리면』, 지식산업사, 1974, 370쪽)

"나의 벅차던 청춘", 그것이 고향이었던 것. 촛불과 횃불은 이 점에서 등가였을 터. 촛불의 시인은 그러니까 횃불의 시인이었을 터. 이 두 불꽃이 아울러 내는 빛과 열도를 함께 젤 수 있는 것이 신석정론의 전체상일 터입니다.

『달개비꽃』의 미와 생리
—김춘수의 유고집이 놓인 자리

1. 「꽃」이 놓인 자리

미당 이래 최대의 시인으로 평가받던 김춘수의 입원에 즈음, 세상은 안타까움으로 이를 지켜보고 있었소. 담당 간호사의 손에 의해 다음과 같은 시가 의식불명의 시인의 병상 벽에 걸려 있다는 도하 신문의 보도에서 그 안타까움은 형언하기 어려운 그리움으로 우리를 가만히 울리지 않았던가.

내가 그의 이름을 불러주기 전에는
그는 다만
하나의 몸짓에 지나지 않았다.

내가 그의 이름을 불러주었을 때
그는 나에게로 와서
꽃이 되었다.

내가 그의 이름을 불러준 것처럼

나의 이 빛깔과 香氣에 알맞은

누가 나의 이름을 불러다오.

그에게로 가서 나도 그의 꽃이 되고 싶다.

우리들은 모두

무엇이 되고 싶다.

너는 나에게 나는 너에게

잊혀지지 않는 하나의 눈짓이 되고 싶다.

이 「꽃」만큼 친근한 시는 흔치 않소. 거기엔 독자 저마다 가슴에 품은 사랑이 숨겨져 있지 않았던가. 첫사랑 말이외다. 첫사랑, 두번째 사랑, 그리고 끝 사랑. 좌우간 이런 사랑을 해보지 않은 사람이 세상엔 없는 법. 그러기에 너나 할 것 없이, 알게 모르게 「꽃」을 외웠던 것. 어째서 그러한가. 사랑이란 것을 잠시 음미해보면 금방 그 해답이 나옵니다. '나'를 뺀 세상 모든 것이 타자라는 것. 타자란 또 무엇인가. 세계가 아닐 것인가. 아주 단순 명쾌한 자리에서 보는 세계란 무엇인가.

먼저 여기에 세계가 있습니다. 세계란 내가 지금 여기 있다는 의식을 중심으로 해서 공간적으로는 여기, 저기, 보다 먼 곳 등의 상하, 좌우, 전후의 지평에, 시간적으로는 썩 먼저, 저번, 지금, 그 다음, 아주 뒤 등 전후 두 방향의 지평으로 넓혀지고 이어져 그것들이 하나의 세계로서 '나'에게 나타납니다. 이 이어지고 넓혀진 저쪽은 '나'에겐 원리적으로는 '미지'(아직 모르는 것)이지만, 그러나 그것은 분명히 존재하는 것으로 이어져 있다고 느껴집니다. 말을 바꾸면 공간·시간의 지평의 확대, 그 유일·동일성, 그것이 원리적으로는 미지성(未知性)을 갖는다는 것. 이처럼 미지의 부분이 확실히 존재한다는 확신, 이것이 '자연적 세계상'의 첫번째 특징입니다.

그 다음은 어떠한가. 이 세계는 나에게 하나의 단순한 사상세계(事象世界)로서 존재함이 아니라, 가치세계, 재화(財貨)세계, 실천세계로서도 존재한다는 것. 그러니까 자연적 세계상이란 물리적 존재가 아니라 여러 가지 가치와 상상력을 머금은 까닭에, 실천적 활동의 대상으로 존재한다는 것. 끝으로 중요한 것은 이러한 자연존재, 가치존재로서의 유일한 세계 속에 '나'는 '나'와 같은 마음을 가진 '타자'들과 더불어 존재한다는 확신을 갖고 있다는 점입니다.

이러한 상식이 놓인 자리가 바로 이원론적 사고틀인 주관/객관 도식입니다. 저기 꽃이 있습니다. 내가 그 꽃을 보고, 아 꽃이 저기 있다고 느낍니다. 과연 실제로 그 꽃이 거기 있는 것일까. 어쩌면 그것은 내 마음이 만든 허상이 아닐까. 이 문제만큼 여러 민첩한 사람들을 괴롭힌 것은 많지 않지요. 데카르트, 칸트, 헤겔 등이 온 정성을 쏟아 이 문제에 매달렸던 것만 보아도 알 수 있는 일. 과연 주관/객관은 일치되는 것인가. 인식과 대상이란 무엇인가를 묻고 이 난문을 뚫고자 한 앞잡이가 바로 현상학의 창시자 후설이지요. 그의 문제 제기부터 잠시 볼까요.

인식(내가 사물을 알아차리는 것)은 그것이 어떻게 형성되었든 간에 한 개의 심적 현상이다. 때문에 인식하는 주관의 인식이다. 그뿐인가. 인식에는 인식된 객관이 (주관과) 대립되어 있다. 그렇다면 대체 어떻게 하여 인식은 인식된 객관과 인식 자신과의 일치를 확인하는 것일까. 인식은 어떻게 하여 자기를 넘어서서 그 객관에 확실히 적중할 수 있는가.(『현상학의 이념』 제1강)

눈앞에 돌멩이가 있다고 합시다. 내가 의심 없이 그 돌멩이를 보고 있지요. 그러나 일상적 태도에서 벗어나 엄밀히 따져보면 기묘한 문제가 생깁니다. 시방 내가 보고 있는 것은 나의 눈에 비친 돌멩이상(인식으로서의 돌멩이)이지요. 이때 그 상은 돌멩이 자신에서 온 것이라 생각되지요. 이 얼마나 자연스러운 현상인가. 그러나 여기서 난문이 생깁니다. '인식으로서의 돌멩이'와 '대상으로서의 돌멩이'가 동일한 것이라는 보증은 대체 어디에 있단 말인가. 이 이원론적 사고는 논리적으로 생각하는 한 그 누구도 원리적으로 이 '일치'를 확증할 수 없다는 것, 이것이 현상학이 제기한 근본 문제지요. 설마, 라고 할지 모르나, 실상 후설 말대로이지요. '나는 생각한다. 고로 존재한다'가 이를 웅변으로 말해놓았지요. 칸트도 헤겔도 이 난문에 매달렸지요. 그중 헤겔의 방식이 썩 그럴싸합니다.

2. 주어적 사고와 술어적 사고 사이

헤겔의 세계 인식을 자세히 논할 자리가 아니기에 요점만 적으면, 그 역시 주관/객관이 지닌 난문을 그대로 둔 채 주관/객관의 변증법적 정밀화를 내세웠지요. 의식→자기의식→절대의식에 이르는 정신의 운동이 그것입니다. 주관/객관의 도식을 그대로 두고, 라고 했거니와, 달리 말해 주체(나)를 중심으로 세계(대상, 타자)를 인식하는 틀을 가리킴이지요. 악명 높은 동일성의 철학이라 부르는 것도 이를 가리킴인 것. '나'가 세계의 중심이며 '나'가 세계(대상, 타자)를 인식, 규정, 지배한다는 이 원리가 소위 서구 형이상학의 기본항이지요. 니체가 그토록 때려부수고자 한 주어적 사고(思考)가 바로 그것. 주관/객관의 도식에 도사린 지독한 독아론(獨我論)이 그것. '나'의 인식이 전부이며 세계는 이에 종속된다는 것, 이것만큼 굉장한 폭력이 달리 있을 것인가. 대포, 기관총, 미사일, 컴퓨터를 만든 이 폭력이 유태인 650만 명을 때려죽인 장본인이 아니었던가. 서구 학문의 위기를 몰고 온 장본인이라 할 이른바 도구적 이성이 그것. "아우슈비츠 이후에도 서정시가 씌어진다는 것은 야만이다"라고 갈파한 유태인 철학자 아도르노가 그토록 헤겔 철학을 미워하고 이에 도전하여 내세운 것이 『부정변증법』(1966)이 아니었던가. '비동일성'의 철학으로 동일성의 철학에 맞서기라고나 할까. 그렇다고 해서 동일성의 사고방식 그것을 물리칠 수 있었을까. 어림도 없지요. 조금 움츠러들었는지 몰라도 여전히 건재함이 현실이지요. 어째서 그러할까. 앞에서 잠시 살핀 '자연적 세계상'에 주목할 것입니다. 일상인으로서 우리는 '자연적 세계상'에 익숙해 있지 않은가. 저기 꽃이 있습니다. '나'가 그것을 보고 있지요. 꽃이 저기 있다는 것, '나'가 그것을 보고 있다는 것, 이 주관/객관 이원론의 도식만큼 의심 없이 자연스런 것도 없다는 것. 이것이 우리의 일상적인 삶, '자연적 세계상'입니다.

그런데 이 '자연적 세계 인식'이란 따지고 보면 앞에서 살폈듯 동일성의 철학 위에 서 있습니다.

　　내가 그의 이름을 불러주기 전에는
　　그는 다만
　　하나의 몸짓에 지나지 않았다.

과연 그렇지요. '나'가 '너'를 '꽃이여!'라고 부르자 아무것도 아닌 '너'가 비로소 '꽃'이 되었다는 것. '나'가 '나'를 중심으로 세계를 지배하기, 소위 동일성의 틀이 엄밀히 작동하고 있지요. 이 얼마나 무서운 지배욕이며 폭력인가. 650만 유태인을 때려죽인 그 폭력의 근거도 여기에 있지 않았던가.

꽃이여! 라고 내가 부르기란, 사물에 이름을 붙여주기란, 분류하기,

개념화하기인 것. 권력으로서의 법(法)의 근거이지요. 분류표로서의 법(푸코, 『말과 사물』)에서 벗어나면 여지없이 괴물적 인간, 교정해야 할 인간, 자위하는 인간으로 분류되어 배제와 억압의 대상이 될 수밖에요. 꽃이여, 하고 내가 불렀을 때 그 꽃이 내 지배 아래 분류되고 개념화되어 분류표에 수용되는 것이라면 얼마나 초라한가. 아무 저항 없이 내 속에 동화됨이란, 그만큼 보잘것없다는 증거이자 동시에 내가 가진 폭력(권력)의 강력함의 증거인 것. "누가 나의 이름을 불러다오. 나도 그에게로 가서 그의 꽃이 되고 싶다"란 어디까지나 후속 조치에 지나지 않습니다. 내가 너를 지배한 뒤에 너에게 내가 승인받기란 노예에게 주인으로서의 승인받기인 것. 그런 승인이 과연 등가의 승인일 수 있을까.

주관/객관 도식이 빚어내는 세계 인식이 의미의 세계일 수밖에 없음을 지금껏 살펴보았습니다. 굳이 일러 '의미의 세계'라고나 할까.

"우리들은 모두/무엇이 되고 싶다./너는 나에게 나는 너에게/잊혀지지 않는 하나의 눈짓이 되고 싶다"로 되어 있음에 주목해보십시오. 발표 당시엔 "하나의 눈짓"이 "하나의 의미"로 되어 있었지요(『꽃의 소묘』, 1959). "하나의 의미"를 "하나의 눈짓"으로 고쳤다고 해서 별로 달라진 것은 없습니다. 조금 구체적일 뿐이지요. 그래봤자 주어적 사고의 소산인 까닭입니다. 서양 형이상학을 성립시킨 주어적 사고란 세계 인식의 주체가 '나'임을 전제로 했기에 타자란 어디까지나 종속적일 수밖에 없지요. 어디까지나 '나'의 마법권에서 결코 빠져나갈 수 없지요.

지금까지 논의해온 것은 김춘수의 초기 대표작으로 평가받는 「꽃」이 놓인 자리입니다. 정확히는 4·19가 나기 한 해 전의 일. 그러나 조금 주의 깊은 독자라면 이 「꽃」과 더불어 혹은 조금 먼저 「꽃 I」과 「꽃 II」가 씌어졌음에 주목했을 터입니다.

바람도 없는데 꽃이 하나 나무에서 떨어진다. 그것을 주위 손바닥에 얹어놓고 바라보면, 바르르 꽃잎이 훈김에 떤다. 花粉도 난〔飛〕다. "꽃이여!"라고 내가 부르면, 그것은 내 손바닥에서 어디론지 까마득히 떨어져간다.

지금, 한 나무의 변두리에 뭐라는 이름도 없는 것이 와서 가만히 머문다.(「꽃Ⅱ」 전문)

꽃이여, 하고 내가 부르니까 돌연 그것은 나로부터 멀어져간다는 것. 그것도 까마득히 떨어져간다는 것. 이런 사태란 「꽃」에서 보여주는 인식의 방식과는 또 얼마나 다른가. 실상 정반대라 할 수 있겠지요. 꽃이여, 하고 내가 이름을 짓거나 부르면, 그것이 내 지배 아래 들어온다는 것이 「꽃」이었고 주관/객관 동일성의 세계 인식이라면 「꽃Ⅱ」는 정반대인 셈이지요. 꽃이여, 하고 이름짓는 순간, 그것은 나의 인식의 마법(지배)권에서 벗어나 아득해진다는 것, 이름 없는 것이 된다는 것, 여여(如如)한 꽃이란, 그러니까 그를 지배하고자 할 때 생긴다는 것. 이는 과연 어떤 역설일까요. 내가 그(타자)를 지배하고자 함이 「꽃」의 세계라면 그 정반대가 「꽃Ⅱ」일진댄, 대체 시인은 어느 편에 서 있단 말인가. 이름을 부르면 내 것이 된다는 인식과 이름을 부르면 나에게서 아득히 도망친다는 인식이 한 시인 속에 공존해 있습니다.

이런 현상을 두고 난해시 혹은 애매성의 시라 부를 터입니다. 자기도 모르는 상태의 시라 이를 터입니다. 이런 상태는 비단 김춘수에 한정되지 않음에 주목할 것입니다. 김수영도, 김종삼도 그러했지요. 일제 시대 일어로 된 근대적 교육을 받은 이들 세대는, 토속적인 어휘에 대한 생득적 감각이 부족했지요. 그들이 근대적 인식, 곧 도시적 서정을 노래한 점에서 참신했지만, 그것은 제국주의가 낳은 현상에 지나지 않았다는 것, 이 사실을 그들이 직시하지 못했음에서 온 현상이라는 것. 그들은 모더니즘이라는 핑계 아래 식민지적 모순을 천착하지 못하고 삶이란 더구나 현대적 도시의 삶이란 으레 그런 것이라고 단정함으로써 죽는 시늉, 아픈 시늉, 숨넘어가는 시늉을 일삼았던 것. 자기도 모르는 난해시를 염치도 없이 써댔것다. 이들 머리 위를 철추처럼 내려침으로써 정신을 번쩍 들게 한 것이 저 빛나는 4·19가 아니었던가.

3. 「인동잎」과 순수한 이미지

4·19가 이들 모더니스트 삼인방의 온몸을 후려치며 뚫고 지나갔을 때 김수영은 바람보다 빨리 '거대한 뿌리'를 향했지요. 「하…… 그림자가 없다」(1960년 4월 3일)까지 그는 "우리들의 싸움은 쉬지 않는다"고 했지만 「우선 그놈의 사진을 떼어서 밑씻개로 하자」(1960년 4월 26일)에 오면 그냥 외침이지요. 혁명이란 자유를 얻기 위한 수단이었던 것. 그러나 그것이 일년 만에 송두리째 도둑맞았다는 것이야말로 거대한 싸움의 시작, 곧 의미의 시의 전개입니다. 「신귀거래」 연작이 이를 새삼 말해주는 것. 이미 자유를 체험해버렸기에 새로운 적의 등장은 의미의 시의 에너지원이 되기에 모자람이 없었던 것. 이렇게 되면 시인 신동문이 그러했듯 행동과 시의 관계로 발전할 수밖에요. 이를 옆에서 지켜봄이란 소심한 기교파 모더니스트들의 간담을 서늘케 함에 모지람이 없었지요.

이 무렵 국내 시인으로는 나에게 압력을 준 시인이 있다. 고 김수영 씨다. 내가 '타령조' 연작시를 쓰는 동안 그는 만만찮은 일을 벌이고 있었다. 소심한 기교파들의 간담을 서늘케 하는 그런 대담한 일이다. 김씨의 하는 일을 보고 있자니 내가 하고 있는 시험이라고 할까 연습이라고 할까 하는 것이 점점 어색해지고 무의미해지는 것 같은 생각이었다. 나

는 한동안 붓을 던지고 생각했다.(『김춘수 전집(2)』, 문장, 1982, 356쪽)

'소심한 기교파'라 했거니와 이는 김춘수가 스스로를 제일 잘 규정한 것. '대담한 기교파'도 있는가. 물론 있지요. 「뇌염」(1952)의 김구용, 「고전적 속삭임 속의 꽃」(1964)의 전봉건 등은 기교파이긴 해도 결코 전전긍긍하지 않았지요. 둘 다 자연과 고전을 갖고 있었기에 그들이 구사하는 기교란, 기껏해야 이 범주 내에서의 일이었고, 따라서 든든한 것이었지요. 실패할 수 없지만 설사 실패해도 겁날 것이 없는 형국이니까. 이에 비해 이미지 하나에 거미처럼 전부를 건 모더니스트 김춘수의 처지는 크게 달랐습니다. 이미지라는 허공에 뜬 거미줄이 그대로 생명줄이었던 까닭이지요. 그렇다면 과연 이미지란 무엇인가. 개념적 규정이기에 앞서 그것은 시 자체, 시적 영위 전부를 가리킴이라 믿은 시인 중의 하나에 김종삼이 있습니다.

　　내용 없는 아름다움처럼

　　가난한 아희에게 온
　　서양 나라에서 온
　　아름다운 크리스마스카드처럼

　　어린 羊들의 등성이에 반짝이는
　　진눈개비처럼(김종삼, 「북 치는 소년」 전문)

'내용 없는 아름다움'이라 규정되는 현장이 바로 여기입니다. 대체 내용 없이도 아름다움이 있을 수 있을까. 김수영이 들었다면 기절초풍했을 터입니다. 김수영이 선 자리는 이렇게 분명하니까. "내용은 언제나 밖에다 대고 '너무나 많은 자유가 없다' 는 말을 해야 한다. 그래야 지만 '너무나 많은 자유가 있다' 는 형식을 정복할 수 있고, 그때에 비로소 하나의 작품이 간신히 성립된다"(「시여 침을 뱉어라」, 『김수영 전집(2)』, 민음사, 251쪽)는 김수영이기에 내용/형식의 변증법이 엄존해 있는 형국이니까. 그 정반대 쪽에 「북 치는 소년」이 있고, 있되 '내용 없이' 있지 않겠는가. 어째서 내용 없이도 있을 수 있고, 또 그것이 시(아름다움)일 수조차 있을 수 있는 것일까. 이 물음엔 다음과 같은 민첩한 해설이 있습니다.

이 시는 다른 여러 김종삼의 시들과 마찬가지로 생략에서 빛을 얻는다. 그러나 '어린 羊들의 등성이에 반짝이는/진눈개비처럼' 의 이미지가 없으면 이 시는 살아나지 못했을 것이다. 이 이미지에 부각된 양은 아마 윗 연의 '아름다운 크리스마스카드' 에 인쇄된 양이고, '반짝이는 진눈개비' 는 아마 양의 등허리에 빛을 반사하도록 붙여놓은 유리가루였을 것이다. 그것이 바로 '내용 없는 아름다움' 이다. 이런 유추를 그 이미지가 담당하고 있는 것이다."(황동규, 『젖은 손으로 돌아보라』, 문학동네, 2001, 287쪽)

북 치는 소년이 제목에만 나와 있고 정작 시 내용에서는 부재하고 있는 이 사태야말로 '내용 없음' 이 아닐 것인가. 그것이 과연 '아름다울 수도' 있을까. '있다!' 에 승부를 건 것은 이른바 잔상(殘像) 효과이지요. 서양 소년이 북 치는 그림을 보면서 시인은 자신과 그를 동일시하지 않고 다만 생소함과 아름다움을 동시에 느끼고 있을 뿐입니다. 정작 북 치는 소년은 본문 속에선 공백 상태이지요.

거미처럼 이미지밖에 기댈 곳 없는 김종삼이, 포획한 곤충을 귀신처럼 감추어 보이지 않게 하는 기교파라면, 그 포획물을 선연한 이미지로 허공에 매달아놓은 쪽에 선 기교파가 김춘수였습니다. 자 보십시오.

겨울에도 아직 파릇파릇한 것이 인동잎의 존재 방식입니다. 이 푸른 잎, 붉은 열매, 하얀 새가 쏘아내는 것은 선명한 이미지이지요. 선명함이란 단순함인 것. '인간의 꿈' 따위란 이에 비해 얼마나 초라한가. 색깔의 선도에 역비례하는 것이 인간적 영위인 셈. 기술적(descriptive) 이미지와 비유적(metaphorical) 이미지로 가른다면 전자에 속하는 것(『김춘수 전집(2)』, 243쪽). 서술적 이미지란 이미지 그 자체를 위한 이미지(T. E. 흄)이기에 그만큼 단순한 것. 이에 비해 비유적 이미지란 얼마나 칙칙하며 불투명한가. 요컨대 불결한 것이지요. 이 불투명함, 불결함이란 따지고 보면 문학사적 사건성에 관여된 사상임에 주목할 것입니다.

20세기 초두에 등장한 시사적 흐름으로 뚜렷한 것이 이미지즘이며 T. E. 흄으로 대표되고 있고 그 연장선상에 엘리엇의 저 유명한 『황무지』(1922)가 놓여 있습니다. 이들이 이미지의 단순성, 투명성을 그 승부처로 삼았음은 그 앞세대가 달성해놓은 낭만주의적 시의 영위, 그 대표격인 상징시의 저 애매모호함에 대한 도전의 의미를 지닌 것. 상징시의 본질을 누구보다 잘 알고 있던 엘리엇이기에 『황무지』가 가능했음에 생각이 미친다면 어째서 기술적 이미지의 추구가 그토록 소중했는가를 간파할 수 있습니다. 오묘하기 짝이 없는 난해시인 상징시의 거대한 성채에 맞서는 것이 이미지즘이었기에 그 의의가 뚜렷하지요. 김춘수가 매달린 데가 바로 T. E. 흄의 자리이고, 이 점에서 김춘수만큼 집요하고도 일관성 있게 밀고 나간 경우란 실로 희유합니다.

그렇다면 이러한 일관성을 가능케 한 이른바 대타의식(對他意識)의 대상은 무엇이었을까. 엘리엇이 맞섰던 거대한 전(前)세기적 상징시에 준하는 대상이 김춘수에겐 무엇이었을까. 앞에서 보인 대로 그것은 김수영이었지요. "이 무렵 국내 시인으로 나에게 압력을 준 시인이 있다. 고 김수영씨다"가 그것. 자기와 같은 소심한 기교파에게 김수영의 그 대담한 시적 행보는 얼마나 위협적이었던가. 대체 그 무렵이란 언제였던가. 김춘수는 그 무렵 엘리엇의 시론과 '우리 옛노래 그 가락들'을 두고 실험을 하고 있었지요. 자기 자신의 기록대로 하면 그중에서도 아주 품격이 낮은 '장타령'을 붙들고 이를 엘리엇의 시론과 결합시키고자 했던 것(『전집(2)』, 356쪽). 「타령조」연작이 이에 해당됩니다. 그렇지만 이 실험은 실패하기에 모자람이 없었지요. 장타령이란 리듬이 아니었던가. 엘리엇의 투명성과 상용되지 않는 억지타령이었지요. 그 불가능이 그에게 큰 교훈으로 작동했을 터입니다. 그 교훈에서 얻은 회색의 열매가 그의 후반부 시업의 성과인 이른바 '무의미의 시'의 세계입니다.

4. 바보 되기의 몸부림—「하늘수박」

김수영의 거대한 존재가 그를 위협하고 있을 때, 이에 맞서기 위해 엘리엇(이미지)과 장타령(리듬)을 결합하고자 애쓰다 실패했을 때 김춘수는 얼마나 당황했을까. 이때 그를 구해준 시인이 김종삼이었지요. '내용 없는 아름다움' 이 그것.

엘리엇의 시론이란 서구 전통에 기반을 둔 투명성이었다는 사실을 몰각한 상태에서 이를 저급한 한국적 장타령과 결부시키고자 모색했을 때 시인이 몰랐던 것은, 장타령이 갖고 있는 것이라곤 리듬뿐이라는 사실입니다. 그것도 불규칙적인 리듬이기에 어떤 이미지도 이에 부딪치면 혼탁해지기 마련인 것. 방법은 하나. 리듬을 버리고 선명한 기술적 이미지, 그 단순성으로 향하기가 그것. 이를 가르쳐준 것이 '내용 없는 아름다움' 의 시인 김종삼이었지요. 김춘수에게 그가 속삭여 마지않았지요. 이미지로 일관하라, 라고. 장타령 리듬을 버려라, 라고.

이에 대한 김춘수의 반응은 어떠했던가. 이 반응이란, 따져보면 이 나라 시문학사에서의 한 장관이 아닐 수 없지요. 어째서 그러한가. 첫째 이미지로 일관하라는 충고를 그대로 수용하기가 그것. 김수영에 맞설 수 있는 방법은 그 길뿐이니까. 둘째, 이미지로 일관하되 잔상 효과를 노리는 김종삼의 이미지 생략 방식과는 구별되는 김춘수식 방법의 모색이 그것. 앞에서 본 「인동잎」은 이쯤에서 보면 여지없는 실패작이 아닐 수 없지요. 어째서 그러할까. 제6행부터 8행까지, 곧 "월동하는 인동잎의 빛깔이 (……) 더욱 슬프다"는 관념의 비유로서의 이미지이지 기술적 이미지가 아니니까. 순수한 이미지란 기술적이어야 하니까. '슬프다' 의 용법이란 이 경우 관념의 설명이 되고 있을 뿐이지요. 이런 처지에서 보면 「인동잎」은 실패작이 아닐 수 없지요. 시인 자신도 이를 발견하고 있습니다(『김춘수 전집(2)』, 396~397쪽).

'관념을 배제하기＝순수 이미지' 의 처지에서 보면 「인동잎」은 어중간한 상태, 과도기적인 것에 주저앉은 폭이지요. 이 장면을 김춘수는 어떻게 돌파해 갔을까. 방대한 그의 시론 태반이 이 문제에 집중되어 있어 그가 얼마나 이에 매달렸고 또 그 어려움이 얼마나 컸던가를 새삼 말해주고 있습니다.

> 말을 아주 관념적으로 비유적으로 쓰던 타성을 극복하기 위하여 즉물
> 적으로 서술적으로 써보겠다는 의도적 노력을 거듭하다 보면 그것이 또
> 하나 새로운 타성이 되어 낡은 타성을 압도할 수 있게 된다.(『김춘수 전
> 집(2)』, 387쪽)

새로운 타성이란 무엇인가. '무의식'이 그 정답입니다. 시인 자신이
전의식이라고도 부르는 이 무의식의 타성을 잠시 엿볼까요.「인동잎」
을 고비로 해서 시인은 무의미한 자유연상에 몸을 맡깁니다. 무의미한
자유연상이 굽이치고 또 굽이치고 나면 한 편의 초고가 이루어진다.
그 다음 시인의 의도(의식)가 그 초고에 개입한다. 전의식과 의식의
긴장 관계에서 한 편의 시가 탄생한다. 현실을 일단 폐허로 만들어놓
고, 그러니까 현상학적 판단중지 위에서 비존재의 세계를 엿보겠다는
것. 의미의 세계(말)를 부수어 분말로 만들기, 또 그 분말을 어디론가
로 날려버리기. 말(세계)이 가루가 되어 날아간 그 뻥 뚫린 구멍으로
보이는 것은 과연 무엇일까. 그것은 색깔인가 소리인가.

이 물음 앞에 시인이 정면으로 맞서고 있습니다. 이번엔 벌써 그의
의식 속에서는 저 흄이나 엘리엇은 가뭇없이 사라지고, 의식은 새로운
타성에 젓기 시작합니다. 엘리엇 대신 하이데거가 들어섭니다. 하이데
거의 제일 민첩한 점을 시인은 나름대로 파악하고 있습니다. 무엇보다
'나'가 '존재'로 나아갈 수 없다는 사실이 그것. 존재 쪽이 '나'에게로
와야 한다는 점이 그것. 우리가 보고 듣고 말하는 것은 언제나 어떤 무
엇(것)이기에 이를 치우지 않으면 존재를 만날 수 없습니다. 이를 치
우는 일이야말로 난제 중의 난제인 셈. '것'인 '나'가 어떻게 '것'(나)
을 치우는가. 불가능하지요. 존재 쪽에서 '나'에게 다가올 수밖에요.

'나'에게 다가온 존재, 그것이 이른바 아름다움이지요. 수줍음을 띤 아름다움(하이데거, 권순홍 역, 『사유란 무엇인가』, 고려원, 1996). 그러니까 김춘수가 하이데거에게 배운 것은 다름이 아닙니다. 자기의 초기작 「꽃」이 얼마나 가짜인가를 비로소 확연히 깨닫게 된 것이지요. "꽃을 처음 읽었을 때 내가 받은 인상은 왠지 인조꽃 같다는 것이었다"(송상일, 『국가와 황홀』, 문학과지성사, 2001, 98쪽)라고 지적당한 것도 이를 가리킴인 것. '나'가 꽃이여, 라고 호명함이란 얼마나 속되고 뻔뻔한 것일까. 왜냐면 '나'의 폭력으로 대상인 꽃은 여지없이 그 호명의 순간 죽어버린 꽃, 가짜 꽃이 되고 말았으니까.

그러나 중요한 것은 「꽃」을 쓴 지 몇 년이 지난 다음에 시인 자신이 이 사실을 확연히 깨달았다는 사실에 있습니다. 말이 사라지고 뻥 뚫린 그 구멍으로 바라다 보이는 것은 빛깔인가 소리인가. 그런 세계에 도달했으니까. 요컨대 시인은 시방 그가 신주처럼 모시던 투명한 기술적 이미지조차 안중에 없는데, 왜냐면 이미지조차 소멸된 경지이니까. 빛깔이란 무엇이뇨. 존재의 빛깔이지요. 소리란 무엇이뇨. 존재의 소리이지요.

김춘수가 이 장면에서 가까스로 시인으로 남게 된 것은 실로 당연하면서도 기릴 만합니다. 화엄경 속으로 도피하지 않았음이 그것. 사사무애법(事事無碍法)의 세계의 유혹을 물리쳤음이 그것. 시인으로 멈추었음이 그것. 이 멈춤이 얼마나 난감했는가를 다음의 시가 잘 보여줍니다.

모란이 피어 있고
병아리가 두 마리
모이를 줍고 있다.

별은 아스름하고

내 손바닥은

몹시도 가까이에 있다.

별은 어둠으로 빛나고

正午에 내 손바닥은

무수한 금으로 갈라질 뿐이다.

肉眼으로도 보인다.

主語를 있게 할 한 개의 動詞는

내 밖에 있다.

語幹은 아스름하고

語尾만이 몹시도 가까이에 있다.(「시법」 전문, 『타령조 기타』, 1969 수록)

　"주어로 있게 할 한 개의 동사는/내 밖에 있다"고 단언했을 때, '나'는 새삼 무엇인가. 세계가 '나'의 바깥에 있다 함은 이미 저 주관/객관 도식과는 상용되지 않습니다. 어째서? 동사(대상) 쪽이 주어(나)를 규정하고 있으니까. 존재(꽃) 쪽이 내 쪽으로 가까이 오고 있으니까. '나'를 규정하는 것은 존재(동사) 쪽이기에 그러할 수밖에요. 그런데 자 보십시오. 그 동사 쪽도 이젠 안전하지 않습니다. 동사의 핵심인 어간이 으스름하니까. 어미만이 몸 가까이 있으니까. 절체절명, 위기의 경지가 아닐 수 없지요. 시가 사라질 판이기에 그럴 수밖에요. 어미만으로 시를 성립시켜야 했으니까요. 대체 어미만으로 실로 여여(如如)한 것을 대면할 수 있을까. 홍조를 띤 수줍어하는 꽃송이가 어미만으로 가능할까. 요컨대 어미만으로 시가 될 수 있을까. 이미지도 리듬(울

림)도 아닌 어미로 이루어진 시란 새삼 무엇인가. 세상은 이를 두고 무
의미의 시라 하지만 과연 그러할까.

　이런 물음 앞에 시인 김춘수가 머뭇거리고 서 있습니다. 시 쓰기란
삶의 문제 자체였기에 이젠 한 발 물러설 수도 없다는 것. 그것은 절망
도 아니지만 참담함도 아닌 것. 답답함도 아닌 것. 소박함이지요. 바보
가 된 꽃일 수밖에요.

　　바보야, 우찌 살꼬

　　바보야,

　　하늘수박은 올리브빛이다 바보야,

　　바람이 자는가 자는가 하더니

　　눈이 내린다 바보야,

　　우찌 살꼬 바보야,

　　하늘수박은 한여름이다 바보야,

　　올리브 열매는 내년 가을이다 바보야,

　　우찌 살꼬 바보야,

　　이 바보야.(「하늘수박」 전문, 『남천』, 1977 수록)

　바보가 된 시인 김춘수의 시인적 존재 의의랄까 최후로 기댈 곳은
어디였을까. 말을 바꾸면 누가 시인 김춘수를 이 지경으로 만들어놓고
뒤에서 앞에서 혹은 옆에서 바보야, 바보야 하고 손가락질하고 있었을
까. 또 그 손가락질, 그 조롱이 언제까지 계속되고 있던 것일까. 이 물
음 속에는 1977년 이래 김춘수의 시적 도달점과 그 이후의 시적 지속
이 지닌 문학사적 의의가 고스란히 담겨 있을 터이다.

5. 넙치눈이의 미와 생리—김종삼을 향한

　소심하기 짝이 없는 시인 김춘수를 바보로 만들어놓고, 이 바보야, 하고 조롱하고 있는 첫번째 사람이 「북 치는 소년」의 시인 김종삼이었고, 그 두번째가 풀보다 빨리 눕고 일어서는 4·19의 참여시인 김수영이었지요. 여기엔 제법 자세한 설명이 없을 수 없소. 70년대 중반, 김춘수는 이렇게 말한 바 있소. "고인이 된 김수영에게서 나는 무진 압박을 느낀 일이 있었지만 지금은 그렇지 않다"(『김춘수 전집(2)』, 389쪽)라고. 압박이 크면 클수록 이를 쉽게 물리쳤다는 뜻이었을까요. 그렇다면 김종삼에게서 느낀 압박도 그러했을까. 이 무렵 김춘수가 얼마나 김종삼에게 매달려 있었는가를 알아내기는 실로 용이합니다. 김춘수는 하이데거를 내세워 김종삼의 「스와니강이랑 요단강이랑」, 「그리운 안니·로·리」를 하이데거 식으로 '존재자의 근원적 슬픔'이라 했지요. 요컨대 김종삼을 모종의 나아갈 지표로 삼았던 것이지요. 김종삼의 명제 '내용 없는 아름다움'이 저 김수영의 「폭포」나 「풀」을 저만치 물리치고 있었고, 김춘수는 다만 그 뒤를 따르면 되었으니까. 김춘수가 자기와 김종삼을 동일시하면서도 계속 묻고 있었던 증거는 이 무렵엔 하나둘이 아닙니다.

　　안개가 풀리면서 바다도 풀린다.
　　넙치 한 마리 가고 있다.
　　머나먼 알라스카 머나먼 알라스카로,
　　그러나 欲知島와 巨濟 屯德 사이에서
　　해가 저문다.
　　안개가 풀리면서 바다도 풀리고
　　이제야 알겠구나.

넙치 두 눈이 뒤통수로 가서는
서로를 흘겨본다. 서로를 흘겨본다.
그래서 또 오늘밤은
더욱 가까이에 보이는
세자르 프랑크의 별(김춘수, 「이런 경우—金宗三 氏에게」 전문)

시집 『남천』(1977)에 실린 「이런 경우」는 「하늘수박」의 연장선상에 놓인 작품이지요. 이미지의 탐구의 끝에 가서야 비로소 이미지가 '휘인다'는 것의 발견, 말을 바꾸면 이미지의 절대경이란 이미지의 소멸이 아니라 그 자체가 울림(휘어짐)으로 된다는 것. 이미지=울림이라는 것. 그렇게 되기 위해선 이미지가 휘어야 한다는 것, 상대성 이론의 아인슈타인이 거기 잠복해 있습니다. 이런 곡절을 김춘수는 어째서 김종삼에게 보고하지 않으면 안 되었을까. 혹은 보고하지 않고는 배길 수 없었을까. 이 물음은 김춘수가 그동안 얼마나 깊고 아득한 안개 속을 헤매었는가를 새삼 묻는 것입니다. 방대한 분량의 시론이 씌어졌음에서 그 사정이 엿보입니다. 그가 읽은 서구 사상가들의 이론이 과연 정확했는가는 별도입니다. 헤맴으로서의 사상 탐색이었던 까닭에 그러하지요. 바야흐로 그 안개 속 저 너머에 바다가 보이기 시작했지요. '내용 없는 아름다움'의 표지를 단 넙치가 바다에 떠있었던 것. '내용 없는 아름다움'의 깃대를 든 넙치 한 마리가 저만치 헤엄치며 가고 있지 않겠는가. 이곳은 통영 앞바다. 저 먼 알래스카로 가고 있는 넙치. 그것은 황해도 은율 출신의 김종삼이라는 이름의 넙치. 김종삼이 유년기에 부른 스와니강, 요단강을 지나 바야흐로 알래스카의 바다로 가고 있는 넙치 한 마리. 이를 바라보는 통영바다 산(産) 넙치 한 마리. 실상 이것은 김춘수의 고향 경상도 욕지와 거제 둔덕 사이에 대응되는 것(졸고, 「내용 없는 아름다움을 위한 넙치눈이의 만남과 헤어짐의 한 장면」, 『거리 재기의 시학』, 시학사, 2003). 경상도 통영 앞바다의 넙치 한 마리.

자 보십시오. 두 마리 넙치가, 안개가 풀리자 비로소 바다에서 모습을 드러냈습니다. 그렇다면 대체 넙치란 어떤 물고기인가. 그 모양과 생리는 어떠할까. 두 눈이 뒤통수에 가 붙어 있는 물고기. 그 특징은 서로 흘겨보기인 것. "서로를 흘겨본다"가 그것. 이는 이미지의 휘어짐이 아닐까. 세자르 프랑크(19세기 프랑스 작곡가)의 별이 되기라면 이미지의 휘어짐이란 울림이자 울림의 휘어짐이 아니었을까. 울림의 이미지화란 이미지＝울림의 경지일까, 그 접점일까. 결정 불능의 경지일까.

耳目口鼻

耳 目 口 鼻

울고 있는 듯

或은 울음을 그친 듯

넙치눈이. 넙치눈이.

모처럼 바다 하나가

三萬年 저쪽으로 가고 있다.

가고 있다.(김춘수, 「봄안개」 전문)

두 마리의 넙치가 모처럼 하나가 되어 삼만 년 저쪽으로 가고 있습니다. 이미 서로 흘겨볼 것도 없게 된 상태이니까 그럴 수밖에요. 거의 완벽하게 닮아버렸으니까 그럴 수밖에요. 이제부터 삼만 년 저쪽으로 가기만 하면 되지 않겠는가. 그런데도 아직 '봄안개'이지요. 안개 속의 일이란 뜻일까. 아직도 불안하다는 뜻일까. 좌우간 봄안개인 만큼 조만간 그치기 마련인 것. 시 쓰기란 무엇이뇨. 존재의 탐구로서의 시

쓰기란 넙치눈이의 생리 닮기인 것. 뒤통수에 눈이 붙은 넙치처럼 존재를 향해 곁눈질하기. 이는 어쩌면 사물에 대해, 신을 향해 '눈짓하기'를 일삼은 『두이노의 비가』의 시인 릴케에 나아간 행보였는지도 모를 일이지요. 이 점에서 보면 릴케에서 출발한 김춘수의 원점 회귀였을지도 모를 일이지요. "장미, 오 순수의 모순이여"(묘비명)라고 뇌며 장미가시에 찔려 죽은 릴케의 깃발을 노래한 마산 시절의 김춘수였는지도 모를 일이지요. 아카시아 나무를 보고 유령을 보았다고 유기는 릴케를 미당과 더불어 이해한다는 만년의 김춘수였음에랴(김춘수, 「릴케와 자로메」, 『예술원보』, 2004. 12).

이로 볼진댄 넙치눈이의 미와 생리란 김종삼 흘겨보기이자 릴케 흘겨보기가 아니었을까. 이 넙치눈이 김춘수의 미와 생리란, 사물을 볼 적마다 이에 대해 미당은 뭐라 할까 릴케는 뭐라 할까였을 터. 이 모두는 삼만 년 저쪽으로 가고 있기가 아닐 것인가.

6. 김수영과의 거리 재기

저 삼만 년, 또는 삼만 리 행보란 구체적으로 어디까지일까. 4·19에서 출발해서 측정해본다면 어떠할까요. 『처용 이후』(1982)에서 『서서 잠자는 숲』(1993), 『들림 도스토예프스키』(1997), 『거울속의 천사』(2001), 『쉰한 편의 비가』(2002) 등이 삼만 년, 삼만 리의 사정거리 속의 행보이겠지요. 그렇다면 이 행보의 종착지는 어디였을까. 왜냐면 유한자인 사람이기에 종점이란 어차피 있는 법이니까. 유고집 『달개비꽃』(현대문학사, 2004년 12월 3일)이 이에 해당되겠지요.

『달개비꽃』이란 새삼 무엇인가. 릴케로 귀환함이라 할 수밖에 없을까요. 앞에서 든 만년의 산문 「릴케와 자로메」, 그리고 시 「장미, 순수한 모순」(『달개비꽃』 수록)이 그 새삼스런 증거일 수 있을까요. 제목

자체가 아예 릴케의 묘비명으로 되어 있을 만큼 그것은 결정적이라고
나 할까요. 그렇다면 저 넙치눈이는 어떻게 되었을까. 김종삼은 어떻
게 되었을까. 없지요. 스스로 김종삼이 되어버렸으니까. 그 증거가 바
위처럼 『달개비꽃』을 짓누르고 있습니다. 잠시 그리고 아주 심각하게
볼까요.

    I

눈은 왜 발(다리)이 없고

날개가(만) 있는가,

날개가 있는데도 왜 떨어질까,

날개를 달고(사분사분) 떨어지면 아프지 않다고

말하려다 그는

갑자기 입을 다문다

해가 뜨자

그는 한계가 드러난다?

없어지는 것이 그의 한계일까,

아니다. 없어진 뒤가

그의 시작이다.

그는 꿈을 만들고(눈사람)

꿈속에서 이목구비를 새로 만들고

그의 한계는 거기서 끝날까,

아니다. 또 있다. (얼마든지)

한계가 무엇인가 되물어오는 저

네팔 카트만즈의 눈,

Ⅱ

　눈은 왜 오나,

　날개를 달고

　눈은 왜 오나, 바람이 불면

　날개는 왜 부러지나,

　부러진 날개는 어디로 갔나,(김춘수, 「눈의 알리바이―김수영의 시
「설사의 알리바이」에 화답하여」 전문, 『달개비꽃』 수록)

　이 시에서 주목되는 것은 눈(雪)과 눈(眼)의 동시성, 동일성 및 이중
성이겠지요. 네팔 카트만즈의 눈이란 실상 시인이 지닌 시안(詩眼)에
다름 아닌 것.

　시에는 눈이 있다.

　언제나 이쪽은 보지 않고

　보이지 않는 그쪽만 본다.

　가고 있는 사람의 발자국은 보지 않고

　돌에 박힌

　가지 않는 사람의 발자국만 본다.(김춘수, 「시안」 부분)

　보이지 않는 그쪽만 보는 눈이 곧 시인의 눈이라는 것, 보통인의 시
선이 아니라는 것. 따라서 보통인이 못 보는 눈이 시안이라는 것, 유고
집 『달개비꽃』의 주조저음이 바로 이 시안에 있습니다. 랭보의 시학인
견자(見者, La voyant)를 이 『달개비꽃』 초입에다 말뚝처럼 세웠음도
이 때문이겠지요. "울고 가는 저 기러기는/알리라, 하늘 위에 하늘이
있다."(「달개비꽃」 부분)에서 시인의 별난 눈이 작동되어 있지요. 이
러한 견자의 미학은 실상 「하늘수박」 이래 도달한 곳이어서 스스로 바

234

보라 칭한 지 20여 년의 세월이 지나지 않았던가. 지금 새삼 이를 복창하고 있음이란 웬 까닭일까. 말을 또 바꾸면, 무의미한 시의 복창이란 얼마나 지루하고 또 김빠진 경지인가. 한번 더 말을 바꾸면 어째서 「달개비꽃」에까지 이를 읊어야 했을까. 시작 행위란 어떤 경우에도 정신의 이루 말할 수 없는 긴장력의 소산일진대 「달개비꽃」을 가능케 한 그 긴장력이랄까 보이지 않는 모종의 힘은 어디서 말미암았을까. 이런 물음을 던져본 독자라면 「눈의 알리바이」의 부제에 주목했을 터입니다. 「눈의 알리바이」가 김수영의 시 「설사의 알리바이」에 화답하여 씌어졌다는 사실이 그것.

『처용단장』(제2부, 1976)을 쓴 직후 시인은 이렇게 적었지요. "고인이 된 김수영에게서 나는 무진 압박을 느낀 일이 있었지만 지금은 그렇지도 않다"라고. 그렇다면 만년에 와서 다시 고 김수영의 망령이 김춘수를 에워싸고 괴롭히고 있단 말일까. 아니면 지금에야 비로소 마음 놓고 김수영에게 빚진 게 없이 담담해질 수 있게 되었단 말일까. 어느 쪽이든 분명한 것은 다음 사실이 아니겠습니까. 곧 김춘수의 시작 행위의 거의 대부분이 알게 모르게 김수영의 그것과 관련되었음이 그것. 김수영의 의미의 시 따위란 별것 아니다, 왜냐면 기껏해야 가시적(可視的) 세계의 경지에 지나지 않으니까, 그 따위란 시인의 눈이 아니어도 얼마든지 가능한 경지이니까, 나 김춘수가 그런 데서 벗어난 것은 『처용단장』 이후가 아니었던가, 그때부터 팔순에 이른 지금껏 김수영 따위에 압박을 느끼지 않았다, 보이지 않는 것까지 보는 시안을 갖추었기에 그러하다, 나이 사십이면 귀신이 눈에 뵌다(미당)는 경지에 나도 진작 올라 있으니까 그럴 수밖에.

이에 대해 우리 독자는 이렇게 물어볼 수 없을까요. 과연 그렇다면 지금 새삼 김수영에게 화답할 필요는 무엇인가. 깡그리 무시해도 되는 일이 아닐까. 혹은 김수영의 마법권에서 하도 멀리 떠나왔기에 하마

깡그리 잊었을 법도 하지 않았을까, 라고. 매우 딱하게도 이젠 시인의
죽음과 더불어, 이에 대한 모종의 해답을 얻어내기 어렵게 되고 말았습
니다. 이 장면에서 우리가 할 수 있는 길 중의 하나는 김수영의 시「설
사의 알리바이」(1966)를 검토해보는 일입니다. 잠시 전문을 볼까요.

설파제를 먹어도 설사가 막히지 않는다
하룻동안 겨우 막히다가 다시 뒤가 들먹들먹한다
꾸루룩거리는 배에는 푸른색도 흰색도 敵이다

배가 모조리 설사를 하는 것은 머리가 설사를
시작하기 위해서다 性도 倫理도 약이
되지 않는 머리가 불을 토한다

여름이 끝난 壁 저쪽에 서 있는 낯선 얼굴
가을이 설사를 하려고 약을 먹는다
性과 倫理의 약을 먹는다 꽃을 거두어들인다

文明의 하늘은 무엇인가로 채워지기를 원한다
나는 지금 規制로 詩를 쓰고 있다 他意의 規制 아슬아슬한 설사다

言語가 죽음의 벽을 뚫고 나가기 위한
숙제는 오래된다 이 숙제를 노상 방해하는 것이
性의 倫理와 倫理의 倫理다 중요한 것은
괴로움과 괴로움의 履行이다. 우리의 行動
이것을 우리의 詩로 옮겨놓으려는 생각은
단념하라 괴로운 설사

　　괴로운 설사가 끝나거든 입을 다물어라

　　누가 보았는가 무엇을 보았는가 일절 말하지 말아라

　　그것이 우리의 증명이다(「설사의 알리바이」 전문)

　타인의 규제(자유의 결핍)로 시를 쓰고 있기에 시 쓰기란 근원적으로 패배라는 것. 언어가 죽음의 벽을 뚫고 나가기에 다름 아니며 따라서 괴로운 일이 아닐 수 없다는 것. 시=행동이란 그러니까 단념할 수밖에 없다는 것. 이러한 단념 또한 괴로운 일이 아닐 수 없다는 것. 길은 하나. ‘괴로움과 괴로움의 이행’이 그것. ‘이행’의 결과는 무엇일까. 실패한 대변인 설사 또는 탈난 언어가 아닐 수 없다. 그러나 그 괴로운 설사가 끝나거든 입을 다물라고 합니다. 곧 괴로움과 괴로움의 이행이 거기 있기 때문. 이로써 시인은 시를 쓸 수 있었지요. 곧 규제 속의 시 쓰기=행동하기란 설사에 지나지 않는 것, 시가 씌어지더라도 설사(언어의 설사)에 지나지 않는 것. 만일 규제가 없다면 언어의 설사란 있을 수 없겠지요. 요컨대 시인은 언어의 설사를 통해 한 편의 성공한 시를 쓴 형국이지요. 그러나 그것이 성공일까. 그것이 시일 수 있을까. 왜냐면 규제와의 싸움의 결과물에 지나지 않으니까. 만일 규제(병균)가 없었다면 설사 따위란 아예 있지 않았을 터이니까. 이런 사정을 두고 다음처럼 지적해도 되겠지요. “이런 성공은 하고 싶지 않은 성공이란 말이 한결 분명해졌으리라”(정현종, 「시와 행동, 추억과 역시」, 『월간조선』, 1983년 1월)라고. 요컨대 규제(부자유)와 싸우고 있는 시인의 행위란 언어의 설사하기에 다름 아니라는 것. 그런 상황에서 황금빛으로 굳은 대변 보기의 시가 있다면 이는 사기 중의 사기에 다름 아니라고 김수영이 우기고 있는 형국이지요. 규제란 새삼 무엇일까. 부자유, 억압 등등 온갖 부조리한 상황을 떠올리고 그들과 싸워 마침내 자유가 쟁취될 수 있을까. 있다면 과연 어떠한 경지일까. 분명한 것은 시 따위가 없는 세계이겠지요. 시 행위란 부자유를 물리치기 위한 방편에 지나지 않는 물건인 것.

7. 『달개비꽃』과 김수영의 마지막 대화

이러한 김수영의 시작 행위를 『달개비꽃』의 안목으로 바라보면 어떠할까. 참으로 처량하고도 아득해 보여 마지않았을 터.

규제 따위란 해만 뜨면 끝장(한계)이 드러나는 것, 나 김춘수는 그 끝장에서 출발했다, 거기에서 나 김춘수는 눈사람도 만들고 이목구비도 새로 만들었다, 그게 내 끝일까, 천만에, 나는 또 나아갔다, 얼마든지 나아갈 수 있다, 저 카트만즈의 눈처럼 히말라야의 눈처럼 아득하다, 그렇다면 나는 어디까지 가야 될까, 이 물음 앞에 나는 아득해져 마지않는다, 어째서? 아직은 나는 시인이니까, 아득함만이라면 저 석가세존께 물어보면 되는 일이다, 용수(龍樹) 보살에게 물어보면 되는 일이다, 중관론(中觀論), 공(空)의 세계 말이다, 그러나 나 김춘수는 그렇게 할 수 없다, 왜? 시인이니까, 시인은 무엇인가, 보이지 않는 것을 보는 자이지 질문하는 자는 아니다, 누구에게 귀의하지도 매달리지도 않는 자인 까닭이다, 시인이란 시를 쓰는 사람의 명칭인 까닭이다, 『달개비꽃』에 와서까지도 내가 김수영에 반응한 진짜 이유는 여기에서 말미암는다, 저 공(空)의 사상이나, 술어 중심주의로 나아가 또한 어간까지 부정하고 어미(語尾)만이 꿈틀거리는 진짜 꽃, 여여(如如)한 꽃을 노래함에까지 나는 나아갈 수 없다, 시인의 경계를 넘어서고자 하지 않았기 때문이다, 가장 초보 단계인 시＝행동, 규제 따위와 맞서고 있는 김수영이 새삼 그리운 것은 다름이 아니다, 그는 내가 시인임을 확인시켜주는 원형의 도량형이 아닐 수 없다, 김수영은 저 세상에서도 나를 향해 외치고 있다, 김춘수여, 제발 시인에서 벗어나지 말아라, 극

238

락도 천당도 아닌 시의 왕국에 멈추어라, 라고, 시란 인식의 범주인 것, 인식이란 보려는 욕망, 곧 이미지의 욕망에 다름 아닌 것(하이데거, 이기상 역, 『존재와 시간』, 까치, 234쪽), 「설사의 알리바이」와 「눈의 알리바이」가 서로 마주하고 있는 장소, 그것이 이 나라 시의 들판이 아니겠는가, 라고.

새가 두 마리
한 마리는 저쪽을 보고 앉아 있다.
한 마리는 이 쪽을 보고 앉아 있다.
저쪽을 보고 앉아 있는 새는
저쪽으로 날아간다.
이쪽을 보고 앉아 있는 새는
이쪽으로 날아온다.

이쪽으로 날아오던 새가 갑자기
발을 돌린다
저쪽으로 날아간 새가 앉아 있던 그
자리로 가서 앉는다.
몸을 낮추고 거기
언제까지나 꼼짝 않고 앉아 있다
(김춘수, 「또 새 두 마리」 전문, 유고시집 『달개비꽃』 수록)

  두 마리 새의 이러한 자세가 아름답지 않다고 하면 이는 분명 거짓말. 두 새 가운데 한쪽이 김수영일 수도 있기에 그러합니다. 두 새 가운데 한쪽이 먼저 간 아내일 수도 있기에 그러합니다. 저승과 이승 사이에 무지개처럼 시가 놓여 있기에 그러합니다.

김동리론

·

황순원론

·

오정희론

·

박상륭론

·

김훈론

'구경적 생의 형식'의 문학사상사적 위상
— 김동리의 평론집 『문학과 인간』론

1. 해방공간의 사상 선택

대한민국 정식정부(김동리의 용어)의 성립 연도는 1948년 8월 15일입니다. 8·15해방에서 만 3년이 지난 시점이지요. 이 3년을 두고 해방공간이라 부릅니다. 모두가 아는 바, 이 공간의 최대의 문학적 쟁점이 민족문학론 아닙니까. 문학사적 시선에서 볼진댄 일제강점기의 이 나라 문학이란 '나라 찾기'로 요약되는 것. 이런 시선에서 보면 해방공간은 '나라 만들기'로 요약될 터입니다. 어떤 유형의 나라를 선택할 것인가. 이 물음만큼 절실한 것이 따로 없었고, 문학에서도 사정은 똑같았을 수밖에요. 주어진 가능한 나라 만들기의 유형은 권력 소재의 최종적 근거의 시선에서 보면 다음 세 가지.

(A) 부르주아계급 독재형, (B) 프롤레타리아계급 독재형, (C) 연합독재형(인민연대) 등이 그것. 범박히 말해 김동리가 중심인 청년문학가협회가 (A)를 선택했다면, 한설야 중심의 평양 중심주의(북로당)는 (B)였고, 이른바 남로당이 (C)에 해당됩니다. 어느 쪽을 선택하든 이

들이 내세운 문학적 지향성은 분명했는데, '민족문학론'이 그것입니다. (A)와 (B)가 각각 극단적이었다면 그 절충론이 (C)입니다. 김동리(박종화)가 (A)의 논객이었다면, (B)의 그것은 안함광(한설야)이며, (C)는 이원조(임화)라 하겠지요. 내적 논리에서 보면 (C)가 비교적 합리적이라 하겠지만, 이 내적 논리는 거대한 양극 체제의 폭력으로 말미암아 여지없이 무너지고 말았습니다. 물론 (C)가 무너져 내렸다 하나, 잠재적 세력으로 이른바 그후에 '민족적 무의식'으로 잠복해 오늘에까지 이르고 있는 형국입니다.

(A)로 말해지는 대한민국 정식정부의 수립이 1948년 8월 15일이며 (B)의 그것은 1948년 9월 9일입니다. 양극(냉전) 체제에 여지없이 편입된 형국이었기에 (C)란 숨도 쉴 수 없이 잠복될 수밖에 없었는데, 임화, 이원조 등 일부의 월북이 그 하나이고, 다른 하나로 5만 2천82명에 이른, 국민보도연맹 가입이었지요. 그 속에는 문학가동맹 가입자였던 정지용, 정인택, 엄흥섭, 황순원 등이 포함되어 있습니다(『조선일보』, 1949년 12월 2일).

(A)의 문학단체인 문협(文協)의 중심분자인 박종화, 김동리, 조연현 등은 한편으로는 거대한 매체인 『서울신문』 및 그 산하의 저널리즘 『신천지』, 『주간서울』 등을 장악함과 동시에 순문예지 『문예』를 경영했습니다. 바야흐로 대한민국 정식정부가 수립된 마당에 김동리는 어떻게 이에 문학적으로 대응해야 했을까. 그의 지론인 '구경적 생의 형식'을 가지고 이러한 새로운 사태에 그대로 안주할 수 있었을까. 다시 말해 그의 이 지론이 대한민국 정식정부가 수립된 이후에도 그 효용성이 유지될 수 있었을까. 이 글이 겨냥한 곳은 바로 여기입니다.

2. '구경적 생의 형식'의 성립 조건

　대체 '구경적 생의 형식'이란 무엇인가. 이 물음은 어째서 이러한 형식이 도출되었는가와 분리시켜 논의할 수 없습니다. 모든 독창적 사상이 그러하듯, '구경적 생의 형식' 또한 그러할 터입니다. 어떤 사상도 시대적 산물임을 염두에 둔다면, 이 사상이 형성된 1930년대의 사상적 현황에 먼저 주목할 것입니다. 「무정」(1917) 이래 이 나라 문학사의 중심부에 놓인 것은 두루 아는 바, 이데올로기입니다. 국민국가의 이념이 뚜렷한 이데올로기였으며, 3·1운동 이후 그 이데올로기의 제약 및 효용성이 일정한 한계를 보이자, 이번엔 계급사상의 지평이 엿보였는바, 카프 문학이 그것이지요. 국민국가주의든 계급주의든, 요컨대 이데올로기야말로 문학의 사상적 거점이었습니다. 그것은 인간이란 이성의 힘으로 세계를 바람직한 방향으로 바꿀 수 있다는 믿음에서 출발, 그것이 마침내 과학으로 성립되었음에서 왔던 것입니다. 이른바 근대가 그것. 유토피아에서 과학으로 방향 전환이 가능한 데서 나온 이러한 이데올로기란, 역사를 자유의 자기 발현으로 규정한 헤겔적 사유에 근거하고 있습니다. 이른바 역사주의가 그것입니다.

　그러나 이러한 역사주의 사상은 독일·이탈리아·일본 등의 기축국 파시즘의 등장(1940)으로 말미암아 큰 시련에 봉착했지요. 성급한 쪽에서는 '역사의 종언' 론으로 치달았고, 따라서 근대(역사주의)가 끝장났기에 '근대의 초극론' 이 무성하게 대두되기에 이릅니다. 제2차 세계대전을 목전에 둔 세계사적 규모의 혼란 속에서 자유주의 지식인의 향방은 어떠해야 했을까. 식민지 조선에서도 예외는 아니었습니다. 역사의 종언의식을 앞에 놓고, 당황하기 시작한 것은 문학 쪽도 예외일 수 없었지요. 지금껏 이데올로기로서의 역사주의에 기반을 둔 조선의 근대문학은 장차 어떻게 전개되어야 할까. 이 최대의 문제에 대해 모종의 해답을 제시한 것은 작가 유진오였지요.

개화기의 근대화에 주역을 맡은 가문 중의 하나인 유씨 가문의 종손이자 경성제대 법문학부 수석이었으며, 전주 사건(1934~35)으로 카프 멤버가 부재한 시기엔 「김강사와 T교수」(1935)로 카프 문학까지 대변했던, 작가이자 보성전문학교 교수인 유진오는 무엇일까요. 만일 마르크스주의가 근대 자체를 의미한다고 말해질 수 있다면(일본의 '근대의 초극' 론에서 그 초극 대상이 마르크스 사상이었음은 주목할 일이다. 히로마쓰 와타루, 『'근대의 초극' 론』, 1989), 유진오야말로 근대를 한 몸에 담당한 지식인이라 하지 않을 수 없지요. 역사주의의 종언을 맞아 사상계 및 문학계는 어떤 길을 찾아야 했을까. 이 물음에 제일 민감하게 반응한 인물은 당연히도 유진오가 아닐 수 없지요. 유진오의 일거수일투족에 전 문단이 숨을 죽여 주목했다 해도 과언이 아닙니다.

이에 재빨리 응한 유진오의 첫번째 글이 「조선문학에 주어진 새길」(『동아일보』, 1939년 1월 10~13일)입니다. 도쿄 사상계의 동향에 견주면서 유진오가 내세운 새로운 방향성은 아래와 같습니다.

사실(事實)의 격류에 편승하여 비합리적인, 그럼으로써 신화적인 철학을 힘있게 내두르는 것이 가장 평이한 처세술이기는 하리라. 그러나 문학은 허망보다는 진실의 애호가요 평이보다는 형극의 혈족이다. 이리해 나로서는 현대문학이 가질 성격으로, 플라톤적 고답보다는 차라리 소피스트적 시정성(市井性)을 추거하는 바이다. 후자가 한층 진실에 즉한 자이기 때문이다.(『동아일보』, 1939년 1월 13일)

바야흐로 파시즘이 대두하는 시기인 만큼 이와 거리 유지를 어떻게 할 것인가. 탈이데올로기의 길이 그것입니다. 카프 시절 한동안 동반자적 균형감각을 유지했던 유진오의 이번의 곡예인 '시정의 리얼리즘'은 또 다른 균형감각인 셈이지요. 시정이란, 그러니까 막연한 것이 아니라, 시민사회를 전제한 것이지요. 그렇지 않으면 근대문학일 수 없습니다. 유진오의 또 다른 강점은 시정의 리얼리즘의 시범작으로 「이혼」(1939), 「가을」(1939), 「나비」(1939)를 보였다는 점입니다. 새로운 방향 제시와 함께 이를 실천했던 것이지요. '시정의 리얼리즘'이란, 그러니까 파시즘이란 이름의 새로운 이데올로기에 대항하기 위해 고안된 것이지만 그 '시정'이란 것이 시민사회(부르주아 계층)의 것임에는 변함없지요. 말을 바꾸면 '시정의 리얼리즘'이란 방편의 일종입니다. 그러기에 그 자체가 이념적 방향성일 수 없지요. 만일 탈이데올로기적인 것이 그것이라면, '시정의 리얼리즘'이란 근대문학일 수 없습니다. 이데올로기를 떠나서는 어떤 것도 근대문학일 수 없다는 전제에서 보면 그것은 자명해집니다. 파시즘 앞에 노출되어 이를 피하기 위한 고육책이란 시정의 리얼리즘 역시 시민사회의 그것임에도 불구하고, 이를 아닌 척한 자기 기만, 그러니까 자기 모순이 아닐 수 없지요. 근대문학을 지향해온 유진오가 이제 그것을 부정하는 처지, 곧 자기 모순에 빠진 것입니다. 그가 다음처럼 신인층을 향해 폭력적으로 말한 것은 이 모순성에서 말미암습니다.

  도대체 문학정신이라는 것은 무엇인가. 문학정신이란 본래적으로 인간성 옹호의 정신은 아니었던가. 문학의 역사를 특히 근대문학의 발상·발전의 역사를 살펴볼 때 이것은 누구도 부인하지 못할 것이다. 오늘의 30대 작가는 일찍이 이 인간성 옹호를 너무나 손쉽게 생각함으로써 그 방법을 그르친 것이 사실이리라. 마치 어린애가 지붕에 올라가면 별을 딸 수 있다고 생각했듯이. 그러나 그의 정신은 고귀한 것이요, 지금 그들은 어떻게 하면 이 정신을 깨뜨림 없이 살려갈 것인가에 고민하고 있는 것이다. 지금 그 고민을 이해하려 하지 아니하고 또 이해하지 못하고 있는 일부의 신인은 그러면 무엇으로써 별을 따려 하는 것인가. 별을 따기 위해 어떠한 좋은 방도가 생겼다 하는 것인가.(유진오, 「순수 에의 지향」, 『문장』, 1939년 6월, 136쪽)

신세대와 30대 사이엔 언어불통의 지경이 생겼다는 것, 따라서 신인은 행복하다는 것, 또 그 때문에 신인은 불순하다는 것으로 요약되는 유진오의 논지가 자기 모순성에 빠졌다고 하지 않을 수 없습니다. 30대가 이데올로기(근대)에 열정을 갖고 덤빈 것은 지붕 위에서 별을 따고자 하는 어린애로 보일지 모르나 실로 그것이야말로 인간성 옹호 (근대문학)이며 순수한 열정이 아닐 수 없는데, 이에 비추어볼 때, 신인층이란 이데올로기(순수성)에 대한 고민 없는, 불손하기 짝이 없는 족속이라는 것. 이 논법대로라면 '시정의 리얼리즘'으로 향하기란 일시적 도피형이지 근본 태도라 할 수 없지 않겠는가. 문학의 본도란 무엇인가. 인간성 옹호로 말해지는 근대문학이 아니겠는가. 곧 이데올로기를 기반으로 한 것이 근대문학이며 이것을 두고 문학의 순수성이라 할진댄, 시방 내세운 '시정의 리얼리즘'이란 옹호해야 할 인간성 옹호 (이데올로기)와 정반대 현상이 아닐 수 없지요. '시정의 리얼리즘'이란 바로 탈이데올로기의 가면을 쓴 것이기에 그러합니다. 요컨대 30대(카프 문학, 민족주의 문학) 대변자인 유진오는 갈데없는 근대주의자이며 따라서 탈이데올로기인 '시정의 리얼리즘'으로 나아갈 수 없습니다. 자기 모순인 까닭이지요. 파시즘으로 그가 경사되기는 시간문제였습니다.

3. 일제강점기의 부정의 논리

이러한 유진오의 자기 모순성을 정면으로 비판한 것이 김동리이며 그 이론적 거점인즉 '구경적 생의 형식'입니다. 다솔사에서 또 해인사 강원에서 익힌 불교의 공(空) 사상에서 얻은 김동리의 '구경적 사상'에서 본 근대문학이란 과연 어떠했을까. 다음처럼 그 직접성은 유진오의 신세대 비판론에 맞선 것이지만, 그 근본은 이른바 유진오로 대표되는 '근대주의'에 대한 전면적 대결이 아닐 수 없습니다.

지금 30대 작가들은 모두 이 수년래 급각도로 전환된 사조와 격변한 세상에 상면하여 그 거취에 심한 자기 분열을 일으키고 있으나, 이제 신인들은 그러한 자기 분열을 맛보지 않으니 이로써 30대 작가는 불행하고 신인작가는 행복하다는 것이었다. 나는 씨에게 묻는다. 씨가 말하는 바 행복과 불행이란 말은 작가로서의 본질적 성패를 의미하는 말인가, 시정적 득실을 의미하는 말인가. 만약 후자가 아니고 전자라면 하필 변천된 이 마당에 와서 행·불행을 부르짖을 것이 아니라 당초 문학에 지향하던 그날부터 이미 작가로서나 혹은 사상가(문예)로서는 극히 초라한 운명을 졌던 것이니 그러한 작가에서는 외적 동기의 자기 분열이 없었다고 하더라도 작가로서의 기대는 성격적으로 이미 가지지 못한 자이다. 작가다운 작가일수록 이미 그 주관 속에 항상 인간적으로나 문학적으로나 맹렬한 자기 분열을 가지는 법이라, 씨가 말하는 바와 같은 그러한 다분히 시정성을 띤 자기 분열이란 결코 그 작가적 행·불행을 결정할 수 없다는 것이다. 만약 작가의 행·불행이라는 말이 내가 말하는 바와 같은 그러한 작가로서의 본질적 성패를 가리키는 말이 아니라면 그것은 어디까지 작가로서는 무책임한 말이니 문제될 것도 없다.(김동리, 「순수이의」, 『문장』, 1939년 8월, 143쪽)

‘운명’이란 말이 주춧돌처럼 놓여 있지 않겠는가. 작가로 되는 순간 그것은 운명이며 따라서 어떤 작가도 운명의 굴레에서 벗어날 수 없다는 것. 그 굴레란 새삼 무엇인가. 인간으로서나 또 문학으로서나 맹렬한 자기 분열(자기 모순)에 전면적으로 노출되어 있다는 것이 그 정답이겠지요. 중요한 것은 이때 김동리가 소위 ‘근대문학’을 포기했다는 점입니다. ‘근대문학’을 포기했음이란 과연 무엇인가. ‘근대문학’을 포기했을 때 남은 것은 무엇이었던가. 이 물음만큼 결정적이고 치명적인 것은 따로 없습니다. 어째서 그러할까. ‘근대문학’을 포기했을 때 남은 것은 ‘문학’에 다름 아니라는 사실, 바로 이 점이 김동리 문학의 원점이자, 막강한 무기이며 동시에 그 한계입니다. 제일 먼저 지적할 수 있는 것은 ‘문학’과 ‘근대문학’이란 판연히 다른 개념 범주라는 점이지요. 김동리 자신도 말한 바, 문학에는 여러 가지 종류 또는 범주가 있거니와 그중에서도 자기가 하는 문학이야말로 본령정계(本領正系)라 했지요.

모두가 아는 바, ‘근대문학’이란 문학이긴 해도 특수한 문학입니다. 국민국가(nation-state)와 자본제 생산양식(mode of capitalist production, 마르크스의 용어)을 두 바퀴로 한 역사 전개를 근대라 한다면 그것에 대응된 문학이 근대문학일 수밖에요. 만일 국민국가나 자본제 생산양식이 나오기 이전이거나, 또는 이들이 사라진 마당이라면 근대문학이란 당연히 사라질 터이며 따라서 인류사의 시선에서 보면 아주 짧은 특수한 시기의 문학을 지칭할 따름이지요. 루카치의 지적대로 근대문학이란 통과 과정(Übergang), 또는 넘어서야 할 과도기적인 것이지요. 그는 근대문학의 종언을 1934년 소련의 사회주의적 사실주의(socialist realism)의 대두에서 보았지요. 루카치의 이러한 생각은, 그의 지론인 내용과 형식의 조화론에 입각한 것이어서, 아도르노의 비판대로, 강요된 화해일 수도 있겠지만 한 가지 분명한 것은 근대문학의 한계를 부정적 계기에서 포착했다는 점입니다(루카치 대담집,『살아왔던 사상』, 1980).

이 점에서 김동리도 그와 매우 닮아 있습니다. 자본제 근대문학이란 물론 문학이긴 해도, 인류사의 발전도상의 한 특수한 현상에 지나지 않는다는 것. 이 점에서 루카치와 김동리는 닮았지만, 전자가 그것을 부정적 계기로 삼았음에 비해, 후자는 그것을 가까스로 인정은 하되 본격적인 것이라고는 인정하지 않았다는 점입니다.

> 나는 물론 '구경적 형식'만을 '문학하는 것'이라고는 생각하지 않는다. 문학작품의 의의와 가치에 수억 수만의 등차가 있을 수 있는 것과 같이 '문학하는 것'의 단계와 등차에도 또한 수억 수만이 될 수 있을 것이다. 그러므로 나는 위에서도 가장 높고 참된 의미에서 '문학하는 것'이란 말을 사용하였고, 무릇 '문학하는 것'의 전부를 의미한 것은 아니다. '내가' 생각하는 바, '문학하는 것'의 최고 지향을 말한 것이며 그러므로 이것을 나는 '사고(私考)'라 이름하는 것이다.(김동리,「문학하는 것에 대한 사고」,『백민』, 1948년 3월, 45쪽)

「무정」으로 대표되는 이광수류의 민족주의 문학이나 한설야로 대표되는 카프 문학이나 이 둘을 동시에 안고 있는 유진오의 근대문학이란, 김동리의 시선에서 보면 '부정의 대상'이 아니라는 지적이야말로 우리가 주목할 대복입니다. 루카치의 경우와 다른 점이 아닐 수 없지요. 카프 문학도, 민족주의 문학도, 또 유진오식 종합론도 다 문학으로서 성립된다는 것. 다만 그러한 갖가지 종류의 문학이란 일정한 한계를 지녔기에 김동리 자신이 지향하는 문학에 견준다면 '저열한 문학'에 속한다는 것입니다. 어째서 그러한가. 자기가 지향하는 문학이란 문학 그 자체의 '원점'이라 믿기 때문입니다. 어떠한 시대나 환경과 관계없이 존재하는 '문학'이 김동리의 지향점이라면 이는 초월적인 것이 아닐 수 없지요. 여기에 김동리의 함정이 있습니다. '당초에 문학이 있었다'라는 대전제 위에 섰기 때문입니다. 그런 문학이란 한갓 선험적 관념의 소산이겠지요. 왜냐면 문학이란 당초에 있었던 것이 아니라, 역사 속에서 형성되어온 것이니까요.

문학이론서로는 오직 R. G. 몰턴의 『문학의 근대적 연구』(1915)에만 의거했던 김동리이지만, 만일 그가 이 책의 근저를 파악했다면 문학이란 역사적 형성물임을 알아차렸을 터이지요. 그럴 만한 힘이 그에겐 모자랐던 것입니다. 이처럼 김동리에게 문학이란 선험적으로 상정된 한갓 관념에 지나지 않겠지요. 또 이러한 생각은 '인간'을 두고도 변함이 없습니다. 그에겐 '인간'이란 선험적으로 주어진 인간입니다. 생활적 인간일 수 없지요. 그 선험적 관념적 인간이란, 어떤 특정한 시대를 살아가는 인간, 따라서 직업을 가진 인간일 수 없지요. 이 선험적 관념적 인간이란 새삼 무엇인가. 죽음을 면치 못하며 탐진치(貪瞋痴)라는 이름의 무명(無明) 속에 놓인 알몸의 인간일 수밖에. 이를 '운명'이라 부르는 것이지요. 어떻게 하면 사람은 이 무명에서 벗어나 해탈을 얻을 수 있을까. 바로 여기에 8만4천 법문(法問)으로 말해지는 석가세존의 길이 저만치 놓여 있습니다. '구경적(究竟的)' 형식이란 그러니까 이 생/사의 운명을 가리킴이지요. 바야흐로 '종교의 형식'에 접근된 것이 아닐 수 없지요. 요컨대 인공(역사)에 대한 '자연'이었던 것입니다.

이 원론적인 '인간'(운명)의 형식이 그대로 문자의 외피를 입기만 하면 '문학'이 되는 셈이니까 문학이란, '구경적 생의 형식'이라 하지 않을 수 없지요. 이 시점에서 보면 인간(운명)이란 것도 그 실체가 없는 공(空)이며 연기설에 의한 현실이란 일종의 가상(假象)이 아닐 수 없습니다(다치카와 무사시(立川武藏), 『공의 사상사』, 講談社, 2003).

공의 시선에서 유진오를 바라본 것이 「순수이의」인 만큼, 유진오의 「순수에의 지향」과는 범주가 다릅니다. 원론인 공이라는 불패의 무기를 쥔 김동리인지라 각론으로 대하는 유진오와는 논쟁이 될 수 없지요. 각론엔 각론으로 맞서야 하는 법. 따라서 김동리는 이 경우 게임의 규칙을 위반한 형국이지요.

그러나 규칙 위반을 먼저 범한 쪽이 유진오라면 어떠할까. 여기에는 설명이 없을 수 없지요. 카프 문학이 퇴조하고 민족주의 문학 역시 벽에 부딪쳤을 때 조선문학이 나아갈 길이란 실상 있을 수 없습니다. 어째서? 근대문학을 지향하는 한, '친일문학'으로 향하기 마련인 까닭입니다. '시정의 리얼리즘' 역시 그 종국에는 친일문학에 닿기 마련인 것. 그렇다면 규칙 위반을 유진오가 먼저 했다고 볼 것입니다. 두 사람의 규칙 위반 중 김동리 쪽이 현명했던 것은 웬 까닭일까요. 어차피 문학의 나아갈 지평이 보이지 않는 판국이라면 문학을 하긴 하되 '근대문학'을 하지 말자는 것이 김동리의 현명한 게임 규칙이었던 것입니다. 카프 문학, 민족주의 문학이 '조선의 근대문학'이었기에 만일 이들을 전개할 수 없는 판국이라면(왜냐면 이들을 떠난 근대문학이란 친일문학에 닿을 수밖에 없는 만큼), 문인들인지라 문학을 하긴 하되 '근대 이전'의 문학으로 향하자는 것이 김동리의 주장이었던 것입니다. 순수/비순수를 둘러싼 유진오/김동리의 논쟁이란, 이처럼 김동리의 일방적 우세로 판정 나는 셈입니다.

4. 해방공간에서의 자기 모순

김동리의 이러한 '인간=문학'의 원론적·선험적 도식인 '구경적 생의 형식'이 막강한 힘으로 작동된 두번째 무대가 이른바 해방공간 (1945년 8월~1948년 8월)입니다. 대한민국 정식정부가 이루어지기 전의 해방공간이란 앞에서 잠시 언급한 대로 '나라 만들기'의 세 가지 모델에, 문학을 포함한 사상계 및 정계의 모든 활동지표가 주어졌던 것이며, 중요한 것은 문학계에서라면 어느 쪽이든 민족문학론이라는 명분을 내세웠다는 점입니다. (A) 부르주아 독재형, (B) 프롤레타리아 독재형, (C) 연합 독재형의 세 가지 모델에서 김동리가 선 자리는 (A) 였지요(졸저, 『해방공간 문단의 내면풍경』, 민음사, 1996). 당연히도 불패의 무기였던 '구경적 생의 형식'을, 그는 (B), (C)를 향해 도깨비 방망이처럼 휘둘렀지요.

김동리의 이러한 무기로서의 '구경적 생의 형식'이 이번엔 '운명'에 서 '자연'으로 변용됩니다. 노동계급 단독독재 모델도 연합독재 모델 도, 요컨대 근대적 산물이 아니겠는가. 말을 바꾸면 '인공적인 것'이 아닐 수 없습니다. 아무리 그러한 인공적 장치(기구)가 대단해도 한갓 인간이 그 좋은 두뇌로 만들어낸 물건에 지나지 않는 것. 김동리와 정 진석(정진석, 「순수의 본질」, 『문학』 8호), 김동리와 김동석의 논쟁에 서 드러나는 사항 중 하나는, 이 역시 서로 규칙을 위반한 게임이라는 사실입니다(자세한 것은 졸저, 『해방공간 문단의 내면풍경』 참조).

어떤 점에서 게임 규칙 위반일까요. 김동리는 자기가 선 자리가 (A) 임에도 불구하고, '부르주아 독재형'의 문학론을 비판 거부하려 않고 단지 외면했다는 점이 먼저 지적될 수 있습니다. 두루 아는 바, (A)형 모델이 지향하는 것은 국민국가와 자본제 생산양식으로서의 근대이 며, 따라서 문학 역시 이 범주에 속하지 않겠는가. 그럼에도 불구하고 이를 돌보지 않은 채, '구경적 생의 형식'이라는 보도를 휘둘렀던 것 입니다. 근대란 한갓 인공적인 산물에 지나지 않는 것이며, 이는 저 '천지, 무궁한 자연'에 견주어보면 얼마나 초라한 것인가. 그러니까 (B)도, (C)도 한갓 특정 시기의 방편적인 것에 지나지 않는다. 이에 비할 때 '자연'이란 얼마나 굉장한 것이랴. '자연'에 비하면 근대 따위란 기껏해야 지나갈 일종의 통과물이며 물거품 같은 일시적 현상에 지나지 않는 것. 그러기에 '구경적 생의 형식'이 원론이자 원점인 이상, (B), (C) 따위란 한갓 각론이기에 질적으로 얕은 인공물에 지나지 않는다는 논법이란, '근대' 속의 각론의 우열을 따지는 마당에서는 규칙 위반이 아닐 수 없지요. 말을 바꾸면 해방공간에서의 김동리와 (B), (C)의 논쟁이란 그 자체로 성립되기 어려웠던 것입니다. 그 자신이 (A)에 속하면서도 (A)의 본질을 외면한 채, 초월적인 원론으로 (B), (C)를 대함이란 어불성설이지요. 해방공간에서라면 김동리는 (B), (C)는 물론 (A)까지도 깡그리 부정했어야 마땅하지 않겠는가. 실상 (A)란 유진오가 내세웠던 바로 그것이 아니었던가. 근대의 산물인 국민국가, 자본제 위에 성립된 것이 (A)가 아니었던가.

어째서 명민한 김동리가 이런 자기 모순으로 치달았던가. 이 물음엔 대략 다음과 같은 대답을 말해볼 수 있습니다. 그가 선 (A)는 (B), (C)와 한치도 다름없는 한갓 근대의 산물에 지나지 않지만, 일단 (B), (C)를 꺾어야 할 마당에 그가 놓였기 때문이라고. (B), (C)를 꺾어야 할 마당이라면 '구경적 생의 형식'을 '자연'으로 바꾸어 대항하는 길이 제일 확실해 보였던 것입니다. 일종의 전략적 방편이었을 터입니다. 만일 김동리가 '구경적 생의 형식'으로 일관하여 (A)까지도 부정했더라면 그를 수미일관된 이론가로 부를 수 있겠지요. 김동리는 그렇게 하지 않았습니다. 요컨대 김동리의 이러한 전략이 효용성을 가지는 것은 (A)가 대한민국 정식정부로 등장하기 직전까지만일 터입니다.

대한민국이 수립되었을 때 김동리는 다시 어떤 전략을 세워야 했을까. (A)를 과감히 부정하는 길이 그 앞에 시퍼렇게 놓여 있었을 터입니다. 그가 선 '자연'의 처지에서 보면 (A)란 (B), (C)와 더불어 근소한 차이를 가진 부정의 대상이 아닐 수 없기에 그는 (A)를 부정해야 할 처지에 놓였습니다. 이 자기 모순을 극복하기 위해 그가 취한 방도는 두 가지. 「달」(1947), 「역마」(1948) 등의 창작으로 향하기, 곧 「무녀도」(1936)로의 회귀가 그것입니다. 다른 하나는 「문학하는 것에 대한 사고」입니다. 김동리의 이러한 자기 모순성을 정면에서 지적한 것은 같은 (A)진영에 속했던 평론가 조연현입니다. (B), (C)가 사라지고 (A)만이 남은 장면이라면 김동리의 불패의 무기인 '구경적 생의 형식'이란 한갓 쓸모없는 논리일 뿐 아니라, 오히려 (A) 노선의 문학적 전개를 방해하고 있다는 조연현의 주장은 의미심장합니다. 대한민국 정식정부의 문학적 논리란 김동리의 것으로는 그 효용성이 끝났다는 것이 되기 때문입니다. 그렇다면 (A)의 문학적 이론분자란, 김동리일 수 없다는 것이지요.

'종교와 철학과 문학의 기초적 내용'이란 부제를 단 평론 「문학의 영역」에서 조연현은 김동리의 논리적 모순성은 문학과 종교를 혼동함에서 왔다고 주장합니다.

> 내가 느낄 수 있는 바에 의하면 김동리 씨는 구경적 생의 형식에 대한 공동의 의욕을 가졌다는 동일한 목적의식에 현혹되어 관념과 신앙을 사상과 혼동함으로써 문학과 종교나 철학의 영역에까지 유도해가고 있지 않은가 생각되는 것이다. 이것은 씨의 작품에서도 직접적으로 느낄 수 있는 것이지만, 해 일문(「문학하는 것에 대한 사고」—인용자)에 나타난 논조라든지 철학과 종교와 문학과의 관련에 관한 씨의 모호한 논리는 이것을 더욱 웅변히 말하고 있는 것 같기도 하였다.(조연현, 「문학의 영역」, 『백민』, 1948년 5월, 77쪽)

'구경적 생의 형식'이란 일제 말기와 해방공간에서 그 뛰어난 효용성을 뿜어냈지만, 대한민국 정식정부 수립 이후에는 그 효용성이 사라졌을 뿐 아니라 오히려 방해가 된다는 조연현의 지적은 이 나라 근대문학에 대해 많은 점을 새삼 일깨워줍니다. 자본제 국민국가를 목표로 해서 선택된 것이 정작 대한민국인 만큼 김동리의 이론은 이에 정면으로 위배되기 때문이지요. 명민한 김동리는 이 점을 자각하고 있었기에 「문학하는 것에 대한 사고」를 재빨리 썼지요. (B), (C)가 사라진 마당이기에 안심하고 조연현은 김동리 비판으로 재빨리 나섰던 것입니다. 조연현은 '종교' 대신 그 자리에 '사상'(무엇을 형성할 수 있는 생각)을 올려놓습니다. 조연현의 이러한 비판에 직면한 김동리의 반론은 어떠했을까.

5. 조연현의 비판과 김동리의 자기 수정

조연현의 비판이 김동리의 「문학하는 것에 대한 사고」에 있었던 만큼, 김동리는 이 평론을 보완하지 않으면 안 되었지요. 잡지에 발표된 김동리의 (가) 평론과 (나) 평론집 『문학과 인간』(백민문화사, 1948년 11월)에 수록된 것을 비교해보면 김동리가 조연현의 비판을 얼마나 의식했는가가 드러납니다.

'문학하는 것'과 '구경적 생의 형식'이 '종교적 수행'과 어떻게 다르냐, 또 철학과의 관련은 어떻게 되느냐 하는 문제에 대해 (가)에서는 이렇게 설명되고 있습니다. 길지만 그대로 인용해보겠습니다.

(가) 이에 대해서 나는 다음의 두 가지를 말하려 한다.

첫째, 내가 말하는 '구경적 삶'이란 반드시 종교를 통해서만 수행될 것이 아니라고 생각한다. 그것은 문학을 통해서든, 철학을 통해서든 혹은 정치를 통해서든 교육을 통해서든 가능해야 할 것이며 실지로 가능했던 것이다. 공자와 '간디' 같은 이들은 정치나 교육을 통해서도 그것을 수행할 수 있었고, 노자, 소크라테스, 플라톤, 스피노자, 데카르트,

칸트, 베르그송들은 철학을 통해서, 왕유, 도잠, 단테, 괴테, 도스토예프스키, 톨스토이들은 문학을 통해서 각각 이를 수행할 수 있었던 것이다. 이와 반대로 유사 이래의 수백 수천억의 종교인들은 모두 이를 수행했다고 볼 수 있느냐 하면 나는 그렇다고 하지 않을 것이다. 문학이나 철학이나 정치나 교육이나 혹은 상업이나 농업에 종사했던 대부분의 사람들이 한 개 '직업적 삶'에 그친 것과 같이 대부분의 종교인들도 또한 직업적인 것에 그쳤을 것이라고밖에 나는 생각하지 않는다.

그러면 단테, 괴테, 도스토예프스키, 왕유, 도잠의 문학은 어째서 구경적 생의 형식이 되느냐 하는 것은 다음 기회에 구체적으로 생각하기로 하고, 여기서 내가 특히 강조하고 싶은 것은 문학이니 철학이니 종교니 정치니 하는 것을 너무 직업적으로 분업화시키지 말아야 한다는 것이다. 우리는 첫째 사는 것이다. 이 모든 문화적 창조는 우리가 어떻게 하면 보다 더 참되게 높게 아름답게 깊게 살 수 있느냐 하는 데 집중되어야 한다는 것이다(이것은 문화 각태의 독립성을 침해하는 것이 아니라 그와 반대로 그 원칙을 강화할 수 있는 한 개 전제에서 말하는 것이다).

둘째, '구경적 생의 형식'만을 '문학하는 것'이라고는 하지 않는다는 것이다. 문학작품의 의의와 가치에 수억 수만의 등차가 있을 것과 같이 '문학하는 것'의 단계와 등차도 수억 수만이 될 수 있다고 생각하는 것이다.

그러므로 나는 위에서도 가장 높고 참된 의미에 있어 '문학하는 것'이란 '구경적 생의 형식'이라 한 것이다. 내가 생각하는 바, '문학하는 것'의 최고 지향을 말한 데 불과한 것이다.(『백민』, 1948년 3월, 45쪽)

'구경적 삶'이란 원론인 만큼 종교, 철학, 교육, 문학 등 어느 분야에도 다 통하는 것이라 주장하고 있습니다. 요컨대 '성실성'이겠지요. 어느 분야에나 자기의 신명을 바쳐 수행함이 '구경적 삶'이기에 그 차이는 없다는 것입니다. 자기의 성실성을 문제 삼은 것이죠. 그러나 조연현의 반론 이후에 나온 (나)에서는 문학과 다른 분야와의 변별성을 부각하는 데 많은 지면이 할애되고 있습니다.

(나) 그것은 물론 자별한 것이다. 우선 그 형식에 있어 종교는 찬송하고 기도하고 귀의하지만 문학은 사색하고 상상하고 창조(표현)하는 것이다. 그리고 그 내용에 있어 종교는 이미 발견되고 체현된 신에 대하여 복종하고 신앙하고 귀의하지만 문학에 있어서는 각자가 자기 자신 속에 혹은 자기 자신들을 통하여 영원히 새로운 신을 찾고 구하는 것이다. 그리고 각자가 자기 자신 속에 혹은 자기 자신들을 통하여 새로운 신의 모습을 찾고 구한다는 사실은 문학의 자율성을 침해하는 것이 아니다. 왜 그러냐 하면 모든 '각자'의 '자기 자신'들은 모두 인간들이기 때문이다. 그리고 그 모든 인간들의 인간인 소이는 그들 인간이 동물(인류 이외의)과 같다는 데 있지 않고 일면 같으면서도 다른 일면에 있어 그(동물) 이외의 것 또는 그 이상의 것을 가졌다는 데 있는 것이다. 그 이외의 것, 그 이상의 것을 우리가 만약 가지지 않았다면 그리고 가지지 않을 수 있다면 인간은 다른 모든 동물과 구별될 아무런 이유도 갖지 못할 것이다. 그러나 현실에 있어 인간은 '그 이외의 것'과 '그 이상의 것'을 가졌으며 또 가지지 않을 수 없기 때문에 우리는 그것의 본질과 핵심을 찾고 구하지 않을 수 없는 것이다. 그리고 '그 이외의 것' 또는 '그 이상의 것'을 찾고 구한다는 말은 이미 이상에서 말한 바 각자가 자기 자신 속에 혹은 자기 자신을 통하여 신명(神明)을 찾고 구한다고 한 것과 별개의 것은 아닌 것이다. 그리고 우리가 문학의 자율성을 옹호한다는 말은 인간성의 본질과 그 이상을 찾고 구한다는 것과 별개의 것이 아닐 때, 위에서 말한 '각자가 자기 자신 속에 혹은 자기 자신을 통하여 영원히 새로운 신의 모습을 찾고 구한다는 사실'은 문학의 자율성을 침해하지

않는다는 말을 이해하기에 힘들지 않을 줄 믿는다.

이와 같이 내가 '문학하는 것'을 '구경적 생의 형식'으로 보는 것이 문학의 자율성을 침해하지 않음은 이상과 같거니와 여기서 특히 내가 한 가지 경고하고저 하는 것은 서양인 관념적 체계가 그것도 더구나 근대에 와서 문학이니 철학이니 종교니 정치니 과학이니 수학이니 하는 것을 너무나 직업적으로 분업화 내지 분열화시켰다는 사실이다. 우리는 그 어느 부문도 다른 부문에 의하여 예속되고 지배됨을 용인할 수 없는 동시 또 그 어떠한 부문도 그 구심적 위치에 '구경적 생'을 거부해서는 안 된다고 생각하는 것이다. 우리는 첫째 사는 것이다. 모든 문학적 창조는 우리가 어떻게 하면 보다 더 참되게 높게 아름답게 깊게 살 수 있느냐 하는 데 집중되어야 할 것이다. '구경적 생'은 문학을 통해서든 정치를 통해서든 종교를 통해서든 철학을 통해서든 혹은 교육을 통해서든 과학들 통해서든 꼭같이 가능한 것이 원칙이며 실지로 또 가능했던 것도 사실인 것이다. 공자나 간디 같은 이는 정치와 교육을 통해서도 가능했던 것이며, 노자 소크라테스, 플라톤, 스피노자, 칸트, 베르그송들은 철학을 통해서, 도잠, 왕유, 이백, 두보, 단테, 괴테, 톨스토이, 도스토예프스키들은 문학을 통하여 뉴턴, 파스칼, 아인슈타인들은 과학을 통해서도 각기 그것을 수행할 수 있었던 것이다.

끝으로 나는 물론 '구경적 생의 형식'만을 '문학하는 것'이라고는 생각하지 않는다. 문학작품의 의의와 가치에 수억 수만의 등차가 있을 수 있는 것과 같이 '문학하는 것'의 단계와 등차에도 또한 수억 수만이 될 수 있을 것이다. 그러므로 나는 위에서도 가장 높고 참된 의미에 있어 '문학하는 것'이란 말을 사용하였고 무릇 '문학하는 것'의 전부를 의미한 것은 아니다. '내가' 생각하는 바 '문학하는 것'의 최고 지향을 말한 것이며 그러므로 이것을 나는 '사고(私考)'라 이름하는 것이다.(『문학과 인간』, 백민문화사, 1948년 11월, 101~103쪽)

문학과 종교의 구별을 세세히 다시 설명하고 그것이 어째서 '문학의 자율성'과 모순되지 않는가를 말해놓고 있지 않습니까. 조연현을 의식한 대목이라 하겠지요. 그렇기는 하나 그가 "작가가 자기 속에 혹은 자기 자신을 통하여 영원히 새로운 신의 모습을 찾고 구한다는 사실"은 문학의 자율성을 침범하지 않는다고 했지만, 이 역시 모호한 게 아닌가. 왜냐면 이것이 사람은 가슴마다 불성(佛性)을 갖고 있으며 이를 찾아야 한다는 저 공 사상의 종교와 흡사하기 때문이지요. 굳이 말하자면 종교엔 해탈이란 것이 있어 끝장이 난다는 점이라면, 문학에선 그러한 끝장이 없다는 것. 고로 새로운 신을 찾고 구하는 것이기에 종교와 구별된다고, 좀더 크게 분명히 해야 했을 터입니다. 물론 이 점에서 김동리는 생리적이자 실천적이긴 했습니다. 그는 평생 동안 기존의 어떤 신도 경배하지 않았음이 이를 새삼 말해줍니다. 그는 자기 자신의 종교를 가졌던 까닭이지요(김동리, 『생각이 흐르는 강물』, 갑인출판사, 1985, 327쪽).

요컨대 '문학의 자율성'에 대한 김동리의 생각은 여전히 불투명합니다. 실상 김동리는 조연현의 지적에 만족할 만한 답변을 안했거나 못한 것임은 「청산과의 거리」(『백민』, 1948년 4월)에서 잘 드러납니다. 소월을 논하는 자리에서 그는 소월이라는 개인의 님이 민요와 접함으로써 인간 전체로 확대된다는 것, 이때의 인간은 결국 '자연' 또는 '신'에 포섭된다는 주장을 했기에 그러합니다. 이 자율성 문제는 조연현외, 이에 대한 두번째 평론 「사상의 반성」(『백민』, 1948년 8월)에서 비로소 그 윤곽이 한층 분명해집니다.

6. 해방공간의 '사상'과 '생활', 그 한가운데 놓인 인간

김동리의 불패의 무기인 '구경적 생의 형식'이란 한국 근대문학 사상사의 시각에서 보면 어떤 위상에 놓이며 또 어떻게 평가될 수 있을까.

불교의 공 사상에 기초한 '구경적 생의 형식'이란 명제는 일종의 제로 개념이어서 어떤 현실적인 실제의 숫자도 여기에 부딪치면 무너지기 마련이었지요. 현실적 실제의 숫자란 물을 것도 없이 근대(인공)로 말해지는 일체의 표상을 가리킵니다. 요컨대 그것은 색(色)의 세계이지요. '색즉시공'으로 이 사정이 정리될 터입니다. 이런 사고 체계가 막강한 사상적 무기로 작동된 것은 다음 두 가지 대상에서였습니다.

그 첫번째 사상적 위상은 일제 말기인 1930년대 후반입니다. '역사의 종언'론 또는 '근대의 초극'론에 직면했을 때 이 세계사적 국면의 타개책으로 내세운 가장 합리적 방도가 최고 지식인 작가 유진오의 '시정의 리얼리즘'이었음은 앞에서 상론한 바입니다. 합리적이라 했거니와, 탈이데올로기로 간주된 '시정의 리얼리즘' 역시 따지고 보면 근대의 일종, 곧 또 다른 이데올로기인 셈이지요. 왜냐면 조만간 또 알게 모르게 친일적 범주로 향하기 마련이어서 일시적 잠정적 조치일 뿐입니다. 이 사실을 명민하게 알아차린 것이 김동리였습니다. '구경적 생의 형식'이 아니었던들 그 어떤 근대적 장치로도 친일적 경향성을 물리치지 못하게 된 장면이지요. 근대 그것이 일제에 직결된 점에 비추어보면, 또 그것이 현실(시정)의 리얼리즘이고 보면, 또 말을 바꾸면 색(色)의 세계이고 보면, 초고압적인 직관으로 뚫고 나갈 수밖에 없는 국면이었지요. '색즉시공'의 장면이 그것입니다. '구경적 생의 형식'이 불패의 무기였던 곡절은 이를 가리킴입니다. 이는 단연 긍정적 측면이 아닐 수 없지요.

두번째 사상적 위상은 해방공간에서입니다. '구경적 생의 형식'의 시선에서 보면 과학으로 표상되는 어떤 이데올로기도 가소롭거나 사소한 일종의 현실에 지나지 않는 것. 요컨대 '색'의 세계일 뿐이지요. 1930년대 말처럼 '색'의 세계란, 공의 처지에서 보면 실로 가상이며 허상일 따름. '실체가 결여된 것'(현장법사는 이를 막바로 皆空이라 했다)을 두고 공(空)이라 하는 만큼, 이 사실을 직시하지 못한 문학가동맹측의 주장이나 북로당의 주장은 무명(無明)에 가려 진리를 직시하지 못한 중생의 사상에 지나지 못하겠지요. 그렇기는 하나 해방공간은 일제가 물러난 현실이기에 1930년대의 경우와 썩 다르다는 사실에 김동리가 민첩히 대응했습니다. 설사 해방공간의 현실이 가상이나 헛것이며 진리 자체가 아닐지라도 적어도 친일적, 반민족적 혹은 반동적인 데로 향할 염려가 없다는 사실의 인식이 그것. 「문학하는 것에 대한 사고」가 씌어진 것은 이 때문이지요. 자기가 하는 '구경적 생의 형식'도, 다른 여러 가지 이데올로기를 내세운 문학과 동렬에 놓인다는 것. 동렬에 놓이되 본격적이라는 데까지 후퇴하고 있습니다. 곧 '구경적 생의 형식'만이 전부라고 하며 나머지를 싸잡아 부정하고 있지는 않습니다. 이와 함께 또 하나 지적될 수 있는 것은 '구경적 생의 형식'이 해방공간에서는 '상대화' 되었다는 점이지요. 나라 만들기의 모델 선택에서 김동리는 (A), (B), (C) 중 (A) 노선에 섰다는 사실이 그것. 바로 이 순간 그는 (B), (C)와 대등한 위치로 물러앉은 것, 곧 '구경적 생의 형식'이라는 절대성이 한갓 상대성으로 물러앉은 것입니다. 김동리의 자기 모순이 여기서 뚜렷이 드러났지요. 해방 후의 첫 작품인 「인연설」(1946)을 두고, 이원조의 날카로운 비판에 직면한 것도 이 때문이지요(이원조, 「허구와 진실」, 『서울신문』, 1946년 9월 1일).

1930년대의 순수논쟁에서 '구경적 생의 형식'의 절대성이 빛났지만, 해방공간에서는 그 사정이 자기 모순성으로 자각되었을 때, 김동리는 장차 어떤 길을 모색해야 했을까. 이 물음 역시 문학사 및 사상사적 과제입니다.

김동리의 민첩성이 또다시 번뜩였습니다. '자연' 대 '인공' 의 선명한 이분법적 사고의 도출이 그것. '구경적 생의 형식' 이란 '자연' 을 가리킴이라는 것. 이데올로기를 갖춘, 현실적 일상적 시대적 문학이란 '인공' 의 범주라는 것. 그러니까 자기가 선 자리는 '자연' 이고, 이데올로기를 띤 모든 문학은 물론 문학이긴 하되 한갓 '인공' 이라는 것입니다. 후자는 막바로 '근대' (역사)를 가리킴이지요. 그러한 '근대' 의 대표적인 것이 김동인입니다. 김동리의 「자연주의의 구경—김동인론」(『신천지』, 1948년 6월)에서 드러난 자연주의란 근대주의에 해당되는 것이며 따라서 그것은, 마르크스주의도 포함해서 비판의 대상입니다. 카프 문학과 김동인의 문학이 함께 부정의 대상이지요. '자연' 에 맞서는 '인공' 에 지나지 않기 때문입니다.

이러한 점이 제일 빛나게 드러난 것이 「청산과의 거리—김소월론」(『야담』, 1948년 4월)입니다. 김소월론으로는 가장 독창적이자 정연한 논리와 문체적 아름다움마저 갖춘 이 평론은 이 나라 비평적 산물의 최상급이라 해도 망발이라 할 수 없지요. '자연' 은 그러니까 '청산' 이었던 것이며, 그것은 또 김소월론이자 동시에 '김동리 자기' 론이었던 것입니다. 김동리는 김소월을 핑계삼아 '김동리론' 을 전개한 형국이지요(졸고, 「그리움으로서의 청산」, 『한국문학』, 2005, 가을). 또한 평론가로서도 최고의 자질을 드러낸 셈이지요. 「산유화」가 기적의 산물이듯 이 평론 역시 그러합니다.

이 항목의 결론을 맺기로 합니다. 해방공간의 문학적 상황을 평론적 시선에서 바라본다면 다음 네 가지 범주로 정리될 수 있습니다. 김동리의 평론집 『문학과 인간』과 조연현의 평론집 『문학과 사상』(1949)을 우선 들 수 있습니다. (1) 종교의 범주에 기울어진 것이 전자라면,

후자는 (2) 문학을 종교에서 사상(생각)으로 끌어내린 형국입니다. 이들과 맞선 곳에 놓인 것이 (3) 김동석의『예술과 생활』(1947)입니다. 예술을 문학으로 환원시킨다면 부르주아적 인간상이 뚜렷해집니다. 여기에 계급사상 일변도의 한설야, 안함광의 (4) 당의 문학을 추가할 수 있고 보면 해방공간의 평론계의 네 가지 유형이 뚜렷해집니다. 해방공간에서 전개된 이 네 가지 범주란 실상 평론계의 본질적인 유형이라 할 것입니다(졸저,『한국현대문학비평사론』, 서울대출판부, 2000, 1장).

7. 「산유화」의 기적과 「청산과의 거리」의 기적

이러한 네 가지 범주를, 김동리를 중심으로 하여 살핀다면 어떻게 될까. 김동리의『문학과 인간』이 한가운데 놓여 있는 형국이라면 이에 대한 깊은 음미가 새삼 요망되지 않을 수 없습니다. 무엇보다 그가 말한 '문학'이란, 문단적 평론에서는 어떤 모습이었을까를 묻게 됩니다. 이 장면에서 "나는 시도 안다!"(백인빈, 「가신 뒤에 더욱 커지신 김동리 선생님」, 『한국문학』, 1995, 가을)라고 버릇처럼 말한 김동리답게 『문학과 인간』은 소설론과 시론이 똑같은 비중으로 조직되어 있습니다. 시와 소설의 균형감각이 의도적으로 이루어져 있음은 크게 주목될 성질의 것입니다. 이 평론집에서 제일 비중 있고 또 높은 경지에 이른 것이 김소월론이라 부제가 붙은 「청산과의 거리」입니다. 그가 말하는 '문학'이 시와 소설을 동시에 가리킴이며, 동시에 그것은 시도 소설도 아닌 그 미분화 상태를 가리킴이라면, 그가 말하는 '인간' 역시 자연과의 미분화 상태, 곧 자연의 일부로서의 인간을 가리킴입니다. 개인 김소월에게 님이란 개별적인 것에 지나지 않지요. 그것이 개인을 떠나 민요의 형식으로 되었을 땐 공동체적 운명에 연결되는 것이며, 또 그것은 나아가 천지자연으로 승화되기 마련입니다. 소월의 「산유화」는 이러한 사례에 해당됩니다. 인간의 구경적 장면이란 '자연'이 아닐 수 없다는 것, 이러한 논리 전개가 김소월론의 핵심이지만, 중요한 것은 동시에 그것이 '김동리 자기'론이라는 점이야말로 이 평론이 지닌 유다른 경지입니다.

이 경지의 중요성은 평론이 예술(문학)일 수 있다는 데서 찾아집니다. 비평가들이 그토록 애태우며 이르고자 하는 경지가 평론도 문학이어야 한다는 점이 아니었던가. 작품에 대한 평가도 해석도 누구나 할 수 있습니다. 곧 인상주의적인 것이든 빌려온 사회과학이나 심리학의 이론이든 얼마든지 누구나 할 수 있습니다. 그러니까 그것은 학문이거나 과학의 영역에 지나지 않지요. 그러나 그 다음 단계, 곧 그러한 해설이나 평가를 넘어선 자리에까지 이르지 않는다면, 요컨대 시와 소설처럼 형상화에 이르지 못한다면 평론이란 문학(예술)일 수 없지 않겠는가. 평론의 자율성(예술성)을 의심하고 이에 이르기를 그토록 목말라 고심한 조연현의 경우를 두고 평론가라면 아무도 예사로이 넘길 수 없지요. 이 점을 실천해 보인 쪽이 조연현이 아니라 김동리였다는 사실은 크게 음미될 사항이지요. 평론 「청산과의 거리」가 김소월론이자 동시에 '김동리론'인 까닭이 여기에서 옵니다. 타인을 논하면서 동시에 자기 자신을 논할 때 비로소 평론의 자율성의 지평이 열린다는 점을 알게 모르게 김동리가 실천해 보인 것입니다. '나는 시도 안다'에서 마침내 '나는 평론도 안다'로 나아갔던 것입니다.

두 가지 절대성과 두 가지 자연
—카프 문학, 유진오, 김동리의 관련 양상

1. 절대성으로서의 '구경'

　김동리의 평론 「자연주의의 구경」(1948)은 김동인 연구에서 빠뜨리기 어려운 평론이자 동시에 「무녀도」(1936)의 작가 김동리 연구에서도 외면하거나 건너뛸 수 없는 자리에 놓인 평론이다. 그는 평론에서 이렇게 썼다. "자연주의 정신의 본질은 입체적이기보다 평면적인 것이다. 하늘을 향해 높이 뻗는 것이 아니라 땅 위를 넓게 스미고 퍼지는 것이다"라고. 자연주의 정신이 과연 그러한지의 여부는 별도로 치거니와 중요한 것은 김동리의 머릿속에 이런 관념이 확고부동한 잣대로 군림하였음에 있다. 그 잣대의 성격을 문제 삼을진댄 응당 그것은 그 자신의 절대명제인 '구경적 생의 형식'에서 유래된 것이어서 그 중간점이나 타협점 또는 화해 지대란 끼어들 틈이 당초부터 없다. 문학을 '구경적 생의 형식'이라 단정한 시선에서 김동인 문학을 바라보았음이란, 절대명제의 시선에서 보았음이 아닐 수 없다. 대체 절대시선이란 무엇이며 어디에서 말미암은 것일까. 이런 물음에 이르고 또 이에 대해 논의해가는 일은, 김동인론이나 김동리론이기도 하지만 동시에 그 이상이 아닐 수 없다. 그러한 것의 하나로, 그가 사용한 문체의 단호함을 들 수 있다.

(1) 과학은 인류에게서 신을 박탈하였으나 그 대가로 인류가 얻은 것은 기계와 허무뿐이었다. 인류가 신을 가졌을 때에는 동시에 신에 기생하는 우상과 미신과 그리고 또 신이 거주하는 공간을 함께 가질 수 있었으나 과학이 신을 추방하는 날 신을 자기의 체내에 기생시킨 우상과 미신과 그리고 또 인류에게서 하늘을 걷어가버렸던 것이다. 인류가 하늘을 상실했다는 말은 원래의 존재 그 자체를 부인하게 되었다는 뜻은 아니다. 천체의 무궁성이 우리들의 생활에 현실적 의의를 갖지 않게 되었다는 뜻이다.

(2) 신과 또 신의 거주인 하늘의 무궁성을 인류에게서 추방하고 난 과학적 실증적 결론에서 조성된 자연주의 정신이 처음부터 천상보다 지상, 입체보다 평면, 무한보다 유한을 본질로 삼게 된 것은 또 당연한 귀결이 아닐 수 없었다. 그리고 그것은 그 본질적 귀결에 의하여 이내 곧 더 갈 데가 없이 되었다.

(3) 이와 같이 하늘과 입체와 무궁성이 배제된 지극히 제한된 지상에서 인제는 아주 더 갈 데가 없이 된 이 평면의 정신은 가는 곳마다 많은 정신병과 발광과 음란을 전개하여 1918년경에는 조선으로 흘러들기 시작하였다. 그리하여 그것이 어떠한 기질의 작가에게는 두 번 다시 헤어날 수 없으리만큼 치명적인 마약이 될 수도 있었다.(『문학과 인간』, 청춘사, 1952)

그의 문장 운용 방식의 어떠함이 위에서 보듯 선명하여 인상적이다. 과학(계몽주의)과 신의 대립 구성법으로 일관하기, 과학과 신의 장단

점 비교하기를 거부하고 과학이 가져온 피해를 일방적으로 내세우기, 그러한 피해자의 전형으로 김동인을 내세우는 논법은 누가 보아도 공평하지 못하다. 과학 쪽이 가져온 거대한 장점이랄까 새로운 세계 인식을 외면함으로써 흡사 과학이 모든 악의 근원인 듯 몰아붙이고 있기 때문이다. 이런 일방적 우김이야말로 김동리 문학의 기본항이거니와 이러한 기본항은 어디서 연유한 것인가를 따지는 것도 의미 있는 작업이지만, 그보다 먼저 문제 삼아야 할 것이 따로 있을 터이다. 이른바 '작가적 기질'이 그것이다.

2. 외부적 절대성으로서의 타자성

위에 인용한 (3)에 다시 주목하기로 하자. 자연주의 정신(평면의 사상)이 가는 곳마다 많은 정신병, 발광, 음란을 가져왔는데 그것이 '어떠한 기질'의 작가에게는 "두 번 다시 헤어날 수 없으리만큼 치명적인 마약"이 된다는 것, 이 명제(단정)를 증명하는 사례로 김동리는 「약한 자의 슬픔」(1919)으로 독립운동에 버금가는 비중을 가진 참예술을 이 땅에 처음으로 전개한다고 자부한 김동인을 들었고, 구체적으로는 「광염소나타」(1929), 「광화사」(1935), 「김연실전」(1939) 등을 들었다. 이들 작품이 자연주의 정신에 의해 씌어졌고, 또 그 정신이 지닌 부정적인 측면이 발광, 음란, 정신병 등에 이른 작품이라 그가 단정했음에는 이론의 여지가 없지 않으나, 김동인의 '어떤 기질적인 것'을 문제 삼았음에는 더욱 많은 이론의 여지가 남겨져 있다고 할 것이다.

김동인은 과연 어떠한 기질의 작가였을까. 김동리의 지적은 이러하다. "주체적으로는 그의 철두철미 직선적인 작가적 기질에 의하는 것이며, 객관적으로는 그가 너무 결정적인 시기에 있어 자연주의의 세례를 받았음"이라 했다. 작가적 기질이란 '직선적'이었고, 여기에 작용한 조건이란 '너무 결정적 시기'였다.

직선적 기질이란 무엇인가. 단순성이라 할 수 있을 것이며, '너무 결정적 시기'란, 작가적 세계관을 구축하는 첫번째 시기를 가리킴이리라. 김동리는 이 점을 증명해 보이기 위해 단편 「명문」(1925)을 그 중심부에 놓고 있다. 예수꾼이 된 아들에게 아비가 말한 대목 "사람이 죽는다는 것은 혼백이 죽느니라"를 내세운 김동리는 이렇게 단정해 마지않았다. '작중인물 권성철 씨를 통하여 이렇게 선언케 하는 동양인 김동인 씨에게는 기독교적 의미에 있어서의 신과 동양적인 풍토가 함께 무너진 것이었다'라고. 김동리의 시선에 따르면 김동인의 선 자리란 서양을 대표하는 기독교와 동양을 대표하는 자연을 동시에 거부 또는 부정한 것이 된다. 김동인에게서 남는 것은 그러니까 '과학' 뿐이다. 그는 김동인의 이러한 '과학'을 '자연주의 정신'이라 부르기도 했고, 또 기하학이라 말하기도 했다. 기하학상의 직선이란 무엇인가 하고 묻고 김동리는 이렇게 정의해 마지않았다. '기하학상의 직선이란 본래 양 지점간의 최단거리를 의미할 뿐 어떤 공간이나 분량을 지닐 수 없다는 것이 그 규정된 바 개념"이라고. 김동리가 '자연주의 정신'을 기하학으로 치부한 한 증거를 여기서 보게 된다. 그가 말하는 자연주의 정신이란 평면이라는 것, 직선으로 표상되고 있다는 것, 따라서 3차원인 공간 개념과는 상용되지 않음을 대전제로 하고 있다. 다르게 말해, 신이나 영혼이 깃드는 곳이 공간이라는 것. 이 대전제에서 볼 때 김동인 문학은 '살인, 방화, 발광, 시간, 음란, 쌍말의 세계'로 이를 수밖에 없다는 것이다. 그렇게 된 이유 또한 극히 단정적이다. 김동인의 타고난 직선적 기질과, 너무나 결정적 시기에 자연주의 사조에 영향받았음 망설임도 없이 들고 있다.

이러한 김동리의 일방적 주장에서 분명해지는 것은 김동리야말로 김동인과 한치의 오차도 없이 동일한 자리에 서 있다는 사실이다. 공간(입체)도 직선과 꼭 같이 기하학의 소산이라는 점을 김동리는 알지 못했다. 누가 그의 귀와 눈을 가리게 했을까. 그 자신이 이미 이에 대해 분명히 말해놓고 있어 인상적이기까지 하다. 자기의 기질적인 것이 그 첫째요, 둘째는 그 너무도 결정적 시기에 모종의 정신(사조)의 영향을 입었음이다. 무엇이 그로 하여금 과학을 기하학 중 직선 개념 한 가지로 인식하게끔 몰고 갔을까. 무엇이 그로 하여금 신을 배제한 것이 과학이라고 인식케 만들었을까. 이 물음에서 중요한 것은 그의 기질적인 것이기보다 결정적 시기에 영향을 끼친 모종의 정신 쪽이다. 기질적인 것을 문제 삼기란, 객관적 기준을 이끌어내기에 난점이 많다. 그것이 성격 형성 및 핏줄과 교양에 관련된 것이어서 김동리 평전이 객관적 기준에 우선하기에 그러하다. 만일 믿을 만한 김동리 평전이 나온 후라면 이 기질적인 것도 어느 수준에서 해명될 과제이리라. 그렇지만 과학 곧 기하학적 정신 및 사고야말로 가장 풍요로운 근대적 문학의 정도이며, 그 가능성을 입증해 보인 「오감도」(1934), 「날개」(1936)의 작가를 지척에 두고도 이를 보지 못하도록 무엇이 김동리의 눈과 귀를 막게 만들었던가를 문제 삼는 일은, 단연 사상사 및 문학사의 과제가 아닐 수 없다. 「무녀도」(1936), 「황토기」(1939) 속에 이 과제의 본질이 담겨 있기에 특히 그러하다고 할 것이다.

3. 결정적 시기와 절대성

너무도 '결정적인 시기'에 김동인이 자연주의 정신을 수용해버렸듯 김동리 역시 그러했다는 사실만큼 분명한 것은 따로 없다. 신라 천년의 고도 경주의 몰락 유생 가문의 막내이며 거리의 철학자 범보(凡父) 김정설을 맏형으로 한 김동리가 당시로서는 거의 유일한 문단 데뷔 관문인 『조선』(시, 1934), 『중앙』(소설, 1935), 『동아』(소설, 1936) 등의

3대 신춘문예를 통과했고, 「무녀도」(1936)를 썼을 때, 그는 이른바 절대성 하나를 확보하고 있었다. 기독교계 중학 중퇴생인 그가 해인사 및 다솔사에 거점을 두고 획득한 사상이랄까 세계관을 훗날 스스로 '구경적 생의 형식'이라 명제화한 바 있거니와, 이는 그가 절대성을 확보했음을 공언한 것이었고, 너무도 결정적인 시기에 그는 이 절대성에 이르렀기에 더 나아갈 데가 당초부터 없었고 동시에 한 발 뒤로 물러설 수도 당초부터 있을 수 없었다. 아무리 몽환적인 소재나 주제라도 그것이 작가의 주체성과 세계의 리듬이 합치된 것이라면 진짜 문학이라고 단언하고 이로써 벼랑 위에 그가 섰음을 증명해 보인 것이 「무녀도」였다(「나의 소설수업」, 『문장』, 1940년 3월). 이 절대성이 강렬한 힘과 빛을 발할 수 있기 위해서는 당연히도 모종의 조건이 요망되었다. 김동리의 이 절대성과 견줄 수 있는 또 다른 절대성의 존재가 그것이다. 그 존재의 이름이 이른바 카프 문학이었다. 여기에는 상당한 설명이 뒤따르지 않을 수 없게 되어 있다. 육당이 『태백산 시집』(1910)을, 춘원이 「무정」(1917)을 썼을 때 그것들은 한국의 자연적, 전통적 유교문화 풍토에 대해 상당한 타자성의 도입이었다. 이른바 국민국가주의(민족주의)가 그것이다. 국민국가의 창출이 근대를 의미하는 것이라면 이는 단연 타자성이 아닐 수 없다. 그런데 조선조 역시 일종의 국가스러움을 갖추고 있다고 믿었던 관습적 자연적 풍토를 염두에 둔다면 새로운 국가주의란 큰 타자성이고 따라서 절대성이긴 해도, 격절적인 절대성, 타자성이라 하기엔 상당히 거리가 있었던 것이다.

그러나 잇달아 들어온 카프 문학의 경우는 사정이 달랐다. 날라도 크게 달랐는바, 카프 문학의 타자성이 거의 절대성 자체로 인식되었음에서 그러했다. 이 사정은, 비단 식민지 조선에서만 그러했던 것이 아니라 제국주의 일본에서도 거의 같았다.

마르크시즘 문학이 수입됨에 이르러 작가들의 일상생활에 대한 반항
이 처음으로 결정적인 것으로 되었다. 수입된 것은 그러니까 문학적 기
법이 아니라 사회적 사상이었다는 사실은 말하자면 당연한 일로 보이지
만, 작가의 개인적 기법 속에서는 해소되기 어려운 절대적, 보편적 모순
이어서 사상이란 것이 문단에 수입되었다는 사건은 우리나라 근대소설
이 마주친 새로운 사건이었다. 이 사건의 새로움을 그냥 두고서는, 이어
져 전개된 문학계의 혼란을 설명하기 어렵다.(小林秀雄, 「사소설론」,
1935, 『小林秀雄集』, 치쿠마, 300쪽)

조선의 경우는 일본과는 비교도 안 될 만큼 마르크스주의 사상이 지
닌 영향력은 거의 절대성에 가까웠다. 일제 식민지 상태에서 벗어나기
위한 조건이 전제된 사상이었던 까닭이다. 민족주의란 결과적으로는
제국주의의 다른 명칭임을 염두에 둔다면 이 사정이 금방 이해된다.
민족주의자 단재 신채호가 아나키즘으로 전향한 사실에서도 이 점이
설명된다. 마르크스주의 사상이 절대성으로 군림할 수 있었던 것은 그
것이 민족주의조차 상대화해 보였다는 점에서도 확인된다. 카프 문학
이 기법 속에서 해결될 수 없었던 이유는 이 절대성에서 왔다. 종교를
방불케 하는 카프 문학이기에 이를 능가할 만한 어떤 사상도 없다는
믿음이 이 시대를 지배하고 있었다.

이러한 카프 문학의 절대성이 두 차례의 검거사건과 카프의 해소
(1935)와 더불어 소멸 또는 공백기를 맞았을 때 제일 낭패한 쪽은 카
프 문학자들이 아닐 수 없었다. 그렇게 흡사 종교로 믿었던 절대 타
자성이 한갓 환각이었던가. 이 물음을 카프 문학자도, 이를 외부에서
바라보고 있던 자도 결코 피해갈 수 없는 바탕에 마침내 당도한 것이
었다.

먼저 카프 문학 내부에서 바라보는 정황은 어떠했던가. 이 물음에

제일 정확히 대응되는 인물이 「김강사와 T교수」(1935)의 작가 유진오
이다. 한편 카프 문학 외부에서 바라볼 때 제일 정확히 대응되는 인물
은 누구인가. 「황토기」(1939)의 작가 김동리가 바로 그 인물이다.

4. 무사상의 사상

대학 시절 진보적 사상운동에 가담했던 조선 청년 김만필이 일본인
교수진으로 짜여진 S전문학교에 취직하게 되면서 겪는 지식인 특유의
고민을 다룬 「김강사와 T교수」가 지닌 문학사적 의의는 과연 무엇인
가. 이 물음은, 1935년도 카프 문학 전체를 커버하는 작품이 바로 「김
강사와 T교수」이라는 사실에서 올바른 해답의 실마리가 찾아진다. 세
칭 전주 사건으로 말해지기도 하는 신건설사 사건은 카프 문사 거의
전원(23명)이 전주감옥에서 복역(기소 및 복역, 1934년 6월~1935년
12월)했음을 지칭한다. 사실상, 이 기간엔 카프 문학이 공백기일 수밖
에 없는데 이 공백기를 가까스로 메운 것이 「김강사와 T교수」였다. 여
기에는 또 다른 설명이 없을 수 없다. 구한말 개화된 유씨 가문의 직계
출신이자 제국대학을 나와 근대문학에 나아간 유진오야말로 이른바
근대문학의 근대성에 매우 자각적인 인물이었다. 타자로서의 근대를
대표하는 것이 마르크스주의이며, 또 그것은 절대성이자 동시에 서구
적인 것이었다. 카프 문학이 전위운동이었음은 그 관념성에서 왔다.
그것은 현실과는 무관한 지식인 특유의 관념성의 소산이기에 그만큼
과격성을 띨 수조차 있었다. 카프 문학이 전위운동이라는 것, 관념성
으로 무장된 타자성이라는 것, 그러기에 절대성을 그 속성으로 했다는
점은 제국의 사생아인 나프(NAPF)에만 해당되는 것은 아니었다. 그
러나 식민지 조선이란 조건으로 말미암아 이러한 과격성 및 절대성은
한층 절대적이었던 것이다. 카프 문학은 선전삐라와 흡사한 정치적 구

호로까지 나아갔다. 곧, 작품의 형상화 이전의 선동적 발언을 일삼았음이 그 증거이다.

> 그러다가 인제야 알았다.
> 그대를 ×들의 손에 뺏기고 난 인제야
> 그대를 다른 만흔 용감한 동무들과 가치 ×××에 끌려 보내고 난 뒤 한달된 인제야 알았다.
> 그대도 우리의 가장 미더할 지도자의 한 사람
> 땅미틀 파고 다니는 숨은 지도자
> 朝鮮의 ××의 한 사람인 줄을.(권환, 「그대」 부분, 『카프 시인집』, 집단사, 1931, 28쪽)

보다시피 작가의 개인적 기법으로는 해소될 수 없는 절대적, 보편적 모습으로 사상이 압도하고 있었다. 이러한 카프 문학의 전위운동이 전주사건으로 표상되는 객관적 정세의 악화로 그 한계에 도달했을 때 벌어지는 현상을 일러 '전향'이라 했다. 마르크스주의의 탄압과 전향이란, 일종의 공백이 아닐 수 없다.

이 공백을 똑바로 바라본 작가로 「무녀도」의 작가 김동리를 제일 먼저 들 수 있다. 「명문」의 작가 김동인이 철날 무렵 그러니까 아주 결정적인 시기에 타자인 근대를 절대성으로 받아들였던 것과 꼭 마찬가지로 김동리는 아주 결정적인 시기에 카프 문학이 빠져나간 빈 공간을 응시했던 것이다. 카프 문학 및 근대문학이 타자성, 절대성이듯, 그것이 빠져나간 공간을 메울 수 있는 것은 또 다른 타자성, 절대성이 아니면 안 된다는 점에 착목한 김동리의 명민성이 행동을 개시한 것은 저 유명한 「김강사와 T교수」작가이자 제국대학으로 표상되는 식민지 근대의 대표주자인 현민 유진오에 대한 과감한 공격인 「순수이의」

(1939)에서였다. 이 평론은 유진오의 평론 「조선문학에 주어진 새길」(1939)과 이에 이어진 「순수에의 지향」에 대한 대항 의식으로 씌어졌다. 서구의 인민전선의 붕괴와 독일, 이탈리아, 일본의 3국 기축국이 결성되어 바야흐로 파시즘으로 치닫는 일본 사상계 및 문학계의 동향을 예의 주시하면서 절대적으로 타자가 소멸된 한국 문단의 진로를 모색한 것이 「조선문학에 주어진 새 길」이었다.

　지금은 이념보다 '사실'을 받아들이는 세기라고 간파한 발레리의 명제를 앞세운 이 글에서 주목되는 곳은 일본의 진보적 사상가 미키 키요시(三木淸)에 대한 비판 대목이다. 이데올로기의 적극성을 포기하고 현실의 사실적 측면을 수용함이란 소극적인 태도이지만, 그렇다고 해서 사실을 사실로서 받아들일 뿐 아니라 각개 분산적인 사실과 사실 사이에 통일적 원리를 찾아내고 그곳에서 어떤 새로운 근본원리를 찾아내고자 한 미키 키요시의 시도 또한 실상은 시인적 직관과 예언자적인 정열 곧 '신화'의 일종에 지나지 못한다고 비판한 뒤, 유진오가 제시한 새로운 방향성이란 지극히 소극적인 방향인 '사소한 일반적 사실'의 발견에 있었다. 이러한 경향이 벌써 조선문학에도 시작되었음을 그는 지적했다. 카프 문학을 해온 30대 작가들이 방향 상실에 놓여 있음에 비해 20대 신진작가들은 그러한 방향 상실에 빠짐이 없이 비록 소극적이나 건강하여 최소한 비뚤어진 방향으로는 나가지 않는다고 그는 진단했다. 이 여세를 몰아 그는 30대 작가와 20대 작가는 '언어불통' 상태에 이르렀다는 것, 그리고 그것은 30대의 불행(순수)과 20대의 행복(불순)론으로 설명된다고 주장했던 것이다. 이를 정면으로 비판하고 나선 20대의 대변자가 김동리였다. 김동리의 비판적 초점은 다음처럼 단순 명쾌했다. 첫째, 행·불행(순수, 불순)을 따지는 것 자체가 당초부터 성립되지 않는다는 것. 문학하기 자체가 그러한 이분법을 초월하는 운명적 투기인 까닭이다. 둘째, 이 운명적 투기로

서의 문학관에서 바라볼 때 카프 문학 또는 이데올로기 문학이란 문학
의 일종이긴 해도 본격적이자 진짜 문학일 수 없다는 것. 바로 여기에
서 절대성에 대한 양자의 차이성이 결정적으로 갈라지게 된다(졸저,
『김동리와 그의 시대』, 민음사, 1995 제9장).

양자의 차이성이란 무엇인가. 이 물음은 절대성의 두 가지 태도로
향하기 마련이다. 육당, 춘원에 있어 국민국가주의, 카프 문사에 있어
계급사상 등은 타자성이자 그 자체가 절대성이었다. 국민국가주의 쪽
이 전통적 국가관에 연결된 부분이 겹쳐 그 절대성의 강도가 얕았음에
비추어 계급사상 쪽은 비할 바 없는 절대성의 강도를 감추고 있었다
할지라도, 타자성으로서의 절대성 범주는 같았다고 볼 수 있다. 이에
비해 김동리가 내세운 타자성이란 실로 유별난 것이었는바, '문학하
기' 자체가 타자성이었다. 문학하기가 타자성이자 동시에 절대성이
아니면 안 되었다. 운명인 까닭에서 그럴 수밖에 없다. 문학하기 그 자
체가 타자성이자 절대성인 것이 「무녀도」, 「황토기」이며, 그 명제화가
'구경적 생의 형식'으로 나타났던 것이다. "당초 문학에 지향하던 그
날부터 이미 작가로서나 혹은 사상가로서나 극히 초라한 운명을 가졌
던 것"(「순수이의」, 문장, 1939년 8월, 143쪽)에서 보듯 타자성이란
운명 자체를 가리킴이기에 절대성이 아닐 수 없다. 이로써 카프 문학
으로 말해지는 절대성이란 상대적 절대성과 뚜렷이 구별될 수 있었다.

5. 유진오의 균형감각

타자성으로서의 계급사상이 가장 강도 높은 절대성으로 군림한 것
이 카프 문학이라 했을 때 그것은 국민국가주의와 비교할 적에 비로소
알맞은 표현일 수 있었지만, 김동리의 출현으로 말미암아 카프 문학의
절대성이 상대적 절대성으로 인식됨으로써 절대성의 판도 변화가 불

가피한 지점에 이르렀음을 위에서 살펴보았거니와, 그것은 타자성 곧 자기동일성이라는 실로 기묘한 절대성의 출현 앞에 노출된 또 하나의 절대성으로 시선을 돌리게 했다. 유진오의 '시정(市井)의 리얼리즘'이 그것이다.

카프 문학으로 대표되는 타자성으로서의 절대성이 김동리의 출현으로 인해 상대적 절대성으로 좌표 이동이 가능했다는 사실로 말미암아 또 하나의 좌표축을 이루기에 이르렀는바, 이 좌표축을 정리하는 일은 30년대 한국 평단 및 정신사에 커다란 의의를 갖는다. 또 다른 절대성으로서의 '자연'의 등장이 그것이다. 이 새로 등장한 절대성이 다름 아닌 유진오에 의해서 자각되고 또 실천되었다는 사실은 의미심장한 사상사 및 문학사의 과제라 할 것이다.

이미 살폈듯 제국대학 법문학부 및 개화된 명문가문 출신의 적자 유진오의 문단적 출발은 동반자 작가로 세칭되는 지점에서였다. 「김강사와 T교수」로써 1935년도 카프 문학 전체를 대표할 수 있었던 것도 그가 한국 근대주의를 한 몸에 안고 있었음에서 가능한 현상이었다. 말을 바꾸면 타자성으로서의 카프 문학을 어느 정도의 거리를 두고 대상화할 만한 능력이 있었음을 가리킴이기도 했다. 카프 문학을 타자성으로서의 순수한 절대성으로 수용한 이북만, 권환, 한설야, 이기영, 임화, 안막 등과는 이 점에서 유진오는 달랐다. 그가 카프 문학에서 벗어나 새로운 길을 모색할 수 있었던 것은 이 대상화의 힘에서 왔다. 그가 카프 문학의 절대성에서 벗어나 새로운 방향을 제시한 것이 바로 시정의 리얼리즘이다.

첫째로 작가는 이상형의 세계를 탈출하여 넓은 속물의 세계로 산보를 나서야 할 것 (……) 그 다음으로 작가는 이러한 산보를 예술에게서 고양시키기 위하여 리얼리즘의 수법에 더욱 침잠하여야 할 것이다. (……)

278

끝으로 한마디 첨부할 것은 이러한 우리 문학의 진로에 있어 절대로 요청되는 것은 작가의 인간적 성실의 요구다.(「조선문학에 주어진 새길」, 『동아일보』, 1939년 1월 13일)

이데올로기로서의 절대성, 타자성으로서의 절대성을 포기하고 시장 바닥으로 편력하는 것을 두고 다르게는 순수하게 문학함이라 불렀다. 순수한 문학 곧 그 세속적 편력이 그대로 문학이기 위해서는 사실성과 리얼리즘의 방법이 아니면 안 된다고 했는데, 구체적으로 그것은 어떻게 해야 하는가.

유진오의 이러한 주장의 최강점은 그가 「나비」(1939), 「주붕」(1940) 등으로 창작해 보였음에서 왔다. 종로 뒷골목 카페 여급으로 있는 유부녀인 프로라와 그녀가 만나는 사내들을 다룬 이 「나비」(1939)에는 어떤 사상이나 이데올로기도 끼어들지 않는다. 세속적 욕망으로 뒤엉킨 일상적 삶의 조각들이 구체적인 생활심리로 묘사되었을 뿐이다. 소시민이자 지식인이며 작가이기도 한 주인공이 친구들과 말다툼을 하는 장면 묘사에서, 그 말다툼의 원인이 심각한 사상 문제가 아니라 극히 사소한 일상적인 것에서 연유되었음을 보여주는 「주붕」 역시 이른바 '시정의 리얼리즘'의 창작방법론에 의거된 것이었다. 그렇다면 이데올로기적 문제를 소외시킬수록 위대한 작품이 이루어진다는 기괴한 논리에 빠질지 모르나, 그것이 리얼리즘일 수 있는 것은 첫째, 거기에 현실적 농노가 짙게 배어 있음에서 리얼리즘 범주라 할 것이다. 그러나 예술이 조화 문제를 떠날 수 없다면 어떻게 될까. 이데올로기 곧 사상과 현실적 농도의 조화가 문제로 제기될 수 있겠는데, 과연 「나비」, 「주붕」 등이 그러한가. 이 문제를 날카롭게 지적한 평론이 이원조에 의해 씌어졌다.

리얼리즘에 있어 제일 먼저 중요한 것은 현실적 농도이다. 그 다음에 이 현실적 농도를 조절하는 문학정신은 자연스럽게 오는 것이라고 미신적으로 생각해도 좋은 것이다. 그러나 여기의 내 자신과 이 작가의 영예를 위해서 이 말을 부연해야 할 것은, 현실에서 무엇을 찾으려고 하는 노력 그것이 마치 문학을 잡치는 흉기와 같이 아는 공장적(工匠的) 도배에게는 이 말이 통하지 않는 것이다. 그리고 이 말이 이 작가에만 적용되는 것은 다름이 아니라 이 작가에게는 현실적 농도를 습취하는 힘보다 현실을 보는 눈이 더 큰 때문이다. 다시 말하면 사실에의 유혹보다 그 문학적 정신이 더 강렬한 까닭에 작품이 수척하기 쉬운 때문이다. 그러므로 우리는 이 작가로 하여금 아직 좀더 시정에 편력하도록 기다려도 좋을 것이다.(「유진오론」, 『인문평론』, 1940년 1월, 34쪽)

「김강사와 T교수」를 정점으로 한 조선 지식인의 대표적 문사인 유진오의 위상을 위의 지적만큼 정확히 분석한 경우는 썩 드물다. 타자성으로서의 절대성인 근대(카프 문학)를 자각적으로 인식할 줄 안 유진오이기에 그러한 절대성이 불가능한 상황에 부딪치자 재빨리 이에서 벗어날 길을 모색할 수가 있었다. 그러나 그가 지닌 지식인 특유의 관념성으로 말미암아 새로운 길은 또 다른 관념성으로 무장되어 있었다. 작가로서의 현실감과는 달리 논리적 추상적인 길의 모색에 기울어졌음을 지적할 줄 안 평론가로 이원조의 오른쪽에 나설 자는 없었다. 「나비」, 「주붕」, 「가을」 등의 작품이 지닌 관념성을 볼 줄 안 것도 이원조였고, 이러한 작품들이 아직도 '현실적 농도'를 알맞게 갖추지 못했음을 꿰뚫어본 것도 이원조였다.

그렇다면 유진오의 '문학정신'의 그 다음 행보는 어떠했을까. 이 물음은 동시에 이원조의 그것을 묻는 일이 아닐 수 없다. 이 물음 속으로 개입해 들어오는 것이 이른바 문학사적 사건이다.

유진오가 '현실적 농도'와 '문학정신'의 조율을 실험하는 동안 그는 '현실적 농도'가 안개 속으로 잠겨버리는 사태에 직면하지 않으면 안 되었는바, 소위 암흑기의 도래가 그것이다. 일제는 식민지 통치에서 당초에 한국문학을 제도상에서 제외시켜놓고 있었다. 그들은 행정, 교육, 경찰, 경제, 토지 등의 제도를 식민지 체제 속에 포함시킴으로써 만족했으나, 문학제도마저 식민지 체제 속으로 포함시키지 않으면 안 될 사태에 직면했는바, 태평양전쟁(1941년 12월)의 발발이 그것이며 구체적인 방법으로 등장한 것이 세칭 조선어학회사건(1942년 10월)이었다. 그로부터 해방에 이르기까지 일제는 한국문학조차 그 통치 아래 몰아넣고야 말았다. 당연히 한국문학사는 '숨은 신'의 모습으로 존속할 수밖에 없었다. 이 기간 동안 이른바 이중어 글쓰기 공간(1942년 10월~1945년 8월)이 이루어졌다. 조선어로도 일본어로도 쓸 수 있는 공간에서 한국 작가들은 상당한 분량의 글을 썼다(졸저, 『일제 말기 한국작가의 일본어 글쓰기론』, 서울대출판부, 2003).

이러한 사태에 직면한 한국 작가들의 대응 방식은 어떠했을까. 대략 여섯 가지 글쓰기 유형을 발견할 수 있거니와 유진오는 그 첫번째 유형에 분류된다. 유진오, 이효석, 김사량 등 제국대학 출신의 수재급 근대주의자들은 일어로도 능히 형상화의 글쓰기에 나아갈 수 있었다. 유진오의 경우는 어떠했던가. 그가 일어로 쓴 작품은 「남곡선생」(『국민문학』, 1942년 1월), 「여름」(『文藝』, 1940년 7월), 「복남이」(『週刊朝日』, 1941년 5월), 「기차 속에서」(『國民總力』, 1941년 1월), 「조부의 쇠부스러기」(『國民總力』, 1944년 3월) 등이다. 이효석, 김사량과 더불어 일본 문예지에 특집으로 발표된 유진오의 일어 작품들이 지닌 경향성은 조선적 특성을 기조로 한 것이었다(졸저, 『한일근대문학 관련양상 신론』, 서울대출판부, 2001 제1부 2장). 이러한 경향성이 문학사적으로도 작가론적인 점에서도 갖게 되는 중요한 의의는 자명한 데서 온다. 곧 온갖 지적 노력과 날카로운 정치적 문단적 감각을 동원하여 카프가 물러난 빈 공간을 채움으로써 조선문학의 진로를 모색한 이른바 '시정의 리얼리즘'을 헌신짝처럼 버리게 되었음이 그것이다. 만일 '시정의 리얼리즘'으로 창작을 한다면, 일본 독자에게 읽힐 수 없다는 반성이 지식인 유진오를 가만히 두지 않았다. 일어로 창작함이란 새삼 무엇인가. 이 경우에, 일본인을 독자로 함이 원칙이 된다는 사실만큼 유진오의 작가적 자부심을 부축한 것은 따로 없었다. 조선어로도 일어로도 창작할 수 있게끔 저널리즘이 크게 열려 있었으나 조선어로 창작함이란 그 지향점이 신체제(新體制) 영향론에 닿게 되어 있었다. 지식인 유진오로서는 도저히 그런 방향으로 나갈 수 없었다. 그렇다면 일어 창작이라는 열린 저널리즘으로 나아갈 수밖에 없다고 그가 판단했음에는 다음과 같은 그의 양심이 전제되어 있다. 겉으로는 신체제에 영합하되 내심으로는 조선적 정신 및 정서를 내세우기라는 전략이 그것이다. 「복남이」는 물론 「여름」에서 보듯 하층에 속하는 조선민의 특유한 성격을 제시함으로써 유진오는 일본 독자에게 그 소박한 인간성을 호소하려 했고, 「남곡선생」에서 보듯 조선적 선비정신의 존재 방식을 드러냄으로써 조선 지식인 특유의 자존심을 보여주고자 했다. 「봄의상」(1941년 5월)이나 「은은한 빛」(1940년 7월)으로 조선적 색상을 드러냄으로써 일어 창작에 나아간 이효석과 유진오의 차이는 이처럼 현격하다. 어쩔 수 없이 강제된 일어로써 창작하긴 하되 신체제의 정치 논리를 거부하고 일본인 독자에게 조선인 특유의 인간형을 보여주기로 정리되는 이러한 유진오의 전략이 얻은 것은 무엇이며 잃은 것은 무엇이었던가. 이제 이 물음에서 벗어날 수 없는 대목에 이른 셈이다. 유진오가 얻은 것의 문학사적 의의는 무엇인가. 이중어 글쓰기 공간의 가능성에 기여했음을 으뜸의 의의로 지적할 수 있다(졸고, 「이중어 글쓰기 공간의 글쓰기 유형론」, 2004년 10월). 그렇다면 유진오가 잃은 것은 무엇인가. 일목요연한 해답이 주어진다. '시정의 리얼리즘' 의 포기가 그것이다.

이로써 타자론 외의 절대성으로 군림한 카프 문학과 이에 맞서고자 한 또 다른 절대성으로서의 일상성의 균형(조화)이 성립되지 못하고 만 것이다. 이 균형은 대가급 작가 염상섭의 「임종」(1949), 「두 파산」(1949)에 이르러서도 회복되지 못하고 4·19 세대를 기다리지 않으면 안 되었다. 해방공간 및 6·25가 카프의 자리, 곧 타자성으로서의 절대성을 여지없이 다시 한번 몰고 왔기 때문이다.

6. 무사상과 제일의 자연

카프 문학이 외부에서 온 절대성이었다면, 또 이것을 두고 이데올로기 문학 또는 정치적 문학 나아가 사상의 문학이라 부를 수 있다면 유진오가 내세운 '시정의 리얼리즘' 이란 내부에서 온 일상성 혹은 내부의 절대성이라 부를 수가 있다. 나아가 또 그것은 이데올로기 문학 혹은 비정치적 문학(순수문학)이라 부를 수 있겠고, 싸잡아 '무사상의 문학' 이라 해도 될 터이다. 이런 시선에 설 때 '구경적 생의 형식' 으로 명제화된 김동리의 주장은 다시 어떻게 규정될 수 있을까. 이 물음은 '사상' 과 '무사상' 을 가늠하는 기준을 묻는 것으로 향하게 한다. 곧 그것은 '자연' 과 '인공' 의 개념을 이끌어들임으로써 새로운 문학사적 시야를 묘사해볼 수 있게 해준다. 제1자연, 제2자연의 범주 설정도 이로써 가능해질 수 있다.

다시 한번 카프 문학이란 무엇인가 묻기로 하자. 무엇보다 먼저 지적될 수 있는 사항은 그것이 문학이되 문학과 거의 무관한 존재였다는 점이다. 외부에서 들어온 마르크스주의 사상은 문학적 기법의 범주가 아니라 사회사상이었다는 점에서 결정적인 성격을 가져왔다. 더구나 그것은 일제라는 내부적 절대성을 물리치거나 맞설 수 있을 만큼의 사상 곧 외부적 절대성이었다. 작가의 개인적 기법 속에서 해소되기 어려웠던 것은 이에서 말미암았다. 한국 근대문학사 속에서 카프 문학 시대만큼, 이론이 창작을 이끌어간 사례는 없다. 무수한 복자와 선전 삐라로 된 『카프 시인집』(1931)이나 한설야의 「합숙소의 밤」(1927)을 비롯한 초기작들, 권환의 「목화와 콩」(1931), 박영희의 「사냥개」(1925), 「지옥순례」(1925) 등이 그러한 사례에 든다. 이 강렬한 타자성이 작가의 육체를 철저히 무시케 했다. 그들은 사상의 내면화나 육체화를 잊은 것이기보다 그렇게 하기엔 사상의 절대성에 마비되었던 것이다.

이러한 절대성의 마력에서 조금씩 벗어나 자기의 육체를 찾기 시작한 것은 「현해탄」(1938)의 시인 임화, 「고향」(1935)의 이기영, 「황혼」(1936)의 한설야 등이었다. 전주 사건 이래 이른바 전향문학 단계에 와서야 작가들은 가까스로 절대성의 마법에서 벗어날 수 있었다. 전향은 그러니까 절대성의 사상의 내면화를 가능케 했다. 작가의 기법 속에서 이를 소화할 수 있게끔 된 것이 이런 점을 잘 말해준다. 그렇다면 카프 문학은 문학적으로는 실패한 것인가. 이 물음에 대해서는 아래와 같은 견해가 타당해 보인다.

어느 정도 그들(일본의 프롤레타리아 작가)에게는 후세에 삼을 만한 걸작이 한 편도 없는지도 모르며, 또 그들의 소설에 많이 등장한 것이 가공적 인간 군상인지도 모른다. 그러나 이것은 사상에 의해 왜곡되고 이론에 의해 과장된 결과이지 결코 개인적 취미에 의한 실패 또는 성공은 아니었다.(「사소설론」, 『小林秀雄集』, 301쪽)

외부의 절대성으로서의 마르크스주의 사상이 정론적 사정으로 불가능하게 되었을 때 그것의 내면화로서의 전향문학이 속출하여 큰 흐름을 이루었고, 그 여파가 『단층』(1937)파에까지 이어지지만 이 역시 그 큰 틀에서 보면 개인적 취미의 실패 또는 성공이라 하기 어렵다고 볼 것이다.

그러나, 카프 문학이 빠져나간 거대한 공백기를 메우기 위한 다음 두 가지 길의 경우는 사정이 크게 다르다. 첫째의 길이 앞에서 검토한 '시정의 리얼리즘'이다. 카프 문학이 외부적 절대성으로서의 '사상'이라면 시정의 리얼리즘은 내부적 절대성 곧 '무사상'이라 할 것이다. 이데올로기를 깡그리 제거한 문학이 시정의 문학이며 작가의 육체를 이룬 것이 시정의 일상성이라면 그것은 그 작가의 개성이자 동시에 현실로서의 '자연'이 아닐 수 없다. 말을 바꾸면, 이데올로기가 제거된 일상성이란, 일종의 자연 상태이긴 해도 순수한 자연, 절대성으로서의 자연이라 하기 어렵다. 그 이유는 주창자인 유진오 자신의 자의식에서 필연적으로 유래되었다. 어떻게 하면 사상을 제거할 수 있는가를 대전제로 하여 고안해낸 것이 시정의 리얼리즘이기에 일상성으로서의 자연이란 이 경우 순수 자연일 수 없다. 이원조가 지적한 것과 같이 유진오의 시정의 리얼리즘이란, 작가 유진오의 자의식(문학정신)의 소산이라 여전히 그 '문학정신'이 우위에 놓여 있었던 까닭이다. 그럼에도 시정의 리얼리즘이 중요한 이유는 그것이 작가의 육체를 인식케 한 점에서 찾아진다. 이를 굳이 제1의 자연이라 부르는 것도 이 때문이다. 이에 비해 시정의 리얼리즘에 정면으로 맞섰던 김동리의 경우는 어떻게 정리될 수 있을까. 자의식(문학정신)의 척도로 검토해보면 어떻게 될까.

7. 두 개의 절대성 사이의 거리 재기—제2의 자연

외부적 절대성으로서의 카프 문학이 빠져나간 빈 공간을 시정의 리얼리즘으로 채우고자 한 인식 방법은 어디까지나 의식적이며 따라서 반성적 사유의 산물이었다. 이데올로기의 그림자가 짙게 남아 있기에 시정의 리얼리즘은 '리얼리즘'일 수 있었던 것이다. 그것은 외부적 절대성의 위력에서 벗어나기 위한 제일단의 조치였고 따라서 일차적이자 타협적인 몸짓이 아닐 수 없었다. 절대성이 사라진 공간을 단숨에 건너뛸 수 없었던 것이 근대주의자 유진오의 현실감각이자 최선의 길이었다. 그가 정직한 지식인이었던 까닭도 여기에서 찾아진다.

유진오의 이러한 문학정신의 내막을 정확히 파악하고 이와 정면으로 맞선 김동리의 방식은 어떠했던가. 무엇보다 그가 먼저 간파한 것은 유진오가 아직도 짙게 안고 있는 근대적 자의식의 정체였다.

지금 30대 작가들은 모두 이 수년래 급각도로 전환된 사조와 격변한 세상에 상면하여 그 거취에 심한 자기 분열을 일으키고 있으나 이제 신인들은 그러한 자기 분열을 맛보지 않으니 이로써 30대 작가는 불행하고 신인 작가는 행복하다는 것이었다. 나는 씨에게 묻는다. 씨가 말하는 바 행복과 불행이란 말은 작가로서의 본질적 성패를 의미하는 말인가, 시정(市井)적 득실을 의미하는 말인가. 만약 후자가 아니고 전자라면 하필 변천된 이 마당에 와서 행·불행을 부르짖을 것이 아니라 당초 문학에 지향하던 그날부터 이미 작가로서나 혹은 사상가(문예)로서는 극히 초라한 운명을 졌던 것이니 그러한 작가에게서는 외적 동기의 자기 분열이 없었다고 하더라도 작가로서의 기대는 성격적으로 이미 가지지 못한 자이다. 작가다운 작가일수록 이미 그 주관 속에 항상 인간적으로나 문학적으로나 맹렬한 자기 분열을 가지는 법이라, 씨가 말하는 바와 같은 그러한 다분히 시정성을 띤 자기 분열이란 결코 그 작가적 행·불행을 결정할 수 없다는 것이다. 만약 작가의 행·불행이라는 말이 내가 말하는 바와 같은 그러한 작가로서의 본질적 성패를 가리키는 말이 아니라면 그것은 어디까지나 작가로서는 무책임한 말이니 문제될 것도 없다.(「순수이의」, 『문장』, 1939년 8월, 143쪽)

이로 볼진대 김동리가 서 있는 좌표가 '운명'에 있었음이 선연하여 인상적이다. 문학 곧 이데올로기의 도식이 근대문학이다. 이 범주에서 논의를 펼치고 있는 쪽이 유진오이며 따라서 그는 어디까지나 근대주의자였던 것이다. 이에 맞서 김동리가 서 있는 자리는 '운명＝문학'의 좌표였던 것이다.

운명이란 새삼 무엇인가. 그것이 어떻게 규정되든 절대성임엔 틀림없다고 할 것이다. 절대성이긴 하되 이 또한 '나'로서는 어쩔 수 없는 절대성이다. '나'만이 관여된 점에서 내부적 절대성이다. 내가 스스로 운명을 다스리거나 극복하거나 수정할 수 없기에 그것은 절대성이며 외부적 절대성이 아닐 수 없다. 바로 이 점에서 운명은 저 외부적 절대성인 카프 문학과 등가이다. 그렇기는 하나 이 등가성은 그 방향이 각각 역방향성이어서 커다란 차이를 빚게 된다. 곧 '나'만이 관여된 점에서 내부적 절대성이기도 하다는 것. 이 점에서 김동리는 카프 문학과 맞서면서 동시에 유진오와 맞설 수조차 있었다. 그가 '구경적 생의 형식'으로 문학하기를 정의했을 때 실상 그것은 '운명의 형식'을 규정했던 것이다.

우리는 한 사람씩 한 사람씩 천지 사이에 태어나 한 사람씩 한 사람씩 천지 사이에 살아지고 있다는 사실을 통하여 적어도 우리와 천지 사이엔 떠날래야 떠날 수 없는 유기적 관련이 있다는 것과 이 '유기적 관련'

에 관한 한 우리들 세계는 공통된 운명이 부여되어 있다는 사실을 발견하게 되는 것이다. 우리는 우리들에게 부여된 우리의 공통된 운명을 발견하고 이것의 전개에 지향하지 않으면 안 된다.(『문학과 인간』, 인간사, 100쪽)

이런 삶을 두고 '구경적 삶＝문학하는 것'이라 주장하고 있다. 이런 삶이란, 제2의 자연이라 부를 것이다. 무사상이긴 해도 시정의 리얼리즘이 지향하는 무사상과는 다시 구분되기 때문이다.

운명의 형식으로서의 문학하기의 문학이란 과연 어떤 것일까. 카프 문학의 절대성에 맞설 수 있는 것이 있다면 바로 김동리의 이것이 아닐 수 없다. 그렇다면 김동리의 외부적 및 내부적 절대성도 카프 문학 그것처럼 각자의 기법으로서는 소화되거나 해소될 수 없는 그런 절대성일까. 이 물음은 문학사적 해명을 요구함과 동시에 김동리의 작가적 역량에 대한 해명을 요구하는 사항이 아닐 수 없다.

이 요구사항의 기본항이 「무녀도」(1936), 「황토기」(1939), 「산제」(1936), 「두꺼비」(1939) 등에 담겨 있다고 볼 것이다. 이러한 작품들이 걸작이거나 정반대로 실패작이거나 간에 그 결과는 그가 서 있는 좌표의 사상에 의한 것이지 김동리 개인의 취미에 의한 성공 또는 실패라 할 수 없다고 할 수 있을까. 이 물음은 이젠 피해가기 어려운 단계에 이른 셈이다.

이상의 논의에서 새삼 분명해지는 것은 무엇인가. 다음 두 가지 사항이 지적될 수 있을 터이다.

(A) 김동리론은 카프 문학과 대비시킬 때 그 가능성과 한계 및 특성이 한층 선명해지리라는 것. 절대성의 두 가지 성격과 그것이 문학과 어떤 관계를 맺는가를 문제 삼을 수 있고, 또 이를 통해 사상과 무사상(자연)의 거리를 측정할 수 있다면 논의의 유연성이 크게 높아질 것이다.

(B) 김동리론을 '시정의 리얼리즘'과 대비시킬 때 그 가능성과 한계 및 특성이 한층 선명해지리라는 것. 유진오도 무사상(자연)을 내세운 점에서 김동리와 같은 좌표축을 이루지만 그 무사상의 성격이 현저히 다르다는 사실을 통해 김동리론은 한층 유연성을 획득할 수 있을 터이다.

카프 문학의 구경도 시정의 리얼리즘의 구경도 이미 보아버린 김동리 문학의 구경은 그 '구경적 사유'로 말미암아 일정한 성과와 제약을 동시에 가져왔다고 할 때 문제되는 것은 새삼 무엇인가. 아마도 그것은 문학적인 것이 놓이는 자리와 생의 구경이 놓인 자리 사이의 거리재기에 대한 반성일 것이다. 굳이 비유컨대 구경적 진리 도달의 방식에 있어 유진오로 대표되는 근대주의자들이 논리적 합리적 순수 사유에 대한 인식, 굳이 비유컨대 가령 인도식의 여래선(如來禪)의 길이었다면, 김동리의 그것은 이른바 중국식 조사선(祖師禪)이었을 터이다. 마음이나 정신을 거울이라 상정하고 외부적 절대성을 투명하게 비치게끔 하는 것이 근대주의자들의 태도라면, 따라서 점수(漸修)의 수행법이라면 김동리의 태도는 돈오의 수행법에 비유될 수 있다. 일거에 진리와 부딪치는 방식 곧 돈오(頓悟) 쪽에 그가 섰던 까닭이다. '구경적 생의 형식'의 명제화가 이를 새삼 말해준다. 그렇다면 그게 종교이지 어찌 문학이겠냐고 비판한 평론가는 조연현이었다(졸저, 『해방공간 문단의 내면풍경』, 민음사, 1996, 7장). 이에 대한 김동리의 자기 해명은 어떠했을까. 해방공간(1945~1948)의 제일 중요한 과제가 민족문학론이었거니와, 이 과제는 또 좌익 진영의 후퇴로 말미암아 대한민국 정식정부만의 민족문학론으로 한정되지 않을 수 없었다. 이 한정 속에서 뚜렷이 떠오른 새로운 문학론이 우익 진영의 내분을 가져왔다. 김동리의 '구경적 생의 형식'에 대한 비판이 그것이다. 같은 진영의 비평가 조연현이 비판한 것은 김동리의 명제란 시효가 지난 것일 뿐만 아니라 '종교'에 해당된다는 것이었다. 문학이란 사상(생각)이지 어찌 종교일까 보냐고 조연현이 주장했을 때 김동리는 어떤 태도를 취했던가. 이 물음은 단연 해방공간의 과제에서 논의될 새로운 영역으로 문학을 이끈다. 평론집 『문학과 인간』(김동리), 『문학과 사상』(조연현) 그리고 『예술과 생활』(김동석)의 영역들이 이에 해당된다.

그리움으로서의 청산
— 김동리의 「청산과의 거리」에 부쳐

1. 『인문평론』 1940년 7월호의 기묘한 현상

『문장』과 더불어 1930년대 말에서 1940년대 초기, 곧 『국민문학』으로 단일화되어 이중어 글쓰기 공간(1942~45)으로 재편성되기까지 우리 문학판 발표지의 양대 산맥을 이루던 『인문평론』의 1940년 7월호를 대하고 있노라면 기묘한 생각을 물리치기가 어렵게 되어 있다. '사변 기념 특집호'로 되어 있는 이 달의 『인문평론』엔 권두평론인 「동아협동체론의 일고찰」(박치우)도 문제적이지만 이 특집에 상응하는 문단적인 것이 그 첫번째 기묘함이다.

'사변 기념 특집'으로 기획된, 채만식, 윤규섭, 김남천, 이원조, 임학수, 백철, 유치진, 최재서 등 8명의 중일전쟁(1937년 7월, 전쟁 발발)에 대한 감상문을 대하고 있음이 어째서 기묘함일까. 누가 보아도 이들 8명이란 당대의 이 나라 문학판에서 주도적인 인물일 뿐 아니라, 광복 뒤에도 역시 크게 활약한 문사들이다. 훗날 이들 중 상당수가 이른바 친일 혐의로 거론된 것은 바로 이 특집호의 글 탓이었다. 조선문학가동맹 서기장으로 민족문학론의 최고 이론분자로 군림한 해방공간에서의 이원조의 위세를 꺾기 위해, 김동리가 두목으로 되어 있는 조선청년문학가협회의 작가이자 논객인 최태응이 그를 공격한 것은 그러한 사례의 전형이다.

여기(이원조)에 비하면, 이광수, 김용제 씨들의 친일행위란 (……) 기실 얼마나 판에 박힌 천박한 내용인가. 친일을 하되 요렇듯 심각하고 알씸있고 앙큼하게 악질적으로 하고 난 이원조 씨에게 「윤회설」(김동리의 해방 후 첫 작품, 1946—인용자)의 주인(아니, 작자)은 사갈에의 가을 서리다. 왜냐면 작자는 종우를 통하여 요러한 친일파와 추세파들에 대하여 과연 준엄하기 때문이다. 어제같이 문인협회에서 '황군' 위문문을 쓰고 연합국측 민주주의 문화를 최후의 천식이라 저주하고 무력 승리는 황군에 맡기지만 이에 밑받히는 문화는 내 차지라고 뽐낸 이원조 씨에게 오늘 와서 '민족'이니 '문학'이니 운운은 이광수 씨가 대통령 출마를 하겠다는 것보담도 더 얌치없고 외람되고 천인공로할 희비극이다.(최태응, 「비평의 윤리」, 『민주일보』, 1946년 9월 8일)

두번째 기묘함은 사변 기념호에 이육사의 「교목」이 실려 있음이다.

푸른 하늘에 다을 듯이
세월에 불타고 웃득 남아서서
차라리 봄도 꽃피진 말어라.

낡은 거미집 휘두르고
끝없는 꿈길에 혼자 설레이는
마음도 아예 뉘우침 아니리

검은 그림자 쓸쓸하면

마침내 호수속 깊이 거꾸러져

참아 바람도 흔들진 못해라.

육사 이원록(李源綠)의 이런 시와 그 셋째 아우 이원조(李源朝)의 사변 예찬의 글이 마주치고 있음이란 기묘함이 아닐 수 없다.

세번째 기묘함이란 무엇인가. 김동리의 소설 「소녀(少女)」의 행방이 그것이다. 목차의 창작란엔 김동리의 「소녀」, 박노갑의 「포설」, 현경준의 「유맹」, 김남천의 「낭비」(연재물) 등이 뚜렷하며, 또한 편집후기에도 "병상에서 집필했다는 김동리 씨의 「소녀」와 박노갑 씨의 「포설」은 여전히 신경지를 개척하여 나가는 두 작가의 정진의 자취를 보여주는 쾌작"이라 적혀 있지만 정작 이 「소녀」는 실려 있지 않다. 잡지를 다 만들고 난 직후 모종의 검열에 걸렸던 것으로 추측될 따름이다. 김동리 자신은 이에 대해 훗날 두 가지 암시를 한 바 있다.

(A) 나의 작품들이 계속적으로 검열에 걸려 『문장』지의 「하현(下弦)」, 『인문평론』지의 「소녀」, 『조광』지의 「두꺼비」—나중 발표된 것은 딴 작품—원고마저 돌아오지 않았고, 끝내는 우리말 신문, 잡지들의 폐간 사태 등 일련의 사실들이 그것이었다.(『김동리 대표작 선집(6)』, 삼성줄판사, 441쪽)

(B) 그의 백씨가 석방되어 돌아온 지 달포쯤 지났을 때 종규에게는 또다시 문인보국회의 후신인지 재판인지 '국민문학' 무슨 '연맹'이란 것이 되었다고 먼저와 같은 가입 통지서가 이번엔 등기우편으로 배달되어 왔다. 가만히 아궁에 넣어서 끝나는 문제도 아니었다.(미발표 원고, 84쪽)

검열에 걸린 김동리의 작품이 세 편이었음이 (A)에서 암시되어 있다. 조선문인협회(1939년 11월) 혹은 문인보국회(1943년 4월) 등의 가입을 거부했음이 그것이다. 당국의 편집 지침서 속에 혹은 편집자들의 묵계 속엔 작품 게재는 문인협회 가입자로 제한되어 있었던 것으로 추단된다. 「무녀도」(1936)의 김동리이고, 또 제목 「소녀」로 미루어 이 작품이 시국적 내용과 거리가 있다고 볼 것인바, 왜냐면 이와 쌍을 이루는 것으로 보이는 「소년(少年)」(『문장』, 1941년 3월)이 있기 때문이다.

2. 「소년」의 순결성과 자연의 소리

김동리의 「소녀」는 과연 어떤 작품일까. 문학사의 미궁 속으로 빠져 버렸기에 안타깝기는 하나, 되찾기는 거의 절망적이다. 이 절망감을 어느 수준에서 보상받을 수 있는 방도는 없는 것일까. 이런 물음 앞에 잠정적으로 그 반대편에 놓인 것으로 추단되는 작품이 「소년」이다.

마을에서 서못(西池)으로 넘어가는 황톳길에는 서리가 하얗게 깔려 있고 언덕 위 마른 아카시아 나무에서는 까치가 지저귄다.

바른 팔에 짚단 몇 단 낀 채 신도 벗고 나선 맨발바닥에 바삭바삭, 하고 그것은 틀림없는 눈 그대로다.

고개 위에 올라서니 저만큼 마알간 못물이 보인다. 곧 가슴이 뛴다.

왼 손등으로 눈곱을 비비며 성재(性哉)는 그 못물─아니 물이기보다는 얼음이다─을 한참 바라보았다.

─있나, 없나.

가슴은 걷잡을 길 없이 뛴다.(『김동리 전집(1)』, 민음사, 340쪽)

소년의 이름은 성재. 그는 신새벽 맨발로 서리 내린 길을 가고 있다. 팔엔 짚단을 끼었다. 못물이 보이자 가슴이 뛴다. 무엇인가를 열심히 찾고 있었던 것이다. 그런데 과연 기대한 대로 거기 있었다. 무엇이 · 꿈에서도 보이던, 자맥질하는 물오리 자웅이 그것. 전날 해질 무렵 도시에서 온 포수에게 선불 맞아 도망치지 못한 물오리 자웅이 날지 못한 채 못에서 헤엄치고 있었다. 포수가 다시 올 리는 없으나, 이 장면을 이웃 동네 소년 윤범이 나뭇짐을 지고 지나간 적이 있어 밤새 조바심이 났고, 이렇게 신새벽에 짚단과 성냥을 갖추어 달려온 것이었다.

오리 두 마리는 그 살얼음이 걸려 있는 끝으로 어저께 맞은 선불의 쓰라린 상처도 먼 날의 추억인 양 평화롭고 안온하게 나란히 떠다니고 있다. 성재는 너무도 즐거워 이것이 마치 지난밤의 꿈의 연속이나 아닌가 하고 속으로 가만히 의심하며 한참 동안 정신없이 멍하니 서 있었다. 그러면서 일방 저도 모르게 손으로 연방 옷을 벗으며 있는 것이다.(342쪽)

살얼음판의 못 속으로 헤엄쳐 들어간 소년의 가슴은 그럴 수 없이 즐거웠으나 온몸은 또 그럴 수 없이 찼다. 물 밖으로 나와 짚단에 불을 붙여 몸을 녹인 다음 소년은 다시 오리를 향해 뛰어들었다. 오리들과 소년의 경주가 시작되었다. 날지 못할 뿐 오리들은 여전히 자맥질도 헤엄도 유유히 잘했다. 소년의 승부처는 오리들을 가장 깊은 언터 밑 움푹 들이팬 홈테기 속으로 몰아넣기. 마침내 그 홈테기에 오리들이 들어갔고, 소년은 승리할 수 있었다.

그는 점점 홈테기를 막아 들어가, 드디어 두 주둥이로 할 일 없이 물만 겉쪼아대는 두 마리 오지의 오리를 한꺼번에 덮쳐 안을 수가 있었다. 순간 그는 너무도 즐거워 이것이 꿈속이나 아닌가, 하고 자기 자신을 의

심해보았으리만큼 그렇게도 가슴이 뛰고 정신이 다 몽롱해졌다. (344쪽)

오리 두 마리를 안고 뭍으로 나오자 윤범이가 기다리고 있지 않겠는가. 윤범이 취한 행동은 다음 두 가지. 제 주머니에서 성냥을 꺼내 남은 짚에다 불 붙이기가 그 하나.

"단단히 쬐어, 까딱하면 너 욕 본다."

윤범의 이 유혹에 소년도 마지못해 응했다. 다른 하나는 오리에 관심 두기.

"너, 이거 여간해 물도 불도 타는 거 아니다"라고 윤범이 말하는 바로 그 순간, 오리의 날개 끝에는 어느덧 불이 붙고 있었다.

순간, 성재의 두 눈에는 분노의 불길이 번개와 같이 번쩍하였다. 제 자신도 모르게 굳게 쥐어진 두 주먹이 곧 윤범의 면상을 겨누어 부들부들 떨리고 있을 즈음, 바로 가까이 못 언덕에 서 있는 백양목 위에서는 까치가 한참 울었다. 그 까치 소리를 들으며 문득, 며칠전 윤범이 놈과 둘이서 까치를 잡아 구워 먹던 생각이 났다. 그러자 바로 그 다음 순간, 그의 두 눈에 타오르는 분노의 불길이 어느덧 야릇하게 강렬한 식욕을 충동하고 말았다. 성재는 입에 하나 가득 괸 침을 꿀꺽 삼키며 윤범의 손에서 오리를 덮치듯이 빼앗아 쥐며,

"인 줘."

그러고는,

"저 가서 마른 나무 좀더 주워와."

한다. 윤범은 성재의 명령에 조금도 거역하려는 빛도 없이 곧 일어나 마른 나무를 주으러 갔다. (345쪽)

작품 「소년」의 참주제가 막바로 드러난 대목이거니와 그것은 수계

(水系) 및 모계(母系) 범주에 드는 「무녀도」(1936)와도 산계(山系) 및 부계(父系)에 드는 「산제」(1936), 「황토기」(1939)와도 구별되는 김동리 문학의 또 다른 범주 설정을 예고한다. 소년의 순수성이라 할 이 주제는 그 순수성이 생명적 의욕으로 표상되어 있다. 야성적인 식욕이 그것이다. 그것은 개인의 감정이랄까, 자의식 이전의 상태를 가리킴이기도 하다. 이를 일러 '자연'이라 할 것이다.

3. 「까치 소리」가 그로테스크한 까닭

「무녀도」, 「황토기」의 작가 김동리만큼 그의 창작방법을 확실히 이론화한 작가는 거의 없다. 그는 당초부터 문학하기를 두고, '구경적 생의 형식'이라 명제했고 또 이를 평론집 『문학과 인간』(1948)에 정연히 펼쳐놓았다. 이 명제란 실상 '자연'과 '인간'의 관계항의 정립에 다름 아니었다.

우리는 한 사람씩 한 사람씩 천지 사이에 태어나 한 사람씩 한 사람씩 천지 사이에 살아지고 있다는 사실을 통하여, 적어도 우리와 천지 사이엔 떠날래야 떠날 수 없는 유기적 관련이 있다는 것과 이 '유기적 관련'에 관한 한 우리들에게는 공통된 운명이 부여되어 있다는 것을 발견하세 되는 것이다. 우리는 우리들에게 부여된 우리의 공통된 운명을 발견하고 이것의 전개에 지향하지 않으면 안 된다. 우리가 이 사업을 수행하지 않는 한 우리는 영원히 천지의 파편에 그칠 따름이요, 우리가 천지의 분신임을 체험할 수 없는 것이며, 이 체험을 갖지 않는 한 우리의 생은 천지에 동화될 수 없기 때문이다. 그리고 우리는 우리에게 부여된 우리의 이 공통된 운명을 발견하고 이것의 타개에 노력하는 것, 이것이 곧 구경적 삶이라 부르며, 또 문학하는 것이라 이르는 것이다. 왜 그러냐 하면 이것만이 우리의 삶을 구경적으로 완수할 수 있는 길이기 때문이다.(김동리, 『문학과 인간』, 인간사, 1952, 100~101쪽)

그렇다면 구경적 생의 형식, 곧 자연이 인간에 관여하는 방식은 어떠한가. 이 물음에 김동리 문학은 두 가지 방식을 제시해놓았다. 「소년」이 그 방식의 하나를 대표한다. 앞에서 밑줄 친 「소년」의 인용 부분에 주목하기로 한다.

자기가 공들여 잡은 오리를 탐내고 바야흐로 그 소유에 끼어들고자 하는 윤범을 향한 소년 성재의 분노의 향방을 잠시 문제 삼아보기로 하자. 포획물을 저만치 던져놓고, 윤범과 목숨을 건 싸움 벌이기가 그 하나의 방법이다. 그 결과 드러나는 것은 저 『정신현상학』(헤겔)의 주인·노예의 변증법이 아닐 수 없다. 다른 하나의 방식이 「소년」식 해결이다. 까치 소리, 곧 자연의 개입으로 말미암아 갈등이 해소되어 대단원에 이르는 소설적 방식을 작가 김동리는 '구경적 생의 형식'으로 명제화해놓았다. 그렇다면 이 명제는 종교의 그것과 어떻게 다른가. 자연(천지)과의 유기적 관련성에 주목하고, 이것에다 운명을 내걸었다면 자연 그것은 종교의 영분과 어떤 점에서 다른가. '문학과 사상'의 관계항을 빌려 김동리의 이러한 '구경적 생의 형식'을 종교라 비판한 것은 평론가 조연현이었다(졸저, 『김동리와 그의 시대(2)』, 민음사, 1996). 이에 대한 김동리의 답변은 어떠했던가.

우선 그 형식에 있어서 종교는 예찬하고 기도하고 귀의하지만 문학은 사색하고 상상하고 창조(표현)하는 것이다. 그리고 그 내용에 있어 종교는 이미 발견되고 체현된 신에 대하여 복종하고 신앙하고 귀의하지만 문학에 있어서는 각자가 자기 자신 속에 혹은 자기 자신들을 통하여 영원히 새로운 신을 찾고 구하는 것이다.(『문학과 인간』, 101쪽)

내용과 형식에서 종교와 문학을 이렇게 구별함으로써 그는 문학의 자율성을 확보했다고 장담했으나, 당초 '구경적 생의 형식'이 저 불교의 연기설(緣起說)에 근거된 것이어서 문학의 자율성을 검증하기엔 무리수였다. 이 점을 작가 스스로 폭로해 보인 작품이 1967년도 3·1문화상 수상작 「까치 소리」(1966)다.

마을 한복판에 우물이 있고 그 앞뒤에 늙은 회나무 두 그루가 서 있다. 두 회나무에 까치들이 둥지를 틀고 있었고, 아침저녁 까치들이 우는 마을. 여기에 까치 소리가 들릴 적마다 기침을 터뜨리며 숨 넘어갈 듯 봉수야, 하고 군에 간 아들을 부르며 천식을 앓고 있는 노모와 딸이 있다. 봉수가 군에서 돌아오자 약혼한 애인은 친구 상호에게 시집갔다. 절망에 빠진 봉수는 상호의 누이 영숙을 꾀어 겁탈하고 목을 눌러 죽이는 줄거리로 되어 있는 「까치 소리」에서 결정적인 곳은 살인의 순간에 들려온 까치 소리였다.

하여간 나는 다음 순간 영숙을 안고 보리밭 속으로 들어왔다. 그리하여 그녀의 간단한 옷을 벗기고 그 새하얀, 천사 같은 몸뚱어리를 마음껏 욕보이기 시작했던 것이다. (……) 그때 까치가 울었던 것이다. 까작 까작 까작 하는, 어머니가 가장 모진 기침을 터뜨리게 마련인 그 저녁 까치 소리였던 것이다. 그리고 이와 동시에 나의 팔다리와 가슴 속과 머리끝까지 새로운 전류 같은 것이 흘러들기 시작했던 것이다. 까작 까작 까작, 그것은 그대로 나의 가슴속에서 울려오는 소리였다. 나는 실신한 것같이 누워 있는 영숙이를 안아 일으키기라도 하려는 듯 천천히 그녀의 가슴 위로 손을 얹었다. 그리하여 다음 순간 내 손은 그녀의 가느다란 목을 누르고 있었던 것이다.(「까치 소리」 결말 부분, 『김동리 전집(3)』, 314쪽)

‘살인자의 수기’로 되어 있는 「까치 소리」의 이 결말 부분은 누가 보아도 까치가 아침에 울면 반가운 손님이 오고 저녁에 울면 초상이 난다는 토속적 신앙의 바탕 위에서 씌어졌다는 것을 알 수 있다. 이 민속 신앙은 좀더 따져보면, 저 불교에서 말하는 연기설 및 윤회사상에 기초되어 있음을 알아낼 수 있다. 김동리 자신도 이 점을 드러내기에 인색하지 않았다. “나는 불교의 인과응보라든가 윤회전생(輪廻轉生)이라든가 하는 것에 약간의 신앙을 갖고 있다네. (……) 그렇지만 그것도 어디까지나 한 개 트라이(試圖)에 불과한 거야. 앞으로 좀더 구체적으로 그려봐야지”(『문학사상』 창간호, 1972년 10월, 268쪽)라고 김동리가 말했을 때의 시점은 「까치 소리」를 쓴 지 6년 뒤에 해당된다. ‘구경적 생의 형식’을 절대적 명제로 내세운 김동리의 이 절대성이란, 따지고 보면 그 속엔 윤회전생, 인과응보도 ‘약간의 신앙’으로 놓여 있었음이 판명된다. 다르게 말해 절대성이란 외부를 향한 방패용이었고, 내면적 실상은 ‘약간의 신앙’에 다름 아니었다. 또 약간의 신앙이란 토착사상으로서의 샤머니즘과 불교의 인과응보에 해당되는 것이었다. 그리고 이 약간의 신앙도 한갓 ‘시도’에 지나지 않았음이 판명된다.

이렇게 보아올 때 자연(천지)과 인간의 관계를 문제 삼음에서 김동리의 문학적 행위란 그가 내세운 명제, ‘구경적 생의 형식’과는 달리 어디까지나 ‘시도적’이었음이 판명된다. 그 시도는 두 가지 형태로 드러났는바, 하나는 자연이 인간의 삶에 개입하는 방식이다. 「소년」, 「까치 소리」가 이 범주에 든다. 자연이 인간의 삶에 개입하는 방식에서 그 순수한 형태가 「소년」이라면 「까치 소리」는 실로 도식적이다. 문학적 성취도에서 「소년」이 앞선다는 것은 이 사정에서 온다. 「까치 소리」가 어색하고, 억지로 조립한 건물 형태를 보이는 것도 이 사정에서 온다. 자연이 인간의 삶에 개입함이란 일종의 간섭이기에 그 정도가 심하면 「까치 소리」에서처럼 인공적 조립품으로 전락하기 쉽다. 이 사실을 「까치 소리」와 「소년」의 대비가 증언하고 있다고 볼 것이다.

4. 「찔레꽃」, 「역마」의 뻐꾸기 울음소리

자연과 인간의 관계에서 이번엔 인간이 자연 쪽에 개입한다면 어떻게 될까. 김동리 문학은 이 물음이 당초부터 송두리째 빠져 있음을 그 특징으로 하고 있다. 여기에는 설명이 없을 수 없다.

인간이 자연에 개입함이란 자연을 정복·가공함을 가리킴이며 이를 일러 계몽주의라 한다. 인류사의 발전이란 계몽주의를 주축으로 하여 설명되거니와, 이러한 지향성을 근대주의라 부르곤 했다. 「무정」(1917)으로, 또는 「해에게서 소년에게」(1908)로 말해지는 한국의 문학은 바로 이 근대주의의 일종이었다. 이와 맞선 카프 문학도 꼭 마찬가지의 근대주의였다. 「김강사와 T교수」(1935)가 이를 제일 잘 보여주고 있었다. 그 작가 유진오와 정면으로 대결한 문사가 「무녀도」, 「소년」의 작가 김동리였음은 이 나라 문학사가 증거해놓고 있다(졸저, 『김동리와 그의 시대(1)』, 1995).

이처럼 인간이 자연에 간섭하는 측면에 정면으로 맞서기를 하나의 명분으로 삼고, 그것을 '구경적 생의 형식'으로 도식화했을 때, 그것의 절대성을 보장하기 위한 장치가 요망되지 않으면 안 되었다. 자연이 인간에게 개입하기로서의 길이 그 하나. 「소년」, 「까치 소리」계가 그것이다. 이 방식이 이른 곳의 참담함을 보여준 것이 「까치 소리」였음은 앞에서 이미 보아온 바다. 그것은 유진오로 표상되는 근대주의가 끝내 가져오는 참담함(피해)과 등가다. 인간이 자연에 간섭하기와 자연이 인간에 간섭하기란 따지고 보면 어느 쪽도 폭력을 동반한 것이어서 이 점 서로 등가가 아닐 수 없다. 이 점에서라면 유진오와 김동리의 변별성은 정도의 차이밖에 없다고 할 것이다.

김동리 문학이 유진오 문학(카프 문학, 민족주의 문학)과 변별되는 결정적인 몫은 어디에서 오는가. 이 물음은 자연과 인간의 관계 설정에서 온다. 자연이 인간에게 개입하지 않기가 그것. 개입하지 않되, '절대로' 개입하지 않기가 그것. 실상 '구경적 생의 형식'이라는 도식(명제)에 그 절대성의 위력이 내장되어 있었다. 그 절대성이 근대주의 전체를 폭파하고도 남을 폭약이기도 했던 것이다. 이러한 폭약이 장치된 작품에 「찔레꽃」(1939), 「역마」(1948) 등이 있다.

돈 벌고자 만주로 간 사위에게 외동딸을 보내야 하는 어미의 애타는 심정을 그린 「찔레꽃」은 황순원의 「기러기」(1942)와 더불어 가작이라 할 것이다. 그러나 두 작가의 창작방법은 판이하고도 대조적이다. 만주로 돈 벌러 간 남편을 따라 아내가 정든 고향을 떠난다는 점에서 두 작품은 똑같다. 「찔레꽃」이 딸을 떠나보내는 어미의 안타까움에 집중되어 있다면, 「기러기」는 남편을 찾아가야 될 명분 찾기를 오직 아기에게 둔 점에서 역시 어미의 줄기찬 모성애를 다루었다고 할 수 있다. 그러나 주제를 처리하는 방식에서 두 작품은 크게 다르다. 「기러기」의 경우 만주 출발을 앞둔 한밤중에 들려오는 봄기러기의 울음소리는 어디까지나 주인공 쇠네의 심리적 과제였다. "이 밤은 얼마나 깊었는지, 어디서 봄기러기 날아가는 소리가 들려왔다"(「기러기」 끝 부분)에서 보듯, 남편 찾아가는 그 밤의 기러기 소리란 무엇인가. 남편이란 아무리 "저 웬수!"이더라도 아이의 아버지라는 사실을 스스로에게 확인시기고자 하는 아내의 마음이 불러낸 환청으로서의 기러기 소리에 다름 아니었던 것이지만, 「찔레꽃」에서 들려오는 뻐꾸기 소리는 이와 전혀 다르다. 여기서의 뻐꾸기 소리란 자연 그대로의, 실재하는 소리로 되어 있기 때문이다.

사방을 둘러보아야 낯익은 고향산천, 남산은 앞에 있고 뒷숲은 뒤에 있고, 동으로는 너른 밭들, 서로는 맑은 냇물, 어디 한군데 낯익지 않은 데 없고 정들지 않은 곳이 없다. 저 내 건너 목화송이 잘되는 산비탈 밭에서는 순녀가 시집갈 때 가져간 이부자리 베와 솜이 나왔고, 저 뒤 숲머리에 지금도 번쩍번쩍 햇빛에 물이 빛나는 물제방과 앞으로는 제가 어려서부터 빨래질을 다니던 오솔길이 하얗게 놓여 있지 않은가.

"언제 볼꼬 울 엄매야, 언제 볼꼬."
딸은 이제 목놓아 울고, 어미는 수건으로 눈을 가리며 흐느끼고, 따라 나오는 며느리들의 눈에도 눈물이 글썽글썽하다.
"언제나 볼꼬, 울 엄매야, 우리 성님들아, 언제나 또 볼꼬."
<u>딸의 넋두리에 맞추려는 듯이 뒷숲에서는 뻐꾸기가 한바탕 어우러져 운다.</u>(『김동리 전집(1)』, 271~272쪽─밑줄 인용자)

여기서의 뻐꾸기 울음소리는 찔레꽃이나 물레방아, 그리고 목화밭과 똑같은 자연에 해당된다. 순녀의 시선에서 보면 이 모두는 환상이나 환청이 아니라 몸에 스며 있는 현실 자체이다. 그러기에 이 자연으로서의 뻐꾸기 울음소리는 떠나는 순녀에게 어떤 힘으로도 작용하지 않는 존재로 되어 있다. 이 점은 크게 강조될 필요가 있는바, 「소년」, 「까치 소리」계의 방법론과 다른 위치에 서 있음을 보이기 때문이다. 자연으로서의 까치 소리가 주인공(인간)의 현실에 작용함으로써 그들의 운명을 결정하는 「소년」, 「까치 소리」계와는 달리, 「찔레꽃」의 뻐꾸기 울음소리는 주인공의 운명에 전혀 관여하지 않는다.

자연이 인간에 전혀 관여하지 않는 김동리의 이러한 태도가 「역마」에 오면 한층 자각적이었음이 판명된다. 당사주에 나오는 '역마살'(驛馬煞, 늘 이리저리 떠돌아다니게 된 액운)을 주제로 삼은 이 작품은 역마살을 띤 소년 성기(性騏)를 주인공으로 내세웠다. 그 운명적 액운에서 아들을 벗어나게 하기 위해 가족들이 온갖 인위적 노력을 기울였음에도 불구하고 끝내 역마살(운명)에로 나아가고 만다는 이 작품의 줄거리에서 보듯, 인간의 타고난 운명이란 인공적 노력을 초월한다는 데에 참주제를 놓고 있음이 판명된다. 이 참주제를 살리기 위한 김동리식 창작방법은 어떠했던가. 인간계와는 무관한 자연계를 드러내기 위해 김동리는 실체로서의 뻐꾸기 울음소리를 다음처럼 반복적으로 내세웠다.

(가) 모퉁이를 돌아 새로운 산줄기를 탈 때마다 연방 더 우악스런 멧부리요, 어두운 수풀을 지나 환하게 열린 하늘을 내다볼 때마다 바다같이 질펀한 골짜기에 차 있으니 머루, 다래 넌출이요, 딸기, 칡의 햇덩굴이다. 산속으로 산속으로 들어갈수록 여기저기 <u>난장판으로 뻐꾸기가 울고,</u> 이따금씩 낄낄거리고 골을 건너 날아가는 꿩 울음소리마저 야지의 가을벌레 소리를 듣는 듯 신산을 더했다.(『김동리 대표작 선집(1)』, 222쪽)

(나) 계연의 시뻘겋게 상기된 얼굴은 옥화와 그녀의 아버지가 그녀들을 지켜보고 있다는 것도 잊은 듯이 성기의 얼굴만 뚫어지게 바라보고 있었으나 버드나무에 몸을 기대인 성기의 두 눈엔 다만 불꽃이 활활 타오를 뿐, 아무런 새로운 명령도 기적도 나타나지 않았다.

"오빠, 편히 사시오."

하고, 거의 울음이 다 된, 마지막 목소리를 남기고 돌아선 계연의 저만치 가고 있는 항라 적삼을 고운 햇빛과 늘어진 버들가지와 <u>산울림처럼 울려오는 뻐꾸기 울음 속에,</u> 성기는 우두커니 지켜보고 있을 뿐이었다.(위의 책, 229쪽)

(다) 그런지도 다시 한 보름이나 지나, <u>뻐꾸기는 또다시 산울림처럼 건드러지게 울고,</u> 늘어선 버들가지엔 햇빛이 젖어 흐르는 아침이었다. 새벽녘에 잠깐 가는 비가 지나가고, 날은 다시 유달리 맑게 개인 화개장

터 삼거리길 위에서 성기는 그 어머니와 하직을 하고 있었다.(위의 책,
231쪽─밑줄 인용자)

「역마」에 등장하는 뻐꾸기는 위에서 보듯 아득한 울림으로 일관되
어 있다. (가)에서 보듯 난장판으로 우는 뻐꾸기 소리란, 당사자들(성
기와 계연)은 혈연 관계인 줄 모르고 자칫하면 천륜(계연이 성기의 이
모라는 사실)을 어길 수도 있는 아슬아슬한 장면을 가리키는 그런 울
림이기에 그러하다. (나)에서의 그것은 인간의 힘으로는 절망적인 장
면의 처리 방식으로 고안된 것이어서 그러하다. (다)에서의 그것은, 자
연이 지닌 초월적 모습을 보여주는 기호로 작동되어 있기에 그러하다.

5. 절대적 거리로서의 '저만치'

자연이란 무엇인가. 인류사는 이 물음에서 시작했다. 그리고 이 물
음에 대한 인류사의 답변은 다음 세 가지 범주로 정리되어왔다. (1)자
연이란 절대적인 것이어서 인간에겐 공포의 대상이 아닐 수 없으며 천
재지변의 폭력이란 따라서 숭배의 대상이었다. 어떤 민족이나 종족의
신화도 이런 범주로 가득 채워져 있다. 그러나 인지의 발달로 말미암
아 자연이 지닌 폭력의 정체가 드러났을 때 (2)자연은 돌연 정복의 대
상으로 되었다. 인간이 절대적이며, 따라서 인간의 폭력이 무제한으로
자연에 가해졌다. 이를 두고 계몽주의(근대주의)라 불러 마지않았다.
그러나 만일 자연이 인간과 전혀 무관한 존재라면 어떻게 될까. (3)불
교를 비롯 중국의 노장사상이 이에 바탕을 두고 있음은 모두가 아는
일이다. 특히 이 점에 고도의 사유 체계를 갖추고 있는 데가 불교계로
알려져 있다. 자연과 인간계는 서로 영향을 미치지 않고 공존한다는
데 이들 사상은 일치하고 있다. 만물이 모두 불성(佛性)을 지니고 있다

는 생각과 무위자연(無爲自然)의 사상 사이에는 물론 많은 차이가 있겠으나, 범주상으로 보면 일치되어 있다. 인간계가 자연에 폭력(작용)을 가해도 안 되며 자연 쪽이 인간에게 작용을 가해와도 안 된다는 이 중도적 사상이 새삼 빛나는 것은 어느 시기였을까. 중요한 것은 이 시기 묻기에 달려 있다.

이 물음에 제일 민첩한 문사가 김동리였다. 유진오로 대표되는 한국 근대문학(카프 문학, 민족주의 문학)이 그 위력을 잃고 위기에 놓인 것이 1930년대의 실상이었다. 인류사의 최선의 앞길이라 믿어 의심치 않았던 근대주의가 파시즘의 대두 앞에 돌연 위기를 맞았던 것이다. 근대주의자들은 이를 언필칭 지성의 위기, 또는 지식인의 위기라 불렀고, 약삭빠른 지식인들은 '근대의 초극' 론을 모색하기에 이르게 된다 (고마쓰 기요시(小松淸) 편역, 국제작가회의 보고서『문화의 옹호』, 第一書房, 1935, 지적협력회의『근대의 초극』, 創元社, 1943). 유진오로 대표되는 한국 근대문학 역시 방향 상실의 함정에 빠져 허우적거릴 때 이 틈새를 직감하고 새로운 지평을 열어 보인 이론가가 바로「무녀도」의 작가였다.

김동리가 열어 보인 새로운 지평이란 무엇이었던가. 범주상으로 보면 위에 보인 (C)에 다름 아니었다.

자연이 인간계에 관여하지 않는다는 것, 인간 역시 자연계에 관여하지 않는다는 것, 인간과 자연은 저마다의 푼수를 지키며 '저만치 각각 혼자서' 존재한다는 것, 이 '저만치'의 거리란 '절대적'이어서 어떤 방식으로도 단축되거나 접근되거나 또한 멀어지지 않는다는 것. 각자 자기의 본성(불성)을 지니고 있다는 것.

그렇다면 여기에 한 가지 의문이 솟지 않을 수 없다. 자연과 인간의 거리가 각각 아득하고 절대적이라면 우리는 어떻게 자연을 인식할 수 있을까. 구두와 넥타이를 매고 있으면서도 어떻게 근대주의를 간단히 부정할 수 있을까. 이에 대한 김동리의 답변이 평론 「청산과의 거리」(1948)다.

한국어로 씌어진 가장 깊이 있는 김소월론의 하나인 이 평론에서 김동리는 소월 시의 제일 높은 경지에 놓인 「산유화」를 예리하게 분석했다. '저만치 혼자서' 피어 있는 꽃이란 새삼 무엇인가. 꽃(자연)과의 거리가 비록 멀지 않은 '저만치'로 손가락질하고 있지만, 그 거리감은 하늘과 땅 사이만큼 절대적이고 아득함을 가리킴이 아닐 수 없다고 김동리는 지적했다. 그러기에 그 자연은 인간에게 비정하고 무관심할 수밖에 없는 존재가 아닐 수 없다. 이 자연 앞에 인간이 할 수 있는 일은 무엇인가. 자연을 '그리워함'이 최선의 길이다. 자연을 정복하지도 자연을 받아들이지도 않고 또 자연에게 무조건 복종하지도 않고 일정한 거리를 지키는 길이란 이 방식밖에 없다. 자연을 인간이 저만치 거리를 두고 '그리워하기'가 그것이다. 왜냐면 인간은 자연의 일부인 만큼 그렇지 않으면 인간은 자연 속의 한 편린에 떨어지고 만다. 인간 역시 자연의 일부라는 생각이 김동리가 말하는 '유기적 관련' 맺기이다.

"산에, 산에, 피는 꽃은 '저만치' 혼자서 피어 있네" 할 때, 그는 그 산이 무엇인지를 몰랐으며 다만 그 청산과 자기와의 거리를 '저만치'라고 손가락질로 가리킬 수 있었던 것뿐이다. 그리고 그가 청산과 자기와의 거리를 '저만치'라고 손가락질로 가리킬 수 있는 순간은 그가 가장 그의 '임'의 품속에 깊이 안길 수 있는 순간이기도 했던 것이다. 이 순간 그의 체내의 맥박은 청산의 그것에 가장 육박했을 때요, 이 순간의 맥박이 그의 시혼을 불렀을 때 저 「산유화」의 기적적 해조는 구성되었던 것이다. (……) 소월이 '저만치'라고 지적한 거리는 인간과 청산과의 거리인 것이며 <u>이 말은 다시 인간의 자연 혹은 신에 대한 향수의 거리라고도 볼 수 있다.</u>(『문학과 인간』, 57~58쪽—밑줄 인용자)

자연에 대한 향수란 새삼 무엇인가. 그리움이 아닐 수 없다. 자연을 '저만치' 두고 짝사랑하기가 그것. 그것은 '저만치'라는 거리가 실상 '절대적인 것'에서 말미암는다. 짝사랑이되 짝사랑, 향수이고 그리움 이되 영원한 것일 수밖에 없음은 이 때문이다. 이 사실을 김동리 문학 은 뻐꾸기 울음소리로 유려하게 처리해갔던 것이다.

6. 어법의 위험성, 문법의 확실성

김동리의 저러한 깨침과 그에 따른 문학적 전개를 소월 시에서 확인 했음과 똑같은 방식으로 미당 서정주는 김동리 문학에서 한 가지 전범 을 보았다. "나는 저 뻐꾸기 소리만은 아직 영 10분의 1도 표현하지 못 한 것 같다"라고 전제한 미당은 이 소리만 들리면, 모든 것을 접어놓고 귀기울이며 "그 소리에 내가 치러야 할 표현은 생전에 다 끝날 것 같지 않기만 하다"(『서정주 문학전집(3)』, 일지사, 174쪽)고 했다. 1971년 에야 가까스로 그가 해보인 것은 이러했다.

뻐꾹새 울음소리
그대 어깨를 어루만져 내려서
그대 버선코를 돌아오고 있을 때……
열 번을 스무 번을 돌아오고 있을 때……
그대 옛 결혼날의 황금 가락지
지금은 전당포에 잡히어 있는
기억 속 가락지의 금빛 선을 돌아서
돌아서 돌아서 울려오고 있을 때……

네 갈림길에 선 검으야한 소나무 가지

종노릇 가는 그대 어린 것의 길을 가르치는

소나무 가지를 씻어 비껴가고 있을 때……(「뻐꾹새 울음」 전문)

　금강산 해인사를 방랑하던 청년 시절 뙤약볕 속에서 하염없이 듣던 그 뻐꾸기 소리, 또 춘천행 소양강 기슭에서 정작 강을 만들고 또 섬을 만들던 그 뻐꾸기 소리(「뻐꾸기는 섬을 만들고」), 또 그가 세계의 끝으로 가고 있음에 함께하던 그 뻐꾸기 소리(「칡꽃 위에 뻐꾸기가 울 때」), 이들 모두가 한꺼번에 몰려와 마침내 부드러운 손이 되어 우리의 어깨를 어루만지고 또 버선코까지 돌아드는 그 유연한 반복을 하고 있지 않겠는가. 심지어 본래 우리 것이었는데 잠시 우리 곁을 떠나 있는 사물에까지도 우리의 어깨를 어루만지듯 어루만지기를 마다 않는다. 또 그뿐인가. 내 후손의 운명을 어찌는 못해도 그 주변의 공기나마 맑게 해주고 있지 않겠는가. 뻐꾸기 울음이란 미당에게 있어서는 아주 친근하고도 애정 어린 친구로 인식되어 있는 형국이다. 냉철하게 인간과 '저만치' 거리를 두고 있긴 해도, 그러니까 '절대적' 존재이긴 해도, 흡사 우리를 그럴 수 없이 짝사랑하는 사려 깊은 존재가 아닐 수 없다. 저만치 혼자 있되, 우리를 그리워하고 있는 그런 존재이다. 그러나 자칫하면 저 김동리의 「까치 소리」에서처럼 그로테스크로 빠질 위험성이 도사리고 있긴 하다. 그리워함에서 나아가 인간계에 관여하기 쉬운 대목이 아주 없지는 않기 때문이다. 『신리효』 이래의 거신 얘기가 이를 가리킴이다.

　잠시 이 지점에서 숨을 고르기로 하자. 「산유화」의 김소월에 견주어볼 때 미당 시학은 어떠할까. 소월 시학은 자연을 '저만치' 거리감을 두고 그리워함이 아니었던가. 절대적 거리이긴 해도 그리움의 대상이었다. 절대적 거리이기에 그리움으로밖에 대할 수 없었다. 그것은 우리가 원래 자연이었음을 전제로 한다. 원래 자연이었던 우리가 거기서 분리되어 인간으로 점지되었던 것. 그러기에 그 원점에의 그리움은 당연하지 않겠는가. 그러나 바로 여기에 소월 시학의 위험성도 함께 있는바, 그리움의 심도가 지나치면 귀신 얘기에 접근되기 때문이다.「초혼」과 그 주변이 그것이다(졸고,「혼과 형식」,『한국 근대문학사상 비판』, 일지사, 1978). 미당 시학은 이와 역방향에 서 있다. 자연 쪽이 인간계를 그리워하는 형국인 까닭이다. 자연이 우리 어깨를 어루만지며 우리의 잃어버린 사물에까지 그리움의 시선을 보내고 있음이란 새삼 무엇인가. 이 물음은 중요한데, 자연과 인간이 원래 둘이 아니요 하나였음을 상기시키기 때문이다. 원래 자연과 인간이 한 몸이었는바, 모종의 이유로 각기 분리되어 오늘에 이르렀지만, 서로 그리움을 내포하고 있음에는 변함이 없다. 그렇다고 해도 그 둘 사이의 '거리감'은 '절대성'이어서 어쩔 수 없다. 이 안타까움에서 생긴 것이 그리움이다. 소월 시학도 미당 시학도 그리움의 한계 넘기의 위험성이 있지만, 소월 시학이 인간 쪽에서 자연을 그리워함의 방식이라면 미당 시학은 자연 쪽에서 인간계를 그리워함의 방식에 해당된다. 그 방식이 정반대이지만 뿌리는 이처럼 동일한 데 놓여 있었다.

결론을 맺자. 김동리가 인간으로 하여금 자연을 그리워하게 했다면 미당은 자연으로 하여금 인간을 짝사랑하게 했다. 어느 쪽이나 청산과의 거리를 '절대적인 것'으로 인식한 데서 생긴 결과물이었다.

그렇다면 마지막으로 하나의 의문이 떠오름을 물리치기 어렵다. 곧 인간의 청산 그리워하기와 청산의 인간 그리워하기의 편차랄까, 친근감이랄까, 낯익음에 대한 인식이 그것이다. 만일 친근감을 세속적·일방적 차원에서 이해한다면 인간의 청산 그리워하기가 순리적이라 할 것이다. 청산의 인간 그리워하기가 낯설고, 그로테스크하게 느껴지는 것은 그것이 시적이자 비일상적인 데서 온다. 앞의 것을 문법(文法)이라 한다면 뒤의 것은 어법(語法)이라 할 것이다(졸저,『미당의 어법과 김동리의 문법』, 서울대출판부, 2002). 앞의 것을 소설적 현상이라 부른다면 뒤의 것은 시적 현상이라 할 것이다. 어느 쪽이나 인간이 자연에 일방적으로 개입하는 근대주의(계몽주의)와 맞설 뿐만 아니라 자연이 인간에 일방적으로 개입하는 반계몽주의와도 맞서고 있는 형국이라 할 것이다. 김동리 문학이 소월 시학의 적자인 까닭이 여기에서 온다.

종교와 문학의 동시적 초월
―다시 「청산과의 거리」에 부쳐

1. 한국 근대문학의 성립 조건

한국 근대문학은 근대의 성격으로 말미암아 상당한 파행성을 당초부터 안고 있었다고 범박하게 말해질 수 있습니다. 인류사의 시선에서 볼진댄 두루 아는 바 근대란 국민국가(nation-state)와 자본제 생산양식(mode of capitalist production)을 동시에 수행하는 역사적 단계에 해당되는 것입니다. 근대문학이란 따라서 문학이되 근대적 성격의 문학이 아닐 수 없지요. 여기에서 '한국'을 올려놓은 것이 한국 근대문학인 것입니다. 일본 근대문학도 중국 근대문학도 근대를 중심점에 놓고 보면 그 성격은 한국 근대문학의 그것과 같은 평면 위에 놓인다고 할 수 있습니다. 그렇기는 하나, 흔히 국권상실기(1910~1945)라 말해지는 결여 사항이 표면상 한국 근대문학 위에 덮여 있어, 중국이나 일본의 그것들과 어느 수준의 편차를 보이고 있습니다. 이 편차로 말미암아 한국 근대문학은 그 독자성이 뚜렷해집니다.

근대문학이라 했을 때, 그것이 국민국가를 전제로 하는 것인 만큼 국민국가의 언어로 문학함이 아닐 수 없습니다. 이 대원칙을 떠나면 아무리 대단한 문학이라도 근대문학이라 부를 수 없기에 그러합니다. 국민국가의 일방적 폭력에 의해 만들어진 언어 곧 국가어의 준말이 국어이며 이로써 문학함이 근대문학의 대원칙입니다.

한국 근대문학 역시 이 국어로써 문학함이기에 임시정부를 떠날 수 없게 되어 있습니다. 말을 바꾸면, 대한민국 임시정부의 문학이 한국 근대문학인 것입니다. 일제 통치부도 이 점에서 명백했습니다. 당초부터 그들은 한국 근대문학이란 제도를 식민 통치에서 제외시켰지요. 그들이 한국 근대문학마저 식민 통치 아래 두고자 한 것은 아주 짧은 기간에 지나지 않습니다. 조선어학회 사건(1942년 10월)을 계기로 하여 해방에 이르기까지 약 3년간이 그것입니다. 이 사건의 상징성에 주목할 것입니다. 임시정부의 국내적 대변 장치가 조선어학회였던 만큼 이를 차단함이란 곧 '한국의 국어'의 부인(차단)에 해당됩니다. 그러므로 그들의 시선에서 보면 한국문학이란 식민 통치부 속에 편입된 것이며, 우리의 처지에서 보면, '잠재적 암흑기'인 셈이지요. 혹은 적극적으로 말해 '이중어 글쓰기 공간'일 터입니다(졸저, 『일제 말기 한국작가의 일본어 글쓰기론』, 서울대출판부, 2003). 이는 대한민국 정식정부(김동리의 용어)가 탄생되기 전까지 벌어졌던 이른바 해방공간 민족문학론과 쌍을 이루고 있습니다. 한국 근대문학사는 이 두 가지 공산을 안고 있습니나(졸서, 『해방공간 한국작가의 민족문학 글쓰기론』, 서울대출판부, 2005).

국민국가로서의 언어, 곧 한국의 언어로 씌어진 것이 한국문학이라 했을 때 그것은 형식 쪽의 규정에 속하겠거니와 그렇다면 내용면에서는 어떠해야 했을까. 이 물음에 막바로 응해오는 것이 두 가지인바 국민국가주의(민족주의)와 마르크스주의입니다. 이 둘이 근대의 내용을 규정한다 함은 그것들이 모두 세계사적 시선에서 온다는 사실을 말하는 것이기도 합니다. 감히 말해 인류사적 발전 도상의 일정한 시선인 것입니다. 근대란 그러니까 인류사의 진행 과정의 일정한 단계에 속하는 것입니다.

2. 근대문학 비판의 무기로서의 '구경적 생의 형식'

한국 근대문학사에서 내용으로서의 근대성이 첨예하게 인식된 대목을 든다면 광의의 '카프 문학'이라 하겠습니다. 근대가 흡사 십자포화를 맞고 있는 형국이기 때문이죠. 카프 문학이 곧 근대라는 점을 온몸으로 증명해놓은 작가의 하나로 유진오를 들 수 있습니다. 이른바 전주 사건(1934~35)으로 카프맹원 거의 전부가 기소되어 옥살이를 하는 동안 이 시기를 작품으로 커버한 것의 하나로 유진오의 「김강사와 T교수」(1935)를 들 수 있습니다. 구한말 개화파 가문 출신이자 경성 제대 수석입학자이며 보성전문학교 교수인 유진오인 만큼 근대를 온몸으로 체현했다고 보아도 손색이 없지요. 그러한 카프 문학 (1925~35)이 해체된 마당에서 제일 주목되는 것은 바로 유진오의 태도입니다. 세계사적 시선에서 볼 때 파시즘(독일, 이탈리아, 일본)의 대두와 마르크스주의의 후퇴는 이른바 '역사의 종언' 또는 '근대의 초극'을 의미하는 것이기도 했지요. 이 장면에서 유진오의 고명한 평론 「조선문학에 주어진 새길」(『동아일보』, 1939년 1월)과 이어서 「순수에의 지향」(『문장』, 1939년 6월)이 씌어졌지요. '세계문학의 계열에로'라는 부제를 단 전자에서 유진오가 제시한 방향성은 탈이데올로기의 문학 곧 '시정(市井)의 리얼리즘'입니다. 후자에서 그가 내세운 것은 신세대 작가들의 '불순함'과 유진오 세대의 '순수함'입니다. 두 세대가 '언어불통'에 이를 지경이라 유진오가 진단했을 때 이러한 새 방향성 제시 속에 잠복된 허점을 정확히 알아차린 문인이 신세대 작가군의 대변인이자 「무녀도」(1936)의 작가인 김동리였습니다.

「순수이의」(『문장』, 1939년 8월), 「신세대의 정신」(『문장』, 1940년 5월), 「나의 소설수업」(『문장』, 1940년 8월) 등에서 김동리가 내세운 것은 '구경적 생의 형식' (훗날 정리된 명제)이었습니다. 김동리의 주장에 따른다면 문학하기 자체에 순수/비순수는 있을 수 없다는 것입니다. 문학하기란, 근대와는 관계없다는 것. 따라서 문학하기 자체가 원래 순수/비순수를 초월한다는 것. 따라서 30대(근대문학)의 불행과 신세대의 행복 운운은 당초 성립될 수 없다는 것입니다. 요컨대 김동리는 근대를 송두리째 부정한 형국입니다. 그 근거로 내세운 것이 '구경적 생의 형식' 입니다. 불교에서 차용한 이 형식은 '인간 원론' 에 기초를 둔 것이어서 근대인을 전면적으로 부인하게 됩니다. 누구나 사람이면 우선 '인간' 이고 그 다음에야 '근대인' 일 수 있다는 김동리의 시각은 온통 전자에만 기울어져 있습니다. 그러기에 그가 쓴 「무녀도」란 문학(작품)이긴 해도 근대문학의 작품이 아닌 셈이지요. '구경적 생의 형식' 이란, 불교에서 말하는 이른바 공(空) 곧 제로 개념이어서 어떤 이데올로기(이론)나 숫자도 이에 닿기만 하면 제로로 환원될 수밖에 없다는 점에서 그것은 '절대적인 것' 이 아닐 수 없지요. 특정 이데올로기인 민족주의나 마르크스주의도 '절대적인 것' 으로 인식하는 쪽에서 보면 사정이 어떠할까요. 절대성이라는 점에서 서로 닮아 있지만, 김동리의 것이 훨씬 그 강도가 높습니다. 근대의 이데올로기란 여러 가지로 구성되어 있어 선택의 여지조차 있기 마련입니다. 마르크스주의, 아나키즘, 민족주의 등의 선택 사항이 그러합니다. 그러나 김동리의 것은 그야말로 인간 원론 하나만의 절대성이어서 '운명' 에 해당되는 형국입니다.

여기까지의 논의란 '구경적 생의 형식' 의 표층적인 묘사에 해당됩니다. 김동리가 알아차린 유진오의 허점이야말로 '구경적 생의 형식'

이 지닌 시대적 강점에 해당됩니다. 곧 유진오가 제시한 '시정의 리얼리즘'이란 탈이데올로기일 수 없다는 것입니다. '시정의 리얼리즘'도 따지고 보면 일정한 이데올로기 위에 서 있기 때문입니다. 곧 '시정의 리얼리즘'이란, 일제 말기를 떠받치고 있는 일정한 이데올로기의 반영에 다름 아닙니다. '시정의 리얼리즘'에 입각하여 나아가면 갈수록 그것이 일제 파시즘으로 접근되어 마침내 친일문학에 닿게 된 사실이 이 사정을 잘 말해줍니다. 근대문학을 더 이상 할 수 없는 시대인 만큼 '문학하기'로 후퇴할 수밖에 없다는 김동리의 저러한 근대문학 부정이 일정한 문학사적 의의를 갖는 것은 이런 곡절에서 온 것입니다. 이러한 근대문학 부정이 해방공간에서는 과연 어떤 위력을 발휘하기에 이르렀을까.

3. 해방공간에서의 김동리의 자기 모순성

두루 아는 바 해방공간(1945~48)은 나라 만들기의 이념으로 요약됩니다. 이념인 만큼 그 원형(모델)들은 극단적인 표현을 띨 수밖에 없는바, (A) 부르주아 단독독재형 (B)노동계급 단독독재형 (C) 연합독재형 등이 그것입니다. 어느 쪽도 관념상으로 현실적으로 선택 가능한 국가 유형들이지요. 이 세 가지 선택 가능한 국가 모델이 지향하는 문학적 이념은 한결같이 '민족문학론'이었습니다. 이 민족문학이 어째서 (A)(B)(C)에 공통된 명제였을까. 이 물음만큼 까다로운 것은 많지 않습니다. 민족이란, 오늘의 용어로 하면 '국민'이 아닐 수 없고 따라서 민족문학론이란 국민문학론이겠지요. 국가형 선택의 마당이기에 당연히도 선택 가능한 국가의 문학이 아닐 수 없습니다. 그런데 현실적으로는 (A)(B)(C) 중 국가형으로 선택된 것은 (A)(B)였고 (C)는 어느 쪽에서도 수용될 수 없었습니다. 이른바 냉전(양극) 체제라는 세

316

계사적 질서에 의해 강요된 현상이었지요. 이 장면에서 (A)와 (B)는 어느 쪽도 (C)를 수용할 수 없었습니다.

구체적으로 말해 남로당의 이념인 (C)는 궁극에는 (A) 쪽에서도 (B) 쪽에서도 배제되었지만 해방공간 속에서는 어느 편이냐 하면 연합독재의 이념에도 불구하고 (B) 쪽으로 기울어졌던 것입니다. 이원조·임화의 민족문학론에서 이 점이 잘 드러납니다. 그렇다면 정작 (A) 쪽에서는 누가 논객이었을까. 박종화, 조지훈, 조연현, 김동리 등이 그들인바 이 중에서도 김동리의 활약이 제일 힘센 것이었습니다. (C) 쪽이 서서히 (B) 쪽으로 기울어지는 과정에서 그 이론분자들은 임화·이원조·김동석 등이었으며 그들이 바로 김동리의 논적이었던 것입니다.

앞 장에서 보아온 바와 같이 김동리의 무기는 '구경적 생의 형식'이었고 이미 30년대에 증명된 바와 같이 불패의 무기인 만큼 어떤 논적도 이와 맞설 수 없었습니다. 이유는 썩 단순 명쾌하지요. 논적인 (B)도 (C)도 동일한 바탕 위에 구축된 것입니다. 곧 근대의 산물인 특정 이데올로기에 지나지 않는 것. 그것은 30년대의 논객 유진오의 근대론의 연장선상에 속하는 만큼 김동리의 일방적 승리가 예견되고도 남는 것이 아닐 수 없지요. 김동리의 제로 개념 앞에 부딪치면 어떤 이데올로기도 무화되기 마련이어서 아무리 강력한 (B)(C)도 상대일 수 없었던 것입니다. 요컨대 게임 규칙 위반이었던 셈이지요. 김동리 자신이 이 규칙 위반을 알게 모르게 알아차린 것은, (C) 쪽이 (B) 쪽으로 현저히 기울어 월북한 이후였지요. 바야흐로 남조선 단독정부 수립을 목전에 둔 김동리의 자각 증세가 표면화된 것이 「문학하는 것에 대한 사고(私考)」(『백민』, 1948년 3월)입니다.

이 일방적인 규칙 위반이란 새삼 무엇인가. 김동리가 전력을 기울여 지지한 (B)와 그 실체의 등장을 김동리는 '대한민국 정식정부'(『해방

문학 20년』, 정음사, 1971, 145쪽)라 불렀지요. 그렇다면 (A)의 대한민국의 정체란 물을 것도 없이 자본제 근대국가형이 아닐 수 없습니다. 부르주아 단독독재를 표방한 대한민국인 만큼 여지없는 자본제 근대국민국가형이 아닐 수 없지요. '구경적 생의 형식'에 따른다면 자본제 국가란 분명 특정 이데올로기 위에 선 것이 아닐 수 없고 보면, 김동리는 당연히도 (A) 곧 대한민국 정식정부도 부정해야 했을 터입니다. 그럼에도 이를 적극 지지함이란 분명 자기 모순이며 동시에 일방적인 게임 규칙 위반에 해당됩니다. 유진오와 순수/비순수 논쟁을 하던 방식 그대로 해방공간에서도 김동리가 밀어붙였지만 그때와는 사정이 다릅니다. 물론 그때도 규칙 위반이긴 마찬가지지만, 그때로서는 양보할 수 없는 절대적 기준이 따로 있었던 까닭에 긍정적일 수 있는 한 가지 방도일 수 있었으나 해방공간의 사정은 이와 크게 달랐던 까닭입니다.

명민한 김동리인지라 자신의 규칙 위반을 알게 모르게 자각하지 않을 수 없었고 이 자기 모순을 표명한 것이 평론「문학하는 것에 대한 사고」입니다. 자기만의 견해의 표명이라는 제목이 인상적인 것은 항시 고압적 자세에 섰던 김동리의 수사법에서 보면 썩 겸허한 까닭입니다. (상)·(중)·(하)로 구분되어 있는 이 평론 (상)에서 제시된 것은 인간 본래의 모습과 직업인 사이의 관계입니다.

시인이나 소설가는 직업일 수 없다는 점이 지적됩니다. 요컨대 근대적 의미의 분업화된 직업과는 등렬에 놓이지 않는, 그러니까 '높고 참된 의미에서의 문학하기'인 까닭입니다. (중)에서는 이 점을 다시 강조합니다. '높고 참된 의미에서의 문학하기'란 '구경적 생의 형식'이라는 것으로 풀이하고 있습니다. 그는 인간의 삶을 세 가지 단계로 파악하는바 (1) 동물로서의 삶 (2) 직업인으로서의 삶 (3) 높고 참된 의미의 삶이 그것들. 이 가운데 (3)만이 자기가 지지하는 문학이라 했습니다. 그렇다면 (3)의 구체적 양상은 어떠한가.

　우리는 한 사람씩 한 사람씩 천지 사이에 태어나 한 사람씩 한 사람씩 천지 사이에 살아지고 있다는 사실을 통하여 적어도 우리와 천지 사이엔 떠날래야 떠날 수 없는 유기적 관련이 있다는 것과 이 '유기적 관련'에 관한 한 우리에게는 공통된 운명이 부여되어 있다는 것을 발견하게 되는 것이다. 우리는 우리들에게 부여된 우리의 공통된 운명을 발견하고 이것의 전개에 지향하지 않으면 안 된다. 우리가 이 사업을 수행하지 않는 한 우리는 영원히 천지의 파편에 그칠 따름이요, 우리가 천지의 분신임을 체험할 수 없는 것이며 이 체험을 갖지 않는 한 우리의 생은 천지간에 동화될 수 없기 때문이다. 그리고 우리는 우리에게 부여된 우리의 이 공통된 운명을 발견하고 이것의 타개에 노력하는 것, 이것을 가리켜, 구경적 삶이라 부르는 것이다. 왜 그러냐 하면 이것만이 우리의 삶을 구경적으로 완수할 수 있는 길이기 때문이다.(『백민』, 1948년 3월, 44～45쪽)

　'운명'이란 말이 세 번씩이나 드러난 이 평론에서 주목되는 것은 '구경적 생의 형식'이란 종교의 차원이라는 사실입니다. 누구보다 김동리 자신이 이 점을 잘 알고 있었습니다. '문학하는 것'과 '구경적 생의 형식'이라는 것을 이상과 같은 의미에서 생각할 때 그러면 '문학하는 것'과 종교적 수행과는 어떻게 다르냐, 또 철학과의 관련은 어떻게 되느냐 하는 문제가 남을 것"(45쪽)이라 하여 이 점을 밝힌 것이 (하)에 해당됩니다. 두 가지 점을 들었습니다. 첫째 '구경적 삶'이란 종교뿐 아니라 어떤 직업을 통해서도 지향될 수 있다는 것. 종교로도 철학으로도 문학으로도 '구경적 삶'을 지향할 수 있다고 그가 주창했을 때, 그렇다면 '문학하기'의 자율성(독자성)을 무시하거나 적어도 소홀

했다고 보지 않을 수 없지요. 물론 그는 이 점을 염려하여 괄호 속에다 이렇게 적어놓기도 했습니다.

"이것은 문화 각태(各態)의 독립성을 침해하는 것이 아니라 그와 반대로 그 원칙을 강화할 수 있는 한 개 전제에서 말하는 것이다"라고.

둘째, '구경적 생의 형식'만을 '문학하는 것'이라 하지 않는다는 것. '문학하기'엔 여러 가지가 있고 또 이 사실을 시인하지만 그가 하고 있는 것이 그중 제일 '높고 참된 문학'이라 주장합니다. 다른 사람들이 하는 문학도 인정한다는 전제가 뚜렷합니다. 그러기에 여기엔 문제가 없지만 그가 제시한 두 가지 중 문제적인 것은 첫번째의 것인 종교(철학)와 문학을 어떻게 구분하느냐에 있습니다. '구경적 생의 형식'에 대해 아무리 그것이 문학 독자성이라 변명해도 자기 모순에서 벗어날 수 없음은 자명합니다. '절대성'을 내세웠기에 그러합니다. 헤겔의 논법에 따르면, 인간 의식의 절대성엔 예술, 종교, 철학의 세 가지 영역이 있으며 그 각각의 범주가 다르다는 것. 그중에서도 주관적 감각적인 차원의 예술이 가장 저급한 범주로 간주됩니다(『헤겔 미학 강의』). 이 점에 비추어보면, '구경적 생의 형식'이란 예술(문학), 종교, 철학을 싸잡은 것이며 미분화 상태에 해당된다고 볼 것입니다. 그러기에 문학의 자율성만을 인식하지 않음엔 틀림없지요.

4. 종교와 문학의 분리 문제—조연현의 비판

이 점을 예리하게 지적한 평론가가 조연현입니다. '종교와 철학과 문학의 기초적 내용'이란 부제를 단 조연현 평론 「문학의 영역」(『백민』, 1948년 5월)이 문제적인 것은 두 가지 점에서 그러합니다. 그 하나는 이 과제가 해방공간의 역할의 중요성에 대한 반성이란 점에서, 다른 하나는 김동리와 같은 청년문학가협회의 전문적 평론가의 반론이란 점에서 찾아집니다.

조연현의 반론의 핵심은 김동리의 불패의 무기인 '구경적 생의 형식'이란 문학 쪽이 아니라, 종교 범주에 속한다는 것에 놓여 있습니다.

내가 느낄 수 있는 바에 의하면 김동리 씨는 구경의 생의 형식에 대한 공동의 의욕을 가졌다는 동일한 목적의식에 현혹되어 관념과 신앙을 사상과 혼동함으로써 문학을 종교나 철학의 영역에까지 유도해가고 있지나 않은가 생각되는 것이다.(『백민』, 1948년 5월, 77쪽)

종교, 철학, 예술(문학)에 대한 김동리의 '모호한 논리' 곧 미분화론은 그의 작품에서는 감지되는 것인데 여기에다 평론까지 그런 모호한 논리를 내세운다면 어떻게 되는 것일까. 조연현의 생각에 의하면 "물론 어떤 관념이나 신앙을 사상(思想)할 때 사상(思想)된 관념이나 신앙이 사상(思想)일 수 있으나 씨에게 있어서는 그와 반대로 사상을 관념화하고 신앙화하고 있으면서 이를 사상이라고 사유하고 있는 것"(77쪽)으로 됩니다. 분명한 것은 조연현에 있어 문학=사상이라는 점이지요. 종교의 기초적 내용이 신앙이며 철학의 그것이 관념이듯 문학의 기초적 내용인즉 사상이라는 것으로 요약됩니다. 조연현이 말하는 사상이란 또 무엇인가. 그 자신은 이렇게 주장합니다. 사상이 신앙이나 관념과 다른 점은 그것이 무엇을 형성하려는 데 있다는 것, 곧 생의 구경의 형식을 지향하는 '일체의 노력의 과정'이라는 것, 이에 비해 신앙이나 관념은 '이미 형성된 것'이라는 점에 있다는 것입니다.

그렇다면 그 '사상'이란 것은 구체적으로 무엇인가. 이데올로기라든가 팡세(생각)와는 구별시켜 조연현은 그것을 '인생관이나 세계관을 형성하려는 의지(의욕)'로 규정합니다. 이는 상식 중의 상식이어서 싱겁기 짝이 없는 형국이 아니겠는가. 그러나 바로 여기가 조연현의 주장이 특이하고도 빛나는 대목입니다. 곧 "사상이란 것이 어떠한 구체적인 형상을 통하여 어떤 형태로서 존재되고 있는가"(「문학과 사상」, 『백민』, 1948년 7월, 17쪽)에 문제성이 깃들고 있지요. '형상화'에 주목할 것입니다. 면도칼이라는 별명의 평론가로 해방공간을 누볐던 조연현에게 제일 불안하고도 난감한 것이 바로 평론도 시나 소설처럼 될 수 있을까였습니다. 만일 평론이 시나 소설과 유사한 또는 동격의 자리를 확보하는 것이라면 물을 것도 없이 그 조건은 '형상화'에 있습니다. 이데올로기나 특정 방법론을 이끌어와 작품을 평가하기란, 이론에 대한 약간의 자질만 있으면 누구나 할 수 있습니다. 한껏 해야 해석학의 일종에 지나지 않지요. 이때 그는 해석학자이지 예술가 범주에 들지 못합니다. 평론가 조연현에게는 이것이야말로 아킬레스건이 아닐 수 없지요. 평론이 문학 범주에 '드느냐 아니냐'를 최초로 자각하는 순간입니다. 백철, 이원조, 임화, 최재서를 비롯 그 누구도 일찍이 이 점에 주목하지 못했음을 염두에 둔다면 조연현의 민감성의 어떠함을 알아차릴 수 있습니다(졸저, 『사반과의 대화』, 민음사, 1997). 어떻게 하면 평론도 문학 범주에 들 수 있는가. 이 물음엔 '형상화'만이 정답으로 제시될 수 있다고 조연현은 믿었지요. 과연 그의 평론이 그러했는가 여부는 별개의 문제입니다. 이 문제는 이 땅에서 평론에 종사하는 사람에겐 피해갈 수 없는 대목이지요.

조연현의 이러한 비판에 접한 김동리의 반응은 어떠했던가. 이 물음을 위해서는 김동리의 평론집 『인간과 문학』(백민문화사, 1948년 11월)을 살펴야 합니다.

여기에 수록된 「문학하는 것에 대한 사고」와 발표 당시의 그것 사이에는 상당한 차이점을 볼 수 있습니다. (상) (중) (하)로 구성된 당초의 이 평론에 비해 평론집 속의 그것은 (중)의 한 구절 및 (하)의 상당한 부분이 수정되어 있습니다. 당초의 발표 속의 (하)의 '첫째', '둘째'의 항목화를 피하고 김동리는 첫째 부분에 많은 설명을 덧붙이고 있습니다. 요점은 물론 '구경적 생의 형식'이 문학의 자율성을 침해하지 않는다는 것, 다시 말해 자기의 저러한 주장이 종교와는 다르다는 것입니다.

> 이와 같이 내가 '문학하는 것'을 '구경적 생의 형식'으로 보는 것이 문학의 자율성을 침해하지 않음은 이상과 같거니와 여기서 특히 내가 한 가지 경고하고저 하는 것은 서양인 관념적 체계가 그것도 더구나 근대에 와서 문학이니 철학이니 종교니 정치니 과학이니 수학이니 하는 것을 너무나 직업적으로 분업화 내지 분열화시켰다는 사실이다. 우리는 그 어느 부문도 다른 부문에 예속되고 지배됨을 용인할 수 없는 것이다. 그 어떠한 부문도 그 구심적 위치에 '구경적 생'을 거부해서는 안 된다고 생각하는 것이다.(『문학과 인간』, 102~103쪽)

김동리의 이러한 생각은 조연현의 비판에 대한 답변이자 동시에 자기 주장의 되풀이에 해당됩니다. '구경적 생의 형식'이란, '인간의 궁극적 지향'이며 어떤 영역도 이와 같다는 것입니다. 그렇다면 종교, 철학, 문학 등의 미분화 상태를 지칭함이 아니겠는가. 아직 분화도 안 된 마당이기에 자율성조차 생기기 전의 장면이 아닐 수 없지요. 그러기에 이느 쪽이 이느 쪽의 자율성을 침해 운운한 대목은 당초 성립될 수 없는 자리가 아닐 수 없지요. 조연현의 선 자리는 종교, 철학, 문학 등의 범주가 분화되어 설정된 이후라면 김동리의 자리는 그런 분화 이전의 자리인 것입니다. 요컨대 선 자리가 각각 달랐던 것이기에 논쟁으로 발전되기 어려웠던 것이죠. 그렇지만 한국 근대문학을 논의하는 마당이라면 사정은 크게 달라집니다. 조연현이 말하는 문학이란 무엇보다 종교, 철학 등과 범주가 아주 다른 것으로 분화된 이후를 가리킴이었던 것. 이 점에서 보면 '구경적 생의 형식'이란 종교도 철학도 문학도 미분화 상태인 만큼 자율성 침해로 보일 법도 하지만 미분화 상태에 선 김동리의 처지에서 보면 자율성 침해 운운은 성립되지 않겠지요. 여기까지 이르면 다음 논의가 불가피해집니다.

조연현의 선 자리가 문학이라면 김동리의 자리는 '문학 이전'이 된다는 사실. 이때 또 주목되는 것은 조연현의 선 자리에 대한 문제점입니다. 곧 그것은 '문학'과 '근대문학' 어느 쪽이냐는 점입니다. 이 물음 속엔 조연현의 자기 모순성이 드러납니다. 평론의 '형상화'를 꿈꿀 때 그는 오직 '문학하기'에 초점을 두었지 그것이 '근대문학' 속의 것이냐엔 무관심했기 때문이지요. 근대문학을 하는 처지에서 그는 문학하기에 전략적으로 섰기도 했기에 그러하지요. 이에 비해 김동리의 모순성은 더욱 아득합니다. 한국 근대문학을 하면서도 그는 문학보다 더 먼 곳에 있는 미분화 상태의 것을 하고 있지 않았던가. 모순성의 심도가 그만큼 강했다고 할 수 있습니다. 이 두 논객이 해방공간에서 어떻게 자기 모순성을 극복하고자 했을까. 이 물음에 응해오는 글이 김동리의 저 고명한 평론 「청산과의 거리—김소월론」(『야담』, 1948년 4월)입니다. 그것은 이 글이 김동리 자신의 모순성과 조연현의 그것의 동시적 극복의 몸부림으로 보이기 때문입니다.

5. 기적적 완벽성의 정체—「산유화」

두루 아는 바 김소월의 「산유화」 제2연에 "산에/산에/피는 꽃은/저만치 혼자서 피어 있네"가 있지요. 이 가운데 '저만치 혼자서'의 '저만치'는 대체 무엇을 의미하는 것일까. 이것이 김동리의 화두입니다. "이것이 어떤 거리를 의미하는 것임은 더 말할 여지가 없으나 이 거리는 대체 어디서 어디까지며 무엇에서 무엇까지란 뜻인가. 나는 그가

'저만치'라고 한 거리를 조사함으로써 시인 김소월의 본질을 규명해 보려 한다"라고 서두를 삼았을 때 분명해지는 것은 '어디'와 '무엇' 곧 공간(장소)과 대상에 국한되었음에 주목할 것입니다. 장소와 대상에 관련된 것인 만큼 어디까지나 그것은 '내용' 쪽을 지향했던 것입니다. 그러나 김동리는 이렇게 말합니다. "그러나 나는 당장 이 시의 사상부터 이야기할 수는 없다. 그것은 형식에 미비한 점이 있다는 뜻이기보다도 그와는 반대로 그 기적적인 완벽성이 어디서 온 것인지 너무도 아득하기 때문이다."(『문학과 인간』, 50쪽)

'기적적인 완벽성'으로 「산유화」를 규정한 마당에 그 '기적적인 완벽성'을 증명하기 위한 첫번째 수속이 '형식'임을 지적한 김동리의 논법은 일찍이 그가 한번도 시도하지 않거나 못한 것입니다. 그의 절대명제인 '구경적 생의 형식'에서 말하는 '형식'이란 기실 내용적인 것이었음에 주목해야 합니다. 인간의 구경적 존재 양식 또는 상태를 가리킴인 만큼 어디까지나 공간 및 내용의 범주였던 것입니다. 이러한 공간적 시선에서 한번도 거론치 않던 '형식'으로 김동리를 이끌어간 것은 「산유화」이되 '기적적인 완결성'인 「산유화」 쪽입니다. 말을 바꾸면 비단 「산유화」뿐 아니라 '기적적인 완결성'으로 된 작품에 부딪치면 그럴 수밖에 없는데, 왜냐면 완벽성이란 내용만으로도 형식만으로도 불가능하고 이 둘의 기적적 결합에서만 가능했기 때문이지요. 입비롯처럼 '구경적 형식'이 문학의 지율성을 침범한 것이 아니라고 우기며 김동리가 내세운 것이 무엇이었던가를 다시 한번 상정해보면 이 사정이 뚜렷해집니다. "종교가 이미 발견되고 체현된 신에 대하여 복종하고 신앙하고 귀의하지만 문학에 있어서는 각자가 자기 자신 속에 혹은 자기 자신들을 통하여 영원히 새로운 신을 찾고 구하는 것"에서 잘 드러나듯 종교란 이미 완결된 것에 비해 문학은 이 완결성이 없거나 불가능하다는 것이며 따라서 영원히 미완성(추구하는 것)에 해당되는 것입니다. 이 미완성이야말로 문학의 자율성인 셈입니다. '기적적인 완결성'이란 당초부터 도달 불능의 영역인 것입니다. 이 대원칙이 「산유화」한 편에 부딪치자 여지없이 무너져 내리는 장면을 보여주는 것이 평론 「청산과의 거리」인 만큼 이 평론 한 편으로 말미암아 불패의 무기인 '구경적 생의 형식'을 스스로 저버리기에 이른 형국이 아닐 수 없지요. 말을 바꾸면 이 평론 한 편으로 말미암아 조연현이 몽매에도 그리던 평론의 자율성(형상화)이 이루어진 것이지요. 「청산과의 거리」란, 평론 범주에서 보면 '기적적인 완결성' 또는 그에 제일 가까이 간 것이 아닐 수 없습니다.

'시문학파' 이전의 대부분의 시가 그러하듯이 소월의 시도 이 '산유화' 한 편을 제외한다면 전부가 미완성품이요 형식적 구성에 있어 완연히 한 개 시작(試作) 형태에 그쳐 있다. 그 가운데서 한 편의 합격품이 나왔으니까 기적적이란 뜻은 사치고 진실론 아주 초월적으로 완성되어버렸기 때문이다. 그 형식적 구성, 특히 그 음율적 구성에 있어서는 오늘날에 이르기까지 그 누구의 주옥편으로서도 이와 겨루어낼 만한 작품을 찾을 수가 없다. 더 기탄없이 말한다면 아니 조선의 서정시가 도달할 수 있는 한 개 최상급의 해조(諧調)를 보여주었다고 할 것이다. 이러한 기적적인 완벽성 앞에 직면할 때 사실 나는 길바닥에 구르는 조약돌들이 각각 한 개 파편들인지 완성품들인가를 의심하게 되었다. 늘 파편으로만 알고 밟고 다니던 한 개의 조약돌에서 우리가 홀연 '신'(천지란 말을 대치해도 좋다)의 모습을 발견할 수도 있는 것이 아니라면 우리는 이 '산유화'의 기적성이 어디서 오는 것인지 추리할 길이 없지 않는가.(『문학과 인간』, 50~51쪽)

'아주 초월적으로 완성되어버렸다'에 주목할 것입니다. 「산유화」의

'기적적 완벽성'이란 따지고 보면 '구경적 생의 형식'(내용)이 이른바 '문학적 형식'을 획득했음에서 온 것이지요. '구경적 생의 형식'이 그에 상응한 모종의 형식을 얻지 못하면 어떻게 될까. 「문학하는 것에 대한 사고」에서 김동리는 이에 대한 응분의 대답을 준비해두었지요. 곧 "우리는 한 사람씩 천지 사이에서 태어나 한 사람씩 한 사람씩 천지 사이에 살아지고 있다는 사실을 통하여 적어도 우리와 천지 사이엔 떠날래야 떠날 수 없는 유기적 관련이 있다는 것과 '유기적 관련'에 관한 우리들에게는 공통된 운명이 부여되어 있다는 사실"에서 보듯, 이 '유기적 관련'이 이 논의의 열쇠개념이란 사실을 알아차릴 수 있습니다. 만일 이 '유기적 관련'이 없다면 어떻게 될까. 우리란 천지간에서 한갓 조약돌 같은 파편에 지나지 못하겠지요. 김동리의 모든 창작 행위는 그러니까 '구경적 생의 형식'(내용)에 적절한 형식 찾기에 다름 아니지요. 그렇다면 「무녀도」(1936)나 「황토기」(1939) 또는 「역마」(1948) 등이 과연 그러했을까. 「산유화」에 비추어보면 부정적인 대답이 나올 수밖에 없지요. 아무도 「무녀도」나 「역마」를 '기적적 완결성'이라 부르지 않음에서 이 사실이 확연해집니다. 요컨대 김동리 자신조차 천지와의 '유기적 관련'에 실패했거나 미달한 경우에 해당됩니다. 김동리의 '생의 구경적 형식'이 워낙 깊고 아득한 자리여서, 아무리 노력해도 아직 이에 합당한 '형식'을 찾아내지 못했던 것입니다. 대체 이떤 깃이이야 '구경적 생의 형식'을 김당할 수 있는 '형식'일까. 오직 이것만을 골똘히 생각해온 김동리의 시선에 기적처럼 나타난 것이 「산유화」였던 것입니다. 김소월의 임의 추구가 그러했듯 김동리 역시 '기적적 완결성'을 밤낮없이 그리고 오랫동안 희구해왔기에 「산유화」의 저러한 모습에 대면할 수가 있었지요.

'구경적 생의 형식'이 지닌 절대성의 경지에 상응하는 '형식'은 어떤 것이어야 했을까. 물론 절대성으로서의 형식이 아닐 수 없겠지요.

'임'의 경우에서 보면 이러하겠지요. '구경적 생의 형식'으로서의 임이란 무엇일까. 일차적으로 그것은 김소월이 마주친 특성인 가령 금녀(金女) 옥녀(玉女)로서의 임이지요. 그러나 현실적 구체적인 이러한 임은 완벽하지 않음을 특징으로 하기에 만족을 주지 못하지요. 늘 다른, 완벽한 것을 구하기 마련이지요. 대상으로서의 임이 아니라 부재로서의 임을 추구하는 형국이지요. 김소월의 정한(情恨)을 좌우하는 것은 임 쪽이 아니라 소월 자신의 정한이지요. 소월의 정한 자체가 그 대상인 임을 가졌던 것입니다. 이때 바로 기적이 일어납니다.

여기서 그의 개인적 특수적 감정은 일반적 보편적 정서로 통하게 된 것이며 이러한 일반적 보편적 정서가 민요조를 띠게 된 것은 지극히 당연하며 자연스런 결과라 아니할 수 없는 것이다. 소월시의 민요조는 진실로 이에 연유되었던 것이다.(「청산과의 거리」, 55쪽)

'구경적 형식'(내용)으로서의 대상 없는 소월 자신의 개인적 정한이 민요라는 형식을 통해 인간 전체의 일반적 감정에 결부되었다는 것은 내용이 형식을 획득했음을 가리킴이지요. '구경적 생의 형식'이 '구경적 내용'을 획득했을 때 생긴 것이 '기적적 완결성'입니다. 다시 말해 소월이 청산과 자기와의 거리를 '저만치'라고 손가락질로 가리킬 수 있는 순간은 그가 그의 부재의 임의 품속에 가장 깊이 안길 수 있는 순간이겠지요. 이 순간이란 내용과 형식이 '유기적 관련성'을 맺는 바로 그 순간이 아닐 수 없지요. 만일 소월의 저 '구경적 생의 형식'으로서의 임이 민요조의 형식을 만나지 못했다면 소월의 정한은 한갓 천지간의 파편으로 전락할 것입니다. 김동리가 "늘 파편으로만 알고 밟고 다니던 한 개의 조약돌에서 우리가 홀연 신의 모습을 발견할 수도 있는 것이 아니라면 우리는 이 '산유화'의 기적성이 어디서 오는 것인지 추리할 길이 없지 않는가"(51쪽)라고 했을 때 여전히 '내용' 쪽에 기울어져 있다는 점, '형식'인 민요 쪽에 대해 아주 소홀하리란 점은 쉽사리 지적될 수 있습니다. 민요의 세계가 지닌 구경적인 의의를 탐구하기엔 내용 쪽의 절대성이 김동리에게는 아직도 너무 강렬했기 때문이겠지요. 그렇기는 하나 김동리가 형식으로서의 민요를 염두에 두었다는 것은 또 다른 '일종의 기적'이라 할 만합니다. 어째서 그러할까. 이 물음은 평론가 조연현의 평론적 염원으로 이어질 성질의 것입니다.

6. 또 하나의 기적—평론의 형상화

「산유화」의 저러한 '기적적 완벽성'을 최초로 알아차린 이가 「무녀도」의 작가 김동리임을 앞에서 자세히 다루었거니와 이는 김동리가 가진 불패의 무기인 '구경적 생의 형식' 덕분입니다. 동시에 또 '구경적 생의 형식'이 지닌 한계도 알게 모르게 그가 지녔던 데서 연유되었을 터입니다. 대체 이 불패의 무기에도 어떤 결함이 있었을까. 이 물음의 중요성은 김동리도 조연현도 함께 '문학하는 사람'의 범주에 들기 때문에 생긴 것입니다. 문학이란 새삼 무엇일까. 조연현에 있어 그것은 '형상화'입니다. 김동리에게 그것은 무엇이었던가. 천지(자연·신)와의 '유기적 관련성'이 아닐 수 없지요. '구경적 생의 형식'에서 우리가 만일 벗어난다면 당연히도 천지간에 한갓 파편으로 전락하는 것, 한갓 이름 없는 발길에 채는 조약돌에 지나지 않는다는 것, 이것만큼 우리를 겁주게 하는 것은 달리 없습니다. 김동리는 이 거대한 논리에 끊임없이 협박당하고 있었지요. 어떻게 하면 천지 속에서 한갓 파편으로 맴돌지 않을 수가 있을까. 어떻게 하면 천지 속에 자기 자리를 가질 수 있을까. 이 어마어마한 화두를 풀 수 있는 길은 오직 하나. '유기적 관련성'이지요. 어떻게 해야 천지와 '유기적 관련성'을 맺을 수 있을까. 소월의 「산유화」에서 그 방법론을 찾아낼 수 있었던 것은 당연히도 김동리의 직관이며 그의 명민성이지요. 「산유화」의 '기적적 완벽성'은 '구경적 생의 형식'(내용)에 상응하는 '형식'이 작동되고 있었던 또는 내용과 형식이 '유기적 관련성'을 맺고 있었던 까닭이지요. 곧 '민요'가 그것입니다.

그렇다면 「무녀도」나 「황토기」는 어떠할까요. 그것들이 썩 훌륭한 작품이긴 해도 감히 '기적적 완결성' 급에 들 수 있을까요. 만일 그렇다면 김동리 자신이 「청산과의 거리」라는 글을 쓰지는 않았을 터입니다. 동시에 만일 「무녀도」나 「황토기」가 '기적적 완결성'에 상당히 육박한 것임을 그가 인식하지 않았다면 「청산과의 거리」 따위 글을 쓰지 않았겠지요. 「산유화」론이란 그러니까 「무녀도」나 「황토기」론이 아닐 수 없습니다. 김소월론이란 어김없는 '김동리론'이 아닐 수 없습니다.

바로 이 순간 '하나의 기적'이 탄생했습니다. 평론으로서의 '형상화'에의 도달이 그것. 「청산과의 거리」가 마침내 형상화에 이른 것입니다. 조연현이 몽매에도 외친 구호. '평론이란 문학이어야 한다'는 그것, 바로 그 '형상화'에 이른 글이 거기 있었던 것. 이 사실은 조연현도 알지 못했고 글을 쓴 장본인인 김동리 자신도 까맣게 알지 못했던 것입니다. 「청산과의 거리—소월론」이 '한 가지 기적'인 것은 이런 곡절에서 말미암습니다. 곧 종교와 문학의 동시적 초월이 엿보이는 장면이었던 것입니다.

황순원 소설의 심리적 대칭성

1. 김동리의 「늪」과 황순원의 「늪」

황순원의 첫 창작집 『늪』(1940)의 표제작 「늪」은 공적인 처녀작의 성격을 갖는 만큼 이 작가를 논의할 땐 원점과도 같다. 전문학교 강사인 친구의 부인 소개로 여고생의 가정교사로 들어간 청년 태섭을 통해 이 집안의 분위기와 소녀의 모습을 관찰한 이 작품에서 먼저 지적될 수 있는 것은 제목으로 선택된 「늪」의 상징성이다. 이혼한 여인이 바야흐로 사춘기에 접어든 딸 하나를 키우며 앙앙불락의 도를 넘어 세상과 인간에 대한 불신감에 불타고 있다. 그 불신감이란, 어머니로서의 위신을 깎아먹을 만큼 첨예한 것이었다. 첫날 태섭에게 그녀가 한 말은 이러했다.

소녀의 어머니는 숨찬 음성으로, 부인과는 한 고향이어서 서로의 집안 사정을 잘 안다는 말로 부인의 집에서는 지금 남편(전문학교 강사 — 인용자)과 결혼하는 것을 반대하여 오랫동안 말썽이 많다가 종내 부인

이 자기의 마음대로 붙고 말았다는 말을 하였다. 붙었다는 자기 말에 소녀의 어머니는 스스로 귀밑을 붉히고 이어서, 부인은 여태까지 본가에는 가지 못한다는 말을 하고, 그런 일을 저지른 것은 어려서 어머니를 잃고 후모 밑에서 자라난 탓이라고 하였다.(『황순원 대표작선집(6)』, 삼성출판사, 67쪽)

두 가지 점이 쉽사리 지적될 수 있다. 문장이 길다는 것. 곧, 간접화법에 의거되어 있음이 그 하나. 가까스로 쉼표 두 개로 답답함을 극복하고 있는 셈이다. 다른 하나는, 이 점이 중요한데, '붙었다' 는 말의 감각을 둘러싼 분위기에 관련된다. 겉으로 기품 있게 보여야 하며 더구나 정결한 소녀를 키우는 어머니의 입에서 '붙었다' 는 추잡스런 말이 튀어나왔다는 것은 일종의 이중성이라 하지 않을 수 없다. 까놓고 추잡한 세계 속의 삶을 그릴 수도 있으리라. 악당소설, 깡패소설 또는 풍속소설 등이 그러한 범주이다. 고상한 세계 속의 삶을 그릴 수도 있으리라. 그러나 이러한 이분법이 실상 존재하지 않음도 모두가 아는 사실이다. 인간의 삶이란, 추잡함 속에서도 고상함이 있고, 또 그 반대이기도 하기 때문이다. 인간의 심리란 하도 미묘하고 복잡한 만큼 이를 파악하기 위해서는 아주 세심한 관찰법이 고안되지 않으면 안 되게 되어 있다. 남편에게 소박 당하고 딸 하나에 의지해서 살고 있는 이 답답한 부인의 심리를 드러냄에 작가가 구사한 방법론은 낱말 '붙었다' 였다. 공부 대신 가정교사를 남성으로 대하며 도전해오는 이 소녀의 뒤틀린 심리를 드러내는 황순원식 어휘는 무엇이었을까. 『방가』(1934), 『골동품』(1936) 등 두 권의 시집을 가진 시인 황순원이 첫 소설을 쓰는 마당에서라면 그 어휘 역시 민첩해야 했을 터이다. "소녀는 이야기 도중에 잡년하고 붙었다는 상스러운 말을 입에 담으면서도 얼굴 하나 붉히지 않았다." (74쪽) 역시 '붙었다' 는 말이 소녀의 입에서

도 나왔다. 두 개의 '붙었다'의 언어감각 속에 갇힌 청년 태섭의 심리
의 소재지는 어디일까. 모녀가 작당하여 태섭을 늪에 빠뜨리고자 하지
않았던가. 밤 9시에 늪으로 나와 데이트하자는 소녀의 유혹에 이끌려
늪가에 나선 태섭은 결국 바람맞고 말았기 때문이다. 황순원에 있어
「늪」이란, 한마디로 말해, 아비 없는 가정의 모녀의 앙앙불락하는 심
리의 늪이며 그 속에 빠져 허우적거리는 태섭의 심리적 늪이기도 했
다. 아직도 그 늪의 깊이나 크기가 측정되지 않았다 할지라도 이 늪이
투명하다는 느낌을 주는 곳에 황순원의 창작 비밀이 스며 있어 보인다.

태섭이 다시 가로수 쪽으로 시선을 옮기다가 자기의 여윈 달 그림자
를 발견하고 자기의 것 아닌 것으로 착각하며 놀랐다. (……) 태섭은 무
심코 앞 유리창에 나비의 날개 같은 것이 움직임을 느꼈다. 처음에는 그
저 자기의 야윈 얼굴이 비친 것으로 알고 무심히 여겼으나 나비의 날개
같은 그림자는 또 움직이는 것이었다. 태섭이 고개를 들고 자세히 보니
원앙새가 있는 무늬였다. 놀라 돌아섰다. 뒤에는 어느새 소녀가 들어와
서 있었다.(78쪽)

이처럼 늪과 그 주변이 투명한 이미지로 구성되어 있는 만큼 그 누
구도 이 늪에서 빠져 죽을 수 없게 되어 있다. 한갓 심리적 늪인 까닭
이다. 이 점에서 김동리의 「늪」(1964)과는 확연히 대조적이다. 김동리
의 늪은 실제로 이무기가 살고 있는 무섭고도 신비한 늪이자 운명적인
늪이었다. 소년 석이와 소녀 분이를 실제로 삼켜버린, 깊이 모를 늪이
며 또 일찍이 그 어머니를 삼킨 늪이었다.

수면은 언제나 파란 물파래로 덮여 있지만 이따금 뿔쑥뿔쑥 솟아오르
는 것이 있는가 하면, 어떤 때는 하얀 왕방울 같은 것이 물속에서부터 쑥

꿰어져 올라와 물파래를 동그랗게 헤치며 팡 소리를 내고는 도로 퐁퐁퐁 퐁 아래로 내려가버리기도 한다. 이것은 아마 늪 속에서도 제일 여러 해 묵은 무서운 벌레가 방귀를 뀌는 것이리라. 그리고 저 물 위에 꽉 덮인 물파래는 뱀밥이란 말이 있으니 늪 속엔 얼마나 많은 독사와 구렁이들이 우글거리고 있는지 모를 일이다.(『김동리 전집(3)』, 민음사, 132쪽)

밤중인데도 당초부터 투명한 것이 황순원의 심리적 늪이라면, 대낮 인데도 캄캄한 김동리의 늪은 당초부터 운명적인 늪이었다.

2.『3·4문학』의 모더니즘적 경사

시와 결별한 심리적 늪의 존재 방식은 어떠해야 했을까. 아무리 투 명한 늪이라도 그것이 이미지에서 분리된 소설의 세계로 들어서면 겹 겹의 무늬가 생기기 마련이며, 또 그것이 대립 구조를 이루어감도 필 연적 현상이라 할 것이다. 이러한 심리적 대립 구조란 소설의 균형을 이루는 기본항으로 작동된다. 일렁이는 무늬의 세계에서 무늬로 전환 되어 전체성의 단계에 이르기 위해서는 균형감각이 요망되며 그것은 필경 기능과 역기능의 대칭 구조에 이르게 마련이다. 생명 현상이 균 형을 그 특징으로 한다는 것은 말을 바꾸면 자기 조정의 구조에 의해 지배됨을 가리킴이다. 이것이 물리 현상과 다른 점은 생물의 기능 속 에는 '의미'가 감추어져 있음에서 온다. 이 '의미'의 탐구가 생물학에 있어서의 구조 연구의 참주제를 이룬다(G. 피아제, 『구조주의』, 크세 즈 문고, 1990). 이런 사실에 비추어볼 때, 「오감도」(1934), 「거울」 (1933)의 시인이자 「날개」(1936), 「12월 12일」(1931)의 작가 이상의 창작방법과는 아주 대조적이라 할 것이다. 식민지에 세워진 고등공업 학교의 교과 과정의 중심부에 놓인 것이 유클리드 기하학이었던 만큼 이를 금과옥조로 받아들여 세계 인식의 방법론으로 삼은 토목과 전공의 식민지 학생 이상(본명 김해경)에게 세계는 「선에 관한 각서」(1931), 「삼차각설계도」(1931) 등으로 정리되기에 모자람이 없었다. 처녀작이자 장편소설 「12월 12일」에서조차 그는 기하학적 사유로 인식해 마지않았다. 곧 기하학적 대칭 구조가 그것이다.

거울속에는소리가없소
저렇게까지조용한세상은참없을것이오

거울속에도내게귀가있소
내말을못알아듣는딱한귀가두개나있소

거울속의나는왼손잡이오
내악수를받을줄모르는 ― 악수를모르는왼손잡이오 (「거울」 부분)

　이러한 대칭 구조가 소설에도 그대로 적용되기에 이른다면 그 결과는 어떻게 될까. 인간이 한갓 기하학적 구조로 파악되는 사태에 직면할 수밖에 없게 될 터이다. 인간이 한갓 물리학적 존재(무기체)로 인식될 때 그 구조엔 당연히도 '의미'가 부재한다. 피아제의 견해에 기대면 자기 조정의 구조인 생명에서 비로소 '의미'가 그 구조 속에 잠복해 있는 것이다. 작가 이상이 이러한 기하학적 세계 인식의 한계를 돌파하여 구조 속의 '의미'로 방향전환한 것은 「날개」(1936) 이후이다. 이를 두고 그는 '이제 소설을 썼다'고 적었다(졸저, 『이상문학 텍스트연구』, 서울대출판부, 1998). 기하학적 대칭 구조와 대립 관계에 있는 것이 심리적 대칭 구조라는 전제를 승인한 마당이라면, 작가 황순원의 창작방법이 후자에 속한다는 것과 그렇게 경사되어간 과정을 검토해보는 일은 매우 뜻 있는 과제라 할 만하다. '뜻 있는 과제'라 했거니와, 여기에는 설명이 조금 없을 수 없다. 이상과 함께 황순원이 『3·4문학』 동인으로 참가한 것은 1935년이었다. 『3·4문학』(제5호, 1935년 8월)에 이상의 시 「I Wed A Toy Bride」와 함께 황순원의 시 「봄과 공복」, 「위치(位置)」가 실렸음을 염두에 둔다면 모더니즘에 경도된 황순원의 소설 쓰기 직전의 모습을 잠시 엿볼 수도 있다. 넓은 뜻에서 모더니즘적 지향성이 세계 인식의 기반을 지적인 시선에서 파악함을 가리킴이라면 응당 그것은 시간/공간의 균질적 인식에서 출발될 것이며, 따라서 기하학적 대칭 구조와의 친근성이 인정될 터이다. 이러한 사정을 제일 잘 보여주는 것이 황순원의 「무서운 웃음」(1949)이다. 한 소년이 하늘을 유유히 나는 솔개를 보고 있다. 어느새 솔개가 쏜살같이 지상으로 내리꽂힌다. 한순간 솔개는 고양이의 날카로운 이빨에 물려감을 소년은 목격했다. 며칠 후 소년은 또 하나의 놀라운 사실을 목격한다. 횃대에 사냥꾼이 아끼는 매 한 마리가 졸고 있다. 고양이 한 마리가 아주 천천히 다가간다. 한순간, 놀라운 광경이 펼쳐졌다.

잠시 등을 세우고 틈새를 노리던 고양이가 아차 할 새도 없이 달려든 것이었습니다. 그리고 고양이와 매 사이에는 극히 짧은 동안 싸움이 있은 듯이 생각됐습니다.

고양이가 홰에서 떨어졌습니다. 그러나 매를 물고 떨어진 것은 아니었습니다. 그때 나는 다시 한번 놀랄밖에 없었습니다.

지금 바둥거리며 앞발로 마구 제 대강이를 잡아뜯는 고양이의 눈에는 눈알이 없는 것이었습니다.(『황순원 대표작선집(5)』, 236쪽)

솔개/고양이와의 대결에서 고양이의 일방적 승리와 매/고양이의 대결에서 매의 일방적 승리란 새삼 무엇일까. 이런저런 해석이 가능하

겠지만, 그중의 하나로 기하학적 대칭 구조를 읽어낼 수 있겠다. 이 대
칭 구조를 기하학적이라 규정하는 것은 거기에서 생명체의 '의미'를
읽어내기에 앞서 완벽하고도 필사적이며, 그래서 선명한 대칭 구조가
앞서기 때문이다. 이 점에서 모더니스트 황순원은 「선의 각서」의 이상
과 한 울타리 속에 있다고 할 것이다. 「필묵장수」(1955)에 오면 황순
원의 이러한 선명한 대칭 구조가 크게 굴절되어감이 관찰된다. "본디
부터 서 노인이 필묵장수는 아니었다"로 시작되는 이 단편에서 주목
되는 것은 서 노인이 소아마비로 인한 지체장애자라는 것과 지적 능력
의 미숙함이다. 이 두 가지 결여 사항이란 물을 것도 없이 부정적 측면
이다. 이러한 서 노인이 칠순의 만년에 이르러서 그것도 딱 한순간 두
가지 결여 사항을 완벽하게 극복하기에 이른다.

　　동장은 이 늙은이가 아직 앓고 있는 중이라고 생각하며, 오늘은 그만
　그리라고 했다. 그러다가 무심코 그림에로 눈을 준 순간, 동장은 다시 한
　번 놀랐다. 지금 서 노인이 그린, 늙어 비틀어진 매화가지에 달린 꽃송이
　가 호들 하고 살아 움직인 것이었다."(『황순원 대표작선집(5)』, 399쪽)

필묵장수로 일생을 보내며 간간이 서화도 겸했던 서 노인의 삶을 전
체성으로 볼 때, 부정적 측면과 긍정적 측면은 대칭 구조를 이루어내
고 있다. 이 대칭 구조의 특성은 무엇일까. 앞에서 보아온 고양이/매의
대칭 구조가 냉철한 '기하학적 대칭성'이라면 필묵장수의 대칭 구조
는 굳이 말해 '미학적 대칭성'이라 부를 수도 있겠다. 이 미학적 대칭
구조가 조금 딱딱한 표현이라면 생명적 인간적 대칭 구조라 할 수도
있을 터이다. 다음의 심리적 대칭 구조와 비교하면 이 점이 한층 뚜렷
해진다.

황순원 소설의 중요 작품으로 「내 고향 사람들」(1961)이 있다. 이

작품을 규정하고 있는 것은 머리에 놓인 두 개의 에피소드이다. 첫번째 에피소드는 시골 사진관 얘기로 되어 있다. 고추 달린 아기 돌 사진 찍기의 어려움과 정겨움, 그리고 거기 담긴 가족애의 모습이란 하도 잔잔한 것이어서 찍힌 사진이란 일종의 가족 마음속에 이루어진 무늬와 흡사하다. 두번째 에피소드 역시 같은 분위기를 담고 있다. 겨울날 마을을 지나가던 나그네가 양지 쪽에서 벼를 털고 있던 노인에게 길을 묻는다. 노인은 물론 길을 가르쳐준다. 그 방식은 매우 아득하다. 노인은 턱으로 동구 밖을 가리키며, 이 길을 얼마큼 가면 개울이 나온다는 것, 거기 난간이 떨어져 나간 다리가 걸렸다는 것. 여기서 노인은 그 다리를 건너 어디로 어떻게 가면 된다는 얘기는 제쳐놓고 딴말을 꺼내지 않겠는가. 그 다리 난간이 왜 그렇게 됐냐 하면 하고, 흡사 시방 눈앞에 차손이네 점백이 새끼인 암소가 한겨울 짐을 실은 채 얼음판에 미끄러져 다리 아래 떨어져 죽는 장면을 말하지 않겠는가. 그 뒤로 차손이네 집안 꼴이 그만 기울어졌다는 것. 추운 겨울날 길손이 바빠하건 말건, 노인은 혼잣말인 듯 중얼거리며 자기 일을 계속한다는 것. 옛투로 사진을 찍던 시절. 이런 노인이 살던 곳이 이른바 이 작품의 배경인 고향이며, 여기 살던 가족이나 노인의 삶의 방식이 소설의 중심부를 이룬다고 작가는 매우 장황하게도 그 자체로 완결에 가까운 에피소드를 두 개씩이나 머리에 얹어놓았다. 옛투의 시골 사진관 얘기, 길손에게 길 안내하는 노인의 얘기, 그리고 본 소설 등 세 개의 거의 각각 완결된 작품으로 이루어진 것이 「내 고향 사람들」이라 해도 결코 지나치지 않을 지경이다.

　"김 구장을 내가 처음 만난 것은 1943년 가을이었다"로 서두를 삼은 이 작품의 시기는 태평양전쟁이 발발한 지 만 이 년 뒤에서 시작하여 8·15 직전까지로 되어 있다. 1943년이란 연도에 주목하지 않는다면 참주제에서 비껴가기 쉬울 만큼 특별한 강음부가 찍혀 있는 연도다. 일제 총독부가 조선에 창씨개명을 강요한 것은 1940년 2월 11일 (일제의 기원 2600년)이며 조선인 징병제를 일본 각의에서 결의한 것은 1942년 5월 9일이었고, 이를 실시한 것은 1943년 8월 1일이었다. 총독부 단독 결정인 창씨개명과는 달리 징병제 실시는 절대적 강요 사항이어서 아무런 합법적인 기피 방도가 없음을 특징으로 했다. 마을의 우두머리이며 인간의 삶의 법도를 가장 적절히 지키며 살아가던 김 구장이 학도병 징병 실시에 대해 어떻게 반응해야 했을까. 이 과제를 두고 작가 지망생이자 유복한 집안 출신의 지식인 청년 '나'가 관찰한 이 소설은 전반부와 후반부, 이 두 가지 양상으로 펼쳐진다.

(A) 아랫목에 사군자 병풍이 쳐 있을 뿐 벽에는 족자 하나 걸려 있지 않았다. 이 조촐한 방안 분위기와 함께 손때가 옮아 반들거리는 오동나무 문갑이라든가 매일같이 잿수세미질을 하는 듯 광을 내는 놋재떨이가 그대로 이 집 주인의 꽉 째인 규모 있는 생활을 말해주는 듯했다. 나는 내가 먹고 있는 대추가 유별나게 달다고 생각했다.(『황순원 대표작선집 (4)』, 326쪽)

(B) 그러다 나는 내 귀를 의심했다. 김 구장의 하는 얘기가 귀에 들어왔던 것이다. 아주 노골적인 음담패설, 아무리 취담이라 하더라도 김 구장에게서 그런 얘기가 나온다는 것은 영 믿어지지가 않는 것이었다. (……) 그런 어느 날 동네에 놀라운 사건이 하나 일어났다. 대낮에 김 구장이 행랑방에 사는 덕수의 아내와 누워 있다가 남편에게 발각된 것이었다.(338~339쪽)

(A)가 전반부의 지배적 요소라면 후반부의 그것은 (B)이거니와, 이 둘은 정반대의 성격을 띠고 있음을 특징으로 하고 있다. 그토록 엄격하게 삶의 법도와 질서를 지키던 김 구장이 저토록 타락한 지경에

이르게 된 계기는 외아들의 입대에서 왔다. 그 아들이 중국 전선에 갔고, 아들의 생사가 오리무중일 때 이에 역비례하여 김 구장의 저러한 타락상이 이루어졌다. 김 구장의 타락상이란, 대동아전쟁이라는 이름으로 불린 정치적, 인공적, 외부적 폭력에 대응하는 자연인 김 구장의 삶의 방도에 다름 아니었다. 기품이라든가 법도의 세계와 저 정치적 외부적 불가항력적 세계란, 물론 단순 이분법이지만, 저러한 불가항력적 세계 앞에 알몸으로 노출된 자연인이 취해야 할 방도 중의 하나는, 이 외부적 세계와 닮는 방식이 하나 있을 수 있다. 외부적 폭력이 절대적이면 그럴수록 그 폭력의 생리를 모방해 보이기가 바로 김 구장의 방식이었다. 이러한 대응 방식이 심리적인 것임은 새삼 말할 것도 없다. 불가항력적인 외부 세계에 알몸으로 노출된 한 인간으로서 이에 대항하여 몸부림치는 김 구장의 행동과 그 윤리적 감각이란 생명체가 살기 위한 균형감각의 확보에 다름 아니다. 이를 일러 심리적 대칭성이라 할 것이다.

3. 「나무들 비탈에 서다」의 대칭성 구도

「오감도」(1934)의 작가 이상과 더불어 『3·4문학』 동인 황순원의 창작방법의 설계도를 문제 삼을진댄 모더니즘적 틀을 가능케 한 기하학적 구조, 곧 기하학적 대칭 구조를 떠올리는 것만큼 자연스런 것은 많지 않다. 「방가」나 「골동품」 따위 습작기를 넘어선 식민지 청년이자 와세다대학 문학부 영문과에 입학한 21세의 황순원의 새출발은 먼저 기하학인 자기 위치 측정을 감행하기였다.

　밤알은 밤싹 같은 싹이 엄튼 밤이었다.
　眞空속인데도 꽃없이 열린 밤송이송이가 흔들렸다.(「봄과 空腹」 전

문, 『三四文學』 제5호, 1935년 8월)

차라리 무성한 햇빛을
코로 벌룽거리며 빨기만 해
化石처럼 굳어버릴까부다.

돌멩이를 투치어
부서 않지는 하늘키를 알었다.
마을 굴뚝을 헤는 눈에는
생활의 거리가 있었다.

꼬리새린 개인양 호롯이
생각의 네지를 배배이는 동안
그림자는 몰래 밭이랑을 겼다.

벌덕 빛을 어즈럽히며 늘어섰다.
그림자가 겁내어 늘어났다.
나는 나를 버리고 돌아섰다.
그림자가 뒤에서 떠 밀쳤다.

잠시 나는 자리 못잡힌 채
한입 능니한 하품을 깨물어
버레먹은 잇자욱을 내었다.(「位置」 전문, 『三四文學』 제5호)

진공 속과 진공 밖의 대칭성이 「봄과 空腹」의 설계도라면, 그리고 그
구조가 의식 속에서는 서로 상통하는 것이라면 이런 현상이 「位置」에

서는 빛과 그림자의 대칭성으로 설정된다. '나'와 '그림자'의 관계란 실상 빛과 그림자의 대칭성에서 설정된 설계도이다. 그것은 어디까지나 생각의 '네지(톱니바퀴)'를 뒤트는 동안에 일어날 수 있는 그러한 세계이다. 이러한 기하학적인 대칭 구조가 위에서 살폈듯 세 가지 유형으로 도출될 수 있었다. 기하학적 대칭성(「무서운 웃음」이 그 첫번째요, 「필묵장수」에서 보듯 미학적 대칭성이 그 두번째라면 「내 고향 사람들」에서 드러나는 심리적 대칭성이 그 세번째이다. 이로 볼진댄 모더니즘에서 새출발한 식민지 작가 황순원에게 소설 쓰기 과정이란, 모더니즘에서 기하학에서 한없이 멀어지기처럼 보이지만 이는 단지 피상적 관찰일 뿐이다. 앞에서 번거롭도록 분석해보았듯, 작가의 머릿속에 자리잡은 기하학은 조금도 빈틈없이 확고했음이 판명된다. 굳이 「날개」(1936)의 작가와 변별되는 점을 지적하라면 전자가 물리학적 수학적 기하학이며 따라서 생명체에 적용되는 '의미'에 대해 무관심하다면, 후자는 다분히 심리적인 것이어서 '의미'에 대한 유연성을 확보한 데서 그 의의가 찾아질 수 있다. 이러한 심리적 대칭 구조가 가장 분명하고도 강력하게 또한 전면적으로 나타난 것이 장편 「나무들 비탈에 서다」이다.「나무들 비탈에 서다」는 월간 『사상계』(1960년 1월 ~7월)에 연재된 작품이며, 이어서 단행본(사상계사, 1960년 9월)으로 간행된 바 있다. 장편 「카인의 후예」(1954)와 「일월」(1965) 중간에 긴 이 장편의 겉 구조는 제1부와 제2부로 구성되어 있다. 그런데 제1부는 1장에서 8장까지로 되어 있고, 제2부는 잇달아 9장으로 이어져 17장으로 연속되어 있음을 볼 수 있다. 이처럼 장 처리의 연속성을 꾀한 이유는 무엇일까. 이 물음에 얼른 연상되는 것은 1장에서 17장까지 얘기 전체의 연속성을 억지로 부여하기 위한 모종의 고육책이라는 점이다. 이러한 점은 제1부와 제2부를 분석해봄으로써 비로소 뚜렷해진다.

342

제일 먼저 지적될 사항은 제1부와 제2부가 엄밀한 기하학적 대칭 구조로 설계되어 있음이다. 작가 황순원의 머릿속에 들어 있는 유클리드 기하학적 설계도의 강도란 「오감도」의 시인 이상의 그것에 비견될 정도로 선명하면서도 투철하다. 이를 도식적으로 비교해보면 아래와 같다.

제1부가 6·25 전장 일선을 다루었다면, 제2부는 학도병인 주인공들의 제대와 더불어 시작되는 후방을 다루었다는 점. 전장과 일상, 전선과 후방, 죽음을 옆에 둔 현실과 일상적 삶의 권태 속에 놓인 현실. 이 두 가지 세계만큼 선명한 이분법적 대칭 구조는 따로 없다. 전쟁이라는 비일상적 극한 상황과 권태로 표상되는 나태하고 누추한 일상성은 따지고 보면 밤과 낮의 차이, 저승과 이승의 차이에 준하는 것이며 이 점을 추상화하여 보여주는 것이 기하학적 대칭성이다. 이 대칭성은 등장인물의 구성에서도 그대로 드러난다. 사회학과를 다니던 신현태. 상과대 남윤구, 국문과생 윤동호 등 3인행의 구성은 제2부에서도 그대로 적용되어 있다. 윤동호의 자살이 제1부에 생기지만 그 대신 그의 애인인 타이피스트 장숙의 등장으로 말미암아 3인행 구도는 제2부에서도 빈틈없이 지켜졌다.

이러한 대칭성이 투명한 설계도 위에 이루어졌다는 것은 제1부와 제2부가 각각 독립된 별개의 작품임을 새삼 말해주는 것이다. 극단적으로 말해 이 작품은 제1부로도 완결된 것이며 꼭 마찬가지로 제2부 단독으로도 완결된 것이어서 굳이 제1부, 제2부로 쓸 필요도 없다. 이 사실을 강조하기 혹은 속이기 위해 일부러 제1부, 제2부의 연속성(1장에서 17장까지)을 부여한 것인지도 모를 일이다. 다음 사실이 이 점을 단적으로 보여주고 있어 인상적이다.

(A) 이건 마치 두꺼운 유릿속을 뚫고 간신히 걸음을 옮기는 것 같은

느낌이로군. 문득 동호는 생각했다. 산밑이 가까워지자 낮 기운 여름 햇볕이 빈틈없이 내리부어지고 있었다. 시야는 어디까지나 투명했다. 그 속에 초가집 일여덟 채가 무거운 지붕을 감당하기 힘든 것처럼 납작하게 엎드려 있었다. 전혀 전화를 안 입어 보이는데 사람은 고사하고 생물이라곤 무엇 하나 살고 있지 않는 성싶게 주위가 너무 고요했다. 이 고요하고 거침새없이 투명한 공간이 왜 이다지도 숨막히게 앞을 막아서는 것일까. 정말 이건 두껍디두꺼운 유릿속을 뚫고 간신히 걸음을 옮기고 있는 느낌인데. 다시 한번 동호는 생각했다. 부리를 앞으로 향한 총을 꽉 옆구리에 끼고 한 발자국씩 조심조심 걸음을 내어디딜 때마다 그 거창한 유리는 꼭 동호 자신의 순간순간 짓는 몸 자세만큼씩만 겨우 자리를 내어줄 뿐, 한결같이 몸에 밀착된 위치에서 앞을 막아서는 것이었다. 절로 동호는 숨이 가빠지고 이마에서 땀이 흘렀다.

2미터쯤 간격을 두고 역시 총대를 옆구리에 낀 채 앞을 주시하며 걸음을 옮기고 있던 현태가 이리로 고개를 돌리는 것이 느껴졌다. 무슨 농말이라도 한마디 건네려는지 모른다. 그러나 동호는 모른 체했다. 잠시나마 한눈을 팔았다가는 지금 자기가 가까스로 헤치고 나가는 이 밀도 짙은 유리가 그대로 아주 굳어버려 영 옴쭉달싹 못하게 될 것만 같았다.(『황순원 전집(7)』, 문학과지성사, 189쪽)

(B) 현태는 다시 그네의 등뒤 너머의 유리창 쪽으로 시선을 들었다. 밖은 그냥 꽤 센 바람이 가로수 가지를 흔들고 있었다. 저렇게 나뭇가지가 바람에 흔들리고 유리창이 덜거덩거리는 다방 안은 사람들의 말소리로 웅성거리고, 바로 앞에는 분노에 싸인 숙이가 앉았는데, 현태는 어느 무인지대의 고즈넉한 산비탈을 내리고 있었다. 여름철 낮 기운 햇볕이 빈틈없이 내리부어지고 있었다. 시야는 어디까지나 투명했다. 그 속에 초가집 일여덟 채가 무거운 지붕을 감당하기 힘든 듯이 납작하게 엎드려 있었다. 현태는 앞으로 향한 총대를 꽉 옆구리에 끼고 한 발자국씩

344

조심조심 발을 내어디디고 있었다. 그런데 이 고즈넉하고 거침새없이 투명한 공간이 왜 이다지도 숨막히게 앞을 막아서는 것일까. 현태는 옆을 보았다. 2미터쯤 간격을 두고 동호가 역시 총대를 옆구리에 낀 채 앞을 주시하며 한 발자국 한 발자국 조심스레 걸음을 옮기고 있는 것이었다. 현태는 동호에게 한마디 건네고 싶었다. 어이 시인, 이런 때 느낌을 뭐라구 표현했음 좋지? 차라리 적병이라두 눈앞에 뵈는 편이 낫지 않겠어? 여전히 밖은 가로수 가지가 흔들리고, 유리창이 덜거덩거리는 다방 안은 웅성거리고, 바로 앞에는 분노에 찬 숙이가 고개를 비낀 채 앉아 있고, 어이 시인, 왜 또 그런 눈으루 보는 거야, 무슨 드러운 물건이나 대하는 것 같은 눈초리루? 내가 내려가니까 그 여잔 별루 항거하는 빛 두 없었어. 일어나 나오려는데 손을 와 잡지 않겠어? 그 손이 뭣을 말하는지 알았지, 허지만 해치우구 말았어, 그것뿐야, 그런데, 그런데……
(제2부, 364~365쪽)

보다시피 (A)에는, 적진 속으로 나아가는 수색대 3인행의 심리가 '유리 속으로의 걷기'로 요약되어 있다. 언제 그 두꺼운 유리가 박살나서 온몸에 박힐지 모르는 불안한 절박감이 제2부 (B)에도 그대로 반복되어 있다. 이 점에서 보면 제1부와 제2부 곧 전쟁과 일상, 전방과 후방이란, 따지고 보면 한치도 다르지 않다. 그러기에 제1부만 써도, 혹은 제2부만을 독립시켜도 주제상 큰 상관이 없다. 주제상이라 했거니와 다음의 (C), (D)에서도 사정은 마찬가지다.

(C) "대체 우린 피해잘까 가해잘까?"
현태가 유심히 동호의 얼굴을 쳐다보았다. 지금 마신 술 때문만은 아닌 듯 동호의 코에서 뿜어지는 허연 김이 좀 잦은 것 같았다.
"오늘 무슨 일이 있었냐?"

"내가 보기엔 말야, 이번 동란에 나왔던 젊은이들은 죄다 피해자밖에 될 수 없다는 생각이 들어. 그들이 무슨 일을 저지르건 말야. 모든 젊은이란 말이 너무 거창하면 우리 주변의 친구만 두구 봐두 그렇잖어? 우선 그 사고뭉치 김하사가 그렇구, 또 그 선우상사가 그렇구, 그리구……"(제1부, 284쪽)

(D)안전과 위험이 항상 공존해 있는 전쟁터. 그 예측할 길 없는 전쟁의 생리에 의해 죽고, 부상을 당하고, 그리고 생존했더라도 무언가 눈에 뵈지 않은 멍자국을 남겨 받아야만 했던 수많은 젊은이들. 현태는 새삼스럽게 지난날 동호가 자살하기 바로 직전에 한 말을 되씹어보았다. 대체 우린 피해잘까 가해잘까? 내가 보기엔 이번 동란에 나왔던 젊은이들은 죄다 피해자밖에 될 수 없다는 생각이 들어. 그러나 현태는 이 동호의 말에 대답이나 하듯이,

"정말 그럴까. 난 가해자두 될 수 있다구 보는데."

혼자 중얼거리는 현태를 바라보던 석기가,

"벌써 얼었어?"

하고 피식 웃는다.(제2부, 357쪽)

보다시피, 이 작품의 큰 주제는 6·25를 둘러싼 젊은이의 심리를 가해자/피해자의 이분법으로 처리하고 있다. 가해자일 수도 피해자일 수도 있다는 것, 그 경계선상에 3인행이 움직이고 있다고 할 것이다. 그러나 이 이분법은 제1부만으로도 완벽하게 달성될 수 있으며 마찬가지로 제2부만으로도 또한 완벽히 가능한 것이다. 굳이 1, 2부로 반복할 필요란, 일반적인 소설 구성상엔 있기 어렵다. 그럼에도 (A), (B), (C), (D)들의 대칭성으로 만든 이유는 무엇일까. 3·4문학파의 모더니즘적 체질 곧 기하학적 대칭 구조, 이른바 설계도에 대한 인식이 소설 구성에 앞섰던 것으로 설명될 수 있을 터이다. 특징적인 것은

「날개」의 작가 이상과는 달리 작가 황순원은 이 대칭성 설계도를 '느 낌' 곧 심리적 대칭성으로 위장했던 것이다. 이 심리적 위장술이야말 로 황순원적 창작방법론의 핵심이라 할 것이다. '투명한 유리 속 걸 기'로 표상되는 황순원적 설계도란, "이건 마치 두꺼운 유릿속을 간신 히 걸음을 옮기는 것 같은 느낌"(서두) 또한 "정말 이건 두껍디두꺼운 유릿속을 뚫고 간신히 걸음을 옮기고 있는 느낌"(서두)으로 수렴됨이 그 증거다. 실상 소설 「나무들 비탈에 서다」의 어떤 전투 장면도 후방 의 삶도 모두 풍문(에피소드 뭉치)으로 되었음도 이와 결코 무관하지 않다. 소토코미부터, 구만리발전소의 육해공군하기, 작부 옥주의 삶, 선우상사의 일 등이 한결같이 풍문일 뿐이다. 체험적인 것에 육박하 는, 적어도 현장 연구나 자료 조사에 의거된 실제 상황이란 전방에도 후방에도 거의 없는 형편이다.

4. 「나무들 비탈에 서다」의 대칭성 구조의 변화 과정

기하학적 대칭성의 심리적 전환은 제1부에도, 제2부에도 각각 독 립된 형식으로 전개되어 있는데, 이 설계도가 얼마나 중요하게 창작방 법으로 작동되었는가를 증거하고 있어 인상적이다. 제1부에서의 그것 은 '시인'이라 불린 윤동호에서 찾아진다. 후방에 두고 온 애인 장숙 과의 첫 키스가 청결하다 못해 성스럽기까지 하다고 믿어 의심치 않던 윤동호가 창녀 옥주에 한번 빠지자 물불을 가리지 않는 편집광으로 돌 변, 자기와 자기 주변을 동시에 파괴하기에 이른다. 애인 장숙에게 백 지 형태의 유서를 남긴 윤동호가 창녀 옥주가 매음하고 있는 방에다 총질을 했고, 그 길로 부대로 돌아온 그가 신현태 앞에서 '모두가 피해 자일 수밖에 없다'고 뇌까린 두 시간 뒤에 곧바로 자살했던 것이다.

밤이라 검은 피가 흰 눈 위에 꽉 얼어붙어 있었다. 왼쪽 손목의 동맥을 끊은 것이었다. 오른손 옆에 술병 깨진 유리조각 하나가 눈에 얼마큼 파묻혀 있었다. 그 얼굴이 눈처럼 희었다.(제1부, 285쪽)

윤동호의 자살 동기란 과연 무엇일까. 이 문제를 끈질기게 추구하는 장숙에게 훗날 신현태의 답변은 실로 단순 명쾌하다.

저번에 내가 어떤 말을 한대두 참구 듣겠다고 하셨죠? 분명 그러셨죠? 그럼 애기할까요? 동호 그 친구가 말예요, 어떤 여잘 총으로 쏴 죽였어요. 남자와 여잘 쐈는데 남잔 부상만 입구 여잔 죽구 말았죠. (……) 여잔 싼 술집 여자였죠. 이게 그 친구가 자살하게 된 원인입니다. 나머진 짐작으루 생각하십쇼……(제2부, 300쪽)

제1부에서 중심부에 놓인 것은 물론 윤동호의 자살이다. 신현태의 존재란 다만 윤동호의 자살을 증거하는 몫을 하기 위한 존재이며, 한편 남윤구는 신현태의 보조 역에 지나지 않는다. 이로 볼진댄, 제1부의 대칭성은 윤동호와 신현태의 구조로 되는 셈이다. 이 작품의 첫 장면인 '두꺼운 유릿속 걷기'의 '느낌'의 장본인이 바로 윤동호라는 점에서도 이 점이 뚜렷해진다. 윤동호의 자살의 심리적 과정을 드러내기 위한 대칭성의 존재가 신현태였던 것이다. 이처럼 피해자이자 가해자인 윤동호의 자살 심리가 제1부의 중심점이라면 그 당사자가 사라진 제2부는 어떻게 될 것인가. 이 물음은 황순원식 심리적 대칭 구조의 한 가지 전형을 묻는 것에 다름 아니다.

윤동호가 부재하는 제2부의 중심부엔 신현태가 놓여 있다. 제1부에서 심리적 중심부가 윤동호의 자살 심리였다면 이에 엄밀히 대응되는 것이 제2부에서의 신현태의 유사자살(類似自殺)이다. 전장에서는 그토록 대담하고도 민첩했던 수색대 소속 신현태 일등중사가 제대 후 후방 생활에서는 어째서 저토록 무능하고 무질서하며 또한 권태와 허무 속에서 허우적거리는가. 그 심리적 이유는 이렇게 제시된다.

무심코 밖을 내다보는 그의 눈에 횡단보도를 건너는 한 여인의 모습이 들어왔다. 허름한 옷을 입은 여인의 품에는 두어 살 가량 난 애가 안겨 있었다. 그 어린것이 병이라도 난 것일까, 노리께하니 파리한 얼굴에 눈은 감겨지고, 입은 반쯤 벌어져 있었다. 그런 어린것을 여인은 사뭇 소중하게 품에 안고 길을 건너고 있었다. 현태는 문득 전에 이들 모녀를 어디선가 본 듯싶었다. 어두컴컴한 방안에 말라 배틀어진 팔을 포대기 밖에 내놓은 채 꼼짝않고 누워 있던 어린애와 그 어머니. 내가 다시 내려갔을 때 그 여잔 되레 낮처럼은 놀라지 않았지. 그리고 별로 항거하는 빛도 없었고. 그런데 일어나 나오려는 내 손을 와 잡았것다? 그 손이 뭣을 말하는지 알았지. 허지만, 허지만 난 해치워버리고 말았어. 현태는 자기 손을 내려다보았다. 거기 아직 그냥 스며져 있는 여인의 그 약간 떨리면서 땀기운이 돌던 손의 감촉. 그리고 메마른 피부에 온기를 띠고 있던 목의 감촉. 어린것에만은 손을 대지 않았는데 그것마저 생생한 실감을 갖고 되살아오는 것이었다. 말라 배틀어진 어린것의 가느다란 목을 누를 때에 받을 수 있는 촉감이. 그날밤 그는 술을 마시고 또 마셨다. 다음날도 다음날도 마셨다.(제2부, 300쪽)

'두꺼운 유릿속 걷기'의 첫 장면에서 신현태 수색조장은 빈집 수색에서 피난 못한, 어린애와 함께 있는 여인을 어떻게 처리했을까. 위의 인용에 따르면 여인을 죽인 것으로 되어 있다. 이 살인 과정은 그러나 단순치 않음에 주목할 것이다. 잡지 연재 당시 작가는 이렇게 썼다.

약간 떨리는 손이 무척 차갑더군. 그 손이 뭣을 말하는지 알았지. 무서워 못 견디겠으니 같이 있어달라는 거야. 허지만 난 뿌리쳤어. 실은 나두 무서웠거든. 언제 적이 야음을 타 밀려오는지 누가 아나. 그런데 돌아오면서 문득 내가 뭣을 모질게 배반하고 오는 것 같은 생각이 들지 않겠어. 허지만 내가 뭘 배반했다는 거야? 또 배반했음 어때? 결국 인간이란 배반하구 배반당하면서 궁극에 가선 자기 혼자가 되는 게 아냐? 좋든 나쁘든 간에 그렇게 되기 마련 아냐?(『사상계』, 1960년 6월, 427쪽, 박용규, 「황순원 소설의 개작과정연구」 학위논문, 2005년 2월에서 재인용)

조금 애매모호하긴 해도 느낌상으로는 단지 여인을 겁탈한 사건이었음이 판명된다. 그러나 단행본으로 나올 땐 살해한 것으로 다음처럼 개작되었음이 판명된다.

내가 내려가니까 그 여잔 되레 낮처럼은 놀라지 않드라. 그러구 별루 항거하는 빛도 없구. 그런데 말야, 일어나 나오려는데 손을 와락 잡지 않겠어? 그 손이 뭣을 말하는지 알았지. 무서우니 같이 있어달라는 거야. 허지만 될 일야? 해치워버렸지. 어제 일은 그뿐야.(202쪽)

제대한 학도병 일등중사 신현태가 어째서 사회 복귀에 그토록 절망적이었는가. 이 물음에 작가 황순원은 매우 자각적이었음이 개작 과정에서 잘 드러났다. 전쟁 중의 민간인에 대한 겁탈사건이나 살인사건이란, 전쟁 후에도 꼭 같은 비중으로 죄의식을 갖게 된다는 것, 이는 둘의 심리적 등가성을 새삼 말해주는 것이다. 여기에 그 심리적 대칭성이 시퍼렇게 자리하고 있다.

'곰의 잠'을 자며 옛 전우 윤동호의 애인 장숙은 물론 심지어는 남윤구의 애인까지 겁탈하는 이 구제불능의 신현태를 작가는 어떻게 처리해야 적절하다고 생각했을까. 그 심각성에 비추어볼 때 작가는 신현태를 윤동호처럼 '자살'로 처리하지 않으면 안 되었을 터이다. 백치에 가까운 19살의 작부 계향의 손에 의해 신현태를 죽게 만든 것이 이를 새삼 말해준다. 계향의 손에 칼을 쥐어준 것도 신현태인 만큼 그는 자살을 계향이라는 도구를 사용하여 실현한 것이었다.

> 그 광채 띤 눈을 보는 순간 현태는 문득 거기 어떤 살의 같은 것을 느꼈다. 혹시 지금 그네의 육체가 말하는 뜻이…… 그는 절로 몸을 한번 떨었다. 그러면서도 온종일 무엇엔가 짓눌렸던 막막한 기분이 한꺼번에 화악 풀리는 듯한 느낌이었다. 어디 죽어봐. 그는 그네를 밀어낸 후 이불에서 빠져나와 샤츠 바람에 양복바지만을 껴입고는 변소로 갔다.(……) 현태는 어떤 가능성을 기다렸다. 몸은 피로한데 정신은 더욱 맑아왔다. 그 맑아오는 정신으로 어떤 가능성을 기다렸다. 오랜 동안을 기다렸다. ……희뿌연 시야 속에 기다란 식칼을 든 계향이의 알몸뚱이가 한순간 비쳤다. 그는 졸리운 듯이 도로 눈을 감아버렸다.(『사상계』, 1960년 7월, 407쪽)

계향의 칼에 의해 신현태가 살해당했다는 것은 "그러나 현태가 죽은 지도 이미 석 달이나 지난 오늘날"(『사상계』, 1960년 7월, 410쪽)에서 새삼 확인된다. 연재 당시 작가의 머릿속 설계도는 이처럼 분명했음이 판명된다. '윤동호의 자살'이 제1부의 중심부라면, 이에 대응되는 제2부 역시 '신현태의 자살'이었을 터이다. 계향의 손을 빌려 자살한 것 역시 투명한 설계도의 산물이었을 터이다. 그토록 소녀 취향의 우유부단한 윤동호가 어느 순간 과감하기 짝이 없는 살인과 자살을 동시에 수행했음에 대응하게끔 만드는 방식은 그토록 대담무쌍한 신현태가 얼마나 나약한 존재로 변했는가를 보여줌에서 찾았던 것이다. 이로 볼진댄 작가가 당초에 세웠던 설계도가 얼마나 엄밀한 기하학적 대칭성에 의거된 것인가를 엿보게 한다.

그런데 어떤 연유에서 작가는 신현태의 자살 장면을 단행본에서는 수차례 개작해야 했을까. 제1차 개작(사상계사판), 제2차 개작(제1차 전집), 제2차전집을 거쳐 최종판(제3차전집, 문학과지성사)에 오면 이렇게 개작되었다.

등뒤에서 신음소리가 들렸다. 몸을 돌렸다. 어둠 속에 계향이가 흰 얼굴을 윤곽 지으면서 괴로운 신음소리를 내고 있었다. 거기 요와 이불이 핏물로 검게 얼룩져 있었다. 현태는 그대로 내버려두면 그만이라고 생각했다. (……) 그는 계향이 오른손 곁에 떨어져 있는 단도를 집어들었다. 이번만은 쉽게 실천에 옮길 수 있다. 이 손에 힘만 주면 되는 것이다. 그러나 다음 순간 이것마저 자기가 한다는 게 싱겁다는 생각이 온몸을 휩쌌다. 백치 같은 계향이에게 앞지름을 당한 이제 와서 한다는 것이. 칼을 잡은 채 그의 입가엔 절로 자조의 웃음이 어둠을 통해 번지어 나갔다."(388쪽)

자살조차도 멋쩍어 포기한 신현태는 어떻게 되었을까.

공판때 방청석에서 바라본 현태는 전에 없이 이발을 깨끗이 하고 안색도 수감되기 이전보다 오히려 건강한 빛을 띠고 있었다. 그리고 검사의 공소 사실을 그는 일일이 시인했다. 나중 검사는 피고의 심리 상태로 보아 타인의 자살 행위에 대한 방조나 교사를 넘어서 하나의 부작위에 의한 살인 행위로 간주한다며 (……) 무기징역의 구형을 했던 것이다. (302쪽)

352

「나무들 비탈에 서다」의 최종 개작은 이처럼 신현태의 재판이 있은 지 3개월 후에서 끝났다. 신현태의 아이를 밴 장숙이 주위의 충고를 뿌리치고 아이를 낳겠다는 단호한 결의로 이 소설은 끝난다.

대체 이러한 개작이 지닌 의의란 무엇일까. 이러한 개작이 당초에 설계된 기하학적 대칭성에서 몇 각도 벗어났으며 그렇게 함으로써 무엇을 잃었으며 또 얻은 것은 과연 무엇이었을까. 신현태를 살려둠으로써, 그에게 부활의 가능성을 남겨둔 알량한 휴머니즘일까. 그렇다면 당초의 그 설계도의 엄밀성은 헌신짝처럼 버려도 되는 것일까. 엄밀한 미학이냐 알량한 휴머니즘이냐. 이 과제란 이제 피해가기 어려운 장면에 이른 셈이다.

5. 실험성과 고전성―백철과의 논쟁이 뜻하는 것

1960년의 문학적 사건성은 최인훈의 「광장」과 황순원의 「나무들 비탈에 서다」로 대표된다. 「광장」을 발표하는 마당에서 작가는 머리말에 4·19가 「광장」을 낳았다고 이렇게 적었다. "저 빛나는 4월이 가져온 새 공화국에 사는 작가의 보람"(『새벽』, 1960년 11월, 239쪽)이라 했음이 이를 가리킴이다. 이 해의 창작계 총평을 쓰는 마당에서 당대의 평론가 백철은 「나무들 비탈에 서다」를 논하면서 이 작품이 이룬 그다운 성과는 인정하나, 다음 네 가지 면에서 불만을 표시함으로써 부정적 평가를 내렸다. 첫째, 6·25에 대한 체험적 폭과 깊이가 모자란다는 것. 신인들에 비해 특히 그러하다는 것. 둘째, 인물형에서도 새로움이 모자란다는 것. 셋째, 구성에서도 유기적인 면이 모자란다는 것.

넷째, 이 점이 문제적이거니와, 4·19와 연결시키지 않았다는 것.

끝으로 주제적인 것과 관련하여 사건의 해결인데 비탈을 걷게 할 바엔 내쳐서 4·19적인 가파른 비탈에까지 세워보는 것이 필요치 않을까 하는 생각이다. 이것은 강요는 아니다. 하지만 기왕 근래의 위기적인 현실을 무대로 쓸 바에는 그 무대가 여기까지 연장되는 것이 필연성이 아닌가 보기 때문이다. 그렇게 되었다면 결말이 크게 극화되는 조건도 생기고 막을 내리는 대사도 이 작품의 것과 같이 여자의 작은 목소리의 것이 아니고 좀더 큰 암시를 던진 것이 되었을지 모른다고 느껴졌다.(「전환기의 작품 자세」, 『동아일보』, 1960년 12월 9일)

이에 대해 작가 황순원은 어떻게 반응했던가. '잡문 안 쓰기'로 일관한 결벽증의 작가 황순원이 분연히 붓을 들어 두 차례에 걸친 논쟁에 나아갔다. 이런 예외적 현상은 대체 무엇인가. 다시 말해 무엇이 그로 하여금 분연히 붓을 들게 했을까. 첫번째 반박문은 두 부분으로 구성되어 있다. 하나는 백씨가 작품을 정독하지 않았다는 것. "이해는커녕 줄거리조차 제대로 붙잡지 못하고 있다"는 전제 아래, 그런 사례를 일일이 들었다. 다른 하나는, 이 점이 중요한데, 바로 4·19와 관련시키지 않았다는 대목이다.

씨가 내게 강요하건 안 하건 간에 이런 망언을 어떻게 할 수 있는가. 「나무들 비탈에 서다」가 금년 전월 『사상계』에 발표되기 시작했을 때는 이미 작품 전체의 구상이 완료돼 있었던 것이다. 따라서 처음부터 이 작품은 4·19와는 관계없는 하나의 독립된 작품인 것이다. 물론 앞으로 내가 4·19와 관련된 작품을 새로 쓸는지는 모른다. 그러나 씨의 어처구니없는 주문대로 이 작품과 4·19를 마구 가져다 붙일 수는 도저히 없는 것이다. 작가란 스카치테이프일 수는 없기 때문이다.

가령 도스토예프스키에게 다음과 같은 것을 주문한다고 하자. 어째서 당신은 「죄와 벌」에다 「카라마조프의 형제」를 덧붙여서 좀더 위대한 소설을 만들지 않았는가. 이 주문을 들은 도스토예프스키는 무어라 대답을 할 수 있을 것인가. 모르긴 몰라도 그저 어이없어 웃을 수밖에 별 도리가 없을 것이다.(『한국일보』, 1960년 12월 15일)

이에 대한 백철의 답변은 구구한 오독에 대한 변명을 뺀다면 역시 핵심 과제인 4·19에 집중되어 있다. 곧 '비탈의 현실'을 다루는 작품이기에 4·19까지 내려왔으면 좋을 것이라는 한 비평가의 참고적 권유에 작가가 그렇게 민감히 반응했음에 대해 백철은 이렇게 주장했다.

> 반성 같은 것을 느끼지 않았을까. 내겐 이상스럽기까지 하다. 그리고 이런 불감증이란 오늘의 작가를 위하여 명예일 수도 없다. 나종으로 또 하나, 황씨는 자신의 소설작법을 합리화할 생각으로 멀리 도스토예프스키를 증인석에 초대했는데 이것도 좀 착각을 한 것 같다. (……) 기왕이면 플로베르와 같이 작품을 쓰기 시작할 때는 벌써 끝의 행구를 예상하고 쓴다는 창작관을 표시한 사람의 예를 들 것이지 하필이면 도스토예프스키를 그 증인으로 내세웠을까.(「작품은 실험정신 소산」, 『한국일보』, 1960년 12월 18일)

겉으로는 4·19를 내세웠지만 이 논쟁의 핵심에 놓인 것은 창작방법론이었음이 판명된다. 만일 도스토예프스키가 위대한 자가리면 그의 끊임없는 실험성에 있다는 것이 백철 비평관의 예리함이었다. 「악령」을 쓰는 마당에서 도스토예프스키는 이렇게 말해놓지 않았던가. "나는 연구할 때까지 연구하고 완전히 구상된 것으로 알고 있었는데 다음에 정말 인스피레이션이 왔기 때문에 이미 쓰기 시작했던 것을 삭제하기 시작했다. 나는 이 일년간 빼버리고 변경하는 일밖에 하지 않았다. 적어도 10회는 플랜을 바꾸고 전혀 다시 처음부터 쓰기로 하였다"

(1870년 10월의 편지에서)라고. 여기까지 이르면 황순원·백철의 논쟁의 양상은 실상 플로베르와 도스토예프스키의 창작방법의 논쟁, 다시 말해 '고전적 창작방법' 대 '실험적 창작방법'으로 확대되었음이 판명된다. 작가 황순원도 이 점을 알아차렸기에 다음 같은 말로 논쟁을 마무리지었다.

아무래도 우리의 이 '대화'는 싱겁게 된 것 같다. 그 원인은 '소설작법이 이렇게 고전주의(!)인' 작가 황순원 때문인지 그렇지 않으면 '항상 새로움(?)을 모색하고 추구해 마지않는' 비평가 백씨 때문인지는 모를 일이나 여하간 백씨가 앞으로 자기의 잘못을 솔직히 시인하고 나오지 않는 한 이 '대화'는 이 이상 끌고 갈 필요가 없을 것이다.(「한 비평가의 정신자세」, 『한국일보』, 1960년 12월 21일)

이 논쟁에서 드러난 중요한 것은 황순원 창작방법의 특성이다. 「나무들 비탈에 서다」를 통해 이 특성이 선명히 드러났다. 소설 「나무들 비탈에 서다」가 황순원 소설에서 유독 의미 깊은 것도 바로 이러한 창작방법론의 관련성에서 왔다. 요컨대 이 작품은 황순원 소설작법의 '전형성'에 해당되었던 것이다. 그렇다면 「나무들 비탈에 서다」를 단행본으로 만들 때의 위와 같은 세 차례에 걸친 개작이란 또 무엇인가. 혹시 그것은 이런 논쟁과 관련된 것이었을까. 이런 의문은 대작가 황순원 문학론에서는 자주 던져볼 필요가 있다.

6. 두 가지 강박관념과 개작의 관련성

황순원 창작법이 백철과의 논쟁과 전혀 무관하다는 것은 「나무들 비탈에 서다」 이전에도 개작을 일삼아왔음에서 새삼 분명해진다. 그

356

러한 사례의 하나로 장편엔 「카인의 후예」(1958), 「인간접목」(1957)
을 들 수 있다. 개작에 대해 황순원은 이렇게 말한 바 있다.

> 연재가 작가에게, 저에게 불편한 것은 등장인물 같은 것을 중간에 고
> 칠 수가 없다는 것입니다. (……) 잡지에 발표할 때에는 초고요, 이것을
> 단행본으로 발간할 때 수정을 가하면 재고라고 불러둘까요. 그리고 전
> 집에 수록할 때 마지막 손질을 하여 결정판을 만드는 심정.(『신동아』,
> 1966년 4월, 177쪽)

개작에 유독 민감한 까닭은 과연 무엇일까. 이 물음에 대한 한 연구
자의 해명이 정곡을 찌르고 있다. 다음 두 가지 이유를 이 연구자가 들
었는바 하나는 "이데올로기적 억압에 의한 심리적 강박"이며 다른 하
나는 "완성도 높은 작품을 지향하는 투철한 작가의식"이다(박용규, 학
위논문 6쪽). 전자에 대해서는, 그가 국민보도연맹에 가입한 사실(『조
선일보』, 1949년 12월 2일)에서 어느 수준에서 설명될 수 있다. 반공
을 국시로 하는 대한민국 정식정부(김동리)에서 작가 활동을 해야 했
던 전향자 황순원의 처지에서 보면 이데올로기적 과잉 반응은 필연적
이었으리라. 『문예』 창간호(1949. 8)에 황순원의 소설 「맹산할머니」
가 실렸을 때 용공적(容共的) 편집이라 하여 주간 조연현이 당국에 불
려간 사실도 있었다(『조연현 전집(1)』, 어문각, 248쪽). 민감한 작가
이면 그럴수록 이에 대한 과잉 반응이 증대되었을 터이다. 그러나 이
것만으로는, 개작에 대한 집요성이 모조리 설명되지 않는다. 위의 연
구자가 지적한 대로, '완성도'를 향한 강박관념이야말로 본질적인 황
순원식 지향성이었을 터이다.

그렇다면 대체 작품의 '완성도'란 과연 무엇일까. 황순원 문학의 연
구라면 무엇보다 이 물음을 비껴나갈 수 없게 되어 있다. 이는 다분히

문학사적 과제에 연결되는 것이기도 하여 간단히 해명되는 성질의 것은 아니다. 단지 그 지향성만을 문제 삼을진댄, 「무정」(1917) 이래 이 나라 소설은 김동인, 염상섭을 거쳐 카프 문학으로 이어지고 또 이상과 더불어 『3·4문학』으로 말해지는 모더니즘 등등이 모두 다분히 실험적이었다. 이 실험성이 지닌 조급성은 과격함을 지향함이 일반적이었다. 작품의 완성도를 문제 삼기엔 작가에게 주어진 지사적 사명감이랄까 임무가 너무나 가파롭고도 무거웠다. 이 무렵의 글쓰기의 어떤 담론도 그것이 조선어(조선의 국어)로 씌어진 것이라면 조급성, 실험성으로 일관됨이 일반적이었다. 그러나 1930년대 중반으로 접어들면서 마르크스주의 사상의 후퇴와 더불어 '근대의 초극의식' 혹은 '역사의 종언의식'이 서서히 스며들었다. 따라서 "조선문학의 나아갈 새길"(유진오, 『동아일보』, 1939년 1월)을 모색하기에 이르렀다. 조급성의 근거인 이데올로기의 공백이 마침내 작품의 '완성도'를 문제 삼기에 이르렀는바 여기에는 다음 두 가지 방식이 모색되었다.

(A) 이태준의 『문장강화』로 표상되는 미의식으로서의 완성도 방식.

「메밀꽃 필 무렵」의 이효석을 비롯, 모더니즘적 세련성과 더불어 논의될 성질의 것인 이태준의 의고체 문체와 그로 인해 조성된 미의식은 그 자체가 완성도를 향한 것이기도 했다. 월간 순문예지 『문장』이 지향하는 의고체적 세계 인식은 이미 사멸된 세계를 표준으로 한 것이어서 거기엔 파탄이 저절로 배제돼 있다. 격렬한 삶의 모색과 투쟁에서 빚어지는 불균형과 파탄성이 작위적으로 배제된 세계인 만큼 안정도, 균형감각 따위란 저절로 얻어진 셈이다. "冊만은 '책'보다 冊으로 쓰고 싶다"라는 명제로 요약되는 이태준식 방식은 실상 『문장』파 전체에 적용되는 것이다. 그것이 얼마나 귀족적·고답적 취향의 세계관에 자리잡고 있는가는 다음 인용에서 선명하여 인상적이기까지 하다.

말을 그대로 적은 것, 말하듯 쓴 것. 그것은 언어의 녹음이다. 문장은 문장이기 때문인 것이 따로 필요한 것이다. 언어 형태가 아니라 문장 자체의 형태가 문장 자체로 필요한 것이다. 언어미는 사람의 입에서요, 글에서는 문장미가 요구될 것은 자연이다. 말을 뽑으면 아모것도 남을 것이 없다면 그것은 문장의 허무다. 말을 뽑아내어도 문장이기 때문에 맛있는, 아름다운 매력 있는 무슨 요소가 남어야 문장으로서의 본질, 문장으로서의 생명, 문장으로서의 발달이 아닐까.(『문장강화』, 박문출판사, 1948년판, 336쪽)

'문장'이란 말 대신에 '문학'을 대치해도 마찬가지라 할 것이다. 완성도란 이데올로기가 제거된 일종의 탈근대성이며 일종의 인공적 글쓰기에 해당되는 것이었다. 완성도란 이러한 방법에서 나온 세련성을 가리킴이었다(졸고 「이태준론」, 『이태준 소설집』, 문학과지성사, 2005).

(B) 「오감도」, 「12월 12일」에서 시도된 이상의 기하학적 대칭성.

이상 문학의 핵심에 놓인 것이 넓은 뜻의 유클리드 기하학이라는 것은 새삼 말할 것도 없다(졸저 『이상 문학 텍스트 연구』, 서울대출판부, 1998). 선, 평면, 그리고 3차원의 세계를 기초로 하여 세계 인식에 나아간 이상 문학이란 일종의 인공적인 미학 창조였다. 자연엔 직선이 없음을 염두에 둔다면, 어째서 이 수학적 추상성이 근대성의 표상인가를 쉽사리 알아차릴 수가 있다. 이러한 3차원 공간 인식에서 안정감의 기본항으로 놓인 것이 균형감각이며 그것의 발현 방식의 하나가 기하학적 대칭성이다. 음악의 경우에도 이런 사정이 목격된다. 모두가 아는 바 바흐의 음악엔 저 낭만파 음악에서 일삼는, 왼손과 오른손을 구별하여 오른손으로 주선율을 연주하고 왼손으로는 그것에 대한 반주를 하는 식의 비대칭성이 없다. 바흐의 음악에서는 오른손과 왼손은 아주 대등한 처지에서 활약한다. 모노포니(monophony)에 대한 폴리포니(polyphony)라 할 것이다. 좌우, 상하, 전후의 구별이 없는 고차원적 음악이기에 초심자에겐 바흐 연주가 어려울 수밖에 없다. 왼손과 오른손이 대칭적인 처지에서 연주하기란 새삼 무엇인가. 이를 두고 상하, 전후의 구별 없는 초대칭성이라 할 수 있다면 이는 저 우주적 세계 인식의 기본항이라 할 수 있다(中澤新一, 『東方的』, 세리가 서방, 1991, 156쪽). 이상의 문학에서 시도된 것이 「거울」에서 보이듯 기껏 좌우 대칭성에 지나지 않았다 할지라도 그것이 가져온 충격파는 모노포니 음악에서 폴리포니 음악으로의 대전환에 비견될 수 있을 만큼 실로 강력한 것이다. 오른손과 왼손의 대칭성이란, 오른손만으로 일관해온 사람에겐 실로 수용키 어려운 세계였다. 대칭성의 등장이 가져온 문학적 파장은 이른바 세계 인식의 새로움에 다름 아니었다.

1930년대의 한국문학사에서 드러난 이러한 두 가지 양상이 '완성도' 또는 '세련성'의 참모습이었다. 이러한 해석 방식에 급히 묻고 싶은 것은 말할 것도 없이 그것들이 그대로 '예술성'이라 할 수 있는가라는 점이다. 이 물음의 중요성은 위에서 보아온 황순원 창작방법의 평가 및 해석에 알게 모르게 관련됨에서 온다. 어째서 황순원은 그토록 개작에 골몰했을까. 이데올로기 문제를 떠난 마당의 논의라면 '완성도'에 사활이 걸려 있다고 볼 것이다. 이 '완성도'의 지향성이 그대로 '예술성'의 지향성이라 할 수 있을까. 평론가 백철이 모르는 사이에 묻고 있는 지점도 여기였을 터이다. 백철의 이러한 의문이 하도 본질적인 데를 충격한 것이어서 잡문 기피증의 작가 황순원도 끝내 붓을 들지 않으면 안 되었을 터이다. 요컨대 이러한 논의 모두를 '무의식' 속에서 일어난 논쟁이라 보는 것은 이런 곡절에서 온다.

7. 본래의 목소리와 리듬이 놓인 곳—보르헤스의 충고

김동리와 더불어 전후 한국문학 창작계의 쌍벽을 이루었던 황순원 문학을 검토하는 일은 그 자체로도 중요하지만 그들의 영향력을 문제 삼을진댄 그 의의가 한층 증대된다고 볼 것이다. 어떻게 해야 황순원 문학의 특징을 선명히 드러낼 수 있을까. 이 과제에 많은 연구자들이 매달려 일정한 성과를 거두었음도 사실이며, 앞으로도 상당한 기간 동안 그러할 것임에 틀림없다. 그 접근 방식이나 방법론은 시류에 따라 다양하게 전개됨도 자연스런 현상이리라. 이 글도 그런 부류의 하나이기에 그 자체로 시류적일 따름이다. 이는 또 어떤 작가론이나 작품론도 새로 써야 하는 이유이기도 하다. 이 글에서 필자가 논의하고자 한 것은 황순원 창작방법에서 핵심으로 놓인 '완성도'에 대해서이다. 대체 논자들이 말하는 완성도란 무엇을 가리킴일까. 이 물음에는 기왕에 많은 논의가 있어왔고, 또 있을 것이거니와 필자의 가설은 대략 이렇게 요약된다.

완성도란 실상 '심리적 대칭성'에 해당되는 것. 먼저 여기에는 문학사적 설명이 불가피해질 터이다. 한국 근대문학이란 「해에게서 소년에게」(1908) 이래 실험적인 것이 주된 성격으로 규정될 성질의 것이어서 실험적, 파괴적, 과격적인 것으로 기울어 마지않았다. 『창조』, 『폐허』파가 그러했고, 카프 문학이 특히 그러했다. 그러나 1930년대에 들어서면 사정이 크게 달라진다. 무엇보다 탈근대적인 '역사의 종언'에 문학도 직면하지 않으면 안 되었다. 실험적인 탐구 영역이 사라진 이 진공과 같은 장면에서 모색된 것이 이른바 인공적인 미의식의 구축이었다. 의고체(擬古體)로 표상되는 이태준의 『문장강화』가 그중의 하나다.

다른 하나는, 「오감도」의 시인에 의해 압도적으로 시도된 기하학적 대칭성이었다. 왼손과 오른손의 대칭성 구조야말로, 저『문장강화』로 표상된 의고체 문체미학과 등가를 이루기에 모자람이 없었다. 만일 전자가 자연적 회고 취향이며 따라서 발전 없는 정지된 고전적 세계라면 후자는 단연 실험적이라 할 것이다. 그러나 '일상적인 삶'이 배제된 점에서 보면 양자는 동일한 범주에 들 것이다. 어느 쪽이나 진공 속의 사유 범주에 속한 것으로 보이기 때문이다. 등가라 한 것은 바로 이 때문이다. 이러한 두 사유 범주의 한가운데 놓인 것이 황순원 창작방법론의 원질이라 할 수 없을까. 이태준식『문장강화』의 세련성과「거울」로 표상되는 이상식 순수한 기하학적 대칭성, 그 한가운데에『3·4문학』동인 황순원이 민감하게 자리잡고 있었다. 민감하게라 했거니와 그는 아직 시인도 소설가도 아닌 이 두 장르의 분화 직전의 민감성으로 거기 놓여 있었다. 세련성으로서의『문장강화』와, 실험성으로서의 기하학적 대칭성이 만들어낸 황순원식 창작방법이 이른바 '완성도'의 정체이다. 이 과정은「무거운 웃음」의 냉정한 대칭성,「필묵장수」의 미학적 대칭성,「내 고향 사람들」의 심리적 대칭성을 거쳐 장편「나무들 비탈에 서다」에서 그 꼭지점을 드러낸 형국을 보여주고 있다. 개작에 그토록 신경질적으로 매달린 것도 이로써 어느 정도 설명된다.

그렇지만 그런 개작 작업으로 그는 무엇을 얻었고 또 잃었을까. 완성도 쪽이 아니라 약간의 '세련성'이 아니었을까. 왜냐면 완성도란 한갓 지향성이지 실제의 현상은 아닌 까닭이다. 한갓 세련성을 얻기 위해 잃은 것이 너무 많을지도 모르기 때문이다. 말년의 보르헤스의 견해도 이와 같았다.

만일 내가 작가들에게 조언을 하지 않으면 안 된다고 한다면(그런 필요가 있다고 생각되지 않는다. 사물은 모두 자기 식으로 해결하는 것이니까) 단지 이 점만은 말해주고 싶습니다. 자기 작품에 손대는 것은 가능한 한 적게 하라고, 이렇게 저렇게 굴리는 것은 좋은 결과를 낳지 않는다고 생각하지요. 자기에게 무엇이 가능한가. 그것을 알게 되는 시기가 도래하지요. 자기의 본래의 목소리, 자기 자신의 리듬을 발견하는 시기가 마침내 옵니다. 약간의 손질을 가한 정도로는 그것이 도움이 되리라고는 여기지 않습니다.(보르헤스, *This Craft of Verse*, 하버드대학 출판부, 2000, 쯔즈미 다다시 역, 岩波書店, 2002, 일역판, 161~162쪽)

「나무들 비탈에 서다」의 원작, 바로 연재물 그 자체가 황순원 문학의 맨얼굴이라 보는 것도 이런 시선에서이다. 윤동호의 자살과 신현태의 '의사자살'이 바로 황순원 창작의 본래의 목소리이자 그 본래의 리듬이었던 까닭이다. 타인의 자살 행위에 대한 방조죄로 무기징역에 처해지는 신현태로 내용을 바꾼 작가의 개작이 얼마나 본래적인 인공적 대칭성 미학인 심리적 대칭성을 해치고 있었는가를 지적할 수 있음도 이러한 시선에서 말미암는다.

'가족소설' 3부작과 방법론으로서의 엽기성
—오정희론

1. 단편 형식에 매료된 작가

사람의 얼굴이나 행보가 각각 다르듯 작가의 경우도 사정은 비슷하다. 닥치는 대로 쓰는 작가가 있는가 하면 아주 드물게 쓰는 작가도 있다. 단편에서 출발해서 장편으로 나서 아예 그쪽으로 대성해가는 경우가 있는가 하면 장편에서 다시 단편으로 되돌아오는 경우도 자주 눈에 띈다. 뿐만 아니라 단편에서 시작해서 줄곧 단편에만 매달리는 작가도 있다. 왕성하게 창작을 하다가도 침묵을 지키는 작가가 있는가 하면 긴 침묵 끝에 다시 붓을 드는 작가도 있다. 저마다의 성격과 생리에 따라 행해진 일이기에 아무도 이에 대해 시비를 걸 수 없게 되어 있다. 다만 저러한 유형들이 있다고 말하면 그만일 터이다. 그중, 당초부터 단편에 매달려 오늘에까지 왕성하고도 지속적이며 동시에 작품마다 높은 '밀도'를 유지하고 있는 작가에 오정희 씨를 들 수 있다. 「완구점 여인」(1968)으로 등단한 이래 「저녁의 게임」(1979년 이상문학상), 「동경」(1982년 동인문학상), 「파로호」(1989), 「옛우물」(1994) 등의 작품이 뽑어내는 특징은 다음 두 가지로 요약된다.

첫째, 단편에 국한되었다는 점. 이럴 경우 단편이란 새삼 무엇인가를 묻지 않을 수 없다. 곧 소설의 한 형식이되 단편이 갖고 있는 모종의 매력이랄까 혹은 모종의 주술적 힘에 오정희 씨가 들려(憑) 있다고 일단 상정해볼 수 있을 터이다. 작가 오씨를 꼼짝달싹도 못하게 하고 있는 단편의 그 주술적 힘이란 어디서 말미암은 것일까. 이 물음은 매우 중요한데, 한편으로는 작가 오씨의 본질적 특성을 묻는 것이자 동시에 이 나라의 소설사적인 과제로 향하고 있는 듯 보이기 때문이다.

둘째, 오씨의 작품들이 지닌 표정이랄까 몸짓이 단일하다는 점. 말을 바꾸면 어느 작품이나 '자전적 요소'로 이루어졌음을 발견할 수 있다. 그야 어떤 작가도 마찬가지라고 일반화하여 얼버무리기엔 도저히 돌파할 수 없는 강인한 요소가 있으며, 그것이 이른바 지속성의 에너지이겠는데, 오씨에 있어 그것은 '자전적 요소'로 보이기 때문이다.

아주 농담을 잘한다고 스스로 떠벌리고 있는 『참을 수 없는 존재의 가벼움』의 작가 쿤데라는 대략 다음과 같은 투의 발언을 한 바 있다. "자기 생활이라는 집을 파괴하여 그 돌로써 소설이라는 집을 짓는 족속이 작가이기에 작가의 전기에 대해 쓰는 사람은 바보 같은 놈이다. 어째서? 작가가 만든 집을 파괴하기 때문. 작가가 파괴한 집을 수선하기 때문. 그 따위 작업으로는 소설의 가치도 의의도 밝힐 수 없다. 기껏해야 두세 개의 벽돌을 알아낼 정도이니까"(「소설의 정신」, 1986)라고. 이런 지적은, 아마도 작품과 작가를 섣불리 연결시켜서는 안 된다는 경고의 뜻이 배어 있어 보인다. 더 적극적으로는, 작가 쪽에다 모종의 경고를 발하고 있는 듯하다. 무릇 작가란 자기의 사상을 중시하지 않는 족속이라는 것. 어째서 그러한가. 작가는, 그가 만일 진정한 일급의 작가라면, 손으로 더듬는 상태에서 실존의 미지의 측면을 밝히고자 하는 탐색가의 축에 들기 때문이다. 그는 자기의 목소리가 아니라 자신이 추구하는 '형식'에 매료되어 있다. 그러기에 그의 꿈의 갖가지 요구에 응해주는 형식들만이 그의 작품의 일부인 셈이다.

이 글은 쿤데라의 충고에 힘입어 작가 오정희의 목소리 쪽이 아니라 씨가 손(몸)으로 더듬고 있는 미지의 실존과 그것이 닿아 있는 형식이 뿜어내는 매력에 주목해보기 위해 씌어진다. 어째서 씨는 단편이란 형식에 그토록 매료되어 있었던가. 말을 바꾸면 어째서 이 나라의 단편 형식이 씨를 그토록 꼼짝달싹할 수 없게끔 만들었을까. 또 다르게 말하면 이 나라 단편 형식이 지닌 형언할 수 없는 매력이랄까 마력이란 과연 어떤 것일까. 이 글이 벽돌 조각 두셋이나마 건질 수 있다면 하고 가까스로 바랄 따름이다. 이 바람의 의의는 이 벽돌 조각 두셋이 작가의 것도 아니지만 필자의 것일 수도 없음에서 말미암는다.

2. 처녀작 「완구점 여인」과 가족소설

작가 오정희의 데뷔작 「완구점 여인」(1968)은, 많은 경우 그러하듯, 오씨 문학의 입구에 해당된다. 이 입구에는 조숙한 한 소녀의 성숙해가는 과정이 그려져 있다. 소녀가 교실에 몰래 들어가 급우들의 책상을 뒤져 도둑질하는 장면에서 시작되는 이 작품은 이 소녀의 성적인 조숙성의 근거가 어디서 말미암는가를 묻게 된다는 점에서 오정희 문학의 원점이라 할 것이다. 탐구적 자아(주인공)가 오직 몸으로 미지의 실존적 세계를 탐색해가는 이 작품에서 주목되는 것은 가족에 대한 소녀의 생각에 있다.

(A) 나는 꽤 오래전에 어머니와 어머니의 아이들을 죽이기 위해 칼을 간다든가, 집에 불을 지른다거나 하는 종류의 꿈을 매일 밤 꾸던 생각을 했다. 나를 항상 공포와 죄의식 속에 몰아넣는 어머니의 은밀한 눈짓에

견딜 수가 없었기 때문에 밤마다 나는 어머니를 죽이는 꿈을 꾸었던 것
같다.(창작집『야회』수록, 나남사판(이하 '나남판'), 114쪽)

(B) 가정부가 아버지 방에서 푸스스한 머리를 매만지며 나오고 학교
갈 시간이 되어도 그녀는 머리를 빗겨주지도 밥을 주지도 않았다. 나는
머리를 까치둥지처럼 헝클인 채 눈물을 좍좍 쏟으며 학교에 갔다. 죽은
동생 생각이 났다. (……) 그러나 사태는 소리 없이 변해 가고 있었다.
아버진 더욱 빈번히 집에 돌아왔고 그때마다 가정부는 잠자리를 아버지
방으로 옮겼다. 그녀는 서서히 어머니의 위치로 변해갔다. 그녀는 적어
도 내가 생각하기에는 쉴새없이 아이를 낳았다.(118쪽)

(C) 무턱대고 나에게 잘해주기만 하던, 그래서 촌스런 모양으로 자
모회에도 참석하던 그녀는 점차 냉혹해져갔다. 연필과 공책이 필요하다
고 해도 그녀는 내가 군것질이나 하고 다니는 것 같은 얼굴로 질책을 했
다. 나는 때때로 동무들의 연필이나 크레용을 몰래 집어 왔다. 아이들은
나와 함께 앉기를 싫어했고 선생님은 아무 말 없이 내 가방을 거꾸로
들고 샅샅이 털어보곤 했다. 나는 분필 토막을 주머니에 넣고 변소에
들어가, 선생님 나쁜 년, 엄마 나쁜 년, 이라고 오래오래 낙서를 했
다.(119쪽)

탐색적 자아인 '나'는 보다시피 소녀이다. (A)에서 보듯 '나'는 밤
마다 어머니와 어머니가 낳은 아이들을 죽이는 꿈을 꾸고 있다. 어째
서 어머니와 동생들을 죽이는 꿈에 시달리는가. 일목요연한 해답이 나
온다. (B) 어머니가 가짜인 까닭이다. 진짜 어머니는 없다. 가정부였
던 여인이 어느새 어머니로 둔갑했던 것이다. 이런 생각을 갖게 되자
(C) 주변 환경이 일변한다. 친구들이 모두 떨어져 나갔고 어른들, 선
생들도 낯설게 된다. 세상 모두가 작당하여 '나'를 따돌리고 있다고
믿기에 이른다.

이 작품에서 주목할 곳은 많지만 그중 으뜸 항목은 진짜 어머니의 부재이다. 가정부와 남동생과 '나'의 3인이 셋집에서 살고 있었고, 가끔 아버지란 자가 나타나곤 했다. 오직 피붙이인 그 남동생이 죽자 가정부와 '나'만 남았는데, 이 무렵 아버지가 나타났고 어느새 가정부가 어머니로 군림했다. 그렇게 되자 '나'는 외톨이로 전락, 고립무원 상태에 빠질 수밖에. 어떻게 하면 이 상황을 돌파해나갈 수 있을까. 휠체어를 탄 완구점 여인 쪽으로 달려가기, 곧 빨간 플라스틱 오뚝이를 갖기, 스스로 오뚝이 되기가 그것이다.

이러한 '나'의 심리를, 성장기의 아이들이 보편적으로 겪는 과정의 하나이며, 이러한 심리를 '나'가 사람들에게 얘기함으로써 철날 무렵으로 들어선다는 점에 주목하고, 이를 설득력 있게 정리해 보인 것이 저 유명한 프로이트의 '가족소설'이며 여기에 소설의 기원을 두고 힘찬 이론을 구축한 것이 M. 로베르의 『기원의 소설과 소설의 기원』(1972)이다.

가족소설(Familie roman, Romanfamilial, Family romance)이란 대체 무엇인가. 프로이트에 의해 만들어진 표현이라는 것, 주체가 양친과의 단계를 상상 위에서 변경하는 환상을 가리킨다는 것(가령 자기는 주워온 자식이라 상상하기 또는 사생아라 믿기), 이러한 환상은 오이디푸스 콤플렉스에 근거하고 있다고 권위 있는 사전이 말해놓고 있다(라플랑슈·퐁탈리스 공저, 『정신분석용어사전』, 1967, 일역판 56쪽). 스스로를 다리 밑에서 주워온 아이라 상상하기, 따라서 시방 자기는 가짜 부모형제 속에 끼어 말 못할 수모와 학대를 당하고 있다는 것, 자기의 실제 부모는 고귀한 핏줄이라는 것, 저 가짜 부모처럼 더럽고 천박한 인간이 아니라는 것, 언젠가 자기는 진짜 부모를 만나, 왕자(공주)로 복귀할 것이라는 것.

이러한 환상을 두고 프로이트는 따로 '가족신경증'이라 하여 다음과 같이 자세히 설명하고 있다. 즉, 이러한 환상은 만성 정신병자로 보이지만, 신경증 환자에게도 자주 생긴다고 했다. 이러한 환상이 생기는 명확한 동기는 여러 가지겠고 또 서로 엉겨 있다고도 했다. 곧 부모를 멸시하는 면과 거꾸로 존경하고자 하는 욕망의 뒤섞임이기도 하고, 근친상간에 대한 방어책의 모색이기도 하며, 또 형제간 경쟁의 표현이기도 하다. 결론적으로 프로이트는 이렇게 규정했다.

그러나 가족신경증인 경우 환자를 에워싼 가족의 중요성을 강조하기보다는 오히려 무의식적인 인간관계가 구성하는 그물망 속에서 가족의 하나하나가 벌이는 역할을 강조함에 있다. 이 술어는 특히 아이들의 정신요법적 접근에 유효하다. 아이들은 태어나자마자 이 그물망(布置) 속에 놓여지기 때문이다.(위의 책)

작가 오정희의 처녀작 「완구점 여인」이 오씨 문학의 입구에 해당된다는 지적이 지닌 의의 및 그 의의의 중요성은 한편으로는 처녀작이 오씨의 작가적 출발점이자 동시에 모든 아이들이 겪는 가족신경증의 입구라는 점에서 찾아진다. 소설 공부에 임하는 초보자들이 오씨의 소설을 베끼거나 모델로 삼는 근본 이유는 여기서 말미암는다.

다음의 경우도 그러한 사례의 하나이리라.

나의 이십대의 얼마간은 오정희로 인해 유지되었다고 고백하려다 참는다. 어쩌면 그건 나만이 아닐 것이다. 글쓰기에 꿈을 꾼 나와 비슷한 연배들 중의 얼마간은 다들 그랬을 것이므로. (……) 그가 구사해내는 언어의 적확함은 마치 자석의 플러스처럼 의식 여기저기에 흩어져 있는 내성들을 불러들였다. 주술에 가까운 정교하고 치밀한 그의 문장들이 일구어낸 생이 사그라들다 침묵이 되다 절망이 되다 결국은 미학의 정점을 향해 타오르는 걸 보며 나는 은밀하게 이루어지고 부서져가는 삶의 비밀들을 감지해갔고…… (신경숙 산문집 『아름다운 그늘』, 문학동네, 1995, 303쪽)

언어의 정확성, 주술에 가까운 정교함과 치밀함이라 했지만, 따지고 보면 '가족소설'이 지닌 속성에서 온 것일 수도 있다. 왜냐면 '가족소설'이 본래 그러한 '주술적인 힘'을 지닌 것이니까 그럴 수밖에 없다. 작가 오정희 씨의 역량과는 별개의 영역이라 할 수는 없다 해도, 또한 그러하다고 할 수도 있다. 작가 지망생들에게 오정희의 작품은 지망생 자신들의 '자전'에 더도 덜도 아닌 것으로 보였던 까닭이다.

3. 「유년의 뜰」이 가족소설 3부작의 중심부인 까닭

오정희 문학을 규정할 수 있는 두번째 작품은 처녀작을 쓴 지 12년 만에, 또 작품상으로는 20번째로 쓴 「유년의 뜰」(1980)이다. 유년기를 다루는 작품의 원점에 해당되며 이 나라 소설의 표준적 모델에 해당되는 이 작품에서 주목되는 것은 '가족소설' 계의 제2유형이라는 점에서 찾아진다. 제1유형인 「완구점 여인」과 제2유형인 「유년의 뜰」을 비교해보면 가장 특징적인 것이 한눈에 드러난다. 탐색적 자아인 어린 소녀 주인공이 스스로를 '주워온 아이'로 상상한 것이 「완구점 여인」의 주안점이라면, 「유년의 뜰」은 자기야말로 진정한 가족의 일원 곧 '진짜 아이'라는 의식 위에 있음이 그것이다.

「유년의 뜰」의 탐색적 자아는 노랑눈이라 불리는 초등학교 입학 직전의 소녀다. 소녀는 마침내 학교에 입학하게 되고, 소설은 이후 약 3년 동안의 성장 과정을 다루고 있다. 이 노랑눈이의 가족 구성은 어떠한가. 작품 서두에 있는 다음 장면에서 가족 전원이 거울을 가운데 놓고 펼쳐져 있음을 본다.

거울은 기울여 놓기에 따라 우리의 모습을 작게도 크게도 길게도 짧게도 자유자재로 바꾸어 비추었다. 언니와 나는 어머니가 없을 때면 끙끙대며 거울을 옮겨놓고 그 앞에서 입을 크게 벌리고 노래를 부르거나 연극 놀이를 했다. 비가 와서 밖에 나갈 수 없을 때 우리는 연극 놀이를 했는데 내용은 늘 똑같았다.

잰 멍청이니까 병자나 시켜. 작은오빠의 말에 따라 내가 힘없이 드러누우면 작은오빠는 의사, 언니는 천사가 되었다. 병자는 시종 가냘프게 신음을 하고, 주사를 맞고 약을 받아먹으며, 눈을 감고 있다가 죽어서 천사와 함께 하늘에 오르는 것이 연극의 끝이었다. 천사는 할머니의 치마를 둘러쓰고 옷자락을 펄럭이며 머리 주위를 돌다가 내가 머리를 모로 떨어뜨리고 탁 숨을 끊으면 안아 올렸다. 그러고는 화를 냈다.

너무 뚱보라서 날 수가 없구나.

천사를 따라 펄럭펄럭 날개짓을 하며 방 안을 돌아다니는 것으로 연극이 막을 내린다는 것을 알고 있었지만 나는 대체로 정말 죽은 체 꼼짝않고 누워 있었다. 그러면 언니는 나를 마구 흔들며 짐짓 겁에 질린 소리로 호들갑스럽게 말했다.

노랑눈이 죽었니? 눈 떠봐, 정말 죽었니?

의사가 눈꺼풀을 손가락으로 비집고 입김을 후후 불어넣으며 투덜대었다.

이 바보야, 일어나, 이젠 끝났단 말야.(나남판, 138~139쪽)

언니, 어머니, 작은오빠, 할머니 등이 위의 거울과 그 주변에 있다. 작은오빠가 있기에 당연히도 큰오빠가 있기 마련. 노랑눈이 '나'까지 합하면 총 6명인 셈. 때는 전쟁중. 아버지가 부재하고 있는 이들 가족은 시골 피난지의 어떤 집 사랑채 한 칸을 빌려 살아가고 있다.

먼저 주목될 것은 가족들의 얘기라는 점이다. "우리들에게 아버지, 어머니, 친족 따위를 얘기하는 것을 보면 이 소설 속에 대략 진짜다운 바가 있겠거니와⋯⋯"(「돈키호테」)라고 세르반테스가 말한 바 있거니와 이 말의 진의는 금방 알아차릴 수 있다. 사람이란 그 누구도 가족이란 상황을 벗어날 수 없다는 것. 따라서 가족 얘기만큼 보편적이자 원초적인 것이 없다는 것. 꼭 마찬가지로, 얘기 가운데서 맨 처음 얘기되거나 만들어지는 얘기란 가족 얘기일 수밖에 없다. 아이가 태어나 말을 배우고 그 말을 사용하는 과정에서 맨 먼저 '자기 방식의 말하기'의 단계를 거치게 될 때 아이가 할 수 있는 '자기 방식의 말하기'란 당연히도 가족 얘기일 수밖에 없다. 그렇다면 아이는 어떤 방식으로 자기식 말하기를 해 보이는가. '가족소설'의 발견자 프로이트가 이에 대해 썩 그럴싸한 추리를 해 보이고 있다. "아이가 그 '가족소설'에 도달하는 것은 놀이라든가 거짓말하기를 좋아함에서도 연유되지만 그것 이상이다. 놀이나 거짓말하기란 '가족소설'을 만드는 동기의 작은 부분을 점할 따름이다. 진짜 이유는 따로 있다. 곧, 그가 어떤 중대한 위기의 순간에 가족적 목가(牧歌)가 붕괴되는 최초의 환멸을 뛰어넘기 위함이 그것이다"라고. 부모란 이런저런 이유로 특정 아이만을 보살필 수 없다. 동생이 태어나기도 하고 새 식구가 들어오기도 하고 6·25가 터지기도 하며 이사를 가기도 하고 아버지가 실직하거나 가족 중 누군가가 죽거나 가출하는 일도 벌어지게 마련. 이른바 '거울단계'는 여지없이 깨지게 되어 있다. 가족적 목가가 여지없이 붕괴되는 최초의 환멸을 넘어서는 방도란 무엇인가. 거짓말하기이다. 가짜 부모였기 때문이라든가 자기는 사생아라든가, 귀양 온 천사라든가 하는 조작된 거짓말을 지어냄으로써 환멸을 합리화하여 마음의 균형을 찾고자 한다. 이 경우 특징적인 것은 자기에 대한 '갖가지 얘기를 지어냄'이 아니라는 것이다. '갖가지 얘기'가 아니라 오직 한 가지 얘기뿐이라는 것. 그 오직 '한 가지 얘기'란 대체 무엇인가.

그것은 사실상 그 자신의 신상의 얘기의 일방적 정리에 지나지 않는다. 곧, 핏줄이 저질이라든가 운이 나빴다든가 사람으로부터 사랑받지 못함에서 오는 설명하기 어려운 치욕을 설명하기 위해 의식적으로 구상된 하나의 자전적 우화인 것이다. 그리하여 그것은 같은 상상력의 움직임 속에서 탄식하고 자기를 위로하고, 또 복수하는 방법을 다시 그에게 주지만 이때 그의 마음을 뺏는 것이 결국 양친에의 효심인가 그것의 부정인가는 불명하다.(M. 로베르, 『기원의 소설과 소설의 기원』 제2장, 일역판, 河出書房新社, 1975, 33쪽)

「유년의 뜰」이 「완구점 여인」과 함께 전형적인 가족소설이면서도 크게 다른 점은 6명의 대가족이 모두 평등한 한 핏줄에 이어져 있음에서 찾아진다. "홧 아 유 두잉?" 하고 밤낮 영어책을 읽으며 변성기에 접어든 큰오빠도, 큰오빠의 매질을 수시로 당하면서도 엉덩이를 흔들고 다니는 언니도, 가족을 먹여 살리기 위해 읍내에 가서 수상한 놀음을 하는 어머니도, 남의 집 닭을 훔쳐 식구들에게 먹이던 할머니도, 어머니 지갑에서 돈을 훔쳐내어 사탕을 사먹는 초점화자인 노랑눈이('나')의 시선에서 보면 모두 한 가족이며 그 사이의 위화감은 전무하다. 그 누구도 '주워온 자식'일 수도 '사생아'일 수도 없고, 따라서 어떤 위화감이나 환멸이 뒤따르지 않는다. 그럼에도 이 작품이 '가족소설'의 일종으로 씌어졌고 또 분류되는 까닭은 어디서 말미암는 것일까. 다시 말해 작중화자이자 탐색적 자아인 노랑눈이의 약 세 해에 걸친 6명의 가족 생활이란 목가적이었다. 오빠가 조금 빗나가거나 언니가 엉덩이를 흔든다든가 어머니가 수상한 직업으로 판명되었다 하더라도, 마당에 떨어지는 풋감이라든가 세든 집의 주인집 사내나 그 딸 부네의 죽음이라든가 어린 동생의 죽음 등등과 또 멀리서 들려오는 대포 소리와 같은 목가적 상태의 일종이었다. 그렇다면 노랑눈이에게 무엇이 환멸로 다가왔던가. 다시 말해 노랑눈이는 어째서 '가족소설'을 쓰지 않으면 안 되었던가. 그를 절망케 한 환멸은 대체 무엇이기에 이를 초극하기 위해 '가족소설'이라는 거짓말을 꾸며내지 않으면 안 되었을까.

이 물음에 대한 해답이 바로 '아버지'의 출현에 있다.

「유년의 뜰」은 중편급 소설이지만 그래서 느슨해지기 쉬운 얘기지만 그럼에도 전체를 이끌고 있는 팽팽한 긴장감이 깃들고 있음에 일단 주목할 것이다.

(A) 나는 후루룩 숨을 들이마셨다. 구역질나는, 익숙한 냄새였다. 나는 먼저 번에도 또 그전에도 이발사의 머리 기름 냄새가 생소하지 않았다. 어디서 맡아본 냄새였을까. 나는 안타까이 생각했었다. 그러나 그것은 흘러간 시간의 저 안쪽 어디선가에 숨어 전혀 기억해낼 수 없었다. (……) 노랗고 윤기 없는 머리털이 발밑에 어지러이 떨어져 있었다. 바람결에 맥없이 후루룩 날리기도 했다. 나는 그곳에 침을 뱉고 발로 문질렀다. 그때 문득 나는 기억해낼 수 있었다. 바로 아버지의 머리에서 풍기던 기름 냄새였다.(『야회』, 143쪽)

(B) 어머니가 아버지의 행방을 수소문해서 여섯 차렌가 일곱 차렌가 첫 행보를 한 뒤 읍내 밥집에서 드난을 살게 되면서부터 우리들의 훈도는 오빠가 맡았다.(145쪽)

(C) 나는 아버지의 얼굴을 기억할 수 없었다. 내가 떠올릴 수 있는 것은 땀으로 펑 젖은 셔츠의 등과 더 짙은 얼룩으로 젖어 있던 겨드랑이를 보이며 트럭에서 내리던 모습뿐이었다.(155쪽)

(D) 이 거리를 지나노라면 늘 아버지 생각이 났다. 아버지가 전투복을 입은 사람들에 의해 트럭에서 끌어내려진 곳은 여기서 얼마쯤 떨어진 곳일까. 흐린 기억으로도 우리는 아버지를 내려놓은 곳에서 그닥 멀리 와 있는 것 같지는 않았었다.(163쪽)

(E) 전쟁이 끝나면 아버지가 돌아온다. 두 해가 지나도록 소식이 없었지만 할머니는 끈기 있게 기다렸다. 그러나 아버지에 대한 정다운 기억, 희망 없는 기다림에도 불구하고 아버지가 돌아온다는 사실에 우리는 모두 얼마쯤의 불안과 두려움을 갖고 있었다. 매일 술 취해 돌아오는 어머니를 향해, 다만, 아버지가 돌아오시면 뭐라 하실까요, 차갑게 협박하는 오빠까지도.(165쪽)

(F) 여름이 오고 전쟁은 끝이 났다. (……) 여름이 다 가도록 아버지는 돌아오지 않았다.(175쪽)

(G) 창밖으로 내다보이는 신작로길, 뙤약볕 아래 맥고모자를 쭈그러뜨려 쓴 남자가 거렁뱅이처럼 다리를 끌며 지나갔다. 더위 때문인가 아니면 낮술에 취해 있는 걸까. 벌건 얼굴의 키가 훌쩍 큰 남자였다. 어느 순간 그와 눈이 마주친 것 같기도 했다. 그는 줄곧 무엇인가를 참아내려는 듯 열린 창문마다 찬찬히 살피며 걷고 있었던 것이다.(176쪽)

(H) 육학년 김정님이 동생이지? 손님을 보내고 돌아온 교장 선생님의 물음에 나는 조그맣게 대답했다.

아버지가 오셨다. 집을 몰라 학교로 언니를 찾아오셨어. 교문 밖에서 기다리시니 어서 모시고 집에 가거라.(177쪽)

중편 「유년의 뜰」이 6명 가족이 전쟁 3년 동안 시골에서 피난한 생활을 계절에 따라 기록한, 소녀 노랑눈이의 지어낸 얘기임엔 틀림없지만 (A)~(H)에서 보듯 그 이야기의 중심부를 이루고 있는 것은 '아비 부재'의 모티프임이 판명된다. (G)에서 비록 눈앞의 아비를 보긴 하지만 서로 알아보지 못했기에 부재이긴 마찬가지였다. 아비 없는 가족들이 온갖 고난과 싸워 피난살이를 했지만 이는, 오직 '아비의 기다림'으로 해서 견딜 수 있었고 또 당당할 수 있었다. 대체 아비란 노랑눈이 소녀에겐 무엇이었던가. 냄새로 말미암아 가까스로 기억되는 존재, 땀에 젖은 겨드랑이만 보이며 트럭에서 내리던 모습에 지나지 않는다. 그럼에도 이들 가족은 오직 아비 기다림으로 충만하고 생생하고, 세월을 견딜 수조차 있었다. 그러나 언젠가 전쟁도 속절없이 끝나는 법. 부재하던 아비가 어느 날 가족 앞에 홀연 나타난다면 어떻게 될까. 이 물음만큼 절대적인 것이 따로 없는데, 왜냐면 현실적 과제인 까닭이다. 이 점에서 작가 오씨는, 실로 신인답지 않은 노회한 방식을 보여줌으로써「유년의 뜰」을 하나의 표준적 텍스트의 범주에 올려놓았다. 자전적 소설 또는 가족소설에서 출발하는 이 나라 작가 지망생들의 필독서로「유년의 뜰」이 군림할 수 있었던 근거도 여기에서 말미암는다. 그 방식은 다음 3단계의 반응으로 나타났다.

첫째 반응은 바야흐로 아비를 맞이해야 할 노랑눈이가 본능적으로 교장실에 있던 케이크 한 조각을 볼이 터지게 훔쳐 먹고 또 한 조각을 주머니에 넣어 교장실을 나오기.

둘째 반응은 아버지가 기다리고 있는 교문 쪽을 바라보며 주머니 속의 케이크를 꺼내어 베어 물기.

셋째 반응은 변소에 가서 토해내기. "나는 다리 사이에 머리를 박고 구역질을 하며 똥통 속을 들여다보았다."(178쪽)

케이크 훔쳐 먹기란 무엇인가. 허기진 소녀의 본능적 반응이었는지도 모를 일이다. 또 한 조각을 주머니에 넣고 나오는 행위도 정서적인 결핍증을 앓고 있는 아동의 심리로 설명될 수 있을지 모른다. 그러나 아비 만나기 직전의 토악질과 똥통행이란 과연 무엇인가. 교장실에 놓여 있던 먹다 남은 몇 조각의 케이크란 따지고 보면, 소녀의 눈엔 뜻밖

의 횡재가 아니었을까. 눈알사탕밖에 먹어본 적 없는, 그것만이 소원
이던 기갈증의 소녀였으니까. 어쩌면 이 뜻밖의 횡재는 3년 만에 돌아
온 아비의 상징물이 아니었을까. 그렇지만 이 케이크를 소녀의 몸이
거부했다(단 케이크는 한없이 한없이 목을 타고 넘어왔으니까). 어째
서 소녀의 몸은 케이크를 거부했을까. 이는 생리적이자 심리적이 아닐
수 없다. 3년 만에 돌아온 아비를 가족이 맞아들이기 위해서는 최소한
이런 절차가 요망된다는 것, 이 현실적 사실을 작가 오씨는 소녀의 몸
(생리적 현상)으로 보여주었다. 적어도 아비 받아들이기란 똥통 속의
일이어야 한다는 것.

　　어두운 똥통 속으로 어디선가 한 줄기 햇빛이 스며들고 눈물이 어려
어룽어룽 퍼져 보이는 눈길에 부옇게 끓어오르는 것이 보였다. 무엇인
가 빛 속에서 소리치며 일제히 끓어오르고 있었다.(결말)

　　창녀가 되어 가족을 먹여 살렸던 어머니, 남의 닭을 잡아 식구를 먹
였던 할머니, 아비 노릇을 대행하면서도 점점 타락해가는 큰오빠, 어
머니의 지갑에서 점점 많은 돈을 훔쳐내어 사탕 사먹기에 맛들인 노랑
눈이도 구역질 없이는 아비를 맞을 수 없다. 이 장면에서 중요한 것은,
「유년의 뜰」이 어디까지나 생리적 반응으로 처리되었다는 점에 있다.
구역질, 몸, 생리적 반응 등이란 새삼 무엇인가. 「광장」(최인훈)의 지
기의식, 「소문의 벽」(이청준)의 자기의식 등이 세워놓은 투명한 기억
으로서의 이데올로기와는 판연히 다른 몸의 기억이 작가 오정희의 몫
이었다. 굳이 말해 '공통감각' (아리스토텔레스)으로서의 텍스트 확립
이라 볼 것이다. 이로써 이 나라 소설판은 세 가지 뚜렷한 표준적 기둥
을 이루어내었다. 분단으로서의 자기의식(최인훈), 전깃불 고문으로
서의 4·19의식(이청준), 그리고 공통감각으로서의 글쓰기(오정희)가

그것들이다(졸고, 「텍스트적 표준으로서의 오정희 소설」, 『김윤식의 비평수첩』, 문학수첩사 참조).

4. 가족소설 3부작의 완결형으로서의 「중국인 거리」

공통감각(몸)으로서의 「유년의 뜰」은 작가 오씨의 처녀작 「완구점 여인」 그리고 「중국인 거리」와 함께 3부작을 이루고 있다. 3부작의 머리에 오는 것, 곧 원점에 해당되는 것이 「유년의 뜰」이며 「완구점 여인」과 「중국인 거리」는 「유년의 뜰」을 거친 다음에 전개되는 소녀의 얘기, 곧 놀이이자 환멸 초극의 일종이라 규정된다. 이 3부작은 그러니까 오정희 문학의 세 가지 기둥이자 이 나라 소설판의 표준작이 되는 셈이다. 이 3부작이 지닌 의의를 문제 삼을진댄 작가 오씨에겐 이것들이 단순한 놀이나 환멸 극복이라는 일반적 얘기가 아니라는 점이다. 이 점을 놓치면 어째서 작가 오씨가 이 3부작에 그토록 집착하며 또 지속적으로 매달리고 있는가를 설명하기 어렵다. 이 3부작이 작가 오씨에게 결정적이었다는 사실이 인정되지 않고는 창작의 원점에 대한 지속성은 이해할 수 없게 된다. 결정적이었다는 사실이란 새삼 무엇인가. 탐구적 자아로서의 '나'가 세계와 마주치는 3부작의 실존적 경험이 자전적 경험과 공유되었음에서 이 사정이 설명된다. 자전적 경험이란 또 무엇인가.

매우 다행스럽게도 또한 당연히도 작가는 이 3부작과 공유된 경험적 사실을 이렇게 적어놓아 실로 인상적이다.

(가)

(a) 1947년

11월 9일. 서울 사직동에서 부 오성환과 모 고숙녀의 4남 4녀 중 다섯째로 출생. 부모는 그해 봄 황해도 해주에서 월남하여 아무런 생활 기반도 일가친척도 없이 새로이 시작한 서울 살림에 몹시 어려움을 겪던 중이었다고 한다. 갓 나았을 때부터 유난히 소리에 신경질적인 반응을 보이며 몹시 울어대어 애를 먹였다던가. 해서 어머니는 지금도 간혹 서너 살이 될 때까지 특히 다듬이질 소리나 망치질 따위 소리가 들리면 온몸을 구르며 우는 울음을 그치게 할 수 없어 미웠노라는 말씀을 하신다.

(b) 1951년

2월. 바로 밑의 동생을 임신하고 만삭이 가까운 어머니와 피난을 떠날 수 없어, 포격이 치열했던 서울에서 꼬박 견디던 가족들이 후퇴하는 국군을 따라 피난길에 올랐다. 남의 트럭을 얻어 타고 가다가 무작정 내린 곳이 충남 홍성군 홍주읍 오관리라는 마을이었고 그곳에서 본격적인 피난살이가 시작되었다. 남쪽에 뿌리가 없는 부모로서는 목숨을 부지할 수 있는 곳이라면 어느 곳이든 마찬가지였을 것이다. 피난길을 떠나기 전의 전쟁의 기억은 방공호 속에 들어앉아 누군가 던져주던 과자봉지를 받던 것, 산산이 깨어진 유리 파편들, 양지바른 툇마루에 앉아 볶은 콩을 한줌 들고 먹으며 울던 장면 따위로 남아 있다.(『오정희 문학앨범』, 웅진출판사, 1995, 299쪽)

(나)

1954년

4월. 홍주국민학교 입학. 부모가 장삿길을 떠돌아 집에 계시는 일이 드물어 외할머니와 함께 입학식에 갔다. 바람 사납고 흙먼지 날리는 날로 기억된다. 분홍색 인조견 치마에 노란 솜저고리를 입었는데 집에 돌아올 때까지 공포와 수치심, 불안감에서 헤어날 수가 없었다. 할머니는 내게 속옷 내주는 것을 잊었고 나는 할머니가 무서워 속옷이 없다는 말을 할 수 없어 결국 홑치마를 입었던 것이다. 바람에 치마가 뒤집히면 나는 그냥 죽어버리겠다!라는 생각만 하면서.(『오정희 문학앨범』, 299쪽)

(가)-(a)에서 보듯 1947년 그러니까 해방된 이태 뒤에 서울 사직동에서 4남 4녀 중 다섯째로 태어난 아이가 훗날의 작가 오정희이다. 작가 오씨의 기록에 따르면 부모는 그해 봄 황해도 해주에서 월남, 기반도 친척도 없이 시작된 서울 생활이라 살림에 몹시 어려움을 겪었다는 것, 갓 나았을 때부터 유난히 소리에 신경질적인 반응을 보여 부모의 미움을 샀다는 것 등에 이어 막바로 (가)-(b)인 1951년이 이어진다. (가)에 기대어보면, 「유년의 뜰」의 무대는 충남 홍성군 홍주읍 오관리. 전쟁이 끝난 뒤에도 여기에서 국민학교에 들었음이 (나)에서 소상하다. 「유년의 뜰」의 노랑눈이가 바야흐로 국민학교에 입학하여 다니던 중 아버지가 돌아왔던 것과 일치된다. 계속 연보에 따르면 부모가 장삿길을 돌아다녔기에 집안 살림은 할머니 손에 의해 이루어졌음이 판명된다. 노무자로 전쟁에 끌려간 아비와 읍내에서 드난을 살고 있는 어미로 되어 있는 「유년의 뜰」은, 연보에 따르면 부모의 장삿길과 일치되어 있다.

오씨 일가가 옛우물과 감나무가 있는 오관리에서 피난살이를 한 것은 1951년에서 1955년까지 무려 5년간이었음이 판명된다. 홑치마를 입고 입학한 그 국민학교를 다닌 것도 두 해나 되는 셈이다. 오씨 일가가 피난살이를 접고 맥아더 동상이 굽어보고 있는 인천으로 이사 온 것은 1955년. 노랑눈이 소녀는 이곳이 "이국 정취와 함께 아름답고 화려하고 은성해 보였다"고 서슴없이 적었다.

(다)

1955년

4월. 근 다섯 해에 걸친 오관리의 피난 생활을 정리, 인천으로 이주. 자유공원 아래 조그만 일본식 집에 살게 되었고 나는 신흥국민학교 2학년으로 전학했다. 바로 이웃 언덕바지에 중국인들이 모여 사는 동네가 있고 공원 아래 동네에는 집집마다 예쁜 양공주들이 세들어 살았다. 송곳날 같은 하이힐과 플레어스커트를 구름처럼 떠받치는 페티코트, 짙은 화장의 그네들의 삶은 이국적인 정취와 함께 아름답고 화려하고 은성해 보였다.(『오정희 문학앨범』, 299~300쪽)

송곳날 같은 하이힐과 플레어스커트를 구름처럼 떠받치는 페티코트, 짙은 화장의 양공주, 만국공원, 중국인 거리, 망원경을 목에 걸고 바다를 바라보고 있는 맥아더 장군 동상 등이란 그 자체가 하이칼라이자 모더니즘이 아니었던가. "아침마다 된장 항아리를 열면 호박잎에 구더기가 하얗게 올라오는"(「유년의 뜰」, 141쪽) 홍주읍 오관리의 피난살이와는 실로 천양지차. 은성하게 차려 입은 양공주의 모습은 그 자체가 동화의 세계이자 진짜 공주로 보여 마지않았다. 주목할 것은 이 모더니즘을 가능케 한 모더니티가 6·25가 가져다준 박래품이라는 사실이다. 된장 항아리에 하얗게 올라오는 구더기의 체험도 6·25가 가져다준 선물이지만, 인천의 중국인 거리도 이와 한치도 다르지 않은 6·25의 산물이다. 그렇기는 하나, 목에 망원경을 걸고 먼 곳을 바라보고 있는 맥아더 동상은 된장 항아리의 구더기와는 달리 관념의 일종이었다. 그러나 노랑눈이 소녀에게 그 관념은 관념으로 보이지 않았다.

"정의에는 국경이 없고 싸움에는 산과 바다의 구별이 없다(There's no boundary in justice nor any obstacles, mountain or sea)," 이렇게 새겨진 비문이 맥아더 동상의 관념 형태가 아니었던가. 노랑눈이 소녀의 눈에 비친 동상은 실물이 아니라 다만 어른들에게 주워들은 말에 지나지 않았다.

공원의 꼭대기에는 전설로 길이 남을 것이라는 상륙 작전의 총지휘관이었던 노장군의 동상이 있었다. 그곳에서는 시가지 전체가 한눈에 들

어왔다.(「중국인 거리」,『문학과지성』, 1979. 봄, 73쪽)

노랑눈이 소녀가 본 동상은 들은풍월이지 자기의 노란 눈으로 본 진짜 물건이 아니었다. 노랑눈이의 눈으로 본 장군의 동상은 한갓 놀이터의 놀이기구에 지나지 않았다.

아직 겨울이고 깊은 밤이어서 나는 굳이 사람들의 눈을 피하지 않고도 쉽게 장군의 동상에 올라갈 수 있었다. 키가 넘는, 위가 정사면체의 받침돌에 손톱을 박고 기어올라 장군의 배 위에 모아 쥔 망원경 부분에 발을 딛고 불빛이 듬성듬성 박힌 시가지를 내려다보았다. 지난해 여름 전진(戰塵)처럼 자욱이 피어오르던 함성은 이제 들려오지 않았다. 다만 조용했다. 귀기울여 어둠 속에 부드럽게 흐르는 소리를 좇노라면 땅속 깊은 곳에서 숨어 흐르는 수맥이라도 손끝에 닿을 것 같은 조용함이었다.(79쪽)

누가 보아도 국민학교 저학년의 시선일 수 없다. 노련한 어른의 시선으로 윤색된 서술체 문장이어서 이른바 경험으로서의 묘사 축에 들 수 없다.

「중국인 거리」는 작가 오씨의 자전적 소설이자 그 이상이다. 「완구점 여인」 「유년의 뜰」과 더불어 3부작을 이루는 「중국인 거리」가 차지하는 위치와 그 특이성은 어디 있는가. 어째서 이 작품이 자전적 소설이자 그 이상인가. 이런 물음은 프로이트의 '가족소설'과 많건 적건 또 알게 모르게 관련지어 논의될 때 한층 유연성에 이를 수 있을 터이다. 앞에서 보았듯 「완구점 여인」은 '가족소설'의 거울에 비추어보면 '주워온 아이' 또는 '사생아' 유형에 드는 것이며 따라서 날카로움과 파멸적 욕망으로 기울어지게 마련이다. 이 점에서 그것은 치열함을 동반하기 십상이겠다. 「완구점 여인」이 지닌 그로테스크함, 또 이를 돌파해가는 소녀의 상식을 넘어서는 환멸 극복 방식이 이 점을 잘 말해준다. 편의상 이를 '부정적 가족소설'이라 부르기로 한다. 「유년의 뜰」은 이에 비해 어떠한가. '사생아' 또는 '주워온 아이'와는 매우 다른 유형에 속한다. 가족 6명 중 노랑눈이는 진짜 가족이고 형제이고 식구여서 거기엔 어떤 틈도 있을 수 없었다. 결여 사항이라면 단지 '아비 부재'였을 뿐, 나머지는 온통 충만한 그것으로 채워져 있었다. 노랑눈이가 겪는 세계란 그 자체가 충만했기에 길을 잃을 수 없게 되어 있었다. 홍주 오관리 피난살이가 그대로 완벽한 삶이어서 본래적 삶의 더도 덜도 아니었다. 노랑눈이가 어디를 다니고 어떤 사건을 겪더라도 아비 부재만 뺀다면 낯설거나 어색하지 않았음이 그 증거이다. 부재하던 아비의 출현, 그것이 바로 노랑눈이가 실로 난생처음 겪는 세계와의 낯섦이었다. 똥통간에 들어가 먹은 케이크를 모조리 토해내는 행위가 이를 새삼 말해주고 있다. '가족소설'의 시선에서 본다면 「유년의 뜰」은 '아비 부재의 가족소설'이라 부를 수 있을 터이다. '가족소설'이되, '주워온 아이' 아닌 진짜 아이의 범주여서 '정상적 가족소설'에 속하겠으나 단지 '아비 부재'라는 점에서 제한적이라 할 것이다. 이에 비해 「중국인 거리」는 어떠할까.

「중국인 거리」는 충청도 홍성군 홍주읍 오관리에서 5년간의 피난살이를 청산한 오씨 일가가 인천으로 옮겨온 뒤의 생활을 내용으로 하고 있다. 정확히는 "우리 가족이 이 도시로 이사를 온 것은 지난해 봄이었다"에서 보듯 어디까지나 '가족'이 단위로 되어 있음을 본다. '우리 가족'이란 새삼 무엇인가. 그것은, 작가의 표현대로 하면 '일개 소대 병력'이다. 어머니가 8번째 아이를 배고 있지 않겠는가. 가족이 새로 이사 온 집은 인천의 자유(만국)공원 아래의 작은 '일본식 집'이었고, 중국인 거리가 그 아래로 이어져 있었다. 그러니까 중국인 거리에서 보면 언덕 위의 일본식 집이었다. 이사한 직후, 소녀는 나른한 행복감에 젖어들었다고 작가는 적었다.

> 새벽 구름이 걷히고 햇살이 조금씩 투명해지기 시작할 무렵에도 언덕 위 집들은 굳게 문을 닫은 채 잠에서 깨어나지 않았다. 시의 곳곳에서 밀려난 새벽의 푸르스름한 어두움은 비를 품은 구름처럼 불길하게 언덕 위의 하늘에 몰려 있었다.
>
> 어둠이 완전히 걷히자 밤의 섬세한 발 틈으로 세류(細流)가 되어 흐르던 냄새는 억지로 참았던 긴 숨처럼 거리 곳곳에서 피어오르기 시작했다.
>
> 아, 그제야 나는 그 냄새의 정체를 알 수 있었다. 그 냄새는 낯선 감정을 대번에 지우고 거리는 친숙하고 구체적으로 내게 다가왔다. 그것은 나른한 행복감이었고 전날 떠나온 피난지의 마을에 깔먹여진 색채였으며 유년(幼年)의 기억이었다.(62~63쪽)

이 냄새 맡기란 작가 오정희의 원초적 감각이어서 시각이나 청각을 훨씬 능가한다. 기억이 곧바로 '냄새'로만 가능하고 또 확인되는 세계의 주민이 초기 3부작의 핵을 이루고 있었던 것이다. 그러나 「유년의 뜰」에서의 '냄새 기억해내기'에 비하면 「중국인 거리」의 후각은 그 자체로 충족되었음에 주목할 것이다. 아비가 그 중심에 와서 부동의 힘으로 군림하고 있기 때문이다. 떠나온 피난지가 몸으로 세계를 감지하는 감각상에서는 같으나, 아비가 가족 한가운데 바위처럼 놓여 있기에 인천 생활이란 그 자체가 '나른한 행복감'으로 충만하다. 3부작인 「완구점 여인」이 지닌 '주워온 아이'로서의 가족소설과 「중국인 거리」는 이 점에서 크게 구분되며 동시에 '아비 부재'의 가족소설인 「유년의 뜰」과도 이 점에서 적지 않게 구분되고 있다. 「유년의 뜰」은 '충족된 가족소설'이며 따라서 중점적이자 표준적이며 그만큼 날카로움에서 벗어나 '나른한 행복감'에 놓인 작품이라 규정된다.

이 중립성, 충족감으로 말미암아 「중국인 거리」는 인천이라는 6·25 직후의 항구도시의 모더니티를 거부감 없이 수용할 수 있었고, 「유년의 뜰」의 상당한 부분에 그대로 이어질 수가 있었다. 안집 부네의 아버지와 부네의 죽음 등으로 표상된 삶의 어두운 부분이 그대로 「중국인 거리」에도 이어질 수 있었다.

(A) 난 커서 양갈보가 될 테야, 매기 언니가 목걸이도 구두도 옷도 다 준댔어.(67쪽)

(B) 늙은 중국인들은 이러한 우리들에게 가끔 미소를 지었다.

통틀어 중국인 거리라고 불리는 동네에, 바로 그들과 인접해 살고 있으면서도 그들 중국인에게 관심을 갖는 것은 아이들뿐이었다. 어른들은 무관심하게 그러나 경멸하는 어조로 '뙤놈들'이라고 말했다.

우리는 그들과 전혀 접촉이 없었음에도, 언덕 위의 이층집, 그 속에 사는 사람들은 한없이 상상과 호기심의 효모(酵母)였다.

그들은 우리에게 밀수업자, 아편장이, 누더기의 바늘땀마다 금을 넣는 쿠리, 그리고 말발굽을 울리며 언 땅을 휘몰아치는 마적단, 원수의 생 간(肝)을 내어 형님도 한 점, 아우도 한 점 씹어먹는 오랑캐, 사람 고기로 만두를 빚는 백정, 뒤를 보면 바지도 올리기 전 꼿꼿이 언 채 서 있다는 북만주 벌판의 똥덩어리였다. 굳게 닫힌 문의 안쪽에 있는 것은, 십년을 사귀어도 좀체 내뵈지 않는다는 깊은 흉중에 든 것은 금인가, 아편인가, 의심인가.(65쪽)

(A)에도 (B)에도 아무런 거부감이 없다. 뿐만 아니라 이를 그대로 수용할 태세인 것도 아비의 건재함에서 오는 '나른한 행복감'의 덕분이다. 이러한 '나른한 행복감'이 궁극에 이른 데는 어디일까, 바로 이

물음 속에 「중국인 거리」가 지닌 소설적 의의가 있다. 이 작품의 마지막 대목에 비수처럼 꽂힌 '초조'가 그것이다. 노랑빛으로만 세상을 보던 소녀가 초조에 이르는 곳이 「중국인 거리」였다.

나는 미장원 앞을 떠났다. 수천의 깃털이 날아오르듯 거리는 노란 햇빛으로 가득 차 있었다. 언제였지, 언제였지, 나는 좀체로 기억나지 않는 먼 꿈을 되살리려는 안타까움으로 고개를 흔들며 집을 향해 걸었다. 그리고 집 앞에 이르러 언덕 위의 이층집 열린 덧창을 바라보았다. 그가 창으로 상체를 내밀어 나를 손짓해 부르고 있었다.

내가 끌리듯 언덕 위를 올라가자 그는 창문에서 사라졌다. 그리고 잠시 후 닫힌 대문을 무겁게 밀고 나왔다. 코허리가 낮고 누른빛의 얼굴에 여전히 알 수 없는 미소를 띠고 있었다.

그는 내게 종이꾸러미를 내밀었다. 내가 받아 들자 그는 몸을 돌려 안으로 들어갔다. 열린 문으로 어둡고 좁은, 안채로 들어가는 통로와 갑자기 나타나는 볕바른 마당과, 걸음을 옮길 때마다 투명한 맨발에 찰랑대며 묻어오르는 햇빛을 보았다.

나는 골방에 들어가 문을 잠근 뒤 종이뭉치를 끌렀다. 속에 든 것은 중국인들이 명절 때 먹는 세 가지 색의 물감을 들인 빵과, 용이 장식된 엄지손가락만한 등이었다.

나는 그것들을 금이 가서 쓰지 않는 빈 항아리 속에 넣었다. 안방에서는 어머니가 산고(産苦)의 비명을 지르고 있었으나 나는 이층으로 올라갔다. 그리고 숨바꼭질을 할 때처럼 몰래 벽장 속으로 숨어 들어갔다. 한낮이어도 벽장 속은 한 점의 빛도 들이지 않아 어두웠다. 나는 차라리 죽여줘라고 부르짖는 어머니의 비명과 언제부터인가 울리기 시작한 종소리를 들으며 죽음과도 같은 낮잠에 빠져들어갔다.

내가 낮잠에서 깨어났을 때 어머니는 지독한 난산이었지만 여덟번

째 아이를 밀어내었다. 어두운 벽장 속에서 나는 이해할 수 없는 절망
감과 막막함으로 어머니를 불렀다. 그리고 옷 속에 손을 넣어 거미줄
처럼 온몸을 끈끈하게 죄고 있는 후덥덥한 열기를, 그 열기의 정체를
찾아내었다.

    초조(初潮)였다.(80~81쪽, 결말)

초조란 새삼 무엇인가. 이를 소설의 발생(기원)과 결부시켜 민첩히
반응해 보인 것은 앞서 보인 M. 로베르이다. 그녀는 아주 자신 있는
듯이 이렇게 주장해놓고 있다. "사실, 소설이 한층 생생한 세계에 근접
해가는 것은 그것이 성을, 또 성과 함께 차이의 개념을 알아차릴 때뿐
이다. 그렇지 않으면 일치, 갈등, 결함 혹은 이별 따위 관념이란 사실
상 불가해한 것으로 되고 만다"(『기원의 소설과 소설의 기원』, 35쪽)
라고.

5. 소녀=소설=괴물의 등가성

    성에 눈뜨는 단계까지가 3부작 가족소설을 이룬 것이라면 이는 어
떤 아이도 다 겪는 과정이거니와, 그러기에, 글쓰기 초보자들이 이 3
부작을 피해갈 수 없거니와 그렇다고 계속 성의 눈뜨기에 멈출 수 없
는 법이다. 성에 눈뜸이란, 말을 바꾸면 한갓 생리적 현상 곧 몸이 겪
는 현상이자 그 이상인 까닭이다. 대체 그 이상이란 무엇인가. 성에 대
한 눈뜸이 어째서 독서와 연결되는가를 보여주는 사례야말로 작가 오
씨의 그다운 유별남이 되고 나아가 그것이 한 가지 전형으로 굳어갔
다. 이 곡절을 알아내는 일은 한편으로는 오정희 본론이지만 다른 한
편으로는 소설사적 문제에 저절로 닿게 된다.

1956년

책읽기에 재미를 들여 신문 연재소설로부터 야담류에 이르기까지 닥치는 대로 책을 읽어대기 시작했다. 국민학교 3학년 가을 경기도내 백일장에서 「오늘 아침」이라는 산문으로 특선하고 소설가가 되리라는 소망을 품게 되었다. 생애 최초로 받은 인정이었고 달리 칭찬 받을 재주가 전무했기 때문인 탓도 있었을 것이다.(『오정희 문학앨범』, 300쪽)

성에 눈뜨자마자 책읽기로 향했음이란 과연 무엇을 가리킴일까. 유년기의 종언을 막바로 가리킴이며 구체적으로는 저 유년기 3부작 「완구점 여인」이나 「유년의 뜰」 「중국인 거리」와의 결별을 가리킴이다. 그러기에 이 성에 눈뜬 소녀 앞에 놓인 것은 후설적 의미의 '생활세계'가 아니라 '관념의 세계' 였던 것. 이 관념의 세계는 다음 두 가지였는바, 하나는 책이라는 문자세계와 테니스라는 규칙(게임)의 세계였다.

1959년

5월. 아버지의 전근으로 가족들이 서울로 이주했다. 마포구 신수동 마당이 넓은 집에 자리잡고 수송국민학교 6학년에 전학했다. 입시 경쟁이 치열하던 때여서 밤낮없이 과외공부에 휘둘리고 밤샘 공부도 예사로 웠지만 무슨 멋이었는지 가방 속에 『이해와 오해』니 『차라투스트라는 이렇게 말했다』, 『황야의 이리』 따위 대학생 오빠 책을 몰래 넣고 다녔다. 이광수와 김동인, 박화성, 최정희, 황순원 장편소설들을 읽고 전후 작가들의 소설들을 접하기 시작한 때였을 것이다.(300쪽)

위에서 보이듯 관념의 세계는 문자세계 쪽이 기본적이자 원초적이었다. 철학이나 소설이 아직 미분화 상태인 채로, 단 서양고전이나 한국의 고전의 구별도 없이 소녀의 앞에는 온통 초록빛이 사라진 회색의

388

세계였다. "모든 이론은 회색인 것을. 생명의 나무는 초록인 것을"이
라고 괴테는 악마 메피스토펠레스의 입을 빌려 설파했고(『파우스트』
제1부), 『법철학』 서설에서 헤겔은 이렇게 복창했다. "회색에 회색을
덧칠해도 생명의 녹색은 되살아나지 않으며 오직 인식될 뿐이다"라
고. 「날개」의 작가 이상은 좀더 분명히 이렇게 적었다. "실로 나는 울
창한 삼림 속을 진종일 헤매고도 끝끝내 한 나무의 인상도 훔쳐오지
못한 환각의 인(人)이다"(「동해」)라고. 생활세계를 떠날 때 펼쳐지는
것은 두 가지. 하나는 기호(책)의 세계였고, 게임(규칙)이 그 다른 하
나임을 작가 오씨는 이처럼 선명히 드러내놓았다.

1960년

이화여중에 입학, 학급에서도 1번이었지만 126센티에 19킬로그램으
로 전학년에서 아마 가장 작은 축에 들지 않았나 싶다. 정구 코치 선생
님이 아버지의 옛 친구분이셨던 관계로, 체격적 조건이 운동선수로서는
어림없었지만 특별히 청을 넣어 정구부에 들어갔다. 아버지는, 몸이 약
하니 운동을 하라고 하셨지만 실은 문학을 하겠다고 나설 것이 싫었기
때문이라고 나중에 실토하셨다. 운동선수로 착실히 기량을 닦으면 고교
졸업 후 곧바로 은행에 취업할 수 있다는 것을 염두에 두셨던 것이다.
형편이 넉넉지 않고 형제가 많은 집안에서 생각할 수 있는 가장 현실적
인 방안이었다 어쨌거나 죽어라 하고 라켓만 휘두른 세월이있다. 새벽
부터 밤까지 운동장에서 살면서 정구를 치고 방학이면 전지훈련을 하면
서 3학년 때에는 주전 선수가 되었다. 코치 선생님으로부터 운동선수로
서의 근성, 승부욕이 강하다는 칭찬을 들었던 기억이 있다. 책 읽는 취
미는 여전하여 합숙소에서나 정구 코트의 벤치에 앉아 짬짬이 소설책을
읽고 30, 40매 정도의 짧은 소설을 써보기도 했다. 덕분에 '개똥철학자'
따위의 비아냥 섞인 별명을 얻었다. 그러나 운동선수의 동계 진학 특전

제도가 없어져 고교 입시에 실패한 선배들을 보자 정신이 버쩍 들었다. 운동선수로 입신하는 것이 나의 길은 아니라는 자각이었다. 중3 늦가을 선수 생활을 그만두고 입시 공부에 매달렸다. 중학교 3년의 운동부 생활은 어려움이 많았지만 일생 어느 때보다도 귀중한 것이 아니었나 싶다. 몸의 건강을 얻었고 타인을 이해하는 것, 더불어 살아가야 하는 인간관계의 질서와 배려를 이 시절에 배웠던 듯하다.(300~301쪽)

기호로서의 '개똥철학'과 규칙으로서의 게임(테니스)이 공존했음과 이 둘을 어느 시점에서 동시에 중단했음을 위의 기록이 잘 전해주고 있다. 주목할 것은 어디까지나 이 둘이 잠시 유보되었다는 점이다. 입시가 그것이다. 입시만 돌파하면 금세 그 '개똥철학'과 '게임론'이 소녀를 가만히 두지 않았다. 왜냐면 소녀는, 당시로서는 전국에서 제일 입학하기 어렵다는 여학교 중의 하나에 입학할 수 있었기 때문이다. 입학하기란 그러니까 한 가지 자격 획득에 다름 아니었다. 생리적인 성에 눈뜨기와 같은 과정의 일종이었다. 성에 눈뜸과 중학 입학이라는 두 날개를 동시에 단 소녀야말로 한껏 저 관념의 세계 속으로 비상하는 천사로 변신할 수 있었다. 그것은 당초 '문학병'이라 불리는 열병의 일종이었지만, 두 날개를 단 이상 소녀는 거침이 있을 수 없었다. 이러한 거침없음, 비상할 수 있음을 가능케 한 것이 이른바 '소설'이라는 기괴한 관념 장치였다.

1963년
이화여고 입학, 학교 분위기에도 적응이 어렵고 공부에도 뜻이 없어 결석과 조퇴를 밥 먹듯이 하며 책가방을 든 채로 혼자 교외선을 타고 돌아다니는 일이 많았다. 닥치는 대로 책을 읽으며 심한 문학병을 앓았다. 어른이 된 후에도, 아니 지금까지도 그 시절을 떠올리는 일은 쓰라리고 기억도 선명치 못하다. 인생 따위는 아무래도 좋았다. 나는 다만 소설을 읽고 쓰는 사람이 되고 싶었다.(301쪽)

‘다만 소설을 읽고 쓰는 사람’ 되기가 전부라고 믿는 세월 앞에 온몸으로 마주섰을 때 소녀는 이미 소녀일 수 없었다. 뭔지 분명치는 않았으나 소설이라는 이 괴물이 소녀를 자기와 같은 괴물로 변모시켜버렸던 것이다. 소설=소녀=괴물의 등식이 여지없이 이루어졌음을 표현해놓은 명제가 ‘인생 따위는 아무래도 좋았다’이다.

6. 프로이트에게 물어본 현실원칙

‘인생 따위는 아무래도 좋았다’, 곧 ‘소설이 전부다’의 명제가 강요하는 폭력이야말로 작가 오정희의 운명을 결정하는 거멀못이었음을 증명하기란 그리 어렵지 않다. 지금까지 써온 그의 작품군이 움직일 수 없는 증거품으로 군림하고 있기 때문이다.

지금까지 써온 오씨의 작품에서 특징적인 것은 단편 중심주의라는 점이다. 이 단편 고집형이란, 외형상의 작품 형태를 가리킴이기도 하지만 오씨에겐 동시에 거의 본질적인 고정관념이다. 소설이란 괴물이 뭔지 정확히 규정될 수는 없다 해도 분명한 것은 오씨에겐 소설=단편이었음을 이 사실이 가리키고 있어 보이기 때문이다. 훗날 오씨는 이렇게 실토한 바 있다. “개인적으로 장편에 대해 고정관념이 강한 편이었어요. 장편을 쓰다 보면 작품의 밀도가 낮아진다든지 이야기가 샛길로 빠진다든지, 내가 생각하는 소재와 문장의 미학을 포기할지 모른다는 두려움이 있었지요”(『경향신문』, 2004년 2월 20일)라고. 이 두려움의 근거란 어디서 말미암은 것이었을까.

이 물음에는, 이미 위에서 해답이 백일하에 드러난 셈이다. 곧, ‘인

생 따위란 아무래도 좋았다’, ‘다만 소설을 읽고 쓰는 사람’ 되기가 그
것이며, 이 실로 기묘한 생각이 또 한번 기묘한 것은 겨우 중학생인 소
녀 시절에 고정화되었다는 사실에서 온다. 누가 소녀에게 이런 엄청난
고정관념을 불어넣었을까를 밝히기는 어렵다 해도 이 사실만은 오정
희론에서라면 그 어떤 논자도 피해가기 어렵게 되어 있다.

이 고정관념 곧 미학적 완성도, 소설적 밀도를 문제 삼을진댄 소설
이란 괴물에 주목해야 했을 터이다. 작가 오씨의 인생 일대의 실수랄
까 착오란 바로 소설이란 괴물의 정체를 잘못 안 데서 연유되었던 것
으로 보이기 때문이다. 모두가 아는 바 소설만큼 잡스러운 장르란 따
로 없다. 부르주아 계급(근대시민 계급)이 낳은 대서사 양식의 일종인
소설은 예술 축에 억지로 들긴 해도, 루카치조차 ‘반예술’이라 할 정
도로 잡스러운 양식의 일종이다. 이런 잡스러움의 소설장르에서 그래
도 어느 수준에서 나름대로의 미학적 밀도를 지닌 것으로 보이는 것이
단편 형식이었다. 모파상, 체호프, 김동인, 이효석, 황순원 등에서 이
점을 엿볼 수 있다. ‘인생 따위란 아무래도 좋았다’라고 덤비는 처지
이기에 인생의 윗길에 소설이 놓일 수밖에 없고 보면, 그 미학적 완성
도에 집착할 수밖에 어떤 별다른 방도도 있을 수 없다. 이른바 ‘외통
수’에 직면하지 않을 수 없게 된다. 소설에 목숨을 걸고 매진하기만 하
면 될 터이다. 이러한 식의 삶의 방식은, 종교계에서는 흔히 볼 수 있
다. 구도자의 길이 그런 사례이다. 작가 오씨는 오직 소설에 그것도 단
편에 모든 것을 걸고 살아가면 그만이었을 것이다. 구도자의 길을 가
다보면 그는 아마도 소설의 신이라도 만날 수 있든가 마침내 스스로
소설의 신이 될 수 있었을지도 모를 일이다. 그런데 작가 오씨는 그렇
게 하지 않았다. 그로 말미암아 다행스러운 것은 이 나라 소설계이며
딱한 것은 정작 인간 오씨 쪽이었다.

만일 이런 지적이 너무 직설적이고 거칠다고 한다면 아래와 같이 조

금은 개념상으로 설명해 보일 수도 있을 것 같다.

소설만이 전부이고 인생이란 아무래도 상관없음으로 치닫게 된다면, 종교의 구도자의 도달점과 같은 현상 곧 죽음에 닿게 될 터이다. 아마도 그것은 프로이트가 초기 저술인 「쾌락원칙의 피안」(1920)에서 설파한 '죽음의 욕동'에 해당될 것이다. 프로이트는, 모든 것을 파괴 탕진하여 무로 돌아가고자 하는 욕동(에너지)을 중심으로 생을 파악, 인생을 죽음에 이르는 길이라 묘사했다. 이 제어 불능인 죽음의 욕동을 무의식의 중핵에 놓고 보니 난점이 드러났다. 곧, 기세 좋게 무의식을 분석하여 거기서 조화로움을 묘사하고자 한 전략이 어색해졌던 것이다. 분석의 초점을, 무의식 쪽에 억압된 것에서 억압하는 장치로 논점을 이동시키지 않으면 안 되었던 것이다. 죽음의 욕동을 중핵으로 하여 의식·무의식(전의식) 등으로 분석하던 초기 이론에서 벗어나 그가 '초아자, 자아, 에스(Es)'의 세 가지 심급으로 학설을 수정한 것은 1923년 「자아와 에스」 이래이며, 이른바 후기 프로이트가 그것이다. 좀더 설명해보면 대충 이러하다. '초자아, 자아 '에스'의 세 가지 심급에서 맨 밑의 에스란 본능적 영역이어서 비논리적, 비시간적, 혼돈 상태의 에너지에 속하는 것. 그렇다면 초자아란 무엇인가. 자아의 억압을 강요하는 아비(오이디푸스 콤플렉스)가 이에 해당된다. 아비의 폭을 넓히면 뭔가 지켜야 할 규범, 해서는 안 되는 그 무엇(질서)이 초자아이다. 이 억압기제가 일종의 검열자 몫을 함으로써 지이의 욕동은 왜곡, 변조, 억제된다. 이 검열 작업은 의식적이자 무의식인 접점에서 진행된다. 곧 외적 현실과의 중개자로서 현실적 지점에 선 것이 자아이다. 자아란 그러니까 현실원칙에 따라 개인의 의식을 대표하는 심급이다. 이러한 이론의 최대 강점은, 물을 것도 없이 자아의 '방어적 기능'에서 온다(『정신분석용어사전』).

작가 오정희를 죽음의 욕동을 향해 치닫지 않게끔 한 것은 바로 이 초자아의 힘이었다. 말을 바꾸면 사회적 규범으로서의 초자아가 죽음의 충동인 쾌락원칙을 견제한 것. 오씨는 이 초자아의 모습을 작품에서 이렇게 적었다.

소녀 시절, 정옥의 친구들 사이에서 비밀히 유행하던 놀이가 있었다. 민담(民譚) 책에나 나옴직한 얘기에서 비롯된 놀이였다. 달 없는 밤, 이마 위에 은장도를 대고 둥근 거울을 보면 미래의 남편으로 필히 맺어질 얼굴이 나타난다고 했다. 두려움과, 천박한 엽기 취미에 대한 경멸도 있었지만 그 나이 또래에서, 미래의 짝을 보고자 하는 호기심과 유혹은 물리치기 어려운 것이었다. 거울에는 물론 아무런 상(像)도 나타나지 않았다.

그러나 정옥은 꽤 오랫동안 그 놀음을 계속했다. 불을 끈 빈 방에 일어나 앉아 보다 더 어두운 거울 속을 들여다보며 간절히 만나기 원했던 것은 미래의 남편의 얼굴이었다.

결혼식이 끝나고, 이제 우리는 부부가 되었소, 그가 말했을 때 낯설음은 사라지고 전생(前生)에서부터 걸어오듯 그렇게 익히 알고 있는 얼굴이 다가왔다.

정옥은 그때까지도 막연히 사로잡혀 있던 실패감에도 불구하고 충실한 수행자로서의 공순과 정절을 맹세하며 그의 손을 잡았다. 네, 정말 그래요, 그리고 비로소 달 없는 밤, 거울 속의 얼굴을 보았다.(「별사」, 창작집 『야회』, 199쪽)

'전생에서부터 걸어오듯' 함이 검열자인 초자아의 자연스런 모습이다. 씨가 결혼한 것은 28세 적이니까 1974년. 「완구점 여인」으로부터 6년 뒤에 해당된다.

결혼하기, 가정 갖기, 사회생활을 하기와 소설은 양립될 수 있는가.

바로 이 물음 앞에, 절대로 양립될 수 없다고 우기던 노랑눈이 소녀가 바야흐로 직면해 있다고 볼 것이다. 규범도 지키고 소설도 하겠다고, 아주 뻔뻔하게 우기는 노랑눈이 소녀가 성숙한 여인이 되어 서 있는 형국을 연출하고 있다. 작가 오정희의 첫번째 타협이 거기 있었다. '인생 따위는 아무래도 좋았다가 아니라 아주 중요하다'와 '소설만이 전부가 아니다'가 만나는 지점, 이 타협안이 어째서 작가 오정희의 비극적 현상이자 동시에 소설의 그것이기도 한 것일까. 이제야 이 물음을 피해갈 수 없는 장면에 이른 셈이다.

7. 방법론으로서의 엽기성

'인생 따위란 별것 아니고 소설만이 제일이다'라는 명제와, '소설만이 제일이 아니고 인생도 소중하다'가 만나는 지점이란 어디쯤일까. 오정희 문학은 이 지점의 탐색에 더도 덜도 아니다. 이러한 진술이 범상한 범주를 넘어서는 것은 웬 까닭일까. 말을 바꾸면, 위의 두 명제가 만나는 지점이 지닌 중요성이란, 이 두 명제가 지닌 성격에서 말미암는다. 곧 그것은 거의 절대모순성으로 되어 있음에서 온다.

두 명제를 동시에 수용하기를 프로이트의 후기 사상에 비추어본다면 '자아'의 확보에 그 무게중심이 놓였다고 할 것이다. '소설만이 전부다'라는 명제에 닿아 있는 것이 이른바 생명욕동(Es)이며, 이를 견제하여 자아 확보를 가능케 한 것이 초자아인 셈이다. 자아의 확보를 가능케 한 메커니즘이 죽음의 충동을 억제했을 뿐만 아니라, 자아를 확보한 채 죽음의 충동을 곁눈질하게 이른다. 이러한 장면이 무의식 속에서 벌어지는 극적 현상을 두고 프로이트는 '가족소설' 범주를 설정해 보였다. 그것은 아이가 자라는 과정에서 생기는 두 가지 욕동에 근거를 둔 것이며 그 하나가 '놀이'이다. 모든 생명체가 본능적으로 지

닌 놀이 개념이 성장의 한 가지 기준이라면 다른 하나의 기준은 초자
아(原父)에 대한 저항 또는 길들여짐이다. 저항 또는 길들여짐이란 아
이가 세상에 직면하여 맨 먼저 느낀 환멸(절망)에서 온다. 맨 먼저 느
낀 절망이란 곧 가족이 그 대상이며 따라서 가족에 대한 환멸에 해당
된다. '주워온 아이'라든가, '사생아'라든가, 또는 스스로 비범한 핏줄
이기에 재능인이라 착각함으로써 직면한 절망을 상상 속에서 초극하
며 이로써 확보된 것이 이른바 '자아'이다. 지금까지 오정희의 초기 3
부작을 두고 가족소설 범주에서 바라본 것은 따라서 이 3부작이 우리
가 통상 부르는 소설과는 구별되는 것임을 시사하고 있다.

초기 3부작 「완구점 여인」「유년의 뜰」「중국인 거리」 등이란 소설
이기에 앞서 '가족소설' 범주인 만큼 이때까지는 오정희가 소설을 쓴
바 없다고 볼 것이다. 이 3부작에는 노랑눈이라 불린 소녀가 있을 뿐
이다. 이 소녀는 스스로를 주워온 아이(사생아)라 여기기도 하고(「완
구점 여인」), '아비 부재'를 깃발처럼 내세움으로써 놀이와 환멸의 극
복을 겸했고(「유년의 뜰」), 마침내 놀이와 환멸 극복을 통해 성에 눈뜨
는 소녀로 성장한다. 소녀에서 여인으로 성숙하면서 세상과 타협해가
는 과정이 3부작으로 완결됨 셈이었다. 이 3부작이 통상의 소설 범주
가 아닌 것은 이를 가리킴이다. 이 3부작 다음 단계는 어떻게 전개될
것인가. 이런 물음이 곧바로 뒤따르는바, 그것은 노랑눈이 소녀의 결
혼과 분리시켜 논의할 수 없게 되어 있다.

소녀의 결혼이 뜻하는 것은 '소설이 전부이다'의 명제를 포기함으
로써만 가능하며, '인생이 전부이다'를 수용함에서 비로소 가능하다.
과연 이 절대모순을 동시에 수용할 수도 있을까. 초기 3부작 이후의
오정희가 직면한 과제는 이 물음으로 집약된다. 이 절대모순의 상황을
극복하기 위한 필사적 몸부림이 빚어낸 언어체(놀이)가 오정희 문학
이다. 그 몸부림의 구도랄까 구성 원리를 보이면 다음과 같다.

(A) 「불의 강」(1977). 봉제공인 사내를 그의 아내가 관찰한 이 작품에서 중점이 놓인 곳은 사내의 제어하기 어려운 충동에 있다. 성냥을 지니고 다니던 사내는 마침내 거대한 방화사건(범죄)을 저지르고 만다는 줄거리로 되어 있는 이 작품의 결말에서 작가의 몸부림이 선명해진다. 그것은 실로 섬뜩함의 일종이다.

나는 그때까지도 그가 성냥을 지니고 다닌다는 것에 대해 그 자신 구체적인 목적을 가지고 있다는 생각을 할 수가 없었다. (……) 나는 그때 성냥불을 그어대는 그의, 마치 배화교도 같은 진지한 표정에서 비로소 그의 속에서 발아하고 있는 방화의 욕망이 구체적인 대상에로 접근해가고 있다는 것이 막연하나마 꽤 확실성을 가지고 닿아와 가슴이 섬뜩해졌던 것이다.(창작집 『불의 강』, 문학과지성사, 20쪽)

(B) 「저녁의 게임」. 부녀가 게임(화투)을 하고 있다. 지난날의 과오와 노추를 감추지 못하는 아비와 남자로부터 버림받은 딸이 동거하며 게임을 벌이는 이 작품의 핵심에 놓인 것은 역시 섬뜩함이 아닐 수 없다. 게임 도중 잠깐 외출하여 공사장 인부와 정사를 벌이고 그 길로 돌아와 다시 화투장을 들고 있는 아비와 마주하는 딸.

그가 대팻밥과 각목 토막들을 발로 지익지익 밀어 치위 자리를 내었다. 딱딱한 손이 스웨터 소매로 파고들었다. 그리고 그 흥분을 부끄러워하듯 몹시 성급하게 서둘렀다. (……) 뚫린 하늘에서 크고 맑은 별들이 눈 위로 내려앉았다. 밖의 어둠 속에서는 늘 마른 꽃 냄새가 났다. 안드로메다, 오리온, 카시오페아, 큰곰. 너는 무슨 별자리니. 전갈좌. 당신은 벽이 두껍고 조그만 창문이 있는 주택을 갖게 되며 카섹스를 즐깁니다. 수줍고 내성적이나 항상 로맨틱한 사랑을 꿈꿉니다. 꽃이 안 어울려요.

그래. 꽃을 꽂기에는 너무 늙었어. 미친 여자나 창부가 아니면 머리에 꽃을 꽂지 않지.(창작집『목련초』, 범우사, 130쪽)

(C) 「비어 있는 들」(1979). 어린 아들과 부부가 함께 낚시에 임한다. 누가 보아도 단란한 가족이다. 그러나 부부 사이엔 건너지 못하는 늪이 시퍼렇게 가로놓여 있어 섬뜩함을 가져오고 있다. 아내는 남편 아닌 그 누군가를 원초적으로 기다리며 살고 있으니까.

기차가 지나가고 있다.
"몇 시예요."
나는 남편의 팔뚝에 손을 얹으며 물었다.
"열시 사십오분이군."
기차는 이십 분 연착인 것이다. 그 이십 분이 내게 구원으로 생각되었다. 그는 이십 분간의 유예를 갖는 것이다. 최소한 이십 분 가량은 헛되이 낯선 거리를 기웃거리며 방황하지 않을 유예. 열린 창마다 사람들이 고개를 내밀고 있었다. 선풍기는 뻑뻑히 몸을 꺾으며 힘들게 돌아가고 있는 것이다. 그 끈끈한 바람에 함께 허덕이며 그는 아마 이쪽을 보고 있을까. 한유하게 낚싯대를 드리운 우리를 볼까. 아 이십 분, 두 시간, 이틀이면 어떠랴, 나는 해(年)를 두고 그를 기다려왔던 것을.
나는 줄곧 그를 기다려왔다. 그 기다림은 하도 절박하면서도 만성적인 것이어서 나는 오히려 그것이 생리적, 원천적인 것이 아닐까 생각하고 있었다.
"애는 어딜 갔지."
남편이 눈으로 기차를 좇으며 물었다.(『목련초』, 149~150쪽)

(D) 「밤비」(1981). 딸을 가진 주부이자 약제사인 민자라는 여인이

398

삶의 덫에 걸려 방황하는 청년에게 쥐약을 조제하는 장면.

　민자는 의자에서 일어나 그에게 다가갔다. 비에 젖은 어깨에 손을 얹
고 잠긴 듯 따뜻하고 부드러운 어조로 말했다.
　"떨고 있군요. 뜨거운 물을 한 컵 마시면 한결 따뜻하고 마음이 가라
앉을 거예요. 아니, 그보다 견딜 수 없이 슬플 때는 깊은 잠보다 더 좋은
약은 없지요."
　그는 민자의 말을 거의 듣지 않고 있는 듯했다. 민자는 대답 없는 그
를 남겨둔 채 조제실로 들어갔다. 불행한 사람은 위로받을 권리가 있는
거야, 중얼거렸지만 손이 자꾸 떨렸다. 캐비닛이 열리는 삐걱 소리, 열
쇠가 맞물리는 작은 음향을 은폐하기 위해, 그리고 결코 주명이나 수경
이 나올 리 없다는 것을 알면서도 안의 기적에 날카롭게 귀를 세우며 짐
짓 큰소리로 말했다.
　"잡념 없이 모든 괴로움을 잊고 편안히 잠들 수 있게 할 뿐이에요.
원한다면 당신은 행복한 잠 속에서 당신의 가련한 금이를 만날 수도
있어요."
　민자는 작은 상자 속의 약병을 꺼내 급히 마개를 열고 초록빛의 알약
을 두 알 꺼냈다.(『목련초』, 191쪽)

　(E)「파로호」(1989). 해직 교사인 남편을 따라 미국에 간 40세의
주부 혜순이 아이들과 미국 생활을 하는 도중 벌이는 기괴한 장면.

　혜순은 햄 한 조각과 생선토막으로 고양이를 유인했다. 고양이는 늙
고, 병든 것 같았다. 살이 찌고 둔해졌다. 날씬하고 길었을 허리는 둥근
공처럼 변형되었다. 고양이는 생선토막을 남김없이 먹어치우고 뼈를 핥
으며 제법 친근감을 표시하는 몸짓을 보였다. 사나흘 동안 혜순이 계속

생선토막을 주며 먹는 것을 지켜보자 고양이는 마음 놓고 가까이 와서 몸을 기대고 깔깔한 혀로 손등을 핥으며 기분 좋게 가르릉 소리를 내는 옛 버릇이 되살아났다. 혜순은 그것의 목덜미를 잡아 아이들의 피크닉 주머니 안에 집어넣고 아가리를 단단히 조여 묶었다. 그리고는 그때까지 가본 적이 없는 숲속 깊숙이 들어갔다. 숲에 면한 고속도로의 차 소리가 아득히 멀어질 때까지 들어갔다. 자루 속에서 고양이는 가끔씩 몸부림을 치느라 꿈틀대고 믿어지지 않을 만큼 날카롭게 울어대곤 했다. 늙은 고양이는 그제서야 심상찮은 위기를 감지한 모양이었다. 혜순은 들꽃을 꺾고 산열매를 주우러 가는, 즐거운 피크닉을 떠나는 소녀들처럼 천연덕스럽게 주머니를 둘러메고 길이 끊어진, 인적이 안 닿은 숲까지 걸어갔다. (……) 주머니는 여전히 그 자리에 매달려 있었고 밑바닥에 더러운 얼룩이 비쳤다. 미미한 움직임은 그녀의 착시 현상일지도 몰랐다. 가냘픈 울음소리가 들리는 듯해서 귀를 기울이면 아무런 소리도 들리지 않았다. 숲은 점점 고요해지고 그 고요한 중에 가득한 웅웅거림, 붕괴되는 소리가 바람소리처럼 들려왔다. 일을 하러 가지 않는 날이면 혜순은 숲으로 갔다. 주머니 속의 것은 점점 작아지고 청회색 피크닉 주머니는 빛이 바래 남루하게 늘어졌다. 더 이상 붉을 수도 푸를 수도 없이 퉁퉁하다거나 길다거나 형체를 말할 수 없이 해체되어 자루 속에서 악취가 풍기고 썩어가는 것은 고양이가 아니었다. 바로 자신의 내면에서 붕괴되고 부패해가는 그 무엇이었다.(『야회』, 264~265쪽)

일찍이 창작집 『불의 강』(1977)을 해설하는 마당에서 김현은 첫 줄에 이렇게 썼다. "오정희의 소설을 읽은 후의 첫 느낌은 섬뜩함이다"라고. 「불의 강」을 유독 겨냥한 느낌이었을 것이다. 1977년부터 작가 오정희는 「옛우물」(1994)을 거쳐 「얼굴」(1999)에 이르기까지 이 '섬뜩함'으로 일관해왔다.

(F) 「얼굴」(1999). 실로 침묵 6년 만에 쓴 이 작품에서도 그 기조저음은 한결같이 '섬뜩함'이었다. 치매 직전의 남편이 바라보는 아내의 이해할 수 없는 마음의 늪.

마흔 살이 되던 해 아내는 양잿물을 마셨다. 여느 때처럼 새벽밥을 짓고 아이들의 숫자대로 다섯 개의 도시락을 싸고 그의 와이셔츠와 딸아이들의 교복을 다려 입혀 내보낸 뒤 빨래를 삶다가 빨랫거리에 넣으려고 사온 양잿물을 삼켜버렸다. 아내는 목소리만 버리고 살아났다. 오랫동안 목에 붕대를 감고 살았다. 무엇이 아내로 하여금 그런 짓을 하게 했는지 지금도 그는 모른다.(『작가세계』, 1999, 봄, 102쪽)

도대체 (A)~(F)에 걸치는 이 섬뜩함의 정체란 무엇일까. 이 물음을 이제는 피해갈 수 없게 된 셈이다. 위에서 드러난바, '섬뜩함'이란 실상 '소설과의 마주침'에 더도 덜도 아니다. 목소리만 상한 「얼굴」(양잿물 먹기), 「불의 강」의 불 지르기, 「저녁의 게임」의 정사 장면, 「비어 있는 들」에서 남편이 말하는 아내의 애인, 「파로호」의 저 자루에 든 고양이도 실상 소설의 상징물이다. 이 사실을 한층 전면적으로 보여주는 것이 「옛우물」(1994)이다. 젖먹이를 업고 집을 나서는 여인이 그다.

8. 「옛우물」 분석

오정희 소설 전편에 걸치는 이러한 섬뜩함의 정체란 과연 무엇인가. 항용 삶이 지닌 덧없음이랄까 의외성 또는 돌발성이라 말해지는 것과는 뚜렷이 구별된다는 점에 주목한다면 어떠할까. 오정희 소설의 해석에 특별한 필연성을 이끌어낼 수 있을지도 모른다고 생각되기 때문이다.

앞에서 여러 차례 지적했듯 오정희 문학의 원점은 초기 3부작이다. '가족소설' 범주이기에 이 3부작이 지닌 의의란, 그 자체로 보편적이라 할 것이다. 인간이면 누구나 겪는 자아 확보의 과정이 '가족소설'인 만큼 누구나 이 과정을 겪게 마련인 까닭이다. 소설 지망생들이 오정희 문학을 텍스트로 삼지 않을 수 없는 이유도 여기에서 온다. 소설 지망생들의 처지에서 보면, 「유년의 뜰」이나 「중국인 거리」「완구점 여인」 등은 오정희라는 특정 작가의 작품으로 보이지 않는다. 각자 자기들의 작품의 더도 덜도 아닌 것이다. 서슴없이 오정희의 이름을 지우고 거기다 각자 자기 이름을 적어 넣는 것은 이런 곡절에서 말미암는다.

그렇다면 정말 3부작을 써버린 작가 오정희는 어떤 행보를 취해야 했을까. 오정희 소설의 참 얼굴이 이 물음 속에 깃들어 있을 터이다. 무엇보다 먼저 지적할 수 있는 것은 작가로서의 오정희와 아기를 업은 주부로서의 오정희를 구별할 필요가 있다는 것이다. '소설만이 전부이다'의 명제에서 씌어진 것이 3부작 가족소설이었다. 그는 이 명제에 순사(殉死)해야 했다. 그렇지만 성에 눈뜬 소녀는 결혼하고 가정을 이루어야 했다. 이 두 명제는 실상 거의 절대모순이 아니면 안 되었다. 과연 타협점이 있을 수 있겠는가. '있다!'고 우기며 혼신의 힘을 기울이며 몸부림친 것이 오정희 소설의 참 얼굴이다. (A)~(F)에서 보듯 그것은 '섬뜩함'의 도입으로 실현되었다. 시퍼렇게 산 고양이를 자루에 넣어 소나무에 매달아놓고 숨이 끊어져 살이 썩을 때까지 태연히 그 아래로 산책하기, 누가 보아도 악마적이고 엽기적이기까지 하다. 아비와 화투놀이를 하다가 잠시 빠져나와 외간남자와 정사를 하고 다시 아비 앞에 나서기, 누가 보아도 악마적이고 엽기적이다. 그럴 수 없이 단란한 가정의 주부이면서도 끊임없이 다른 사내를 꿈꾸고 있는 경우, 누가 보아도 이런 것은 엽기적이라 하지 않을 수 없다. 이 엽기성, 악마적 힘이야말로 두 명제가 지닌 절대모순을 돌파해가는 유일한 오정희식 방법론이었다. 말을 바꾸면 주부로서의 인생에도 충실하고 소설에도 충실하기 위해서 고안해낸 장치가 '섬뜩함'의 정체였다. 작가 오씨는 이러한 창작방법론으로 한 편의 완벽한 작품을 우리 앞에 내놓아 실로 인상적이다. 「옛우물」(1994)이 그것이다. 이 작품에까지 이르기 위해 작가는 얼마나 몸부림쳤던가. 그 자신은 가까스로 이렇게 말해놓았다.

"정결한 사랑, 문학과 나 사이에 어떤 매개항도 두지 말 것. 아름답고 힘있는 문학을 살 것." 열아홉 살 겨울 일기.

문학과 나 사이에 어떤 매개항도 온몸으로 감당해내리라던 결의는 아직도 생생한데 수년래 나는 한 줄의 글을 쓰기 위해서조차 숨은 문, 감춰진 출구를 찾아 참담히 헤매이는 소경의 행색을 벗어나지 못하고 있다. 어떤 분은, 자극 없고 안정된 생활의 벽을 넘지 못하는 게 아닌가, 모범주부로 살아가려는 욕망이 승한 탓이 아닌가, 폐쇄증이 아닌가라고 염려하기도 하고, 작가들은 일생 몇 차례 그런 고비를 맞게 되기 마련이라고 느긋이 위로하기도 한다. 작품을 쓰지 않으면 더 이상 작가가 아니라거나 손과 머리가 낡고 굳어져 더 이상 쓸 수 없으리라는 뼈아픈 소리들이 들려오기도 한다. 친구는 일만 매쯤의 원고지를 찍어 서울서부디 끙끙대며 들고 와 던져놓으며 "이걸 다 없앨 때까지 날 만날 생각하지 마라"고 위협을 했다. 간혹 생면부지의 어느 분으로부터 전화를 통해 느닷없이 왜 소설을 안 쓰느냐는 물음을 받기도 한다. 모두 고마운 배려이고 염려이다. 왜 못 쓰는 걸까. 그것은 하루에도 수십 번씩 때를 가리지 않고 자신에게 던지는 질문이다.

단지 그 이유라고만은 할 수 없지만, 나의 글쓰기가 혹시 배부른 자의

반찬 투정이 아닌가 하는 생각이 들면서부터 쓰는 일이 어렵고 두려워
진 게 아닌가 싶다. 그때부터 내 소설이나 그 밖의 글들에서 흔히 써오
던 '고통'이나 '사랑', '외로움', '절망' 등의 단어에 알레르기 반응이
일기 시작했다. 그것들은 그렇게 쉽게, 함부로 쓰여질 수 있는 말이 아
니었다. 글을 쓰는 중에도 헛소리라거나 현란한 수사와 분식으로 과장
하고 있다는 생각이 들기 시작하면 다음을 이어갈 수 없었다.(『오정희
문학앨범』, 147~148쪽)

이런 상황은 '소설이 제일이다'와 '인생이 제일이다'의 절대모순과
타협했을 때 예견된 것이었다. 이 예견을 온몸으로 견뎌내기야말로 작
가 오씨의 문학의 가능성이자 그 성취가 아닐 수 없다. 그는 불가능을
해치운 셈이었다. 엽기성의 창출이 그것이다. 3부작에서 이미 갈 데까
지 간 완성체에다 엽기성을 부여하기가 오씨 문학의 본질이며, 그 방
법론을 등신대로 드러낸 실체가 「옛우물」이다. 첫째, 이 작품이 단편
이라는 사실에 주목할 것이다. '문학이 제일이다'의 명제에 접근된 것
은 장편 아닌 단편 형식임을 가리킴인 것. 그가 단편에 일관한 까닭이
여기에서 온다. 둘째, 초기 3부작의 주인공 노랑눈이 소녀가 45살에
이른 과정에 해당된다는 것. 말을 바꾸면, 초기 3부작의 세계가 「옛우
물」에 막바로 이어져 있다. 이 사실은 표나게 내세울 만한 대목인바,
「옛우물」에 이르기까지 혹은 씨의 작가적 생활(45세) 전체에 이르기
까지 초기 3부작에서 출발, 그 지평에서 한 발자국도 벗어나지 못한
'환각의 수인(囚人)'임을 막바로 보여준다.

마흔다섯 살이 된 생일 아침, 나는 여느 날과 마찬가지로 여섯시에 맞
춘 괘종시계 소리에 눈을 떴다. 겨울 지나면서 해는 발돋움질하듯 조금
씩 길어지고 매일매일 한 겹씩 엷어지는 어둠 속에 섬세하게 깃든 새벽

빛, 친숙하고 익숙한 습관과 사물들 사이에서 잠을 깨었다. 여기저기, 가장 적합하다고 여겨진 자리에 의심 없이 놓여진 전기밥솥, 가스레인 지, 프라이팬과 낡고 늙어 부쩍 모터 소리가 요란해진 냉장고 따위의 가 운데서 움직이며 나는, 태어났을 때 사십오 년 후의 이러한 내 모습을 결코 상상하지 않았으리라는 생각을 잠깐 해본 것이 다르다면 다른 일 이었을 것이다. 어느 해 이른 봄 오늘과 별로 다를 것 없는 어느 날 나는 스물세 살부터 십 년에 걸쳐 해거름으로 아이 낳기를 한 서른세 살의, 아마 그녀로서는 마지막 출산이기를 바랐을 여자의 자궁에서 벗어나 시 간의 그물에 걸려들었다.

어머니는 그 뒤로도 십 년 가까이 아이를 낳았다. 내가 여덟 살이 되 었을 때 낳은 사내아이를 끝으로 자궁은 말린 오얏처럼 쭈그러들었다.

내가 태어난 날임을 상기시키는 아무런 특별함은 없다. 그해 봄날 바 람이 불었는지 비가 내렸는지 맑았는지 흐렸는지, 이제는 층계를 오르 는 일조차 잊어버린 치매 상태의 노모에게 묻는 것은 의미 없는 일이다. 다산의 축복을 받은 농경민의 마지막 후예인 그녀에게 아이를 낳는 것 은, 밤송이가 벌어 저절로 알밤이 툭 떨어지는 것, 봉숭아 여문 씨들이 바람에 화르르 흐트러지는 것처럼 자연스럽고 범상한 일이었을 것이다.

나는 막내동생이 태어나던 때를 기억하고 있다. 깨끗한 바가지에 쌀 을 담고 그 위에 마른 미역을 한 잎 걸쳐 안방 시렁에 얹어 삼신에게 바 친 다음 할머니는 또다시 깨끗한 짚을 한 다빌 안방으로 들여샀다.(「옛 우물」 서두)

「옛우물」은 그러니까 초기 3부작 중 「유년의 뜰」에 뿌리를 두고 있 거니와, 요컨대 작가 오씨에게 초기 3부작은 하도 완벽한 원점이어서 도무지 거기에서 벗어날 방도가 없는 형국이다. '가족소설'의 완성체 이기에 씨가 쓰고자 하는 어떤 소설도 이 지평의 규칙과 규율에서 자유로울 수 없다. 그렇다면 이 문법에서 완전히 벗어날 수는 없지만, 적어도 이 마법권에서 벗어나고자 끊임없이 몸부림치기가 겨우 있을 뿐이다. 그런 몸부림의 발현 형식이 바로 '섬뜩함'(엽기성)이며 이 엽기성의 완미한 형식이 따로 있을 수 있다면 「옛우물」이 이에 제일 접근된 것이다.

「옛우물」은, 위에서 보았듯 45세의 주부인 '나'가 자기의 출생담으로 향하고 있다. 어머니는 45년 전 나이 33살에 '나'를 낳았다. '나'가 8살 때 낳은 사내아이를 끝으로 어머니의 '자궁은 말린 오얏처럼' 쭈그러들었다. 농경민의 관습대로 다산에 익숙한 어머니가 '나'를 낳았을 때의 정경이나 처리 방식은 어떠했을까. 누구도 '나'에게 그날의 장면을 말해주지 않았지만 동생이 태어나던 정경을 보아온 '나'로서는 능히 추단할 수 있는 일이다. 곧, 할머니는 아궁이가 미어지게 나무를 처넣어 무쇠솥에 물을 끓이고 해지기 전 옛우물에서 물을 길어 독에 채워놓고, 부뚜막의 조왕각시 사발에 물을 담았다. 아버지는 보이지 않았고, 아이들은 윗방에 모여 평소대로 놀이를 하는 척하며 어머니의 진통 소리를 들었다. 한 여자의 가랑이에서 피투성이가 되어 아이가 태어났다. 이렇게 해서 세상에 나온 아이가 45년간 살았다면 어떻게 되었을까. 부자도, 빈자도, 대통령도, 마술사도, 또 죽어서 물과 먼지와 바람으로 흩어지기에도 모자람 없는 충분한 시간이라 할 만하다. 그런데 '나'는 시방 어떠한가.

나는 지금 작은 지방도시에서, 만성적인 편두통과 임신중의 변비로 인한 치질에 시달리는 중년의 주부로 살아가고 있다. 유행하는 시와 에세이를 읽고 티브이의 뉴스를 보고 보수적인 것과 진보적인 것으로 알려진 두 가지의 일간지를 동시에 구독해 읽는 것으로 세상을 보는 창구로 삼고 있다. 한 달에 한 번씩 아들의 학교 자모회에 참석하고 (……) 남편

과 아들이 서둘러 아침식사를 하고 각각 일터와 학교를 간 뒤 화장실 청
소를 하려다가 나는 픽 웃었다.(「옛우물」, 『오정희 문학앨범』, 259쪽)

왜? 비교적 성공한 봉급 생활자인 남편이 변을 본 뒤, 변기의 물을
내리지 않아 변 덩어리가 그대로 남아 있었기 때문. 어째서 남편은 물
을 내리지 않았을까. 놀랍고도 당연한 이유가 이렇게 추리된다. "내게
서 어린 날의 심한 허기와 도벽, 노란 거품을 게워내던 횟배앓이의 흔
적을 찾을 수 없는 것처럼 그러나 나는 사타구니에 손을 넣고 모로 누
워 웅크리고 자는 그의 모습을 볼 때 채 물 내리는 것을 잊은 변기 속
의, 천진하게 제 모양을 지니고 물에 잠겨 있는 똥을 볼 때 커다란, 늙
어가는 그의 속에 변치 않는 모습으로 씨앗처럼 깊이 들어 있는 작은
그를, 똥을 누고 나서 자신이 눈 똥을 신기하고 이상해하는 눈길로 물
끄러미 바라보는 어린아이, 유년기의 가난의 흔적을 본다"(260쪽)라
고. 요컨대 「유년의 뜰」의 노랑눈이의 시선으로 45살의 '나'를 바라보
고 있었기에 가능한 통찰력이다.
  이러한 통찰력을 갖춘 '나'가 집안을 치우고 나서는 혼자 집에 남았
다, 자기만의 세계가 주어졌다면 어떠할까. '나'와 세계의 마주침이
그것.

  집안을 치우고 나니 한결 호젓하고 조용한 것 같다. 찻물 주전자를 불
에 얹고 나는 부엌 벽에 걸린 전화기의 송수화기를 떼어 들었다. 지역번
호를 누른 뒤 빠르고 센 힘으로 번호판을 꾹꾹 눌렀다. 아득한 공간 속
으로 신호음이 울렸다. 열 번, 열다섯 번, 스무 번. 송수화기를 제자리에
걸고 나는 더운물을 부은 찻잔을 천천히 휘저었다.(261쪽)

대체 어디에다 전화를 건 것일까. 어째서 스무 번이나 신호음이 가

도 받지 않는 것일까. 대체 '그곳'은 어디일까. 작가 오씨의 대답은 이러하여 놀랍다.

그곳은 사과가 떨어져도 '툭' 소리가 나지 않는 저편 세계. 내가 때때로 송수화기를 통해 듣게 되는, 어둠의 심부로 한없이 빨려가 사라지는 신호음. 이제는 영원히 과거시제로 말해질 수밖에 없는 비인칭 명제. 그러나 나로서는 간신히 온 힘을 다해 '그'라고 부르는.(263~264쪽)

사과가 떨어지면 '툭' 하고 소리가 나지 않는(박목월 시) 저편의 세계였음이 판명되거니와, 더욱 분명한 것은 그곳에 있을 '그'가 비인칭이라는 사실이다. '비인칭의 명제'란 과연 무엇일까. 물론 '그'란. 인칭이겠지만, 또 인칭이기에 사과가 떨어져도 툭 소리 안 나는 저쪽 세계에서도 '그'는 신위(神位)인지라 인칭에서 벗어나지 못할 터이다. '비인칭의 명제'라고 했을 때, 그러니까 '그'는 인칭을 넘어선 별개의 한 '명제'이겠다.

지금까지 우리가 이 글에서 논의해온 것은, 잘 따져보면 이 '명제'에 대해서였다. 되풀이되거니와 오정희의 명제는 다음 두 가지였다.

(A)명제: '인생이란 아무래도 좋고, 소설이 제일이다'가 그것. 초기 3부작 '가족소설'이 그 완성체인 줄도 모르고 이를 돌파해서 저 소설이라는 괴물에 도전해가고자 했다. 당초부터 실패하게 되어 있는바, '가족소설'의 완성체라는 지평에서 그 누구도 벗어날 수 없기 때문이다. 벗어남이란 타나토스(죽음)의 세계이니까. 그 이유는 자명하게도 명제 (B)에서 온다.

(B)명제: '인생도 소설만큼 소중하다'가 그것. 결혼, 주부 되기. 요컨대 살아가기가 그것.

이 두 명제의 공존이란 가능한가. 이런 물음의 중요성은 그것이 지

408

닌 거의 절대모순성에서 온다. 「옛우물」에서 작가는 이 모순성을 아주 유연성 있게 제시해놓았기에 오씨 문학의 정상급에 든다고 할 것이다. 이 유연성은 오씨의 다른 작품에서 한결같이 등장하는 갖가지 엽기성 (섬뜩함)이 「옛우물」에서는 '그'라고 부르는 '비인칭 명제'로 되었음에서 확보되어 있다. '그'라고 했을 때, 이는 인칭 명제이겠고, 이에 대한 응분의 배려가 베풀어졌다.

(가) 연인들이 저물도록 강을 바라보다가 돌아가는 찻집이었다. (……) 나는 제일 안쪽 자리를 잡았다. 찻잔이 놓인 탁자가 마주보이 는 자리였다. 그 자리에 앉았었을 남자는 카운터 옆의 공중전화 부스에서 이켠에 등을 보이고 서서 전화를 걸고 있었다.(264쪽)

비인칭이자 동시에 인칭인 '그'가 이미 죽고 없는데도 45세의 주부인 '나'가 시방 '그'를 다방에서 보고 있지 않겠는가. 어디엔가로 전화를 걸고 있는 '그'가 아니겠는가. 이 분위기에는 '섬뜩함'이 스며들지 않는다.

(나) 봄가뭄이 계속되고 있었다. 수은주는 삼십 도를 웃도는 이상 기온이다. 연당집은 하룻밤 새 목련이 활짝 피고 (……) 대문 옆 울타리에 미어져 있던 내 스카프는 연당가의 늙은 살구나무 가지에 높직이 걸려 있었다. 바보가 장난을 치나? 쓴웃음이 나왔다. 누구의 것인지는 이미 기억에서 지워졌지만 꼭 돌려주어야 한다는 일념만은 남아 있는 건지도 몰랐다.(287쪽)

'그'가 '바보'로 등장했다 해도, '섬뜩함'은 거의 느껴지지 않는다. 이러한 유연성은 비인칭 명제에서 왔다. 대체 '그'이기도 하고 비인칭이기도 한 이 명제의 지향성은 무엇인가.

(a) 아이를 낳은 뒤로 나는 이전에 그토록 빈번하게 꾸던 꿈, 날거나 추락하는 꿈을 꾸지 않는다. 아주 조그마해져서 어디론가 숨어 드는 꿈을 꾸지 않는다.(280쪽)

(b) 그가 죽고 내 안의 무엇인가가 죽었다. 그것이 무엇인지 나는 알지 못한다. 아마 알고자 하는 소망조차 없는 건지도 모른다.(281쪽)

(c) 그해 여름 나를 찾아온 그의 전화를 받았을 때 나는 아이에게 젖을 먹이고 있었다.(291쪽)

(d) 그와 함께 강을 건너 깊은 계곡을 타고 오래된 절을 찾아갔다.(291쪽)

(e) 나는 더러운 간이 화장실에서 오줌을 누고, 브래지어 속을 열어보았다. 피와 젖이 엉겨 달라붙은 거즈를 들추자 날카롭게 박힌 두 개의 잇자국이 선명했다. 나는 돌연 매시꺼움을 느끼며 헛구역질하는 시늉을 하였다.(292쪽)

인칭인 '그'이자 동시에 비인칭인 명제를 「옛우물」은 (a)～(e)에로 정리해놓았다. '그'란 '인생 따위란 아무래도 상관없고 소설이 제일이다'라는 (A)명제를 가리킴이다. 아기를 낳았을 때 (A)명제가 당면한 장면을 '섬뜩함'이 아닌 방식으로 드러낸 것이 (a)～(e)이다. 소설이라는 물건 곧 이 비인칭을 '그'라는 인칭으로 형상화함으로써 '엽기성'을 비로소 넘어설 수 있었다. 다시 정리해보기로 하자. 아기를 낳고 '인생이 전부이다' 쪽으로 달려간 노랑눈이에게 몽매에도 그리던 '소설'이 망령처럼 유혹해왔다. 노랑눈아, 나를 하마 잊었느냐, 라고. 노랑눈이는 이 유혹에서 자유로울 수 없다. 갓난아기를 떼어놓은 채 그 유혹에 넘어가 노을이 타는 계곡의 절을 찾아 행랑객이 된다. 그러나 노랑눈이는 화장실에 들러 불어난 젖통을 열어본다. 거기 독사의 이빨처럼 두고 온 아기의 '두 개의 이빨자국'이 날카롭게 박혀 있지 않겠는가.

3부작 가족소설의 완벽성을 넘어서서 소설 제일이라는 명제에 계속 매달리고자 하면 아기의 두 이빨자국에서 벗어날 수 없다는 것. 인생의 가차없는 복수가 대기하고 있기 때문이다. 그렇다면 소설을 버리면 그만이 아니겠는가. 인생 제일주의 명제가 그것이다. 그렇지만 초기 3부작의 완벽성에 도달한 바 있는 노랑눈이는 원초적으로 그럴 수가 없다. 운명적이라 해도 사정은 마찬가지다. 방법은 하나. '피와 젖이 엉겨붙은 거즈 밑의 두 개의 이빨자국'으로 견디기가 그것. 이를 '섬뜩함'에서 해방시키는 방도는 '섬뜩함'을 옛 전설이거나 동화이거나 좌우간 간접화된 형식으로 전환해 보이기가 하나일 수 있다. '옛우물'의 전설 혹은 동화란 어떤 것인가.

옛날 어느 마을에 동네 우물이 있었다. 증조할머니가 노랑눈이에게 말했다. 옛우물 속엔 금빛 잉어가 살고 있다고. 천년이 지나면 이무기가 되고, 뇌성벽력 치는 밤 용이 되어 승천한다 했다. 마을에 계모 밑에서 자라는 노랑눈이 친구 정옥이란 소녀가 있었다. 엽쟁이 딸인 정옥은 계모가 낳은 아기를 업고 물을 긷다가 자주 두레박을 빠뜨렸다. 우물 속에 금빛 잉어가 산다는 노랑눈이의 말에 아이들은 거짓말이라 하여 믿지 않았으나 정옥만이 믿었다. 어느 날 밤 정옥이 우물에 빠져 죽었다. 해진 뒤에 물 긷기가 금기로 된 것인데도 정옥은 밤에 물을 길러 갔던 것이다. 계모는 밤중에 물을 길러 보낸 적이 없다고 했지만 우물가엔 정옥의 초롱, 우물 속엔 시체가 있었다. 어른들은 그 어린 것이 무엇엔가 홀린 것이 틀림없다고 수군거렸다. 우물은 메워졌다. 하루 동안 굿을 하고 흙으로 메워 물귀신을 꽝꽝 묻어 내렸다.

이 전설은 아름답다. 왜냐면 정옥은 금빛 잉어를 보기 위해 밤중에

금기 사항을 깨뜨리고 옛우물에 갔으니까. (이 정옥이 「유년의 뜰」의 부네, 「중국인 거리」의 치옥이, 「완구점 여인」의 휠체어 탄 여인의 변형이거니와) 계모의 악독한 매질에 견디지 못해 밤중에도 물을 긷지 않으면 안 되었다 해도 사정은 마찬가지다. 사람은 아름다운 쪽으로 기울어지게 마련이니까. 그렇기에 정옥을 죽인 것은 누구인가. 금빛 잉어가 있다고 한 노랑눈이인가, 증조할머니인가, 라는 물음은 별 의미가 없다. 동화 또는 전설 속에 (A)명제와 (B)명제가 함께 수용되기야말로 작가 오씨의 잠정적 도달점이자 소설적 승리가 잠정적으로 깃든 곳이니까.

9. 인육 먹기와 소설

결론을 맺자. (A)명제와 (B)명제를 동시에 수용하기 위해 작가 오정희는 프로메테우스의 노력을 했고, 그 결과는 이 나라 소설판의 밀도 확보로 돌아갔다. 그 방법론은 '섬뜩함'의 도입과 단편 형식의 고집에서 가까스로 달성될 수 있었다. 그러나 이 '섬뜩함'(엽기성)이 늘 처치 곤란의 문제적인 장치였다. 만일 이 '섬뜩함'을 길들이지 않고 그대로 방치했다가는 아무도 감당할 수 없게 되기 때문이다. 소설조차 불태워버리거나 삼켜버릴 수 있기에 그러하다. '섬뜩함'은 마약과 같아서 늘 극약 처방의 범주에 들기 때문이다. 섬뜩함이 강도가 심해지면 끝내는 '엽기성'으로 치닫기 마련인 것.

가령 이 엽기성에서 한 발 물러나 그 대안을 힘껏 마련한다면 어떠할까. 작가 오씨가 그런 대책을 모색, 궁리하지 않았을 이치가 없다. 창작 동화 『송이야, 문을 열면 아침이란다』(한양출판, 1993)가 그것의 일종이다. 이 동화를 쓰게 된 까닭을 이렇게 적어 마지않았다.

　이 글은 내 아이들과 함께 쓴 글이라고도 할 수 있습니다. 밖에 나갔던 가족들이 둥그런 불빛 아래 모이는 저녁 식탁에서 아이들은 저마다 새가 먹이를 물어 오듯 학교에서의 일이나 친구들과 하루 동안 지낸 일들을 얘기하곤 하지요. 그 얘기들을 들으면서 나는 까마득히 잊고 있던 어린 시절이 되살아나고 다시금 그 시절을 사는 듯한 느낌이 들곤 했습니다. 아직은 부모의 품안에서 마냥 어리고 근심 걱정 없는 줄 알았던 아이들의 마음에 깃드는 꿈과 기쁨, 슬픔, 외로움 등이 헤아려지고 그것을 글로 쓰고 싶다는 욕망을 갖게 되었지요.

　이 글을 쓰는 동안 나는 새삼스레 자신이 '글쓰는 사람'이라는 것에 대해 감사하고 행복감을 느꼈습니다. 딱딱하고 메마른 가슴의 어른이 아닌, 열두 살 소녀의 눈과 마음이 되어 바라보고 느끼는 세상은 얼마나 아름답고 놀라웠는지요. 세상의 어린이들을 만나는 새로운 통로를 발견한 듯싶었습니다.(작가의 말, 8∼9쪽)

이는 유년기 3부작의 되풀이에 다름 아닌 고백이거니와, 유년기 3부작이 얼마나 완결형인가를 또한 고백함에 다름 아니다.

　경화의 채근에 나는 독약이라도 삼키는 기분을 입을 열었다.
　"우리 엄마는 친엄마가 아니야.
　친엄마는 날 낳고 곧 돌아가셨대. 그래서 엄마는 나보다 오빠를 위하고 사랑하시는 것을 참고 견디는 거야. 이건 정말 아무도 알면 안 되는 비밀이야."
　"어머, 어쩐지 늬네 엄마랑 너랑 조금도 닮지 않은 걸 이상하게 생각했었어."
　셋이 다 엄청난 사실에 깜짝 놀라는 것 같았다.(『송이야, 문을 열면 아침이란다』 첫째권, 210∼211쪽)

이 대목은 '가족소설'인 데뷔작 「완구점 여인」의 반복에 다름 아니다. 작가 오정희는 현실원칙에 입각, 초기 3부작을 아이들 육아 과정으로 대체시키고자 발버둥질쳤다. 그러나 이 대안은 일시적 눈가림에 지나지 않는데, 왜냐면 아이들은 금방 자라서 어른이 되기 때문이다. 부모의 허점을 여지없이 폭로하고 비웃으며 달아나기 마련이니까. 그렇다면 어째야 할까.

여기는 인천광역시의 중국인 거리, 때는 2004년. 「중국인 거리」를 쓴 지 무려 25년 만에 작가 오씨가 「중국인 거리」의 무대를 찾아갔다. 왜? 옛날의 자장면을 시켜 먹으면서 들었다던 얘기를 작가는 이렇게 적고 있다.

"삼선자장이 왜 삼선인지 아니?" 언젠가 친구들과 중국집에서 삼선자장을 시켜 먹을 때 잡학에 능한 한 친구가 물었다. "해삼과 오징어, 새우가 들어가서 삼선이라지, 아마?" "아니, 그중 하나를 빼고 사람 고기를 넣어야 정말 삼선자장이야. 우린 가짜 삼선자장면을 먹는 거라구." (「목련꽃 피던 날」, 『문학과사회』, 2004, 봄, 208쪽)

'사람 고기 먹기' 만큼 엽기적인 것이 또 있을까. 작가 오씨는 아버지의 얘기라 하여 또 이렇게 회고한다.

아버지가 만주 시절을 얘기할 때 빼지 않는 것이 사람 고기를 넣어 만들었던 만두였다.

"……만두 맛이 기막히다고 소문난 집이 있었다. 특별한 비법이 있다고 하는데 아무도 그것을 알 수 없었지. 워낙 맛이 유별나게 좋아 다른 만두집들은 다 망해버리고 그 집에만 손님이 하루 종일 줄나라비를 섰어. 주인은 밤마다 돈을 갈퀴로 긁어 담으며 띵호아 띵호아 우리 사람

큰 부자 되어 해 하고 노래를 불렀지. 그런데 이상한 일이 종종 일어났어. 만두를 먹다가 변소에 다녀오겠다고 자리를 뜬 사람들이 돌아오지 않고 쥐도 새도 모르게 없어진다든지 만두 속에서 까만 터럭이 나오기도 하고 손톱 발톱 같은 것이 나오기도 하는 거야. 수상하다, 괴이쩍다는 소문이 퍼졌지. 결국 만두집을 수색하게 되었단다. 글쎄 변소로 가는 2층의 복도 한 켠에 마룻장이 빠지는 장치를 했다더구나. 운 나쁘게 그곳을 밟으면 악 소리 한번 못 지르고 깊은 지하실로 떨어져 쥐도 새도 모르게 만두 속이 되는 거지. 사람 고기를 넣어서 그렇게 맛이 달랐던 거야. 뙤놈들은 정말 이상해. 요리로 못해 먹을 건 비행기하고 책상 다리뿐이라잖니?"

"그담에 만두집 주인은 어떻게 되었어요? 잡혀갔겠지요?"

"사람들이 바글바글 모이는 장터에서 머리부터 발끝까지 살껍질을 홀랑 벗겨버렸단다." (위의 글, 208~209쪽)

소설가 되기란 무엇인가. 회갑에 접근한 노랑눈이 소녀가 인천의 「중국인 거리」에 가서 확인한 것. 그것 역시 인육(人肉) 먹기였다.

어느 여름날 황혼에 이층의 벽장 속에 숨어 들어가 있던 내게 그는 말했다. "소설가가 되겠다구? 애야, 나는 인육을 먹었단다. 사람 고기를 먹었단 말이다." (187쪽)

오촌아버지가 노랑눈이에게 한 말이었다. '소설가=인육 먹는 자'라는 도식이 거기 있었다. 이쯤 되면 '섬뜩함'이 아니라 '엽기성'으로 되지 않을 수 없다.

어떻게 하면 이 엽기성을 순화시켜 옛 전설이나 동화의 고전적 형식으로 만들 수 있을까. 작가 오정희가 당면한 과제가 여기에 걸려 있지 않을까. 이 물음은 단연 희망적이다. 이미 우리가 「옛우물」을 보아버렸음과 이 희망 사항은 결코 무관하지 않다. '가족소설'이라는 폐쇄적 지평에 갇혀 있는 한, 전설화에 기초한 고전적 형식의 탐구는 그 자체가 하나의 출구이자 구원이 아니겠는가.

아담과 카인의 대화
—박상륭론

1. 박상륭을 읽을 수 있는 장소

객 : 최인훈 씨의 「바다의 편지」(『황해문화』, 2003, 겨울)를 사기 위해 선생은 살고 있는 동네 동부이촌동에서 지하철로 교보문고에 갔고, 거기서 다시 조심스럽게 걸어 명동성당에 갔고, 거기서 미사를 보듯 비로소 읽기 시작했다고 어떤 목격자가 전하던데요. 사실인가요?

주 : 오랜만의 외출이고 거리 산책을 한 장면을 누군가가 아마 본 모양이겠지요.

객 : 최인훈의 『화두』(1994)가 나왔을 때 신생은 이렇게 썼더군요. "겉으로는 소설의 모습을 띠고 있지만, 실상은, 저 아우구스티누스의 고백록이자 파스칼의 팡세이다. 거기에는 경건한 제단이 놓여 있고, 신부 복장을 한 최인훈이 죄인처럼 고해성사를 하고 있다"라고. 「바다의 편지」를 또 이렇게 평했다더군요. "유서의 형식을 빌린 종교적 고백록의 더도 덜도 아니다. 원죄와도 흡사한 분단 상황을 종교적 경지에로 승화시킴으로써 저와 한반도의 중생을 함께 구원해내고자 한 보

살행이 아니었을까"(「아, 최인훈!」, 『김윤식의 비평수첩』, 문학수첩, 2004)라고.

주 : 작품이란 아무데서나 읽어도 될 그런 물건이 아니라고 믿는 세대도 있는 법입니다. 작품이 다양하듯 그것에 대응되는 독법도 갖가지일 터. 가령 머리를 곧추 쳐들고 혼신의 힘으로 방죽 저쪽으로 건너는 뱀헤엄치기라든가, 깜깜한 밤중의 산길 혼자 걷기에 흡사한 이청준 씨의 작품은, 사람 떠들썩한 장례식장이나 잔칫집 한 모퉁이에 앉아 읽어야 되지 않을까. 삶을 헤쳐가는 감각이란, 그것이 아직 형식을 덜 갖추었다 해도 응당 예(藝)의 감각으로 향하고 있으니까요.

객 : 박상륭의 『七祖語論』(1994)은 첫 줄부터 도류(道流)를 상대로 하고 있었으니까. 이를 읽을 수 있는 장소란 부다가야의 보리수 아래거나 적어도 송광사 법당쯤이어야 하지 않을까요. 아니, 여차하면 저 수미산 기슭이거나, 무슨 타지마할 마당이거나 갠지스 강변 바라나시이거나.

주 : 바로 그 때문에 제가 『七祖語論』을 외면했지요. 제가 도반에 들지 못했으니까. 누군가 평단을 향해 "직무유기다!"라고 빈정거려도 눈썹 하나 까닥하지 않았으니까. 소설 아닌 것에다 대고 어찌 평을 쓸 수 있을까보냐.

객 : 그런데도 선생은 「헤겔의 시선에서 본 박상륭 문학」(2000)을 썼더군요. 『七祖語論』이 얼마나 무서웠던지, 선생은 급하면 들고 나오는 헤겔을 앞세웠더군요.

주 : 그 지적에 두 가지로 대답해야겠군요. 인력 이민자로 호서(湖西) 밴쿠버에서 짠물을 잔뜩 먹고 몸집이 커진 연어 한 마리가 모천회귀해서 쓴 작품 「로이가 산 한 삶」(1995) 「왈튼 씨 부인이 죽은 한 죽음」(1997) 「미스 앤더슨이 날려보낸 한 날음」(1997) 등을 읽었음이 그 하나. 이들 작품은 누가 보아도 우리가 말하는 소설(단편)이었으니

까. 소설의 규칙 육하원칙대로 읽을 수밖에. 다른 하나는, 이 점이 중요한데, 전가의 보도 휘두르듯 헤겔을 앞세웠다고 그쪽에서 빈정댔지만, 어떤 시선에서 보면 품바꾼 박상륭 씨가 실상 헤겔주의자였다는 것. 인류사를 문제 삼았음에서 그러하고, 진화론자라는 점에서도 그러하니까. 헤겔도 박상륭도 인류사의 발전(진화) 과정을 문제 삼았다 함은, 말을 급히 하면, 소설 나부랭이, 박씨 표현으로 하면 '즙쇼리' 따위엔 관심이 없다는 것. 둘 다 위 없는 욕심쟁이라고나 할밖에요. 헤겔의 욕심부터 잠시 흥볼까요. 정신의 자기 운동의 변증법의 최종 단계를 '절대'로 상정하고, 그것을 셋으로 분류합니다. 예술·종교·철학이 그것. 이 가운데 제일 저질에 속하는 것이 예술, 그 다음이 종교, 철학이 최상위라는 것. 어째서? 예술은 감각적인 것에 의존하니까. 종교는 표상(기도)에 의존하니까. 철학만이 순수 개념으로 하니까.

객 : 박상륭의 욕심을 흥볼 차례. 선생은 「헤비급 두 작가의 소설 들어올리기」(『오늘의 작가, 오늘의 작품』, 문학사상사, 2002)에서 박상륭, 서정인을 싸잡아 욕심쟁이라고 했더군요. 절대정신 중에서는 저질급인 예술도, 실상 희랍 시대 '조각'에서 정점에 닿았고, 그 뒤로 인류사는 점점 예술의 타락으로 진행되었다는 것. 요컨대 내용/형식의 균형이 깨졌다는 것. 잡스러워졌다는 것. 이 잡스러움을 그나마 조금 '이끌어올리기' 위해서는, 기껏해야 종교나 철학의 권위를 빌려야 된다는 것. 이 점에서 『七祖語論』식의 캄플(캠퍼)주사가 요망되었다는 것. 서정인의 캄플주사란, 서양 고전의 규범성(원형성)이라는 것. 요컨대 이 나라 소설판이 쇠퇴할수록, 또 세계의 소설판이 쇠퇴할수록 저들 프로메테우스의 방편(불 도적질)이 요망된다는 것.

주 : 한반도 전북 장수촌 남대천에서 떠난 연어 한 마리가 태평양 짠 바닷물을 마시고 몸을 키우기 어언 30여 년. 모천회귀의 길에 오르기 또 몇 번이었던가. 창작집 『평심』(1999)이 그것이고, 『神을 죽인 자

의 행로는 쓸쓸했도다』(2003)가 또 그것이지요.

　객 : 모천회귀해서 연어는 알을 낳고 죽지 않습니까. 그 알이 문제인
데요. 그 알이 또 점점 많고 또 점점 굵어져 겁이 납니다. 혹시 돌연변이
라도 일어나 무슨 공룡 같은 괴물 연어가 탄생할지 모르지 않습니까?

2. 자이나교도의 자기 주장

　주 : 바로 그 점입니다. 장편『神을 죽인 자의 행로는 쓸쓸했도다』를
대하고 있노라면 그런 두려움이 없지도 않지만 동시에 안심도 되더군
요. ‘신은 죽었다!’를 명제로 한 서구적 정신의 이단아 니체(차라투스
트라)와 맞서기에서 박씨는 니체를 물리치려 온 힘을 쏟고 있더군요.

　객 : 적을 물리치기에 정력을 탕진하다보니 창조적 세계를 생각할
틈이 모자랐다는 뜻입니까.

　주 : 그렇소. 조로아스터(배화교)교라는 이단 종교를 달랑 들고 서
구 사회에 이끌어들여 기독교의 신관을 비판한 니체란 얼마나 단세포
적이냐, 라고 박상륭이 버마재비처럼 덤비고 있습니다. 니체가 수세에
몰릴 수밖에요. 그도 그럴 것이 박씨의 손에는, 저 우람한 수미산 기슭
을 에워싼 힌두교, 석가세존의 팔만사천법문, 용수의 중관론, 그리고
『산해기』등 갖가지 불패의 무기들이 쥐어져 있었으니까요. 오히려 니
체 쪽이 불쌍해 보여 마지않을 지경.

　객 : 그렇다면 니체와의 게임에서 규칙 위반을 한 쪽이 박씨이겠습
니다그려. 중세 기사도에서 보면 말 탄 갑옷의 기사들끼리의 겨룸에서
양쪽이 긴 창 하나만 꼬나들고 승부를 가리더군요. 그런데 박씨가 가
진 여러 무기들 중 차라투스트라에게 치명적일 수 있는 무기엔 무엇이
있을까요.

　주 : 잠시 박씨의 육성을 들어볼까요.

니체의 신은 구약의 고정관념에 둘러싸여 있어요. 신이 인간을 만들고 코에다 생명을 불어넣는다고 하니까 인간과 신을 대립적이고 이원론적으로 이해합니다. 그런데 니체가 죽인 신은 사실은 구약의 신이 아니라 신약의 신입니다. 그래서 니체가 죽일 수 있다는 신은 우리 속에 내재해 있던 신이어서 죽일 수 없는 신입니다. 니체가 또 하나 몰랐던 것은 모든 신들이 자연에 모태를 두고 있다는 것입니다. 자연의 초월적인 것을 의신화해서 제우스다, 오딘이다, 또는 뭐다, 이런 식으로 부르는데, 특히 기독교의 신, 구약의 신은 아마 반쯤은 자연의 신이고 또 반쯤은 문화적인 신인데, 예수가 나오면서부터 신약의 신은 완벽하게 문화적인 신이 됩니다. 자연에 모태를 두고 있는 것이 아니라 문화에 모태를 두고 있는 신인 겁니다.(좌담 김윤식 · 박상륭, 「우리 소설을 지키는 프로메테우스」, 『문학동네』, 2003, 가을, 381~382쪽)

객 : 니체의 맹안점이랄까 한계를 바라볼 수 있는 안경을 박씨는 어디서 얻었을까요.

주 : 아주 중요한 질문입니다. 워낙 부지런하고 출중한 연어인지라 온갖 바다 짠물을 들이켰을 터인데, 그 가운데 아주 자양분이 많이 함유된 짠물이 있었지요. 왈 자이나교가 그것. 아주 생소한 독자, 그러니까 저 같은 독자를 상대로 해서 박씨는 이렇게 말하더군요. 하도 결정적인 대목이라 길게 옮겨볼 수밖에.

제가 생각하기에는 인류가 이 땅에 있어온 지는 수수억만 년이 되었어요. 우리는 지금 호모사피엔스라고 하는데 어떻게 해서 수수억만 년 동안 인류는 오늘날 우리가 이룬 것 같은 문화나 문명을 이루지 못하고 지금부터 7천 년이나 8천 년 전부터 이런 갑작스런 문화를 이루었느냐? 그때 제가 해볼 수 있는 대답은, 그것은 지질학자들이나 고고학자들이나 과학자들이 대답해야 하는데, 그분들이 아직까지 대답을 못하고 있어요. 수수억만 년을 지구상에 있어오는 동안에 1관을 가진 존재부터 4관을 가진 존재까지…… 아마 진화의 과정상이 그렇지 싶어요. 자이나교에 의하면 1관을 가진 유정이 2관을 가지려면 몇억 년이 걸린다는 것이거든요. 그러니까 4관까지 진화를 해오기까지 수수억만 년이 걸렸을 거라는 거죠.

그런데 7, 8천 년 전에, 7, 8천 년이라고 말씀드릴 수 있는 것은 구약이 5천 년, 신약이 2천 년, 그리고 중국에는 신농씨, 복희씨 때부터를 7, 8천 년으로 잡는데, 그때 드디어 5관을 구비했을 거라는 겁니다. 즉 7, 8천 년 전에, 그때부터 극적인 역동적인 발전이 있기 시작하는데, 그 5관을 갖추기 시작하면서부터 판켄드리야(Pānkēndriya)들이 자기의 안쪽을 들여다보기 시작했을 거라는 겁니다. 왜냐면 그 수수억만 년 동안 밖을 내다보고 달이 지고 뜨고, 해가 뜨고 지고, 천체운행을 다 살폈을 것이지만 거기에서 어떤 신비함도 발견하지 못했는데 5관을 갖추면서 자기 밖에 있는 우주와 똑같은 우주를 자기 속에서 발견했을 거란 말이오. 이 5관을 가진 유정을 자이니즘에서는 판켄드리야라고 합니다. 이 판켄드리야들이 5관을 갖추면서 자기 안쪽을 들여다보자마자 이제까지 수억 년 동안 자기의 밖에 있어왔던 똑같은 우주가 자기 안쪽에 있었다는 것을 알았겠죠. 그때 신비의 경험을 한 것입니다. 이러는 동안에 신까지도 판켄드리야로의 진화 과정상에 계속적으로 내재해 있었던 것입니다. 육신이 5관을 구비하면서 드디어 자기 속에 있는 초월적인 힘에 대해서 눈을 뜨고, 그것에 이름을 붙인 것이 타트다, 사트다, 도다, 또는 신이다, 여호와다, 이런 식으로 된 것입니다. 그렇다면 이 신은 죽일 수 있는 신이 아닙니다. 우리들 속에 내재해왔던 것이 우리들의 진화와 함께 우리 속에서 하나의 초월적인 힘으로 발견된 것입니다. 그것은 우리가 발견한 우리 속의 어떤 것이고 외재적인 것이 아니기 때문에 죽일 수 없는

것입니다.(위의 글, 380~381쪽)

객 : 대체 자이나교란 어떤 종교인가요.

주 : 그 점에 대해 박씨는 별다른 제시가 없는데, 번거로웠던 탓이 아닐까 짐작합니다. 제가 조금 조사해본 바에 따르면 대략 이러합니다.

불교와 더불어 인도의 유력한 종교의 하나. 기원전 6세기경 바르다마나(Vardhamana)가 세운 무신론의 종교. 베다(Veda)의 교권을 부정하여 고행과 불살생(不殺生)을 중히 여김. 종래의 바라문교(힌두교)에 대하여 불교와 함께 개혁적인 종교. 갈마(業)에 의해 윤회에서 해탈함을 인간의 구경 목표로 삼은 이 종교는 동물 불살생, 거짓말 않기, 도적질 않기, 순결 지키기, 소유욕 제한 등 다섯 가지 계율을 지켜야 함. 극단적인 고행주의와 다원적 실재론(實在論)에서 중도주의인 불교와 선을 긋게 됨(渡辺照宏,『佛敎』, 岩波新書, 71~73쪽). 대체로 살펴본 바로는 이와 같은데요.

중요한 것은 불교가 발생지에서는 밀려나 태국, 스리랑카, 중국, 한국, 일본, 티베트 등 외지에서 성행함에 대해 자이나교는 인도 국내에서 아직도 크게 신앙되고 있다는 점이겠지요. 어째서 그러할까.

객 : 이 물음에 대한 제일 그럴싸한 해답을 잡소리꾼 박씨가 잘 해놓고 있다!『神을 죽인 자의 행로는 쓸쓸했도다』내용 전체의 메시지가 바로 이 해답용이다! 자이나교의 칼로 부장한 박씨가 있지노 않은 신을 죽였다고 외치는 니체를 친다!

주 : 목소리가 너무 높군요. 하기야 박씨의 목소리가 조금 높긴 합니다만. 그렇다고 해서 구경꾼인 우리조차 목소리를 높일 것까진 없지 않겠소.

객 : 박씨가 힘주어 무수히 강조해놓은 것이 바로 판켄드리야(5관을 갖춘 有情)라는 것이지요. 산문집『산해기』란 실상 이 자이나교의

경전 속의 핵심인 '판켄드리야'의 해설에 바쳐졌던 것. 장편『神을 죽인 자의 행로는 쓸쓸했도다』는『산해기』를 장편으로 개작했다고나 할까.『이방인』의 해설서로『시지프의 신화』를 쓴 카뮈와는 반대라고나 할까. 장편소설로 가능해진 것은 니체로 말미암았겠지만, 그만큼 박씨의 '판켄드리야' 개념의 성숙도를 말해주는 것이겠지요.

　주 : 자이나교에 대해 잘 알지는 못하나, 박씨의 해설에 기대면, 인류라는 유정물(有情物)은 빅뱅(큰쾅) 이후 한 기관(Ékendriya)에서 두 기관(Devindriya), 세 기관(Trindriya), 네 기관(Katūrindriya)으로 진화해오다가 지금으로부터 약 7천 년 전에 이르러서야 비로소 다섯 기관(Pānkēndriya)으로 되었다는 것. '몸→말→맘'의 과정이었겠는데, 해설을 좀더 옮겨오지요. 그렇지 않으면 이 소설을 도무지 읽어낼 재간이 없으니까.

　이건, 다른 방언을 쓰는, 현자들의 지혜를 빌려 하는 애기이외다만, 그들은 '인간'을, '판켄드리야'라고 하는데, 그로부터의 진화는, 정신적으로 이뤄진다는 것입데다. 중생, 불멸, 해탈 따위. 그런 금(金)은 그런데, 다름 아닌, '육체'라는 조악한 질료의 연금을 통해서만 이뤄진다는 것인데, 그래서 '육체야말로 진화를 위한 필수조건'이라는 명제가 서는 것인 것. 그렇다면 그것(몸)은, 공이 함의하는 바와 같은 '목적'은 아닌 것. '육체가 목적'이 되면, 매우 바람직하지 않게, 부정적 국면에선 '악마주의'랄 것이 머리를 쳐들 위험이 도사리고 있을 거외다. 그러함에도, 영혼은, 육체가 더욱 더욱 메마르고 처량하게 되어, 아사하기를 바라는 것이라고, 그리하여 영혼은, 육체와 대지로부터 벗어나려고 생각하고 있노라고, 설할 수 있으리까? 그러므로 하여, 영혼이라는 것은, 나나니벌 같은 신이, 인간의 육체 속에다, 묻어놓은, 나나니알 같은 것으로 여겨, 할 수 있으면, 저 알을 뽑아내어 짓눌러 죽이려 하는 듯도 여겨집네

다만, 늙은네의 믿음엔, 바로 이 '영혼'이라는 것은, 본디는 어떤 '의지'라고도 이를 것이, 에켄드리야(Ékendriya, 일관유정(一官有情)로부터 시작한, 멀고도 하 멀고, 고단하고도 하 고단한, 진화의 과정을 겪어, 마침내 판켄드리야까지 도달한, 그 결과가 그것인 것을. 육신적 진화의 종점은 어쩌면 이 상태(판켄드리야)까지일지도 모르되, 진짜의 역동적 진화는 그러나, 여기서부터 시작이겠습지. 두렵고도 슬픈 일은, 불행하고도 비극적인 일은, 차라투스트라는, 그 새로 시작되는 진화의 역동적 도약대를 부숴뜨리려 덤벼, 판켄드리야로 하여금 카투린드리야(Katūrindriya, 감각기관을 넷만 구비한 유정) 내지는, 트린드리야(Trindriya, 삼관유정(三官有情))에로의 역진화(逆進化)를 '초월'처럼 설하고 있다는 그것입지.(『神을 죽인 자의 행로는 쓸쓸했도다』, 문학동네, 2003, 59~60쪽)

객 : 큰쾅론 이후 단세포에서 진화되기 시작한 유정물로서의 인간이 두 세포, 세 세포, 네 세포까지 수많은 세월이 걸렸고, 다섯 가지 세포의 유정물, 그러니까 이른바 『반야경』에서 말하는 오온(五蘊, 12처 18계)을 갖춘 오늘날의 인간이 된 것은 불과 7, 8천 년밖에 안 된다는 것. 그렇다면 이 진화에 이르기까지 온갖 단계의 현상과 곡절이 있었고, 또한 7, 8천 년 이래 지금까지도 수많은 진화가 이루어졌을 터. 『七祖語論』이란 실상 이 진화 과정을 보여주는 만화경이었던 것. 이 진화 과정을 니체를 사례로 삼아, 아수 솜혀서 보여준 섯이 이 장편소설이라는 것. 결론적으로 말해……

주 : 그렇소. 결론적으로 말해……

객 : 결론적으로 말해 '신은 죽었다!'고 외친 니체의 초인사상→권력의지→영겁회귀란, 그 화살표가 거꾸로 잘못되었다는 것.

주 : 영겁회귀→권력의지→초인사상이라는 것.

객 : 그러니까 판켄드리야→카투린드리야→트린드리야→드빈드

리야→에켄드리야라는 것.

주 : 진화 쪽이 아니라 역진화라는 것.

객 : 화살표를 거꾸로 돌리기, 거기에 니체의 오류가 있었다는 것.

주 : 니체는 그 자신은 물론 갓 판켄드리야의 단계에 이른 유정물이
지만 멀쩡한 우리 오온을 갖춘 유정물을 셋이나 넷 정도의 세포를 가
진 짐승으로 잘못 판단했다는 것.

객 : 그러기에 니체가 한없이 가련하다는 것. 정작 독룡(毒龍)의 희
생자라는 것.

주 : 쓸쓸하다는 것. 니체를 보고 있노라면 안타깝다는 것. 그 좋은
머리로, 신을 죽였으니 그 뒷모습이 쓸쓸할 수밖에 없다는 것. 요컨대
과학만 있었지 커다란 그리움(悲)이 결여되어 있었다는 것. 니체의 한
계는 그가 시인이었다는 점.

익은 능금이(눈의 상징인 것도 고려해두기로 합세다) 떨어지면, 별수
없이 굴러야 되는, 구태의연한 대지, 실추한 눈. 그럼에도 시인(詩人)들
은, 구태의연한 것들에서, 뭔지 새롭다고 여겨질 노래들을 만들어 부르
기도 합데다. 아으, 차라투스트라는 시인이리까? 이 '시심(詩心)'은 그
런데, 어쩌면, 그렇소이다 어쩌면, 카투린드리야가 마지막으로 뜬눈이
나 아닌가, 그리하여 그것에 의해, 판켄드리야를 성취하는 것이나 아닌
가, 그 역동적 도약력이나 아닌가, 하는, 거의 신념에 가까운 생각도 하
고 있소이다. 이런 일종의 신념을 이루게 한 관건은, 판켄드리야로부터,
그 다음 단계에로의 도약력이 되는 것은 '종교'며, 앞에 '시심'이라는
말로 포장한 '예술'은 아니라고 알게 된 그것이외다. 판켄드리야께 도
약력이 되는 것이 종교라면, 카투린드리야께도 그런 것은 있었을 것인
데, 그것은 '종교'라는 이름 대신, '예술'이라고 이르는 것일 것이라는
믿음이 있소이다. 그러니까 '예술'이, 카투린드리야께는 종교가 되었을

것이란 말로도 바뀔 수 있겠소이다.(『神을 죽인 자의 행로는 쓸쓸했도
다』, 76~77쪽)

여기까지 오면 의미에도 패관 박씨는, 저 헤겔과 닮았음이 드러납니
다. 진화론이 그것(졸고, 「자이나교도의 판소리 열두 마당」, 『한국문
학』, 2004. 봄, 『20세기 한국작가론』, 서울대출판부, 2004 참조).

3. 진화론자의 함정 '불생불멸론'

　객 : 자이나교도 박상륭의 각설이타령의 정점이랄까 가장 최신품이
자 도달점으로 보이는 장엄 화려한 글모음(이게 어찌 창작집이라 할
수 있을까)을 엿볼 차례에 하마 이르렀는데요. 막무가내로 왈 창작집
『小說法』이라. 그도 그럴 수밖에 없는 것이 할방패관(瞎榜稗官)이라 자
처하고 있으니까, 그 패첩(稗帖)인즉 창작집이라 할밖에요. 학문도 없
이 과거에 급제한 패관이렷다. 모두가 아는 바 패관인즉슨 왕이 민간
의 풍속이나 정사를 알기 위해 세상의 풍설과 소문을 수집, 정리하여,
기록시키던 벼슬아치인 것. 풍문의 기록 그러니까 미확인 기록인즉슨
풍문의 윤색이 불가피해졌고, 얘기 만들기에까지 발전할 수밖에요. 얘
기 짓는 사람을 가리키기에 이르렀을 터. 패관문학이라 불리는 것도
이 때문. 그런데, 패관이라 자저해온 박씨가 이번엔 유독 할방패관이
라 자기 규정을 해놓았습니다그려.
　주 : 『七祖語論』이라든가 『산해기』 『평심』 따위의 창작집과는 달리
『小說法』이라 했습니다. 태평양 저쪽 짠물의 농도 탓인지 이 토종 연어
는 전북 장수 남대천으로 모천회귀할 적마다 몸집이 불어나듯 이번엔
참으로 희귀한 몸짓을 보이고 있습니다. 품바꾼이니, 패관이니 하며
방언의 탈을 빌려 거의 고압적 협박 투로 덤비던 종래의 모습과는 달

리 썩 친절, 겸손해졌다고나 할까. 왈 "이것은 소설이다!"라고 했지 않습니까. 파이프를 그려놓고 "이것은 파이프가 아니다!"라고 우긴 환쟁이(마그리트)가 호서(湖西) 쪽에 있었거니와, 그래서 나름대로의 충격을 던졌거니와, 이 환쟁이란 실상 『七祖語論』의 작자 박씨였을 터. 그로써 그도 제법 충격을 던졌지요. 그런데, 이제 그는 "『七祖語論』도 소설이다!"라고 말할 만큼 겸허해졌다고나 할까요.

객 : 선생은 이번 창작집 『小說法』에 상당한 친근감이랄까 애착을 갖는 모양입니다그려.

주 : 그렇소. 방언으로 씌어진 박씨의 창작을 빠지지 않고 제법 애써 읽어온 제 경험에 비추어볼 때 이번 창작집은 적어도 다음 세 가지 점에서 특징적입니다.

첫째, "이것은 소설이다"를 전제했다는 점. 말을 바꾸면 그러니까, 한국 지방문단이 외면할 수 없습니다. 평단도 마찬가지. 왜냐면 그랬다간 직무유기에 해당될 테니까.

둘째, 이분법적 사고를 그 외연과 내포에서 극복할 수 있었다는 것. 설명이 조금 없을 수 없지요. 그동안 박씨의 세계 인식은 호동(湖東)과 호서의 이항대립적 사고의 큰 틀에서 크게 벗어나지 않았던 것. 인류사의 전개 과정에서 호동과 호서는 힌두교계와 기독교계로 이분되었던 것. 기독교의 사생아 니체도 실상 반역자이긴 해도 결국 호서적 세계 인식에 내속(內屬)된 것인 까닭. 『神을 죽인 자의 행로는 쓸쓸했도다』가 그러한 사례이지요. 동시에 박 패관이 속한 방언 역시 호동에 내속된 것이겠고. 이런 이분법적 틀을 깨는 방식이 이번 창작집엔 겉으로부터 드러나 있습니다.

객 : 호동, 호서 사이에다 중원인(中原人) 남화자(南華子) 장자(莊子)의 도입이겠습니다.

주 : 그렇소. 이 창작집 구성은 「內篇」과 「外篇」 그리고 「雜篇」으로

428

되어 있소. 「內篇」에 3편, 「外篇」엔 4편, 「雜篇」엔 2편입니다. 「內篇」이란 무엇이뇨. 장자의 근본사상을 담은 '소요유'를 비롯한 3편이며 「外篇」「雜篇」이란 「內篇」의 뜻을 부연한 것. 「雜篇」은 그러니까 후대의 위작이랄 수도 있는 것(원래 고전이란, 『논어』도 그러하거니와, 뒤에 실린 것들은 위작으로 치부됨이 일반적).

객 : 창작집 구성법에서 보면 「內篇」에 실린 「無所有」「小說法」「逆增加」 등 3편이 박씨의 근본사상이 깃든 진짜 작품. 「外篇」 4편인즉 위의 「內篇」에 대한 아주 친절한 본격적 주석인 셈. 각주 식으로 아주 간략히 주석한 종래의 경우와는 판이한 방식. 그리고 「雜篇」이란, 주석인 「外篇」을 다시 너무도 친절하게 해설해놓은 것. 흡사 박씨의 후배들이 선조의 원전을 흉내내어 덧붙인 격. 맞습니까?

주 : 그렇소.

객 : 그렇다면 이번 창작집은 그 어느 때보다도 박씨의 소설에 접근할 수 있는 기회이겠습니다그려. 참고서를 옆에 놓고 문제집을 푸는 격이니까. 문제는 참고서도 같은 저자의 것이니까. 그럼에도 또 걱정스러운 것이 있습니다.

주 : 주석이 오히려 어려우면 어쩌나 하는 것이겠지요. 그럴 염려는 별로 없습니다. 『七祖語論』 이래 박씨가 일관해서 해오고 있는 기본사상이란 그대로 관통하고 있으니까. 곧 자이나교도의 교리 '판켄드리야'가 그것이니까. 이 여의봉으로 손오공처럼 박씨는 니체의 대머리를 내리칠 수 있었지요. 그리고 이 여의봉으로, 창세기의 아담과 마주하고 있으니까. 카인으로 변한 여의봉이 눈먼 아비 아담의 힘 빠진 어깨와 무릎을 자근자근 두드리며 위로까지 해주고 있으니까.

객 : 이 창작집의 문제점으로 들 수 있는 셋째는 무엇인가요? 계속 읽어온 선생의 안목이랄까 무슨 직관 같은 것입니까.

주 : 그렇소. 「內篇」에 묶인 3편이야말로 박상륭 문학의 핵심이자 방

법론이라는 것.

　객 : 진화론을 기본항으로 한 자이나교. 그 족보인즉『Janina Stūra』중「Uttarādhyayana」(XXXV 1講)에 근거한 글쓰기겠는데요. 그동안 박씨가 방언으로 쓴 창작집은『평심』(1999)『잠의 열매를 매단 나무는 뿌리로 꿈을 꾼다』(2002) 두 권이지요. 니체와 맞선 장편『神을 죽인 자의 행로는 쓸쓸했도다』(2003)는 위의 두 창작집에 비하면 한갓 돌출 행위랄까 주먹질 같은 것 아닙니까.

　주 : 동감입니다. 실상 위의 두 창작집은, 그 제목이 실로 유치하지요(아마도 상업성을 고려한 탓이 아니었을까). 실상 두 창작집의 원제목이자 참주제는 '두 집 사이'인 것. 두 집이란 무엇이뇨. 이승과 저승, 생과 사, 에로스와 타나토스 등의 단순 이분법이 아니지요. 이 둘이 결국 하나(不二)라고도 하겠지요. 접점 지대, 분화점이 문제이니까. 그런데, 자이나교도의 교리에 따른다면, 그러니까 인류사의 진화론에 따른다면, 짐승과 인간 사이, 곧 4관유정과 5관유정이기도 하지만 또 자연과 인간 사이이기도 하지요. 그러나 박씨가 제일 힘주어 도달한 경지는 진화론의 핵심인 '문화'에 있습니다. 자연과 문화, 바로 이것이 두 집이겠지요. '자연과 문화 사이'가 바로「두 집 사이」연작물인 셈. 5관유정이 4관유정으로 퇴화하느냐 6관유정으로 진화하느냐에 관한 것.

　객 : 4관유정이 의식을 획득(진화)함으로써 인간스러움인 5관유정으로 되지 않았습니까. 자이나교에서는 대략 7, 8천 년쯤 전으로 이 시기를 추정하고 있는 모양인데, 좌우간, 5관유정인 판켄드리야가 다시 진화한다면 어떻게 될까. 곧 '문화'로 진화하여 오늘에 이르렀다면, 판켄드리야와 6관유정(쉐쉬빈드리야) 사이가 또 문제되겠지요. 진화론이란 절대성으로 상정되어 있으니까. 큰 그림으로 보면 칼 포퍼가 주장하는 돌연변이도 물론 포함되었겠지요. 그렇다고 해서 이 진화론

이란, 무슨 법칙이랄까 자기증식 같은 타성이라도 있는 것일까. 이런 물음이 떠오릅니다.

주 : 좋은 지적. 죽음의 연구에 몰두하고 마침내 그 해답을 『七祖語論』에서 찾아냈다고 우기면서도 사뭇 불안하여 '줍쇼리' 라든가 '돌(咄)!' 소설질하기 어려움이여, 라고 각설이의 타령으로 얼버무렸지 않았던가. 다시 말해 유리(羑里) 마을의 칠조촌장의 복장을 빌려 입고 목소리를 흉내낼 때도 박씨가 기댄 여의봉이란, 옛 천축국 사람들의 철학이었지요. 프라브리티(Pravritti)와 니브리티(Nivritti)가 그것. 우주의 기본 원리인즉 되기(爲), 움직이기(動)와 무동(無動)의 상호작용에 다름 아닌 것. 노자나 장자의 무위자연도 마찬가지. 용수보살의 중관론도 범주상에서는 같은 것. 진보론이란 발 붙일 데가 없지요. 인간이라는 짐승이 그 수피(짐승껍질)를 벗고 문화도(文化道)에 이르는 그 곡절이란, 스머들 틈이 없지요. 그러기에 박씨는 『七祖語論』에서부터 『평심』『잠의 열매를 매단 나무는 뿌리로 꿈을 꾼다』에 이르기까지 '갈마분열' 을 골똘히 검토했고, 또 '갈마역분열' 까지 예비해두지 않았습니까.

객 : 갈마분열 곧 업(業, 카르마)의 분열이 인구 증가를 설명하는 방식이기에 진화론엔 응당 설정되어야 하는 것(졸고, 「아, 박상륭」, 문예중앙, 2002, 여름). 그럼에도 굳이 갈마역분열을 예비해둠이란 새삼 무엇일까요.

주 : 그것은, 아마도, 박씨가 전력을 기울여 매달린 천축국의 사유 방식에 대한 공부의 깊이에서 말미암은 모종의 의문이랄까 도전에 관련되었을 터. 본론인 「두 집 사이」 시리즈의 제4편에서 박씨는 아주 격렬하면서도 의미심장한 각주를 이렇게 달아놓았지요.

본 졸문의 필자는, 다른 졸문 책 『七祖語論』에서, '갈마분열' 이라는 문제를 제기한 바 있었거니와, '인연, 전생, 윤회, 갈마' 등의 법을 설하는 종문(宗門)에서는, 저 법과 '인구 증가' 와의 관계를, 납득할 만큼 설명해줄 수 있어야 할 것이다. 그렇지 않다면, 많은 무명중생이, 허무와 소멸의 무저갱 속으로 떨어져내릴 위험이 있다.

처음의 '하나' 가 둘, 셋으로 늘어나는 것이 인구 증가라면, 이때 우리는, '하나' 만의 전생과 갈마는 짐작해낼 수 있으나, 그 '하나' 외의 다른 목숨들의 그것들에 관해서는, 어떻게 이해해야 할지 모르겠기 때문이다. 대답 삼아, 그 종문의 깨달았다는 이들은, 『心經』을 읊조려줄 것이 짐작되지 않는 것이 아니다. '…… 不生不滅 不增不減 ……' 불이 맹렬히 타고 있는 집에 갇혀, 무명의 까닭으로 우왕좌왕하다 문을 못 찾고, 타서 죽기로 환생(윤회)만을 거듭하고 있다, 는 유정들께, 저것이 과연 대답이 될 수 있을 것인지, (깨우치지 못한 소치로) 그것은 아직도 의문이다.

저것은 대답(話尾)이기보다는, 문제의 제기, 즉 화두(話頭)나 공안(公案)인 듯한데, (그리고 물론, 그 공안 자체가 그 결론인 듯싶기도 하지만) 저것은 우매한 중생으로서, 오백 생을 바쳐도 깨우치기 어려울, 그렇게나 위대한 모순당착은 아니겠는가? 오백 생을 바쳐서라도 깨우칠 만한 법(法)이겠으나, 그러기 전에 이삭되어져버리는 유정이 있다면, 그를 두고는 어째얄 것인가? 중생은 이런 까닭으로 어리석다고 이르는 것이겠으나, 저러할진대(不生不滅 不增不減) 무엇 하려 '인연설' 이며, '갈마, 환생론' 을 펼 일이었던가.(『잠의 열매를 매단 나무는 뿌리로 꿈을 꾼다』, 문학동네, 2003, 32~33쪽)

객 : 소설 본문에 감히 수용할 수 없을 만큼 꽤 격렬하군요. 각주란 그러니까 박씨 소설에서는 일종의 화두인 셈. 참고 사항이기는커녕 오히려 본문 뒤집기라고나 할까요.

주 : 본문과 각주(주석)의 관계란, 시작과 끝이 맞물린 형태여서 어느 쪽 문으로 들어가도 사정은 마찬가지 형국. 동시적 제시이니까 동시적으로 이해할 수밖에요. 순서 개념의 소멸이라고나 할까. 난해성이 깃든 곳이지요. 왜냐면 소설이란, 글쓰기란 연어가 지시하는 시간적 순서 개념 위에서 성립된 것인바(육하원칙), 이 개념에 익숙한 독자에겐 시간성 소멸, 시간 공간의 동시적 제시, 곧 '것'과 '곳'이 엉겨붙어 있으니까 괴물로 보일 수밖에요.

4. 소설적 '환함'의 드러남

객 : 진화론의 신봉자 자이나교도 박씨의 글쓰기에서, 맨 먼저 극복되어야 할 점이 이른바 '불생불멸(不生不滅)' '부증불감(不增不減)' '불구부정(不垢不淨)' '불래불거(不來不去)'이었다는 것(달마의 『혈맥론』, 『반야심경』 등이었을 터). 「無所有」에서 박씨는 저만의 독특한 방언을 고안하지 않으면 안 되었을 터. 소유와 존재가 동일하다는 것. '곳+것=곳' 「逆增加」에서 보여준 지방 어휘는 '몸+맘+말=맒'이 그것. 몸과 맘 사이, 맘과 말 사이 등 두 집 사이가 바르도(Barod)를 중심으로 숨가쁘게 전개되고 있습니다.

주 : 그렇소. '몸-맘-말'을 전개하고 그 사이에 걸쳐 있는 수많은 미묘 복잡한 생성 변질의 원리를 박씨는 혼신의 힘을 기울여 방언으로 옮기고자 합니다. 급하면 방언을 새로 만들기도 하고, 답답하면 각주라는 여의봉으로 독자(도반)의 뒤통수를 내리치기도 하고.

객 : 얻어맞고 나서 문득 깨쳐지던가요? 아니면 오히려 벙벙해지던가요?

주 : 경우에 따라서 다르나, 대체로 반반이라고나 할까요. 아무리 그래봤자, 글쓰기란, 먹으로 쓰는 행위이니까. 문득 환히 깨쳐지던 장

면부터 말해볼까요.

(A) : 어부왕의 성배찾기 전설의 전개 과정에서 행해진 첫번째 주석. 곧 제목「無所有」에 맞세운 주석이 그것.

D. T. Suzuki의, 『Studies in The Laṅkāvatāra Sūtra(楞伽經 註解講說)』에 의하면, ‘無所有’라고 漢譯된 산스크리트 ‘아비디야마나트바(Avidyamānatva)’는, ‘not existing’이라고 英譯되어 있다(玄譯譯, 大般若 第五百三十八券, 縮刷, 八十二丁, 六行, ‘如是諸空無所有故, 於如是空無解無想’). 本經 중 ‘Sagathakam’에는 “…… not being born is said to mean not having any abode; ……”라는 英譯된 구절이 있는데, 이것을 줄이면 ‘not existing’이 될 것이었다. 이 英譯대로 따르면, ‘無所有’란, ‘소유한 것이 없다’, 즉 ‘無, 所有’의 뜻이기보다는, ‘존재치 않는다’, 즉 ‘無所, 有’의 뜻인 것으로 해석되는데, 현학심을 돋과, 비약하고 굴절하고 전와키로 하면, 혹간 ‘소유한 것이 없다’와 ‘존재치 않는다’가 같은 뜻으로 모두어질지 어떨지 모르되, 그러기 위해서는 그 원어(산스크리트)를 해독할 수 있고서야 가능할 터여서, 통재라, 稗官은, 패관의 불학밖에 눈 흘길 데가 없구나. (咄, 小說하기의 雜스러움!) (「無所有」 중에서)

이 주석이 지닌 의미로 말미암아 환해진 게 아닙니다. 작품「無所有」 구성 방법에서 환해짐이 관련되었지요. 어부왕 전설을 소재로 했기에 등장인물은 당연히 성적 불구자 어부왕이지요. 여기에다 박씨는 시동(侍童)을 등장시켰지요. 그리고, 패관인 소설가 박씨가 나옵니다. 3인 행이라고나 할까. 어째서 시동을 등장시켰을까. 이 물음 속에 이른바 이 소설의 ‘환함’이 있습니다. 패관의 패악에 가까운 협박스런 목소리가 시동의 등장으로 크게 부드러워졌던 것, 작품「無所有」의 큰 장점인 셈.

434

객 :「無所有」의 본문과 각주, 그리고 시동의 3각형 도식으로 이루어진 셈이군요.「小說法」에서는 시동이 없습니다. 막다른 패관의 패첩(稗帖)으로 일관되어 있지 않습니까. 무슨 '환함'이 거기에 따로 있던가요.

주 : 있습니다.「小說法」은 '기·승·전·결'의 구성으로 되어 있지 않습니까. 소재는 어부왕과 조금 다른「잠자는 공주」. 어부왕 전설이라면 이미 박씨는 신화의 세계를 떠났던 것. 성배 전설의 차원으로 내려왔지요. 인간의 시대, 곧 문화의 단계(진화)인 셈. 그런데,「잠자는 공주」란 무엇이뇨, 동화가 그 정답. 전설에서 동화로 한층 인간 쪽으로 접근해왔지요. 그러나 모두 서양적인 것. 그렇기는 하나, 또 그렇기에 독자에겐 그만큼 친근해졌던 것. 소설적 '환함'이 드러날 수 있는 곳이지요. 서구적 산물이 소설이니까. 어부왕, 잠자는 공주가 서양 것이라면 여기에다 대응시킨「개구리왕자」나「금당나귀」는 어떠할까요. 이 물음엔 다음 두 가지 의미가 담겨 있습니다.

객 : 진화론의 원리상에서 보면 연금술을 거쳐 몸이 먼저 금으로 변해야 합니다. 짐승의 껍질을 벗고 바야흐로 문화의 영역으로 진보하기 위해서는, '몸'과 '말'의 곡절이 가로놓일 것인바, 이 '말'에 대한 탐구를 박씨는 제쳐두고 있습니다. 아마도 다음의 과제이겠지요. 장차 전개될 심도 있는 문화론이 그것.

주 : 그럴지도 모르지요. 시방 문제되고 있는 것은 박씨가 보여주고 있는「小說法」이 어째서 독자에게 솜더 '환함'을 가져왔느냐 아닙니까. 그것은 곧 전설·동화 등의 서구적 언어(방언)를 호동의 방언, 곧 한반도라는 아주 시골 벽촌의 방언, 이른바 토종방언으로 바꾸어 보여줌이겠습니다. 아니, 적어도 그런 것을 염두에 둔 글쓰기의 징후가 뚜렷합니다. 잠시 볼까요.

앞서 패관은, 이 '공주＝성배'의 아름다움이나 지선함을 들어 '범우

주적'이라고 상찬도 바쳤으나, 식민화/피식민화라는 문제와 더불어, 주
변 국가, 민족들께는, 이 아름다운 공주가 '검은 상복의 과부 거미'로,
그 계모성을 드러내는 것도, 지적하지 않을 수가 없는데, 그 '아름다움
이나 지선'함에 찬양을 보내다보면, 주변 국가, 민족들은, 알게도 모르
게도, '문화적 피식민화' 또는 '정서적 피식민화', 심지어는 '상상력의
피식민화'라는, 결코 바람직하지 않은 결과에 봉착하게 될 것이어서,
(李文求의, 해학 일침을 빌리자면) 거기 '고빠또'들의 영산회가 열린다.
혹간 또 모르지 비록 환상 속에서라도, 거기 어떤 종류의 바벨탑이 서게
될지 그건 모르지.

그러나 이제, 그럴 만한 야단(野檀)도 차려졌으니, 삶은 돼지머리를
위시해, 여기 감 놔라, 저기 배 놔라, 법석(法席)을 떨어봐도 좋을 만한
자리에 온 듯하거니와, 그러면 어째서 패관은 갑자기, 그리고 그것도 하
필 어느 낯선 고장의 묵뫼 하나를 열어, 들어, 겨울 나는 구근(球根) 모
양 혼곤히 자는, 처자 하나의 잠을 교란하고 있는가, 그래서 정작으론
무슨 말의 아마실을 자아내려 그러는가, 만약 어디서 주위들은, '개작
(改作)'의 문제 때문이라면, 저 특정한 한 묵뫼를 파헤치기보다는, '민
담(民譚)'이 사고 팔리는, 깨어 시끌벅적한 시정 어디에고 얼마든지 더
좋고도, 누구의 귀에나 익숙해져 있는 것들이 얼마나 쌔뻐린 것인가,—
하는 따위, 의문이 납 비녀가 되어 앙구찮게 목에 걸려 있는데, 허긴 그
렇겠다. 이제 그것이 대답되어져야 끄늘거리는 납 비녀가 뽑혀지겠을
일이겠는다.(「小說法」 중에서)

객 : 썩 겸손해진 목소리라고나 할까요. 구근(球根)이라든가 죽고
싶다는 항아리 속의 쿠마의 무녀(엘리엇의 「황무지」)처럼 패관 박씨
는, 방언 중의 방언에 기울어질 조짐이 뚜렷합니다. 변강쇠와 옹가네,
어부왕(아더왕)과 잠자는 공주의 대비, 또 변강쇠와 아킬레스의 대결

436

의 조짐도 그것. 그렇지만 무엇보다도, 할방패관 박씨의 겸허함이 손에 잡힐 듯이 드러난 것은 「逆增加」입니다. 이 작품 하나를 쓰기 위해 저 『七祖語論』이 요망되었다고 보면 지나친 과장이거나 비약일까요.

주 : 거기까지는 단언할 수 없지만, 적어도 이 창작집에서는 그러합니다.

'인류의 역사' 보다 '생명의 역사' 는, 헤아릴 수 없이 더 길었다고, 자이나 經典은 밝히고 있다. 'illo tempore(起)' 는 인류의 역사와 관계된 序頭일 것이어서, 起後는 짧되, 起前은 길고, 그래서 起前을 내포한 '起' 는, 생명의 역사상 가장 긴 한 시대인 것. 줍쇼리꾼의 '人類史 槪觀' 은 그렇게 쓰여졌는도다. 하다고 하나, 더 내려다볼 미래도 없는, 고갯마루 내린 지도 '어언 몇 성상이 흘렀으니', 이제도 雜說꾼이, 좌중 누구의 핀잔이 두려워, 그들 귀에 솔깃한 얘기나 씨부리겠는가? 雜說의 성격이 그러않은가베? 들어볼 인내심이 있는 자는 들어볼 일이고, 그렇잖거든, 귀를 번거럽게 할 필요는 없음일라. 뭣 때문에, 나나니벌 같은 것을 귓속에 넣고, 그로 인해 번열에 주리를 틀 일이겠는가? 마는, 본 雜說꾼이 두려워하는 것은, 공들이, 귓속에 넣은 나나니벌의 까닭으로, 양털이나 잔디가 자라는 소리 같은 것을 듣게 되며, 바람이나 숲의 요정 따위를 보게 되어, 행여나 미친놈이라는 소리라도 들을까 하는 그것이거니―. 목도 컬컬하니, 술 한잔 부어라, 꾹꾹 눌러 산이 터지게 채우게라!(「小說法」 중에서)

이렇게 자조적으로 말해놓았지만, 「逆增加」에 오면 형언할 수 없는 그리움(悲)으로 넘쳐나고 있어 눈시울이 뜨거워질 정도.

5. 극시 '카인과 아담의 대화'

객 : 「逆增加」의 부제가 '제8의 늙은 兒孩 얘기'로 되어 있습니다그려. 그러니까 「제7의 늙은 兒孩 얘기」(『문학동네』, 2002, 봄)에 이어진 작품인데요. '두 집 사이' 곧 이승과 저승 사이에 머무는 49일(제)을 문제 삼았고, 말을 바꾸면 염태(念胎)에 관련된 것 아닙니까. 당초 「제8의 늙은 兒孩 얘기」의 발표시 원제목은 「逆增加」가 아니라 그냥 「두 집 사이」(『현대문학』, 2004. 2)가 아니었던가. 어째서 박씨는 창작집을 내는 마당에서 '두 집 사이'에서와 결별하는 형국을 취했을까요. 그 작품에 대해 선생은 '아담과 카인의 대화'로 요약하면서 '불쌍한 카인, 우리의 박 패관!'이라고 비평가답지 않게 흥분했더군요(졸고, 「어깨에 작두를 둘러멘 작가들, 혹은 뻐꾸기 울음소리의 소설사적 위상론」, 『문예중앙』, 2004. 여름호).

주 : 제가 비평가답지 않게 흥분한 까닭을 밝혀야겠군요. 잘 설명될지 모르겠으나, 제 자신을 위해서라도 시도해보아야 될 지점에까지 왔습니다그려.

첫째, 인간계 진입의 얘기라는 것. '두 집 사이'계란 (1)에서 (7)까지는 '염태' '갈마분열' 증가와 역증가 사이를 오르내린 형국이었지요. '자연'계에서 '문화'계로 진화하기 위한 예비훈련 단계라고나 할까요. 제8부터는, 박씨가 밝힌 대로 인간계(문화계)로 바야흐로 발을 내딛는 단계입니다. 잠시 살펴보고 나갑시다.

숫자 '1'은 말하자면, 성력파(性力派)의 '빈두(Bindu, Skt. 'particle,' 'dot', 'spot', 'male semen')' 같은 것이라고 이해한다면, 앞서 인용한 구절이 드러내고 있는 것과 대동소이한 결과를 추찰해낼 수 있을 터이다. 그러나 이건, 아는 이들은 대개는 알고 있는, 저 수의 밀종성(密宗

性) 따위를 거론할(만큼 공부도 되어 있지 않되) 자리는 아님으로, 본 잡
설(雜說)이 필요하다고 여기는 것만 밝혀두려 하걨는다. '7'은 완성의
숫자라고 하여 '신(神)'의 숫자라고도 이르되, 그것은 또『구약』의 숫자
라는 주장도 있다. '8'은 그런데,『신약』의 숫자라고 이르고, 신약적으
로는 그래서, '8'이 '완성'을 의미한다고 이르던. 본패관의 관견에는,
그럼으로 '8'은, '신'의 숫자에 대한 '인간'의 숫자인 듯하다.(「逆增加」
중에서)

객 : 그러니까 (7)과 (8)의 숫자란, 구약과 신약, 요컨대 인간계의
진입 단계이군요.『죽음의 한 연구』(1975)에서『七祖語論』까지가 진화
론에 이르는 인류사의 초기 단계를 헤맨 것이라면, 그러니까 자연(짐
승)과 인간 사이의 분화 과정에 대한 가설적 탐색이었다면「두 집 사
이」시리즈는 좀더 심화된 단계, 곧 '몸-맘-말'의 접점 지대, 분화 과
정 증가/역증가에 대한 탐구였군요. 제8에서부터는, 자연에서 이륙한
5관유정이 뒤돌아봄 없이 문화계를 진입함에 바쳐진 것. 진화론에 대
한 한 단계 비약을 위한 역증가 현상을 일차적으로 다룬 점. 최초의 인
간이자 살인자 카인의 등장이 이를 가리킴인 것. 맞습니까.

주 : 둘째, 극시(劇詩)의 형태를 취했다는 것. 여기에는 문예학적 설
명이 없을 수 없지요. 이 작품엔 929세의 아비 아담과 장남 카인이 만
나 대담하고 있습니다. 낭아의 일시적 귀가라고나 할까. 누가 보아도
실로 눈물겨운 부자 상봉 장면이 아닐 수 없소. 설사 그렇더라도, 이런
장면을 드러내는 문예학적 방식을 모르면 말짱 헛일일 터. 감동이란,
손재주나 말이 아니라 '형식'이어야 하니까. '본질(Wesen)'이란 알몸
으로 존재할 수 없고 반드시 형식(Form)이 요망되는 법. 본질과 형식
을 제1차적으로, 그러니까 원초적 형태로 드러낸 문예적 양식(type)이
극시라는 것.

객 : 문예의 원초적 양식이란 시가 아닌가요?

주 : 『젊은 예술가의 초상』(박영사, 이상옥 역, 334쪽)의 조이스는 희곡이야말로 문예학의 최고 양식이라 했지요. 예술가가 자기의 이미지를 자기 자신과 직접적으로 관련해서 제시함이 서정적 형식이고, 자기 자신 및 타자와 직접적으로 관련해서 제시함이 서사적 형식(소설)이고, 자기의 이미지를 타자와 직접적으로 관련해서 제시함이 극적 형식인 까닭.『광장』의 작가 최인훈이 어째서 소설을 버리고 막판에 가서『옛날 옛적에 훠이훠이』(1976)를 썼을까요. 극시랄까 연극 양식 말입니다. 그 자신의 설명에 따르면 양간도(洋間島, 미국) 생활 3년 만에 '벼락처럼' 깨침이 찾아왔다는 것. 귀국 동기이자 소설 포기, 극시로 향하기였다는 것(『화두(I)』, 민음사, 458쪽). 이와 비슷한 현상이 박씨에게도 일어난 형국.『七祖語論』『神을 죽인 자의 행로는 쓸쓸했도다』「두 집 사이」계에서 어느 한순간, 그러니까 벼락처럼(칼 포퍼의 창조론에 따르면 전격적 생성(blitzschlagartige Erhellung))이라고나 할까요.

객 : 극형식, 극시, 희곡적 구성이라 말해질 수 있는 것은, 그러니까 인류사의 기억에 축적된 가장 고통스럽고 기품 있는 저 희랍비극, 로마 원형극장의 분위기를 떠올리게 됩니다그려. 무대 위에서 아담과 카인이 마주서서 만단설화를 펼치고 있습니다. 이 원형극장에서는 늙고 눈먼 호머도 눈 밝은 아리스토텔레스도 소포클레스도 귀기울이며 경청하고 있고, 무대 주변 코러스도 알맞게 울려퍼지고 있겠습니다. 그러니까 극양식이야말로 문예학적 달성의 최고 형태이겠습니다. 잠깐, 그리고 보니 문득 선생이 자주 인용하던 소설의 문예학적 열등성(인류사의 타락상)이 떠오릅니다그려.

"본질은 반드시 찾아야 한다. 동시에 그 본질은 절대로 찾아지지 않는다를 소재로 하는 소설에서만이 시간은 형식과 더불어 주어진다."(루카치,『소설의 이론』, 루흐트한트, 108쪽)

440

극시란, 연극이란, 모든 것을 파괴하고 훼손시키는 '시간'이란 괴물이 침투되기 전의 상태라는 것. 소설이란 그러니까 그 내용인즉 시간과의 싸움이라는 것. 소설이 잡스러워지는 것은 그야말로 시간 문제라는 것. 인류사는 자본주의(근대)와 더불어 시간으로 말미암아 타락되고 훼손되고 망가지게 마련이라는 것. 그러기에 황금 시대(희랍, 원시 공동체)를 꿈꾼다는 것. 미치고 환장케 하는 저 유토피아에의 열망이 그것.

주 : 셋째, 토종 패관 박씨가 그동안 모색하고 탐구한 전과정이 고백체로 펼쳐졌다는 것.

아담 — 창조론(創造論) 대신 진화론(進化論)을 신봉하기 위한 편리함이던가? (그리고 조금 소리 내어 웃는다)

카인 — (아비 따라 조금 소리 내어 웃고) 소자는, '이방인'들이 일찍이 개발한, 그 진화론의 신봉자라는 것을 밝혀야겠군요. 그것도, 육신, 또는 체(體)는 적자생존(適者生存)의 자연율(自然律)에 묶여 있고, 다만 정신, 또는 용(用)만이, 진화를 가능케 한다는, 그 편에 서는 진화론자입니다. 그 생각을 정리하기 위해서 소자는, 그 원의(原意)야 어떻게 되었든, 그것들을 저의 생각 속에 끌어들여 굴절, 심지어는 왜곡을 했던 것이, '아니마 → 지바 → 불(佛)'이라는 것이었습니다. 그리고 스스로 정의하여, '아니마'는 모든 유정에 편재하는 것으로써, 아직 그것만의 별개성(別個性), 또는 개존성(個存性), 보다 확백하게 말씀드리면, 자아(自我)를 갖기 이전의 것이라고 하고, 반해, '지바'는, 그것만의 별개성, 또는 개존성, 다시 말씀드리면 자아를 갖는 것이라고, 했사옵니다. '아니마'의 경우는, 그것이 어떤 개체, 풀이라든, 지렁이나 토끼라든, 나비나 종달새 따위에 제휴해 있을 때는, 비유로 말씀드리면, 연잎 위에 뭉친 아침 이슬방울 같은 것이다가, 바람결에 그 잎이 흔들려 연못에 굴러들

박 상 륭 론 **441**

면, 그러니까 그 입은 몸을 벗으면, 그 당장 해체를 겪어, 그 전체 속으로 귀환해버리는 것이나 아닌가 하고, 이때의 이 '전체'란, 그 '종(種)'이나 '유(類)'의 의미이온데, 집단혼이라고 일러도 될까요. '지바'의 경우는, 그 비슷한 방울 속에, 분화되어지지 않는 어떤 씨앗 같은 게 있어, 그것이 '지바'겠습죠. 그 몸은 물론, 그 연못에 귀환한다 해도, 그것만은 수은방울 같은 것이 되어, 그 바닥에 구르고 있거나, 차라리 그 한 연못을 왼통 휩싸아버릴지도 모른다는 생각입니다. 여기 어디서, '바르도'가 열려, '갈마분열/역분열'이 시작되는 것이 아닌가 합니다. 전자는, 윤회나 환생 대신, 그 종이나 유의 '유전자(遺傳子)'를 통해 불멸 따위가 운위될 것이며, 후자는, 종이나 유를 떠난 '자아'와 더불어, 그것이 운위되어질 것입니다.(「逆增加」 중에서)

고향땅에 발 붙일 수 없어 호서땅 밴쿠버에서 품바질하며 온갖 편력을 겪은 최초의 탕아, 각설이꾼 박상륭 패관이 도달한 전과정이 아비 앞에 고백되어 있지요. 이에 대한 아비의 반응을 보시라.

   아담 ― (갑자기 일어나, 자식의 머리에 입맞춤을 하고, 되앉는다) 나이로는, 그리고 촌수로는, 내가 너보다 늙은 아비로되, 지혜로는, 애비가 자식께, 스승의 예를 갖춰야 할 듯하다.
   카인 ― (꽤는 어리둥절해하다, 얼른 정신을 차리고, 부복하여, 아비의 발등에 두 번 세 번 이마를 조아린다) 판켄드리야를 최초로 성취한 이는, 이방인들을 제외하기로 하오면, 아버님과 어머님이셨습니다. '지혜의 열매'를 딴 그 순간, 바로 그 위대한 도약, 돌연변이가 이뤄진 것으로 아옵는데,…… 아버님께서는 그것을 꿈이나 아니었는가 하고,(「逆增加」 중에서)

이 장면을 두고 감동적이 아니라면 분명 거짓말. 어째서? 탕아의 실력이나 깨침이나 논리가 썩 정연하고 제법 합리적이어서 설마 아비가 갑자기 일어나 자식의 머리에 입맞춤을 했으랴. 천만에. 아비 앞에 고백하는 아들의 몸짓이 하도 괴롭고 측은해 보였기 때문이지요.

객 : 카인이란 분명 자기 아들임을 아담이 알아차리는 장면이군요. 아들이 아비의 실력을 인정하고 그 핏줄의 운명적 위대성을 진화론 속에 포함시키는 장면이니까. 마주대하여 육성으로 고백하는 사실만큼 확실한 것이 따로 없다는 것. 왜냐면 고백체란 혼의 과제이니까. 짐승 가죽을 벗는 방식이니까.

주 : 넷째, 고기(古記)의 힘, 곧 기록성을 닻으로 삼음으로써 패관잡설을 그나마 억제했다는 것. 기록성이야말로 상상력에다 추를 달아 지상에 머물게 하는 것. 말끝마다 '줍쇼리' '돌(咄)!' 등을 내세우기 일삼던 단계에서 벗어나, 이 단계에 오면 비록 부자간의 대화를 엿들으며 가끔 불근거리는 할방패관의 모습이 끼어들긴 해도 꽤나 품격을 갖추고 있지요. 특히 부자 이별 장면에서는 아무리 할방패관이라도 '침묵'으로 일관하고 말지요. 자 보십시오.

아담 ― 아비가, 아비의 하나님을 경외한다면, 너더러, 이왕에 돌아왔으니, 기약은 없다만, 머물렀다가, 네 어미를 만나봤으면 하고, 말할 수는 없겠지. 그것이 슬프구나.

카인 ― 어머님을 뵙지 못한 건, 죽어서도 눈을 감지 못하겠으나, 소자도, 머물러 돌아온 것은 아니었습니다.

아담 ― …… 그리고 너의 셋째아우 셋도, 불원간에, 양떼 함께 돌아올 때도 됐다만……,

카인 ― 저 문전을 들어섰기 전에와 달리, 어째선지, 셋을 보게 될 것이 두렵나이다. 아버님을 뵙고 나서 더욱 확실한 믿음이 드는 것이, 셋이, 아벨의 대신으로, 아버님 어머님께 축복되어진 아우라는 그 사실입니다.

    아담 — 그래서 너는, 다른 아벨을 보기가 두렵다는, 그 말인가?

    카인 — (침묵. 오랜 오랜 침묵)

    아담 — (침묵. 오랜 오랜 침묵)

    밖에서, 닭이 홰쳐 울어, 첫 여명을 고하고 있다.

    카인 — (일어나, 아비 앞에 엎드려 절하고, 감발을 맨다) 소자는, 더 늦기 전에, 아버님께 하직을 고하나이다. 아버님, 어머님, 늘 평강하소서. 하나님의 은총에 싸인 셋은, 일로 번성하고 번창할 것입니다. 아버님 어머님께서, 카인을, 그래도 자식이라고 걱정해주신다면, 그 축복으로 소자는, 기꺼이 꾸려나갈 것입니다. 늘 평강하소서!

    — 黙(「逆增加」 중에서)

객 : 선생이 얼마나 흥분되어 있는지 숨결이 이쪽까지 끼칩니다그려. 필시 선생은 이렇게 입속으로 뇌이고 싶은 게지요. "아우를 죽인 최초의 살인자 카인이여, 박 패관이여, 살인을 더 이상 저지르지 않기 위해 또다시 가출, 방랑의 길에 오르는 탕아여. 태평양 건너 낯선 호서 땅에서 짠물만 들이키며 눈이 튀어나온 박상륭이여, 나의 형제여"라고.

주 : (침묵).

6. '박상륭 현상'을 힘껏 눈 흘기며 바라보기

객 : 소설 한 편 읽다가 어쩌다 우리가 이 지경에 이르고 말았을까요. 그래봤자 한갓 잡스런 소설 독법이었을 텐데요.

주 : 따져보자는 기세이군요. 실상 그간의 박상륭 문학 중에서는 이번 작품만큼 안정되고도 정리된 작품은 일찍이 없었지요. 물론 「內篇」

은 아직 미명 속에 있긴 하지만 「外篇」이 있고, 게다가 「雜篇」까지 붙어 있지 않습니까. 「外篇」부터 촘촘히 읽고 「內篇」으로 들어감이 순서. 할 방패관 박상륭 자기는 자이나교도라는 것. 고로 진화론자라는 것. 진화론자이되 육신뿐 아니라 정신적 진화론자라는 것. 육신의 마지막 진화 단계는 약 7, 8천 년 전에 진행된 5관(판켄드리야)이라는 것. 인간의 5관 진화의 주역은 손과 언어라는 것. 호모사피엔스와 호모로고투스라고나 할까. 물질인 몸이 맘을 가졌고 말을 갖추게 된 현상이지요. 체(體)/용(用) 기표/기의 등의 전개가 이를 가리킴인 것. 손이 문명적인 것에 이르는 한 단계의 모습인 것. 어째서? 물질적인 것, 그러니까 5관유정인 인간이 자연을 이해하고 그것을 자기들의 이익을 위해 이용할 뿐 아니라 정복하게 한 것이라면 이는 아직 짐승의 단계를 불식하지 못한 상태이지요. 인피(人皮) 속에 아직 수피(獸皮)를 감추고 있는 유정이란 그러니까 5관에서 거꾸로 4관으로 퇴보한 것. 고로 진화가 아니라 역진화인 셈. 그렇다면 5관에서 수피를 벗어 5관다운 진짜 진보에 이르는 길은 무엇인가. 천축인들, 중원인들 그리고 호서인들, 또 변강쇠의 방언 등을 통한 8만4천 법문들이 모두 수피 벗기 운동인 것. 수피 벗기 운동에 대한 온갖 방언의 풍문을 패첩에 기록한 것이 박씨의 작품인 것.

  객 : 잠깐, 누가 그것을 모릅니까. 문제는 거기 있지 않습니다. 박씨의 저러한 수장의 근거란 오식 자이나교 경전 아닙니까. 그것도 기껏해야 영역판인 것. 팔리어나 산스크리트 원전을 읽지 않고 이를 이중 삼중 방언으로 옮겨놓은 것이란 그게 과연 믿을 수 있을까. 성경 같은 경전 공부를 조금이라도 해본 사람은 원전의 언어 해독의 복잡성에 직면, 얼마나 절망적이었던가. 그 자존심 강한 중원인들도 얼마나 절망했으면 산스크리트 원어를 그대로 두고 말지 않았던가. 아제아제 바라아제 바라승아제 모지 사바하(gate gate pāragate pāra-samgate bodhi svāhā)라고.

주 : 더 모질게 따져보시오. 망설일 이유란 없으니까.

객 : 세상은 넓고 할일은 많지만, 또 세상은 늙었다는 것. 「두 집 사이」계엔 '늙은 아해'들이 주역 아닙니까. 세상은 그러니까 자이나교 식으로 7, 8천 년 전쯤에서 5관유정으로 진화해온 것이라 칩시다. 언어 사용으로 말미암은 이 괴물은 짐승과는 달리 이른바 '의식의 과잉'에 빠졌지 않았던가. 이를 탕진하는 기교를 발명할 수밖에. 문명 건설이 그것. 인간이란 가만히 두면 아비 목을 조르지 않나, 제 에미를 겁탈하는가 하면, 심지어 자살조차 하지 않겠는가. 인류사란 그러니까 별별 진화론/역진화론이 출몰, 방언마다 달라진 그 현란한 8만4천 법문을 펼쳐보일 수밖에. 이 모든 법문이란, 어느 것이 '제일 옳다!' 라고 감히 말할 수 있을까. 이런 온갖 법문들이란 기껏해야 우리에겐 새로운 광학기계(光學器械)와 같은 것. 『되찾은 시간』의 작가 프루스트의 말버릇으로 하면, 작가의 저술(법문)이란 일종의 광학기계라서, 작가는 그것을 독자에게 제공할 뿐, 그것이 없었더라면 아마도 독자측에서는 보이지 않았을 것을 독자에게 분명히 발견케 하는 것 정도이겠지요.

주 : 패관 박씨의 주장이 광학기계치고는 좀 과격하다. 무슨 수정구슬 같다, 그런 뜻이겠는데요. 또 말해보시오.

객 : 진화론만 하더라도 그렇지요. 진화론의 계보라면 다윈주의, 헉슬리주의 또 베르그송의 논법, 칼 포퍼 식의 것 또 굴드의 단속평형설, 이마니시 긴시(今西錦司)의 주체적 진화론 등의 학설들이 있습니다. 자이나교의 진화론도 이런 학술적 진화론 속에서 거론되어야 그 위상이 드러나지 않겠습니까. 지금 우리는 한갓 독자이지 특정 종교 법회에 불려나온 것은 아니지 않습니까.

주 : 제가 해명하거나 반론할 수 있는 성질의 것이 아니어서 유감입니다. 그렇지만 이렇게 말해보고 싶군요. 21세기 한반도 남단 한국의

소설 독자에 제가 속한다는 사실. 철학도 종교도 아닌 한갓 예술, 그중에서도 제일 잡스런 소설 장르의 독자라는 사실. 여기엔 설명이 없을 수 없소. 제가 그동안 익혀온 이 나라 방언의 소설이란 잡스럽기는커녕 인간의 위엄에 어울리는 거의 종교급에 육박할 정도의 경건한 그 무엇이었지요. 반제투쟁문학, 분단·노사문학 등이 그것.

　객 : 알고 있습니다. 그러니까 『광장』이나 『난장이가 쏘아올린 작은 공』이 경전급에 가까운 것. 원광을 쓴 전적(典籍)이었다는 것이겠소만. 그에 대한 향수에서 선생은 벗어나지 못한다는 것. 기껏해야 '꿈이여 다시 한번'이 아니겠소. 그 염원의 징후를 정면에서 우뢰처럼 담뿍 안고 육박해오는 것이 박상륭 문학이겠는데요.

　주 : 그 곡절을 납득되게 설명해보라, 그런 주문이군요. 자이나교의 원전 독해가 아니라든가 진화론의 학술적 위치를 따지지 않았다든가. 또한 설사 그런 과정을 겪었더라도 그것은 한갓 '광학기계'에 지나지 않을 터입니다. 왜냐면 저도 종교의 신도가 아니니까. 그럼에도 박씨의 저러한 일군의 작품이 매력적인 것은 변강쇠 동네 방언의 밀도 높이기에서 왔습니다. 구성면에서도 표현면에서도 그러합니다. 이른바 판소리 타령조에다 잡소리의 터전을 천축 방언, 중원(中原) 방언 및 호서의 여러 방언들의 터전과 소통시켰음에서 그 밀도 높이기가 가능했던 것이죠. 수사학의 밀도가 그것. 수사학으로 소통하기가 그것. 이러한 박상륭스런 현상은 씨가 한반도의 님대친을 출발, 태평양을 잠수하여 짠물을 머금고 각고의 노력(경전 공부)에서 가까스로 얻어진 보물이라 하면 과장일까요. 실로 '생물학적 상상력'의 장엄한 깃발이 아닐 것인가.

　객 : 선생이 결국 '생물학적 상상력'이란 말을 골랐군요.

　주 : 그러고 보니 이렇게 좀 그 '생물'과 '상상력'을 분리시켜보고 싶습니다. 인간의 키워드가 언어 아닙니까. 언어는 두 가지, 표층언어

와 잠재언어. 아직 땅속(비유)에 묻혀 끊임없이 표층으로 솟고자 하는
잠재력을 지닌 언어와 이미 표층으로 나온 언어 사이(바르도)에 한 각
설이 패관이 서 있습니다. 표층언어란 현재를 향한 것. 천 원짜리 지폐
처럼 값도 정해져 있고 구겨질 대로 구겨진 상태. 홍미 없지요. 끝장난
것이니까. 창조의 가능성이 있는 곳은 잠재적 언어층이 아닐 수 없지
요. 이 잠재적 언어층의 탐색이야말로 박씨의 위업인 것. 여기서 자양
분을 공급받지 않고는 새로운 창조는 가망 없지요. 그러기에 고고학자
가 될 수밖에.

객 : 땅을 파야 하니까. 잠재적 언어는 땅속에 묻혀 바야흐로 염태
상태에 있으니까. 땅 파기, 그러니까 박씨는 고고학자, 두더지인 셈이
겠는데요. 그러고 보니, 이번 창작집이 특히 고고학적이겠군요. 그동
안 5관을 갖기까지의 땅속에 묻힌 인간의 역사를 탐구하기이니까.

주 : 장자의 『남화경(南華經)』의 구도를 빌려 창작집 목차를 구성해
놓은 것은 이 때문. 장자의 「內篇」의 서두 「소요유」에 나오는 곤(鯤)이
라는 거대한 괴물이 있습니다. 바다 밑에 삽니다. 이놈이 어느 날 새가
되어 하늘을 날면 날개가 흡사 하늘에 드리운 구름과 같은바 그 이름
은 붕(鵬)이라 합니다. 붕이 표층언어라면 그래서 이미 햇빛 아래 노출
된 지폐와 같은 존재라면 곤이란 잠재언어층에 해당되는 것. 박씨의
육성을 직접 들어볼까요.

이 '곤'은 그리고, 그 등에 '하도(河圖)'나 '낙서(落書)'라는 한 벌의
언어 체계를 짊고, 낙수 깊은 데 기복해 있는 '거북'과도 같으며, '붕'은
'주작'과도 같은 것으로 변용될 수도 있을 것입니다. 야심 있는 작가들
의 관심이 쏠리는 부분은 이럴 때, '붕'이나 '주작'이 아니라, 넓고 깊고
큰 물의 밑바닥에 기복해 있는 '곤'이나 '거북'일 것은 당연합니다. 모
든 뛰어난 작가들은, 아직 형체를 드러내지 않은, 저 거대한 의미덩이

를, 자기가 보듬어내어 후두둥 날리고 싶은 욕망을 가지고 있음에 분명합니다.(「깃털이 성긴 늙은 白鳥/깃털이 성긴 어린 白鳥」 중에서)

객 : 생물학적 상상력, 진화론적 고고학, 한반도 방언의 밀도 높이기, 수사학적 소통 등등이라 했지만 선생의 심중엔 아직 뭔가 남은 말이 있어 보입니다. 카인과 아담의 대담 장면에 대해 선생이 썩 흥분했던 곡절 말입니다. 극시 「逆增加」를 보고 있는 선생의 시선은 흡사 원형극장 맨 앞줄에 앉아 연민의 정에 전율하는 희랍 관중의 그것을 연상시키지 않았던가요. 결국 자이나교도인 박상륭도 아담의 장남인 것. 선생의 텅 빈 시선 속에는, 그러니까 이미 저 명동성당이거나 시스티나성당이거나, 저 타지마할이거나 숭산 소림사이거나 해인사 또는 송광사 마당에서거나 야단법석(野壇法席)이라도 벌어진 광경이 들어 있습니다그려. 선생 옆에는 니체도, 헤겔도, 아우구스티누스도, 도스토예프스키도, 미당과 김동리도, 그리고 이문구도 관객으로 출석해 있습니다그려. 박상륭론을 쓰면서 선생이 「아, 박상륭」이라는 제목을 단 이유가 이 부근에 있지 않은가요.
　주 : (침묵)

낭만적 글쓰기와 소설적 글쓰기
—김훈론

1. 신석기인의 글쓰기 방식

객 : 김훈 씨의 『칼의 노래』(2001)에 동인문학상(2001)이 주어졌을 때 선생은 「신석기인이여」(『조선일보』, 2001년 11월 8일)라는, 조금은 기묘한 칼럼을 썼더군요. 기묘함이란, 그러니까 역사 이전의 소설이라 규정한 대목. 구석기 다음, 청동기 앞이 신석기 아닙니까. 마제석기, 곧 수렵용 화살촉, 공작용 도끼, 농경용 돌연장 따위가 나타난 시기. 거석의 분묘 따위가 나타났고, 씨족사회를 낳게 한 그런 시대. 요컨대 역사 이전의 시대.『칼의 노래』란 기껏해야 15세기 조선조 중기의 얘기인데 거기에다 신석기 시대 얘기라고 우기고 있습디다.

주 : 우기다니? 우긴 쪽은 작가 김훈 씨 쪽이 아니었던가요. 만일 역사소설이라면 소설인 만큼 응당 주인공의 성격(신분)이 초점 사항으로 놓여야 했을 터인데,『칼의 노래』는 그렇지 않으니까.

객 : 제법 본격적인『칼의 노래』론인「어떤 신석기인의 글쓰기와 그 표정」(『문학동네』, 2003, 봄)에서 선생은 또 한번 엉뚱한 시도를 했더

군요.『칼의 노래』의 작가 김훈 씨를 편곡자라 규정한 대목.

　　주 : 엉뚱한 시도라니? 실상 그런 시도를 한 쪽은 작가 김훈 씨가 아니었던가.『칼의 노래』일러두기를 보시라. 여섯번째 항목. "책 부록으로 첨부한 '인물지'와 '연보'에서 소설과 사실의 차이가 드러나길 바란다"라고. 곧, 편곡에 주목하라, 라고. 당초 위대한 분노의 책『난중일기』가 천둥처럼 울리고 있었던 것. 신석기인 김훈 씨가 그 천둥소리를 들을 줄 아는 귀를 가졌던 것.

　　객 : 그러니까 선생의 안목은 작가 "김훈씨는 신석기인이다"의 명제에서 한 발자국도 벗어나지 않는군요. 벗어나고 싶지도 않은 모양이고.

　　주 : 벗어나고 싶지 않다니? 벗어나고 싶지 않은 쪽은 김훈 씨가 아닌가요. 잠시 볼까요. 육하원칙에 의거한 글쓰기에 온 젊음을 바쳐온 기자 김훈 씨가『빗살무늬토기의 기억』(문학동네, 1995)을 쓴 것은 나이 48세 적이었지요. 빗살무늬토기란 새삼 무엇인가. 신석기 시대의 유물인 문명의 한 가지 척도 아니겠습니까. 북방계 토기의 일종이며 주로 고기잡이 하던 사람들이 사용한 것으로 토기 표면에 빗살 같은 평행선이나 물결 모양을 이룬 점(点) 따위의 기하학적 무늬를 넣어 얄팍하게 만들었고, 바탕은 붉은 점토를 이용한 것. 태토(胎土) 중에서 흔히 미세한 석영(石英) 또는 활석(滑石)의 가루를 섞어 만들었고, 모양은 밑이 둥근 것이 일반적. 우리나라 하천 유역과 해안 지방에도 분포되어 출토되는 것. 즐문(櫛文)토기라고 하는 것. 신석기 시대의 글쓰기에 문단이 6년의 시간이 지나서야 겨우 눈떴다는 것은 그만큼 문단적 글쓰기의 관습이 두터움(무자각성)을 뜻하는 것.

　　객 : 빗살무늬토기란 신석기인들이, 그들이 발명한 마제도구로 토기에 빗살을 그은 것. 토기에다, 그러니까 빗살이라는 기호(미학)를 새긴 것. 그것은 문학도 소설도 아니다, 그냥 새긴 것이다, 새기지 않으면 못 배기기에 그렇게 했다, 왜 못 배겼는가, 그게 문제이겠는데요.

주 : 새기기란 무엇인가. 직접 신석기인에게 물어보기로 합시다.

이메일이나 컴퓨터 아직 쓸 생각이 없다. 일부러 그러는 건 아니고……
…… 나는 기계에 대해서는 정말 무능하다. 그냥 기계가 싫고, 기계적인
것이 싫다. 지금도 원고지에 연필로 쓴다. 몸으로 밀고 가는 느낌이 없
으면 못 쓴다. 더디고 고통스럽지만 그래도 그게 좋다. 그리고 지우개……
…… 지우개가 참 아름다운 물건이다. 싹싹 지우면 없어지니까.(작가 인터
뷰,『문학인』, 2002, 가을, 268쪽)

이쯤 되면 사르트르나 데리다 등등의 글쓰기와 근본적으로 다른 차
원임이 판명되지요. 연필로 종이 위에 쓴다고 했지만 실상 그것은 끝
이 뾰족한 돌이나 쇠붙이로 퇴토에다 빗살무늬 새기기에 다름 아닌
것. 글쓰기 행위가 아니라 새기기 행위인 것. 소설이 만일 근대적 산물
이고 기호 행위이자 글쓰기 행위의 범주라면 김훈 씨의 방식은 이 범
주와는 별개의 범주, 곧 김훈 씨의 방식이라 하지 않을 수 없지요. 말
을 또 바꾸어볼까요. 그것은 육하원칙의 글쓰기의 중압에서 벗어난 글
쓰기에 속하는 것.
　객 : 육하원칙 글쓰기란 신문기사 작성을 두고 하는 말입니까. 그
선미한 자기 통제력을 지닌 민첩성의 글쓰기 말입니다. 거기에서 벗어
남이란 모종의 자유이겠는데요.
　주 : 좋은 지적입니다. '모종의 자유' 이겠는데요. 신석기인의 처지
에서 느끼는 자유라는 사실이 그것. 신석기인의 처지에서 보면 우리가
말하는 근대적 소설 장르란 어떻게 보였을까요. 또 다른 육하원칙의
글쓰기 범주가 아니었을까. 근대의 산물이 소설인 만큼 근대 자체가
모종의 구속 사항, 곧 일종의 육하원칙이었을 터.
　객 : 기자 김훈 씨가 육하원칙에서 벗어남이 아니라, 신석기인이 소

설이라는 육하원칙 글쓰기에서 벗어남이라? 그래서 파천황의 신천지를 펼쳐 보일 수 있었다는 것이 되겠는데요. 맞습니까?

주 : 이젠 그쪽이 제게 대들고 있는 형국이네요. 대체 소설이란 무엇인가 라고 말입니다.

객 : 그렇소. ‘근대의 산물이 소설이다’ 가 선생의 지론 아닙니까. 근대 그것이 육하원칙으로 작동하여 얼마나 큰 구속력으로 ‘자유’를 억압하고 있었던가. 그렇다면 누가 어째서 ‘애기’와는 구별되는 소설이라는 장치, 구속 사항을 창출하고 거기에 매달려야 했을까. 그게 문제겠습니다그려.

주 : 그 문제라면 신석기인에게 물어봄이 제일 선명하지 않겠습니까. 우리 모두는 기껏해야 근대의 육하원칙 구속에서 숨쉬고 배우고 살아오고 있으니까. 공기의 존재를 인식하지 못하는 형국이니까.

2. 낭만적 허위와 소설적 진실—육하원칙 주변

객 : 근대의 산물인 소설인 만큼 응당 근대라는 굴레에서 벗어날 수 없다는 것. 그렇다면 과연 근대란 무엇인가. 이에 민감히 반응한 이론가에 마르크스, 엥겔스, 루카치 등이 있습니다. 자본제 생산양식과 국민국가라는 두 바탕을 에워싸고 벌어지는 갖가지 현상에 대한 인간의 반응과 그 묘사의 구조화에 초점을 맞춘 것이 봉상 말하는 리얼리즘(거대 담론) 아닙니까. 그것이 가져오는 제약(구속)이겠습니다그려. 소위 소설의 육하원칙이란 이른바 문학사회학의 중심부에 해당되는 것이겠고. 반영론에 기초한 리얼리즘의 승리가 바로 그것.

주 : 반영론과는 다른 자리, 곧 양식(樣式)론의 시각에서도 그 육하원칙이 어느 수준에서 정립되어 있지요. 잠시 다음 도표를 보실까요.

	외향적	내향적
에토스 : 개인적	소설	로만스
디아노이아 : 지적	아니토미(해부)	고백

(N. 프라이, 『비평의 해부』, 임철규 역, 446쪽)

지속적 산문 형식(픽션)은 보다시피 네 가지로 분류됩니다. 분류 일반이 그러하듯 주조적(主潮的) 흐름에 근거를 둔 것인 만큼 출입이 없지는 않으나, 소설과 로만스, 아니토미와 고백이 짝을 이루고 있고 외향적인 범주엔 소설과 아나토미, 내향적인 것에 로만스와 고백이 포함됩니다. 가령 조이스의 『젊은 예술가의 초상』은 '소설＋고백'이겠고, 플로베르의 『보바리 부인』은 '소설＋로만스', 『돈키호테』는 '소설＋로만스＋아니토미' 등등이 되겠지요.

객 : 도표 속의 개인적이란 말은 성격(에토스), 지적이란 말은 내용을 가리킴이겠고, 한편 외향적/내향적이란 구분은 수사학적 기법에 근거를 둔 것이겠는데요, 어느 범주든 '순수한 형식'으로 존재하지 않음이 전제되어 있습니다그려. 그런데 서양 산문의 경우 지속적 형식의 산문을 문제 삼을진댄 소설/로만스가 제일 문제적이 아닐 수 없겠지요. 가령 프라이의 처지에서 보면 『오만과 편견』(오스틴)은 소설이지만, 『폭풍의 언덕』(브론테)은 이와는 별개의 형식, 곧 '로만스'라 하겠지요. 동시에 프라이는 '얘기'라고도 했군요(432쪽). 로만스를 '얘기'라 불러도 좋겠으나, 길이에 차이가 있을 뿐 본질적인 차이는 아니라는 것.

주 : 이제 소설과 로만스(얘기)로 압축됐습니다그려. 계속 프라이의 견해를 쫓아가보도록 할까요. 그는 말합니다. "소설과 로만스 사이의 본질적인 차이는 성격 묘사의 구상에 있는 것"이라고. 로만스 작가는 '실제의 인간'을 창조하려는 것보다는 오히려 양식화된 인간, 인간 심

리와 원형에까지 확대되는 인물을 창조하려 한다는 것. 로만스에서
"아주 자주 소설에서 볼 수 없는 주관의 강렬한 빛을 방출하며, 또 주변
에 알레고리의 암시가 잠입하는 것"도 이 때문이라는 것. 인간 성격 가
운데 어떤 요소가 로만스에 방출됨으로써 소설보다 본래 더 혁명적이
라는 것.

　객 : 알 만합니다. 선생이 어째서 열을 올리며 소설/로만스의 변별
성에 주목하고 있는가를. 소설이 지닌 구속 사항, 곧 육하원칙에 초점
이 맞춰져 있습니다그려.

　주 : 『칼의 노래』가 소설이냐 로만스(얘기)냐를 문제 삼기에 앞서
다음과 같은 주장에 잠시 귀기울여보면 어떠할까요.

　　소설가는 인격(personality)을 취급한다. 이 경우 등장인물들은 페르
소나(persona), 즉 사회적인 가면을 쓰고 있다. 소설가는 안정된 사회의
틀을 필요로 하며, 그러므로 훌륭한 소설가 대부분은 지나치게 소심하
다고 말해도 좋을 만큼 인습을 존중해왔다. 로만스 작가는 개성
(individuality)을 취급한다. 이 경우 등장인물들은 '진공 속에(in
vacuo)' 존재하며 몽상에 의해 이상화된다. 또 로만스 작가는 아무리 보
수적이라 할지라도, 그의 글에서는 무언가 허무적인 것, 또는 야성적인
것이 계속 나올 가능성이 있는 것이다.(『비평의 해부』, 432쪽)

　객 : '인격'과 '개성'으로 소설과 로만스가 판가름나는 형국입니다
그려. "신화와 개인주의(individualism)는 둘 다 낭만주의 이후의 용어"
(이언 와트, 『근대 개인주의 신화』, 이시연 외 역, 제9장)라는 지적과
더불어 음미될 사항인지도 모르겠네요. 요컨대 문제는 『칼의 노래』가
놓인 위치의 측정이겠는데요. 선생은 『칼의 노래』가 소설의 구속 사항
인 육하원칙에서 벗어난 작품이며 따라서 로만스의 범주에 드는 것이

라 우기고 싶은 모양인데요. 선생의 그러한 편향성은 진작부터 호가 나 있지 않았던가.

　주 : 호가 났다니?

　객 : 소싯적 선생이 번역한 이론서에『소설의 이론』(삼영사, 1977)이 있지요. 원작은 R. 지라르의『낭만적 허위와 소설적 진실』(1969). 유명한 간접화론을 설파한 명저. 매개항(간접성)이 없이 수직적 초월을 일삼는 글쓰기란 낭만적 허위이며 매개항을 통한 목적 이르기를 소설 범주라 규정한 것. 그 책 첫 장은『돈키호테』가 어째서 진짜 소설인가를 설파합니다. 돈키호테의 저러한 광적 행위란 중세의 전설적 기사를 매개항으로 했기에 소설이 될 수 있는 것. 자기 스스로 신처럼 잘나서 그러한 짓을 한 것이 아니라는 것. 인간은 욕망조차 스스로 가질 수 없고, 기껏해야 남의 욕망을 모방할 뿐이라는 것. 가령『보바리 부인』의 엠마의 그 허영심의 근거란 생래의 총명성이 아니라, 파리에서 오는 주간지에 있다는 것. 곧 소설은 그러한 근거(육하원칙, 구속, 제약)의 산물이라는 것. 다시 말해 신석기인이 막바로 덤벼들 수 있는 영역이 아니라는 것. 요컨대 역사와 무관하지 않다는 것. 선생은 이 편견을 자주 강조하더군요.「최일남 문학의 삼박자 균형감각」(2000)에서도 그러했지요. 최일남의 글쓰기의 근거가 독서(책)에 있다는 것. 풍문에 근거하는 많은 작가들과 구별된다는 것. 그 연장선상에서 이번엔『비평의 해부』까지 동원하여『칼의 노래』를 로만스 범주로 몰아가고 싶은 모양인데요. 안 그렇소?

　주 : 싶은 모양이라니요.『칼의 노래』가 그렇게 주장하고 있지 않습니까.

3. 위대한 분노의 책『난중일기』

객 :『칼의 노래』속으로 들어가볼 수밖에 없겠는데요. 빗장을 열면 오언절구「한산도 야음(閑山島夜吟)」이 버티고 있군요. "한 바다에 가을빛 저물었는데/찬 바람에 놀란 기러기 높이 떴구나/가슴이 근심 가득 잠 못 드는 밤/새벽달 창에 들어 칼을 비추네"라고. 달, 바람, 기러기, 바다 등이란 자연 아닙니까. 쇠붙이라곤 칼뿐입니다그려. 신석기인이 비파검으로 말해지는 청동기 시대도 지나고 어느새 철기 시대로 진입한 형국인데요. 쇠붙이를 든 신석기인의 노래. 문제는 그 악보이겠는데요. 그 악보가 일종의 편곡이지 원곡이 아니라고 선생은 주장했지 않습니까.『난중일기』가 원곡이라면 편곡자 김훈 씨가 신석기인이듯 원곡자 이순신도 신석기인이거나 적어도 그런 초역사적인 원형의 인물이 아니겠는가. 그렇게 선생은 우기고 있습니다그려.

주 : 작가는 이렇게 말해놓고 있습니다. "『난중일기』,『이충무공전서』,『선조실록』,『연려실기술』과 장계, 유시, 교서, 행장에서 필요한 부분을 골라서 짜맞추었다"라고. 이 중 노래 급에 해당되는 것은『난중일기』이지요. 다른 것들은 한갓 객관적 사료(인공물)인 것. 자연물이란『난중일기』라는 것. 신석기인 이순신이 토기에다 빗살무늬를 그은 것이니까. 김훈 씨의『칼의 노래』첫 줄에 주목해보십시오. "버려진 섬마다 꽃이 피었다. 꽃피는 숲에 저녁노을이 비치어 구름처럼 부풀어 오른 섬들은 바다에 결박된 사슬을 풀고 어두워지는 수평선 너머로 흘러가는 듯싶다." 이런 묘사는 철저한 인공물 배제 원칙 고수에서 나온 것. 실상『칼의 노래』줄거리의 시작은 이렇지요. "나는 정유년 사월 초하룻날 서울 의금부에서 풀려났다"라고.

객 :『칼의 노래』가 정유년 4월 1일부터 충무공 전사 직전까지로 한정되어 있는바, 이는 따지고 보자면 7년에 걸친『난중일기』(총 7책

205장) 중 극히 일부분에 지나지 않지요. 원곡 『난중일기』의 그다움이란, 정유년 4월 1일 이후부터라는 것. 그것만이 자연물이라는 것, 곧 원곡이라는 것. 선생의 그런 주장의 근거는 무엇인가. 궁금한 대목이 아닐 수 없네요.

주 : 원작 『난중일기』가 어느 대목에서 두 번 씌어졌다는 것. 『난중일기』 제1책인 정유(丁酉) 4월 초(선조 30년, 서기 1597년, 충무공 53세)의 일기는 이렇게 되어 있습니다. "맑음. 옥문 밖으로 나왔다(晴. 得出圓門)"라고. 잇달아 날짜별로 적어가기가 10월 초8일까지 이어집니다. 그런데 『난중일기』 제2책은 다시 8월 초5일에서 12월 30일까지로 되어 있습니다. 그러니까 8월 초5일부터 10월 초8일까지는 두 책이 중복되어 있다는 사실. 물론 중복되어 있고, 기사도 약간 가감이 있지요. 제2책 쪽이 조금 자세하긴 합니다. 이 사실은 과연 어떻게 해석해야 적절할까요. 제1책이 초고이고 이를 조금 수정 보충한 것이 제2책이라 지레짐작해버릴 수 없지요. 왜냐면 어째서 하필 이 대목만을 중복시켰을까를 설명하기 어려우니까. 감옥에서 나왔기에 한동안 어수선했기 때문일까. 정신을 수습하기에 힘겨웠던 탓일까. 어느 쪽 추측도 설명으론 미흡하지요. 왜냐면 문장가이자, 일기의 기록성에 그토록 철저한 충무공이고 보면 중복 기록의 의의란 응당 따로 있었을 터.

객 : 선생은 그 연유를 별나게 내세우고 싶은 모양인데요. 그것이 흡사 『칼의 노래』의 성패를 좌우하는 기세로 말입니다.

주 : 백의종군이란 말 속에 그 곡절이 있지 않았을까요. 옥에서 나온 이순신은 모친상마저 돌보지 못하고 종자 몇 명과, 그야말로 순천에 머물며 백의종군했지요. 그 무렵 7월 16일 새벽 조선 수군이 부산 바다에서 전멸합니다. 원균(통제사)도 이억기(전라 우수사)도 최호(충청수사)도 전사했지요. 도원수 권율이 이순신을 찾아와 말하지요. "일이 이미 여기까지 이르렀으니 어떻게 할 수 없다"라고. 이순신이

말하지요. "내가 직접 해안지방으로 가서 듣고 본 뒤에 방책을 정하겠다"라고. "도원수는 그 위에 더 좋아할 수 없었다(元帥莫不欣然)"라고 적었군요. 백의종군 신세이기에 도원수도 명령할 처지에 있지 않은 증거. 그런데 바로 얼마 지나지 않은 8월 초3일, 정부에서 왕의 교서와 유서가 도착하지 않았겠는가. 내용인즉 겸 삼도통제사의 명령. 복권이 이루어진 것.

　객 : 사태가 일변했겠군요.

　주 : 일변 정도가 아니지요. 주변 모두가 찾아와 교서에 숙배해 마지않았던 것. 바야흐로 이순신의 권위가 회복된 것이니까. 그런데 천하제일로 자부하는 이순신의 자존심을 건드린 사건이 발생합니다. 바로 배설(경상 수사) 사건이 그것. 이른바 이순신의 '하늘을 찌르는 분노'가 그것.

　◦8월 17일. 수사 배설(裵楔)은 탈 배도 보내지 않았다.

　◦8월 19일. 여러 장수들이 교서에 숙배하는데 배설은 받들어 숙배하지 않았다. 그 건방진 태도가 말할 수 없었기(其侮慢之態不可言)에 그 영리(營吏)를 곤장 때렸다.

　◦8월 28일. 적선 여덟 척이 들어오니 여러 배들이 겁을 집어먹고 달아나려 하고, 경상 수사(배설)도 달아나려 했다.

　◦9월 초2일. 이날 새벽 배설이 도망갔다.

　(이상은 『난중일기』 제1책에 의거. 이은상 역, 현암사판. 이하 같음)

　◦8월 12일. 그 편에 배설의 황급해하는 꼴을 들으니 괘씸하고 한탄함을 마지못하였다. 권세 있는 사람들에게 아첨이나 하여 제가 감당치 못할 지위에까지 올라 국가의 일을 크게 그르치건마는 조정에서 살피지 못하고 있으니 어찌하랴.

　◦8월 17일. 수사 배설이 탈 배를 보내지 않았다.

◦8월 25일. 배설은 벌써 도망쳐버렸다.

◦8월 27일. 배설이 보러왔는데, 황겁해하는 빛이 많았다. 내가 불쑥 말하기를 수사는 어디로 피해갔던 것 아니냐고 하였다.

◦8월 30일. 늦게 배설은 적이 장차 많이 올 것을 염려해서 도망치려고도 했으나 관하의 여러 장수들이 찾기도 하고 또 나도 그 속내를 잘 알지마는 드러나지 않는 것을 먼저 발표하는 것은 장수로서 하는 방법이 아니므로 참고 있을 즈음 배설이 제 종을 시켜 소지(所志)를 냈는데, 병세가 위중하여 조리를 하겠다고 하였다. 그래서 육지로 올라가서 조리하라고 처결해주었더니 배설은 우수에서 육지로 올라갔다.

◦9월 초2일. 배설이 도망쳤다.

(이상 제2권)

중복된 배설 언급 부분을 추렸습니다.

객 : 대체 배설은 어떤 인물인가요. 수사라면 수군절도사 아닙니까. 정삼품이지요. 겸 삼도통제사란 경상, 전라, 충청의 수군통제사(종이품)이니까 배설은 이순신의 위치에서 보아 거의 막상막하의 벼슬아치인 셈. 배설은 최고 참모이자 독자적 작전권(경상 수사)을 가진 인물이겠지요. 그래서 어떻게 되었을까요. 도망쳐서 무사했을까.

주 : 전쟁이 끝난 뒤(1599) 도원수에 의해 서산 땅에서 잡혀 서울로 호송되어 사형에 처해진 것으로 되어 있습니다.

객 : 선생은 시방 기를 쓰고 배설과 이순신의 관계에 주목하고 있습니다그려. 대체 그 속셈이 뭡니까.

주 : 『난중일기』가 인공물 아닌 자연물이라는 것. 다시 말해 '분노의 책'이라는 것. 분노를 억제치 못해 이순신은 이 대목의 『난중일기』를 중복해서 기록했다는 것. 그러니까 『난중일기』의 중복성에 대한 정답은 『일리어드』의 작곡가(편곡자)인 눈먼 시인 호메로스에서도 발견

된다는 것. "뮤즈여 말하라. 아킬레스의 분노에 대하여(Tell me, of the anger if Achilles)"라고 A. 랑그가 번역했지만 라우즈 교수는 이렇게 했지요. "한 분노한 사람, 그것이 내 주제다(An angry man — that is my subject)"라고. 고전적이란 인간의 거룩한 분노를 참주제로 한다고 갈파한 사람은 저 눈먼 보르헤스가 아니었던가(보르헤스, 『문학의 기술』 제3장, 2000).

4. 신분의 글쓰기와 개성의 글쓰기

객 : 문제는 그러니까 『난중일기』가 위대한 분노의 책이라는 사실을 편곡자 김훈 씨가 알아차렸는가 여부에 그 승패랄까 무게가 걸려 있다는 것이겠군요.
주 : 잠시 볼까요.

경상 우수사 배설은 교서에 절하지 않았다. 배설은 심한 허리병을 앓고 있다고 했다. 배설은 수루 난간에 기대앉아서 이빨을 쑤셨다. 칠천량 전투 때, 배설은 원균의 휘하였다. 조선 수군은 일자진이 적에게 포위되었을 때 그는 전선 10척과 수졸들을 포위망에서 빼내 진도로 물러섰다. 그 전선은 아직 나에게 인계되지 않고 있었다. 칠천량에서 물러설 때 그는 적들의 상륙이 임박한 한산 통제영에 불을 질렀디. 게사년 이후 내 통제영 본부 건물인 운주당도 그때 불타버렸다. 불탄 운주당 별실에서는 원균의 기생 12명이 그을린 시신으로 발견되었다. 나는 배설의 후퇴 경위를 조사하지 않았다.

— 통제공, 무운을 비오.

숙배례가 끝나고 교서를 거둘 때, 배설은 그렇게 말했다. 배설의 말은 전쟁의 밖에서 전쟁의 안쪽으로 보내오는 덕담처럼 들렸다. 배설은 잇

새에 긴 고기 찌꺼기를 헛바닥으로 털어내 뱉었다. 그때, 나는 어느 날 배설의 후퇴 경위와 한산 통제영 방화 경위를 조사하게 될 것 같은 예감이 들었다. 나는 겨우 그의 덕담에 대답해주었다.

—존망의 길에, 운세란 없는 것이오. 아시겠소? 배 수사.

배설은 빙그레 웃으며 술잔을 들었다.

—통제공, 용맹할 때는 용맹하고, 겁을 낼 때는 겁을 내는 것이 병가의 전략이라 알고 있소만…… 그게 바로 무운이라는 것 아니겠소.

(이 자식 봐라……)

내 몸의 깊은 곳에서 뜨거운 것이 흔들리면서 솟구쳤다. 나는 침을 삼켜서 그 뜨거운 것을 몸속으로 밀어넣었다.

나는 물었다.

—그래, 지금은 그 어느 때요?

배설은 대답했다.

—허허, 그야 통제공께서 판단하실 일이 아니겠소. 저처럼 병든 몸이 어찌……

(이 자식 봐라……)

나는 물었다.

—칠천량에서는 마땅히 겁을 내야 할 때였소?

배설의 옆자리에서 안위의 얼굴은 얼어붙어 있었다. 배설은 대답했다.

—용맹과 겁은 흔히 같은 것이오. 다만 쓰일 때가 다를 뿐이오. 송장에 덮인 바다 위에서 목숨의 귀함을 깨닫는 것 또한 용맹이오. 용맹은 인(仁)에 가까운 것이오. 아시겠소? 통제공.

(베어야 하나?)

내 몸 속 깊은 곳에서 징징징 우는 칼의 울음이 들리는 듯했다. 아시겠소 통제공, 에서 배설은 내 어법을 흉내내고 있었다. 배설은 또 말했다.

—그게 오묘한 일이오. 이거다 저거다 말하기 어려운 것이오. 그러니

병법 아니겠소. 칠천량에서 살아남은 것은 내가 빼돌린 전선과 수졸들뿐이오. 통제공께 다 드리리다. 그나마 통제공의 홍복이고 무운으로 아시오.

(베어야 한다……)

등판에 식은땀이 흘렀다. 나는 그가 진도의 어느 갯가에 감추어둔 10척의 전선을 생각했다.

(아직은 아니다.)

내 속에서 우는 칼을 나는 달랬다. 칼은 좀처럼 달래지지 않았다. 마당에서는 오래 주려 기진한 장졸들이 몇 잔 술에 정신을 잃고 쓰러져 있었다.(『칼의 노래』 1권, 63~68쪽)

객 : 원곡의 분노를 편곡자가 정확히 포착했다고 선생은 계속 우기고 있습니다. 신석기인이 칼을 쥔 또 한 사람의 신석기인과 마주하고 있다고나 할까요. 칼을 쥔 신석기인의 노래이겠는데요. 이로써 선생이 내세우고 싶은 것은 무엇인가. 지금 우리가 놀고 있는 판 말입니다. 문학판, 소설판에서라면 말입니다. 이제야 가까스로 본론에 이른 셈이겠는데요. 육하원칙에서 벗어난 신석기인의 글쓰기판.

주 : 앞에서 우리가 내세운 깃발을 잠시 상기해보실까요. 소설과 로만스(애기)가 그것. 소설이란 새삼 무엇이뇨. '인격'에 바탕을 둔 글쓰기라는 것. 근대라는 이름의 육하원칙에 구속된다는 것. 이 경우 육하원칙이 뭐냐에 대해서는, 그게 중요하긴 해도 일단 뒤로 미루기로 합시다. 요컨대 그것이 모종의 구속 사항이라는 사실 인식이 중요합니다. 이에 비해 로만스란 어떠한가. '개성'에 바탕을 둔 글쓰기라는 것. 한번 더 프라이의 지적을 옮겨볼까요. "로만스는 개성을 취급한다. 이경우 등장인물들은 '진공 속에' 존재하며 몽상에 의해 이상화된다"라고. "로만스 작가는 아무리 보수적이라 할지라도 그의 글에서는 무언

가 허무적인 것, 또는 야성적인 것이 계속 나올 가능성이 있다"라고.

객 : 『칼의 노래』에 등장하는 인물들이란 '진공 속에' 존재하는가, 한갓 몽상에 의해 이상화되었는가. 무언가 허무적인 것, 또는 야성적인 것이 튀어나오고 있는가. 이 점을 증명해 보여야겠는데요. 그래야 『칼의 노래』가 소설 범주이기보다 로만스 범주에 기울어져 있다는 선생의 가설이 제법 성립될 법한데요.

주 : 편곡자 김훈 씨가 창출한 원곡에 없는 다음 두 장면.

(A) 자기 아들 면을 죽였는지도 모를, 아산 전투에 참가한 왜병 포로를 공이 직접 목 베는 장면.

면은 죽고 아베는 살아서 내 앞에 묶여 있었다. 면의 죽음과 아베의 죽음을 되물려서 바꿀 수는 없을 것이었다. 아베의 팔뚝 위로 푸른 정맥이 꿈틀거리고 있었다. 산 것의 힘이 느껴져왔다. 그 속으로 더운 피가 흐르고 있을 것이었다. 어린 면의 아득한 젖내가 떠올랐다. 내가 맡아보지 못한 아베의 젖냄새도 떠올랐다.

살려주자, 살게 하자, 살아서 돌아가게 하자…… 내 속에서 나 아닌 내가 그렇게 소리치고 있었다. 아베를 죽여서는 안 된다는 울음과 아베를 살려두어서는 안 된다는 울음이 내 몸속에서 양쪽 다 울어지지 않았다. 몸속 깊은 곳에서 징징징 칼이 울었다. 가장 괴롭고 가장 선명한 길을 칼은 가리키고 있었다. 나는 다시 물었다.

— 죽기를 원하느냐?

— 내 손으로 죽기를 원한다. 칼을 한번 빌려달라.

나는 군관에게 말했다.

— 끌어내다 베어라.

이민수가 아베의 겨드랑을 끼고 마당 밖으로 나갔다. 환도를 찬 군관이 그 뒤를 따랐다. 나는 대문 밖으로 나가는 군관을 향해 소리쳤다.

─아니다. 다시 끌어오너라.

아베는 다시 내 앞으로 끌려와서 무릎 끓려졌다.

─칼을 다오.

군관이 칼을 나에게 건넸다. 나는 칼을 뺐다. 푸른 날 위에서 쇠비린
내가 풍겼다. 종사관 김수철이 내 팔을 잡았다.

─나으리, 어찌 손수……

─비켜라, 피 튄다.

김수철은 물러섰다. 나는 아베를 베었다. 목숨을 가로지르며 건너가
는 칼날에 산 것의 뜨겁고 뭉클한 진동이 전해졌다.(『칼의 노래』 1권,
174~176쪽)

(B) 관기 여진(女眞)(『난중일기』에 실명이 등장함)을 공이 두 번이
나 품는 장면.

우리는 한동안 말없이 밥을 먹었다. 입이 작은 그 여자는 큰 놋숟가락
을 힘들어했다.

─내가 출옥했기로 네가 어찌 왔느냐?

─전에, 제 몸을 편안해하시기에……

그 여자는 고개를 돌렸다. 담벽에 비친 그림자의 입이 그렇게 말했다.

그날 밤, 나는 두번째로 여진을 품었다. 그 여자의 봄은 더러웠다. 그
여자는 쉽게 수줍음에서 벗어났다. 다리 사이에서 지독한 젓국 냄새가
퍼져나왔다. 그 여자의 입 속은 달았고, 그 여자의 몸속은 평화로웠다.
그 평화에는 다급한 갈증이 섞여 있었다. 새벽에 나는 품속의 여진에게
물었다. 밝는 날 어디로 가겠느냐…… 나의 실수였다. 나으리, 밝는 날
저를 베어주시어요…… 그 여자의 목소리는 진실로 베어지기를 바라고
있었다. (……)

그 여자는 다시 말했다. 나으리 밝는 날 저를 베어주시어요…… 이 세상이 아닌 곳으로 저를 보내주시어요…… 나는 다시 그 여자의 몸속을 파고들었다. 그 여자의 신음은 낮고도 애절했다. 나는 그 여자를 안 듯이 그 여자를 베어주고 싶었다. 나는 내 몸을 그 여자의 몸속으로 밀어넣듯이, 그렇게 칼날을 여자의 몸속으로 밀어넣고 싶었다. 어둠 속에서 나는 생각했다. 이 여자를 안는 힘으로 세상의 적을 맞을 수는 없는 것일까. 나는 몸을 떨었다. 아마 그럴 수는 없을 것이었다. 그때 나는 무인이 아니었다. 아침 숲에서 새떼들이 깨어나 지껄였다. 아침에 나는 그 여자의 행선지를 묻지 않았다. 나는 다시 바다 쪽으로 나아갔다. 내가 먼저 떠났다. 나는 여진의 삶의 궤적을 알지 못했다. 함평에서도 나는 여진의 내력을 현감에게 물어보지 않았다.(『칼의 노래』 제1권, 41~43쪽)

객 : 과연 (A)에선 허무적이며 야성적인 것이 튀어나왔군요. (B)에선 몽상에 의한 이상화라고나 할까. 좌우간 어느 쪽이든 원작에도 없는 것. '진공 속'의 몽상이라 할 만합니다. "아니다, 다시 끌어오너라"(A)의 돌발적 행위, "나는 그 여자를 안 듯이 그 여자를 베어주고 싶었다"(B)는 일종의 지독한 허무일 것입니다. "죽은 여진에게 울음 같은 성욕"을 느끼는 사내란 누가 보아도 삼군통제사라는 신분(인격)의 인간 범주에서 벗어난 것.

주 : 정리해볼까요. (A), (B)란 소설보다 훨씬 '혁명적 형식'이라는 것. 일종의 시적 비유이거나 극적 형식에 해당되는 것. '실제의 인간'을 창조하려는 것보다는 오히려 '양식화된 인물'에 기울어진 형국. 인간 심리의 원형을 드러내는 데까지 확대되는 인물에 속하는 것. 실로 주관적이지요. 혁명적 극적인 까닭. 고삐 풀린 인간 욕망의 날뜀이라고나 할까. 소설이라는 육하원칙에서 벗어난 신석기인의 글쓰기인 셈.

객 : 그 욕망에 고삐를 씌운 것이 '육하원칙으로서의 근대'이겠습니

다그려. 소설 범주 말이외다. 인격을 취급함이 소설의 육하원칙이기에 주인공의 신분 노출이 전제될 수밖에. 이순신이란, 그러니까 원곡『난중일기』란 삼군절도사 이순신의 신분에서 절대로 벗어날 수 없는 법. 이 기록의 특이성이나 문체 역시 당시의 관직에 있는 관리들의 기록 범주에서 크게 벗어날 수 없기에 이순신의 독자성과는 어쩌면 무관한 것. 그러기에 앞에 쓰인 (A), (B) 장면이란 실상 엄두도 낼 수 없는 것. 인격(personality)의 글쓰기이자 신분의 글쓰기이기에 이 육하원칙을 벗어날 수 없는 것. 야성적 허무적인 것이 돌출할 수 없는 장소. '사회적 가면'을 쓴 자를 일러 인격체라 하거니와 따라서 인습을 어디까지나 존중함이 원칙.

주 : '사회적 가면'이라 했거니와 인격의 글쓰기라면『난중일기』는 '통제사 이순신'의 글쓰기일 뿐, 그 이하도 이상도 아닌 것. 그는 단지 많은 군사 관리 중의 한 위치를 점한 존재인 것. 국가·민족·사회 등 공동체의 위계질서에 묶인 인간에 지나지 않지요. 따라서 그만 옳고 원균이나 배설 따위란 천하 악종이며 미련둥이라 몰아붙임은 어불성설, 삼척동자도 아는 사실. 이순신을 영웅으로 기록한 것은 그를 추천한,『징비록』의 기록자 서애 유성룡일 뿐. 성질이 맹포한 명나라 제독 진린이 이순신을 두고 선조에게 글을 올렸는바, "경천위지지재(經天緯地之才), 보천욕일지공(補天浴日之功)"이라 했음을 전한 것도 서애이지요. 그러나 '사회적 가면'의 처지에서 보면 어디까지나 '역사적 사실'에 속하는 것. 논리적 설명으로 정리되는 것이 역사인 만큼 이를 초월한 초인이거나 영웅이란 한갓 후속 조치일 뿐. 그러기에 이순신조차도 원균을 비난함에 간접적인 표현을 썼지요. "대장의 잘못을 말하는 것은 입으로 옮길 수 없고, 그 살점을 뜯어먹고 싶다"(정유년 7월 21일)라고. 마찬가지로 이순신이 마지막 해전에서 그토록 큰 공을 세울 수 있었던 것도 그가 그토록 미워한 수사 배설 덕분이 아니었을까. 적어

도 논리적, 현실적으로는 그런 가설도 가능합니다. 백의종군하여 현지에 닿았을 때 이순신에겐 배 10여 척뿐이었지요. 이순신 옹호론으로 유명한『징비록』의 기록을 잠시 볼까요.

> 배설은 앞서부터 원균이 틀림없이 패할 것을 짐작하고 여러 차례 균에게 간했다. 이 날도 그는 원균에게 칠천도는 바닷물이 얕고 또 협착해서 배를 맘대로 운행하기에는 조건이 불리하니 다른 곳으로 진을 옮기자고 진언했으나 균은 듣지 않았다. 그러자 배설은 가만히 자기가 거느린 함선들끼리 약속을 하고서 경계를 펴면서 적선의 내공에 대비하고 있다가 적선이 쳐들어오자 항구를 빠져나와 먼저 도주해버렸다. 그래서 그의 군사들만은 온전하게 살아남았다.
> 배설은 한산도에 돌아와 불을 놓아 건물과 양곡과 그리고 군기들을 태워버리고 섬에 남아 있던 백성들을 옮겨 적을 피해가게 해주었다.(이동환 역, 삼중당문고, 157쪽)

이 대목에서 주목할 곳은 "그의 군사들만은 온전하게 남았다"는 대목. 백의종군의 이순신이 기댈 곳은 바로 이곳이었을 터. 이순신도 배설도 사회적 가면, 곧 조직 속의 한 인간이기에 개인과 사회의 관계 전체를 그려야 이른바 소설의 이름에 합당해진다는 것. 리얼리즘을 일러 '총체성' 또는 '반영론'으로 설명하는 것도 그 때문. 육하원칙이라 비유됨이란 이런 사정을 가리킴이지요. 그런데……

객 : 그런데『난중일기』(정조 때『이충무공 전서』를 편찬할 적, 편찬자가 잠정적으로 붙인 명칭)는 과연 무엇인가.『징비록』이나『선조실록』『연려실기술』『이충무공전서』등의 역사적 기록과『난중일기』는 어떤 점에서 변별되느냐이겠습니다그려.

주 : 그렇소. 앞에서 잠시 이 점을 암시했지요.『난중일기』란 기록물

이긴 해도 다분히 '자연물'에 가깝다고 말입니다.

5. 원격감각—환청·환후

객 : 자연물이라? 그러니까 '개성'의 노출이란 말씀이군요. 인격 쪽이 극히 제약된 기록물. 그렇게 우기기엔 아무래도 보조선이 또 필요하겠는데요. '사회적 가면'이 감히 부끄러워 얼굴도 내밀지 못하는 영역, 그게 『칼의 노래』를 구성하고 있는 주춧돌이자 기둥이라는 설명 말입니다.

주 : 『칼의 노래』를 직접 볼까요.

(1) 버려진 섬마다 꽃이 피었다. 꽃피는 숲에 저녁노을이 비치어……(제1권, 17쪽)

(2) 한산, 거제, 고성 쪽에서 불어오는 동풍에는 꽃핀 숲의 향기 속에 인육이 썩어가는 고린내가 스며 있었다. 축축한 숲의 향기를 실은 해풍의 끝자락에서 송장 썩는 고린내가 피어올랐고……(제1권, 19쪽)

(3) 눈을 뜨고 죽은 말은, 그 죽은 눈으로 한동안 나를 쳐다보았고, 나는 말의 죽은 눈동자에 비친 내 봉두난발을 들여다보았다.(제1권, 21쪽)

(4) 아마도 식은땀의 한기에서 깨어나는 새벽의 환청이 밤이나 낮이나 나를 따라다니는 모양이었다. (……) 새벽에 그 환청은 (……) 그 눈보라와도 같은 환청은 (……) 사각사각 환청은 수평선 너머 대마도 쪽 바다에서만 몰려오는 것이 아니라 압록강 물가 의주까지 달아난 조정으로부터도 몰려왔다. 사각 사각 사각. 환청은……(제1권, 24~25쪽)

(5) 그 분명한 끝장에도 불구하고 귀기울이면 사각 사각 사각, 어두운 수평선 너머에서 내 적들이 노 저어 다가오는 소리는 또렷이 들려왔다.(제1권, 28쪽)

(6) 나는 칼을 코에 대고 쇠비린내를 몸속 깊이 빨아넣었다.(제1권, 36쪽)

(7) 다리 사이에서 지독한 젓국 냄새가 퍼져나왔다.(제1권, 42쪽)

이상은 『칼의 노래』 제1권에서 멋대로 뽑은 것. 감각이 기조저음을 이루고 있음이 한눈에 들어오지요. 오감이란 가장 동물적인 것. 혹은 생물적인 것. 그 특징은 접촉에 의해 일어나는 것. 즉물적이나 원시적이며 또 야성적 생리적인 것. '인격'이 스며들 여지란 전무한 것. 이 오감 중에도 하급과 상급이 있겠지요. 후각, 미각, 촉각이 하급 감각인 셈. 이것이 생명 보전에 기초 항목인 셈. 그런데 진화된 동물인 인간의 경우 청각과 시각이라는 원격감각(遠隔感覺)을 갖추고 있습니다. 상급 감각이라 부르는 것. (5)를 잠시 보실까요. 환청이 주조저음입니다. 그런데 그것이 '사각 사각 사각' 하다는 것. '사각거리는 환청'이란 이른바 공감각(共感覺)인 것. '청각+시각'이 그것. 더구나 이러한 '사각거리는 환청'을 반복함으로써 리듬을 이루어내기까지 합니다. 『칼의 노래』 제2권에서도 이런 인식의 태도엔 변함이 없지요.

(1) 임금은 길게 울었다. 신하들도 따라 울었다.(제2권, 47쪽)

(2) 새벽 순찰 길에 걷히는 안개 속으로 배를 저어나가면 봄바다의 비린내는 온몸에 감겼다.(제2권, 84쪽)

(3) 먼바다에 가랑비가 내릴 때, 바다에서는 시간을 식별할 수 없었다. 시간은 풀어져서 몽롱했다.(제2권, 164쪽)

(4) 마른 볏짚이 뿜어내는 햇빛의 향기가 수영에 퍼졌다.(제2권, 193쪽)

(5) 바람결에 화약연기 냄새가 끼쳐왔다. 이길 수 없는 졸음 속에서 어린 면의 젖냄새와 내 젊은 날 함경도 백두산 밑의 새벽안개 냄새와 죽

은 여진의 몸냄새가 떠올랐다.(제2권, 212쪽)

객 : 잠깐. 충무공의 백의종군에서 전사 장면까지를 다룬 것이 『칼의 노래』였는데, 위의 (5)가 바로 전사 장면을 그린 것입니다그려. 인간 이순신이 죽는 순간 그의 의식 속에 떠오른 최종적인 것은 무엇이었을까도 문제적이지만 그것의 표출 방식 역시 문제적이겠지요. 작품의 참주제가 걸린 대목이니까. 의식에 떠오른 것은 (1) 전사한 아들 면, (2) 젊은 날, (3) 관기 여진, 이 셋뿐입니다. 그런데 중요한 것은 이 셋이 모두 감각으로만 회귀되었다는 것. '젖냄새', '안개냄새', '몸냄새'가 그것. 말을 바꾸면 아들도, 젊은 날도, 그가 두 번씩이나 품은 여진도 아니고 오직 '냄새'일 뿐. 인간사가 모두 '냄새'로 환원되어버린 형국. 그러고 보니 제1권에서는 중심 감각이 '환청'이었고, 제2권의 그것은 환후(幻嗅)입니다그려. 동물적인 감각 중에서 조금 고급한 것으로서의 환청, 환후로 집약되는 것. 여기에 참주제가 놓여 있다?선생이 『난중일기』가 기록이긴 해도 다른 사회적 가면을 쓴 기록물과는 달리 자연물에 준한다고 한 의도가 이 부근에 있겠습니다그려. 『난중일기』 속에 등장하는 꿈, 가족 친지 얘기, 한숨 분노 등이 분출하기에 『칼의 노래』의 작가가 그토록 이 부분에 민감했을 터이니까.

주 : 『난중일기』의 몇 대목만 잠시 볼까요.

(1) 정유년 9월 초10일. 맑음. 적도는 멀리 도망갔다.

11일. 맑음

12일. 비. 비.

13일. 맑으나 북풍이 크게 불었다.

14일 맑으나 북풍이 크게 불었다. 임준영이 육로를 정탐하고 달려와 말하기를 ……

(2) 10월 13일. (……) 이날 밤 달빛은 비단결 같고 바람 한 점 없는데, 혼자 뱃전에 앉아 심회를 달래지 못하였다. 이리저리 뒤척, 앉았다 누웠다 밤새 잠을 이루지 못한 채 하늘을 우러러 탄식할 따름이었다.

(3) 9월 초3일. 비가 뿌렸다. 들 아래 머리를 웅크리고 있으니 그 심회가 어떠하랴.

초4일. 북풍이 크게 불었는데 각 배를 겨우 보전했다.

초5일 북풍이 크게 불었다. 각 배가 부지할 수 없었다.

(1)의 기록은 기상관측이며 일기 편제의 한 방식이어서 저절로 자연물의 기록에 속하겠지요. (2)에 드러난 개인의 심사도 극히 자연스러운 것. 자주 등장하는 꿈 장면도 같은 범주인 셈. 그러나 『난중일기』는 개인 감정뿐 아니라 군마계책, 내왕한 인물들, 서신 내용 등 임란 전체사에 걸쳐 있을 정도이지요. 옥에서 나온 그가 맨 먼저 만나 새벽까지 얘기한 인물이 영의정 유성룡이었다는 사실도(정유년, 초2일) 이로써 알 수 있지요. 그러나 무엇보다 『난중일기』가 지닌 기록성으로서의 의의는 이중성에 있습니다. 왜장 마다시를 죽인, 백의종군 이후 겨우 12척으로 55척에 맞선 첫 전투 장면(벽파정 해전)의 기록이 이 사정을 잘 말해줍니다.

정유. 9월 15일. 맑음. (……) 나는 배 위에 서서 친히 안위를 불러 안위야, 군법에 죽고 싶으냐, 네가 군법에 죽고 싶으냐? 도망간다고 어디 가서 살 것이냐, 하니 안위도 황급히 적선 속으로 돌입했다. 또 김응함을 불러 너는 중군으로 멀리 피하고 대장을 구원하지 않으니 죄를 어찌 면할 것이냐? 당장 처형할 것이로되 적세가 급하므로 우선 공을 세우게 한다 하였다. 그래서 두 배가 적진을 향해 나아가자 적장이 탄 배가 그 휘하의 배 두 척에 지령하여 일시에 안위와 그 배에 개미 붙듯 하여 위로 먼저 올라가려 하니 안위와 그 배에 탄 사람들이 죽을힘을 다해서 (……) 투항한 왜인 준사는 안골 있는 적진으로부터 항복해온 자인데, 내 배 위에 있다가 바다에 빠져 죽은 적을 굽어보더니 그림 무늬 놓은 붉은 비단옷을 입은 자가 바로 안골 있던 적장 다마시(多馬時)라고 말했다. 내가 무상 김돌손을 시켜 갈구리로 낚아 올린즉 준사가 좋아 날뛰면서 그래 마다시 하고 말하므로 곧 명령하여 토막토막 자르게 하니 적의 기운이 크게 꺾이었다.(『난중일기』, 현암사판, 187쪽)

이순신이 아니고는 절대로 할 수 없는 공적 기록이지요. 다음처럼 기록한 『징비록』과 비교해볼까요.

　적장 마다(馬多)는 당시 수전을 잘하기로 소문이 나 있는 장수다. 그는 그의 함대 이백여 척을 거느리고 서해를 침범하려고 하였다. 그리하여 아군과 벽파정 아래에서 서로 조우했다. 순신은 12척의 배로 대포를 싣고 조수의 흐름을 타고 공격하여 적을 패주시켰다. 이리하여 아군의 성세가 크게 떨쳤다.(164쪽)

『징비록』 쪽이 『난중일기』에 비해 얼마나 더 많은 사회적 가면을 쓴 기록물인가가 뚜렷하지 않습니까. 몇 겹의 간접성이 끼어들 수밖에요.
　객 : 『난중일기』의 기록성의 성격, 곧 이중성을 강조하고 있습니다 그려. 원시적 감각성과 생생한 현장성의 결합이 그것. 그렇더라도 이 이중성은 '인격' 쪽이 아니라 '개성' 쪽이라는 것. 이 점에서 『칼의 노래』는 로만스 범주에 기울어졌다는 것. 소설이 지닌 육하원칙에서 크게 벗어났다는 것.
　주 : 그쪽에서 무슨 말을 하고 싶은지 잘 압니다. 『칼의 노래』의 압도적 성공 이유를 어떻게 설명하겠는가라는 것이겠는데요. 어째서 21

세기에 접어든 한국 독자층이 로만스 쪽으로 기울었는가. 문제는 여기에 있습니다. 20세기 소설이 지닌 그 엄한 규칙, 곧 근대성이라는 이름의 육하원칙이 소설을 수척케 했고, 마침내 독자를 쫓아버렸다는 것, 그것이 21세기의 독자들이 로만스에 기운 까닭이겠지요. 그러나 짐작하다시피 로만스란 생물적 인간형에 지나지 않는 것. '사회적 가면'에서 벗어나면 그럴수록 동물적 측면, 곧 영웅이라는 괴물, 몽상에 의한 이상화된 인물이 등장하겠지요. 모든 것이 '진공 속에' 있으니까. 『칼의 노래』가 놓인 위치를 잰다면 이런 측도가 요망되지 않을까요.

6. 인문학적 상상력의 근거 — 기록성

객 : 선생이 애써 강조하고 있는 것은 『난중일기』와 『칼의 노래』, 원곡과 편곡의 관계항이겠습니다. 『칼의 노래』가 크게 로만스에 기울었다고 하나, 그것이 한갓 망상적이거나 혁명적인 주관의 강렬한 빛의 방출에 일방적으로 전락하지 않고 일정한 수준의 작품적 성격(품격)을 갖출 수 있었던 것은 기록성으로서의 『난중일기』에서 말미암았다는 것, 곧 기록의 이중성 때문이겠는데요. 한편으로는 감각성이면서 다른 한편으로는 사회적 가면이라는 『난중일기』의 이중성이 『칼의 노래』, 즉 로만스이자 소설이라는 결합체 형국을 창출해낼 수 있었다는 것. 만일 그렇다면 선생이 겨냥한 곳은 『칼의 노래』가 아니라 그보다 더 큰 층위이겠는데요. 기록성과 로만스의 관계항이라는 이론적 틀의 제시가 그것. 선생이 자주 말해온 '인문학적 상상력'이 혹시 그것입니까.

주 : '로만스의 소설화'를 가능케 하는 것 중의 하나가 이른바 기록성이라 하면 어떠할까. 지독한 망상을 그나마 소설 쪽으로 이끌어오는 방식, 육하원칙으로 접근시키는 방도가 기록성이라 하면 어떠할까. 두 가지 사례를 들어볼까요. 하나는 일본 작가 이노우에 야스시(井上靖,

1907~1991)의 로만스 소설 『돈황』(1959).

維時景祐二年 乙亥十二月十三日 大宋國潭州府擧人趙行德，流歷河西，適寓沙州，今緣外賊掩襲國土擾亂，大雲寺比丘等搬移聖經於莫高靈窟，而覃藏壁中，於是發心，敬寫般若波羅密多心經一卷，安置洞內已.

伏願龍天八部，長爲護助，城隍安泰，百姓康寧，次願甘州小娘子，承此善因，不溺幽冥，現世業障，並皆消滅，獲福無量，永充供養.

(대의 : 때는 경우 2년. 을해 12월 13일. 송나라 담주에서 난 조행덕은 하서 지방을 여기저기 흘러 돌아다니 어쩌다 사주에 살게 되었다. 그러다 감주 땅 어린 소낭자를 사랑했다. 시방 난리가 나서 막판에 불경을 후세에 남기는 작업에 종사하고 있는바, 그 불경 끝에 적는다는 것. 나라와 세계 안녕을 위해 또 사랑한 소녀를 위해 반야바라밀다경을 바친다는 것)

『돈황』은 작가가 아직 가보지도 못한 실크로드를 무대로 한 것. 돈황 석굴 장경각에서 나온 책의 기록을 근거로 해서 주인공 조행덕의 파란만장한 로만스를 엮은 것. 조행덕의 일대기란 실로 작가의 몽상이겠지만(현장에도 가보지 않은 상태), 그 몽상을 어느 수준까지 물리치게 한 억제력(사회적 가면)이 바로 위에 보인 기록성입니다. 이 기록성을 작가가 임의로 창작했는지 아니면 어떤 원전에 근거했는지 확인하기 어려우나, 좌우간 이러한 기록성이야말로 결정적인 대목인 셈.

　객 : 그렇다면 김동리의 걸작 「등신불」(1962)도 그러하겠군요. 「만적선사소신성불기(萬寂禪師燒身成佛記)」가 그것.

萬寂法名俗名曰耆姓曹氏也金陵出生父未詳(……)

(대의 : 만적은 법명이요, 속명은 기, 성은 조씨다. 금릉서 났지만,

아버지가 어떤 이인지는 잘 모른다. (……) 여차여차해서 그는 성불했다. 그 뒤 금불각에 모시어 때는 당나라 중종 육십년 성력 이년 삼월 초하루다)

이러한 기록성 역시 김동리의 일방적인 창작인지 『당고승전』에 실린 기록성인지 확인하지는 못했지만, 좌우간 작품 「등신불」이 한갓 몽상의 범주, 로만스에 멈추지 않고 소설 쪽으로 발을 걸칠 수 있었던 것도 이 때문이겠습니다그려.

주 : 제가 세워본 이 가설을 빈정거릴 필요까진 없지 않겠습니까. 제 나름으로 이러한 기록성에 기댄 글쓰기를 '인문학적 상상력'의 글쓰기라고 부르곤 했지요. 이는 '풍문에 의한 글쓰기'와 구별함과 동시에 이보다 '인문학적 상상력'의 우위성(근거의 확실성)을 강조하기 위함이기도 했지요. 제가 기록성(원전)에 근거한 상상력인 김연수 씨의 『굳빠이 이상』(2001)을 비롯, 「거짓된 마음의 역사」(2003) 쪽을 기리는 것도 이 때문이지요. 이들을 성석제 씨의 「어머님이 들려주시던 노래」(2004)보다 우위에 두는 근거도 이에서 말미암습니다. 동시에 김연수 씨의 최신작 「부넝쒀」(2004)를 비판한 까닭도 이 때문이지요(졸고, 「볼 만한 이 나라 소설판의 지적도」, 『문예중앙』, 2004. 가을). 풍문(자료 제공자, 독립군, 6·25 참전자 등등)에 의한 글쓰기가 지닌 장점도 물론 인정하지만 작가의 몽상을 제어하는 장치가 없다는 점이야말로 아킬레스건이지요. 인문학적 상상력이 하도 홀대받는 시대이기에 그 상상력의 강인성을 『칼의 노래』에 기대어 거듭 부각시키고 싶었습니다.

작가론의 새 영역

초판 발행 | 2006년 3월 31일

지은이 | 김윤식
펴낸이 | 정홍수
펴낸곳 | (주)도서출판 강
출판등록 | 2000년 8월 9일(제2000-185호)

주소 | 서울시 마포구 서교동 460-45(우121-841)
이메일 | gangpub@hanmail.net
전화 | 325-9566~7
팩스 | 325-8486

값 16,000원
ISBN 89-8218-081-8 03810

* 잘못 만들어진 책은 바꿔드립니다.

이 도서의 국립중앙도서관 출판시도서목록(CIP)은 e-CIP 홈페이지(http://www.nl.go.kr/cip.php)에서 이용하실 수 있습니다.(CIP제어번호 : CIP2006000623)